陸放翁鑑賞

河上肇著
一海知義校訂

岩波書店

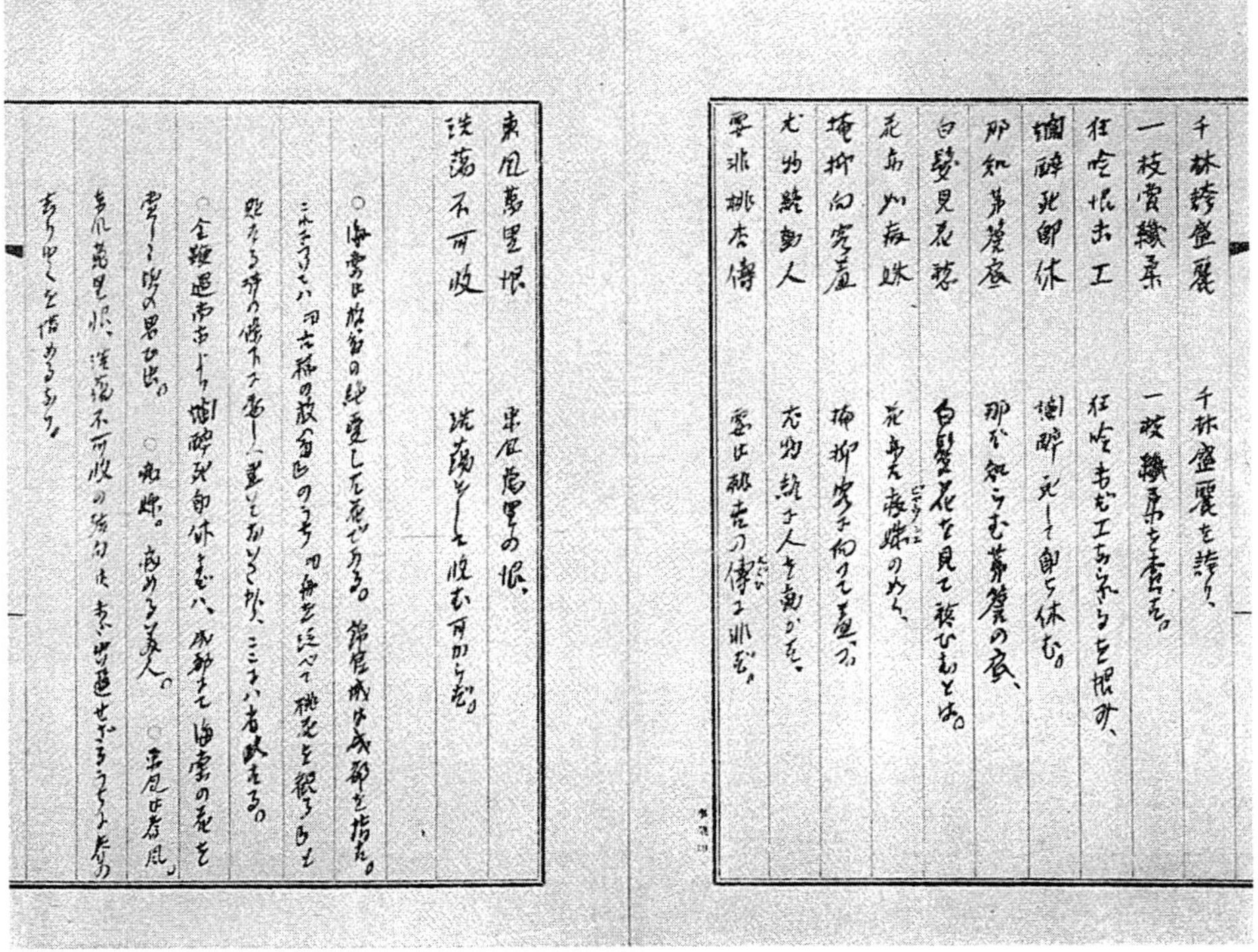

「放翁鑑賞　その一」の草稿（京都府立総合資料館蔵）

凡　例

一　本書は、河上肇晩年の作品「陸放翁鑑賞」の全草稿を収めたものである。作成に当っては『河上肇全集』第20巻(一九八二年、岩波書店)所収「陸放翁鑑賞」を用いた。

二　全集版の校訂要旨

(1)　河上肇自筆の原稿(京都府立総合資料館蔵)に拠ったが、排列順その他の体裁は、一九四九(昭和二四)年刊『陸放翁鑑賞』上下二巻(三一書房)にほぼ従った。

(2)　陸放翁の原詩・原文については、河上肇が使用した汲古閣本『陸放翁全集』によって校訂した。

(3)　振り仮名は、元の原稿に付されたものの外に、訓読みの語について若干補った。

(4)　一般慣用と異なる用語や仮名遣いは、基本的には原稿のままとした。

例　闕ぐ、耐ゆ、種ゆ、飢ゆ、察しる、ととなふ

(5)　原詩・原文の誤写、引用文の誤記、語釈・訓読の誤り等について、本文に＊印をつけ、巻末に校注を掲げた。

目　次

放翁鑑賞　その一

――六十歳前後の放翁――

はしがき

　これは放翁五十八歳の時より六十三歳の時に至るまで、前後六年間の作の中から、計一百二首を抜萃したものである。ところで六十三歳と云へば既に相当の老人であり、現にこの頃の詩の中でも、彼自ら「吾が死亦た已に迫る」と云つてゐるほどであるが、しかし彼はこの後なほ二十余年を生き延びたのである。そしてその間、彼の出処は屢〻更つた。彼のこの頃の詩を見ると、中には「白頭寧《なん》ぞ復た仕へん」と云つたやうな句もあるが、現に彼は家居六年の後、六十二歳の時には復び出でて厳州府の知となつて居り、後五年にして斥けられて山陰に帰り、再び家居する身となりしに係らず、更に*八十余の高齢に達してからも、また出でて仕へてゐる。「仕へて已み、已みて仕へ、出処の迹屢〻更る」と趙翼が言つてゐるのが、それである。しかし同じく*この詩にも、「書生の事業絶《はなは》だ悲むに堪へたり、横《ほしいまま》に虚名を得れば毀亦た随ふ」と云ひ、「飽くまで知る宦遊多味なきを、恨む莫し農と為りて故郷に老ゆるを」と云ひ、また「笑中白刃霜の如し」とか、「讒波、山を崩すが如し」とか云へる句などあるによつても想像される如く、彼の宦途は必ずしも愉快なものではなかつた。自然、彼の生涯の大半は郷里鏡湖に於ける家居によつて占められた。思ふに、かうした彼の不遇は、却て彼の詩を好くするため少からず役立つたであらう。

　彼のこの頃の詩は、彼自ら「心平かにして詩淡泊」と云つてゐる如く、既に頗る淡泊なものとなつてゐる。だが彼の前途はまだ二十余年もあつて、やがて七十ともなり八十ともなれる晩年の作になると、その淡泊は更に一層の淡泊を増して、淡きこと水の如くになつてゐる。

趙翼いふ、「*放翁の詩の宏肆は、戎に巴蜀に従ひしより境界又た一変。*平晩年に及んでは、則ち又た平淡に造《いた》る。

従*前、工を求め好を見《あら》はすの意、亦た尽《ことごと》く消除す。謂はゆる詩は人の愛することなき処*に到ると云ふ者なり。劉後村謂ふ、其の皮毛落尽す矣と。此れ又た詩の一変なり」と。ここに集むるところの六十歳前後の詩は、即ちかかる平淡の境に入れる第一期の作に過ぎない。その平淡は更に平淡となるべき運命にある。その極処を知らむとする者は、乞ふ更に別集「古稀の放翁」「八十四歳の放翁」等々を繙いて、親しく平淡の醍醐味を味へ。

壬寅新春

半生常是道邊人
歳晩初收事外身
濁酒一樽聊永日
小園三畝亦新春
尙無枕寄邯鄲夢
那有衣沾京洛塵
門外煙波三百里
此心惟與白鷗親

壬寅新春

半生常に是れ道辺の人、
歳晩初めて収む事外の身。
濁酒一樽聊《いささ》か日を永うし、
小園三畝亦た新春。
尚《な》ほ枕の邯鄲の夢を寄するなし、
那《なん》ぞ衣の京洛の塵に沾《うるほ》すあらむ。
門外煙波三百里、
此の心惟《た》だ白鷗と親しむ。

○壬寅は淳熙九年に当る。年譜を見るに、淳熙七年、官をやめて山陰に帰り家居す、とあり。淳熙九年は放翁五十八歳の時。数年の後、年六十二にして再び出仕す。○濁酒一杯。*稽康の山濤に与ふる書にいふ、「濁酒一杯、弾琴一曲、志願畢《をは》る矣」。○永日。日を永くすとは、楽みて日を永く暮す意味。詩経の唐風に「且《しば》らく以て喜楽し、且らく以て日を永うす」とある。○小園三畝。『列子』にいふ、「梁王、楊朱に謂ひて曰く、先生三畝の園あり、よく耘す能はず、而かも天下を治むる、これを掌に運ぶ如しと言ふ」。また蘇東坡の詩に云ふ、「我れ東坡の下に在りて、躬耕す三畝の園」。○邯鄲の夢。盧生が道士呂翁の枕を藉りて仮睡せし間に、富貴栄達の夢を見し故事。○京洛の塵云々といへるは、郷里に家居せる時なればなり。○門外煙波三百里。自注に鏡湖三百里とあり。作者の家はこの鏡湖の畔にありたるなり。○この頃の詩に「時ありて旦に達するまで灯を滅せず」などいふ句あり。

春雨復寒遣懐

去日堂堂挽不回
新年又傍鬢邊來
雨聲欲作海棠祟
書巻只爲春睡媒
村舍瘦蔬供薄酒
地爐微火伴殘灰
浩然忽起金鞭興
漾水嶓山安在哉

春雨復た寒し懐を遣《や》る

去日堂々挽けども回《かへ》らず、
新年又た鬢辺に傍《そ》うて来たる。
雨声は海棠の祟を作《な》さんとし、
書巻は只だ春睡の媒となる。
村舎の痩蔬、薄酒に供し、
地炉の微火、残灰に伴ふ。
浩然として忽ち起る金鞭の興、
漾水嶓山安《いづ》くに在るや。

○堂堂。闊歩の形容。光陰が闊歩して去りゆくなり。　○新年又傍鬢辺来。新年来たり齢を加ふるにつれて鬢のあたりに白髪が殖えるなり。　○地炉微火伴残灰。私は此の頃、夜も昼も炬燵に炭団を用ひて居るが、新しく火をつぐ時は、炭団の火が纔かに残つてゐて、あとは灰になつてゐる、その有様が正に此の一句の如くである。　○金鞭の興。馬に鞭うつこと。金は美称。　○「偶《*たまたま》〻小益南鄭の間を懐《おも》ひ悵然として賦あり」と題する詩に「西のかた梁州を戍《まも》つて鬢未だ糸ならず、嶓山漾水幾たびか詩を題す」の句あり。漾水は漢江に注いでゐる一支流、嶓山は漢江の源。

海棠

今日春已半

海棠

今日春已《すで》に半《なかば》なるも、

風雨停出遊
餅中海棠花
數酌相獻酬
尙想錦官城
花時樂事稠
金鞭過南市
紅燭宴西樓
千林誇盛麗
一枝賞纖柔
狂吟恨未工
爛醉死卽休
那知茅簷底
白髮見花愁
花亦如病姝
掩抑向客羞
尤物終動人
要非桃杏儔
東風萬里恨
浩蕩不可收

風雨出遊を停《とど》む。
餅中海棠の花、
数酌相献酬す。
尚ほ想ふ錦官城、
花時楽事稠《おほ》かりしを。
金鞭南市を過ぎ、
紅燭西楼に宴す。
千林盛麗を誇り、
一枝繊柔を賞す。
狂吟未だ工《たくみ》ならざるを恨み、
爛酔死して即ち休《や》む。
那《なん》ぞ知らむ茅簷の底、
白髪花を見て愁ひむとは。
花亦た病姝《ビャウシュ》の如く、
掩抑客に向つて羞づ。
尤物終《つひ》に人を動かす、
要は桃杏の儔《たぐひ》に非ず。
東風万里の恨、
浩蕩として収む可からず。

○海棠は放翁の絶愛した花である。錦官城は成都を指す。これについては「古稀の放翁」のうち「舟を泛《うか》べて桃花を観る」と題する詩の条下に委《くわ》しく書いておいたから、ここには省略する。
○金鞭過南市より爛酔死即休までは、成都にて海棠の花を賞した頃の思ひ出。○病姝。病める美人。○東風は春風。東風万里恨、浩蕩不可収の結句は、未だ出遊せざるうちに春の去りゆくを惜めるなり。

八月十四日
夜湖山觀月

長空露洗玻璃碧
紫金之盤徑三尺
忽見擘地出人間
桂樹扶疎如淡墨
攬衣獨立鏡湖邊
風露萬頃秋渺然
開帆詎必入東海
騎鯨便可追飛仙
冰壺玉瀣侵骨冷
醉看孤鸞舞清影
夜闌歸舍人已眠
卻倩天風爲吹醒

八月十四日夜、
湖山に月を観る

長空露は洗ふ玻璃の碧、
紫金の盤は径三尺、
忽ち見る地を擘《つんざ》いて人間《ジンカン》に出づるを、
桂樹扶疎、淡墨の如し。
衣を攬《と》りて独り立つ鏡湖の辺《ほとり》、
風露万頃、秋渺然たり。
帆を開いて詎《なん》ぞ必ずしも東海に入らむ、
鯨に騎《の》らば便《すなは》ち飛仙を追ふ可し。
氷壺玉瀣、骨を侵して冷かに、
酔うて看る孤鸞の清影に舞ふを。
夜闌《たけなは》にして舎に帰れば人已《すで》に眠る、
却《かへつ》て天風を倩《こ》うて為《ため》に醒《セイ》を吹かしむ。

○長空露は洗ふ玻璃の碧。一天晴れ渡る形容としての一の好句を成す。○紫金の盤。言ふまでもなく、まんまるな大きな月のこと。○桂樹扶疎。桂樹は月中にある樹、扶疎は桂樹の枝の分ち布く貌。○渺然。ひろく、はるかなる貌。○入東海とは、東海に入りて仙人に会ふこと。○騎鯨。李白、自ら署して海上騎鯨客といへるに本づく。放翁の別の詩に「人生、安期生と作《な》つて酔うて東海に入りて長鯨に騎らざれば云々」の句あり。安期生といふのは、秦の琅琊の人、薬を海上に売る。抱朴子と号す。始皇、与《とも》に語ること三日夜、金璧を賜ひしに、皆な置き去る。書を留めて以て別かる、謂ふ、後千年、我を蓬萊山に求めよと。始皇、徐生盧生を遣《つか》はし、海に入りて之を求めしむ。未だ至らず、風波に遇うて還る。○氷壺。壺は酒を入れるつぼ、氷は形容。普通、氷壺は人の心の清さに喩《たと》ふる文字、例へば「李延年*は氷壺秋月の如く、瑩徹にして瑕なし」といへる類。鮑照の詩には「清は玉壺の氷の如し」とあり、放翁の別の詩にもまた「玉壺の氷を嚼《か》むが如し」の句がある。○玉瀣。放翁の詞に「玉瀣を斟《く》み残し、行いて竹を穿《うが》ち云々」の句あり、また別の詩に「一樽の玉瀣、幽欣足る」といふ句もあり。玉瀣とは酒の名。古くは唐太宗の詩に「醽*緑、蘭生に勝り、翠濤、玉薤に過ぐ」とあり。瑨*君曜の註釈せる『箋註剣南詩鈔』には、「瀣の音は械、沆瀣、海気なり。按ずるに、放翁の詩、屢〻玉瀣の字を用ふ。御風倘可留、為我傾玉瀣の如く、又た鸚鵡杯深玉瀣香、又た一樽玉瀣足幽欣、又た斟残玉瀣行穿竹、等の句の如し。枚挙に勝《た》へず。玉瀣は玉露の類の如し、状潔白なり」としてあるが、私は茶の名に玉露と云ふがある如く、玉瀣は酒の名だと思ふ。○孤鸞清影に舞ふ。月光の形容なり。○醒。酔ひざめ。

○この詩、実に仲秋の名月に対するが如し。翌十五日の詩を見るに、「十五夜、月色皦然、頃《しばら》く有りて雲生じ遂に復た見えず」と題してある。

草書歌

傾家釀酒三千石
閒愁萬斛酒不敵

草書の歌

家を傾け酒を醸す三千石、
閒愁万斛、酒敵せず。

今朝酔眼爛巌電
提筆四顧天地窄
忽然揮掃不自知
風雲入懐天借力
神龍戦野昏霧腥
奇鬼摧山太陰黒
此時駆尽胸中愁
搥牀大叫狂堕幘
呉牋蜀素不快人
付与高堂三丈壁

今朝酔眼、巌を爛《ただ》らすの電、
筆を提げて四顧、天地窄《せま》し。
忽然揮掃、自ら知らず、
風雲懐に入つて天、力を借す。
神竜野に戦うて昏霧腥《なまぐさ》く、
奇鬼山を摧《くだ》いて太陰黒し。
此の時駆り尽す胸中の愁、
牀を搥《う》ちて大叫、狂して幘を堕《おと》す。
呉牋蜀素、人に快からず、
付与す高堂三丈の壁。

○傾家醸酒。放翁は支那の多くの詩人のやうに極めて酒を愛した。現にこの頃の「酔歌」と題する詩にも、「往時一酔、斗石を論ず、*坐人水を飲みて敵し能はざりき」とあり、更に「鏡湖の旧遊を追懐す」の詩には、「少壮酒を飲みて気は虹を吐く、一笑未だ了《をは》らず千觴空《むな》し」とあり、また「淩雲酔帰の作」には、「飲むは長鯨の渇して海に赴くが如く、詩成り筆を放つて千觴空し」としてある。彼は一生貧乏であり、殊に晩年に及んでは屢〻赤貧に苦んでゐるが、その一原因は、この「家を傾けて*」酒を醸せしことにありと思はれる。　○太陰。月のこと、太陽に対する言葉。　○幘。頭巾。　○呉牋蜀素。呉地に産する紙、蜀地に産する白絹。　○付与す高堂三丈の壁。紙や絹はおもしろくないから、高堂三丈の大壁に筆をぶつつけると云ふのである。
○放翁は書にも工にして、殊に草書をよくせしことは、『甌北詩話』に言ふが如くである。彼の別の詩に、「放翁病みて秋を過ぎ、忽ち起きて酔墨を作る。正に久蟄の竜の如く、青天霹靂を飛ばす。怪奇に堕*つと雖も、要は常に憫黙するに勝《まさ》る。一朝此の翁死せば、千金求め得ず」といふのがあり、またこの頃の詩には、「酔草今年頗る微に入る」といふのがある。その自ら許せしことを知るに足る。「放翁書を以て名あらず而かも草書実に一時に横絶す。……放翁草書に於いて工力、神を出だし化に入るに幾《ちか》し。惜いかな今伝はらず、且つ能く其の善書を知る者あるなし、蓋《けだ》し詩名のために掩《おほ》はるる也」。これは『甌北詩話』に言ふところである。

短歌行

百年鼎鼎世共悲
晨鐘暮鼓無休時
碧桃紅杏易零落
翠眉玉頰多別離
渉江采菱風敗意
登樓待月雲爲祟
功名常畏謗讒興
富貴每同衰病至
人生可歎十八九
自古危機無妙手
正令插翮上青雲
不如得錢即沽酒

短歌行

百年鼎々、世共に悲む、
晨鐘暮鼓、休《や》む時なし。
碧桃紅杏、零落し易く、
翠眉玉頰、別離多し。
江を渉《わた》りて菱を采《と》れば風、意を敗り、
楼に登りて月を待てば雲、祟を為す。
功名常に畏る謗讒の興るを、
富貴每《つね》に同《とも》にす衰病の至ると。
人生歎ずべきは十の八九、
古へより危機妙手なし。
正に翮《カク》を挿んで青雲に上らしむるも、
如《し》かず銭を得ば即ち酒を沽《か》はんには。

○鼎鼎。放翁の別の詩に「新春鼎鼎として来たる」の句あり、この場合の鼎鼎は盛大の義なれども、ここの「百年鼎鼎」は、更に別の詩に「鼎鼎として百年電の如く速かなり」とある場合に同じく、過ぎ去ることの速なる意。○菱《リョウ》。水草の一種、黒くして稜角ある実を結ぶ、採りて食用に供すべし。○危機。『晋書』諸葛長民伝に「貧賤常に富貴を思ふも、富貴必ず危機を履む」とあり。○翮《カク》。はねのくき。挿翮とは、能く飛ぶことの出来ぬものが強ひて飛ばうとすること。○青雲に上るとは、立身出世すること。

九月晦日作　（四首録一）

炊煙漠漠衡門寂
寒日昏昏倦鳥還
數樹丹楓映蒼檜
天工解作范寛山

九月晦日作　（四首中の一）

炊煙漠々、衡門寂、
寒日昏々として倦鳥還る。
数樹の丹楓、蒼檜に映じ、
天工解《よ》く范寛の山を作《な》す。

○范寛。宋の華原の人。名は中正、字は仲立。性緩、よりて世人これを称して范寛といふ。風儀峭古、酒を嗜みて落魄。善く山水を画く、落筆老勁。その絵に似たる意味にて范寛の山といふ。

陶山遇雪覺林遷
菴主見招不果往

陶山雪に遇ふ、覚林遷菴主
招かれしも往くを果さず

山中大雪二尺彊
道邊虎跡如椀大
衰翁畏虎復畏寒

山中大雪、二尺強、
道辺の虎跡、椀*大の如し。
衰翁虎を畏れ復た寒を畏る、

招喚不來公勿怪　招喚すれども来らず公怪む勿れ。
梨花開時好風日　梨花開くの時、好風の日、*
走馬尋公作寒食　馬を走らせ公を尋ねて寒食を作《な》さむ。
不須沽酒引陶潛　須《もち》ゐず酒を沽《か》うて陶潜を引くを、
箭筍蕨芽如蜜甜　箭筍蕨芽、蜜の甜《あま》きが如けむ。*

○「年譜にいふ。淳熙八年、辛丑、五十七歳、正月家に到る。二十八日大雪、若耶渓を過《よ》ぎりて雲門山中に至り、雲泉上方に登り、雪を衝いて余慶覚林に至る。雪連日止まず。雪霽れて始めて湖上に帰る」。——陳延傑の『陸放翁詩鈔注』には、この詩に以上の年譜を附註し居れども、詩稿には之より前に壬寅新春の詩出で居るが故に、ここに辛丑の年の詩挿まれ居るべしとも思はれず。恐らくこの詩は五十七歳の正月の作ではなく、五十八歳の十二月か又は五十九歳の正月頃の作に属するものであらう(「正月二十八日大雪、若耶渓を過ぎりて雲門山中に至る」と題する詩及び「雪を衝いて余慶覚林に至る、雪連日止まず」と題する詩は、詩稿ではここに掲げた詩よりずつと前に出てゐる。陳延傑が誤解してゐることは、略ぼ疑ない)。○椀。支那ではこばちのことなり。○寒食。冬至より一百五日目にあたる節、この日火食を禁ずる習慣なり。○引陶潛。陶潜は云ふまでもなく、酒を愛した陶淵明のこと。但し引*といふ字の意味、はつきりせず。雷瑨の『箋註剣南詩鈔』及び陳延傑の『陸放翁詩鈔注』には、引陶潜を飲陶潜となせり。○箭筍。『筍譜』に、「小筍なり、十二月に生ず、惟だ会稽諸山に絶《はなは》だ多し、大さ箸の如し、長さ三四寸」とあり。

娥江野飲贈劉道士　娥江に野飲して劉道士に贈る

春光盎盎催官柳　春光盎々《アウアウ》として官柳を催し、
柳色黄如醆中酒　柳色黄なること醆中《サンチュウ》の酒の如し。

橋邊微徑愜幽尋
世外高人共攜手
参差茅舍出木末
隱映酒旗當浦口
插花處處引村童
失道時時問耕叟
客堪共醉百無一
事不諧心十常九
日斜潮落不可留
孤舟欲上頻搔首

橋辺の微径、幽尋に愜《かな》ひ、
世外の高人、共に手を携ふ。
参差として茅舎木末に出で、
隠映せる酒旗は浦口に当る。
花を挿んで処々村童を引き、
道を失して時々耕叟に問ふ。
客の共に酔ふに堪ふるは百に一なく、
事の心に諧《かな》はざるは十常に九なり。
日斜に潮落ちて留る可らず、
孤舟に上らんとして頻りに首《かうべ》を搔く。

○醆はさかづき。　○盎盎。盛んにみなぎり、あふるる貌。　○催官柳。官道の柳をして芽をふかしむるなり。　○世外高人。暗に劉道士を指す。　○木末。こずえ。　○客堪共酔云々。今日は偶ゝ百に一なく、十に一なき、客と事とに出会ひたるの意を寓す。　○日斜潮落云々。野飲なれば、日暮れたる後まで留まる訳には行かぬなり。　○孤舟といふは、これより劉道士と相分かるるが故なり。　○搔首。心に思ふところあり愁を抱く貌。

○剣南詩稿は制作の年代順に排列されある筈なれば、春になりてからの此の詩以下は、作者五十九歳の時の作に属すべし。

寓舎聞禽聲

日暖林梢鵯鵊鳴

寓舎禽声を聞く

日暖かにして林梢鵯《ヒ》鵊《ケフ》鳴き、

稲陂無處不青青　稲陂処として青々ならざるは無し。
老農睡足猶慵起　老農睡り足りて猶ほ起くるに慵《ものう》く、
支枕東窗盡意聽　枕を支へて東窓、意を尽して聴く。

○鵓鴣。夜の明くるを催す鳥。欧陽修の詩に「緑窓鵓鴣、天明を催す」とあり。　○老農。作者自らを言ふ。

春晩　春の晩《くれ》

雨足人家插稲秧　雨足りて人家稲秧を挿み、
蠶生鄰女采桑黄　蚕生れて隣女桑黄を采る。
萬花掃迹春將暮　万花迹を掃うて春将《まさ》に暮れなむとし、
百草吹香日正長　百草香を吹いて日正に長し。
閒覓啼鶯穿北崦　閒に啼鶯を覓《もと》めて北崦を穿《うが》ち、
戲隨飛蝶過東岡　戯《たはむれ》に飛蝶に随うて東岡を過ぐ。
飄然且喜身彊健　飄然且《しば》らく喜ぶ身の強健、
不怪兒曹笑老狂　怪まず児曹の老狂を笑ふを。

○插稲秧。田植のこと。　○桑黄。桑の若葉のことだらうと思ふ。　○万花掃迹。春すでに逝かむとするがためなり。
○崦は山。

題瑩師釣臺圖　瑩師釣台の図に題す

羊裘老子釣魚處　羊裘の老子、魚を釣る処、

開巻令人雙眼明　　開巻人をして双眼明かならしむ。
未可怱怱便持去　　未だ怱々に便《すなは》ち持ち去る可らず、
夜窗吾欲聽灘聲　　夜窓吾れ灘声を聴かむと欲す。

○釣台とは、釣をする小高き場所のこと。但しここの釣台は釣台山であらうか。『名勝記』に、「釣台山は東阿県鎮城の東南に在り、麓に釣磯あり、相伝ふ厳光の釣せし処と」としてある。○羊裘の老子。これが恐らく画かれた厳光であらう。厳光といふのは、有名な隠者の名である。○転結両句の意味は、急いで此の絵を持ち去らずに置いてくれ、今夜はこの絵を前にして灘声を聴かうと思ふから、と云ふのである。

夜意（二首錄一）　　夜意（二首中の一）

幌外燈青見鼠行　　幌外《クワウグワイ》灯青うして鼠の行くを見、
林梢月黑有梟鳴　　林梢月黒うして梟の鳴くあり。
誰言中夏夜偏短　　誰か言ふ中夏夜偏《ひと》へに短しと、
萬里夢回天未明　　万里夢回《めぐ》りて天未だ明けず。

○幌*は灯火のおほひ。○月黒しは黒月の月影をさす。黒月とは陰暦の下半月のこと、月欠けて光が段々うすくなるなり。○誰言*は只言となつてゐるが、これは書き間違ひだらうと思つて、しばらく誰言としておいた。

夏夜（四首錄一）　　夏夜（四首中の一）

結屋在郊墟　　屋を結んで郊墟に在り、

翛然謝炎熾　翛然《イウゼン》炎熾《エンシ》を謝す。

窗扉故闃寂　窓扉故《もと》より闃寂《ゲキセキ》、

水竹亦幽邃　水竹亦た幽邃《イウスヰ》。

飛蟲望燈集　飛虫灯を望みて集まり、

栖燕銜雨至　栖燕雨を銜いて至る。

石枕與葛幮　石枕と葛幮《カツチユ》と、

美哉今夕睡　美なるかな今夕の睡《ねむ》り。

○翛然。『六研斎筆記』に「呉循吾、晩年落拓、武林呉山に寄居す。松関竹屋、翛然として塵外に在るが如し」とあり。また放翁の別の詩に「地偏にして雞犬亦た翛然」、「身は是れ江湖繫がざるの船、雨余随処一に翛然」、「万事身に関せず、翛然たり一幅巾」、「新たに単衣に換へて細葛軽し、翛然随処閑行を得」などいふ用例、枚挙に遑あらず。かかる場合の翛然は、遠く俗塵を隔つる意。○熾。太陽の熱のつよきこと。○闃寂。しづかにして、ものさびし。○邃。おくぶかし。○幮。かや。

居山　居山

涉世緣雖薄　世を渉《わた》るの縁薄しと雖も、

居山味自長　山に居るの味自ら長《とこし》へなり。

穿雲雙履溼　雲を穿ちて双履湿ひ、

洗藥一溪香　薬を洗うて一渓香し。

有酒作瞼纈　酒の瞼纈《ケンケツ》を作《な》す有り、

無愁供鬢霜　　愁の鬢霜を供する無し。
遼天渺歸鶴　　遼天渺《はるか》に帰るの鶴、
千載付茫茫　　千載茫々に付す。

○臉纈。『辞源』にいふ、「按ずるに、臉字を詩詞に用ふるは、梁陳以来に始まる。実は目と頰とを兼ねて言ふ。亦た専ら頰を指す者あり、紅臉、玉臉の類なり。亦た専ら目を指す者あり、臉波の類の如し。蓋し臉と瞼と同音なれば、遂に通用せるなり」と。纈*はしぼり。ここに臉纈といふは、酒を飲みて頰のあかくなるを云ふ。○遼天渺帰鶴、千載付茫茫。丁令威の故事に本づける句。後に出づる「天王広教院云々」*と題する詩の註(又は別冊「古稀の放翁」中「五月十一日夜坐達旦」*と題する詩の註)を参照せよ。

秋興（二首録一）

白髮蕭蕭欲滿頭
歸來三見故山秋
醉憑高閣乾坤窄
病入中年日月遒
百戰鐵衣空許國
五更畫角只生愁
明朝煙雨桐江岸
且占丹楓繫釣舟

秋興（二首中の一）

白髪蕭々として頭に満ちんとし、
帰来三たび見る故山の秋。
酔うて高閣に憑《よ》れば乾坤迮《せま》り、
病みて中年に入り日月遒《すみや》かなり。
百戦鉄衣空しく国に許し、
五更画角只だ愁を生ず。
明朝煙雨、桐江の岸、
且《しば》らく丹楓を占めて釣舟を繫がむ。

○三見故山秋。もしこの詩が淳熙十年の作であれば、作者が家居以来故山の秋を見ることは、実際にはこれが四度目*だと思はれる。　○鉄衣。よろひ。　○画角。絵模様のあるつのぶえ。　○桐江。「閒趣」と題する放翁の別の詩には、「迹を絶つ市朝の外、廬を結ぶ雲水の間。心平かにして詩淡泊、身退いて夢安閒。酒あらば旋《たちま》ち伴を尋ぬ、門なし那《な》んぞ関を説かむ。桐江故《も》と遠からず、日暮れて潮を趁《お》うて還る」といふのがあり、また別の詩には、「坐して擅《ほしいまま》にす洛水桐江の秋」といふ句がある。桐江は即ち桐廬江である。

八月五日夜半起
飲酒作草書數枚*

有漏神仙有髪僧
碧㕔欹枕對秋燈
忽然起索三升酒
颯颯蛟龍入剡藤

八月五日夜半起きて酒
を飲み草書数枚*を作る

有漏《ウロ》の神仙、有髪の僧、
碧㕔《ヘキチュ》枕を欹《そばだ》てて秋灯に対す。
忽然起つて索《もと》む三升の酒、
颯々《サツサツ》として蛟竜剡藤《エントウ》に入る。

○有漏。無漏の対。漏は過をもらす義。有漏といふは仏語にて、凡夫の称なり。　○碧㕔。青き色のとばり。　○颯颯。風の音、また雨のふり注ぐ音。杜甫の詩に「寒雨颯々として枯樹湿ふ」とあり。ここでは墨を含んだ筆が音を立てて紙の上を走り、墨が紙に吸ひ込まれゆく形容。　○蛟竜。言ふまでもなく草書を指す。放翁が草書に工なりしことは、前*にも述べた。　○剡藤。剡紙のこと。剡渓に産する紙なり。『博物志』にいふ、「剡渓には古藤甚だ多し、紙を造るべし、故*に紙に名づけて剡藤といふ」と。剡渓は浙江省にあり、曹娥江の上流、放翁の郷里より遠からず。嘗て王子猷、雪夜に戴逵を訪ねし所、亦た戴渓と名づく。

秋雨漸涼有懷興元

秋雨漸く涼、興元を懐《おも》ふあり

八月山中夜漸長
雨聲燈影共凄涼
遙知南鄭風霜早
已有寒熊犯獵場

八月山中夜漸く長く、
雨声灯影共に凄涼。
遥に知る南鄭風霜早く、
已に寒熊の猟場を犯す*を。

又

十年前在古梁州
痛飲無時不慣愁
最憶夜分歌舞歇
臥聽秦女擘箜篌

又

十年前、古梁州に在り、
痛飲時なく愁に慣れず。
最も憶ふ夜分歌舞歇《や》み、
臥して秦女の箜篌《クゴ》を擘《つんざ》くを聴きしを。

又

清夢初回秋夜闌
床前耿耿一燈殘
忽聞雨掠蓬窗過
猶作當時鐵馬看

又

清夢初めて回りて秋夜闌《たけなは》に、
床前耿々として一灯残る。
忽ち聞く雨の蓬窓を掠《かす》めて過ぐるを、
猶ほ当時鉄馬の看を作《な》す。

○興元。今の陝西省南鄭県。唐時代の梁州。第二首に古梁州とあるは、そのためなり。
○夜分。夜半。　○秦女。秦は陝西省の異名。　○擘箜篌。放翁の別の詩に、「人は華表に帰る三千歳、春は箜篌に入る十四絃」の句あり。『旧唐書』音楽志にいふ、「竪箜篌は漢の霊帝これを好む。体曲りて長く、二十有二絃、竪に懐に抱き、両手にて斉《ひと》く奏《かな》づ。俗に之を擘箜篌と謂ふ」。　○鉄馬。甲をよろひたる馬。

起晩戯作

地偏身飽閑
秋爽睡殊美
老雞毎愧渠
三唱呼未起
廚人罷晨汲
童子愁屣履
惰慵雖可嘲
安靜良足喜
心空夢亦少
酣枕甘若醴
不學多事人
南柯豪衆蟻

起《おそ》ること晩し戯に作る

地偏にして身は飽くまでも閑、
秋爽、睡り殊に美なり。
老雞毎《つね》に渠《かれ》に愧づ、
三唱呼べども未だ起きず。
廚人晨汲を罷《や》め、
童子屣《シ》履を愁ふ。
惰慵嘲る可しと雖も、
安静良《まこと》に喜ぶに足る。
心空しうして夢亦た少《まれ》に、
酣枕甘きこと醴《レイ》の若《ごと》し。
多事の人を学ばず、
南柯衆蟻に豪たり。

○屣履。あわてて履物を足につつかけ、曳きずりながら行くことにて、あわてて人を出迎へる形容。屣履を愁ふとは、起くること晩きため来客があると慌てねばなるまいと心配するなり。　○醴。一夜で出来る甘き酒。　○南柯豪衆蟻。柯は木の大枝。この結句は南柯の夢に耽る意。「むかし淳于棼の宅の南に古き槐樹あり。棼酔うて其の下に臥し、夢に大槐安国に入りて王に見ゆ。王曰く、吾が南柯郡、政事治まらず、卿をして其の守となさんと。棼郡に至り、凡そ二十年にして使者彼を送り帰らしむ。遂に寤《さ》む。槐樹の下を見るに二つの穴あり、一方の穴の方には一大蟻あり、即ち王なり、また他方の穴は直ちに南柯に向つて通じ居るを発見す。云々」。これ『異聞集』に載すところの故事、これに本づいて南柯の夢といへる語生ぜるなり。○豪は帥長の意、即ち南柯郡の守を指す。

飲村店夜歸

致主初心陋漢唐
暮年身世落農桑
草煙牛跡西山口
又臥旗亭送夕陽

村店に飲みて夜帰る

主に致すの初心、漢唐を陋とせしに、
暮年身世、農桑に落つ。
草煙牛跡、西山の口《ほとり》、
又た旗亭に臥して夕陽を送る。

又

灔灔村醪君勿辭
橙椒香美白鵝肥
醉中忘卻身今老
戲逐螢光蹋雨歸

又

灔々たる村醪、君辞する勿れ、
橙椒《タウセウ》、香美にして、白鵝肥ゆ。
酔中忘却す身の今ま老ゆるを、
戯《たはむれ》に蛍光を逐《お》ひ雨を踏《ふ》んで帰る。

○これらの詩は、放翁の一生、その心事などを知る者に、一脈のあはれを感ぜしめる作である。○灔灔。灔は灩の俗字。水の動くこと又たは水の溢るることを灩と云ひ、灩灩といふ時は、水の光を形容した言葉となる。ここに灩灩たる村醪といふは、村のにごり酒のなみなみと杯につがれたるを云ふ。○橙椒香美。橙は蜜柑の類、『東坡別集』に「安定郡王、黄柑を以て酒を醸し、之を洞庭の春色と謂ふ」などとあり。椒は山椒《サンセウ》、椒酒といふは此の山椒その他を調合して作れる酒。ここに橙椒香美しと云ふは、橙酒椒酒の香よきを云へるなり。

雨夜感懐

點滴空堦雨送涼
青燈對影獨凄傷
身如病木驚秋早
心似鰥魚怯夜長
鑄得黄金猶有術
掃空白髮定無方
蕭然禪榻君休笑
一卷殘書伴枕傍

雨夜感懐

点滴空堦、雨、涼を送る、
青灯影に対して独り凄傷。
身は病木の如く秋の早きに驚き、
心は鰥魚《クワンギョ》に似て夜の長きを怯《おそ》る。
黄金を鋳得るには猶ほ術あらんも、
白髪を掃空するには定んで方なけむ。
蕭然たる禅榻、君笑ふを休《や》めよ、
一巻の残書枕傍に伴ふ。

○標題の感*は感動の意。　○鰥。老いて妻なきを云ふ、やもを。魚は夜間も眼を閉ぢず、故に愁悒寐ねざる貌をも鰥と云ひて、魚偏となせり。心は鰥魚に似て夜の長きを怯るといふ場合は、眠らざる魚の意味ともなるのであらうか。放翁の別の詩には、「老眼寐ねず鰥魚の如し」、「三更雨を聴く蓬窓の底、又た鰥魚となつて夜眠らず」、「衰は蠹葉の如く秋先づ覚り、愁は鰥魚に似て夜眠らず」などとあり。また「書を守りて眼閉ぢんとするも、枕に投ずれば乃ち瞭然たり。児曹曳履を戒め、相語りて翁正に眠るとなす。豈に知らんや敗褐を擁し、炯として寒魚の鰥の如し」ともある。　○鋳黄金。李白の詩に、「西山の玉童子、我をして金骨を錬らしむ」の句あり、また庾信の文に、「不学王陽平生鋳金之術」とあり。

月下小酌

昨日雨遶簷

月下小酌

昨日、雨、簷を遶《めぐ》り、

孤燈對搔首
今夜月滿庭
長歌倚衰柳
世變浩無窮
成敗翻覆手
人生最樂事
臥聽壓新酒
我歸自梁益
零落愴親友
紛紛墮鬼錄
何人得長久
後生多不識
詎肯顧衰朽
一杯無與同
敲門喚鄰叟

孤灯搔首《サウシュ》に対せり。
今夜、月、庭に満ち、
長歌衰柳に倚《よ》る。
世変浩として窮りなく、
成敗手を翻覆す。
人生最楽の事は、
臥して新酒を圧するを聴くなり。
我れ梁益より帰り、
零落親友を愴《いた》む。
紛々として鬼録に堕す、
何人か長久を得む。
後生多く識らず、
詎《なん》ぞ肯《あへ》て衰朽を顧みむ。
一杯与《とも》に同じうする無し、
門を敲《たた》いて隣叟を喚《よ》ぶ。

○翻覆手。変化の反覆定りなきを云ふ。杜甫の詩に「手を翻せば雲となり、手を覆せば雨となる」とある。○梁*益。梁州は南鄭、益は小益をさす。別の詩に「*偶《たまたま》小益南鄭の間を懐《おも》ひ悵然として賦あり」と題せるものあり。○鬼録。魏の文帝の呉質に与へし書に、「徐陳、応劉、一時に倶に逝く。頃《このごろ》その遺文を撰し、都《すべ》て一集と為す。其の姓名を観るに、已に鬼録と為る」とあり。○後生。後輩といふに同じ、自分より年少き人々のこと。

秋夜観月

夢回残燭耿房櫳
杳杳江天叫断鴻
病骨不禁風露重
披衣小立月明中

秋夜月を観る

夢回りて残燭房櫳《バウロウ》に耿たり、
杳々《エウエウ》たる江天、断鴻叫ぶ。
病骨風露の重きに禁《た》えず、
衣を披《き》て小立す月明の中。

又

誰琢天邊白玉盤
亭亭破霧上高寒
山房無客兒貪睡
常恨清光獨自看

又

誰か琢す天辺の白玉盤、
亭々霧*を破つて高寒に上る。
山房客なく児は睡を貪る、
常に恨む清光独り自ら看るを。

○房櫳。房屋の窓牖。れんじまど。　○杳杳。くらくしてはるかなる貌。　○亭亭。高く遠く浮べる貌。魏の文帝の詩に「西北に浮雲あり、亭亭として車蓋の如し」とあり。　○児。童子のことであらう。

浪　迹

浪迹人間四十年
鏡中不覺已華顚
山川慘澹秋多感
燈火青熒夜少眠

浪　迹

人間《ジンカン》に浪迹すること四十年、
鏡中覚えず已に華顚。
山川惨澹、秋、感ずること多く、
灯火青熒《セイケイ》、夜、眠ること少し。

壮志已忘楡塞外
高情正在酒壚邊
扁舟不恨無人識
且復長歌入暮煙

壮志已に楡塞の外を忘れ、
高情正に酒壚の辺《ほとり》に在り。
扁舟恨みず人の識る無きを、
且《しばら》く復た長歌して暮煙に入る。

○浪迹。定所なく漂泊すること。○華顛。白頭といふに同じ。○青熒。灯火の光の青きを云ふ。蘇軾の文に「歳云《ここ》に暮る矣、風雨凄然、紙窓竹屋、灯火青熒」とあるが如し。○楡塞。『漢書』に「石を累《かさ》ねて城となし、楡を樹《う》ゑて塞となす」とある。で辺塞のことをまた楡塞とも云ふ。○酒壚。さかば。

衰病有感

（三首錄二）

衰與病相乘
山房冷欲冰
在家元是客
有髮亦如僧
愁絕窮秋雨
情親獨夜燈
西隣有甘井
聊得曲吾肱

衰病感あり

（三首の中二首を録す）

衰と病と相乗じ、
山房冷かにして氷らんとす。
家に在るも元《も》と是れ客、
髪あるも亦た僧の如し。
愁絶す窮秋の雨、
情は親む独夜の灯。
西隣甘井あり、
聊《いささ》か吾が肱《ひぢ》を曲ぐるを得。

又

倦枕先雞覺
寒汀件雁孤
寂寥誰省錄
衰疾且枝梧
鶴骨秋添瘦
龜腸夜自呼
蓋棺吾事定
未敢泣窮途

又

倦枕、雞《とり》に先だちて覚め、
寒汀、雁《かり》に伴うて孤なり。
寂寥誰か省録《セイロク》せん、
衰疾且《しばら》く枝梧《シゴ》す。
鶴骨、秋、痩を添へ、
亀腸、夜、自《みづ》から呼ぶ。
棺を蓋はば吾が事定まらむ、
未だ敢て窮途を泣かず。

○相乗ず。つけ入る意味。白楽天が初めて中風に罹った時の詩には、「六十八の衰翁、衰に乗じて百疾攻む」とあり。○在家元是客。李太白の春夜桃李園に宴すの序に「夫れ天地は万物の逆旅なり」としてある。○有髪亦如僧。私は嘗てこの句を借りて「有髪亦如僧、無銭尚不貧」の一聯を作つた。村上仏山の冬日小詠の詩には「斯の身袈裟を着けずと雖も、老後の心懐出家の如し」とあるが、冗語費すところ十四字にして、放翁の此の一句に及ばざること遥に遠し。白楽天の「身は出家せずして心は出家す」も亦た同じく遥に及ばざるを覚ゆ。○愁絶の絶は甚しき義。○窮秋。秋の末。○独夜。独坐の夜。○曲吾肱。論語の述而篇に「疏食を飯《くら》ひ、水を飲み、肱を曲げて之を枕とするも、楽み亦た其の中に在り矣」とあるに本づく。尚ほ前の句に甘井としてあるのは、ここの「水を飲む」を聯想せしめる。
○省録。省はかへりみる、録はおぼえてゐて心に忘れざる意味。○枝梧。ささへ、さからふ。○亀腸。陸亀蒙の詩に「蟬腹と亀腸を辞せず」とあり。自ら呼ぶと云ふは、空腹にて鳴るなり。

秋夜獨過小橋觀月
湖上蕭蕭葉落頻
小橋東畔岸綸巾
乍圓素月升寒璧
欲散微雲甃細鱗
有酒便應遺世事
得閑隨處勝官身
笑談但恨朋遊少
安得幽人與卜鄰

秋夜独り小橋を過《よ》ぎりて月を観る
湖上蕭々として葉落つること頻りなり、
小橋東畔、綸巾を岸《ぬ》ぐ。
円《まど》かとなりしばかりの素月は寒璧を升せ、
散らむとするの微雲は細鱗を甃《ちぢ》む。
酒あり便《すなは》ち応《まさ》に世事を遺《わす》るべく、
閑を得て随処官身に勝《まさ》る。
笑談但《た》だ恨む朋遊の少きを、
安《いづ》くにか幽人を得て与《とも》に隣を卜さむ。

○岸綸巾。頭髪をつつめる巾を取り去り、気楽な態度を取ること。　○素月。しろくさえたる月。　○朋遊少。この頃の詩には、寂寥を訴ふるもの頻りに多し。作者当時の心境を窺ふに足る。

雑　興
（四首錄三）
風雨雞喔喔
雪霜柏森森
獨居雖無友
二物感我深

雑　興
（四首の中三を録す）
風雨、雞喔々《アクアク》、
雪霜、柏森々《シンシン》。
独居友なしと雖も、
二物我を感ぜしむること深し。

又

又

萬物各有時
蟋蟀以秋鳴
我老自少眠
那得憎此聲

万物各〻時あり、
蟋蟀、秋を以て鳴く。
我老いて自《おのづか》ら眠り少きも、
那《なん》ぞ此の声を憎むを得む。

又

清霜染丹葉
秋晩粲如春
回首風吹盡
天公解戲人

又

清霜丹葉を染め、
秋晩粲として春の如し。
首《かうべ》を回《めぐ》らせば風吹き尽す、
天公解《よ》く人に戯る。

○喔喔。にはとりの鳴く声。白楽天の詩には「喔喔として雞樹を下る」とあり。　○柏*。かしは。　○森森*。樹木の高くそびえるさま。　○回首。忽ちの意。

後春愁曲并序

予在成都作
春愁曲頗爲
人所傳偶見
舊稾悵然有
感作後春愁
曲

後の春愁の曲并に序

予成都に在りて春愁の曲を作るや頗る人の伝ふる所となる、偶〻旧稿を見、悵然として感あり、後の春愁の曲を作る

六年成都擅豪華
黄金買斷城中花
醉狂戲作春愁曲
素屛紈扇傳千家
當時說愁如夢寐
眼底何曾有愁事
朱顏忽去白髮生
眞墮愁城出無計
世間萬事元悠悠
此身長短歸山丘
閉門堅坐愈生愁
未死且復秉燭遊

六年成都豪華を擅《ほしいまま》にす、
黄金買断す城中の花。
酔狂戯《たはむれ》に作る春愁の曲、
素屛紈扇《グワンセン》千家に伝ふ。
当時愁を説く夢寐の如し、
眼底何ぞ曾《かつ》て愁事あらむ。
朱顔忽ち去りて白髪生じ、
真に愁城に堕して出づるに計なし。
世間万事元《も》と悠々、
此の身長短山丘に帰す。
門を閉ぢて堅坐せば愈〻愁を生ぜむ、
未だ死せず且《しば》らく復た燭を秉《と》りて遊ばむ。

○この頃の放翁の別の詩にも、「少《わか》うして春の帰るに逢ひ未だ悲みを解せず、千篇曾て賦す傷春の詩」といふ句がある。成都で作つた春愁の曲といふのは、次の如くである。「虙羲今に至つて三十余万歳、春愁歳々常に相似たり。外、大瀛の海、九州を環る、一州として此の愁なきは有るなし。我は願ふ愁なくして但だ歓楽、朱顔緑髩常に昨の如けむを。金丹九転徒《いたづら》に聞く可し、玉兎千年空しく薬を擣《つ》く。蜀姫双鬟、婭《ア》姹《ダ》として嬌《なまめ》く、酔うて看る恐らく是れ海棠の妖ならむ。世間処として愁の到る無き無し、底事《なにごと》ぞ万里橋の過ぎ難き」。——序に一二註釈を加へておく。虙羲といふは三皇の最先。塩鉄論にいふ、「謂はゆる中国は分ちて九となす、川谷阻絶、陵陸通ぜず、乃ち一州となす、八あり瀛海その外を環る」と。外大瀛海環九州と云へるは之に本づく。金丹九転。呂温の詩には「仙家の九転丹を錬るが如し」とあり。万里橋。成都に在る橋の名。

○六年成都。六年間滞在してゐた成都。　○素屏紈扇。白地の屏風、白絹の扇に春愁の曲が書かれ、この曲が到る処に伝へられた。　○夢寐。ねむりて夢みること。　○朱顔忽去白髪生。この句以下は現在のことになる。先きの春愁の曲には、「我は願ふ朱顔緑髩常に昨の如けむを」と歌ったのに、今は忽ちにして朱顔衰へ白髪生じ、それこそ本当に愁城に落ち込んだ、と云ふのである。　○悠悠。限りなく流れゆく形容。　○此身長短帰山丘。このからだは長短を問はず晩かれ早かれ死んで墓場の土になる。

寄題朱元晦武夷精舎
(五首錄二)

身閑剩覺溪山好
心靜尤知日月長
天下蒼生未蘇息
憂公遂與世相忘

又

山如嵩少三十六
水似邛郲九折途
我老正須閑處著
白雲一半肯分無

朱元晦の武夷精舎に寄題す
(五首のうち二首)

身閑にして剩《あまつさ》へ覚ゆ渓山の好きを、
心静かにして尤も知る日月の長きを。
天下の蒼生未だ蘇息せず、
公の遂に世と相忘れむことを憂ふ。

又

山は嵩少三十六の如く、
水は邛郲《キョウライ》九折の途に似たり。
我老いて正に須く閑処に著くべし、
白雲一半肯て分つや無《いな》や。

○放翁と朱元晦との関係については、趙翼の『甌北詩話』に次の如く書いてある。「放翁蜀より東に帰るや正に朱子講学提倡の時に値《あ》ふ。放翁その緒言*(余風といふほどの意味)を習聞し、之と相契す。家居「朱元晦提挙に寄す」の詩、「朱元晦紙被を寄せしを謝す」の詩、また「朱元晦武夷精舎に寄題す」の詩あり。朱子卒するに及び、放翁之を祭るに文を以てす。云ふ、「某、百身を捐《す》てて九原に起すの心、長河を傾けて東海に決するの涙あり。路脩《なが》く歯耄す、神往きて形留まる」と。是れ二公道義の交を見るべし矣。時に偽学の禁、方《まさ》に厳。放翁標榜を立てず、徒衆を聚めず、故に世のために忌む所たらず。然かも其の里居に優游し、湖山に嘯咏し、景物に流連す、亦た其の貧に安んじ分を守り外を慕はず、昔人衡門泌水の風あるを見るに足る。是れ道学を以て名づけずと雖も、未だ嘗て力を道学に得ずんばあらざる也。其の集中亦た道学を以て詩に入る者あり、「冬夜読書」に「六経は万世の眼、此を守って以て老ゆ可し、多聞竟《つひ》に何をか為さむ、綺語一掃を期す」と云ふが如し。又た云ふあり、「吾何《いづ》くに適《ゆ》かむと嘆ずと雖も、猶ほ当に聞く所を尊ぶべし、今より倘《も》し未だ死せずんば、一日亦た当に勤むべし」と。「平昔」に云ふ、「皎皎たる初心天地に質し、兢兢たる晩節淵氷を踏む」と。「書懐」に云ふ、「平生六経を学び、白首頗る自信す、覬《こひねが》ふ所は未だ死せざるの間、猶ほ分寸の進み有らんことを」と。「児に示す」に云ふ、「義を聞いては能く徙《うつ》るを貴び、賢を見ては与《とも》に斉《ひと》しからんことを思ふ」。又た云ふ、「易経独り秦火に遭はず、字字皆な聖人を見るが如し、汝始めて弱齢吾已に耄す、当に力を致し各〻身を終るべきを要す」と。見る*可し其の晩年、声に随ひて附和し道学を以て名高しと為す者に非ざるを。其の詩の清空なるに至っては、一気明白、話の如くにして迂腐厭ふ可きの習なし。則ち又た其の余事なり」。思はず引用が長くなり、朱子との関係外のことにまで及んだが、しかしこの趙翼の説は、放翁の人物、学問、詩作を知る上に無駄ではあるまいと信ずる。

○朱元晦。名は熹、元晦は字、後に仲晦と改む。卒して宝謨閣学士を贈り、諡《おくりな》して文といふ。その学、理を窮め知を致し、身に反して其の実を践《ふ》み、居敬を以て主となす。世に之を道学といふ。宋の理学、彼に至って集大成されたりと称せらる。紹定の時、徽国公に追封し、淳祐の時、孔子の廟に従祀し、清の康熙中、升せて十哲の次に位せしむ。故に朱子と称し、また朱文公と称す。始め崇安に居り、居を名づけて紫陽書堂と云ひ、自ら紫陽と号す。また草堂を建陽の雲谷に剏《はじ》め、牓して晦庵と云ひ、自ら雲谷老人と称す。亦た晦翁と曰ふ。晩に建陽(今の福建省に属す)の考亭南の崇安県の南に卜築し、滄洲精舎となし、自ら滄洲病叟と称し、又た更に遯翁と号す。　○武夷。山名。今の福建省の崇安県の南三十里。仙霞山脈の起頂なり。昔し神人武夷君ここに居りしと伝へ、よつて此の名あり。三十六峰あり、渓流其の間を繚繞し、分かれて九曲となる、謂はゆる清渓九曲なり。放翁の詩に「山如嵩少三十六、水似邛郲九折途」とあるは、そのためである。　○嵩少。嵩山の少室(少室も山名)。今の河南登封県の北、太室山の西にあり。三十六峰より成ること、武夷山と同じ。　○邛郲。山名。今の四川省栄経県の西にあり、邛水の源。この山に九折阪あり。『漢書』王尊伝に云ふ、「尊、益州刺史に遷る。これより先き王陽、刺史となり、部を行《めぐ》り、邛郲九折阪に至り、歎じて曰く、先人の遺体を奉じ、奈何ぞ数《しばし》ば此の険に乗ずるやと。後、病を以て去る。尊、刺史となるに及び、其の阪に至り、吏に問うて曰く、此れ王陽の畏れし所の道に非らざるか。曰く是れなり。尊、其の馭を叱して曰く、之を駆れ、王陽は孝子たり。王尊は忠臣たらん」。放翁の詩に「水は邛郲九折の阪に似たり*」とあるは、武夷山を繞れる川が、前に云つた如く、九折してゐて、謂はゆる清渓九曲を成せるによる。

病思

夜窗孤影怯青燈
痩著秋衣欲不勝
光景正如寒圃蝶
情懐卻羨病寮僧
篝爐冷落燒殘葉
禪榻欹斜倚古藤
莫怪頽然遺世事
鬢絲日日鏡中增

病思

夜窓孤影、青灯を怯《おそ》る、
痩せて秋衣を著て勝《た》へざらんとす。
光景正に寒圃の蝶の如く、
情懐却て羨む病寮の僧。
篝炉《コウロ》冷落、残葉を焼き、
禅榻欹斜、古藤に倚《よ》る。
怪む莫れ頽然として世事を遺《わす》るを、
鬢糸日々鏡中に増す。

○篝炉。かごをふせた炉のことであらうか。別の詩に「青灯黄巻篝炉を擁す」などいふ句もある。○禅榻。静坐するための腰掛。その禅榻が古藤で出来てゐるのを、「禅榻欹斜古藤に倚る」と云つたのである。○頽然。じだらくに、からだをくづすこと。○鬢糸は云ふまでもなく鬢辺の白髪。

冬夜讀書

茂陵病後非平昔
痩骨竛竮短髮疎
紅燭悔從長夜飲
青燈喜對少年書
聖賢親見生非晚
忽慾俱空死有餘
破屋頹*然君勿笑
更闌絃誦滿吾廬

冬夜読書

茂陵病後、平昔に非らず、
痩骨竛竮《レイヘイ》、短髪疎なり。
紅燭、長夜の飲に従ひしを悔ゐ、
青灯、少年の書に対するを喜ぶ。
聖賢親しく見る生まれて晩《おそ》きに非らず、
忿慾倶に空し死して余りあり。
破屋頽*然、君笑ふ勿れ、
更闌《た》けて絃誦吾が廬に満つ。

○茂陵。漢の武帝の陵の名である。今の陝西省興平県の東北にあり。むかし司馬相如、病みてここに家居せり。ここに茂陵病後云々と云へるは、その故事によるなり。この頃放翁が病みたることは、前後幾首の詩によつて知らる。○竛竮。行いて正からず、即ちふらふらとすること。伶俜*とも書く。○聖賢親しく見ると云ふは、別の詩に「易経独り秦火に遭はず、字字皆な聖人を見るが如し」といへる類。○頽*然。ここでは家や垣がくづれてゐる貌。○絃誦。琴をひき詩をうたふ声。

過鄰家

今日病良已
笻枝發興新
高居遺世事
一笑過吾鄰
夕照明丹葉
秋風老白蘋
素衣雖化盡
不爲犯京塵

隣家を過《よ》ぎる

今日病良ゝ《やや》已む、
笻枝興を発すること新たなり。
高居世事を遺《わす》れ、
一笑吾が隣を過ぎる。
夕照丹葉明かに、
秋風白蘋老ゆ。
素衣化尽くと雖も、
*京塵を犯すを為さず。

○白蘋。白き花の咲く浮草。放翁の「秋景」と題する別の詩には、「雨泣いて蘋花老ゆ」の句あり。○素衣。白衣といふに同じ、無官を意味す。○化。ここはめぐみといふほどの意味にとつてよからう。天地の化育。○この詩に至つて「今日病やや已む」とあり。さう長い病気でなかつたことが分かる。

山園晩興

傳盃誰與豁幽悰
霜晩黄花未滿叢
過雁一聲寒靄外
短籬數掩夕陽中
易雖病裏猶能讀

山園晩興

盃を伝へて誰と与《とも》にか幽悰《イウソウ》を豁《ひら》かむ、
霜晩《おそ》うして黄花未だ叢に満たず。
過雁一声寒靄の外、
短籬数掩夕陽の中。
易《エキ》は病裏と雖も猶ほ能く読み、

詩到愁邊始欲工　　詩は愁辺に到つて始めて工《たくみ》ならんとす。
惟有功名眞已矣　　惟《た》だ功名の真に已むあり、
嬾將華髮對青銅　　嬾に華髪を将《と》つて青銅に対す。

○幽悰。ふさぎ沈める情緒。　○掩。おほひ。　○華髪。云ふまでもなく白髪の意。　○青銅。鏡を意味す。李益の詩に「手中青銅の鏡、我が少年の時を照らす」とある場合の如し。

冬夜讀書　　冬夜読書

平生喜藏書　　平生喜んで書を蔵し、
拱璧未爲寶　　拱璧も未だ宝と為さず。
歸來稽山下　　帰り来たる稽山の下《もと》、
爛漫恣探討　　爛漫探討を恣《ほしいま》まにす。
六經萬世眼　　六経は万世の眼、
守此可以老　　此を守りて以て老ゆ可し。
多聞竟何用　　多聞竟《つひ》に何の用ぞ、
綺語期一掃　　綺語《キゴ》一掃を期す。
幽居出戸稀　　幽居戸を出づる稀に、
衰病擁爐早　　衰病炉を擁すること早し。
青燈照黃卷　　青灯黄巻を照らす、
作意勿草草　　作意草々なる勿れ。

○趙翼が道学を以て詩に入るとなせるものの一例である。

○拱璧。珙璧と同じ、大きなるたま。　○稽山。会稽山、放翁の家に近し。　○爛漫。満ち溢れる形容。ここでは思ふ存分の意味。　○綺*語。文詞徒《いたづら》に藻飾多きを云ふ。　○黄巻。書物のこと。むかし蠹害をさけるため黄紙を用ひたるに本づく。　○作*意。著作の主意。詩作の心構。

村舎

空谷人稀到
新寒病頓輕
晨霜催小獵
宿雨潤新耕
草莽秦馳道
雲煙越故城
千年不磨滅
惟有暮山横

村舎

空谷人到ること稀に、
新寒病頓に軽し。
晨霜小猟を催し、
宿雨新耕を潤す。
草莽《サウマウ》、秦の馳道、
雲煙、越の故城。
千年磨滅せず、
惟《た》だ暮山の横はる有り。

○草莽。莽は雑草。草莽とは秦の馳道が茫々たる雑草に埋れるを云ふなり。　○秦馳道。馳道とは輦道即ち天子の御成道のこと。『史記』の秦始皇紀に「二十七年、爵一級を賜ひ馳道を治む」とある如く、秦の始皇の時に之を造れり。放翁の別の詩にも見ゆる如く、その馳道は家に近かりしなり。放翁七*十歳の時の詩には、「紅樹秦の馳道、青山禹の廟壖」の句あり。　○雲煙。雲煙の忽ち目を過ぎ去る如く一時のことに過ぎざりしを譬ふ。　○越の故城。会稽山に築きしもの、これまた放翁の家に近し。　○千年磨滅せず云々は、秦の馳道も越の故城もすべて荒廃に帰せるが、ただ山のみは千年変らず昔の姿をとどむと云ふなり。

冬夜吟

昨夜凝霜皎如月
碧瓦鱗鱗凍將裂
今夜明月卻如霜
竹影横窗更清絶
造物有意娛詩人
供與詩材次第新
飢鴻病鶴自無寐
山窮水絶誰爲鄰
西村梅花消息動
喞喞寒醅漸鳴瓮
儘將醉帽插幽香
此生莫作長安夢

冬夜の吟

昨夜凝霜、皎として月の如く、
碧瓦鱗々凍りて将に裂けんとせしに、
今夜明月、却《かへつ》て霜の如く、
竹影窗に横たはりて更に清絶。
造物意あり詩人を娯《たのし》ましめ、
詩材を供与して次第に新たなり。
飢鴻病鶴自ら寐《い》ぬるなく、
山窮まり水絶《ふさ》がる誰をか隣と為さむ。
西村梅花消息動き、
喞々《シヨクシヨク》として寒醅漸く瓮《ヲウ》に鳴る。
儘《まま》よ酔帽を将《と》つて幽香を挿まむ、
此の生、長安の夢を作《な》す莫れ。

○喞喞。酒のぽたりぽたりおちる音。すべて小さき声のしげく繰り返される形容。○醅は酒の未だ漉《こ》さざるもの。○瓮。かめ。○飢鴻病鶴。いふまでもなく作者自らを喩ふ。○梅花消息動くとは、梅花咲かむとするなり。○幽香を挿まむとは、梅花を帽に挿まむとの意。○莫作長安夢。別の詩に「白頭寧《なん》ぞ復た仕へむ」とあるに同じ。

移花遇小雨喜　花を移して小雨に遇ふ、喜び
甚爲賦二十字　甚し、為めに二十字を賦す

獨坐閑無事　独坐閑にして無事、
燒香賦小詩　香を焼《た》いて小詩を賦す。
可憐淸夜雨　憐む可し清夜の雨、
及此種花時　此の花を種《う》うる時に及ぶ。

○可憐。いとしきものに思ふ、かれんなり。私は嘗て此の詩を次の如く訳して見た。
ひとりゐのしづけさにひたり　香をたいて詩を賦す　あはれこの清き夜を　音もなく雨のふるらし　け
ふ移したる花の寐床に

遊淳化寺　淳化寺に遊ぶ

蕭寺久不到　蕭寺《セウジ》久しく到らず、
偶來幽興長　偶〻来りて幽興長《ひさ》し。
螘穿珠九曲　螘《あり》は穿つ珠九曲、
蜂釀蜜千房　蜂は醸す蜜千房。
雨過山橫翠　雨過ぎて山、翠を横たへ、
霜新橘弄黃　霜新たにして橘《キツ》、黄を弄す。
年衰道不進　年衰へて道進まず、
珍重一爐香　珍重《チンチヨウ》す一炉の香。

○蕭寺*。おくぶかく、しづかな寺。淳化寺といふは、この詩の結句から見て、禅寺だと思はれる。　○幽興長。長《ひさ》しは、つきざる意。　○珠九曲。糸に通した珠、例へば念珠などが、折れ曲がつてゐるやうに、蟻の巣に造られたる道の折れ曲がれるを云ふ。　〇蟷蜂。蟷、蜂、ともに山中の所見であらう。　〇雨過山横翠。雨の通り過ぎたるあと、山の翠の色濃きを云ふ。　○霜新橘弄黄。霜が降り初めたことを霜新といふ。橘は柑子《かうじ》、蜜柑《みかん》などの総称。霜のためにそれが黄いろくなりつつあることを、黄を弄すとしてあるのは、山が翠を横たふと云ふと同じく、山や橘を人格化したものである。　○年衰道不進。禅寺に遊んでの作者の感慨である。　○珍重一炉香。自註に「僧、拯迷に問ふ、如何なるか是れ祖師西来の意。師曰く、古殿一炉の香と。拯迷は即ち淳化なり」としてある。即ち淳化寺といふのは拯迷の創立した禅寺で、その拯迷の語録の中に「古殿一炉の香」といへる語があるのである。序にいふ、ここに祖師西来の意とは、禅宗の祖師とされてゐる達磨大師がわざわざ西の方の印度から支那にまで出掛けて来られた趣旨といふ意味で、つまりは禅宗の生粋、仏法の極意を指すのである。これは禅宗の根本問題だから、修道者は善知識に会うて屢〻この問題を提起して居り、古来これに対する答話の伝へられてゐるものは、凡そ百三十もあると云ふ。仏法の極意、心の本体、これは外界の事物と違つて、言語に言ひ現はすことの出来ぬもの、それを強ひて言葉に現はすのであるから、答はおのづから千差万別である。僧、香林に問ふ、如何なるか是れ祖師西来の意。林云ふ、坐久成労。竜牙、翠微に問ふ、如何なるか祖師西来の意。微云ふ、我がために禅板を過し来れ。趙州、因に僧問ふ、如何なるか是れ祖師西来の意。州云ふ、庭前の柏樹子。いづれも臨機応変の答であり、ここに淳化の古殿一炉の香といふもそれに同じく、説明の限りではない。珍重は大切にする、大事にするといふほどの意味。
　　　　餘慶出遊夜歸
杖藜尋勝愜幽情
芒屩如飛病體輕
迎客野梅纔半吐
　　　　余慶、出遊して夜帰る
杖藜勝を尋ねて幽情に慊《かな》ふ、
芒屩《バウクャク》飛ぶが如く病体軽し。
客を迎へて野梅纔《わづか》に半吐、

避人山雉尙徐行
東谿水落灘聲壯
南嶺雲酣雪意成
薄暮歸來僧已定
佛龕獨對一燈明

人を避けて山雉尚ほ徐行す。
東谿水落ちて灘声壮《さか》んに、
南嶺雲酣にして雪意成る。
薄暮帰り来れば僧已に定《ヂヤウ》、
仏龕独り対す一灯の明。

○余慶。山寺の名、作者はこの寺に宿し居たるなり。　○芒屩。わらぐつ。　○雪意成。雪ふらんとするなり。　○定。静坐して入定せるなり。

晩同僧至谿上

躭躭臥石熊當道
矯矯長松龍上天
不怕雪雲寒到骨
喚僧扶杖立橋邊

晩に僧と同《とも》に谿上に至る

躭々《タンタン》たる臥石、熊、道に当り、
矯々《ケウケウ》たる長松、竜、天に上ぼる。
怕れず雪雲、寒、骨に到るを、
僧を喚び杖に扶けられて橋辺に立つ。

○躭躭。耽耽に同じ。重なれる形容。　○矯矯。高く伸び上がれる貌。　○この詩も山寺に宿しての作と思はる。

城西晩眺*

嫋嫋城笳咽
熒熒漁火青
霜凋兩岸柳

城西晩眺

嫋々《デウデウ》として城笳咽《むせ》び、
熒々《ケイケイ》として漁火青し。
霜は凋《か》らす両岸の柳、

水浸一天星　　水は浸す一天の星。
靜看船歸浦　　静に船の浦《ホ》に帰るを看、
遙聞雁落汀　　遥に雁の汀《テイ》に落つるを聞く。
倚闌幽興極　　闌《ラン》に倚れば幽興極まる、
不敢恨飄零　　敢て飄零《ヘウレイ》を恨みず。

○嫋嫋。蘇東坡の前赤壁賦に、「客に洞簫を吹く者あり、歌に倚りて之に和す。其の声嗚嗚《ヲヲ》然として怨むが如く慕ふが如く泣くが如く訴ふるが如し。余音嫋嫋として絶えざること縷の如し」とある。嫋嫋は、音声の長く引き、ゆるやかに揚る貌。○城笳。城の方で吹く笛。○熒熒。小さき火の貌。杜牧之の阿房宮賦には、「明星の熒熒たるは粧鏡を開く也、緑雲の擾擾たるは暁鬟を梳《くしけづ》る也」とある。○闌。欄に同じ、らんかんなり。○飄零。木の葉のひるがへり落ちることから、転じて身世の不幸に喩ふ。

六十吟

人生久矣無百年　　人生久し矣百年なき、
六十七十已爲壽　　六十七十已に寿と為す。
嗟予忽忽蹈此境　　嗟《ああ》予忽々として此の境を蹈み、
衰髮如蓬面枯瘦　　衰髪蓬の如く面枯痩す。
孤松摧折老澗壑　　孤松摧折して澗壑に老い、
病馬凄涼依棧豆　　病馬凄涼として桟豆に依る。
尙無籌策活目前　　尚ほ籌策の目前を活かすなし、

豈有功名付身後　　豈に功名の身後に付するあらむ。
壁疎風入燈焰搖　　壁疎に風入りて灯焰揺らぎ、
地爐火盡寒蕭蕭　　地炉火尽きて寒蕭々たり。
胸中白虹吐千丈　　胸中白虹吐くこと千丈なるも、
庭樹葉空衣未纊　　庭樹葉空うして衣未だ纊せず。

○詩稿はこの詩のあらはれてゐる前後から(前後と云ふのは必ずしも此の詩が界となつて居ないらしいからである)六*十歳の年の作に入れるものの如くである。

○孤松病馬の一聯は自分の身世を喩ふ。　○棧豆は馬房の豆料なり。『晉書』には「駑馬棧豆を恋ふ」とあり。　○蕭蕭。ものさびしき形容。　○白虹。『史記』の荆軻のことを記せる個所に、白虹日を貫くとあり、その註に「精誠天に感じ、白虹これが為めに日を貫ける也」としてある。　○纊。綿を入れた衣類。結句の意味は、既に木の葉は落ちつくしてゐる季節であるに拘らず、貧にして諸事行き届かず、まだ綿入を着るまでになつて居ない、と云ふのである。

探梅　　　　　　　　探梅

半吐幽香特地奇　　半ば幽香を吐いて特地に奇、
正如官柳弄黃時　　正に官柳黄を弄する時の如し。
放翁頗具尋梅眼　　放翁頗る具《そな》ふ尋梅の眼、
可愛南枝愛北枝　　南枝を愛す可くして北枝を愛す。

又　　　　　　　　又

江路雲低糝玉塵　　江路雲低《た》れて玉塵を糝《サン》す、

暗香初探一枝新
平生不喜凡桃李
看了梅花睡過春

暗香初めて探る一枝の新。
平生喜ばず凡桃李、
梅花を看了れば睡りて春を過ぐ。

○特地はただ特にといふに同じ。　○官柳。『晋書』陶侃伝、「嘗て諸営に課し柳を植う。都尉夏施、官柳を盗み、之を己が門に植う。侃、後に見、車を駐めて問うて曰く、此は是れ武昌西門前の柳、何によつて此の種を盗み来れるやと」。　○玉塵は雪のこと。糝は米粒。こなを散らした如き有様を糝糝と形容す。*玉塵を糝すと云ふは雪の散れる如しと云ふ意味であらう。

湖村野興

十里疎鐘到野堂
五更殘月伴清霜
已知無奈姮娥冷
痩損梅花更斷腸

湖村野興

十里の疎鐘、野堂に到り、
五更の残月、清霜に伴ふ。
已に知る姮娥の冷を奈《いかん》ともするなきを、
梅花を痩損す更に断腸。

又

山色空濛雨點微
醉中不覺濕蓑衣
何妨乞與丹青本
一棹横銜翠靄歸

又

山色空濛、雨点微かなり、
酔中覚えず蓑衣を湿すを。
何ぞ妨げむ丹青の本を乞与《キヨ》するを、
一棹横に翠靄を銜いて帰る。

○姮娥。月を云ふ。　○第二首は雨中の湖上に舟をやりての作。　○乞与。乞はやはり与ふる意味、この場合はキと発音す。乞与丹青本とは、一幅の画を描き出す意。

看　鏡

局促人間百不如
毎看清鏡歎頭顱
酔來風月心雖在
老去軒裳夢已無
棋劫正忙停晩餉
詩聯未穏畫寒爐
乗除尚喜身彊健
六十登山不用扶

鏡を看る

人間《ジンカン》に局促《キヨクソク》して百不如、
毎《つね》に清鏡を看て頭顱を歎ず。
酔ひ来りて風月の心ありと雖も、
老い去つて軒裳の夢已に無し。
棋劫正に忙しくして晩餉《バンシヤウ》を停《や》め、
詩聯未だ穏かならずして寒炉に画《クワク》す。
乗除尚ほ喜ぶ身の強健なるを、
六十山に登るに扶けを用ひず。

○局促。すくんで小さくなつてゐること。　○百不如。万事不如意。　○頭顱を歎ずとは、白髪をなげくなり。　○軒裳。軒は大夫以上の者の乗物。裳は腰以下をおほふ衣。軒裳の夢とは、高位高官に上ぼらんとの希望。　○棋劫。碁を囲んで劫《コフ》争ひとなれるを云ふ。劫とは一個の石を自他共に取らんと争ひ、一着手を隔てては取つたり取られたりする場面のことである。　○寒炉に画すとは、灰に字を書く意味であらう。画は字画。　○乗除とは、得喪を差引きして見ての意。

過杜浦橋

杜浦橋を過《よ》ぎる*

橋外波如鴨頭綠
杯中酒作鵝兒黃
山茶花下醉初醒
卻過西村看夕陽
又

橋北雨餘春水生
橋南日落暮山橫
問君對酒胡不樂
聽取菱歌煙外聲
橋外の波は鴨頭《アウトウ》の緑の如く、
杯中の酒は鵝児の黄を作《な》す。
山茶花下、酔初めて醒め、
却《かへつ》て西村を過ぎて夕陽を看る。

又
橋北雨余、春水生じ、
橋南日落ちて暮山横たはる。
君に問ふ酒に対して胡《なん》ぞ楽まざる、聴取せよ菱歌煙外の声。

○二首とも好個の絶句であると思はれる。　○鴨頭。水の緑色を鴨のくびの毛の色にたとへたもので、李白の詩には「遥に看る漢水鴨頭の緑、恰《あたか》も葡萄の初めて醅を醱するに似たり」といふ句がある。　○却過西村看夕陽。*山茶花下に至つて初めて酔より醒めたるために、夕陽は西に没するのであるに拘らず、却て西村を過ぎてから夕陽を見る、と云ふのである。　○橋南日落暮山横。私はこの句を好む。　○菱歌。水上に成長してゐる菱《ひし》からその実を採取しながら歌ふうた。菱実は食用に供す。

病　中　　病　中

風雨暗江天　　風雨江天に暗く、
幽牕起復眠　　幽牕起きて復た眠る。

忍窮安晩境　　窮を忍んで晩境に安んじ、
留病壓災年　　病を留めて災年を圧す。
客助修琴料　　客は琴を修むるの料を助け、
僧分買藥錢　　僧は薬を買ふの銭を分かつ。
餘生均逆旅　　余生均《ひと》しく逆旅、
未死且陶然　　未だ死せず且《しばら》く陶然《タウゼン》たらむ。

○晩境。老境といふに同じ。　○留病圧災年。圧はふさぐの意であらう。即ちこの一句の意味は、病気をして災多き年を過してゐる、と云ふのであらう。　○修琴。修は修覆。　○陶然。心地好き気分の生ずる貌。陶淵明の詩に「この一*絃を揮《ふる》うて、陶然として自ら楽む」の句あり。

江頭十日雨　　　　江頭十日の雨

江頭十日雨　　江頭十日の雨、
雨止春已盡　　雨止めば春已に尽く。
殘紅如掃空　　残紅、空を掃《はら》ふが如く、
草木皆綠潤　　草木皆な緑潤。
村墟櫻筍鬧　　村墟桜筍鬧《にぎや》かに、
節物團糉近　　節物団糉《ダンソウ》近し。
可憐笠澤翁　　憐む可し笠沢《リフタク》の翁、
百憂集雙鬢　　百憂双鬢に集まる。

賦詩空自清　　詩を賦して空しく自ら清くし、
學道了不進　　道を学んで了《つひ》に進まず。
林間一甌茶　　林間一甌の茶、
晤語君勿吝　　晤語、君吝《をし》む勿れ。

○残紅。ちり残れる花。○掃空。地を掃ふと同義ならむ、花散りつくして残るものなきなり。○桜。支那では、ゆすらうめのこと。桜筍開とは、ゆすらの実や筍の出盛りといふ意味。○団糉。糉はちまき団子。団といふ字は、凡て団結集合してなるものの称に用ふ。糉は五月五日の端午の節に造る。節物団糉近しとは、追て五月五日の端午が近づくと云ふのである。○笠沢*。湖名。『左伝』に、「越子、呉を伐つ。呉子之を笠沢に禦ぎ、水を夾んで陣す」とあるに本づけるものならむ。蓋し放翁の郷里なる山陰は、呉王夫差の越王句践を囲みし会稽に近きなり。○晤語。晤は面晤、相対するなり。即ち晤語とは、相対して打ちとけて語り合ふこと。

小雨舟過梅市　　小雨、舟にて梅市を過ぎる

故故催詩襯雨篷　　故々詩を催す雨に襯《した》しむの篷、
悠悠破夢隔雲鐘　　悠々夢を破る雲を隔つるの鐘。
遙見*漁火兩三點　　遥に見る*漁火両三点、
已過暮山千萬峯　　已に過ぐ暮山千万峰。
老矣自應埋病骨　　老いたり矣自《みづか》ら応《まさ》に病骨を埋むべし、
歸哉莫念抗塵容　　帰せんかな塵容に抗せんことを念《おも》ふなかれ。
停橈小住青楓岸　　橈を停《とど》めて小住す青楓の岸、

呉市高人黨可逢　　呉市の高人党《も》し逢ふ可けむか。

○故故。杜甫の詩に「時時暗室を開き、故故青天に満つ」とあり、仇注に「故故は猶ほ屢屢と言ふがごとし」としてある。○襯。ぢかに身につける衣類のこと、襯雨篷とは篷に雨がしみ込んでゐる意味であらう。なほ原文には篷が蓬となつてゐるが、これは誤写であらうと思ふ。○悠悠。ながれゆく形容。○帰哉。帰は土に帰すること、即ち前の病骨を埋むと云ふと同義であらう。○塵容。*塵界のすがた。塵容に抗せんことを念ふなかれと云ふは、強ひて此の肉体を保全して長命しようと思ふな、といふ意味であらう。○橈。曲木の意などに用ふる場合は、ダウと発音するも、ここは楫の意味にて、発音はゼウ又はネウ。陳子昂の詩に「橈を停めて土風を問ふ」とある。○党。ことによると、もしかすると、などといふほどの意味。儻と同じ。

閑居書事

園林綠葉一番新
桃李吹成陌上塵
玩易焚香消永日
聽琴煮茗送殘春
隱居正欲求吾志
大患元因有此身
堪笑癡人營富貴
百年贏得冢前麟

閑居事を書す

園林緑葉一番新たに、
桃李吹かれて陌上の塵と成る。
易を玩《もてあそ》び香を焚いて永日を消し、
琴を聴き茗を煮て残春を送る。
隠居正に吾が志を求めむと欲し、
大患は元と此の身あるに因る。
笑ふに堪へたり痴人富貴を営むを、
百年贏《か》ち得たり冢前の麟。

○一番新*。放翁の別の詩に「南山筍蕨一番新」とあり、また「朱桜青杏一番新」ともあり。一番新たなりは、初めて新たなりといふほどの意。　○百年贏得冢前麟。百年は一生を費しての意。一生を費して死んでから立派な墓を作って貰ふだけのこと、詰まらないではないか、と云ふのである。

登臺遇雨避於山亭晩霽乃歸

溽暑不堪蝸舍陋
瘦藤扶我上危臺
搏禽俊鶻橫空去
卷雨狂風掠野來
壯觀深知化工妙
幽尋卻蹋夕陽回
悠然有喜君知否
屐齒留痕遍綠苔

台に登り雨に遇ひ山亭に避け晩に霽《は》れて乃ち帰る

溽暑蝸舎の陋に堪へず、
瘦藤我を扶けて危台に上ぼる。
*搏禽俊鶻、空に横たはりて去り、
巻雨狂風、野を掠《かす》めて来る。
壮観深く知る化工の妙、
幽尋却て夕陽を踏んで回る。
悠然喜び有り君知るや否や、
屐歯痕を留めて緑苔に遍《あまね》し。

○搏禽。搏は格闘の意であらう。　○俊鶻。俊は俊敏の意。鶻ははやぶさ、鷹の属。東坡の後赤壁賦に「栖鶻の危巣を攀づ」とあり。

秋夜舟中作

沽酒黃葉村
炊飯紅蓼岸

秋夜舟中の作

酒を沽《か》ふ黄葉の村、
飯を炊ぐ紅蓼の岸。

居人不孰何
正作漁父看
漁父我所羨
尚恐不得作
讀書端自癡
遊宦亦何樂
四顧澤茫茫
仰視天離離
長歌入雲去
月落斗未欹

居人孰何せず、
正に漁父の看を作《な》す。
漁父は我の羨む所なるも、
尚ほ恐る作るを得ざらむことを。
読書端《も》と自ら痴、
遊宦亦た何ぞ楽からむ。
四顧すれば沢茫々たり、
仰視すれば天離々たり。
長歌雲に入りて去り、
月落ちて斗未だ欹《かたむ》かず。

○不孰何。誰何せずの意ならむ。　○離離。長くつづける形容。張衡の思玄賦に「雲旗の離離を曳く」とある場合に同じ。

蓼花

（山園草木四絶句之一）

十年詩酒客刀州
毎爲名花秉燭遊
老作漁翁猶喜事
數枝紅蓼醉清秋

蓼花

（山園草木四絶句のうち）

十年詩酒刀州に客たり、
毎《つね》に名花の為めに燭を秉《と》つて遊ぶ。
老いて漁翁と作《な》り猶ほ事を喜ぶ、
数枝の紅蓼、清秋に酔ふ。

○客刀州。蜀中に客たりしことを指す。○名花。ここに名花といふは海棠の花のことなり。

秋夜出門觀月

六十衰翁適得閑
一秋無事掩柴關
雁來慘淡沙場外
月出蒼茫雲海間
飲酒已衰猶愛客
著書初畢可藏山
此生終羨漁家樂
小艇常衝夕靄還

秋夜門を出でて月を観る

六十の衰翁適《たまたま》閑を得、
一秋無事、柴関を掩ふ。
雁は来たる惨淡たる沙場の外、
月は出づ蒼茫たる雲海の間。
飲酒已に衰ふるも猶ほ客を愛し、
著書初めて畢る山に蔵す可し。
此の生終《つひ》に羨む漁家の楽、
小艇常に夕靄を衝いて還る。

○秋夜とあれども、この詩は中秋以前に属す。これに後れて「甲辰中秋月無し、十七夜独り皦然、旦に達す」と題する詩あり。

悲　秋

病後支離不自持
湖邊蕭瑟早寒時
已驚白髮馮唐老
又起清秋宋玉悲

悲　秋

病後支離、自ら持せず、
湖辺蕭瑟《セウシツ》、早寒の時。
已に白髪に驚く馮唐の老い、
又た起す清秋宋玉の悲み。

枕上數聲新到雁　　枕上数声、新たに到る雁、
燈前一局欲殘棊　　灯前一局、残せんとするの棊。
丈夫幾許襟懷事　　丈夫幾許《いくばく》襟懐の事、
天地無情似不知　　天地情なく知らざるに似たり。

○支離。からだがそこなはれたること。　○蕭瑟。ものさびしき貌。後に出づる宋玉の九弁に、「悲しいかな秋の気たるや、蕭瑟、草木揺落して変衰す」とあり。　○馮唐。漢の安陵の人。文帝の時、中郎署長となる。尚ほ武帝の時に至り、賢良を挙ぐ。時に唐、年すでに九十余、復た官に就く能はず、乃ち其の子を以て郎となす。　○宋玉。戦国の楚人。屈原の弟子。その師の放逐を悲み、九弁を作りて其の志を述ぶ。また神女、高唐の二賦を作る。皆な寓言、興を託す。諷する所あるなり。

天王廣教院在蕺　　天王広教院、蕺山の東麓
山東麓予年二十　　に在り、予年二十余の時、
餘時與老僧惠迪　　老僧恵迪と遊び、略《ほ》ぼ十
遊略無十日不到　　日到らざる無き也、淳熙
也淳熙甲辰秋觀　　甲辰秋、潮を海上に観、
潮海上偶繫舟其　　偶〻舟を其の門に繫ぎ、
門曳杖再遊怳如　　杖を曳いて再遊す、怳と
隔世矣　　　　　　して世を隔つる如し矣

遊山如讀書　　山に遊ぶは書を読むが如く、
深淺皆可樂　　深浅皆な楽む可し。

道邊小精舍
亦自一丘壑
淒涼四十年
始復重着脚
老僧逝已久
講座塵漠漠
當時童子輩
衰鬢亦蕭索
掃壁觀舊題
歳月眞電雹
文章卑不傳
衣食窘如昨
出門意悯然
遼海渺孤鶴

道辺の小精舎、
亦た自《おのづか》ら一丘壑。
淒涼四十年、
始めて復た重ねて脚を着く。
老僧逝いて已に久しく、
講座塵漠々たり。
当時の童子輩、
衰鬢亦た蕭索。
壁を掃うて旧題を観る、
歳月真に電雹。
文章卑うして伝はらず、
衣食窘《くるし》むこと昨の如し。
門を出でて意悯然、
遼海孤鶴渺たり。

○遊山如読書、深浅皆可楽。余生来羸弱にして山に遊ぶの楽を知ること少しと雖も、書を読むの興に至っては、幼年の時より六十五歳の今日に至るまで、常に之を楽むを得、殊に晩年雑書を繙くに及んで、「深浅皆な楽む可し」の趣を知るに至りしを以て、この句特にその味の深きを覚ゆ。○淒涼。淒愴なり。李白の詩に「覧古情淒涼」とある如し。○遼海渺孤鶴。雷瑨の註には、ここに『捜神記』の「遼東城門華表柱あり、忽ち一白鶴あり来りて集《とま》り言うて曰く、有鳥有鳥丁令威、去家千載今来帰、城郭如故人民非、何不学仙去、空見冢塁塁」を出だせり。

幽事

蕭然四壁野人家
幽事還堪對客誇
快日明窗閑試墨
寒泉古鼎自煎茶
桐凋無復吟風葉
蘋老猶殘泣露花
萬里封侯眞已矣
只將高枕作生涯

幽事

蕭然たる四壁、野人の家、
幽事還《ま》た客に対《むか》つて誇るに堪へたり。
快日明窓閑に墨を試み、
寒泉古鼎自《みづか》ら茶を煎る。
桐凋《しぼ》みて復た風に吟ずるの葉なく、
蘋老ゆるも猶ほ残す露に泣くの花。
万里封侯真に已む矣、
只だ高枕を将《と》つて生涯と作《な》さむ。

○四壁*。部屋のまはりの四つ壁。史記の司馬相如伝に「家居徒に四壁立つ」とあり。○万里侯*。京都より遠く離れたる地の諸侯のこと。『後漢書』班超伝に、「燕頷虎頸、飛んで肉を食ふ、万里侯の相なり」とあり。なほ此の詩と同じ頃に作つた放翁の「幽居戯詠」と題する詩には、「黄旗万里侯骨無く、紅燭千鍾酒腸有り」の一聯がある。

初冬雑題（六首録二）

莫嫌風雨作新寒
一樹青楓已半丹
身在范寬圖畫裏
小樓西角剰憑樓*

初冬雑題（六首中二首を録す）

嫌ふ莫《なか》れ風雨新寒を作《な》すを、
一樹の青楓已に半ば丹《あか》し。
身は范寛図画の裏に在り、
小楼の西角、剰《あまつさ》へ楼*に憑《よ》る。

又

風雨聲豪入夢中
不知身世寄孤蓬
狐裘氈帽如龍馬
天漢西南小益東

又

風雨声豪《こゑほしいまま》に夢中に入り、
知らず身世の孤蓬に寄するを。
狐裘氈帽、竜馬の如し、
天漢の西南、小益の東。

○范寛。画人の名、すでに前*に出づ。　○身世。自分の一生。　○孤蓬*。蓬は蓬廬、蓬庵などいふ意味、即ちいぶせき、よもぎの屋根の、いほり。　○狐裘氈帽以下は、嘗て蜀中に在りし頃のことを夢みるなり。　○竜馬。人の老いて健なるに喩ふ。李郢の詩に「竜馬の精神、海鶴の姿」なる句あり。　○天漢。五代の時、王建蜀に拠り、年号を天漢と称せしに本づき、蜀地を指すのだらうと思ふ。　○小益*。地名、放翁の詩に幾度か見《あら》はれてゐるが、果して何処のことであるか、まだ審にし得ない。

曾仲躬見過適遇予出
留小詩而去次韻二首

地僻元無俗客來
蓬門只欲爲君開
山横翠黛供詩本
麥卷黃雲足酒材

曾仲躬過《よ》ぎる、適《たまたま》予の出づるに
遇ひ、小詩を留めて去る、次韻二首

地僻にして元《も》と俗客の来る無く、
蓬門只だ君が為めに開かむと欲す。
山は翠黛を横たへて詩本を供し、
麦は黄雲を巻いて酒材足る。

又

数樹山花草舎東
想公繫馬落殘紅
那知老子耶溪上
正泛朝南暮北風

又

数樹の山花、草舎の東、
想ふ公、馬を繫いで残紅を落せしを。
那《なん》ぞ知らむ、老子耶渓の上《ほとり》、
正に泛《うか》ぶ朝南暮北の風。

○蓬門只欲為君開。私は少年の頃、この七文字が、海浜の山に沿うた親戚の別荘の門に、板に彫られて掲けてあるのを見て、いい句だなあと思つて居たが、今になつてそれは放翁の此の詩から出てゐることを知つた。昔の人はなかなか風流だつたと思ふ。　○第二首は殊に好いと思ふ。耶渓は放翁の郷里に近し。放翁の別の詩「鏡中故廬を懐ふ」と題するものに、「雨外舞蓑、若耶に帰る」とあるもの、これなり。

○「乙巳早春」と題する詩、之より前に出づ。乃ち此の詩以下は六十一歳の作に属するなり。

月中過蜻蜓浦

天光水色合爲一
舟出西城猶落日
一規忽見寒璧升
萬頃坐歎溶銀溢
哀哀姑惡訴何苦
熠熠螢火光自失
葦低時見小艇過

月中蜻蜓浦を過ぎる

天光水色合して一と為り、
舟西城を出でて猶ほ落日あり。
一規忽ち見る寒璧の升るを、
万頃坐して歎ず溶銀の溢るるを。
哀々たる姑悪、訴ふる何の苦ぞ、
熠々《イフイフ》たる蛍火、光自ら失す。
葦低*うして時に見る小艇の過ぐるを、

水響遙知大魚出
銅壺玉酒我徑酔
短髪垂肩蓬不櫛
緩篙遡月勿遽行
坐待湘妃鼓瑤瑟

水響いて遥に知る大魚の出づるを。
銅壺玉酒、我れ径《つひ》に酔ひ、
短髪垂肩、蓬櫛《くしけづ》らず。
緩篙《クワンカウ》月を遡つて遽《にはか》に行くこと勿れ、
坐して待たむ湘妃の瑤瑟を鼓するを。

○一規。規は円形のもの。月の形を指す。　○寒璧。寒月なり。　○万頃。万頃の水なり。　○姑悪。鳥名、その声姑悪といふより出でたる名。俗にこの鳥は遺婦(はなちやりたる女)の化せるものと伝ふ。放翁の別の詩に「君聴姑悪声、無乃遺婦魂」の句あり。　○熠熠。光のあざやかなる形容。放翁の別の詩に「草根綴微露、蛍火飛熠熠」の句あり。　○小艇。商務印書館発行のものには、小蜓と誤植す。　○水響云々。魚のとべるなり。　○銅壺。壺は酒器。放翁の別の詩に「自ら銅壺を洗うて玉醅を試む」の句あり。銅及び玉は共に美称であらう。　○径*。『史記』滑稽伝に「一斗に過ぎずして径《つひ》に酔ふ矣」とあり。それと同じ用法ならむ。　○緩篙。篙はふなざを。　○湘妃。『湘中記』にいふ、「舜の二妃、死して湘水の神となる、故に湘妃と曰ふ。琴操に湘妃怨あり」。　○瑤瑟。瑤は美しき玉。瑤瑟は玉にて飾りたる美しき瑟。

晩涼登山亭

庭空葉飛秋
村迥鳩喚雨
新涼入巾褐
老子顚欲舞

晩涼、山亭に登る

庭空うして葉秋に飛び、
村迥《はる》かにして鳩雨を喚ぶ。
新涼巾褐に入り、
老子顚して舞はむとす。

憑高望稽山　　高きに憑《よ》りて稽山を望めば、
秀色溢天宇　　秀色天宇に溢れ、
一鏡三百里　　一鏡三百里、
水落分別浦　　水落ちて別浦を分かつ。
凄涼弔禹穴　　凄涼禹穴を弔ふ、
秦漢未爲古　　秦漢未だ古しと為さず。
世俗誰與歸　　世俗誰と与にか帰せむ、
吾其老農圃　　吾は其れ農圃に老いなむ。

○この頃の詩に「秋夜舟を亭山の下に泊す」と題するものあり、「水に逢ひ山に逢うて到る処に留まる、憐む可し身世孤舟に寄すを。一汀の蘋露漁村の晩、十里の荷花野店の秋」の句を以て始まる。洵に作者の此の頃の生活は「水に逢ひ山に逢うて到る処に留まれる」ものの如くである。○顚は狂顚。○稽山。会稽山、放翁の家に近し。○一鏡。鏡湖を指す、放翁の家はこの湖畔に在り。○禹穴。禹廟を指す。これ亦た家に近し。以前の詩に「月下三橋より湖に泛びて三山に帰る」と題するものあり、「素壁初めて升る禹廟の東、天風我が為めに孤篷を送る」の起句を以て始まる。

夜　歩

市人莫笑雪蒙頭　　市人笑ふ莫れ、雪を頭に蒙《かうむ》り、
北陌南阡信脚遊　　北陌南阡脚に信《まか》せて遊ぶを。
風遞鐘聲雲外寺　　風は鐘声を遞《おく》る雲外の寺、

水搖燈影酒家樓
鶴歸遼海逾千歲
楓落吳江又一秋
却掩船扉耿無寐
半窗落月照清愁

水は灯影を搖《ゆる》がす酒家の楼。
鶴は遼海に帰して千歳を逾《こ》え、
楓は呉江に落ちて又た一秋。
却て船扉を掩ひ耿《カウ》として寐るなく、
半窓の落月、清愁を照らす。

○遼*海。地名ではなく、はるかな海といふだけの意味であらう。○耿。耿耿といふと同じであらう。『詩経』の衛*風に「耿耿として寐《い》ねず、隠憂あるものの如し」とあり、ここの「耿無寐」はその意味であらう。耿耿は心安んぜざる形容なり。

溪行
（二首錄一）

霜落水初澄
星繁月未升
近村聞夜犬
隔浦見秋燈
多病乃如許
微寒已不勝
平生鄰曲意
移棹避漁罾

渓行
（二首のうち）

霜落ちて水初めて澄み、
星繁うして月未だ升《のぼ》らず。
近村夜犬を聞き、
隔浦秋灯を見る。
多病乃ち許《かく》の如し、
微寒已に勝《た》へず。
平生隣曲の意、
棹を移して漁罾《ギョソウ》を避く。

○罾。よつであみ。方形の網の四隅を竹にて張り柄をつけたるもの。しばらく水中に沈めおき、魚の入れるを見て一気に引上げる魚具。

雑興（四首之一）*

古寺高楼暮倚闌
野雲不散白漫漫
好山遮盡君無恨
且作滄溟萬里看

雑興（四首のうち）*

古寺高楼暮に闌に倚れば、
野雲散ぜず白漫々たり。
好山遮《さへぎ》り尽すも君恨む無かれ、
且《しば》らく滄溟万里の看を作《な》さむ。

○滄溟。滄海といふに同じ、あをうなばら。

偶讀山谷老境五十六翁之句作六十二翁吟

三百里湖水接天
六十二翁身刺船
飯足便休慵念祿
丹成不服怕登仙
胸中浩浩了無物
世上紛紛徒可憐

偶ゝ山谷の老境五十六翁の句を読み、六十二翁吟を作る

三百里湖、水天に接し、
六十二翁、身船に刺《さをさ》す。
飯足れば便ち休みて禄を念ふに慵《ものう》く、
丹成れども服せず仙に登らむことを怕《おそ》る。
胸中浩々了《つひ》に物なし、
世上の紛々徒《いたづら》に憐む可し。

但有青錢沽白酒　　*但《た》だ青銭あらば白酒を沽《か》ひ、
猶堪醉倒落梅前　　猶ほ落梅の前に酔倒するに堪へたり。

○三百里湖。鏡湖の広さ三百里と称せらる。　○刺船。『史記』の陳平世家に「平乃ち船に刺して去る」とあり、この場合、刺は棹と同義。音セキ。　○丹は金丹、すなはち不老不死の薬。　○青銭。青銅の貨幣。　○白酒。酒に清酒と白酒とあり。梁の武帝の詩には「玉盤朱李を著け、金杯に白酒を盛る」とあり。
○この詩以前に、すでに「新春」「新年」などと題する詩あり。今また六十二翁吟あり。以下年すでに六十二歳に達せること、明かである。

置酒梅花　　酒を梅花の下に
下作短歌　　置き短歌を作る

歳月不貸人　　歳月人に貸さず、
綠髮成華顚　　緑髪華顚と成る。
此生幾兩屐　　此の生幾両屐《いくりやうげき》ぞ、
念之每悽然　　之を念へば毎《つね》に悽然たり。
我本塵外客　　我れ本と塵外の客、
已絕區中緣　　已に区中の縁を絶つ。
惟當及未死　　惟《た》だ当《まさ》に未だ死せざるに及んで、
勸醉梅花前　　勤めて梅花の前に酔ふべし。
痩影寫微月　　痩影微月を写し、

疎枝横夕煙　　疎枝夕煙に横たはる。
偃蹇巖壑間　　偃蹇《エンケン》たる巖壑の間、
欲與松忘年　　松と与に年を忘れんとするも、
豈亦薄世俗　　豈に亦た世俗を薄《かろ》んぜんや、
忽逐天風翩　　忽ち天風を逐うて翩る。
吾詩不徒歌　　吾が詩徒《いたづら》に歌はず、
持配湘娥弦　　持して湘娥の弦に配す。

○華顛。白頭と云ふに同じ。　○屐。下駄、即ち履物のこと。幾両屐ぞと云ふは、いつまで履物を両足につけて、遊ぶことが出来るか、といふ意味。　○惟当及未死、勤酔梅花前。一方ではかく言ひながら、前年に作った「読書」と題する詩には、「衰を扶けて倘《も》し未だ死せずんば、更に破らむ十年の功」なども言ってゐる。　○偃蹇。おごりたかぶる形容より、転じて奇怪なる巌石の形容に用ふ。柳宗元の文に「石の突怒偃蹇、土を負うて出で、争うて奇状を為す」と云へる如し。　○湘娥。前出の湘妃に同じ*。　○この詩、梅花を詠じ、また梅花に托して己が心境を述ぶ。

初歸偶到　　初めて帰り偶と近
近村戲書　　村に到り戯《たはむれ》に書す

雨過一村暗　　雨過ぎて一村暗く、
風回百草香　　風回りて百草香し。
刺船過古埭　　船に刺《さを》さして古埭を過《よ》ぎり、
倚杖立新塘　　杖に倚りて新塘に立つ。

醉覺乾坤大　酔うては覚ゆ乾坤の大なるを、
閑知日月長　閑にして知る日月の長きを。
暮歸詩滿卷　暮帰、詩、巻に満つ、
雖老尙能狂　老いたりと雖も尚ほ能く狂す。

○この年、放翁は出でて厳州府(今の浙江省建徳県)の知となる。「延和殿退朝口号」と題する詩ありて、「十年短櫂滄波を楽みしに、強ひて朝衫を著けて釣蓑を棄つ」の句あり。七月三日、厳州の任に赴くに先だち、一たび家に還りしものの如く、「還家」と題する詩二首あり。この詩及び以下の数首も、その頃の作と思はる。

暮　春

顦顇都門白髮新　都門に顦顇《セウスヰ》して白髪新たなり、
歸來一振客衣塵　帰来一たび振ふ客衣の塵。
啼鶯妒夢頻催曉　啼鶯夢を妒《ねた》んで頻りに暁を催し、
飛絮鍾情獨殿春　飛絮情を鍾《あつ》めて独り春に殿《しんが》りす。
湖上風光猶淡沱　湖上の風光猶ほ淡沱、
尊前懷抱頗淸眞　尊前の懐抱頗る清真。
詩成絕恨知心少　詩成りて絶《はなは》だ恨む知心の少《まれ》なるを、
自寫吳牋寄故人　自ら呉牋に写して故人に寄す。

○顦顇。憔悴に同じ。屈原の漁父辞に「顔色憔悴、形容枯槁せり」とある場合の如し。○淡沱。波のまにまに流るるさま。杜甫の詩に「春光淡沱たり秦東亭」の句あり。○故人は言ふまでもなく旧友。

小憩村舎　　村舎に小憩す

藤梢維艇子　　藤梢に艇子を維《つな》ぎ、
煙際覓人家　　煙際に人家を覓《もと》む。
小婦篸新麥　　小婦は新麦を篸《サン》し、
羣童摘晩茶　　群童は晩茶を摘む。
溪雲易成雨　　渓雲は雨と成り易く、
崖樹少開花　　崖樹は花を開くこと少《まれ》なり。
聊寄平生快　　聊か平生の快を寄せ、
青鞋到若耶　　青鞋もて若耶に到る。

○篸は簪なり、かんざし。麦の穂を頭髪にさせるなり。　○若耶は渓名。『通典』に「会稽に若耶渓あり」となせるもの、これなり。杜甫の詩にいふ、「若耶渓、雲門寺、吾れ独り胡為《なんす》れぞ泥滓に在る、青鞋布襪これより始まる」。また放翁の別の詩「鏡中故廬を懐ふ」と題するものにも、*前に誌したる如く、「雲辺腰斧、秦望に入り、雨外舞蓑、若耶に帰る」といふ句あり。

明覺院　　明覚院

細路蟠青壁　　細路は青壁に蟠《わだか》まり、
層軒倚碧空　　層軒は碧空に倚る。
天香下塵世　　天香は塵世に下り、
僧梵起雲中　　僧梵は雲中に起る。

藤絡將頽石
松號不斷風
尤憐扶杖處
直下數飛鴻

藤は絡む将に頽れむとするの石、
松は号《さけ》ぶ不断の風。
尤も憐む杖に扶けらるるの処、
直下飛鴻を数ふ。

○青壁。青々とした絶壁。　○僧梵。梵鐘の声。　○尤憐。憐むは愛す、めづ、といふほどの意味。

初夏閑居即事

門巷蕭蕭日正長
方牀曲几傲羲皇
輕風忽起楊花閙
清露初晞藥草香
對奕兩奩飛黑白
讎書千卷雜朱黃
穿簾語燕能從我
分爾湖邊一夏涼

初夏閑居即事

門巷蕭々として日正に長く、
方牀曲几、羲皇《ギクワウ》に傲《おご》る。
軽風忽ち起つて楊花閙《さわ》がしく、
清露初めて晞《かわ》いて薬草香し。
奕《エキ》に対して両奩《リヤウレン》黒白を飛ばし、
書を讎《シウ》して千巻朱黄を雑《まじ》ふ。
簾を穿つの語燕能く我に従ふ、
爾《なんぢ》に分かつ湖辺一夏の涼。

○傲羲皇。放翁の別の詩(閒中)に「閒中高趣傲羲皇」の句あり。羲皇は支那古代の聖天子、伏羲氏のこと。『晋書』隠逸伝に、「陶潜嘗て言ふ、夏月虚閑、北窓の下に高臥す、清風颯至《サツシ》、自ら羲皇上の人と謂ふ」とあり。羲皇上の人とは、世を忘れ俗を離れ安逸の境地にある人のこと。傲は、おごる、ほこる、あなどる、しのぐ、などの意。白楽天の竹窓の詩には、「清風北窓に臥す、以て羲皇に傲る可し」とあり。　○閙は鬧なり、楊花のさわがしく散乱するを云ふ。○晞。『詩経』に「白露未晞」とあり。○奕は奕棋なり。○奩は碁石を入れおくはこ。○讎は校正の意。○湖辺。湖は鏡湖なり。放翁の「吾が州清絶三呉に冠たり、天は写す雲山万幅の図」と称せるもの。

題齋壁　（四首錄一）

二十餘年此結茆
園公谿父日論交
風翻半浦亂荷背
雨放一林新筍梢
隔葉晩鶯啼谷口
唼花雛鴨聚塘坳
出門行罷還無事
借得丹經手自抄

斎壁に題す　（四首の一）

二十余年此《ここ》に茆を結び、
園公谿父、日に交を論ず。
風は半浦に翻りて荷背を乱し、
雨は一林に放ちて筍梢《ジュンセウ》新たなり。
葉を隔てて晩鶯谷口に啼き、
花を唼《くら》うて雛鴨塘坳《タウアウ》に聚まる。
門を出でて行き罷《や》みて還《ま》た無事、
丹経を借り得て手自ら抄す。

○斎壁。書斎の壁。○二十余年此結茆。作者「幽棲」の詩の自註に、「乾道丙戌、始めて居を鏡湖の三山に卜す」とあり。また慶元*三年（七十三歳の時）「春尽遣懐」の詩の自註には、則ち云ふ、「予乾道乙酉を以て湖上に卜築す」と。前後の自註相同じからざるが如きも、蓋し乙酉の年に宅を買ひ、丙戌の年、官を罷めて帰り、始めて入りて之に居せるなり。乙酉は放翁年四十一、鎮江にあり。丙戌は年四十二、鎮江より移りて豫*章の通判となり、間もなく免ぜられて帰る。この詩、六十二歳の時の作なれば、乙酉より算して正に二十余年となる。○園*公谿父。田父野人または漁樵などいふに同じ。○論交。論ずは択ぶの意。○荷背。蓮葉の背。○筍は筍に同じ。高適の詩に、「筍皮の笠子、荷葉の衣」とあり。なほ放翁「故山」の詩には、「功名苦《はなは》だ天の慳なるを怨む、一櫂帰り来つて死に到るまで閒なり。水に傍《そ》うて家として好竹なきは無く、簾を巻く是の処是れ青山」の句あり。これみな実事にして、此の地一帯頗る竹林に富めるなり。○塘坳。塘はつつみ、坳は凹所。○丹経。薬剤の精錬配合のことを書き誌したる書物。隋書、経籍志、『雑神仙丹経』十巻。

○同題の詩四首あり、みな放翁居宅の実際を知るに足るもの。第二首には、「四顧茫茫、水、天に接す。幽居真個船に乗るに似たり」とあり、第三首には、「舴艋を家と為す一老翁、陽狂俗人と同じきを羞づ。夢は回《めぐ》る菱曲漁歌の裏、身は寄す蘋洲蓼浦の中」とあり、第四首には、「稽山千載翠依然、我を著く山前の一釣船。瓜蔓水平かなり芳草の岸、魚鱗雲は襯《したし》む夕陽の天」とあり。更に「初夏郊行」と題する詩にも、「雲を破るの山は踊《のぼ》す千螺の翠、雨を経るの波は涵《ひた》す一鏡の水」とあり。三百里の鏡湖を囲むに千螺の翠を踊す青山あり、風光絶好の地たりしことを思はす。

遊鄞

晩雨初收旋作晴
買舟訪舊海邊城
高帆斜挂夕陽色
急艣不聞人語聲
掠水翻翻沙鷺過
供廚片片雪鱗明
山川不與人倶老
更幾東來了此生

鄞に遊ぶ

晩雨初めて収まりて旋《たちま》ち晴と作《な》る、
舟を買うて旧を訪ふ海辺の城。
高帆斜に挂《か》く夕陽の色、
急艣聞かず人語の声。
水を掠めて翻々として沙鷺過ぎ、
厨に供して片々雪鱗明かなり。
山川人と倶に老いず、
更に幾たびか東来此の生を了せむ。

○鄞。故城は今の浙江省奉化県の東にあり。○舟を買ふは、舟を雇ふなり。○雪鱗。魚の鱗のこと。○山川不与人倶老。一昨年末、十二年目に居を京都に移した時、東山三十六峰に対して私も頻りに此の感をなした。

倦眼

看書澀似上羊腸
得睡甘如飲蜜房
起坐藤床搔短髮
數聲畫角報斜陽

倦眼

書を看て渋きこと羊腸を上るに似、
睡を得て甘きこと蜜房を飲むが如し。
藤床に起坐して短髪を掻けば、
数声の画角斜陽を報ず。

○羊腸は羊腸の如くまがりくねりたる阪。　○数声の画角斜陽を報ずとあるにより、藤床に起坐せるは午睡の覚めたる後なることを知るに足る。
○この詩の前に「官居戯詠」三首あり。またこの詩の後に出でをる「残年」と題する詩に、「幘を投じて早く当に去るべし」とあり、「休日行郡圃」と題する詩に、「南山黛の如く朱扉を照らす、地は官居に接して到ること亦た稀なり」とあり、更に「登山榭*」と題する詩に、「底事《なにごと》ぞ文書日に程あり」とあるなど、いづれもみな作者が厳州府の知となり居れる当時の作たることを知るに足る。

雨夜

蒼雲晝埋山
白雨夜溢渠
虛堂閃風燈
獨處誰與娯

雨夜

蒼雲、昼、山を埋め、
白雨、夜、渠に溢る。
虚堂、風に閃《ひら》めくの灯、
独処誰と与にか娯《たのし》まむ。

吾生過六十
鬢髮日夜疎
出當飲美酒
歸當讀奇書
可憐兩不遂
兀兀如枯株
明復對胥吏
孤憤何由攄

吾が生、六十を過ぎ、
鬢髪日夜に疎なり。
出でては当に美酒を飲むべく、
帰りては当に奇書を読むべきに、
憐む可し両《ふたつ》ながら遂げず、
兀々《ゴツゴツ》として枯株の如し。
明、復た胥吏《シヨリ》に対せむ、
孤憤何に由つてか攄《の》べむ。

○兀兀は動かざる形容。　○明は明日。　○胥吏は小役人。　○攄、音チョ、通じて摴に作る。班固の答賓戯に「独り意を宇宙の外に攄ぶ」とあり。

安流亭俟客不至獨坐成詠

憶昔西征鬢未霜
拾遺陳迹弔微茫
蜀江春水千帆落
禹廟空山百草香
馬影斜陽經劍閣
艣聲清曉下瞿唐

安流亭に客を俟《ま》ちしに至らず独り坐して詠を成す

憶ふ昔し西征、鬢未だ霜ならず、
拾遺の陳迹、微茫を弔ふ。
蜀江、春水、千帆落ち、
禹廟、空山、百草香し。
馬影、斜陽、剣閣を経、
艣声、清暁、瞿唐を下る。

酒徒雲散無消息　　酒徒雲散して消息なく、
水樹憑欄涙数行　　水樹、欄に憑《よ》りて涙数行。

○西征。官に剣南に赴きしを云ふ。当時放翁はまだ四十台の年齢であつた。だから鬢未だ霜ならず、と云つて居るのである。○拾遺。杜甫のこと。*至徳二年、杜甫は左拾遺を拝し、居を成都の浣花渓に卜した。陳迹はふるきあと。放翁の別の詩「感旧」と題するものには、「我は思ふ杜陵の叟、処処遺蹤あり。*錦里(即ち成都)瞻祠の柏、綿州弔海の棕」といふのがあり、また蜀地にありし頃の詩には、「夜、白帝城に登り、少陵先生を懐ふ」と題するものありて、「拾遺白髪誰あつてか憐まむ、零落歌詩両川に遍《あまね》し」などいふ句がある。○蜀江。蜀の錦江、成都の附近を流れてゐる河。欧陽修の詩に、「荊江を行き尽して蜀江を見る」と云へるもの、即ちこれなり。○禹廟。放翁の別の詩に、「我れ昔し三峡を下り、南賓帰艫を繋ぎ、江を渡りて神禹に謁す。云々」とあるもの、これなり。○剣閣。山名にて、また大剣山とも云ふ。今の四川省剣閣県の北にあり。また小剣山あり、大剣山と相連なる。放翁の「剣門道中微雨に遇ふ」の詩には、「細雨驢に騎りて剣門に入る」の句あり。剣門はまた剣閣とも云ふ。○瞿唐。夔州の*東一里、連崖千丈、奔流電激、舟人これが為めに恐懼す、と伝へられたる所。なほ夔州は蜀地における放翁の最初の任地なり。○水樹。水辺の樹、樹は屋ある台、うてな。杜甫の詩には「杖藜水樹に登る」の句あり。

秋興　（二首録一）

楸槐雨霎霎　　楸槐《シウクワイ》雨霎々、
鳧雁水拍拍　　鳧雁《フガン》水拍々。
曉行城南路　　暁《あかつき》に行く城南の路、
落葉満阡陌　　落葉阡陌に満つ。

秋興　（二首の一）

新霜上衰鬢　　新霜衰鬢に上ぼり、
吾死亦已迫　　吾が死亦た已に迫《せ》まる。
那將有限身　　那《なん》すれぞ有限の身を将《も》つて、
常作未歸客　　常に未帰の客となれるや。
長吟側紗帽　　長吟紗帽を側《そばだ》つれば、
萬里一秋色　　万里一*秋の色。
世俗不足論　　世俗は論ずるに足らざるも、
天豈無皁白　　天豈に皁白《サウハク》なからむや。

○槭槐《シウクワイ》。槭は梓の属、ひさぎ。葉は桐に似、花は管状をなす。槐はゑんじゆ。葉は羽状複葉、花は蛾形黄白色、秋に入りて管状の莢を結ぶ。　○霎霎*。雨声の形容。　○拍拍。ばたばたとうつ貌。鳥の羽音などの形容に用ふ。　○新霜。新たなる白髪。　○未帰客。家に帰らざるなり。　○皁白。黒白なり、是非といふに同じ。

病中夜半

蕭蕭欲脱猶吟葉　　蕭々脱せむとして猶ほ吟ずるの葉、
耿耿微明未滅燈　　耿々微明未だ滅せざるの灯。
夜半不眠閑倚壁　　夜半眠らず閑に壁に倚る、
使君清似北山僧　　使君の清は北山の僧に似たり。

○吟ずるの葉とは、風にふかれて鳴る木の葉のこと。　○使君。四方の国々につかはさるる天子の使者のこと。作者厳州に知たりし当時ゆゑ、自分のことを斯く云へるなり。　○北山。南北朝の時、斉の周顒の隠れたる鍾山のことを、一に北山といふ。今の江蘇省江寧府上元県の東北にあり。ここの北山といへるは、それにちなめるものか、さだかならず。

園中絶句

梅花重壓帽簷偏
曳杖行歌意欲仙
後五百年君記取
斷無人似放翁顚

園中絶句

梅花重圧して帽簷偏《あまね》く、
杖を曳いて行歌、意仙ならむとす。
後ち五百年、君記取せよ、
断じて人の放翁の顚に似る無けむ。

又

溪北溪南飛白鷗
夕陽明處見漁舟
憑誰爲剪機中素
畫取天涯一片秋

又

渓北渓南白鷗飛び、
夕陽明るき処漁舟を見る。
誰に憑《よ》りてか為めに機中の素を剪《き》り、
画き取らむ天涯一片の秋。

○梅花重圧云々は、梅花を無暗に沢山に帽子に挿めるなり。
○渓北渓南の詩は、私の好む詩の一つである。○為めに*といふは、この好風景のために也。○機中の素といふは、まだはたに織りつつある白絹の織物のこと。○天涯一片秋。天涯とあるによつて作者他郷にあることを知るに足る。

過村店有感

細篋絡丹柿

村店を過ぎりて感あり

細篋丹柿に絡《から》まり、

枯籬懸碧花
炊煙生旅竈
野水漱寒沙
棲鳥争投樹
歸牛自識家
恍然遊蜀路
搔首憶天涯

枯籬碧花懸《か》かる。
炊煙旅竈《リヨサウ》に生じ、
野水寒沙を漱《あら》ふ。
棲鳥争うて樹に投じ、
帰牛自ら家を識る。
*恍然たり蜀に遊びし路、
首を搔いて天涯を憶ふ。

○この詩以前に丁未正月の詩あり、作者の年齢また一を加へて六十三歳となる。引続き厳州に在り、此歳始めて詩を刻す。作者の尚ほ他郷に在ることは、「概然として帰休を念ひ、妻子の飢ゆるを計らず。渠《かれ》の飢ゆる亦た命あり、我が節詎《なん》ぞ移す可けんや。……陸子定《さだ》んで何人ぞ、正に恐る君未だ知らざるを。午枕剡曲を夢みば、秋風釣糸を吹く」と云ひ、「官を棄つる未だ決せずと雖も、世念亦た已に*且ざる」と云ひ、「貧は妨ぐ挂冠の快、病は減ず読書の功」と云ひ、「小院簾を鉤して落花を掃ふ、公余蕭散山家に似たり」と云ひ、「禄を貪りて帰るを忘る祇《まさ》に自ら羞づ、一窓且《しば》らく復た悠悠を送る。鏡明かにして人の為めに老を蔵《かく》さず、酒薄うして客に供して愁を散じ難し」と云ひ、「久しく人間に向つて駭機に触る、斂収孤迹早く宜しく帰るべし」と云ひ、「扁舟蓑笠平生の事、羨む莫れ黄金帯十囲」と云ひ、「官身早暮閑を容《ゆる》さず、塵土堆胸満顔媿《は》づ」と云ひ、「満簪の白髪繁きに勝《た》へず、禄を窃み安を偸みて主恩に媿づ」と云ひ、「此身真に是れ抱官の囚」と云ひ、「吏責何れの時か暫く停まるを得む、年来減尽す鬢辺の青」と云ひ、「江上の霜風弊袍に透る、区区簿書の労を奈《いかん》ともする無し」と云ひ、「老い去つて余念無し、時時弊廬を夢む」と云ひ、「官身常に欠く読書の債、禄米供せず沽酒の資」と云ふの類によつて、これを知ることを得。
○「村店を過ぎりて感あり」の此の詩も亦た厳州に在りし頃の作なり。○篋は藤の一種。○恍然。うつとりとした貌。『呉船録』にいふ、*「常州平江を発するや、親戚故旧来りて相迓《むか》ふる者、道に陸続たり、恍然として世を隔つるが如し」とあり。恍然は恍焉といふに同じく、夢の如しと云ふに近し。○遊蜀路。屢〻言へる如く、放翁は官吏として蜀地に滞在せしこと十年、最もその地の山川を愛し、現にその詩集にも『剣南詩稿』の名をつけしほどなり。この頃の詩に「揚州に死せずんば剣南に死なむ」とあり、その自註に、「顧況の詩に云ふ、人生只だ合《まさ》に揚州に死すべしと。而して余には嘗て帰蜀の意ありき」と云へり。放翁が如何に蜀地の山川を酷愛せしかを見るに足る。今、厳州に在り、村店を過ぎり、偶〻その風景の蜀地に似たるものあるを見て、感慨を催せしなり。

思帰

短髪今年雪満巾
一盃且酔瓮中春
定無術致長生薬
那得愁供有限身
砕枕不求名利夢
挽河盡洗簿書塵
江湖意決君知否
致主唐虞自有人

帰らんことを思ふ

短髪、今年、雪、巾に満つ、
一盃且《しば》らく酔ふ瓮中の春。
定《さだ》んで術の長生の薬を致す無し、
那《なん》ぞ愁を有限の身に供するを得む。
枕を砕いて求めざらむ名利の夢、
河を挽《ひ》いて尽く洗はむ簿書の塵。
江湖の意決す君知るや否や、
主を唐虞に致すは自ら人あり。

○簿書塵。官吏となつて朝夕簿書を閲し居るがゆゑに、かく云ふ。○江湖の意。官を退くこと。○唐虞。唐は帝堯陶唐氏、虞は帝舜有虞氏。仁徳あまねく行きわたり、教化大に行はれし治世。

余年二十時嘗作菊枕
詩頗傳於人今秋偶復

余年二十の時、嘗て菊枕の詩を作り、
頗る人に伝ふ、今秋偶〻復た菊を采り

采菊縫枕嚢悽然有感

采得黄花作枕嚢
曲屏深幌閟幽香
喚回四十三年夢
燈暗無人説斷腸

枕嚢を縫ふ、悽然として感あり

黄花を采り得て枕嚢を作り、
曲屏深幌、幽香を閟《とざ》す。
喚び回へす四十三年の夢、
灯暗うして人の断腸を説く無し。

又

少日曾題菊枕詩
蠹編殘稿鎖蛛絲
人間萬事消磨盡
只有清香似舊時

又

少日曾て題す菊枕の詩、
蠹編残稿、蛛糸鎖《とざ》せり。
人間《ジンカン》の万事消磨し尽し、
只だ清香の旧時に似たるあり。

○幌。灯火のおほひ。前*にも出づ。　○少日。少年の日、わかかりし頃。　○後日また「枕屏に書す」の詩四首ありて、その一にいふ、「甘菊縫うて枕と為し、疎梅画いて屏と作《な》す。詩を改めつつ眠未だ穏かならず、雪を聞きつつ酔初めて醒む」。

晩遊東園

藥瓢藜杖合施行
獨往山林已歃盟
傍水斷雲含暮色

晩に東園に遊ぶ

薬瓢藜杖、施行に合《かな》ふ、
独往山林、已に歃盟《サフメイ》。
水に傍《そ》ふの断雲、暮色を含み、

拂簷高竹借秋聲　　簷を払ふの高竹、秋声を借る。
癡人自作浮生夢　　痴人自《みづか》ら作《な》す浮生の夢、
腐骨那須後世名　　腐骨那《なん》ぞ須《もち》ゐむ後世の名。
莫笑吟哦無闕日　　笑ふ勿れ吟哦闕日なきを、
老來未盡獨詩情　　老来未だ尽きざるは独り詩情。

○施行*。施は斜行の意、即ち施行といふは漫歩の意であらうと思ふが、確かでない。○歃盟。歃は血をすりて盟をなすこと。山林に独往することは、かねてから心に盟つたところである、と云ふのである。○後世名。放翁の別の詩には、「瓦は裂く人間の事、雲は浮ぶ身後の名」といふ句あり。

冬夜聞角聲　（二首錄一）
冬夜角声を聞く　（二首の一）

憶在梁州夜雪深　　憶ふ梁州に在りて夜雪深く、
落梅聲裏玉關心　　落梅声裏玉関の心。
山城老去功名忤　　山城老い去つて功名忤《さか》ひ、
臥對寒燈淚滿襟　　臥して寒灯に対して涙、襟に満つ。

○梁州。興元、今の陝西省南鄭県。先きに「秋雨漸涼有懷興元」*の詩に出づ。なほ場合によりては、広く今の陝西省の漢中道及び四川省に当る地域を指して、梁州と云へるも、ここでは前記南鄭を指す。○玉關。玉門関のこと。古への関名。今の甘粛省敦煌県の西百五十里、陽関の西北。古へ西域に通ずるの要道となす。玉関の心と云ふは、遠く塞外に出でて功を樹てんとするの志願。○山城老去は、ここの山城に身は老い去りての意。放翁の別の詩には、

「山城吏と作《な》り老いて羞づるに堪へたり」の句あり。○功名忤は、功名意の如くならざるなり。

冬夜讀書

挑燈夜讀書
油涸意未已
亦知夜既分
未忍捨之起
人生各有好
吾癖正如此
所求衣食足
安穩住鄉里
茆屋三四間
充棟貯經史
四傍設几案
坐倦時徙倚
無聲九韶奏
有味八珍美
寢飰籤帙間
自適以須死

冬夜書を読む

灯を挑《かか》げ夜《よる》書を読む、
油涸《つ》きて意未だ已まず。
亦た夜の既に分《なかば》なるを知れど、
未だ之を捨てて起つに忍びず。
人生各〻好むところ有り、
吾が癖正に此《かく》の如し。
求むる所は、衣食足りて、
安穏に郷里に住し、
茆屋三四間、
充棟経史を貯ふ。
四傍几案を設け、
坐に倦まば時に徙倚《シイ》す。
声なし九韶《セウ》の奏、
味あり八珍の美。
寝飰《シンハン》籤帙の間、
自適以て死を須《ま》つ。

豈惟畢吾身　　豈に惟《た》だ吾が身を畢《をは》るのみならむや、
倘可傳兒子　　尚ほ児子に伝ふ可し。
此心何時遂　　此の心、何れの時にか遂げむ、
感歎歳月駛　　感歎す歳月の駛《はや》きを。

○茆屋三四間。三室か四室くらゐの粗末な家。　○充棟。むなぎに届くまでに沢山の蔵書を貯ふること。柳宗元の陸文通墓表にいふ、「その書たるや、処れば則ち棟宇に充ち、出づれば則ち牛馬に汗す」。　○経史。経書と歴史の書と。
○四傍。室の四方。　○徙倚。そぞろあるきすること。　○*無声九韶奏。声はなけれども耳に九韶の音楽を聴くの意。
○九韶。舜の韶楽。韶は紹の意、即ち能く堯の道を紹《つ》ぐなり。韶楽は九成、即ち九節より成る、故に九韶といふ。放翁の別の詩に「*少年聴くに慣る舜韶の声」といふ句あり。　○八珍。八種の美味。その品目は時代によつて異る。
○飰は飯の俗字。　○*籤帙。籤は易に用ふる竹札、帙は書帙。

芳草曲　　芳草の曲

蜀山深處逢孤驛　　蜀山深き処孤駅に逢ふ、
缺甃頽垣芳艸碧　　欠甃頽垣、芳艸碧《あを》し。
家在江南妻子病　　家は江南に在りて妻子病み、
離鄕半歳無消息　　郷を離れて半歳、消息なし。
長安城門西去路　　長安城門、西に去るの路、
細靄斜陽芳草暮　　細靄斜陽、芳草の暮。
尊前一曲渭城歌　　尊前一曲渭城の歌、

馬蹄萬里交河戍
人生誤計覓封侯
芳草愁人春復秋
只願東行至滄海
路窮草斷始無愁

馬蹄万里交河の戍《まもり》。
人生、計を誤つて封侯を覓《もと》む、
芳草人を愁ひしむ春復た秋。
只だ願ふ東行滄海に至らんことを、
路窮まり草断へて始めて愁なからむ。

○蜀山。今の江蘇省宜興県の東南二十八支那里にある山。もと独山と云ひしを、蘇東坡、その風景の蜀に類するを愛して、今の名に改む。○長安。ここでは帝都の意。○渭城の歌。送別の歌の意。○交河。*今の新疆省吐魯番県西方に当る交河城を指するものなりや否や、今明かにするを得ず。

北窗

疑非塵世中
吏去曲肱臥
院靜聞松風
雲開見山雪

北窓

雲開いて山雪を見、
院静かにして松風を聞く。
吏去りて肱を曲げて臥す、
疑ふらくは塵世の中に非らざるを。

○吏去りてと云ふは、作者未だ官途にあるを以てなり。
○この年暮れて、翌年は淳熙十五戊申の年、作者六十四となる。元日の詩には乃《すなは》ち「白頭身世羈孤を歎ず、一たび児時を念へば涙已に濡《うるほ》ふ」とあり。この年四月、任将《まさ》に満たんとするを以て、奏し乞うて仍ち玉局祠禄に就く。「上書乞祠」の詩に、「上書又乞奉祠帰、夢到湖辺自叩扉」と云へるは、そのためなり。「三月二十日晩酌」の詩の次韻に「烏帽紅塵過去身、荒山野水又経春」と云へるも同じ。七月に入り「祠を乞うて久しく未だ報あらず」、「七月十日故山に到る、瓜を削り茗を瀹《に》て、翛然自適す」と題する詩ありて、「鏡湖清絶、呉松に勝《まさ》る、家は占む湖山第一峰」等の句あり。乃ち一時家に帰れること明かなり。しかし間もなく軍器少監に任ぜられて都に入り、翌淳熙十六己酉の年、六十五歳にして礼部郎中兼実録院検討官に遷り、やがて斥けられて帰り、六十六歳以後家居す。

昭和十八年三月十二日稿了

放翁鑑賞　その二

——六十後半 六十四歳より七十歳に達するまで の放翁——

はしがき

私は今歳六十五になるので、この六十五といふ年頃に放翁はどんな気分の詩を作つてゐるだらうかと思ひ、その前年の中程から一首づつ見てゆくうちに、遂に六十九歳の年の末まで及び、「古稀の放翁」はすでに書き終つてゐることとて、それで筆を擱いたのが、この冊子である。

六十五の年から、いつの間にか、七十になつてしまつた。私もそんな風に生きながらへたいものだと思ふ。

昭和十八年十一月六日、戦末だ闌なる最中、洛東吉田上大路の寓居にて

閉戸閑人

春残

老墮空山裏
春殘白日長
庸醫司性命
俗子議文章
燭映一池墨
風飄半篆香
箇中有佳處
袖手看人忙

春残

老いて空山の裏《うち》に堕し、
春残して白日長し。
庸医性命を司《つかさど》り、
俗子文章を議す。
燭は映ず一池の墨、
風は飄す半篆の香。
箇中佳処あり、
袖手、人の忙を看る。

○淳熙十五年、放翁六十四歳、引続いて厳州に知たり。任将《まさ》に満たんとする頃の作。
○白日長。日長しといふに同じ。*白日は照りかがやく太陽。　○庸医司性命、俗子議文章。この一聯、唐突に似たれども、春暮蟄居せる作者の感慨なり。　○燭映一池墨、風飄半篆香。春暮蟄居せる作者の境地なり。　○篆は篆烟、即ち篆字の如くまがりくねれる烟の形容。

酔題

不學空門不學仙
清樽隨處且陶然

酔題

空門を学ばず仙を学ばず、
清樽随処且《しば》らく陶然。

人情正可付一笑　　人情正に一笑に付すべく、
生世元知無百年　　生世元《もと》と知る百年なきを。
白首難陪東閣客　　白首陪し難し東閣の客、
清風自足北窗眠　　清風おのづから足る北窗の眠。
歸耕只要無人問　　帰耕只だ要す人に問《き》こゆる無きを、
安用文章海內傳　　安《いづ》くんぞ文章を用《も》つて海内に伝へむ。

○空門。仏法のこと、仏門といふに同じ。　○東閣。漢の公孫弘、丞相となり、東閣を開いて賢人を延《まね》く。また薛宣、丞相となるや、朱雲に謂うて曰く、且《しば》らく我を東閣に留めよ、以て四方の奇士を観るべしと。これらの故事にもとづき、宰相賢士を招致するの場を東閣といふに至れり。　○無人問。ここの問は聞と同じ。よつて人にきこゆるなしと読ましておいた。放翁の「老歎」と題する詩には、「帰休莫問人、暁鏡勤自照」の句あり。

晚歸　　晩に帰る

暑雨初晴日　　暑雨初めて晴るるの日、
江皐欲暮天　　江皐《カウカウ》暮れなむとするの天。
鴉棲沙際樹　　鴉は棲む沙際の樹、
人喚渡頭船　　人は喚《よ》ぶ渡頭の船。
病骨羸將折　　病骨羸《や》せて将に折れむとし、
昏眸困欲眠　　昏眸困《なや》みて眠らんとす。
市橋燈火閙　　市橋灯火閙《さわ》がし、

且復喜豊年　　且《しば》らく復た豊年を喜ぶ。

○皐は岸。　○渡頭。渡口といふに同じ、わたしば。張九齢の詩、「千艘渡頭に咽《むせ》ぶ」。　○豊年。この年、豊年なりしことは、別の詩にも見ゆ。交通の不便なりし当時は、凶作は即ち飢饉を意味せしがゆゑ、豊作は何遍喜んでも足らぬ位のものであつた。「且らく復た豊年を喜ぶ」といふ言葉に、その心持が感じられる。

舊識姜邦傑於亡友韓无咎許近屢寄詩來且以无咎平日倡和見示讀之悵然作此詩附卷末

もと姜邦傑《キヤウハウケツ》を亡友韓无咎《カンムキウ》の許《もと》に於て識る、近ごろ屢〻詩を寄せ来り、且つ无咎平日の倡和を以て示さる、之を読んで悵然として此の詩を作り、巻末に附す

故人玉骨已生苔　　故人玉骨已に苔《タイ》を生ぜしに、
邂逅逢君亦樂哉　　邂逅、君に逢ふ亦楽いかな。
湖寺繫舟無夢去　　湖寺舟を繫いで夢の去る無く、
京塵馳騎有詩來　　京塵騎を馳せて詩の来たる有り。
醉中不敢教兒誦　　酔中敢て児《ジ》に誦せしめず、
看處常須浴手開　　看処《カンシヨ》常に須《もち》らず手を浴して開く。
久矣世間無健筆　　久し矣世間健筆なきこと、
相期力幹萬鈞回　　相期す力万鈞《バンキン》を斡《アツ》し回《めぐ》らすことを。

○須渓本では、この詩の標題が、「厳州にて姜梅山に贈る」となつてゐる。しかしそれだけの標題では、詩の意味が

通じにくい。この詩は茲に掲げたやうな詳しい標題があつて初めて理解され得るものの如く思はれる。

○故人玉骨已生苔。この句の下へ「南澗公を謂ふ」といへる自註あり。亡友韓无咎を指す。放翁の別の詩に「吾輩赤心本《も》と日を貫き、昔人白骨今《い》ま苔を生ず」と云ふのがある。　○邂逅逢君。これは標題に「姜邦傑、近ごろ屢〻詩を寄せ来たり、且つ无咎平日の倡和を以て示さる」と云へる、その詩稿のことであらう。その作に接するは、その人に逢ふが如し、故に邂逅君に逢ふと云ふ。　○斡はめぐらす、回と同じ。

秋夜讀書

一雨濯殘熱
秋氣忽已深
青燈照空廊
重露滴高林
危坐讀周易
會我平生心
夜分徐掩卷
閑弄床上琴
簾外初斜河
屋頭已橫參
人生每如此
利欲安能侵

秋夜書を読む

一雨残熱を濯《すす》ぎ、
秋気忽ち已に深し。
青灯空廊を照し、
重露高林に滴《した》たる。
危坐して周易を読めば、
我が平生の心に会《かな》ふ。
夜分徐《おもむろ》に巻を掩ひ、
閑に弄す床上の琴。
簾外初めて河《カ》斜《かたむ》き、
屋頭已に参《＊サン》横はる。
人生毎《つね》に此《かく》の如くんば、
利欲安《いづく》んぞ能く侵さむ。

○危坐。正坐、端坐などいふに同じ。　○会我平生心。平生の心は、宿昔の心といふに同じ。会はかなふ、一致す、などいふ意味。　○夜分。夜半といふに同じ。　○河。天の川のこと。　○参。星の名。　○この詩、「七月十日故山に到り、瓜を削り茗を瀹《に》て、翛然自適す」と題する詩の後に出づ。即ち「祠を乞うて久しく未だ報あらざる」まま、一時郷里に帰り居りし際の作なり。以下の六首また然り。

雜　感　（五首選一）

小軒幽檻雨絲絲
種竹移花及此時
客去解衣投臥榻
半醒半醉又成詩

雑　感　（五首のうちの一）

小軒幽檻、雨糸々、
竹を種《う》ゑる花を移して此の時に及ぶ。
客去り衣を解いて臥榻に投じ、
半醒半酔また詩を成す。

○及此時。同じ作者の「花を移して小雨に遇ふ、喜び甚し」と題する五絶*に「憐むべし清夜の雨、此の花を種うる時に及ぶ」といふがある。この詩の起承二句は、それと趣を一にせり。

雨夜四鼓
起坐至明

門巷冷如冰
生涯淡似僧
小窗愁夜雨
孤影怯秋燈

雨夜四鼓、起坐して明《あかつき》に至る

門巷冷やかなること氷の如く、
生涯淡きこと僧に似たり。
小窓夜雨を愁ひ、
孤影秋灯を怯《おそ》る。

林鵲棲仍起　林鵲棲みて仍《すなは》ち起《お》き、
山童喚不麿　山童喚べども麿《こた》へず。
悠然坐待旦　悠然坐して旦《あかつき》を待ち、
息倦倚書幐　倦を息《やす》めて書幐《シヨトウ》に倚る。

○四鼓は四更、今の午前二時。　○幐。字書には、縢と幐と相通ず、嚢なりとしてある。

齋中聞急雨　斎中急雨を聞く

一味疎慵養不才　一味の疎慵、不才を養ふ、
飯蔬亦已罷銜盃　飯蔬亦た已に盃を銜《ふく》むを罷《や》む。
衡茆終日人聲絶　衡茆《カウバウ》終日人声絶え、
臥聽芭蕉報雨來　臥して聴く芭蕉の雨を報じ来たるを。

○斎は書斎、学問をするへや。　○一味の疎慵。一味は変化なく、複雑さなく、ただ単純な、ひといろのおもむきを表はす言葉、この場合、用ひ得て頗る妙。　○銜盃。酒を飲むこと。　○衡茆。隠居の草屋をいふ。陶淵明の詩に「真を養ふ衡茆の下《もと》」とあり、また白楽天の詩にも「吾亦た青雲を忘る、衡茆膝を容るるに足る」とあり。

舟中大醉偶賦長句　舟中大酔、偶〻長句を賦す

過江何敢號高流　江を過《よぎ》りて何ぞ敢て高流と号せむ、
偶與俗人風馬牛　偶〻俗人と風馬牛なるのみ。
畫檝新搖嚴瀨月　画檝《グワシフ》新たに揺がす厳瀬《ゲンライ》の月、

清樽又酔戴溪秋
壮心無復在千里
老氣尙能横九州
古寺試求三丈壁
爲君驅筆戰蛟虬

清樽また酔ふ戴渓の秋。
壮心また千里に在る無きも、
老気なほ能く九州に横たふ。
古寺試に求む三丈の壁、
君がために筆を駆つて蛟虬《カウキウ》を戦はさむ。

○この詩、舟中大酔と題せるにふさはしく、甚だ元気ある作。この頃に出来た前後の詩と頗る趣を異にして居る。○号高流。高流は第一流といふほどの意味。舟を浮べての詩であるから、水に縁のある流の字がふさはしいものとなつてゐる。号すは称すと云ふに同じ。　○偶。偶然の偶である。この偶字がここではよく利いてゐる。之をただなどと云つては、調子が落ちる。第一流を以て自負してゐる訳ではないが、偶ゝ俗人と縁がないために、他人の眼には第一流とも見えるであらう、といふ意味。　○風馬牛。風は放つ、繋がずに放たれてゐる馬と牛との互に無関係なるを云ふ。　○画檝。檝は楫に同じ、舟のかい。それに絵模様など施しある美しき楫を画檝と云ふ。　○新たに揺がすと云ふは、月は水に映じて元から揺いでゐるのを、更に楫にて揺がすが為めなり。　○厳瀬。厳陵瀬のことなり。今の浙江省桐廬県の南にあり、放翁の郷里に近く、屢ゝその詩に見《あら》はる。『水経注』にいふ、「桐廬より潛に至る凡そ十有六瀬、第二これ厳陵瀬なり。瀬は山を帯び、*山下に石室あり、厳子陵の居りし所なり。山及び瀬、皆なこれを以て名づく」。ここに厳子陵といふは、厳光のことにて、これまた放翁の詩に屢ゝ見はれる人名である。東漢余姚の人、子陵はその字である。少かりし頃、光武と遊学を同《とも》にす。光武、位に即くに及び、姓名を変じ身を隠くして見《あら》はれず。帝、物色して之を得、諫議大夫に除せしも、就かず、富春山のもとに耕す。後人その釣せし処を厳陵瀬と名づく。○戴渓。一名、剡渓。今の浙江省の曹娥江の上流なり。嘗て王子猷、戴逵を訪うて逢ふに至らざりし地。王子猷は王羲之の子、竹を好み、「何ぞ一日も此君なかるべけんや」と言ひし人。山陰(即ち放翁の郷里)に居る。或時、夜雪初めて霽る、月に乗じて戴逵を訪ひ、門に及んで返る。人その故を問ふ、曰く、興に乗じて来り、興尽きて返る、何ぞ必ずしも見えんと。戴逵は字を安道といふ。性高潔、善く琴を鼓し書画を工《たく》みにす。武陵王晞その琴を善くするを聞き、人を遣はして之を召す。逵、使者に対して琴を破りて曰く、戴安道よく王門の伶人たる能はずと。○九州。昔し全土を九に大別せしより起りし語にて、天下といふに同じ。○三丈壁。三斗の塵と云へば沢山の塵を意味すると同じく、大きな壁の意味。三といふ数字に拘泥する必要のないのは、例へば三尺の剣、三寸の舌など云ふ場合と同じ。放翁の別の詩「草書歌」*にも、「呉牋蜀素、人に快からず、付与す高堂三丈の壁」といふ句あり。○為君駆筆戦蛟虬。君の為めにといふは、言葉の調子であらう。蛟虬はあまりよう(雨竜、螭竜)、とかげに似て大きく、角なくして尾は細し。草書の形容。放翁の別の詩に、「放翁病んで秋を過ぎ、忽ち起きて酔墨を作る、正に久蟄の竜の如く、青天霹靂を飛ばす」とあり。

新晴泛舟至近村
偶得雙鱖而歸

秋風一夜老汀蘋
剡曲稽山發興新
青嶂會爲身後塚
扁舟聊作畫中人
園林搖落知寒早
父老逢迎覺意眞
歸舍不妨成小醉
眼明細柳貫霜鱗

新たに晴る、舟を泛べて近村に至り、偶〻双鱖を得て帰る

秋風一夜、汀蘋老ゆ、
剡曲稽山、興を発する新たなり。
青嶂会《たまたま》〻身後の塚と為り、
扁舟聊か画中の人と作《な》る。
園林揺落、寒の早きを知り、
父老逢迎、意の真なるを覚ゆ。
帰舎妨げず小酔を成すを、
眼明かに細柳霜鱗を貫く。

○鱖。音ケイ又はケツ。巨口にして細鱗、色微黄にして黒斑あり。張志和の詩*、「西塞山前白鷺飛び、桃花流水鱖魚

肥えたり」。　○汀蘋。蘋はうきくさの一種。夏日、四弁の小白花を開く。汀はみぎは、水際。汀蘋老ゆと云ふは、秋に入らんとして、蘋花の衰ふるを云ふ。　○剡曲《エン》。剡渓のくま。剡渓は前に出でし戴渓の別名なり。　○稽山。会稽山を指す。剡曲稽山ともに放翁の郷里に近きこと、屢〻云へるが如し。　○嶂《シヤウ》。山峰の連りて屛障を成せるもの。身後の塚と云へるは、死してそこに葬らるる身なればなり。　○小酔を成すを妨げずと云ふのは、鱖魚二尾を持ち帰りたれば、酒の肴に事欠かぬ意。　○細柳貫霜鱗。二尾の鱖魚を柳の枝に貫きて持ち帰れるなり。鱖魚は前述の如く巨口にして細鱗なり、故に霜鱗といふ。

拄杖

放翁拄杖具神通
蜀桟呉山興未窮
昨夜夢中行萬里
蓮華峯上聴松風

拄杖

放翁の拄杖《チユヂヤウジンヅウ》神通を具《そな》ふ、
蜀桟呉山興未だ窮《きは》まらず。
昨夜夢中行くこと万里、
蓮華峰上松風を聴く。

○拄杖。拄は杖をつくこと、転じて杖そのものの意に用ふ。　○蜀桟。蜀の桟道。　○蓮華峰。盧山の峰、今の江西省九江県にあり、宋の周敦頤、室を峰下に築く。

○以上の七首、作者一時郷里に帰り家居しゐたる頃の作。その頃の詩を見ると、「糲飯従来、余を願はず、山に還りて喜ぶ此の心の初めを遂ぐることを。河を挽いて尽く洗ふ弾冠の念、戸を閉ぢて閑に讎す挿架の書」、「釣竿風月、滄洲に寄す、酔髪鬖鬖荻葉の秋。……病骨未だ銷《き》えず讒未だ已まず、聊か周易を須《ま》つて牀頭に著く」、「金貂、帝に謁する、我未だ暇あらず、且らく人間《ジンカン》千歳の身と作《な》る」、「寂寞たる衡門、水に傍《そ》うて開く、放翁杖を曳いて此《ここ》に徘徊す」、「端《まさ》に身の閑なるが為めに日の長きを覚ゆ、嫌はず児輩の清狂を笑ふを」などいふ句があり、復た出でて仕へるの意思なきが如く見ゆるも、この年の末には、軍器少監に任ぜられて再び都に還れり。「初めて行在に到る」と題する詩に、「六十之年又た四年、也《ま》た瘦馬に騎《の》りて朝天に趁《はし》る」とあるは、その為めなり。以下、淳熙十六年、作者六十五歳の作に属す。

己酉元日

夜雨解殘雪
朝陽開積陰
桃符呵筆寫
椒酒過花斟
巷柳搖風早
街泥濺馬深
行宮放朝賀
共識慕堯心

己酉元日

夜雨残雪を解かし、
朝陽積陰を開く。
桃符筆を呵して写し、
椒酒花《クワ》を過《す》ごして斟む。
巷柳風に揺ぐに早く、
街泥馬に濺《そそ》いで深し。
行宮朝賀を放《ゆる》すも、
共に識る堯を慕ふの心。

○作者六十五歳となる。己酉の年は淳熙十六年なり。この年、孝宗、位を光宗に伝ふ。放翁は*この年の末になり礼部郎中兼実録院検討官といふ役に遷る。

○これは放翁の詩の中で特に取り立てて云々するほどのものではないと思はれるが、佐々木久氏の『漢詩の新研究』(昭和十七年刊)には、特にこの一首が抜き出されてゐる。次に佐々木氏の書いてゐるところを、一応そのまま転写しておく。

「*少し芽出たい詩を見よう。元日の所感はどこの国の詩にも多い。漢詩にも可なりあるが、宋代の陸放翁のを採ってみた。時代を異にし、風習が違ってゐるので、このままでは我々に正月気分は出ないが、折から諒闇《りやうあん》でありながら、泰平のなごやかさが趣深く描かれてゐる。略註すると、積陰は永い冬の陰気、桃符は桃の木で作つた神符で、元日に門に貼る。椒酒は山椒其他の薬味を入れた酒で屠蘇酒の類。放朝賀は諒闇なので朝賀の儀はお取り止めになつた意。

夜来の雨で残つてゐた雪が解け、朝日が出てすつかり晴れ渡つた。さあ元旦だといふので桃符を写すのに筆の氷を呵する。それから花の下を通りながら椒酒を酌交す。見れば巷の柳は風にさらさらと揺れ、すつかり泥道となつた街の泥が馬にはねかかる。今年は朝参して祝賀することは免ぜられたので、人々は家に居ながら堯の昔を偲んでお祝ひをする。――淡々たる筆致のうちに、よく元日の気分を捉へ、如何にも平和な一日、しかも街の賑ひを「街泥濺馬深」の僅か五字に要約したところに躍動を感じさせる。諒闇ではあるが新春を迎へた市民の希望が、ここに現はされてゐるではないか」。

右の佐々木氏の説明には、どうかと思はるる節もある。そのことは追て述べる。

○この詩の自註に、「亮陰を以て賀礼を免ず」とあり。亮陰とは天子の喪に居ることとなり。○呵筆。呵凍、呵硯などいふに同じ、まだ寒くて硯の墨が*氷り居るなり。○椒酒。『四民月令』に、「正月の旦《あさ》、酒を進めて神を降し畢《をは》れば、*室家大小の次なく先祖の前に坐し、子孫各〻椒酒を其の家長に上《たて》まつる」とあり。椒酒とは「椒を酒中に置くなり」。○*過花。佐々木氏は之を「花を過《よぎ》りて」と読んで居られる。しかし元日の朝、祖先の霊前に一家揃つて、家長に上《たて》まつる椒酒を、花下を過《よぎ》りながら斟むと云ふのは、変である。それに元日は春とは云ひながらまだ寒い頃で、現に「筆を呵して桃符を写す」としてある位であり、花はまだ咲いて居ないのである。で、私は花を花椒の意味に解する。花椒と云ふのは、落葉灌木で、山野に自生してゐるもの。香気甚だ烈し。実および茎の皮部、みな香料となる。椒には色々の種類があるが、香気の強いのは即ちこの花椒である。楊万里の詩序に、「吾家の酒、芳烈なる者を名づけて、椒花雨と曰ふ」と云へるは、即ちこれによる。で私は、過花と云ふのは、花椒を沢山入れてと云ふ意味に解する。○巷柳揺風早。佐々木氏は之を、巷の柳は風にさらさらと揺れ、と読んで居られるが、それでは早の一字が意味のないものになつてしまひ、巷柳揺風の四字で十分な筈である。私は之を、巷柳風に揺ぐに早くと読ませ、早を尚早の意に解したく思ふ。即ち青柳の枝が春風に吹かれながら、如何にも春らしく揺れ動いてゐると云ふのには、まだ時季が早い、といふ意味に、この一句を解するのである。 ○街泥濺馬深。夜雨残雪を解いたばかりの朝のことであるから、道はひどいぬかるみになつてゐるのである。巷柳、街泥の二句は、かくて春と云へどもまだ寒く、陽は照り居れども道はひどいぬかるみで、といふことのうちに、元日ではあるけれども諒闇であるといふ特殊の気分を出したものと思はれる。元来この詩は初めの夜雨、朝陽の第一聯、呵筆、過花の第二聯、いづれも陰陽吉凶の交錯を感じさすものがあるので、即ち第一聯は、今朝は朝日が照つて居るけれども、昨夜は雨が降つたのであり、第二聯は、芳烈な椒酒を斟みながらも、硯の墨は氷るほどの寒さなのである。これらはみな諒闇中の祝日といふ特殊の事情に即したものと思はれる。結局、私は、佐々木氏がこの詩を以て「泰平のなごやかさが趣深く描かれてゐる」とされて居るのとは、大分違つた気分を感じるのである。 ○行在*。天子の居る所を行在といふ。 ○慕堯心*。これは堯舜千鍾の故事によつたものではないかと思はれる。『孔叢子』儒服にいふ、「平原君、子高と飲む。子高に酒を強ひて曰く、昔し遺諺あり、堯舜千鍾、孔子百觚、子路嗑嗑尚ほ十榼を飲む。古の聖賢飲む能はざる無きなり。吾子何ぞ辞せんやと」。即ち堯を慕ふの心を識ると云つたのは、みな酒を飲んで楽むことを解するの意であらう。ただ堯の昔を偲ぶと云ふのでは、共に識る堯を慕ふの心といふ句の、共に識るといふ言葉の意味などが十分に出ないやうに思はれる。

行在春晩有懐故隠
老辱明時乞一官
逢春惆悵獨無歡
舊人零落北音少
市肆蕭疎民力殫
歸計已栽千箇竹
殘年合挂兩梁冠

行在春晩《く》れて故隠を懐ふあり
老いて明時を辱《はづかし》め一官を乞ひ、
春に逢うて惆悵、独り歓なし。
旧人零落して北音少《まれ》に、
市肆蕭疎、民力殫《つ》く。
帰計已に栽《う》う千箇の竹、
残年合《まさ》に両梁の冠を挂《か》くべし。

石帆山路頻回首
箭茁蓴絲正満槃

石帆山路頻りに首《かうべ》を回らす、
箭茁《センサツ》の蓴糸《ジュンシ》正に槃《バン》に満つらむ。

○行在。前に書いておいたやうに、行在とは天子の居る所のことであるが、これについて、放翁の『老学庵筆記』には、次のやうに書いてある。「建炎の初、大駕南京揚州に駐蹕し、東京に留守司を置く。則ち百司庶府を二つとなす。其の一を在京某司と曰ひ、其の一を行在某司と曰ふ。其の後、大駕建康会稽に幸し、而して六宮は江西に往く。則ち亦た分つて二と為す。行在某司、行宮某司と曰ふ。已にして大駕建康に幸し、六宮臨安に留まる。則ち建康を行在と為し、臨安を行宮と為す。今、東京阻隔、而かも臨安官司猶ほ行在某司と曰ふは、恢復を忘れざるを示すなり」。蓋し宋の太祖は汴京(今の開封)に都したのであるが、高宗の即位後、金の勢力を避けて揚子江の南方に退き、都を臨安(今の杭州)に遷した。これより先き、建炎元年、四月、金人徽宗欽宗等を捕へて北去し、五月、高宗南京に即位す。老学庵筆記に「建炎の初、大駕南京揚州に駐蹕し、東京に留守司を置く」としてあるのは、この時のことで、東京といふは即ち開封(汴京)のことである。後、南宋の都は臨安(杭州)に定まりしも、宋の以前の都たりし開封(汴京、東京)を恢復することを忘れざる意味にて、臨安の官司は猶ほ行在某司と云つてゐた。

○前にも誌したことであるが、年譜によると、淳熙十五年の冬、放翁は軍器少監に除せられ、行在に召還さる、とあり。この詩は淳熙十六年の作にて、即ち都下にありて賦せるもの。

○逢春惆悵独無歓。役人になつて居ても、どうも愉快でなかつた気持が、この一句の上に遺憾なく現はれてゐる。一誦、あはれを感ぜしめる句である。　○北音少。北音は北方の音楽。宋の南渡以後、年を経る久しきに及べるが故に、北音少《まれ》なりと云へり。*　○市肆。市中の商店。　○已栽千箇竹。鏡湖三山にある放翁の家は竹林に囲まれて居たもののやうである。彼の詩に、「放翁小築湖西偏、……遶舎十万碧玉椽、連林娟娟泫清露、高枝裊裊揺蒼煙」の句あり。陳延傑の『陸放翁詩鈔注』及び雷瑨の『箋註剣南詩鈔』には、共に千箇の竹を千个の竹となせり。　○両梁冠。冠上の横脊を梁といふ。冠は官吏の礼装。王禹偁の詩に、「白頭誰か藉《か》さむ両梁の冠」といふ句あり。両梁の冠を挂くとは、挂冠、即ち役人をやめること。　○石帆山。屢〻放翁の詩に出づ、会稽に在り、放翁の家に近し。　○箭茁。茁はめばえ、箭茁はやの如き萌芽の意であらう。　○蓴。じゅんさい、食用に供する水草。蓴糸はその糸の如く細きものを云ふ。　○槃。木盤のこと。盤は物を盛る器。

到家旬餘意
味甚適戲書

家に到りて旬余、意味
甚だ適す、戯に書す

天恐紅塵著脚深
不敎經歲去山林
欲酬淸淨三生願
先洗功名萬里心
石鼎颼飀閑煮茗
玉徽零落自修琴
晚來剩有華胥興
臥看西窗一炷沉

天は紅塵脚を著くるの深きを恐れ、
歳を経て山林を去らしめず。
酬ゐんと欲す清浄三生の願、
先づ洗ふ功名万里の心。
石鼎颼飀《シウリウ》閑に茗を煮、
玉徽零落自ら琴を修す。
晩来剰《あまつさ》へ華胥の興あり、
臥して看る西窓一炷の沈。

○この詩は紹熙元年、作者六十六歳の時のものなり。その前年の冬、劾せられて官を去り、郷に帰りて家居す。後七十八歳にして再び出でて仕へしも、それまで十二年の間はすべて家居せり。この頃の詩に、「昨、魚符を解いて已に径帰す」と云ひ、「家に還りて痛飲塵土を洗ふ」と云ひ、「従来本と死生を択《えら》ばず、況んや復た区区禍福を論ぜんや」と云ひ、「東帰已に売る腰間の剣」と云ひ、「賤貧淡薄に安んじ、老鈍譏嘲に耐ゆ」と云へるは、年譜に「其冬(淳熙十六年十二月)斥けられて帰る」とあるに照応す。また七絶二首あり、題して「予十年間、両《ふたた》び斥皐に坐す。擢髪数ふる莫しと雖も、而かも詩を首と為す。之を風月を嘲詠すと謂ふ。既に山に還り、遂に風月を以て小軒に名づけ、且つ絶句を作る」と云へるものあるを見る。
○歳を経て山林を去らしめずと云ふは、軍器少監に任ぜられて行在に到り、やがて官を免ぜられて家に還るまで、丁度一年になるかならぬの期間であつたからである。　○三生。三世転生、即ち三度生れかはること。白楽天の詩に「世説三生もし謬らずんば、共に疑ふ巣許是れ前身」の句あり。　○颼飀。風の声の形容。謂はゆる松風の声なり。○*玉徽。徽は琴の絃の下に施して絃を支へ張るに用ふる琴節。玉は美称。　○華胥興。『列子』にいふ、「黄帝昼寝《い》ねて夢み、華胥氏の国に遊ぶ。其の国師長なく、自然なるのみ。其の民嗜欲なく、自然なるのみ。生を楽むを知らず、死を悪《にく》むを知らず、故に夭殤なし。己を親むを知らず、物を疎んずるを知らず、故に愛憎なし。云々」。　○沈は沈香。

春　雨
（二首録一）

春愁無處避
春雨幾時晴
黯黯陰連月
蕭蕭滴到明
窗昏減書課
弦緩咽琴聲
何以娯幽獨
新醅手自傾

春　雨
（二首のうち一）

春愁避くるに処なく、
春雨幾時か晴れむ。
黯々として陰、月に連り、
蕭々として滴、明《あかつき》に到る。
窓昏くして書課を減じ、
弦緩うして琴声咽《むせ》ぶ。
何を以て幽独を娯《なぐさ》めむ、
新醅、手自ら傾く。

○以下、作者六十六歳となる。この年の春は雨が長く続いたものらしい。春雨と題する二首のうち第一首には、「苦雨何れの時か止まむ、微雲又た陰を作《な》す」とある。　○醅。にごりざけ、酒の未だ漉《こ》さざるもの。

野　興　（二首録一）

紅飯青蔬美莫加
鄰翁能共一甌茶
舍西日緊花房斂
港北風生柳脚斜
笻杖不妨閒有伴
茆簷終勝老無家
自驚七十猶强健
采藥歸來見暮鴉

野　興　（二首のうちの一）

紅飯青蔬、美加ふる莫く、
隣翁能く共にす一甌《オウ》の茶。
舍西、日緊《きびし》くして花房斂《をさ》まり、
港北、風生じて柳脚斜なり。
笻《キヨウ》杖《ヂヤウ》妨げず閒に伴あるを、
茆簷《バウエン》終《つひ》に勝《ま》さる老いて家なきに。
自ら驚く七十猶ほ強健、
薬を采り帰り来つて暮鴉《ボア》を見る。

○周之鱗、柴升同選の『放翁先生詩鈔』、雷瑨註釈の『箋註剣南詩鈔』、陳延傑註の『陸放翁詩鈔注』、いづれもこの詩を選ぶ。

○紅飯。悪米のことを赤米といふ。実際に色が赤いのである。ここに紅飯といふのは、即ち粗飯の意であらう。白楽天の詩には、「紅粒陸渾稲、白鱗伊水魴」といふ句がある。　○能共一甌茶。甌はかめ。一甌の茶を共にすとは、同じ鉄瓶でわかした湯で一緒に茶を飲むと云ふほどの意味。能く共にすの能くは、こちらが簡素な生活をしてゐるので、隣りの翁も心安く気がおけぬといふほどの意味あひを含む。　○日緊。日光がきびしい。舍西とあるから、これは西日のきびしさである。　○花房斂。花房は、はなぶさ。房は一つの茎に数多くむらがり生じたる物を意味する。斂は収縮。西日の強さに花房がすぼみちぢまるなり。　○港北風生柳脚斜。港北の北は、舍西の西に対するだけで、別に意味はないが、しかし風が生じると云ふのだから、北はふさはしい。柳脚斜は、柳の木が根元の方から傾いてゐること。風が吹くために急に傾いたのではないが、風のために枝が一方になびいて、根元の斜になつてゐるのが目立つのである。○閒有伴。閒行といへば、閒暇に投じて徽行すること。この閒もそれと同じ意味で、業々しい伴でなく、をりに乗じて静かな連れのあること。散歩する時さうした連れのあるのは邪魔にならぬと云ふので、妨げずとしてある。*その連れには、前の一甌の茶を共にする隣翁が連想される。○茆簷。かやぶきのき。即ち藁小屋。そんなものでも、ないよりは増しである。○采薬。山か野へ薬草を採りに出かけること。昔のことだから薬はみなさうして採つた。○暮鴉を見るといふのは、日暮れて帰りしにて、即ち七十なほ強健といふに連絡する。○詩には七十としてあるが、正確には六十六歳である。

杭湖夜歸　（二首錄一）

昔如架上九秋鷹
今似窗間十月蠅
無復橐鞬思出塞
不妨粥飯略同僧
白蘋洲晚初回櫂
綠樹村深已上燈
莫謂陶詩恨枯槁
細看字字可銘膺

杭湖夜帰　（二首のうちの一）

昔は架上《カジヤウ》九秋の鷹の如く、
今は窗間十月の蠅に似たり。
復た橐鞬《カウケン》塞を出づるを思ふなく、
妨げず粥飯《シユクハン》略《ほ》ぼ僧に同じきを。
白蘋、洲晚《く》れて、初めて櫂を回《めぐ》らし、
緑樹、村深うして、已に灯を上《のぼ》す。
謂ふなかれ陶詩枯槁を恨むと、
細《こまか》に看れば字々膺《むね》に銘す可し。

○架上九秋鷹、窗間十月蠅。『朝野僉載』にいふ、「蘇味道、王方慶、倶に鳳閣侍郎たり。或るひと郎中張元一に問う

天亦知予嬾是眞

　　示以長句
　　或問余近況

或るひと余に近況を問ふ、
示すに長句を以てす
天亦た予を知る嬾是れ真なるを、*

て曰く、蘇と王と孰か賢なりや。対へて曰く、蘇は九月霜を得るの鷹の如く、王は十月凍を被るの蠅の如し。或るひ

と其の故を問ふ。答へて曰く、霜後の鷹は俊捷、被凍の蠅は頑鈍」。この一聯はこれに本づくものであらう。○

架上。とまり木の上。○九秋。秋の九十日を云ふ。○十月蠅。旧暦の十月だから、冬の蠅である。○橐鞬。

はふくろ、鞬も革ぶくろ。馬上弓矢を盛る器。○塞。辺界。塞を出づとは、遠く国境の外に出掛けること。○粥*橐

飯僧。これは貧乏を意味するのでなく、終日筋骨を労することなきを意味する。『五代史』李愚伝に「常に宰相を目

して曰ふ、此れ粥飯の僧のみと。以て飽食終日、しかも心を用ふるなきを謂ふ」とあるに本づく。○白蘋云々、緑

樹云々。この二句は杭湖に舟を泛べての話である。今は早や老境に入り、昔のやうに馬に跨り弓矢を携へて遠方の山

野に出掛ける気力もなくなつたから、酒を載せて舟を湖上に浮べ、一日遊び暮らして、たうとう夜になつた、と云ふ

のである。○蘋はかたばみも。水浅き所に自生せる水草にて、白花を著く。故に白蘋といふ。○洲はなかす。土

砂が盛り上がつて、水の上に現はれてゐる処。そのなぎさに、かたばみが白く花を咲かせて居るのである。○洲晩

れて初めて櫂を回らすと云ふは、終日湖上に舟を泛べて遊び、日が暮れてから、やつと舟を帰路につかしめる意味。

同じ題の今一つの詩には、「野艇迢之く所に信かす、帰来常に昏れんとするの時に及ぶ」としてある。○さて日

暮れて舟を帰せば、緑樹の繁つてゐる村々は薄暗く奥深く見え、はや所々に灯火が見え出して来た、と云ふので、緑

樹村深已上灯としてある。○陶詩。云ふまでもなく陶淵明の詩のこと。それは一見枯淡にすぎ、うるほひがないや

うに見えるが、今の境涯になつて之を仔細に味ふと、一字一句、ことごとく深味があると云ふので、細に看れば字字

膺に銘す可し、としてある。膺はむね。拳々服膺の膺である。銘すは、深く心におぼえしるす意。この結句は、悠々

自適の生活を送るについての感慨を陳ぶ。

暮年乞與自由身
幽尋東浦鷺迎櫂
獨臥北窗鶯喚人
野卉滿頭狂取醉
草廬容膝樂忘貧
死時是處堪藏骨
不用要離更作鄰

暮年乞《キヨ》与す自由の身。
幽《しづ》かに東浦を尋ぬれば、鷺、櫂を迎へ、
独り北窓に臥せば、鶯、人を喚ぶ。
野卉頭に満たし狂して酔を取り、
草廬膝を容れ楽みて貧を忘る。
死する時、是の処、骨を蔵《をさ》むるに堪ゆ、
用ひず離《リ》を要《もと》めて更に隣と作《な》るを。

○乞与。乞は請ふの意と与ふの意と両様ある。後の場合には、音キ。これは漢字における反対物の弁証法的統一の一例である。　○迎櫂。舟を迎へるといふと同じ。　○野卉満頭。頭髪に花を挿むなり。　○容膝。陶淵明の帰去来辞にある「膝*を容るるの安きを審《つまびら》かにす」に本づく。　○不用要離更作隣。離は籬、まがき。墓地に骨を埋めて籬で他人の墓地との界を作るなどする必要はない、といふ意味。

初夏郊行

小硯孤吟恐作愁
長堤曳杖且閑遊
破雲山踴千螺翠
經雨波涵一鏡秋
粔籹青紅村歩市
闌干高下寺家樓

初夏郊行

小硯孤吟、愁を作《な》さんことを恐れ、
長堤杖を曳いて且《しば》らく閑遊す。
雲を破るの山は踊《おど》らす千螺の翠、
雨を経るの波は涵《ひた》す一鏡の秋。
粔籹《キヨヂヨ》青紅、村歩の市、
闌干高下、寺家の楼。

去年此日君知否　　去年此の日、君知るや否や、
十丈京塵沒馬頭　　十丈の京塵馬頭を没す。

○小硯孤吟云々。小さな硯をひき寄せて、ひとりで詩を吟じて居たが、何んだかもの悲しくなつて来たので。○破雲山。雲開けて山現はるるなり。○踊は踊現、高く現はれ出づる意。○千螺翠。螺は貝類の殻に左巻のうづ形をなせるものの総称。で螺髪と云へば、例へば仏像に見る頭髪の如く、ちぢれて螺旋状をなせる髪のことであり、螺髻《ラケイ》と云へば、ほらがひの如く束ねたもとどりのことである。この螺髻は之を青山の樹木を形容するに用ふ。恵洪の詩に、「落日遠山螺髻青し」と云ふが如し。葉の繁つた杉の木などの尖端が次第に細くなつてゐる形を螺の如しと見たのであらう。それで千螺の翠と云へば、木が何本となく鉾の穂のやうになつて山に立つてゐる意味になる。それが雲の開け山の現はるるにつれ段々に見えて来るから、千螺の翠を踊らすと云ふのである。○経雨波。雨後の波なり。○涵。朱熹の詩に「一水方《まさ》に碧を涵し、千林已に紅に変ず」とあり。○一鏡の秋。秋の姿が鏡のやうに湖水の上に映つて居るのである。○粔籹。米に蜜(後には砂糖または飴)を和し、いりて作りたるおこし、大阪名物の粟おこしの類。青紅とあるから、それに青や赤の色が着けてあるのである。○村歩。歩は埠に同じく、舟つき場。ここでは多分鏡湖のはとばを指して居るのであらう。そこにおこしなど売る店が出てゐるのである。○去年此日云々。破雲山から寺家楼に至るまで、すべて初夏郊行の所見であるが、最後の結びになつてゐる此の句は、作者の感慨を述べたもの。去年の此の頃は京に出て、馬の頭を埋めるばかりの紅塵の中に居たが、と云ふのである。十丈の京塵を思ひ起す裏には、初夏の郊外には繊塵をも絶つてゐることが含まれてゐる。

蝸廬　　蝸廬

小葺蝸廬便著家　　蝸廬を小葺して便《すなは》ち家を著け、
槿籬莎徑任攲斜　　槿籬《キンリ》、莎径《サケイ》、攲斜《キシャ》に任《ま》かす。

為生草草僧行脚　　生を為す草々たり僧の行脚《アンギャ》、
到處悠悠客泛槎　　到る処悠々たり客の泛槎《ハンサ》。
孤蝶惜衣晴曝粉　　孤蝶、衣を惜み、晴れて粉を曝《さら》し、
穉蜂貪蜜晩争花　　稚蜂、蜜を貪り、晩《く》れて花を争ふ。
有書嬾讀吾堪愧　　書あるも読むに嬾《ものう》く吾れ愧づるに堪へたり、
睡起何妨自磑茶　　睡起何ぞ妨げむ自ら茶を磑《ガイ》するを。

○便。簡単にそのまま。　○著。定住の意。著家は定住の家となす意。　○槿籬莎径。槿籬は、むくげの生けがき。莎は、はますげ、主として水辺に生ずる草、茎は匍匐して繁殖す。　○攲斜。傾斜といふに同じ。任は、籬が傾き莎草の茎が道を匍つて居ても、そのままにうちやつてゐること。　○草草。手軽に業々しくないこと。　○僧の行脚。行脚の僧といふに同じきは、次の客の泛槎が泛槎の客と云ふも同じことになる如くである。行脚の僧とは、一定の住処を有たずに諸国を廻り歩く雲水僧のこと。その生活は勿論簡素を極めたもの。今の生活ぶりをそれに喩ふ。　○泛槎。槎はいかだ。しかしここの泛槎は泛舟といふほどの意。槎は家、斜、花、茶などと麻韻の字を揃へる必要から用ひたもの。客の泛槎は、前に云へる如く、泛槎の客と云うても結局同じで、うかべる槎に乗つてゐる人の悠々たる気持を指す。　○惜衣。雨にたたかれると翅《はね》がいたむから、蝶は晴れた日を選んで空に飛ぶ。　○曝粉。蝶が翅を日光に照らすこと。蝶の翅には粉のやうな鱗片があるから、粉といふ。　○かくて、為生草草以下は自分の生活の仕方を云ひ、孤蝶惜衣以下は蝸廬眼前の景を叙す。　○堪愧。愧づるに足る、愧づるに値す。　○睡起。読書に倦み昼寝して起きたるなり。　○磑茶。うすで茶をひくこと。放翁の別の詩に、「小楼月あり吹笛を聴き、深院風なうして磑茶を看る」といふ句がある。　○何妨。自分が茶をひいて飲む位のことは、あたりまへのことだといふ意味で、前の愧づるに耐へたりに照応する。

午睡起遇急雨

揩眼捫髯破晝眠
闌邊小立獨幽然
叢花雨打無飛蝶
高柳風驚有墮蟬
才略本居元子下
功名那計祖生先
今朝會意君知否
目送飛雲揮五絃

午睡より起きて急雨に遇ふ

揩眼、捫髯《モンゼン》、昼眠を破り、
闌辺小立して独り幽然。
叢花雨打ちて飛蝶なく、
高柳風驚いて墮蟬あり。
才略本《も》と居る元子の下、
功名那《な》んぞ計らむ祖生の先。
今朝会意君知るや否や、
目は飛雲を送りて五絃を揮《ふる》ふ。

○揩眼。揩は磨すの意。揩眼は即ち眼をこするなり。　○捫髯。捫はさする、ひねる。髯はほほひげ。　○闌辺。欄干のほとり。　○小立。小時立つ意。　○元子。元結のこと。元結、字は次山、唐の武昌の人。天宝の進士。道州の刺史となり、容管経略使に進む。到る処、恵政あり。民、石を立てて徳を頌す。卒して礼部侍郎を贈らる。その詩、自ら胸次を写し、古人を規撫するを欲せず、唐人中にありて別に一派を開けり。自称して元子といひ、またその著書をも元子と名づく。　○祖生。祖逖のこと。祖逖、字は士雅、晋の范陽の人。元帝のとき、豫州刺史となる。卒するの日、豫州の士女、父母を喪ふが如し。晋書の劉琨伝に、「范陽の祖逖と友たり、……常に祖生吾に先んじて鞭を着けむことを恐る」とあり。ここに祖生の先といふは、これに本づく。　○この詩、放翁の詩の中でよく出来てゐるものの一つと思はれる。

睡起作帖數行

睡より起きて帖を作る数行

睡餘得清風
起坐傍書几
日長誰晤言
賴此管城子
欣然共游戲
一笑我忘爾
羣鴻偶下集
但怪驚不起
古來翰墨事
著意更可鄙
跌宕三十年
一日造此理
不知筆在手
而況字落紙
三叫投紗巾
作歌識吾喜

睡余清風を得《え》、
起坐して書几に傍《そ》ふ。
日長きも誰と晤言せむ、
頼《さいは》ひに此の管城子あり、
欣然游戯を共にし、
一笑、我れ爾《なん》ぢを忘る。
群鴻偶〻下り集まる、
但《た》だ怪む驚くも起たざるを。
古来翰墨の事、
著意《いよい》更よ鄙《いやし》むべし。
跌宕《テツタウ》三十年、
一日此の理に造《いた》り、
筆の手に在るを知らず、
況んや字の紙に落つるをや。
三叫、紗巾を投じ、
歌を作つて吾が喜びを識《しる》す。

○起坐。起きて坐る。　○書几。書案などいふに同じ、読書するための机。　○晤言。遇ひて語る。　○管城子。筆の異名。　○群鴻下集。紙に書いた字の形容。　○驚不起。草書の字体、群鴻の驚ける様に似たれども、本当の鳥ではないから、起つて飛び去るといふことはなし。　○更。杜甫の詩に「更覚良工心独苦」とある場合と同じく、愈〻

とか、益〻甚しくとか、いふほどの意味。○跌宕。検束さるることなく、ほしいままなるなり。跌宕三十年といふは、ものに拘泥するところなく、今日まで三十年のあひだ勝手に字を書いて来たが、といふ意味。○一日造此理といふは、今日この道理に叶つてといふほどの意味。○三叫。三は数多き意。盛んに大声を出して喜べるなり。○投紗巾。頭にかぶつてゐた頭巾をふりすてて、といふので、喜べる様の形容。○放翁が草書に巧みであつたことは、*別の詩の評釈中に書いておいた。

秋　興

無食苦日長
無衣念秋近
雖云老農圃
未害樂堯舜
士生要弘毅
病在墮驕吝
得喪纔幾何
哀哉以身徇
平生最耐事
霜雪亦滿鬢
憂患一洗空
吾道其少進

秋　興

食なくして日の長きに苦み、
衣なくして秋の近きを念ふ。
農圃に老ゆと云ふと雖も、
未だ堯舜を楽むを害せず。
士生まれて弘毅なるを要す、
病は驕吝に堕するに在り。
得喪纔《わづ》かに幾何《いくばく》ぞ、
哀《かな》しいかな身を以て徇《したが》ふ。
平生最も事に耐へ、
霜雪亦た鬢に満つ。
憂患一*に洗空、
吾が道其れ少しく進む。

○得喪纔幾何。得喪はせいぜい仰山に見積もつたところで何程のことであらうぞ、との意。○以身徇。史記の伯夷伝に、「貪夫財に徇ひ、烈士名に徇ふ」とあり。徇は殉なり。○憂患一洗空。憂患は全く空を洗つたやうに、胸中に滞つて居ない。

幽居

幽居人迹稀
柴扉晝常掩
小池清見底
疎雨時數點
蟬嘒秋未衰
花房暮先斂
老大固多傷
年華還冉冉

幽居

幽居人迹稀《まれ》に、
柴扉昼常に掩ふ。
小池清うして底を見せ、
疎雨時に数点。
蟬嘒《ゼンケイ》秋未だ衰へず、
花房暮に先づ斂《をさ》まる。
老大固より多傷、
年華還《ま》た冉冉《ゼンゼン》。

○蟬嘒。詩経の小雅に、「鳴蜩嘒嘒」とあり。嘒嘒は、声いそがしく鳴く形容。ここの蟬嘒は、いそがしく鳴く蟬の声。○斂は収斂。○老大。杜甫の詩に、「杜陵に布衣あり、老大意うたた拙」とあり。老大は年をとること。○冉冉は、過ぎゆく貌。

山居食毎不肉戯作

山居、食毎《つね》に肉せず、戯《たはむれ》に作る

谿友留魚不忍烹

谿友魚を留むれども烹《に》るに忍びず、

直將蔬糲送餘生
二升畬粟香炊飯
一把畦菘淡煮羹
莫笑開單成淨供
也能捫腹作徐行
秋來更有堪誇處
日傍東籬拾落英

直《ことさら》に蔬糲を将《と》つて余生を送る。
二升の畬粟《シャゾク》、香ばしく飯を炊き、
一把の畦菘《ケイスウ》、淡く羹《あつもの》を煮る。
笑ふ莫れ開単浄供を成すを、
也《ま》た能く腹を捫《さす》りて徐行を作《な》す。
秋来更《いよいよ》よ誇るに堪ふる処あり、
日に東籬に傍《そ》うて落英を拾ふ。

○蔬糲。蔬は蔬菜、糲は玄米。○畬は焼田、雑草を焼き払ひて作る劣等地。○菘。たうな。葉はかぶらに似て青白し。○開単。汲古閣の木版本にも開単となつて居るが、恐らく開葷の誤であらう。精進の期間が終つて平生のやうに肉食するやうになることを、開葷といふ。○浄供。精進の食物を取るをいふ。○落英。落ちたる花、ここは菊の花を思はす。楚辞に「秋菊の落英を餐《くら》ふ」とあり、また陶淵明の詩に「菊を東籬の下に采《と》り、悠然として南山を見る」とあり。菊の花は、言ふまでもなく、煮て食ふことを得。

月下小酌

草樹已秋聲
郊原喜晩晴
風生雲盡散
天闊月徐行
下箸槎頭美

月下小酌

草樹已に秋声、
郊原晩晴を喜ぶ。
風生じて雲尽く散じ、
天闊《ひろ》うして月徐ろに行く。
箸を下して槎頭美に、

傳盃甕面清　盃を伝へて甕面清し。
追歡猶可勉　追歓猶ほ勉む可し、
徂歳不須驚　徂歳驚くを須《もち》ゐず。

○槎*はいかだぶね。槎頭美とあるによりて、月下水上の遊なることを知るに足る。

吾廬　吾が廬

吾廬鏡湖上　吾が廬、鏡湖のほとり、
傍水開雲扃　水に傍《そ》うて雲扃《ウンケイ》を開けり。
秋淺葉未丹　秋浅うして葉未だ丹《あか》からず、
日落山更青　日落ちて山更《いよい》よ青し。
孤鶴從西來　孤鶴西より来り、
長鳴掠沙汀　長鳴して沙汀を掠《かす》む。
亦知常苦飢　亦た知る、常に飢に苦むも、
未忍呑羶腥　未だ羶腥《センセイ》を呑むに忍びざるを。
我食雖不肉　我が食、肉せずと雖も、
匕箸窮芳馨　匕箸《ヒチョ》芳馨を窮《きは》む。
幽窗燈火冷　幽窓灯火冷やかに、
濁酒倒殘缾　濁酒残瓶を倒す。

○雲扃。扃は門と同じ。高適の詩に「翻然として柴扃を憶ふ」とあるが如し。雲扃は雲のかかれる門の意。○羶*腥。なまぐさきもの。　○匕箸。さじとはし。

飲酒望西山戯詠

太白十詩九言酒
酔翁無詩不説山
若耶老農識幾字
也與二事日相關

酒を飲み西山を望みて戯に詠ず

太白、十詩、九は酒を言ひ、
酔翁、詩として山を説かざる無し。
若耶の老農、幾字を識れるや、
也《ま》た二事と日に相関す。

○酔翁。欧陽修のこと。　○若耶老農。作者自身を指す。居は若耶谿に近きによる。

晩秋風雨

儘道漁村陋
秋來物色奇
寒生沽酒興
雨及種花時
狂舞欲誰屬
清吟空自知
茫茫宇宙內
吾道竟何之

晩秋風雨

*儘《み》な道《い》ふ漁村陋なりと、
秋来物色奇なり。
寒は生ず酒を沽《か》ふの興、
雨は及ぶ花を種《う》ゆる時。
狂舞誰に属せんとする、
清吟空しく自ら知る。
茫々たる宇宙の内、
吾が道竟《つひ》に何《いつこ》にか之《ゆ》く。

○同じ時の詩に、「年年最も愛す秋光の好きを、病起秋に逢ふ合《まさ》に詩を賦すべし。叢菊漸く黄なり人酔へる後、孤灯初めて暗し雨来たる時」の句あり。

幽居

白髪蕭蕭僅到肩
一枝藤杖日翩躚
草苫牆北棲雞屋
泥補橋西放鴨船
心似枯葵空向日
身如病櫟孰知年
放懐却有翛然處
不養金丹不學禪

幽居

白髪蕭々僅かに肩に到り、
一枝の藤杖、日に翩躚《ヘンセン》。
草は苫《とま》す牆北棲雞の屋、
泥は補ふ橋西放鴨の船。
心は枯葵に似て空しく日に向ひ、
身は病櫟の如く孰《たれ》か年を知らむ。
放懐却て翛然《イウゼン》の処あり、
金丹を養はず禅を学ばず。

○蕭蕭。ものさびしき形容。　○翩躚。ふらふらと、よろめきゆくこと。　○草苫。草を編みてむしろにし、屋根などを覆ふなり。　○牆。かきね。　○葵。ひまはり。　○櫟。散材、無用なものとして棄てられた材木。　○翛然。疾く行く貌にて、物に拘泥せざる意に用ひ居ると思はる。放翁の詩には、この文字屢〻用ひられ居る。例へば、「万事身に関せず、翛然一幅巾」、「身は是れ江湖繋がざる船、雨余随処一に翛然」といふが如し。

故山（四首之中）

落磵泉奔舞玉虹

故《コ》山《ザン》（四首の中）

磵《カン》に落つるの泉は奔《はし》つて玉虹を舞はし、

護丹松老臥蒼龍
霜柑籬角寒初熟
野碓雲邊夜自舂
挈榼人沽村市酒
打包僧趁寺樓鐘
幽尋自是年來嬾
枉道山靈不見容
（雲　門）

丹を護《ご》するの松は老いて蒼竜臥す。
霜柑、籬角、寒《カン》初めて熟し、
野碓《ヤタイ》、雲辺、夜自《みづか》ら舂《うすつ》く。
挈榼《ケツカフ》の人は沽《か》ふ村市の酒、
打包《ダハウ》の僧は趁《お》ふ寺楼の鐘。
幽尋 自《おのづか》ら是れ年来嬾《ものう》し、
枉《ま》げて道《い》ふ山霊容《ゆる》されずと。
（雲　門）

〇故山。故郷といふに同じ。山の字に拘泥する必要なし。故山の詩は四首ありて、鏡湖、禹祠、梅山および雲門の四者を詠ず。　〇磵。澗に通ず。たに、たにがは。〇玉虹。玉は美称。泉水が勢よく滝となつて谷川に落ちて居るので、その飛沫のため小さな虹が絶えず生滅してゐる様を、玉虹を舞はすと云つたのである。　〇丹。丹竈を指す。丹は仙人の煉れる不老不死の薬。蒼竜の臥せるが如き老松の下に丹を煉るかまどが置かれてゐるので、雲門寺の一部の光景。〇霜柑。霜を経て熟し来りし蜜柑。〇籬角。まがきの隅、雲辺に対す。　〇寒。次の句の夜に対す。大寒小寒などいふ場合の寒に当る。　〇碓。からうす。臼を地に掘り据え、足で杵の柄の一端を踏み、臼の中に入れた穀類などを搗く装置のもの。放翁の別の詩に、「荒堤雨を経て牛跡多く、村舎人無うして碓声あり」などいふ句がある。　〇挈榼の人。榼を挈《さ》ぐるの人。榼は酒を容れる樽。　〇打包僧。打包とは、行脚僧の身に負へる風呂敷包み。　〇趁。趂は俗字。逐ふなり。寺楼の鐘声を逐うて帰るといふ意味。挈榼の人、打包の僧の一聯は、『甌北詩話』これを好句の一にあぐ。　〇幽尋。幽討、幽探などいふに同じ。幽*はしづかに、尋はたづねる。　〇枉道。久しく雲門山に登らざる口実を作つて云ふ、といふほどの意味。　〇山霊云々は、雲門の山霊が自分如き者の登り来たるを許さない、といふ意味。　〇第一、第二の聯は雲門山上の景、第三聯はそのふもとの景と思はる。

故山　（四首之中）

功名莫苦怨天慳
一棹歸來到死閒
傍水無家無好竹
卷簾是處是青山
滿籃箭茁瑤簪白
壓檐稜梅鶴頂殷
野興盡時尤可樂
小江烟雨趁潮還

（鏡　湖）

故山　（四首のうち）

功名苦《はなは》だ天の慳《やぶさか》なるを怨む莫れ、
一棹帰り来つて死に到るまで閒なり。
水に傍《そ》うて家として好竹なきはなく、
簾を巻く是の処是れ青山。
籃《かご》に満つるの箭茁《センセツ》、瑤簪《エウサン》白く、
檐《のき》を圧するの稜梅、鶴頂殷《あか》し。
野興尽くるの時、尤も楽む可し、
小江の烟雨、潮を趁《お》うて還る。

（鏡　湖）

○放翁の作中優秀なるものの一つであらう。　○一棹帰来。年譜を見るに、「先生年五十四、蜀を離れて東帰す」とあり。成都から放翁の郷里に帰るには、大部分、揚子江を下ることになる。一棹といへるは、そのためなり。　○好竹云々。放翁の郷里一帯の地は、竹の名産地である。　○傍水云々の一聯、好聯たるを失はぬ。　○箭茁。陳延傑は、「恐らくは笋を指すならむ」としてゐるが、これは明かに箭筍のことである。筍譜に、「小筍なり。十二月に生ず。惟《た》だ会稽諸山、絶《はなは》だ多し。大なるは箸の如く、長さ三四寸」とあり。会稽は即ち放翁の郷里なり。　○瑤簪。瑤は美称、うつくしきかざし。　○稜梅。かういふ名称の梅があるのか。陳延傑もここのところへは未詳と註してゐる。

秋晩弊廬小葺一
室過冬欣然有作

放翁畢竟合躬耕
剰喜東歸樂太平
碧瓦新霜寒尚薄
明窗嫩日雨初晴
素琴尋得無絃曲
野餉烹成不糝羹
更說市朝癡太絕
一湖秋水濯塵纓

*秋晩弊廬小葺し、一室に冬を
過ごし、欣然として作あり

放翁畢竟合《まさ》に躬耕すべし、
剰《あまつさ》へ喜ぶ東帰、太平を楽むを。
碧瓦新霜、寒尚ほ薄く、
明窓嫩日、雨初めて晴る。
素琴尋ね得たり無絃の曲、
野餉烹《に》成す不糝《フサン》の羹。
更《いよいよ》説く市朝、痴、太絶《タイゼツ》、
一湖の秋水、塵纓《ジンエイ》を濯《あら》ふ。

○嫩日。すべて事物の初めて生ずる義を嫩といふ。嫩晴、嫩寒といふが如し。嫩*日も、雨晴れて初めて現はれ出でし日を指す。○糝*。米の粉と肉とを混ぜて作りたる食物。不糝の羹とは、そんな上等のものは入れてないあつもの、といふ意味。○纓は、かんむりのひも。孟子の離婁篇に「滄浪の水清ければ、以て我が纓を濯ふべし」とあるは、人のよく知るところ。

寓歎

心已忘斯世
天猶活此翁
嫩湯茶乳白

歎を寓す

心已に斯《こ》の世を忘るるも、
天は猶ほ此の翁を活かす。
嫩湯茶乳白く、

軟火地爐紅　　軟火地炉紅《くれなゐ》なり。
課婢耘蔬甲　　婢に課して蔬甲を耘《のぞ》き、
呼兒下釣筒　　児を呼んで釣筒を下《くだ》す。
生涯君勿笑　　生涯君笑ふ勿れ、
聊足慰塗窮　　聊か塗窮を慰むるに足る。

○寓歎。寓は寄なり。伊洛淵源録に「懐を寓す塵埃の外」とあり。　○嫩湯。わかしたての湯。　○茶*乳。茶が乳のやうな様を呈してゐるのを、指すのだらうと思ふが、これは確かでない。　○蔬*甲。新芽をつつむ薄き皮のことを甲といふ。多分その意味であらうと思ふが、これも確かでない。　○児は謂はゆる蛮児、使つてゐる少年のこと。　○釣筒。漁具を入れたる筒。　○塗窮。窮塗といふに同じ。昔し晋の阮籍が出遊して車の通ぜざる所に至り、困つたことがあるに本づく故事、転じて貧窮の意に用ふ。

贈惟了侍者　　惟了侍者に贈る

水邊剝啄打門誰　　水辺剝啄、門を打《たた》くは誰《た》ぞ、
滿袖清風一紙詩　　満袖の清風、一紙の詩。
驚起放翁蝴蝶夢　　驚起す放翁蝴蝶の夢、
半窗寒日欲斜時　　半窓寒日、斜ならむとする時。

又　　又

雪中僵臥不須悲　　雪中僵臥、悲むを須《もち》ひざれ、

徹骨清寒始解詩　骨に徹するの清寒、始めて詩を解す。
一等人間閑草木　一等人間《ジンカン》の閑草木、
月窗君看早梅枝　月窓君は看る早梅の枝。

○剝啄。門をたたく音の形容。　○満袖清風。袖に詩稿を携へて来れるより、満袖の清風といふ。
○第二首は、示された詩の中に、雪中早梅を看るの詩があつたので、それに本づいたものと思はれる。　○僵臥。たふれふす。この字、雪に縁あり。汝南先賢伝にいふ、「大雪地に積もる丈余。洛陽の令、袁安門に至る、行路あるなし、謂ふ安已に死すと。*人をして雪を除き戸に入らしむ、安の僵臥するを見る」。　○一等人間の閑草木。その生涯をたとへたるなり。人間社会において一番の閑人といふ意味。
○詩を以てする往来、私はちよつと羨ましい。

題湖邊旗亭　湖辺の旗亭に題す

春色初回杜若洲　春色初めて回《めぐ》る杜若洲《トジヤクシウ》
佳人又典鷫鸘裘　佳人又た典す鷫鸘裘《シユクサウキウ》。
八千里外狂漁父　八千里外の狂漁父、
五百年前舊酒樓　五百年前の旧酒楼。
渡口遠山顰翠黛　渡口、遠山、翠黛を顰《ひそ》め、
天邊新月挂瓊鉤　天辺、新月、瓊鉤《ケイコウ》を挂《か》く。
回頭笑向紅塵說　頭《かうべ》を回らし笑うて紅塵に向つて説く、
也有閒愁到此不　也《ま》た閒愁の此《ここ》に到る有りや不《いな》や。

○以下、作者六十七歳となる。
○杜若。やぶめうが。高さ約三十糎乃至五十糎、葉は互生し、長卵形又は広披針形で尖る。花は円錐花序に配列し、白色の花被を有す。陰地に自生す。我国のかきつばたとは異なる。洲は水上のなかす。春色初めて回る杜若洲とは、春が来て湖辺の杜若が花をつけて来たことを云ふ。○*佳人。普通には美人のことを指すが、ここは、次に説明する如く、司馬相如のことを指したのであらう。漢の武帝の秋風辞には、「懐二佳人一兮、不レ能レ忘」といふ句があるが、ここの佳人は群臣を指す。佳人は美人を指すとは限らない。○鸕鷀裘。鸕鷀は神鳥の名。雁に似て頸長く、羽毛緑色、その皮にてかはごろも即ち裘を作る。それが即ち鸕鷀裘である。西京雑記に、「司馬相如、初め卓文君(文君は相如の妻)と与に成都に還る。居貧、愁懣、著る所の鸕鷀裘を以て*市に就き酒を貰《おぎの》り(裘を質物に入れて酒の掛け買ひをなし)、文君と与に歓を為す」とあり。ここにはその故事を用ひたのである。春色初めて回り来たるを以て、佳人はまた裘を典して酒を酌むであらう、といふのである。○八千里外狂漁父、五百年前旧酒楼。共に司馬相如のことを指す。司馬相如は前漢の人、その歿年は*西暦五四四年であり、放翁の生年は一一二五年であるから、相距ること約五百年である。今、湖辺の旗亭にあつて、五百年前司馬相如が文君と共に歓を成した酒楼を思ひ出す、と云ふのである。八千里は、鏡湖と成都との間の距離を指したものであらう。相如は漁父ではなく文人だけれども、その境地を形容して*狂漁父と云つたのである。漁父は湖辺にちなむ。○渡口遠山顰翠黛。渡口は、渡頭、津頭など云ふに同じく、船のわたし場のこと。翠黛は、みどりのまゆずみ。青き山の形容。彦周詩話に「煙波山色翠黛横たはる」とあるが如し。翠黛横たはると云ふよりも、翠黛を顰むと云つた方が、更に趣がある。○瓊鉤。瓊は美しき玉。美称なり。鉤はかぎ又はかま。三日月の形容。これを鈎とするは俗字なり。○向紅塵説。紅塵は、紅塵万丈の巷に奔走してゐる人々の意味。説は、言ふといふほどの意味。例へば、放翁の*別の詩に、「説与す(与は助字)郷隣当に我を賀すべし、死前長《とこし》へに自由の身と作《な》る」とあるが如し。○也は発語の辞、調子のために措いたもの。○*有閒愁到此不。世俗の愁はなけれども、閒愁ならばここにもあるであらう、といふ意味。紅塵に奔走せる人々の愁とする所を絶つをいふ。
○この詩また放翁の作中、優秀なるものの一つであらう。

酔臥道邊覺而有賦

太華五千仭
天台四萬丈
一枝古藤如黒龍
天遣飄然寄閑放
莫怪公卿不我知
我自不知渠是誰
史書弄筆後來事
繡鞍寶帯聊兒嬉
旗亭爛酔官道臥
醒後無人數吾過
世間恩怨一時空
且免它年送臨賀

道辺に酔臥し、覚めて賦あり

太華五千仭、
天台四万丈、
一枝の古藤、黒竜の如く、
天は飄然として閑放を寄せしむ。
怪む莫れ公卿、我を知らざるを、
我自ら渠《かれ》は是れ誰なるを知らず。
史書弄筆、後来の事、
繡鞍宝帯、聊か児嬉。
旗亭に爛酔して官道に臥し、
醒むるの後、人の吾が過を数*ふるなし。
世間恩怨一時空しく、
且《しば》らく免る它《タ》年《ネン》臨賀に送らるるを。

○太華、天台。ともに山名。天台は放翁の郷里に近き所にあり。太華はまた華山ともいふ。陝西華陰県にあり。その高さ五千仭、その広さ十里。遠く之を望めば華状の如しといふ。○古藤。古くなつた藤の杖、その形竜の如く、その色黒かりしならむ。黒竜の如くと云へるは、形および色の形容。○渠是誰。渠は自分を指す。この人間は何人であるか、自分ですら知らぬ、と云ふのである。○児嬉は児戯と同じ。○臨賀*といふのは地名で、墓地ではないかと思ふが、確かでない。它年は他年と同じ。

寓懐

脱粟未爲飢
短褐未爲寒
衆毀心自可
身困氣愈完
茆屋雖三間
趺坐則已寛
濁酒不滿瓢
浩歌有餘歡
祿食妻子樂
功名後人看
成敗兩蝸角
貴賤一鼠肝
芒芒百年夢
底物堪控摶
不如學餐霞
駐此雙頰丹
行披終南雲

懐を寓《よ》す

脱粟未だ飢ゆるを為さず、
短褐未だ寒《こご》ゆるを為さず。
衆毀《そし》るも心は自ら可とし、
身は困するも気愈ゝ完し。
茆屋三間なりと雖も、
趺坐すれば則ち已に寛《ひろ》く、
濁酒瓢に満たざるも、
浩歌余歓あり。
禄食、妻子楽み、
功名、後人看る。
成敗、両蝸角、
貴賤、一鼠肝。
芒芒たる百年の夢、
底物《なにもの》か控摶《コウタン》に堪へむ。
如《し》かず餐霞を学び、
此の双頰の丹を駐《とど》めむには。
行いては披《ひら》く終南の雲、

飛びては渡る黄河の湍《タン》。
巋然《キゼン》として空城を過《よ》ぎれば、
人は言ふ古への長安なりと。
霜露荊榛を蒙《おほ》ふ、
喟然《キゼン》として永歎を増す。

飛渡黄河湍
巋然過空城
人言古長安
霜露蒙荊榛
喟然増永歎

○脱粟。脱粟の飯、即ちもみを去りしのみにて精《しら》げざる玄米のめし。 ○趺坐*。趺はたふる意。趺坐とは即ちたふれすわるといふこと、ごろりとねころぶといふほどの意味。 ○鼠肝。鼠肝虫臂、取るに足らざる意。 ○控摶*。控は引きとどめる、摶は手にまろめる、即ち控摶とは差へ止める意味なり。摶はほしいままにすといふ意味の場合は先韻、たばといふ意味の場合は銑韻、ここは寒韻にて、手にてまろめ集める意味に用ひらる。 ○餐霞。霞を食ふ意味、道家にて修煉の術とさる。 ○双頰の丹をとどむとは、両方の頰が青ざめないで、元気を保ち居ること。 ○終南は終南山。 ○湍。はやせ。 ○巋然。高大にして独り存する形容。 ○空城。空は人の住ゐ居らぬ意、城は都邑の意。 ○荊榛。いばらと、はしばみと。庭木にあらざる雑木林が霜や露におかされて、荒れ果ててゐる様を、霜露荊榛を蒙ふと云つたのである。 ○喟然。喟はためいきをつく意味の字、喟然とはためいきをつきて感歎する貌。

縦筆

素月徘徊す牛斗の間、
天風鶴を吹いて函関を度《わた》る。
一年此の佳時に似る少《まれ》なり、
陳摶を喚び起して華山に酔はむ。

縦筆

素月徘徊牛斗間
天風吹鶴度函關
一年似此佳時少
喚起陳摶酔華山

○*牛斗。牽牛星と北斗星と。東坡の赤壁賦に「斗牛の間を徘徊す」とあるは、人のよく知るところ。　○函関。函谷関。　○陳摶。宋の真源の人。自ら扶揺子と号す。五代の時、隠れて華山に居る。寝ぬれば起きざること恒に百余日と伝へらる。太宗の時、希夷先生の号を賜ふ。

春雨絶句　（六首之中）

千點猩紅蜀海棠
誰憐雨裏作啼粧
殺風景處君知否
正伴鄰翁救麥忙

春雨絶句　（六首中三首を録す）

千点の猩紅、蜀の海棠、
誰か憐む雨裏啼粧を作《な》すを。
殺風景の処、君知るや否や、
正に隣翁に伴うて麦を救ふに忙し。

又

梅中最晩是緗梅
一日來看欲百回
俗紫凡紅終避舍
不妨自向雨中開

又

梅中最も晩きは是れ緗梅、
一日来り看ること百回ならむとす。
俗紫凡紅終に舎を避く、
妨げず自ら雨中に向つて開くを。

又

蕭條冬令侵春晩
淅瀝寒聲滴夜長

又

蕭条たる冬令、春晩を侵し、
淅瀝たる寒声、夜の長きに滴《した》たる。

更事老翁頑到底　　更事の老翁、頑、底に到る、
毎言宜睡好焼香　　毎《つね》に言ふ睡に宜しく香を焼《た》くに好しと。

○放翁が蜀地に在るの日、海棠を酷愛せしことは、すでに所々に書いておいたから、茲には繰り返さないが、千点の猩紅云々の詩によつて、今年もまた春になると、蜀地の海棠を思ひだせしことが分かる。甌北の詩に、「剣南集の海棠の詩の後に書す」と題せる一絶あり、曰く「陶菊、林梅、名各と擅《ほしいまま》にするも、海棠猶ほ未だ専家有らず。放翁此の意先づ窺破し、急に狂吟を把《と》つて此の花を占む」。○啼粧。後漢書五行志に、「桓帝の元嘉中、京都の婦女、愁眉啼粧を作《な》す」とあり。啼粧とは、目の下へ薄化粧して、泣いたやうに見せかけるを云ふ。鏡湖の春が雨だとて、遠く万里を距てた蜀地では好晴が続いてゐるかも知れねど、今は雨にぬれてゐる海棠を想見せしなり。○殺風景処云々。以前には陽春の候、蜀地の海棠を賞して爛酔せしが、今は農圃に老いて、雨中農事に忙し、と云ふなり。○細梅。細は淡黄色。○避舎。三舎を避《しり》ぞくの意。古へは、軍隊が行くこと一日に三十里にして舎《やど》る原則になつてゐたので、三舎とは則ち九十里である。避は引き退くの意。恐れをなして遠く引きさがるを、三舎を避《しり》ぞくと云ふなり。○不妨云々。俗人相手の紅紫の花でなきゆゑ、かく云ふ。
○冬令の令は、律令、法令などいふ場合の令であらう。○淅瀝は雨の声。○更事老翁。更は経歴の意、色々な世事を経来りたる老人の意。

東　關

路入東關物象奇　　路は東関に入りて物象奇なり、
角巾老子曳笻枝　　角巾の老子、笻枝を曳く。
蠶如黑蟻桑生後　　蚕は黒蟻の如し桑生ずるの後、
秧似青鍼水滿時　　秧《なへ》は青鍼に似たり水満つるの時。

穿市不嫌微雨溼
過谿翻喜壞橋危
當年野店題詩處
又典春衣具午炊

市を穿ちて嫌はず微雨湿るを、
谿を過ぎりて翻《かへ》つて喜ぶ壊橋の危きを。
当年野店、詩を題する処、
又た春衣を典して午炊に具《そな》ふ。

○東関は今の紹興の東、放翁の郷里に近し。○角巾。かどのある頭巾にて、隠者の用ふるもの。晋書の羊祜伝に、「既に辺事を定む、当に角巾、東路、故里に帰るべし」とあり、高適の詩にも、「丘園角巾あり」とある。○筇杖は杖。○青鍼。鍼は針、青は黒蟻の黒と同じく色の形容。
○この頃「虜の乱るを聞く」と題する一首あり、中に「百年身は老い易く、万里志空しく存す」の句あり。山水の間に悠々自適しながら、事に感じてはまた宋の国家を思ふ。これが放翁晩年の心境であり、従つて時を同じうして全く趣を異にした詩が生まれてゐる。

練　塘

微風吹頰酒初醒
落日舟横杜若汀
水秀山明何所似
玉人臨鏡暈螺青

練　塘

微風頰を吹いて酒初めて醒む、
落日、舟は横たふ杜若汀《トジヤクテイ》。
水秀、山明、何の似る所ぞ、
玉人、鏡に臨んで暈螺《ウンラ》青し。*

○杜若のことは、前に書いておいた。*我国のかきつばたとは違ふ。汀はなぎさ。杜若汀は先きに杜若洲とありしと同じこと。○玉人は美人。○暈螺。暈は太陽または月の周辺に生ずる日がさ、月がさ。転じて日がさ、月がさの形をしたる模様をも指す。螺は螺髻《ラケイ》、すなはちほらがひの形に束ねたるもとどり。暈螺といふは、つまり雲鬢などといふに同じく、美人の頭髪の形容である。恵洪の詩には、「落日遠山螺髻青し」の句がある。練*塘といふのは何処にあるか詳かでないが、そこの水は波静かにして鏡の如くであつたのであらう。

○総じて落日に映じる青山の色は、何とも云へぬ美しさである。私はまだこの詩を見ない前に、

夕*陽將欲歿　　夕陽将に歿せんとし、
紅染紫霄時　　紅、紫霄を染むるの時、
弄色青山好　　色を弄して青山好し、
乾坤露玉肌　　乾坤玉肌を露はす。

といふ詩を作つたが、今ここの「玉人鏡に臨んで暈螺青し」といふ句を見て、親しく好景を目にするの感を抱く。

娥江市　　娥江市

小聚依江近　　小聚、江に依りて近く、
支流入浦分　　支流、浦に入りて分かる。
荒寒孤店雨　　荒寒、孤店の雨、
零亂野祠雲　　零乱、野祠の雲。
薄餉炊畬粟　　薄餉、畬粟《シャゾク》を炊き、
珍烹采澗芹　　珍烹、澗芹《カンキン》を采《と》る。
年來去健羨　　年来健羨を去りしより、
摩腹自欣欣　　摩腹自ら欣欣たり。

○娥江市。放翁の郷里に近き曹娥江に臨める小市ならむ。○支流入浦分は、支流分かれて浦に入るの意。○零乱の

零は、零落の零と同じ意味であらう。雲が僅かばかり残りちらばつてゐるのを、零乱の雲と云つたものと思はれる。○畬粟。「畬粟香ばしく飯を炊く」の句は、前*に見えてゐる。雑草地を焼いて作りし穀類で、上等のものではない。○澗芹。谷川の岸に自生せるなり。その芹が余程珍味に感じられたものと思はれる。○健羨は食欲の甚しきをいふ。転じて、甚しくうらやむ義に用ふ。史記の自序に「健羨を去り、聡明を絀《しりぞ》く」とあり。ここの詩には、これを食慾の義に用ふ。近頃物を貪り食うたことはないが、今日久しぶりに腹一杯食べた、と云ふのである。

遊石帆玉笥
石旗諸山

暮景苦多病
幽尋寄一欣
渓喧常似雨
石潤易生雲
天迥回鴉陣
林疎過鹿羣
莫談朝市事
吾老厭紛紛

石帆、玉笥、石
旗の諸山に遊ぶ

暮景多病に苦み、
幽尋一欣を寄す。
渓喧《かしまし》うして常に雨に似、
石潤うて雲を生じ易し。
天迥《はるか》にして鴉陣回《まは》り、
林疎にして鹿群過《よ》ぎる。
談ずる莫れ朝市の事、
吾老いて紛々を厭ふ。

○暮景。晩年といふに同じ。○渓喧云々。渓水の流るる音、雨ふるに似たるなり。○鴉陣。鴉が陣を布ける如くに、ならび飛ぶを云ふ。放翁の別の詩に、「乍起鷺行横野去、欲棲鴉陣暗天飛」といふ句がある。○朝市。朝廷と市場。人との競争の激しき場所。

寒食省九里大墓

陌上簫聲正賣餳
籃輿兀兀雨冥冥
人來平野一點白
山壓亂雲千疊青
石馬朱門松下路
凍齏冷飯柳陰亭
華顚尙記兒童日
撫事興懷涕自零

寒食に九里の大墓を省す

陌上簫声正に餳《タウ》を売る、
籃輿兀《ゴツゴツ》々、雨冥々。
人は平野に来りて一点白く、
山は乱雲を圧して千畳《センデウ》青し。
石馬、朱門、松下の路、
凍齏《トウセイ》、冷飯、柳陰の亭。
華顚尚ほ記す児童の日、
事を撫して興懐、涕自《おのづか》ら零《こぼ》る。

○九里*の大墓。九里は地名、大墓は天子の墓だらうと思ふ。○陌上は路上なり。○売餳の簫声。飴売の笛の声が聞ゆるなり。「薄日のかげも衰へて、風冷やかに雲低き、にびいろ空のゆふまぐれ、はづれの辻のかたすみに、ちやるめらの声吹きおこる」といふ上田敏氏の詩を思ひ起す。○時恰も雨ふる、故に雨冥冥といふ。○籃輿兀兀。籃輿は作者の乗つてゐる籠。兀兀*は一歩一歩進みて止まらざる形容。○人来云々、石馬朱門云々。この二聯また好聯たるを失はず。人来りて平野一点白しと云ふは、作者が墓地に着き、籠より下りたる時の形容なり。作者は白衣を纏ひゐたるものと思はる。○千畳。畳はかさなる意味。李頎の詩に「畳山雪初めて霽《は》る*」の句あり。畳山といへば即ちかさなり合つてゐる山のこと。○石馬。墓前の路に立てられてゐる石の馬。松下の路としてあるから、路の両側には、松が並んでゐることが分かる。これは墓前の光景。次の「凍齏冷飯柳陰亭」は、墓に詣でたる作者が墓畔の店に立ち寄りて食事したる時の光景。○凍齏。齏はなます、凍は冷めたき意味。寒食は冬至より百五日に当る節にて、この日は火食を禁じ、「冷食三日、乾粥を作りて之を食ふ」としてある。○華顚は白頭といふに同じ。「尚ほ記す児童の日」は、数十年前、天子尚ほ生存し居たりし日のことか、幼時この大墓に参詣せし日のことか、九里の大墓といふものが私には分からないので、何れとも判断し兼ねる。○撫事。撫は長剣を撫すなどいふ場合の撫で、持つの意であらう。即ち撫事とは、往事を心に思ひ浮べて、考へふけること。
○この詩も亦た作者傑作の一つであらうと思はれる。

平水道中　　平水道中

處處陂水滿　　処々陂水満ち、
家家巢燕忙　　家々巣燕忙し。
葉舒桑漸闇　　葉舒《の》びて桑漸く闇く、
穗重麥初昂　　穂重うして麦初めて昂《あが》る。
高下山花發　　高下山花發《ひら》き、
青紅粉餌香　　青紅粉餌香し。
亦知時節好　　亦た時節の好きを知るも、
老大自悲傷　　老大自ら悲傷す。

○麦昂。談籔に「黍熟すれば頭低《た》れ、麦熟すれば頭昂る」とあり。○粉餌*。あるひは新造語か。花粉その他、蝶、蜂、小鳥などの餌となるもの。

雲門獨坐　　雲門に独坐す

山北山南處處行　　山北山南処々に行きけり、

同頭六十七清明　　頭を回らせば六十七清明。
如今老去摧頽甚　　如今老い去りて摧頽甚しく、
獨坐焚香聽水聲　　独坐香を焚いて水声を聴く。

○清明。春分の次の気節にて、四月五日頃に当る。清明前の二日が、前の詩に出でし寒食の日に相当す。○同じ時の雲門渓上の作には、「老気山の如く未だ摧《くだ》くを許さず」としてあるが、ここには「老い去りて摧頽甚し」としてある。これは気ばかり達者で、体力が之に副はぬのでもあるが、しかし西行と同じに、放翁といふ人には、気分の統一のないことを思はせる一つの例でもある。窪田空穂氏の『西行法師』を見ると、「一つの境地から様々な歌を、今日でいふ連作風に詠んでゐるもの、……さうした歌を見渡すと、不思議なくらゐにまで気分の統一がない。例せば一つの物に対して同時に嬉しいとも云ひ悲しいとも云つてゐるといふ風である。それではそのどちらかが嘘のやうに思はれるが、歌をよく見ると、どちらも本当で、彼の真実の現はれなのである」と書いてあるが、これは大体そのまま放翁に当てはまると思はれる。が、かうした「気分の不統一」といふものは、必ずしも「不思議」なことではあるまい。雲門山へ登る途中では、「老気如山未許摧」と思つても、登つて見れば、「如今老去摧頽甚」と感じることなどは、事実在りさうなことなのである。

泛湖至東涇　　湖に泛《うか》んで東涇に至る
（三首中之一）　　（三首のうちの一）

春水六七里　　春水六七里、
夕陽三四家　　夕陽三四家。
兒童牧鵝鴨　　児童鵝鴨を牧し、
婦女治桑麻　　婦女桑麻を治む。

地僻衣巾古　　地僻にして衣巾古く、
年豐笑語譁　　年豊かにして笑語譁《かまびす》し。
老夫維小艇　　老夫小艇を維《つな》ぎ、
半醉摘藤花　　半酔藤花を摘む。

○春水六七里、夕陽三四家。僅か十字だけれど、一幅の絵である。支那の一里は我が六町ゆゑ、春水六七里と云つても、目の届くかぎりの距離である。その湖水に沿うて、夕陽に照らされた畑があり、農家がある。水辺では子供たちが鵝や鴨の世話をしてをり、畑の方では女たちが桑や麻の処理をしてゐる。　○衣巾。服装のこと。衣は着物、巾は頭巾。衣巾古しといふは、古風を存するをいふ。我が京都の白川女、大原女の如き、その例である。村人たちは古風の服装をして、年が豊かだと云ふので機嫌が好く、野原に出て働いてゐる連中が大きな声で話し合つてゐるのである。○老夫云々は、以上のやうな景にみとれながら、老いたる作者は、小艇を湖畔に繋ぎて、酒を酌みて半ば酔ひ、水辺に垂れ下がりをる藤の花などを摘んでゐるなり。　○一見したところでは、何んでもない詩のやうだが、繰り返して読んで見ると、中々に興趣の豊かなものが感じられる。

舟過梅塢胡氏居愛　　舟にて梅塢《バイヲ》胡氏の居を過《よぎ》り、其の
其幽邃爲賦一詩　　幽邃を愛し、為めに一詩を賦す

稽山翠入家家窗　　稽山、翠は入る家々の窓、
此家清絕無與雙　　此の家、清絶、与に双《ならび》なし。
丹葩綠樹錦繡谷　　丹葩《タンハ》、緑樹、錦繡の谷、
清波白石玻璃江　　清波、白石、玻璃の江。
一堤茂草有眠犢　　一堤の茂草、眠犢《ミントク》あり、

數掩短籬無吠尨
北軒商略可散髮
借與放翁傾酒缸

数掩《スウエン》の短籬、吠尨《ハイバウ》なし。
北軒商略するに髪を散ず可し、
放翁に借与して酒缸《シユカウ》を傾けしめよ。

○胡氏の居は、山のふもと、川のほとりに在つたものと思はれる。 ○葩は花。 ○掩は遮なり。数掩の短籬とは、低き籬がいくつもあること。 ○尨は狗。押韻の関係でこの字を用ふ。 ○散髪。髪を散じ世と絶つなどいふ句もあり、頭髪を調へず、気ままな振りをしてゐること。白楽天の詩に、「清風髪を散じて臥し、兼《ま》た紗巾を要せず」といふ句あり。 ○缸はかめ。酒缸は酒樽なり。やはり押韻の関係で樽または尊を用ひざるだけのこと。 ○中の二聯、好聯たるを失はず。

晩春感事

(四首中之二)

徙倚闌干送落暉
年華冉冉恨依依
護雛燕子常更出
著雨楊花又嬾飛
已爲讀書悲眼力
還因攬帶歎腰圍
親朋半作荒郊冢
欲話初心淚滿衣

晩春感事

(四首中二を録す)

徙*に闌干に倚りて落暉を送る、
年華冉々、恨依々たり。
雛を護るの燕子は常に更《かはるがは》る出で、
雨を著くるの楊花又た飛ぶに嬾《ものう》し。
已に書を読むが為めに眼力を悲み、
還《ま》た帯を攬《と》るに因つて腰囲を歎ず。
親朋半《なか》ば荒郊の冢と作《な》る、
初心を話《かた》らんとして涙、衣に満つ。

又

少年騎馬入咸陽
鶻似身輕蝶似狂
蹴鞠場邊萬人看
鞦韆旗下一春忙
風光流轉渾如昨
志氣低摧只自傷
日永東齋淡無事
閉門掃地獨焚香

又

少年馬に騎《の》りて咸陽に入る、
鶻は身の軽きに似、蝶は狂に似たり。
蹴鞠場辺、万人看、
鞦韆旗下、一春忙しかりしも、
風光流《ル》転《テン》、渾《す》べて昨の如く、
志気低摧、只だ自ら傷むのみ。
日永うして東斎、淡として無事、
門を閉ぢ地を掃うて独り香を焚《た》く。

○年華冉冉。年華は年光といふに同じ。月日の速に過ぎゆくを形容して冉々といふ。冉々は行く貌。○依依。楊柳依依または依依墟里烟といつた場合に同じく、繋げり続く貌だらうと思ふ。即ち恨依依は、万恨つきずの意か。○著雨楊花。楊花は軽くして能く風に飛べども、雨にうたれて重くなつてゐるので、余り飛ばず、よつて飛ぶに嬾しといふ。○因攬帯云々。攬は手に取るの意。帯を手にして結ばうといふ時に、痩せて腰のまはりの小さくなりしをなげくなり。○初心。本来の志。
○少年は年若かりし頃の意。○咸陽。秦の首都。ここはただ首都の意に用ふ。○鶻。はやぶさ、鷹の属。○蝶似狂。我が狂は蝶の花に狂せるに似たりの意。○鞦韆。ぶらんこ。蘇東坡の詩に「歌管楼台声寂寂、鞦韆院落夜沈沈」の句あるは、人のよく知るところ。○第一句より第四句までは、若かりし頃の追憶。風光流転以下は現在の感慨。○渾べて昨の如しとは、第一句より第四句までに述べたやうな、若かりし日の行楽が、つい昨日のことのやうに思はれる、といふなり。○志気低摧。低はたれ下がる意。

○晩春感事四首、第一首は「幽居自ら喜ぶ渾べて事なきを、又た湖陰に向って釣磯に坐す」と結び、第二首は「腹を搯《さす》りて翛然門を出で去る、春郊何れの処か行くに堪へざらむ」と結び、第三首は「親朋半ば荒郊の冢と作る、初心を話らんとして涙、衣に満つ」と結び、第四首は「日永うして東斎淡として無事、門を閉ぢ地を掃うて独り香を焚く」と結び、皆おのづから趣を異にしてゐる。しかし釣磯に坐すといふも、門を出で去るといふも、涙ころもに満つといふも、独り香を焚くといふも、いづれも作者の実生活なのである。

村居初夏　（五首之中）

暮境難禁日月催
臘醅初見拆泥開
壓車麥穂黃雲卷
食葉蠶聲白雨來
薄飯蕨薇端可飽
短衫紵葛亦新裁
宦塗自古多憂畏
白首爲農信樂哉

又

天遣爲農老故鄉
山園三畝鏡湖傍

村居初夏　（五首中二を録す）

暮境禁じ難し日月の催すを、
臘醅初めて見る泥を拆《さ》きて開くを。
車を圧するの麦穂、黄雲巻き、
葉を食ふの蚕声、白雨来たる。
薄飯蕨薇《ハクハンケツビ》、端《つね》に飽く可く、
短衫紵葛《タンサンチョカツ》、亦た新たに裁《た》つ。
宦塗古へより憂畏多し、
白首、農と為る、信《まこと》に楽いかな。

又

天は農と為して故郷に老いしむ、
山園三畝、鏡湖の傍。

嫩莎經雨如秧綠
小蝶穿花似繭黄
斗酒隻雞人笑樂
十風五雨歳豐穰
相逢但喜桑麻長
欲話窮通已兩忘

嫩莎《ドンサ》雨を経て秧《なへ》の如く緑に、
小蝶花を穿ちて繭に似て黄なり。
斗酒隻雞、人笑楽、
十風五雨、歳豊穣。
相逢うて但《た》だ喜ぶ桑麻の長ずるを、
窮通を話《かた》らんとするも已に兩《ふたつ》ながら忘る。

○暮境は晩年の境涯、老境。　○日月催。陶淵明の詩に「四時相催迫す」とあるに同じ、催はせきたてる意。　○臘*醅云々は明かでないが、多分十二月中に醸して甕に入れ、泥で封をして貯へおいたものを、夏になつて開けるのだらう。村居初夏の第三首には「煮酒開く時、日正に長し」とある。この煮酒といふのも審かでないが、恐らく臘醅と同じものであらう。　○圧車麦穂。取り入れるため車にうづ高く積まれた麦の穂。黄雲巻くは、広々とした畑に黄いろく一面にみのりをる様。　○白雨。にわか雨、蚕が桑の葉を食ふ音が雨のふるやうに聞こゆるなり。　○蕨薇。わらびと、ぜんまいと。　○端可飽。端*はいつでも直ぐに、といふほどの意味であらう。　○紵は麻のころも。　○葛はくずぬのにて製したるかたびら。蕨薇紵葛みな夏のものなり。　○宦途は官途。
○嫩莎。嫩は新芽。莎ははますげ、主として水辺に自生す。鏡湖の傍なるゆゑ、村居一帯の地に繁茂しゐたるならむ。○秧《アウ》は稲の苗。　○斗酒隻雞。北史、斉陽州公永楽伝に、「斗酒隻雞敢て入らず」とあり。斗酒は少量の酒を意味す。斗室といへば狭き室、斗食といへば小禄の者、斗儲といへば僅かばかりのたくはへ、を意味するが如し。隻雞は一羽のにはとり。　○十風五雨。十日目に一度風吹き、五日目に一度雨ふる。風雨の順調なるをいふ。
○村居初夏の詩、連作五首の中、ここには二首を掲げしのみなるも、いづれもみな棄てがたし。第二首には、「北陌東阡節物新たに、往来餽餉《キシヤウ》比隣に走る。籠を出づるの鵝*は白くして紅掌軽く、藻を藉《し》くの魚鮮は黒鱗淡し」などいふ句あり。第三首には「煮酒開く時、日正に長し、山家分に応じて年光に答ふ。梅青うして巧みに呉塩の白きに配し、筍美にして偏《ひとへ》に蜀豉《シ》(味噌の類)の香ばしきに宜《よろ》し」などいふ句あり。第五首には、「故郷風物荊呉に勝《ま》さる、流水青山処として無きは無し。列植の園林美果多く、飽鉏《ホウショ》の畦壠嘉蔬に富む」の句あり。いづれも好聯たるを失はず。

舟中作

湖海飄然避世紛
汀鷗沙鷺舊知聞
漁舟臥看山方好
野店沽嘗酒易醺
病骨未成松下土
老身常伴渡頭雲
美芹欲獻雖堪笑
此意區區亦愛君

舟中の作

湖海飄然、世紛を避く、
汀鷗沙鷺、旧知聞。
漁舟臥して看る山方《まさ》に好きを、
野店沽《か》うて嘗《な》む酒醺《ゑ》ひ易し。
病骨未だ松下の土と成らず、
老身常に渡頭の雲に伴ふ。
美芹献ぜんとす笑ふに堪へたりと雖も、
此の意区々亦た君を愛す。

○旧知聞。旧知といふに同じ。汀にゐる鷗や沙にゐる鷺のみが古くからの識り合ひだ、と云ふのである。○病骨未だ松下の土と成らず、老身常に伴ふ渡頭の雲。好聯と謂ふべきである。『甌北詩話』また之を佳句の一にあぐ。渡頭はわたしば。いつも水辺に出て山水を賞してゐるので、渡頭の雲に伴ふと云つたのである。○芹は水沢中に生ずる一種の香草、せり。その嫩葉を食用となす。呂覧に「野人芹を美とし、之を至尊に献ぜんことを願ふ」とあり。結聯はこれに本づく。物を人に贈る謙辞として献芹*なる用例あるも、また之に本づくなり。

東闗　(二首)

東関　(二首ともに録す)

天華寺西艇子横
白蘋風細浪紋平
移家只欲東關住
夜夜湖中看月生

天華寺西に艇子を横たへば、
白蘋風細《すくな》うして浪紋平かなり。
家を移して只だ東関に住し、
夜々湖中月の生ずるを看むと欲す。

又

煙水蒼茫西復東
扁舟又繫柳陰中
三更酒醒殘燈在
臥聽蕭蕭雨打篷

又

煙水蒼茫、西復た東、
扁舟又た繋ぐ柳陰の中。
三更酒醒めて残灯在り、
臥して聴く蕭々として雨の篷《とま》を打つを。

○東関は今の紹興の東、放翁の郷里に近し。先きに同題の七言律を出しおけり。*　○蘋。萍の大いなるもの、かたばみも。夏日、四弁の小白花を開く。白蘋といへるは、花の色によるなり。　○風細。細は微少なり。

書歎

濩落非時用
棲遲送此生
只知求醉死
何憚得狂名
伏櫪天涯老

歎を書す

濩落《クワクラク》、時の用に非ず、
棲遅、此の生を送る。
只だ酔死を求むるを知るのみ、
何ぞ狂名を得るを憚《はばか》らむ。
伏櫪天涯に老い、

呑舟海澨横　　呑舟海澨《カイゼイ》に横たはる。
眼前交舊盡　　眼前交旧尽《つ》く、
有涙對誰傾　　涙あるも誰に対《むか》つてか傾けむ。

○濩落は空廓無用の謂。荘子逍遥遊篇の「之を剖《さ》いて以て瓢と為す、瓠落《コラク》容るる所なし、吾その無用のため之を掊《さ》く」に本づき、後人、瓠落をまた濩落とするに至れるなり。韋応物の詩には、「古来濩落の者、倶に田園を事とせず」とあり。　○棲遅。棲は息、いこふ。遅は静または緩。棲遅は即ち安息、游息の意。　○伏櫪と呑舟。伏櫪は櫪に伏す千里の馬、呑舟は舟を呑む大魚。作者自らに譬ふ。　○海澨の澨は水涯、水浜の意。浜辺に打ち寄せられた呑舟の魚、それを呑舟海澨に横たはると云ふ。

睡起書觸目　　睡より起きて触目を書す

壓架藤花重　　架を圧するの藤花重く、
團枝杏子稠　　枝に団《あつ》まるの杏子稠《しげ》し。
渴蜂窺硯水　　渇蜂硯水を窺ひ、
弱燕集簾鈎　　弱燕簾鈎に集まる。
入夏暑猶薄　　夏に入るも暑猶ほ薄く、
投閑身自由　　閑に投じて身は自由なり。
午窗初睡起　　午窓初めて睡より起き、
幽興付茶甌　　幽興茶甌に付す。

書懐

老死已無日
功名猶自期
清笳太行路
何日出王師

懐を書す

老死已に日無きも、
功名猶ほ自ら期す。
清笳太行の路、
何れの日か王師を出さむ。

○或日の放翁を思はす作。彼は死に至るまで宋室の恢復を念として ゐた。そのため、もはや六十七の老人になつてゐながら、どうかすると、こんな詩を作つたのである。○笳。胡人の吹くあしぶえ。○太行は山の名、極めて険阻を以て聞こえ、太行の険といふ言葉あり。欧陽建の詩に、「太行の険を渉《わた》らずんば、誰か知らむ斯路の難」とあるが如し。

遣懐

許國區區不自勝
秋風空羨下鞲鷹
青雲夜歎初心誤
白髮朝看一倍增
積憤有時歌易水
孤忠無路哭昭陵
頭顱自揣今如此
尚欲閒尋紫閣僧

懐《おもひ》を遣《や》る

国に許して区々自ら勝《た》へず、
秋風空しく羨む鞲《コウ》に下る鷹。
青雲、夜歎ず初心の誤れるを、
白髪、朝《あした》に看る一倍増すを。
積憤、時ありて易水を歌ひ、
孤忠、昭陵に哭するに路なし。
頭顱自《みづか》ら揣《はか》る今此《かく》の如し、
尚ほ閒に紫閣の僧を尋ねむとす。

〇遺懐。心に思ふところを述べ、鬱を散ずる意味。　〇許国。身をすてて国のために尽すこと。孔稚珪の詩に、「本《も》と国に許すの志を持す」の句あり。放翁の別の詩にも、「五丈原頭秋色新たなり、当時国に許して身を忘れむとす」の句あり。　〇区区。区々の心、微衷。　〇勝は任なり、堪なり。論語に「圭を執りて鞠躬如たり、勝へざるが如くす」とあるが如し。自ら勝へずとは、自ら其の力の及ばざるを歎く意。　〇韝は、ゆがけ。弓を射るとき左の臂につける革製の具、韝に同じ。韝に下る鷹は雄飛を意味す。　〇青雲夜歎初心誤は、夜歎ず青雲の初心誤れるを、といふに同じ。張九齢の詩に、「宿昔青雲の志、蹉跎たり白髪の年」といふがあり。青雲の志は言ふまでもなく功名を樹つる心の意。　〇易水。周知の如く、荊軻が、秦の始皇を刺さんとて、燕の太子丹と別れし処。「風蕭蕭として易水寒く、壮士一たび去つて又た還らず」。これは荊軻易水の歌である。　〇哭昭陵。自註に「唐制、冤ある者は、昭陵の下に哭すを許す」としてある。昭陵は唐の太宗の陵、今の陝西醴泉県の東北にあり。　〇頭顱自揣。揣《シ》は、はかる。揣骨といへば、骨をなでさする相術の一法。自ら頭顱を揣るとは、即ち自分で自分の天分を考へて見ること。　〇閒にといふは、すきを見て窃にの意。　〇紫閣僧。自註に「陳希夷、銭宣靖を奇とし、復た紫閣の僧を招き、之を相せしむ」としてある。自ら天分をはかつて見るに、まあこんなものだらうとは思ふが、それでも尚ほ紫閣の僧に人相を観て貰はうかと思つてゐる、と云ふのである。
〇同じ頃の「新秋感事」と題する詩には、「志天下に存して食足らず、節は古人を慕うて讒愈と来たる」といふ句がある。しかしさうかと思ふと、「八月一日微雨驟涼」の詩には、「幽人病愈《い》えて閑にして無事、剰《あまつさ》へ歌詩を賦して歳の豊かなるを楽む」とか、「秋雨」の詩には、「老人復た灯火に親むに嬾《ものう》く、臥して看る炉香の素屛を掩ふを」などいふ句もある。

以事至城南書触目

事を以て城南に至り触目を書す

十里西風吹帽帬

十里西風帽帬《バウクン》を吹き、

江城衣杵遠猶聞

江城の衣《イ》杵《シヨ》遠くして猶ほ聞ゆ。

路如剣閣逢秋雨
山似爐峯鏁暮雲
原上老翁眠犢背
籬根小婦牧羊群
百錢且就村場酔
舌本醇醨莫苦分

路は剣閣の秋雨に逢ふが如く、
山は炉峰の暮雲に鏁《とざ》さるるに似たり。
原上の老翁犢背に眠り、
籬根の小婦羊群を牧す。
百銭且《しば》らく村場に就いて酔ふ、
舌本、醇醨を分かつに苦む莫し。*

○触目。目にふれるところの眼前の景色。　○帬。裙に同じ、帽帬は帽子のすそ。　○衣杵。きぬたの槌。砧声を指すなり。　○剣閣。長安より至る蜀の道にある連山。大剣、小剣二山の要害あり。閣道相通ずるが故に、剣閣の名あり。放翁蜀地に任にあるの日、最もその地の風光を愛し、ために其の詩集も、剣南詩稿と称するに至れり。　○炉峰。江西省の北部にある、有名な廬山の北峰の名。　○村場。村の酒場のことであらう。　○舌本は舌根といふに等し。○醇醨。醇はよき酒、醨は醇味を去りたる残酒。醇醨を分かつとは、酒のよしあしが分かること。

舎西夕望

茆舎菱陂北
柴門藥圃西
奇雲去人近
澹月傍簷低
野迥羊牛下
林昏鳥雀栖

舎西夕望

茆舎菱陂の北、
柴門薬圃の西。
奇雲人を去ること近く、
澹月簷に傍《そ》うて低し。
野迥《はるか》にして羊牛下り、
林昏うして鳥雀栖《す》む。

郊墟少還往
父子自扶攜

郊墟還往少《まれ》に、
父子自《おのづか》ら扶携す。

○澹月。澹は淡、澹月はうすき淡き月。○郊墟。ゐなかといふほどの意味。還往は人の往来なり。○父子扶携。「四月三日、子坦子聿と同《とも》に湖中の諸山に遊ぶ」と題せる詩あり、また「梅仙塢小隠」の詩には、「緑樹陰陰小嶺の西、一翁二子自ら扶携す」の句あり、父子扶携は即ち作者日常生活の実事なり。

晩秋農家（八首之一）

我年近七十
與世長相忘
筋力幸可勉
扶衰業耕桑
身雜老農間
何能避風霜
夜半起飯牛
北斗垂大荒

晩秋農家（八首の中の一）

我れ年七十に近く、
世と長《とこし》へに相忘る。
筋力幸に勉む可し、
衰を扶けて耕桑を業とす。
身は老農の間に雑《まじ》はる、
何ぞ能く風霜を避けむ。
夜半起きて牛を飯《やし》なへば、
北斗大荒に垂る。

○飯牛。甯戚なる人が明主に逢ひ得ず身は賤役に服するを歎じて作りし歌に、飯牛歌といふがあり。その歌にいふ、「南山矸《カン》たり白石爛たり、生きて堯と舜との禅に遭はず、短布単衣適〻骭に至る、昏より牛を飯うて夜半に薄《せま》る、長夜漫漫何れの時か旦《あ》けむ」と。○大荒*。世の東のはての荒海のことをも大荒と云へど、ここは大空の意味。柳宗元の詩に「城上の高楼大荒に接す」とある如し。

小葺村居

昔我作屋時
趣欲庇風雨
茆茨寒自刈
條枚細相拄
庫*溼生蚍蜉
得暖森翅羽
摧撓自棟梁
朽敗連柱礎
鄰父爲我言
努力謀安處
土堅瓦可陶
歩近木易取
豈知七十翁
沈痾久未愈
身世如浮漚
家舍眞逆旅

小葺の村居*

昔し我れ屋を作りし時、
趣欲、風雨を庇《かば》ふのみ。
茆茨寒《いやし》く自ら刈り、
条枚《デウマイ》細く相拄《ささ》ふ。
*庫《コ》湿ひて蚍蜉《ヒフウ》を生じ、
暖を得て翅羽《シウ》森《シン》たり。
摧撓《サイダウ》、棟梁よりし、
朽敗、柱礎に連なる。
隣父我が為めに言ふ、
努力して安処を謀れよ、
土堅ければ瓦陶すべく、
歩近くして木取り易きにと。
豈に知らむや七十翁、
沈痾久しく未だ愈《い》えず。
身世浮漚《フオウ》の如く、
家舎真に逆旅《ゲキリヨ》たり。

一床居易足
十歳敢自許
且當復其初
浩歌臥環堵

一床、居《キヨ》足り易く、
十歳敢て自ら許さむや。
且《しばら》く当《まさ》に其の初に復《かへ》り、
浩歌環堵に臥すべきなり。

○趣*欲。趣旨といふに同じ。趣欲風雨を庇ふは、ただ雨霜を凌ぐだけの目的で、といふ意味。 ○茆茨。ちがやといばらと。放翁の別の詩に、「山房幾度か茆茨を換ふ」の句あり。 ○寒はいやしくとか、まづしくとか、いふほどの意味。 ○条枚は、木*の枝と幹。 ○蚍虾。蚍は蚍蜉、即ち大蟻。虾は虾江、即ち蟹に似て小さく、十二脚あるといふ水虫。 ○庫。ここは書庫を思はす。 ○翅羽。虫のはね。 ○森は盛んなる貌。 ○摧撓棟梁よりしと云ふは、むねやうつばかりやの方から先づくづれたわむと云ふ意味。 ○隣父我が為めに言ふ云々。もつと骨をお折りなすつて、住み好くなさつたらいいでせう、ちがやなど用ひないで、屋根は瓦で葺かれたらどうですか、木も少しばかり山へ入つて行つたら、いくらでも大きな材木が手にはいりますのに。かう人が私に忠告するけれども、しかし私はもう七十にもなつてゐて、宿痾もよくならぬし、いつまで生きられるやら分からぬ身の上だから、云々と云ふのである。
○沈痼。沈はしづむ、とどこほるの意味から、深く入る、久しく滞るなどの意味をもつ。沈痼といふは即ち持病なり。
放翁が中風で病臥したことがあるのは、七十一歳の時である。それまでにどんな持病があつたのか審かでないが、何か病気があつたのだと云ふことは、多くの詩から推測できる。元来放翁は可なり丈夫な人であつたらしく、例へば、八十二歳の老態の詩には、「見るに似て見えざるの目愈ゝ衰へ、堕ちんとして堕ちざるの歯更《いよい》よ危し」などと云つてあるが、しかしまた「目昏すれども大字亦た読む可く、歯揺げども猶ほ能く濡肉を決す」とも云つてあり、現に第*一牙の抜け落ちたのは、八十五歳、易簀を距ること僅か数日前であると伝へられる。これらの事柄から、放翁といふ人は余程からだの丈夫な質であつたらうと思はれるのだが、しかし晩年になつてから何か持病らしいものがあつたのであらう。試に今年六十七歳の春からの詩を見ると、「窮山に病臥して白髪新たなり」、「暮景多病に苦む」、「病んで衣に勝《た》へず瘦藤に倚る」、「誰か知らむ病客悲秋の意」、「半年戸を閉ぢて登臨を廢す、直ちに春残より病みて今に至る」、「白頭の病叟江干に住す」、「帯は落ちて冠は攲《かたむ》く一病翁、歩蹇毎《つね》に妨ぐ行藥の興」などいふやうな句が、この「小葺村居」の詩の前に散在してゐる。何かの病気があつたのだと云ふことは、殆ど疑ない。○浮漚はうかべる水泡。○逆旅はやどや。○十歳敢て自ら許さむやと云ふのは、これから先き十年も生きのびることが出来るか、どうか、自分にも怪しい、と云ふのである。○其初といふのは、昔し村居を築いた時の最初の趣欲。放翁の幽棲の詩の自註に、「乾道丙戌、始めて居を鏡湖の三山にトす」とあり。乾道二年丙戌の年は、放翁四十二歳の時に当る。今は殆ど三十年を経て七十になんなんとしてゐる。「昔し我れ屋を作るの時」といふは、即ち三十年前のことに属するなり。
○環堵。方一丈*を板と云ひ、五板を堵といふ。環堵とは環堵の室、即ち四方各〻一堵の小室。

秋晚思梁益舊遊　（三首）

幅巾笻杖立籬門
秋意蕭條欲斷魂
恰似嘉陵江上路
冷雲微雨溼黃昏

秋晚、梁益の旧遊を思ふ　（三首）

幅巾笻杖、籬門に立てば、
秋意蕭条として魂を断たむとす。
恰も嘉陵江上の路に似、
冷雲微雨、黄昏を湿《うるほ》す。

又

憶昔西行萬里餘
長亭夜夜夢歸吳
如今歷盡風波惡

又

憶ふ昔し西行万里余、
長亭夜夜、呉に帰るを夢む。
如今風波の悪しきを歴尽す、

飛桟連雲是坦途　　飛桟雲に連なる是れ坦途。

又　　又

滄波極目江郷恨　　滄波目を極む江郷の恨、

衰草連天塞路愁　　衰草天に連なる塞路の愁。

三十年間行萬里　　三十年間万里を行き、

不論南北怯登樓　　南北を論ぜず楼に登るを怯《おそ》れき。

○梁益*は梁州の益昌であらう。梁州は今の陝西省に当る。放翁は年四十六にして夔州の通判として任に赴き、その後、蜀の各地に転じ、五十四の時、蜀を離れて東帰した。しかるに東帰後の作者は、晩年に至るまで屢〻蜀地のことを回顧して、色々の詩を作つてゐる。例へば、私の好きな詩の一つに、「偶〻小益南鄭の間を懐ひ悵然として賦あり」*と題し、「西のかた梁州を戍《まも》つて鬢未だ糸ならず、嶓山漾水幾たびか詩を題す。剣は蒼石を分かつ高皇の迹、巌は朱門を擁す老子の祠。兎を焼く駅亭微雪の夜、驢に騎《の》る桟路早梅の時」云々と詠じたものなどがある。○幅巾。一はばのきれにて作りし頭巾にて、隠士などの用ふるもの。○嘉陵江上の路。乾道八年四十八歳の詩に、「三泉より嘉陵に泛《うか》んで利州に至る」と題し、「日日の邅途、処処の詩、書生の活計絶《はなは》だ悲むに堪へたり。江雲地に垂れて灘風急に、一に前年峡を上りし時に似たり」と詠じたものがある。第一首はこの嘉陵江上に舟を泛べた時の回顧であらう。○長亭。「十里に一長亭、五里に一短亭」。長き道程の宿駅のこと。その宿場に泊つてゐた頃は、毎夜毎夜、郷里の呉に帰ることのみ思つてゐたが、さて東帰して故山に晩年を送るやうになつて見ると、なかなか人世の風波は荒いので、今では却て、昔し旅した蜀地の険道を、むしろ長安の大道の平坦に似たるものに思ひ起す、と云ふのである。○当年梁益の間に遊びし詩の中には、「北首褒斜又た幾程、驕雲未だ十分の晴を放たず。馬は断桟を経て危うして路なく、風は枯茆を掠《かす》めて颯として声あり」、「淡日微雲、共に陸離、曲欄危桟、参差として出づ。老松道に臨んで千載を閲し、杜宇山に号《さけ》びて四時連なる」、「天険竜門の道、霜清客子の遊。一筇絶壁に縁《よ》り、万仞洪流に俯す」、「雲桟屛山、月を閲して遊び、馬蹄初めて喜ぶ梁州を踏むを。地は秦雍に連なりて川原壮《さか》んに、水は荊揚に下りて日夜流る」などいふ句がある。三十年を距てて今その風光を追懐せるなり。

○第三首、あるひは私が読み違へをしてゐるかも知れぬが、私はそれをかう読むだ。江郷にありて楼に登れば、極まりなきの滄波を見て恨を呑み、塞路にあつて楼に登れば、天に連なるの衰草を見て愁を抱く。*三十年前万里に行きて、到るところ愁恨を催せしゆゑ、楼に登らんとする毎に、いつも先づ江郷の恨、塞路の愁の生ぜんことを怯れたものであるが、それも今は昔の夢となつた。かういつた感慨であらうと思ふ。

自　喜

半生羇宦走人間
酔裏心寛夢裏閑
自喜如今無一事
讀書纔倦卽遊山

自ら喜ぶ

半生羇宦、人間《ジンカン》に走り、
酔裏心寛《ゆるや》かに夢裏閑《のどか》なり。
自ら喜ぶ如今一事なきを、
書を読みて纔《わづか》に倦めば即ち山に遊ぶ。

○羇宦。官途に束縛さるるを云ふ。*半生羇宦人間に走りしも、今や酔裏云々と続く。人間に走るとは、俗世間に奔走せしこと。

重九後風雨不
止遂作小寒
（三首中之一）

重九後、風雨止まず、
遂に小寒と作《な》る
（三首中の一）

菊枝攲倒不成叢

菊枝攲倒、叢を成さず、

井上梧桐葉半空　　井上の梧桐、葉半《なか》ば空し。
射虎南山無復夢　　虎を射るの南山復た夢みるなく、
雨蓑煙艇伴漁翁　　雨蓑煙艇、漁翁に伴ふ。

○重九。陰暦九月九日、菊の節句。　○南山は終南山の略称。

城南上原陳翁以賣花爲業得錢悉供酒資又不能獨飲逢人輒强與共醉辛亥九月十二日偶過其門訪之敗屋一間妻子飢寒而此翁已大醉矣殆隱者也爲賦一詩

城南上原の陳翁、花を売るを以て業と為す、銭を得れば悉く酒資に供す、又た独り飲む能はず、人に逢へば輒《すなは》ち強ひて与《とも》に共に酔ふ、辛亥九月十二日、偶ゝ其の門を過《よ》ぎり之を訪ひしに、敗屋一間、妻子飢寒、而かも此の翁已に大酔す、隠者に殆《ちか》き者なり、為めに一詩を賦す

君不見會稽城南賣花翁　　君見ずや会稽城南の売花翁、
以花爲糧如蜜蠭　　花を以て糧と為すこと蜜蠭《ミツハウ》の如し。
朝賣一株紫　　朝《あした》に一株の紫を売り、
暮賣一枝紅　　暮に一枝の紅を売る。
屋破見青天　　屋破れて青天を見《あら》はし、
盎中米常空　　盎中《アウチユウ》米常に空し。
賣花得錢送酒家　　花を売り銭を得れば酒家に送り、
取酒盡時還賣花　　酒を取りて尽くる時還《ま》た花を売る。
春春花開豈有極　　春々花開く豈に極りあらんや、

日日我醉終無涯
亦不知天子殿前宣白麻
亦不知相公門前築堤沙
客來與語不能答
但見醉髮覆面垂髿髿

日々我れ酔ふ終《つひ》に涯《かぎ》りなし。
亦た知らず天子殿前白麻を宣《の》ぶるを、
亦た知らず相公門前堤沙を築くを。
客来りて与《とも》に語るも答ふる能はず、
但《た》だ見る酔髪面を覆うて垂れて髿々《ササ》たるを。

○蠭は蜂に同じ。　○盎ははち、ほとぎ。　○白麻。詔書のことなり。唐の中書、黄白の二麻を用ひて綸命を為《つく》る。その後、翰林専ら白麻を用ひ、中書独り黄麻を用ひ得るに至る。　○築堤沙。唐の故事。人が初めて宰相に任ぜられると、その人の私邸から城東街に至るまでの間を、砂で路を塡める。これを名づけて沙堤といふなり。　○髿髿。髪の乱れをる形容。

暮秋書事

暮秋風雨巻茆茨
砧杵聲中過雁悲
楓葉欲丹先慘澹
菊叢半倒不支持
旗亭人熟容賖酒
野寺僧閑得對棊
莫怪苦尋林下事
駭機滿地只心知

暮秋書事

暮秋の風雨、茆茨を巻き、
砧杵《チンシヨ》声中、過雁悲む。
楓葉丹《あか》からんとして先づ惨澹、
菊叢半ば倒れて支持せず。
旗亭人熟して酒を賖《おぎの》るを容《ゆる》し、
野寺僧閑にして棊に対するを得。
怪む莫れ苦《ねんごろ》に林下の事を尋ぬるを、
駭機地に満つ只だ心知る。

○旗亭人熟して云々といふは、酒楼の主人と懇意になつて来たので、いつでも酒の掛け売りをしてくれると云ふ意味。○林下事。山林に幽棲すること。　○駭機。後漢書、皇甫嵩の伝にいふ、「今将軍、得難きの運に遭ひ、駭《おどろ》き易きの機を踏む」。機*はずみ、運といふに略ぼ同じ。俗世間で駭機のこと多きは自分で十分に知つてゐるので、つい山林に幽棲する隠者のことばかり訊きたくなる、といふ意味。

晝睡

眼昏妨讀書
不睡復何如
擁被新寒裏
伸腰午飯餘
斷香縈倦枕
疎雨滴前除
未竟華胥樂
茶甌莫喚渠

昼睡

眼昏うして書を読むを妨ぐ、
睡らずんば復た何如。
被を擁す新寒の裏、
腰を伸ばす午飯の余。
断香倦枕を縈《めぐ》り、
疎雨前除に滴《したた》る。
未だ華胥の楽を竟《を》へず、
茶甌渠《かれ》を喚ぶ莫れ。

○眼昏。放翁の眼がいつまでもよかつたことは、前*にも書いておいた。しかし七十にも近くなつた此の頃には、眼も少々は見えにくくなつたものと見える。　○睡らずんば復た何如。睡るより外に仕方がないではないか。　○被。ねまき、ふとんの類を指す。　○除。殿堦。きだはし。　○茶甌渠を喚ぶ莫れと云ふは、まだ華胥の夢を見終らずに居るから、茶を入れたとて翁を喚び起すな、といふ意味。

戯詠閑適

戯《たはむれ》に閑適を詠ず

暮秋風雨暗江津
不下書堂已過旬
鸜鵒籠寒晨自訴
貍奴氈煖夜相親
典衣旋買修琴料
叩戸時聞請藥人
說與鄉鄰當賀我
死前長作自由身

暮秋風雨、江津暗く、
書堂を下らずして已に旬を過ぐ。
鸜鵒、籠寒うして晨に自ら訴へ、
貍奴《リド》、氈《セン》煖《あたた》かにして夜相親む。
衣を典して旋《たちま》ち買ふ修琴の料、
戸を叩いて時に聞く薬を請ふの人。
説与す郷隣当《まさ》に我を賀すべし、
死前長《とこし》へに自由の身と作《な》る。

○貍奴は猫の異称。李商隠の詩に、「鴛鴦瓦上貍奴睡る」の句あり。○旋はすぐに、たちまちの中に、などいふ意味。○説与の与は助字、説は語るといふほどの意味。

獨夜

獨夜迢迢掩素屏
病懷羈思共竛竮
房櫳十月寒初重
風雨三更酒半醒
繁杵有聲時斷續
殘缸無焰尙青熒
怳然喚起西征夢

独夜

独夜迢々《テウテウ》、素屏を掩ふ、
病懐羈思共に竛竮。
房櫳十月寒初めて重*
風雨三更酒半ば醒む。
繁杵声ありて時に断続、
残缸焰ならして尚ほ青熒《セイケイ》。
怳然《クワウゼン》喚び起す西征の夢、

身臥金牛古驛亭　　身は臥す金牛古駅亭。

○迢迢。夜の遠く去りゆく貌であらう。　○素屛。素は白地、屛は屛風。　○羇思は客愁といふほどの意味であらう。○蛉竮は行くこと正しからざる形容、いりみだれる意味。　○缸はあぶら皿。　○青熒。熒はひかりかがやく。　○怳然。怳然として自失せる貌。うつとり。　○金牛。蜀道の南桟。秦より以後、漢中より蜀に入る者は、必ずこの道を取る。李白の詩に、「秦、蜀道を開いて金牛を置く」と云へるもの、是れなり。

睡郷

有酒君勿嗾　　酒あるも君嗾《すす》る勿れ、
入腸作戈矛　　腸に入りて戈矛《クワボウ》と作《な》る。
有書君勿觀　　書あるも君観る勿れ、
到眼生君愁　　眼に到りて君が愁を生ず。
不如睡鄕去　　如《し》かず睡郷に去り、
萬事風馬牛　　万事風馬牛ならむには。
郊墟無來客　　郊墟来客なく、
風雨送暮秋　　風雨暮秋を送る。
苔甃蟲唧唧　　苔甃虫唧々、
霜林葉颼颼　　霜林葉颼々《シウシウ》。
是時一枕睡　　是の時一枕の睡、
不博萬戶侯　　万戸の侯に博《か》へず。

斗帳裁青氈　　斗帳青氈を裁ち、
重衾擁黄紬　　重衾黄紬を擁す。
華山希夷翁　　華山の希夷翁、
千載可與遊　　千載与《とも》に遊ぶ可し。

○斗帳青氈を裁ちは、青氈を裁ちて斗帳となす意。○斗帳。斗は前に*も書いておいたやうに小を意味する。斗帳は小さきとばり。○博は交換の意。○戈矛。ほこ。○郊墟。ゐなかの村里。○颼颼。木の葉の風に落ちる音。○希夷。これも前*に出づ。陳摶のこと。宋の真源の人。五代の時、華山に隠居す。太宗の時、希夷先生の号を賜ふ。老子の「之を視れども見えず、名づけて夷と曰ふ。之を聴けども聞えず、名づけて希と曰ふ」とあるに本づく。

初冬從父老　　初冬父老に従ひ村
飲村酒有作　　酒を飲みて作あり

父老招呼共一觴　　父老招き呼んで一觴を共にす、
歳猶中熟有餘糧　　歳は猶ほ中熟にして余糧あり。
䴵花漫漫渾如雪　　䴵花漫々渾《す》べて雪の如く、
荳莢離離未著霜　　荳莢離々として未だ霜を著けず。
山路獵歸收兎網　　山路猟より帰りて兎網を収め、
水濱農隙架魚梁　　水浜農隙《ひま》にして魚梁を架す。
醉看四海何曾窄　　酔うて看れば四海何ぞ曾て窄《せま》からむ、
且復相扶醉夕陽　　且《しば》らく復た相扶《たす》けて夕陽に酔ふ。

○中熟。熟歳といへば豊年のこと。中熟は平均作なり。　○漫漫。かぎりなく続いてゐる貌。　○荳は豆と同じ。○離離。たれさがれる形容。　○兎網。兎を捕るために山や野にはれる網。　○農隙。農閑なり。左伝に「皆な農隙に於て以て事を講ず」などとあり。　○魚梁。魚を捕るために水中にはりめぐらせるやな。孟浩然の詩、「水落ちて魚梁浅く、天寒うして夢沢深し」。　○四海何曾窄。この句の自註に「蘇子美の詩に云ふ、吁嗟四海窄しと」としてある。子美は蘇舜欽の字、『滄浪集』の著あり。

懷南鄭舊遊

南山南畔昔從戎
賓主相期意氣中
渇驥奔時書滿壁
餓鴟鳴處箭凌風
千艘粟漕魚關北
一點烽傳駱谷東
惆悵壯遊成昨夢
戴公亭下伴漁翁

南鄭の旧遊を懐ふ

南山南畔、昔し戎に従ふ、
賓主相期す意気の中。
渇驥奔る時、書、壁に満ち、
餓鴟《ガシ》鳴く処、箭、風を凌ぐ。
千艘、粟は漕ぐ魚関の北、
一点、烽は伝はる駱谷の東。
惆悵す壮遊昨夢と成れるを、
戴公亭下、漁翁に伴ふ。

○一首五十六字、少しのたるみもない。放翁の作中優れたものの一つだと思はれる。　○南鄭。また漢中、今の陝西省にあり。　○南山。終南山の大山脈を指す。作者当年の詩に「南鄭馬上の作」あり、また「范西叔、召に赴くを送る」と題する二首の詩のうちには、「南山南畔更に秋に逢ふ」の句あり。　○賓主といふは、当時范西叔を始めとし、種々の人と交を結びしなり。　○渇驥奔るは、草書の形容。主客相集まり詩を賦し壁に題せしなり。　○鴟はふくろふ。　○箭凌風といふは、共に猟をなせしなり。　○魚関は地名なれど所在未詳。但し南鄭に沿うて流れてゐる漢江の南であることは、確かである。米粟を積み込んだ沢山の舟が見えるのは、言ふまでもなく漢江である。○駱谷は今の陝西盩厔《チウシツ》県の西南にある谷の名、谷長四百二十里と称せらる。○烽はのろし、火をつけ高く挙げて遠方に警報を伝ふるもの。○戴公亭は亭の名。*厳公は厳光といふ有名な隠者のこと。その釣せし厳陵瀬は、放翁の家に近し。

雑　題　（六首之中）

山家貧甚亦支撐
時撫桐孫一再行
朝甑米空亨芋粥
夜缸油盡點松明

又

黍醅新壓野雞肥
茆店酣歌送落暉
人道山僧最無事
憐渠猶趁暮鐘歸

又

山光染黛朝如溼
川氣鎔銀暮不收

雑　題　（六首中三を録す）

山家貧甚しきも亦た支撐《シタウ》し、
時に桐孫を撫して一再*行く。
朝甑《テウソウ》、米空しうして芋粥《ウシユク》を亨《に》、
夜缸、油尽きて松明を点ず。

又

黍醅《ショバイ》新たに圧して野雞肥ゆ、
茆店酣歌、落暉を送る。
人は道《い》ふ山僧最も無事と、
渠《かれ》を憐む猶ほ暮鐘を趁《お》うて帰るを。

又

山光黛を染めて朝湿ふが如く、
川気銀を鎔かして暮収まらず。

詩料前に満つ誰か領略するものぞ、
時々来りて倚る水辺の楼。

詩料滿前誰領略
時時來倚水邊樓

○晩年貧を詠ずるの詩多きも、この頃はまださまで多くない。だが、ここに「貧甚し」としてあるのを見ると、この頃すでに家計は相当に行き詰まつてゐたものと思はれる。第一に掲げた詩は、その点で私の注意を惹いた。○支撐は無理を押して支持してゐる意味。撐は撐の本字、強ひて支持すの意。○桐孫。琴の異名。放翁の別の詩には、「蒲萄の錦は覆ふ桐孫の古きを」の句あり。○一再は一度も二度も。○甑は土やきの槽、上は大きく下は小さく、釜の上にのせて米などを蒸す炊器。
○黍酷。もちきびにて作りし酒。
○黛。青黒色、山の色の青きを指すに用ふ。○詩料誰か領略する？ 何人も之を領略するものなく、ただ我ひとり来り、時々水辺の楼に倚りて、この山光川気を賞す、と云ふなり。
野歩晩歸

江村十日喜霜晴
草死泥乾拄杖輕
溝港淺來無鷺下
郊原暖處有牛耕
奔馳久厭兒童戲
淪落偏知世俗情
欲向書窗了殘課
野歩して晩に帰る

江村十日、霜晴を喜ぶ、
草死し泥乾いて拄杖軽し。
溝港浅《そそ》ぎ来つて鷺の下るなく、
郊原暖かなる処牛の耕すあり。
奔馳久しく厭く児童の戯、
淪落偏《ひと》へに知る世俗の情。
書窓に向つて残課を了せんと欲し、

歸來猶占夕陽明　　帰り来つて独り占む*夕陽の明。

○霜晴。空晴れて霜多きなり。　○溝港。港は水中舟を行《や》るの道。　○浅は濺なり、そそぐ、ながるの意。　○奔馳久厭児童戯。世間を奔馳することは児童の戯に等しく、もうそれには飽き飽きしてゐる意味。

晝睡　　昼睡

我年垂七十　　我れ年七十に垂《なんなん》として、
齒髮日變遷　　歯髪日に変遷す。
初無金丹術　　初めより金丹の術なし、
何以追飛仙　　何を以てか飛仙を追はむ。
惟有一高枕　　惟だ一高枕あり、
可以餞殘*年　　以て残*年に餞す可し。
蕭蕭欹榻上　　蕭々たる欹榻の上、
鼻鼾心了然　　鼻鼾、心了然たり。
靜如豹隱霧　　静かなるは豹の霧に隠るるが如く、
湛若珠藏淵　　湛《しつ》めるは珠の淵に蔵《かく》るるが若《ごと》し。
寄語少年輩　　語を寄す少年輩、
未宜嘲孝先　　未*だ孝先を嘲るべからず。

○蕭蕭はさびしき貌。　○欹榻。欹は古くなつて破損せるなり、榻は寝台。張籍の詩、「出でては則ち轡を聯べて馳せ、寝《い》ねては則ち榻牀に対す」。　○孝*先は未詳。「昼眠」の詩には、「困睫蕾騰老孝先」とあり。

○惟有一高枕、可以餞残年*。静如豹隠霧、湛若珠蔵淵。共に好句たるを失はず。

兩蜀故人寄余閬中左緜題名石刻來皆二十餘年矣悵然有感

兩蜀の故人、余が閬中左緜《ラウチユウ》題名の石刻を寄せ来たる、皆二十余年なり、悵然として感あり

憶過西州樂飲時　憶ふ西州を過《よ》ぎりて飲を楽みし時、
百車載酒萬花圍　百車酒を載せて万花囲む。
只言身外皆餘事　只だ言ふ身外皆な余事と、
豈信人間有駭機　豈に信ぜんや人間駭機あらむとは。
雪鬢已成新夢境　雪鬢已に新夢*の境となり、
緇塵空化舊征衣　緇塵空しく旧征衣を化せり。
早知一笑難如此　早く一笑難き此《かく》の如きを知らば、
剩判年光醉不歸　剩《あまつさ》へ年光を判《さ》いて酔うて帰らざりしに。

○放翁が閬中に居たのは、乾道八年、四十八歳の時のこと。「閬中作」と題する詩には、「残年客と作《な》りて天涯に遍《あまね》く、馬を下れば長亭便《すなは》ち家に似たり」の句あり。○駭機。前*に出づ。後漢書、皇甫嵩の伝に、「今将軍、得難きの運に遭ひ、駭《おどろ》き易きの機を踏む」とあり。機ははずみ、運といふに同じ。放翁は人の讒に遭ふこと頻りなりし故、この語あり。○緇塵。緇は黒色なり。李益の詩に、「少《わか》うして京洛に游び緇塵と共にす」の句あり。黒き塵に衣服のよごれるを云ふ。○剩は、もつとの意味。
○以上、六十七歳の作。以下六十八歳の作に係る。

梅花絶句（十首）

凜凜氷霜晨
皎皎風月夜
南山有飛仙
來結尋梅社

又

憶昔西戍日
夜宿僊人原
風吹野梅香
夢繞江南村

又

錦城梅花海
十里香不斷
醉帽插花歸
銀鞍萬人看

又

梅花絶句（すべて十首）

凜々たる氷霜の晨、
皎々たる風月の夜、
南山に飛仙あり、
来りて結ぶ尋梅の社。

又

憶ふ昔し西戍の日、
夜、仙人原に宿せしに、
風は野梅の香を吹き、
夢は江南の村を繞《めぐ》りしか。

又

錦城梅花の海、
十里香断えず。
酔帽花を挿《かざ》して帰れば、
銀鞍万人看る。

又

低空銀一鈎
糝野玉三尺
愁絶水邊花
無人問消息

空に低《た》るる銀一鈎、
野に糝《サン》す玉三尺。
愁絶す水辺の花、
人の消息を問ふ無し。

又

蘭荃古所貴
梅乃晩見稱
盛衰各有時
類非人力能

蘭荃、古《いにし》へ貴ぶ所、
梅は乃ち晩《おく》れて称せらる。
盛衰各〻時あり、
類《おほむね》人力の能くするところに非ず。

又

子欲作梅詩
當造幽絶境
筆端有纖塵
正恐梅未肯

子、梅の詩を作らむとすれば、
当《まさ》に幽絶の境*を造るべし。
筆端纖塵あらば、
正に恐る梅肯《うけが》はざらむ。

又

清霜徹花骨
霜重骨欲折

清霜花骨に徹し、
霜重うして骨折れむとす。

我知造物意
遣子世味絶

又

士窮見節義
木槁自芬*芬
坐回萬物春
賴此一點香

又

南村花已繁
北塢殊未動
更賒一月期
待我醉春甕

又

山月縞中庭
幽人酒初醒
不是怯清寒
愁蹋梅花影

我れ知る造物の意、
子を遣《つか》はして世味を絶つ。

又

士窮して節義を見《あら》はし、
木槁《か》れて自ら芬芬*たり。
坐《そぞ》ろに万物の春を回《めぐ》らす、
此の一点の香に頼れり。

又

南村花已に繁きも、
北塢殊に未だ動かず。
更に一ヶ月の期を賒《か》し、
我が春甕に酔ふを待て。

又

山月中庭に縞《しろ》く、
幽人酒初めて醒む。
是れ清寒を怯《おそ》るるにあらず、
梅花の影を踏むを愁ふなり。

○梅花絶句十首、尽くここに写し取つておいた。詩稿は製作順に編纂されてある筈だが、この十首の次に他の詩が二首あつて、それからまた梅花絶句二首が出てゐるのを見ると、この十首は恐らく一日中に、少くとも一二日中に、一気に出来たものと思はれる。十首、多少の甲乙はあつても、私は中々取捨しにくいと思ふ。○仙人原*は地名であらう。○第三首の錦城は成都のことである。この詩は成都に遊んでゐた頃の回想。○銀一鈎は、三ヶ月が空に消え残り居るなり、銀といふは月の色の形容。それに対して玉三尺*といふは、梅花の形容。玉は美称なり、三尺は梅の枝。○糝は米粒。野*に糝すと云ふは、野に米粒を撒いたやうに、白い梅の花の咲いてゐる形容。○愁絶。絶は甚しの意。○消息を問ふなしは、顧みる者なきなり。鈔本には特にこの詩を採り居れど、私は十首の中でこればかりが特に優れてゐるとは思はない。○蘭茎。茎は香草。蘭茎はつまり蘭のことだと思はれる。○類は語助詞。大率《おほむね》と云ふが如し。史記の伯夷伝に、「類ね名湮没して彰《あら》はれず」とあるが如し。○清霜花骨に徹し、霜重うして骨折れむとす。私は最もこの句を好む。梅花を形容して遺憾なきもの。○芬芬*。かをりよき形容。書経*、「治の至れるもの、芬々たる馨気、神明を動かす」。○坐。労せずして得、これを坐といふ。孟子*「千歳の日至る、坐ろに致す可き也」。坐は、あるひは、居ながらと読んだ方が可いかも知れぬ。○未動。花気未だ発せざるなり。○賒は、おぎのる、掛売りする。酒代をもう一ヶ月前貸してくれといふ意味。○幽人酒初醒。酔うて中庭を徘徊してゐたが、山月が出てから酔を醒まして家に引込んだ。しかし之は寒くなるを怯れたのではない、梅の影を踏みたくないと思つたからだ、との意。

落魄

江湖に落魄《ラクタク》す七十翁、
一笑を持して誰と同《とも》にせんとかする。
蕭々たる雪鬢、老を藏《かく》し難く、

落魄

落魄江湖七十翁
欲持一笑與誰同
蕭蕭雪鬢難藏老

寂寂蓬門可諱窮
好句尚來欹枕處
壯心時在倚樓中
無涯毀譽何勞詰
骨朽人間論自公

山家暮春

行飯獨相羊
扶藜過野塘
晴光生蝶粉
暝律變鸎吭
麨美羣兒競
蠶飢小婦忙
深知遊宦惡
窮死勿離鄉

寂々たる蓬門、*窮を諱《かく》す可し。
好句尚ほ来たる枕に欹《よ》る処、
壮心時に在り楼に倚るの中。
涯《かぎ》りなきの毀誉、何ぞ詰《なじ》るを労せん、
*骨朽ちて人間、論自ら公《ただ》し。

山家暮春

行飯独り相羊、
藜に扶《たす》けられて野塘を過ぐ。
晴光蝶粉を生じ、
暖律鸎吭を変ず。
麨美にして群児競ひ、
蚕飢えて小婦忙し。
深く知る遊宦の悪しきを、
窮死すとも郷を離るる勿れ。

○行飯。薬を飲みて後、散歩して之を消化せしむるを行薬と云へるに等しく、行飯といふは、食後の散歩のことならむと思ふ。あるひは放翁の新造語か。　○相羊は徜徉なり。たちもとほる、さまよふ。　○暖律。律は律暦、季節の意。　○鸎吭を変ずは、鶯の鳴声が変つて来ること。　○麨《セウ》はむぎこがし。　○群児競ふは、競うて之を食する意。
○遊宦。官途につきをること。

題庠闍黎二畫

秋山痩嶙峋
秋水渺無津
如何草亭上
却欠倚闌人

右秋景

渓上望前峯
巉巉千仭玉
渾舎喜翁歸
地爐煨芋熟

右雪景

庠闍黎《シヤウジヤリ》の二画に題す

秋山痩せて嶙峋《リンジユン》、
秋水渺として津《かぎり》なし。*
如何ぞ草亭の上、
却て闌に倚るの人を欠く。

(右は秋景)

渓上前峰を望めば、
巉々たる千仭の玉。
渾舎、翁の帰るを喜び、
地炉煨芋熟せり。

(右は雪景)

○闍黎。闍梨とも書く、僧の称号。　○嶙峋。嶙は山にだんだんのある貌。峋もまた同じ。嶙峋は山の起伏して節級ある形容。　○欠倚闌人。この秋景山水には草亭が描き出されてゐるが、人物は描き入れてないのだと思はる。それで、何故こんな佳い景色だのに、草亭の欄干に倚つて秋を賞する人が居ないのか、と云つたのである。
○渓上望前峰としてあるから、この雪景には谷が前景に描いてあつて、そこから見ると、背景に雪の真白に積もつた高い山が起伏して居るものと思はれる。　○翁帰。雪中、家路を急げる一老翁の姿が、画中に描かれて居るのであらう。家中の人々が、こんな大雪になつたが、おぢいさんは、さぞ帰るのに困つてゐるだらう、と心配してゐたところ、無事に帰つて来たので、家中の人々が安心して喜び、翁を炉のはたに坐らせて、さぞ寒かつただらう、さあ之を食べなさい、と云つて、炉火で焼いた薯のホカホカと煙の立つのを出して呉れてゐる。これは想像であらう。

○私はいつか此の二*首の詩の和訳を試みたことがある。放翁の絶句の中で私の好きなものの一つである。この詩が草書で題されてある秋景と雪景の二画、もし之を見ることを得たならば、どんなに嬉しいことだらう、などと私は思ふ。

入雲門小憩五雲橋

穀雨初過換夾衣
園林零落到薔薇
鳴鳩日暝遙相應
雛燕風柔漸獨飛
臺省多才吾輩拙
江湖久客暮年歸
雲門躡月方清絕
且倚溪橋看夕霏

雲門に入りて五雲橋に小憩す

穀雨初めて過ぎて夾衣を換へ、
園林零落して薔薇に到る。
鳴鳩日暖かにして遥に相応じ、
雛燕風柔かにして漸く独り飛ぶ。
台省多才、吾輩拙、
江湖の久客、暮年に帰る。
雲門、月を踏めば方《まさ》に清絶、
且《しば》らく渓橋に倚りて夕霏を看る。

○穀雨。百穀を生ずる雨の義にて、清明の次に来る季節。陽暦四月二十日頃に当る。○夾衣。夾は複なり、夾衣は複衣、即ち袷のこと。○園林零落は花散れるなり。零落薔薇に到るとは、春も早や過ぎなむとして、薔薇の花まで已に散れるを云ふ。○台省。内閣といふに同じ、また台閣ともいふ。○雲門。放翁の家居せる所に近し。○霏*は、霧または雰《もや》のこと。謝霊運の詩、「雲霞、夕霏を収む」。

春晩村居雑賦絶句（六首中之二）

作堤蜿蜿六百尺

春晩村居雑賦絶句（六首中二を録す）

堤を作る蜿々六百尺、

西崦東村成一家　　西崦《セイエン》東村一家を成す。
春雨乍晴桑吐葉　　春雨乍《たちま》ち晴れて桑、葉を吐き、
秋風初冷稲吹花　　秋風初めて冷かにして稲、花を吹く。

又　　又

澆書満挹浮蛆瓮　　澆書満挹《ゲウショマンイフ》、蛆を浮ぶるの瓮《ワウ》、
攤飯横眠夢蝶牀　　攤飯《タンハン》横眠、蝶を夢みるの牀。
莫笑山翁見機晩　　笑ふ勿れ山翁機を見るの晩《おそ》きを、
也勝朝市一生忙　　也《ま》た朝市一生忙なるに勝《まさ》れり。

○作堤蜿蜿六百尺。鏡湖の景なり。　○崦は山、特に西の方角で日の入る所に当る山。　○成*一家。一家の言を成すといふ類にて、独特の風光を呈してゐるといふ意味であらう。

○澆書、攤飯。自註に「東坡先生、晨飲を謂つて澆書と為し、李黄門、午睡を謂つて攤飯と為す」とあり。　○挹は酌。　○瓮は甕、酒がめ。

沽埭西酒小酌　　埭西の酒を沽《か》うて小酌す

埭西小店酒新篘　　埭西《タイセイ》の小店、酒新たに篘《シウ》す、
一酔今朝覺易謀　　一酔今朝謀り易きを覚ゆ。
從曠劫來倶有死　　曠劫《クワウゴフ》よりこのかた倶《とも》に死あり、
出青天外始無愁　　青天の外に出でて始めて愁なけむ。

功名未許妨高臥　　功名未だ許さず高臥を妨ぐるを、
風月猶能賦遠遊　　風月猶ほ能く遠遊を賦す。
造物向人元不薄　　造物人に向つて元《も》と薄からず。
卷簾萬頃鏡湖秋　　簾を巻けば万頃鏡湖の秋。

○埭西。埭はゐせき。土石にて水を堰《せ》き、往来する船舶に対し通行税を徴するところ。西は言葉の調子。埭西は地名ではなく、多分、鏡湖にある埭の附近といふ意味であらう。○篘は、酒を漉《こ》すこと。○曠劫。劫は梵語の音訳にて、最も長き時間を意味する。○功名未許云々は、功名を樹てんがために高臥を妨げるやうなことはしない、との意。

戲詠閒適（三首）　　戲《たはむれ》に閒適を詠ず（三首）

鈔書字細眼猶明　　鈔書字細かにして眼猶ほ明かに、
擣藥聲清疾漸平　　擣薬声清うして疾漸《やまひ》く平かなり。
桐葉雨邊尋斷夢　　桐葉雨辺、断夢を尋ね、
菊花香裏散餘酲　　菊花香裏、余酲を散ず。
人間榮辱知難到　　人間の栄辱、知到り難く、
紙上興亡看亦輕　　紙上の興亡、看ること亦た軽し。
惟恨暮年交舊少　　惟だ恨む暮年交旧少《まれ》なるを、
滿懷情話向誰傾　　満懐の情話、誰に向つてか傾けむ。

又

剡曲稽山是故郷
人言景物似瀟湘
三升花露春壺満
八尺風漪午枕涼
樹合緑陰山鵲閙
盆鏤紫石水梔香
回思烏帽京塵客
始覺幽居白日長

又

渉世心知百不能
閉門嬾出病相仍
簞瓢味美如烹鼎
鄰曲人淳近結繩
半顆鴉殘墻外杏
一枝鵲裊澗邊藤
蕭然掃盡彈冠興
敢爲詩情望武陵

又

剡曲稽山是れ故郷、
人は言ふ景物瀟湘《セウシヤウ》に似たりと。
三升の花露、春壺満ち、
八尺の風漪《フウイ》、午枕涼し。
樹は緑陰を合して山鵲《サンジヤク》閙《かまびす》しく、
盆は紫石を鏤《は》りて水梔《スキシ》香し。
回思す烏帽京塵の客、
始めて覚ゆ幽居白日の長きを。

又

世を渉《わた》りて心に知る百不能、
門を閉ぢて出づるに嬾《ものう》し病相仍《ジヨウ》ず。
簞瓢味美にして烹鼎の如く、
隣曲人淳にして結縄に近し。
半顆鴉は残す墻外の杏、
一枝鵲は裊《たわ》む澗辺の藤。
蕭然掃ひ尽す弾冠の興、
敢て詩情の為めに武陵を望まんや。

○第一首は放翁の健康状態に関する一の報告書となつてゐる。放翁が眼も歯も晩年に至るまで極めて確かであつたといふことは、前*にも書いておいたが、ここには「眼猶ほ明か」としてある。

○鈔書は書物の抜き写しをすること。○擣薬は薬草をつくなり。○疾漸平。何か持病があるらしいと云ふことも、前*に書いておいたが、ここに「疾漸く平か」としてあるのを見ると、この頃になつて、やつと快方に向つたのではないかと思ふ。しかし第三首には「病相仍ず」としてあり、仍は以前から引続いてゐると云ふ意味であるから、「疾漸く平か」と云つても、病気がすつかり全快したのではなかつたのだと想像される。

○剡曲は剡江のくま。○瀟湘。湖南省洞庭湖の南にある二つの川。瀟湘八景などと云つて、よく絵にも描かれてゐる風光絶佳の地。○花露*。天宝遺事に「貴妃宿酒初めて消え、肺熱に苦む。晨に後苑に遊び、花露を吸ひ、以て肺を潤す」とあるに本づく。花露は花の上に宿せる露のこと。○春壺。春に特別の意味はない、ただ春の季節ゆゑかく云ふ。○風漪。漪は水上の波紋、さざなみのこと。風漪は風の吹き寄せてくる波紋にて、八尺といふは、その波紋の長さの形容。○鵲。かささぎ。烏に似て、尾の長さ六七寸、身長と相等し。喜びを報ずる鳥とされ、鵲噪げば則ち喜び生ずとされてゐる。山鵲鬧しは、だから、日本では烏が啼くなどといふのと、違つた感じのもの。○盆鐫紫石。紫色の石を鐫りて盆となせるなり。それへ水梔すなはちくちなしの花が活けてあるのである。○烏帽。普通は隠者の帽子のことなれど、ここは烏紗帽のことであらう。唐時の官服である。○白日長。あくせくと世を過ごす者には日が短いが、悠々自適せる者にはその反対なので、かく云ふ。

○相仍。仍は以前に変らず続きての意。○烹鼎は、鼎食すなはち貴人の食物、美味珍膳の豊富なるに云ふ。○簞瓢は、一簞の食、一瓢の飲、すなはち粗末なる食物のこと。○結縄。縄を結びて文字に代へし太古の風。○裊は、鵲が藤の枝にとまりしため、その枝がしなやかに、たはめるを云ふ。○蕭然は、ものさびしき貌。○弾冠。冠をはぢいて塵を去ることで、転じて出仕の準備をなすことに用ふ。○武陵は、武陵桃源のこと。名高き仙境にて、今の湖南省武陵県の西にあり。陶淵明に桃花源記ありて、この仙境のことを書きたるは、人の周く知るところ。転じて、世間とかけ離れた別天地の義となす。○詩情の為めに云々は、詩情のためにのみかうした別天地を希望する訳ではない、と云ふのである。

初　夏

筍生遮狹徑
溪漲入疎籬
漸及分秧候
還當煮繭時
雨昏雞共嬾
米盡鼠同飢
村巷無來客
清羸只自知

○初夏村巷の実景なり。

晨　起

老病少睡眠
臥見天窗白
棲鳥亦已鳴
一一翻去翮
我起將何之

初　夏

筍生じて狭径を遮《さへぎ》り、
渓漲《みなぎ》りて疎籬に入る。
漸く秧《なへ》を分かつの候に及び、
還《ま》た繭を煮るの時に当る。
雨昏うして雞《とり》共に嬾《ものう》く、
米尽きて鼠同じく飢ゆ。
村巷来客なく、
清羸只だ自ら知る。

○只自知は、人の顧みるなきなり。

晨　起

老病睡眠少く、
臥して見る天窓の白きを。
棲鳥亦た已に鳴き、
一々去翮《＊キョカク》を翻す。
我起きて将《まさ》に何《いづ》れに之《ゆ》かんとする、

且復守書冊　且《しば》らく復た書冊を守らむ。
收斂萬里心　収斂す万里の心、
未厭容膝迮　未だ厭はず膝を容るるの迮《せま》きを。
吾家讀書法　吾家の読書法は、
一字亦當覈　一字亦た当《まさ》に覈《あきら》かにすべし。
勉哉積新功　勉めて新功を積み、
莫問幾時客　幾時の客たるかを問ふこと莫れ。

○天窓。てんまど。李商隠の詩、「鳥影天窓に落つ」。　○翮は羽根なり。去翮は飛び去るための羽根の意に解したが、あるひは私が誤解してゐるのかも知れない。　○勉哉。哉字は意味を確定し断定するための助字。　○幾時客。原本自註に、「王右丞、白髪を歎ずるの詩に曰ふ、「天地の間に俯仰し、能く幾時の客と為らむ」と」。王右丞は王維のこと。幾時の客とならむとは、いつまで生き永らへる身ぞといふ意味。

愛閒　閒を愛す

愛閒惟與病相宜　閒を愛して惟《た》だ病と与《とも》に相宜し、
壯歲懷歸老可知　壮歳帰《キ》を懐ふ老《ラウ》知る可きのみ。
睡熟素書横竹架　睡《スヰ》熟して素書竹架に横たはり、
吟餘犀管閣銅螭　吟余犀管銅螭《ドウチ》に閣《お》く。
水芭蕉潤心抽葉　水に芭蕉潤ひて心《シン》、葉を抽《ぬ》き、
盆石榴殘子壓枝　盆に石榴《セキリウ》残りて子《シ》、枝を圧す。

堪笑放翁頭白盡　　笑ふに堪へたり放翁、頭白尽《トウハクジン》、
坐消長日事兒嬉　　坐して長日を消して児嬉を事とせり。

〇惟与病相宜。閒居客を謝し、ただ病気とだけ仲好しになつてゐる。　〇壮歳云々。壮年の時から官を辞して故山に帰臥せんことを思つてゐたほどで、早*くから老衰の気分のあつたことを測り知るに足る。　〇素*書。白紙の帳簿。これから詩を書き入れるための本が、睡つてばかり居るので、まだ白紙のままなのである。　〇犀管。筆のこと。さいの角で軸を作つた筆。　〇銅螭。螭は竜。銅螭とは、竜の形をしてゐる銅製の筆架。　〇心抽葉。芭蕉の心から若葉が出ること。　〇子圧枝。子はざくろの実。そのざくろの実が枝にのしかかつてゐるのである。　〇芭蕉も石榴も庭前の景ではなく、室内に属するのであらう。大きな花瓶に芭蕉が活けてあるものと、私は解する。水に芭蕉潤ふといふ其の水は、瓶中の水であらう。　〇長日。「静院」と題する同じ時の詩にも「已に江湖を占めて寛処に老い、絶えて知る日月静中長きを」とあり。

夜坐水次　　夜、水次に坐す

房星縱　　房星縦に、
心星横　　心星横に、
北斗高掛南斗傾　　北斗高く掛かりて南斗傾く。
蓼根熠熠螢火明　　蓼根熠々《イフイフ》として蛍火明かに、
葦叢哀哀姑惡聲　　葦叢哀々として姑悪声《こゑ》す。
我倚胡牀破三更　　我れ胡牀に倚りて三更を破れば、
溪風吹衣月未生　　渓風衣を吹いて月未だ生ぜず。

玉門關
拂雲城
何時連營插漢旌
白頭書生未可輕
不死令君看太平

玉門関、
払雲城、
何れの時かは営を連ねて漢旌を挿まむ。
白頭の書生未だ軽んずべからず、
死せずんば君をして太平を看せしめむ。

○放翁は死に至るまで宋室の恢復を忘れなかつたので、どうかすると突如としてこんな詩を作り、前後の作とまるで別人のもののやうな作を残してゐる。死に至るまで其の心情は平均してゐない。日により時に応じて非常にむらがある。この詩は全体の調子からがひどく昂奮を示してゐる。

○水次。水辺のものみだい。場所がら、ふと、こんな感慨を催したのであらう。○房星。二十八宿の一で、東南にある星の名。車馬を司るとされてゐるもの。○心星。やはり二十八宿の一、さそり座の中央附近に位す。縦にとか横にとか云ふは、相連れる星の形を形容したもの。○北斗。天の北極にある星宿の名。七個の星がひしやくの形に列り、その柄は、一昼夜に十二方を指す。○南斗は同じやうに斗形をなして南にあるもの。○熠熠。光のあざやかなる形容。放翁の別の詩、「草根微露を啜り、蛍火飛んで熠熠」。○姑悪。水鳥の名、その鳴声によつて此の名あり。放翁の別の詩、「君は聴く姑悪の声、乃《なんぢ》が遺婦の魂ならざらむや」。*○破三更。三更は今の夜中の十二時。破るといふは、三更の静寂さを破るといふほどの意味合にて、言葉の力強し。○玉門関。昔し西域地方と内地との境に設けた有名な関門、今の甘粛省燉煌県の西にあり。○払雲城。払雲も地名、今の烏喇特旗の西北。突厥入寇せんとするや、先づここの堆上にある祠に詣でて、武運の長久を祈るとされた地。○漢旌。漢の天子から使臣の使*として授けられた旌旗。李白の詩に「蘇武匈奴に在り、十年漢節を持す」とあり、その漢節と同じ意味。この故事に本づいて漢旌といふ。

六月十四日微雨極涼　　六月十四日、微雨極めて涼し

湖上清秋近　　湖上清秋近づき、
齋中白日長　　斎中白日長し。
雲來樹收影　　雲来りて樹は影を収め、
雨過土生香　　雨過ぎて土は香を生ぜり。
蓮小紅衣溼　　蓮小にして紅衣湿ひ、
瓜甘碧玉涼　　瓜甘くして碧玉涼し。
晚來幽興極　　晩来幽興極まる、
移榻近方塘　　榻を移して方塘に近づく。

○この詩は、次の日(すなはち六月十五日)の作と併せ読むべきである。放翁の日常生活が髣髴として現はれてゐるもの。

○雲来りて云々、雨過ぎて云々は、先づ雲生じて空が曇り、次いで雨がふり、雨がふりやんだあと、土の香がするにて、措辞はずつと時間的の順序を踏んである。　○蓮と瓜とは、雨後窓前の景なり。紅衣は言ふまでもなく蓮の花、湿ふといふは雨ふりたるためなり。碧玉は瓜の美しさの形容。

十五日雲陰涼尤甚再賦長句　　十五日雲陰《かげ》り涼尤も甚し、再び長句を賦す

褦襶京塵觸熱行　　褦襶《ダイタイ》京塵、熱に触れて行く、

豈知世有野堂清
磑茶落雪睡魔退
激水跳珠涼意生
亹亹清風隨麈柄
悠悠長日付棋枰
小舟先向蘋汀泊
浴罷還須泛月明

豈に知らむや世に野堂の清あらむとは。
磑茶《ガイサ》、雪を落して睡魔退き、
激水《ゲキスヰ》、珠を跳《をど》らして涼意生ず。
亹々《ビビ》たる清風麈柄《シュヘイ》に随ひ、
悠々たる長日棋枰に付す。
小舟先づ蘋汀に向つて泊《とど》む、
浴し罷《や》まば還た須《すべか》らく月明に泛《うか》ぶべし。

○放翁の郷里は、支那の南方であるから、夏は中々暑い。で、涼しい日のあることは、特別に嬉しいのである。六月十四日と十五日と、空が曇つてゐて、前日には微雨もあり、余程涼しかつたので、二日続けて涼を喜ぶの詩が出来てゐる。

○褦襶。暑月戴く涼笠にて、青緇《セイソウ》すなはち青色の帛にて其の檐を綴り、日光を蔽ふやうにしたもの。程暁の詩に、「今世の褦襶子、熱に触れて人家に到る」とあり。後には人の事を暁らざる者をも褦襶といふに至れり。放翁のこの一句は、明かに程暁の詩に本づけるもの。　○磑茶はひき茶。放翁の別の詩に、「小磑雪花を落す」といふ句あり、また「更に点ず丁坑白雪の茶(丁坑は茶名)*」といふ句もあり。しかし私は、雪といふのは色の形容でなく、細かい粉の形容であらうと思ふ。それとも支那には白色の茶があるのか、私には確かでない。　○激水は、はげしき勢の水。*庭に池あり、それに注ぐ水のことであらう。後に見ゆる「夜半池上の作」*に、「夜永うして空斎睡成らず、起つて藤杖に扶《たす》けられ池に傍《そ》うて行く」とか、また「小園」*の詩に、「山家分に応じて園池あり」とかいへる句などのあるのを見ると、家に近く池があつたものと思はれるのである。　○亹亹は、進み行く貌。　○麈柄。細長い木の両横と上との三面に毛をはさんで、団扇のやうにしたものを、麈尾または略して麈といふ。麈はもと獣の名、鹿の類。欧陽修の詩に、「麈を揮《ふる》うて停むるに由なし」とあり。麈柄は即ち麈の柄にて、団扇の柄といふほどの意味。　○棋枰は、碁盤のこと。放翁は碁を打つてゐたものと見え、時折詩に出てくる。この頃の詩には、「釣閣臥して聴く西澗の雨、棋軒遥に見る北村の灯」などいふ句がある。○泊はとどむるなり。蘋汀に向つては、蘋汀のうちにといふほどの意味。

水亭晩眺

暑雨初晴浦面寛
水亭景物巻簾看
聯舟作陣圍魚隊
屈竹成籬護芡盤
四海諸公半丘壟
百年幾夕倚闌干
日沈未用怱怱去
待挽銀河濯肺肝

水亭の晩眺

暑雨初めて晴れて浦面寛《ひろ》し、
水亭の景物、簾を巻きて見る。
聯舟陣を作して魚隊を囲み、
屈竹籬を成して芡盤《ケンバン》を護る。
四海諸公半ば丘壟、
百年幾夕か闌干に倚《よ》らむ。
日沈むも未だ怱々に去るを用ひず、
銀河を挽《ひ》くを待つて肺肝を濯《あら》はむ。

○放翁の詩はみな実事を詠ぜるを以て、往々にして当時の風俗志の一材料を成す。この詩もその一例なり。○芡。水中に生ずる果類植物。葉大にして円く、平べつたく水面にくつついてゐる。葉の面は青く、裏は紫。夏日花を開き、やがて栗の毬の如き実を沢山に結ぶ。中に米の如きものありて、之を食用となす。屈竹籬を成すとしてあるから、それぞれの占有者があり、竹を曲げて囲ひをしてゐたものと思はれる。○芡盤の盤*は未詳。何かたらひのやうなものを水中に設けてゐたものか、それとも盤といふ字には、例へば蘇東坡の詩に「蜀路走ること千盤」とある如く、屈曲の意があるから、芡草が竹に囲まれて廻旋してゐる貌を指したものかも知れない。○壟は墓。○挽銀河*は、天の川が空に引き伸ばされる意であらう。

信筆　　　（三首中之二）

少年酔眼傲王侯
末路悲歌夜飯牛
済世有時生一念
鏡中白髪勧人休

又

急雨初過景物奇
一天雲作細鱗差
畫橈弄水三十里
恰是西村煙瞑時

筆に信《ま》かす　　　（三首中二を録す）

少年酔眼、王侯に傲《おご》り、
末路悲歌、夜、牛を飯《か》ふ。
済世、時ありて一念を生ずるも、
鏡中の白髪、人の休むを勧む。

又

急雨初めて過ぎて景物奇なり、
一天、雲は作る細鱗差《サイリンシ》。
画橈水を弄す三十里、
恰《あたか》も是れ西村煙瞑《くら》き時。

○夜飯牛。このことは前に書いておいた。*零落して、夜中に起き牛に飼料をやらねばならぬ境遇になつたこと。○済世の一念。経国済民の一念、時ありてなほ胸中に起れるなり。これは前にも言つた通り、死に至るまでの放翁の心境。
○鱗差といふは、魚の鱗の重なり合つてゐること。差は続く意味にて、その場合の発音はシ。○瞑。よく見えぬ意味。夕ぐれなり。

青山白雲歌

青山白雲翁

青山白雲の歌

青山白雲の翁、

放浪酒中死
埋骨長松根
夜夜聴谿水
松老會作薪
骨朽會作塵
但留千載狂名在
知我他年自有人

放浪酒中に死し、
骨を長松の根に埋め、
夜々谿水を聴かむ。
松老いて会《たまたま》ゝ薪と作《な》り、
骨朽ちて会ゝ塵と作らむ。
但《た》だ千載に留むるに狂名在り、
我を知る他年自ら人あらむ。

○やや昂奮した気持の見ゆる詩である。この詩の前に置かれた「児に示す」の詩にも、「前年東に還《かへ》るの時、心を指して江水に誓ふ。亦た知る食足らず、但だ餓ゑて死するあるのみなるを。小児汝に書を教ふ、日に十紙を用ひず。字字声形を講ずるも、仍《すなは》ち身に践履するを要す。果して能く善人と称さるれば、便《すなは》ち郷里に老ゆ可し」などいふ句があつて、心の昂奮を思はすものがある。また「青山白雲歌」の次に出てゐる「小市」と題する絶句は、「小市狂歌、酔うて冠を堕《おと》す、南山山色、牛に跨りて看る。放翁の胸次誰か能く測らむ、万里の秋空未だ是れ寛《ひろ》からず」と云ふので、やはり昂奮状態の心情を示してゐる。「駅門馬を繋いで蟬吟を聴《おく》き、翻りて動かす平生万里の心。橋畔の笛声は日の落つるを催《うなが》し、城辺の草色は煙を帯びて深し。関河歴歴功名晩れ、歳月悠悠老病侵す。憶ふ梁州を戍《まも》りしは昨日の如くなるを、闌に憑《よ》りて西望、一に襟を霑《うるほ》す」。これは更にその次の「蓬萊館午憩」の詩である。

夜半池上作
夜永空齋睡不成
起扶藤杖傍池行

夜半池上の作
夜永うして空斎睡成らず、
起きて藤杖に扶《たす》けられ池に傍《そ》うて行く。

露濃雙鵲移枝宿
風急孤螢墮草明
斷續更籌傳古戍
縱橫河漢接高城
寒泉未漱神先爽
靜聽銅缾汲井聲
露濃くして双鵲枝を移して宿り、風急にして孤蛍草に堕《お》ちて明かなり。
断続の更籌《カウチウ》は古戍《コジュ》を伝へ、縦横の河漢は高城に接す。
寒泉未だ漱《くちすす》がざるに神《シン》先づ爽かに、静に聴く銅瓶井を汲むの声。

○私はこの頃の放翁と今同じ年頃になつてゐるが、夜睡れないと云ふことは全くない。私は刑務所へ入るまでは、もう長い年月の間、就寝前には毎夜必ず催眠剤を用ひてゐたが、刑務所入りをしてしまつて、それから出獄後も世事を放擲し去つてからと云ふものは、夜分実によく睡るやうになつた。ところで、放翁は晩年になつてから、とかく睡を成しなやんだと見え、さう思はする詩が中々多い。この頃でも、この詩の前に置かれてゐる「秋夜」には、「清夜寐を成さず、門を出でて還《ま》た浩歌す」とあり、またこの詩の次には、「秋夜将《まさ》に暁ならんとし、籬門を出でて涼を迎へ、感あり」と題する作などがある。
○更籌。籌はかずとり。更籌は夜の時を計る器。庾肩吾の詩、「焼香夜漏を知り、刻燭更籌を験す」。　○古戍。戍はまもり、警備。古は古風をそのままに存する意。　○河漢。天の川。宋之問の詩、「万里雲なく河漢明かなり」。

秋夜將曉出籬門迎涼有感　　秋夜将《まさ》に暁ならんとし籬門を出で涼を迎へて感あり
（二首）　　（二首）

迢迢天漢西南落　　迢々《テウテウ》として天漢西南に落ち、
喔喔鄰雞一再鳴　　喔々として隣雞一再鳴く。

壯志病來消欲盡　　壮志病来消えて尽きんとす、
出門搔首愴平生　　門を出で首を掻いて平生を愴《いた》む。

又　　又

三萬里河東入海　　三万里、河、東、海に入り、
五千仞嶽上摩天　　五千仞、岳、上《かみ》、天を摩す。
遺民涙盡胡塵裏　　遺民涙尽《つ》く胡塵の裏《うち》、
南望王師又一年　　王師を南望すること又た一年。

○標題を見ると、早くから眼が覚め、まだ夜も明けぬ前から、門を出たことが分かる。
○迢迢は、遥かにして遠き形容。　○喔喔。にはとりの鳴声。白楽天の詩、「喔々として雞樹より下り、輝々として日梁に上ぼる」。　○愴は、いたみ、かなしむ。
○第二首も宋室のことを悲めるなり。宋室南に遷り、北方はすべて金人の占領するところとなり居るため、その地方の遺民が南方を望んで、王師来りて旧地を恢復せんことを、年々待ち望んでゐる意を詠じたるなり。　○三万里の河は黄河を指し、五千仞の岳は太華山(今の陝西省陰県*)を指す。北方の遺民より見て、*みな南に当る。

荷花　（二首）　　荷花　（二首）

風露青冥水面涼　　風露青冥水面涼し、
旋移野艇受清香　　*旋《たちま》ち野艇を移して清香を受く。
猶嫌翠蓋紅粧句　　猶ほ嫌《いと》ふ翠蓋紅粧の句、

何況人言似六郎　　何ぞ況《いは》んや人の六郎に似ると言ふをや。

又

南浦清秋露冷時　　南浦清秋、露冷かなる時、
凋紅片片已堪悲　　凋紅片々已に悲むに堪へたり。
若敎具眼高人看　　若《も》し具眼の高人をして看せしめば、
風折霜枯似更奇　　風折霜枯、更に奇なるに似たらむ。

○青冥。青天なり。王維の詩、「天に連なりて黛色を凝らし、百里青冥遥かなり」。風吹き露下り、青天も水面も、心地よきばかりに涼しきなり。　○翠蓋紅粧は何人の句なるやを審にし得ないが、ともかく蓮花を美粧せる女に譬へたもの。ところで、蓮花を美女になぞらへて賞するやうな仕方は、我は採らないと云ふので、特に「清香を受く」ともしてある。　○六郎。張昌宗のこと。唐の定州の人。美容を以て兄の易之と共に武后の寵を得、化粧を施し美服を纏ひて禁中に出入す。時の人、兄の易之を五郎と称し、弟の昌宗を六郎と称す。武后曰ふ、「人は六郎蓮花に似たりと言へど、非なり。正に蓮花六郎に似たりと謂ふべし」と。放翁はこんな話は聞くのも嫌だと云ふのである。

題齋壁　　斎壁に題す

平生喜蕭散　　平生蕭散を喜び、
垂老厭奔走　　老に垂《なんな》んとして奔走を厭《いと》ふ。
三千鏡湖上　　三千鏡湖の上《ほとり》、
樂事未曾有　　楽事未曾有なり。
晨開一卷書　　晨に開く一巻の書、

暮把一卮酒　　暮に把る一卮の酒。
病除覺身輕　　病除きて身の軽きを覚え、
赤脚自蹋藕　　赤脚自ら藕を踏む。
乃知造物意　　乃ち知る造物の意、
亦未棄衰朽　　亦た未だ衰朽を棄てざるを。
今夕月殊佳　　今夕月殊に佳、
出門喚鄰叟　　門を出でて隣叟を喚ぶ。

○蕭散。しづかにしてひまなこと。　○三千鏡湖。三千は三千頃、鏡湖の広さなり。　○病除きて身の軽きを覚ゆとあるによつて、この頃、健康状態の善くなつたことが分かる。この詩より少し前に出てゐる「閑中頗る自適、戯《たはむれ》に書して客に示す」と題するものにも、「髪猶ほ半ば黒く瞼《かほ》常に紅し、老健応《まさ》に放翁に似たる無かるべし」としてある。この頃、気分が頗る爽かであつたものと思はれる。　○赤脚ははだし、藕は蓮の根。　○喚隣叟。この頃の別の詩にも「野八珍を烹て父老を邀《むか》ふ」などいふ句あり。

白髪　　白髪

疾病侵壯年　　疾病壮年を侵し、
髮恐不及白　　髪白きに及ばざらんことを恐れしに、
偶賴針石功　　偶〻針石の功に頼り、
寓世成久客　　世に寓して久客となれり。
行年垂七十　　行年七十に垂《なんな》んとし、

霜雪紛満幘
耳目雖已衰
亦未與人隔
濯纓千頃湖
送老五畝宅
大布縫長衫
東阡復南陌

霜雪紛として幘に満ち、
耳目已に衰ふと雖も、
亦た未だ人と隔てず。
纓を濯《あら》ふ千頃の湖、
老を送る五畝の宅。
大布長衫を縫ひ、
東阡復た南陌。

○前*に出てゐる「白頭の書生未だ軽んずべからず」などいふ詩と、全く気分の違つたものである。これは普通の時の放翁晩年の気分。この頃の他の詩に、「今朝喜び有り君知るや否や、煙汀を揀《えら》び得て釣筒を下す」とか、「紗を剪りて新たに製す簪花の帽、竹を乞うて寛に編む養鶴の籠」とか、「閑は苔磯、釣を垂るるの叟に似、淡は村院、参を罷《や》むるの僧の如し」とか、「湖山今手に入る、風月始めて身に関す」とかいふ句の見えるのも、みな同じ気分のものである。

○ここにも「疾病壮年を侵す」とある、早くから何かの病気があつたものと思はれるのである。○髪*白きに及ばざらんを恐ると云ふは、白くならぬうちに頭髪がみな禿げ落ちるであらうと思つた、といふ意味である。○針石。医療の意。針はかねのはり、石は石ばり。針石はまた針砭《シンペン》とも書く。○幘は頭巾。○濯纓。「滄浪の水清ければ、以て我が纓を濯ふ可し」に本づく。○千頃湖。鏡湖のこと。先きには「三千鏡湖のほとり」としてあつたが、これらの数字は、言葉の調子によつて変つてゐるのであらう。○衫はひとへもの。○東阡復た南陌といふは、随所に出遊する意味。

秋日郊居　（八首中之四）

山雨霏微鴨頭水
溪雲細薄魚鱗天
幽尋自笑本無事
羽扇筇枝上釣船

又

行歌曳杖到新塘
銀闕瑤臺無此涼
萬里秋風菰菜老
一川明月稻花香

又

秋日留連野老家
朱槃飵饙粲如花
已炊藟散眞珠米
更點丁坑白雪茶

又

秋日郊居　（八首中四首を録す）

山雨霏微、鴨頭の水、
渓雲細薄、魚鱗の天。
幽尋自ら笑ふ本《も》と無事なるを、
羽扇筇枝、釣船に上ぼる。

又

行歌杖を曳いて新塘に到る、
銀闕瑤台、此の涼なし。
万里の秋風、菰菜老い、
一川の明月、稲花香し。

又

秋日留連す野老の家、
朱槃飵《シュバンサ》饙《レン》、粲として花の如し。
已に藟散《ルキサン》真珠の米を炊き、
更に丁坑白雪の茶を点ず。

又

魚鹹満缶酒新篘　魚鹹、缶《フウ》に満ちて、酒新たに篘し、
處處呉歌起壠頭　処々、呉歌、壠頭に起れり。
上客已随新雁到　上客已に新雁に随つて到り、
晩禾猶待薄霜收　晩禾猶ほ薄霜を待つて収む。

○霏微。霧雨が細かに降る貌。　○鴨頭の水。鴨の頭の色をした緑濃き水。
○菰菜。菰はまこも。高さ五六尺、葉は蒲葦の如し。春と秋とに、中心から薹が立つ。蓮根のやうで、軟か、食用に供せられる。菰菜といふは、そのことなり。なほ秋には長い穂の先きに花が開いて実を結ぶ。その実は米に似てやはり食用に供される。菰米といふは、そのことなり。　○一川。鏡湖の北は一面の稲田、その中を一本の川が湖水に注いでゐるのである。
○鮓臠。鮓漬にした切肉。槃は、肉を盛りたるはち。朱といふは、槃の色の形容。　○藟散、丁坑。自註に「藟散は米の名、丁坑は茶の名」としてある。
○魚鹹は、しほものにした魚のことであらう。　○缶。瓦製の壺。　○壠は田畑のうね。壠頭の頭は、ほとりといふ意味。　○上客。自註に、「剡及び諸曁の人、八月水郷に来りて穫を助くるを以て、之を上客と謂へり。其の山中より来るを以てなり」としてある。
○後の二首は、鏡湖附近の秋の農家の写生である。

夜不能寐復呼　夜、寐《い》ぬる能はず、復た灯
燈起坐戯作　を呼び、起坐して戯《たはむれ》に作る

呉中秋半暑未退　呉中秋半《なか》ばにして暑未だ退かざるも、
今歳雨多如許涼　今歳は雨多くして許《かく》の如く涼し。

薬鼎熒熒伴孤寂　　薬鼎熒々《ケイケイ》として孤寂に伴ひ、
三更袖手聴啼螿　　三更袖手して啼螿《テイシヤウ》を聴く。

○放翁が夜寐にくがつてゐたことは、前にも書いておいたが*、ここにも亦たかういふ詩がある。
○呉中。放翁の郷里は、古への呉地に属せるなり。　○熒熒。火や光の小さい様をいふ。ここは薬を煎じる炭火を指せるなり。　○螿は蟬の一種。つくつくぼふし。李商隠の詩に、「螿は鳴く百草の根」といふ句あり。

枕上　　枕上

守書眼欲闇　　書を守りて眼闇《と》ぢんとするも、
投枕乃瞭然　　枕に投ずれば乃ち瞭然たり。
兒曹戒曳履　　児曹曳履《エイリ》を戒め、
相語翁正眠　　相語る翁正に眠ると。
豈知擁敗褐　　豈に知らむや敗褐を擁し、
炯如寒魚鰥　　炯《ケイ》として寒魚の鰥《クワン》の如きを。
少時笑老人　　少時老人を笑ひしも、
其事今好還　　其事今好《やや》もすれば還れり。
蕭蕭雙白鬢　　蕭々たる双白の鬢、
忽忽七十年　　忽々七十年、
豈惟老態出　　豈に惟《た》だ老態の出づるのみならむや、
已覺衰病纏　　已に覚ゆ衰病の纏《まと》ふを。

白晝尙便靜　　白昼尚ほ静を便とす、
況此淸夜闌　　況《いは》んや此の清夜の闌《たけなは》なるをや。
妙處殆難名　　妙処殆ど名づけ難し、
睡與不睡閒　　睡ると睡らざるとの間。

○曳履は、あしおと。　○炯は、炯眼と熟する字にて、あきらかにの意。　○鰥は、憂ひて眠らざる貌。寒魚は冬の水に沈んで、じつと動かずにゐる魚。　○少時は、若かりし頃。　○好は、ともすれば、ややもすれば。寒山詩、「聡明好もすれば短命」。漢書、霍光伝、*「今陛下、諸生と好もすれば語る」。

新作南門　　新たに南門を作る

弊廬本西鄕設門　　弊廬本《も》と西郷に門を設く、
紹熙壬子歲始翦　　紹熙壬子の歳、始めて荊棘
闢荊棘移門南鄕　　を翦闢し、門を南郷に移す

翦棘移門未費錢　　棘を翦《き》り門を移して未だ銭を費さず、
好山無數碧巉然　　好山無数にして碧巉然たり。
病夫憒憒眞堪笑　　病夫憒《クワイクワイ》々真に笑ふに堪へたり、
反衣狐裘三十年　　反《かへ》つて狐裘を衣《き》ること三十年。

○放翁の住居の様を知るべき一資料である。
○郷は、むき、方向の意。　○紹熙壬子は即ち三年、放翁六十八歳の時に当る。　○碧は山の色の形容*。　○巉は、高く、けはし。　○憒憒。糊塗といふが如し。はつきりせず、あいまいで、ぐづついてゐる様。　○反は却の意に解

す、あるひは誤読かも知れない。○狐裘。きつねのかはごろも。「晏子一狐裘三十年、晏子焉《いづく》んぞ礼を知らむや」に本づいて、ここにも三十年としてあるのであらう。

秋雨初晴有感

炎曦赫赫尙餘威
冷雨蕭蕭故解圍
號野百蟲如自訴
辭柯萬葉竟安歸
芼羹菰菜珍無價
上釣魴魚健欲飛
散吏何功霑一飽
高眠仍聽擣秋衣

秋雨初めて晴れて感あり

炎曦赫々として尚ほ余威あるも、
冷雨蕭々として故《たくみ》に囲ひを解く。
野に号《さけ》ぶの百虫は自ら訴ふるが如く、
柯を辞するの万葉は竟《つひ》に安《いづく》にか帰す。
芼羹《モウカウ》の菰菜は珍にして価なく、
釣に上ぼるの魴魚は健にして飛ばんとす。
散吏何の功ぞ一飽に霑《うるほ》ふ、
高眠仍《しきり》に聴く秋衣を擣《つ》くを。

○曦は日色。○柯は樹枝。○芼羹。野菜と肉とを混ぜたあつもの。○菰菜。前に書いておいた。*晋書の張翰伝に、「秋風の起るに因って、呉中の菰菜蓴羹鱸魚の膾を思うて曰く、人生は適意を得るを貴ぶ、何すれぞ数千里に羈宦し以て名爵を要《もと》めんやと。遂に駕を命じて帰る」とあり。○無価。この菰菜は鏡湖に自生し、勝手に採ることが出来、さうでなくとも安くて手に入れることが出来たのであらう。蓮根に似て軟いと云ふから、老人の食物には殊に適してゐるものであらう。○上釣は釣れてくる意味。○魴は折《を》敷魚《しきうを》。長さ十糎位。体扁平にして鱗細かく腹は稍々赤い。淡水魚にして、我国では琵琶湖に多く産する。○散吏。つとめのひまな役人。紹熙二年九月に作つた「紹興府脩学記」には、肩書に「中奉大夫提挙建寧府武夷山沖祐観」としてある。家居しながら、かうした閑職を有つてゐたのである。

示　兒

文能換骨餘無法
學但窮源自不疑
齒豁頭童方悟此
乃翁見事可憐遲

兒に示す

文能く骨を換ふ余《ほか》に法なし、
学んで但《た》だ源を窮め自ら疑はざるなり。
歯豁《シクワツ》頭童にして方《まさ》に此を悟る、
乃翁事を見る遅きを憐む可し。

○思想的学問的内容を有つた絶句で、注意すべき特殊の作である。私は嘗て曾国藩の児に与へた書簡集を繙き、その中に、昔から金丹骨を換ふと称してゐるが、唯だ真の読書のみが人の骨相を換へることが出来る、といふ意味のことが書いてあるのを見て、大に感心したことがある。放翁の此の一首は、それと全く趣を同じうする。○骨とは、言ふまでもなく骨相のこと、即ち基本的な人格である。○文といふは、学問といふほどの意味。○学問をして根本的に人格を鋳直すのは、どういふ法があるかと云へば、他ではない、徹底的に根本的に窮めうる限りのところまで窮めつくして、もはや他人が何と云はうと、どんな目に逢はうと、絶対に揺ぐことのない確信を得ること、即ちこれである。放翁はかう云つてゐるのであり、これは私の年来の主張と符合するので、私はその点で特にこの詩に興味をもつた。○歯豁頭童。韓愈の「進学解」に「頭童歯豁」の文字が出てゐる。豁は、うつろ、歯豁は、歯が抜けてまばらになること。頭童は、小供のやうに髪が少くなること。なほ今歳の秋の詩の中には、更に「老夫眼暗く牙歯疎なり」とか、「歯は敗屐の如く鬢は糸と成る」とか、「鬢毛焦禿歯牙疎なり」とかいふ類の句があるが、しかし前にも書いておいたやうに、歯などそんなに悪くはなく、平均から云へば人並以上に丈夫であつたことは、確かである。七十七歳の時の詩に、「一歯屢《しば》しば揺ぐも猶ほ肉を決す」とあり、更に八十二歳の時の詩にも、「歯揺ぐも猶ほ能く濡肉を決す、則ち亦た尚ほ未だ大《はなは》だ害あらず」としてあるのは、即ちその証である。○乃翁は、お前の老翁といふ意味で、これは自分の子に示したものであるから、さうした文字が使つてある。

新晴

積雨已凄冷
新晴還少和
稼收平野闊
木落遠山多
土潤朝畦菜
機鳴夜擲梭
時清年歳好
吾敢歎蹉跎

新晴

積雨已に凄冷、
新晴還《ま》た少和。
稼収まりて平野闊《ひろ》く、
木落ちて遠山多し。
*土は潤ふ朝畦の菜、
機は鳴る夜擲の梭。
時清うして年歳好し、
吾敢て蹉跎を歎ぜむや。

○飛び読みせずに、大体順序を追うて、次ぎ次ぎに見てゆくと、自然の移り変りが、映画でも見てゆくやうに、それぞれの場面に描き出されてゐるのが、また中々おもしろい。この詩は、秋もはや末になつて、収穫が終つたために、つい先達まで穀物が一面に実のつてゐた平野が、急にひろびろとしたものに見えて来てをり、木の葉も落ちて、遠くの山々が、今まではどうかすると一色に見えてゐたのに、山がみな別々になつて来て、数が殖えたやうに見え出した、——さういふ季節にはいつてゐるのである。

○積雨。「今歳雨多し」と別の詩にもあつた。○已凄冷。引続いて降る雨ながら、季節の変化につれて、はや寒く冷めたい感じがするやうになつた。○*新晴還少和。晴れても、もはや暑くなくなつた。○作者の機嫌のいい時の作だ。だから結句にも「吾敢て蹉跎を歎ぜむや」と言つてゐる。

秋雨不止排悶

秋雨止まず悶を排す

放翁愁坐茆齋裏
泥潦連村不得行
夜夜溼星占雨候
時時老木送秋聲
小詩旋錄兼行草
薄酒新篘任濁清
身世正如萍在水
略無根柢也能生

放翁愁坐す茆斎の裏《うち》、
泥潦《ディラウ》村に連なりて行くを得ず。
夜々湿星雨候を占《うらな》ひ、
時々老木秋声を送る。
小詩旋《たちま》ち録して行草を兼ね、
薄酒新たに篘《シウ》して濁清に任《ま》かす。
身世正に萍の水に在るが如し、
略ぼ根柢なきも也《ま》た能く生ず。

〇相変らず雨が降り続いてゐると見える。　〇潦は、たまりみづ。　〇湿星。一面の湿気のために、空に星が見えるやうな時があつても、その星の光が湿つて見ゆるのである。それを見て、まだ雨は晴れ切らぬなと思ふので、「雨候を占ふ」と云つたのである。　〇行草は、行書と草書。　〇略ぼ根柢なきも云々。全く根がない訳ではないから、略ぼといふ。生ずとは、生きてゆくこと。雨からの連想で、人生を水中の萍に譬へたもの。

用　短

用短定非癡
愛閑眞復奇
飯香貧始覺
睡味老偏知
畦地閑栽藥

短を用ふ

短を用ふるは定《さだ》んで痴に非ず、
閑を愛するは真に復た奇。
飯の香ばしきは貧にして始めて覚え、
睡の味は老いて偏《ひとへ》に知る。
地に畦《あぜ》して閑に薬を栽《う》え、

留僧静對棊　　僧を留めて静に棋に対す。

餘年猶有幾　　余年猶ほ幾《いくばく》か有らむ、

捨此欲何之　　此《ここ》を捨てて何《いづこ》に之《ゆ》かんとする。

○用短。自分の短所を利用する意味。世と容れがたき自分の短所を利用し、京塵を避け、閑地に就きをるを云ふ。○飯の香しきは貧にして始めて覚ゆ。私は晩年貧しい生活を送ることを余儀なくされるやうになつてから、若い頃はとかく食慾がなくて困つてゐたのと引換へ、何を食べても甘くなつた。この頃戦争のため、ひどく物資が不自由になつて来てからと云ふものは、私には限らぬ、誰もが嫌ひなものまで好きになり、何を食べても甘いと思ふやうになつたことと思ふ。○地を畦して薬を栽うとは、畦になつてゐる所へ云々の意味。○対棋。放翁が晩年碁を打つてゐたと云ふことは、前*にも述べた。

松　風

東嶺諸松多余丙
戌歳手種距今壬
子二十有七年矣

半嶺松風破睡時
起看山月倚筇枝
縱横滿地髯龍影
盡是當年手自移

松　風

東嶺の諸松多くは余丙戌
の歳手づから種《う》ゆ、今壬
子を距《へだ》る二十有七年矣

半嶺の松風睡を破る時、
起つて山月を看て筇枝に倚《よ》る。
縦横地に満つ髯竜の影、
尽《ことごと》く是れ当年手自ら移す。

○丙戌の年は、乾道二年に当る。この時、作者年四十二、豫章に通判たりしが、「党人を交結して兵を用ひんと説けり」との譏に遭ひ、免ぜられて帰る。その「幽棲」の詩に、自註して「乾道丙戌、始めて居を鏡湖の三山にトす」と云へるもの、即ちこの時に係る。松を栽えたるも、やはりその時のことなり。
○髯竜。髯*はほほひげ又はあごひげ。髯竜は即ちひげの生えた竜のこと。

夜坐

瘦骨倚蒲團
燈前影自看
心淸便獨夜
酒盡怯新寒
病虎減精采
飢鴻摧羽翰
晩途堪笑閔
猶擬乞祠官

夜坐

瘦骨蒲団に倚り、
灯前、影自ら看る。
心清うして独夜を便とし、
酒尽きて新寒を怯《おそ》る。
病虎精采を減じ、
飢鴻羽翰を摧《くだ》く。
晩途笑閔するに堪へたり、
猶ほ祠官を乞はんと擬す。

○羽翰、鳥のはね。何遜の詩、「因*ならして羽翰を生じ、千里暫く空を排す」。○祠官。祭祀を司る閑職なり。前*に書いておいたやうに、この頃の放翁は「提挙建寧府武夷山沖祐観」といふ官職を有つてゐた。提挙といふは宋時の官名で、提挙常平倉、提挙水利、提挙茶塩、更にまた提挙宮観等の官があつたのである。提挙沖祐観は即ち祠官である。この年九月、任満ちたるを以て上書して沖祐に再任されんことを乞ひ、十一月請を得た。宋時の祠禄は中々厚かつたものであり、「窮居幸に朝夕を支ふ可し」と此の頃の詩にあるのも事実なのである。

晩眺

秋晩閑愁抵酒濃

晩眺

秋晩の閑愁は酒の濃きに抵《あた》れり、

試尋高處倚枯笻
雲歸時帶雨數點
木落又添山一峰
鳴雁沙邊驚客艣
行僧煙際認樓鐘
箇中詩思來無盡
十手傳抄畏不供

試に高処を尋ねて枯笻に倚る。
雲帰る時帯ぶ雨数点、
木落ちて又た添ふ山一峰。
鳴雁沙辺、客艣に驚き、
行僧煙際、楼鐘を認む。
箇中の詩思、来つて尽くるなし、
十手伝抄、供せざるを畏る。

○閑愁。つれづれなるままに、もののあはれを感じること。　○抵は、あたる、相当する。放翁の別の詩に、「尊酒、江の緑なるが如く、春愁、草の長きに抵る」といふのがある。閑愁酒の濃なるに抵るとは、閑愁の去り難きは、濃き強き酒の醒め難きに似たりといふ意ならむ。　○行僧。ここの行は、行子(たびびと)などいふ場合の行と同じで、行僧とは即ち旅の僧のことならむ。　○木落又添山一峰。前の詩に「木落ちて遠山多し」とあつたのと、同じ意味。　○箇中。この間、または、この中といふに同じ。　○詩思来。詩想湧き来たるなり。　○供は需に応ずること。詩が次ぎ次ぎに出来てくるから、左右の手を使つても、之を書いて行くのに間に合はぬ位だ、と云ふのである。

月夜作

江風吹微雲
長空散魚鱗
秋露洗明月
青山湧氷輪

月夜の作

江風微雲を吹き、
長空魚鱗を散ず。
秋露明月を洗ひ、
青山氷輪を湧かす。

我病適良巳*　我が病適《たま》ゝ《たま》良巳《リョウシ》、
欣然岸綸巾　欣然として綸巾を岸《あら》はし、
索酒惱諸兒　酒を索めて諸児を悩まし、
哦詩驚四鄰　詩を哦して四隣を驚かす。
頗覺胸次空　頗る胸次の空しきを覚え、
未歎白髮新　未だ白髪の新たなるを歎ぜず。
庭菊臥殘枝　庭菊残枝に臥し、
奇香猶絕塵　奇香猶ほ塵を絶ち、
園梅雖未花　園梅未だ花《さ》かずと雖も、
瘦影已可人　痩影已に人に可なり。
方池湛龕淪　方池龕淪《キンリン》を湛へ、
醜石立嶙峋　醜石嶙峋《リンジュン》を立つ。
幸無千金費　幸に千金の費なきも、
亦足終吾身　亦た吾が身を終るに足る。
樂哉何所恨　楽い哉何の恨む所ぞ、
擊壤從堯民　撃壌堯民に従はむ。

○引続いて機嫌の好い詩である。詩中「我が病適ゝ良巳」と云つてあるから、健康状態もずつと引続いて好かつたのである。

○氷輪は月輪のこと。　○良巳。病の癒ゆるを謂ふなり。　○岸綸巾は岸幘といふに同じく、即ち頭巾を取り頭を露はし、礼儀を守らざるをいふ。　〇醜石*。醜は衆の意ならむ。池のほとりに立ててある沢山の石のこと。それが山の険はしきが如き様を呈してゐるのである。　〇嶙峋は、山に段々があつて重なり合つてゐる貌。　〇撃壌。古代の遊戯。壌は木で造つた履《くつ》のやうなもの、これを地上にたてて、数歩離れて、他の一壌を之に撃ち当てるなり。史記の五帝紀に、「帝、康衢に遊ぶ、老人撃壌して路に歌ふ」とあり。結句はこれに本づく。

感舊

當年書劍揖三公
談舌如雲氣吐虹
十丈戰塵孤壯志
一簪華髮醉秋風
夢回松漠楡關外
身老桑村麥壟中
奇士久埋巴峽骨
燈前慷慨與誰同

感旧

当年書剣三公に揖《イフ》し、
談舌雲の如く気虹を吐きたりしに、
十丈の戦塵壮志に孤《そむ》き、
一簪の華髪秋風に酔ふ。
夢は回る松漠楡関の外、
身は老ゆ桑村麦野の中。
奇士久しく巴峡に骨を埋む、
灯前慷慨誰と同《とも》にせむ。

〇どの抄本にも採つてゐない詩だけれども、私はかうした詩の調子高きを好む。
〇三公。天子を輔けて国政を掌れる三人の最高官吏。日本では太政大臣、左大臣、右大臣を、後には左大臣、右大臣、内大臣を*三公と称してゐた。　〇揖。両手を胸にあて、またはこまぬいて、上下し又は左右して、敬意を表する支那流の礼法。*三公に揖すとは、即ち三公に謁すといふに同じ。　〇一簪の華髪。わづかに簪で束ねうるほど少くなつた白髪。　〇松漠*。漠は砂漠の漠なり、沙から出来てゐる大原野。そこに松が生えてゐるので、松漠といふ。　〇楡関。

楡は、にれ、丈高き落葉喬木。その木の生ひ茂りをる関門が、即ち楡関である。○奇士云々。自註に「独孤景略、忠州に死して十年矣」としてある。巴峡は、今の湖北省巴東県の西にある谷川。揚子江の上流にて、四川省の巫山をすぎ巴東に入ると、即ちこの巴峡となる。忠州は唐時の名。
○「当年書剣三公に揖し、談舌雲の如く気虹を吐く」。壮時の作者がどんな調子であつたかが窺はれる句である。

小園

窄窄柴門短短籬
山家随分有園池
客因問字來攜酒
僧趁分題就賦詩
晨露毎看花蕾坼
夕陽頻見樹陰移
拂衣司諫猶忙在
此趣淵明却少知

小園

窄々《サクサク》たる柴門、短々の籬、
山家分に随ひて園池あり。
客は字を問ふに因りて来りて酒を携へ、
僧は分題を趁《お》ひ就いて詩を賦す。
晨露毎《つね》に看る花蕾の坼《ひら》くを、
夕陽頻りに見る樹陰の移るを。
衣を払ふの司諫猶ほ忙在、
此の趣、淵明却て知ること少し。

○窄窄。せまいせまい。○分題、また探題とも云ふ。『滄浪詩話』に曰く、「古人題を分かち、或は各〻一物を賦す。某人を送るに題を分かち某物を得と云ふが如し」と。詩の会を催し、その席上にて題を分かち合ふなり。○花蕾。ここの蕾は蕾と同じ。放翁の別の詩に、「梅初めて蕾を破りて江路に行く」といふのがある。○晨露云々、夕陽云々の下へ、「此の二事、閑寂に非らずんば知られざる也」といふ自註が入れてある。私は往年、獄中の独房に在りし日、毎日毎日、朝から晩まで、窓から射し込む陽光が刻々に移り動くのを見てゐた。「毎に看る」と云ひ、「頻りに見る」と云へるの意、味ひ得て十分なる心地がする。○払*衣は帰隠を意味す。晋書、郄超伝に「栄を辞して衣を払ふ」とあり、後漢書、楊彪伝に「明日便ち当《まさ》に衣を払うて去るべし」とあるの類。○司諫は天子の側に仕へ諫をなす役。○忙在。在は助字、忙しくして居るなり。○此趣云々。かうした閑中の忙は、陶淵明も却てよく知ってゐない。

初冬

已罷彈冠欲挂冠
一菴天遣養衰殘
雨荒園菊枝枝瘦
霜染江楓葉葉丹
羹釜帶鱗烹白小
蓬門和蔓繫黃團
夕陽更動閑遊興
十月呉中未苦寒

初冬

已に弾冠を罷《や》め冠を挂《か》けんとす、
一菴、天、衰残を養はしむ。
雨に荒るるの園菊は枝々痩せ、
霜に染まるの江楓は葉々丹《あか》し。
羹《カウ》釜、鱗を帯びて白小を烹《に》、
蓬門、蔓に和して黄団を繫ぐ。
夕陽更に動かす閑遊の興、
十月呉中未*だ苦《はなは》だ寒からず。

○弾冠。前に書いたやうに、冠を弾いて塵を払ふこと、出仕の用意を意味し、今で云へば、シルクハットにブラシをかけると云ふほどの意味合ひ。○挂冠。後漢書、逢萌伝、「即ち冠を解きて東都城門に挂《か》け、帰りて家属を将《ひき》ゐて海に浮び、遼東に客たり」。挂冠は即ち職を退くの意なり。○羹釜。あつものを料理する釜。○鱗を帯べるの白小。銀色をしてゐる小魚の鱗つきのままなるを云ふ。○黄団。蔓に和してとあるから、これは蜜柑類ではなく、烏瓜の類を指してゐるのだらう。○呉中、度々前にも出た。呉は支那南方の称。

閑中樂事
轉老轉迂疎
胸中一物無
放言誇酒聖
著論笑錢愚
掃地收松粉
全巣買鶴雛
登臨未應倦
天給短筇扶

閑中楽事（二首のうち）
転《うた》た老い転た迂疎、
胸中一物無し。
放言酒聖を誇り、
著論《チャクロン》銭愚を笑ふ。
地を掃うて松粉を収め、
巣を全うして鶴雛を買ふ。
登臨未だ応《まさ》に倦まざるべし、
天は給す短筇扶。

〇転。いやましに。　〇酒聖。よく酒を飲む人のこと。黄庭堅の詩、「少年気節物と競ふ、詩豪酒聖鋒を争ひ難し」。〇銭愚。貨を好むを癖となす人のこと。　〇松粉。これを明かにし得ない。杜甫の詩には、「風落ちて松子を収め、天寒うして蜜房を割《さ》く」といふのがあるが、松子は松実すなはちまつかさのこと。松粉と云ふも或は松子と同じことかと思ふ。　〇全巣は、巣ごと一緒に。　〇短筇扶の扶は、扶老のことであらう。陶淵明の帰去来賦に「扶老を策《つえつ》いて以て流憩す」とあり。扶老はまた扶竹とも云ふ。

九月二十三日夜*
小兒方讀書而油
盡口占此詩示之

九月二十三日夜*、小児方《まさ》に
書を読めるに油尽《つ》く、此の
詩を口占して之を示す

徹骨貧來累始輕

骨に徹するの貧来りて累始めて軽し、

孤村月上正三更　孤村月上ぼりて正に三更、
汝緣油盡眠差早　汝油尽くるに縁《よ》りて眠差ゝ《やや》早く、
我亦尊空醉不成　我亦た尊空うして酔成らず。
南陌金羈良自苦　南陌の金羈《キンキ》良《まこと》に自ら苦み、
北邙麟冢半無名　北邙の麟冢半《なか》ば名なし。
書生事業期千載　書生事業千載を期す、
得喪從來未易評　得喪従来未だ評し易からず。

○前年の冬の詩に、「山家貧甚しく……夜缸油尽きて松明を点ず」といふのがあつたが、今年の秋もまた、貧にして油尽ける夜もありたりと思はれる。○南陌金羈。陌は市中の街。羈は、おもがい。馬具の一。馬の頭から轡《くつわ》にかけて飾となせるもの。南陌の南は、次の北邙に対せしめただけのもの。金羈の金も、ただ美称なり。中央の都会で金羈の馬に乗つてゐるほどの高位高官の人も、まことに自分で苦んでゐると云ふのである。○北邙。邙山は漢以来の墓地、洛陽の北にあり、ゆゑに北邙といひ、転じて広く墓地の意に用ふ。○麟は、きりんの牡*。想像上の動物。貴人の墓前、石に彫りて之を立つ。○従来は由来、元来などといふに同じ。

行飯暮歸　　行飯して暮れて帰る

宿疾去如掃　宿疾去りて掃ふが如く、
出門芒屩輕　門を出でて芒屩軽し。
菊叢寒蝶鬧　菊叢寒蝶鬧《みだ》れ、

楓葉夕陽明　　楓葉夕陽明かなり。
結陣看鴉集　　陣を結びて鴉の集まるを看、
銜衣喜犬迎　　衣を銜《くは》へて犬の迎ふを喜ぶ。
躑躅搔白首　　躑躅白首を搔くは、
詩句入經營　　詩句経営に入れるなり。

○健康状態が好くなつてゐると云ふことは、*前にも書いたが、ここに「宿疾去りて掃ふが如し」とあり、愈〻気分の良さうなことを思はす。

○行飯。行は行薬といふ場合の行と同じく、飯後食物の消化をよくするための散歩のことである。これは放翁の新造語かも知れないと云ふことは、*前にも書いておいた。　○衒衣。散歩して帰つて来ると、犬がとんで来て、着物を銜へて喜ぶなり。　○詩句経営に入る云々とは、詩句を考へて、そのために躑躅してゐるのだ、との意。

○別に「歩して近村に至る」と題する詩あれども、「薬物扶持、疾《やまひ》漸く平かに、布裘絮帽、柴荊を出づ。荒堤雨を経て牛跡多く、村舎人なくして碓声あり。数蝶香を弄して寒菊晩れ、万鴉陣を回《めぐ》らして夕楓明かなり」など云ひて、ほぼこの詩と内容を同じくするがゆゑに、別に録せず。ただ「村舎人なくして碓声あり」は、好句の一つだと思はれる。

泛舟　　舟を泛《うか》ぶ

去去泛輕舠　　去々軽舠を泛べ、
飄然興自豪　　飄然興自ら豪なり。
葉凋山寺出　　葉凋んで山寺出で、

溪瘦石橋高　　溪瘦せて石橋高し。
草徑牛羊下　　草径牛羊下り、
煙村鸛鶴號　　煙村鸛鶴《クワンカク》号《さけ》ぶ。
還家一盃酒　　家に還らば一盃の酒、
未畏暮風饕　　未だ暮風の饕《タウ》を畏れず。

○去去。人をして速に去らしむる詞。さあ行け、さあ行け、と云つて、舟をぐんぐん進める形容。○舠。小舟、形刀の如きもの。○溪瘦せて石橋高し。溪瘦すとは、水量の減ぜるなり。水減りて低くなりたるために、橋は逆に高く見ゆるなり。「溪瘦せて石橋高し」。好い句である。○鸛は、こふのとり、こふづるともいふ。＊鷺に似て大きく、羽毛は灰白色、嘴は長く、脚は赤い。嘴をうちあはせて音を発する、それが鸛の鳴声である。○風饕。風にさらはれること。軽舠に乗つてゐるので、この語がある。

十一月四日風雨大作　　十一月四日風雨大に作《おこ》る
（二首）

風卷江湖雨闇村　　風は江湖を巻いて雨は村を闇くし、
四山聲作海濤翻　　四山声は作《な》す海濤の翻るを。
溪柴火輭蠻氈暖　　溪柴、火＊輭《あたた》かにして蛮氈《バンセン》暖か、
我與狸奴不出門　　我れ狸奴と与《とも》に門を出でず。

又　　又

僵臥孤村不自哀　　孤村に僵臥《キヤウグワ》して自ら哀《かなし》まず、

尙思爲國戍輪臺
夜闌臥聽風吹雨
鐵馬氷河入夢來

尚ほ思ふ国の為めに輪台を戍《まも》らむを。
夜闌《たけなは》にして臥して聴く風、雨を吹くを、
鉄馬氷河、夢に入り来たる。

○渓柴。たにから採つて来た柴の薪。　○蛮氈。蛮地で出来た毛氈。　○狸奴。前にも出てゐた。*猫のこと。　○僵臥。ねること。僵は、たふれ、ふす意。　○鉄馬。武装した馬。陸倕の「石関銘」に、「鉄馬千群、朱旗万里」とあり。
○第二首は、また突如として、「尚ほ国の為めに輪台を戍らんことを思ふ」といふ調子のものになつてゐる。　○輪台。西域にある地名、今の新疆省輪台県にあたる。岑参の詩に、「西のかた輪台に向ふ万里余」の句あり。
○陳延傑はこの詩に註して、「放翁時に年六十八、而して報国の志尚ほ未だ衰へざる也」と言つてゐる。

病　起

少年射虎南山下
惡馬強弓看似無
老病卽今那可說
出門十步要人扶

病　起

少年虎を射る南山の下《もと》、
悪馬強弓、看て無《むな》しきに似たり。
老病即今那《なん》ぞ説く可けむ、
門を出でて十歩、人の扶《たす》けを要す。

○少年は、言ふまでもなく、若き時の意。　○また病気にかかつてゐたことが分かる。門を出でて云々は、病後の衰弱のためである。この詩の前に置かれた「雨晴」と題するものには、「孫を抱き日を負うて茆簷に坐す」としてある。
○なほこの頃の詩で、「午睡より起き、園中を消揺し、因つて山麓に登り、薄暮乃ち帰る」と題するものには、「老病百骸を攻む」の句あり、「久疾灼艾小愈、晩に門外に出づ」と題するものには、「老境侵淩して、病軀に満つ」の句あり、「十二月八日歩して西村に至る」と題するものにも、「多病須《もち》ゐる所は唯だ薬物」の句あり、引続き健康状態がよくなかったものと思はれる。

朱顔不老畫中人
綠酒追歡夢裏身
堪笑三山衰病叟
閉門寂寂過新春

癸丑正月二日

朱顔老いず画中の人、
緑酒歓を追ふ夢裏の身。
笑ふに堪へたり三山衰病の叟、
門を閉ぢ寂々として新春を過ぐ。

癸丑正月二日

○以下、作者六十九歳となる。
○朱顔老いず画中の人。顔色が好くて、いつまでも年を取らぬのは、絵に描いた人のやうだ、といふ意味。作者は正月を迎へて、十分に酒を酌んだものと見え、赤い顔をしてゐるのである。そこで、すぐ次の句に、その意を承けて、「緑酒歓を追ふ夢裏の身」としてある。　○三山は、作者の卜居せる土地の名。　○門を閉ぢ寂々として新春を過ぐ。朱顔緑酒を承けて、この結句は殊にさびしい響を残してゐる。

感舊

憶從南鄭入成都
氣俗豪華海內無
故苑燕開車載酒
名姬舞罷斗量珠
浣花江路青蠙舫
毬柳毬場白雪駒

旧を感ず

憶ふ南鄭より成都に入るや、
気俗豪華海内に無し。
故苑、燕開けて車、酒を載せ、
名姫、舞ひ罷《や》んで斗、珠を量る。
浣花江路、青蠙《セイチ》の舫《ハウ》、
毬柳毬場《キウジヤウ》、白雪の駒。

回首壯遊眞昨夢　　首《かうべ》を回《めぐ》らせば壮遊真に昨夢、
一竿風月老南湖　　一竿の風月、南湖に老ゆ。

○放翁が生涯のうち何回となく思ひ起す蜀地の壮遊である。感旧とは、昔のことを思ひ出し、心に感ずるところありの意。
○南鄭(又は漢中)及び成都は、屢〻前に出た。○海内になしは、海内にその比を見ずの意。○故苑。由緒のある古い庭苑。○燕は宴、さかもり。○斗珠を量る。舞が済んで今まで身に着けてゐた装飾を脱ぐと、飾にしてある珠が何斗といふほどの分量である、との意。○浣花江。唐の杜甫の草堂のあつた所。放翁の『老学庵筆記』に、「杜少陵、成都に在りて、両草堂ありき。一は万里橋の西に在り、一は*浣花渓の北に在り」としてある。○青蝺舫。蝺は竜の角なきもの、舫は舟を二つ並べたもややひぶね。史記、張儀伝に「一舫五十人を載す」とあり。○槎柳は地名に相違ないが、成都のどこにあるのか、審かでない。○一竿の風月。これは放翁の新造語かも知れない。詩稿中によく出てくる。*前年末の詩にも、「一竿の風月、閑身に属す」の句がある。○南湖。*自註に「鏡湖一に南湖と名づく」としてある。鏡は仄字だから、平仄の都合もあつて南字を用ひたのであらう。

初晴野歩

入市路三叉
緣山港半斜
疎籬帶殘雪
幽竇瀉湍沙
好鳥晴相語
芳蘭暝欲芽

初晴野歩

市に入るの路三叉、
山に縁《よ》るの港半斜。
疎籬残雪を帯び、
幽竇《イウトウ》湍沙に瀉《そそ》ぐ。
好鳥晴れて相語り、
芳蘭暝《あたた》かにして芽《めば》えんとす。

病餘無脚力　　病余脚力なく、
隨處憩人家　　随処人の家に憩ふ。

○市に入るの路、山に縁るの港、いづれも野歩途上の所見なり。山に縁るといふは、港のふちに山がすぐ立ち並んでゐるのである。半斜といふは、港に臨んで山が並んでゐる関係で、港が傾いてゐるやうに見えるなり。○幽竇。かすかな水道、かけひの水と云つた感じ。○湍沙。湍は水の早く流れてゐる早瀬。沙は水際の砂地。○病余脚力なし。前の詩には、「門を出でて人の扶を要す」としてあつた。病後今に至るも尚ほ体力の弱つてゐたことが分る。

明日復雨排悶　　明日復た雨ふる、悶を排す
（二首之一）　　（二首の一を録す）

湖上孤村冷欲氷　　湖上の孤村、冷氷らんとす、
更堪衰與病相乘　　更に衰と病と相乗ずるに堪へんや。
夢回點滴簷間雨　　夢は回《めぐ》る点滴簷間《エンカン》の雨、
心折青熒帳外燈　　心は折る青熒《セイケイ》帳外の灯。
雖有數椽常似客　　数椽《ステン》ありと雖も常に客に似、
僅存一肉未成僧　　僅《わづか》に一肉を存して未だ僧と成らず。
披衣偶取南華讀　　衣を披《き》て偶〻南華を取りて読み、
打破愁城喜不勝　　愁城を打破して喜び勝《た》へず。

○明日復た雨ふる。明日は翌日の意。この詩のすぐ前に「初晴野歩」の詩が置かれてゐる、これはその翌日の作なのである。なほその前には、「夜雨」と題する詩三首ありて、「沢国寒うして雨多し」とか、「寒雨三夕に連なる」とか

してある。○夢は回るとか、青熒帳外の灯とかしてあるにより、この詩は夜間の作たることが分かる。○簷は檐と同じ、のき。○熒は、小さい灯燭。青は光の色の形容。○帳は夜のとばり。○椽は、棟より檐にかけわたして屋瓦を承けてゐる材。数椽といふは、数間の家といふに同じ。日常住んでゐる自分の家はあるけれど、旅屋に泊まつてゐる旅人の如きものだ、と云ふなり。少しばかり後の詩には、「身は海燕の社に逢はざるが如く、家は瓜牛(蝸牛)の僅《わづか》に廬あるに似たり」といふ一聯あり。○披衣は被服なり。今まで寝てゐたのに、起きて衣を改めるなり。○南華真経は荘子の別名。

小室

小室僅容膝
焚香観昨非
出門寧有碍
知我正須希
霜橘争棊楽
仙壺賣藥歸
平生釣竿手
不解叩黄扉

小室

小室僅かに膝を容れ、
香を焚いて昨非を観る。
門*を出づれば寧《むし》ろ碍《さまたげ》あり、
知る我れ正に須《すべから》く希《こひねが》ふべきを。
霜橘、棋を争うて楽み、
仙壺、薬を売りて帰る。
平生釣竿の手、
黄扉を叩くを解せず。

○希*は希聖の意だらうと思ふ。周濂渓の文に、「聖は天を希ひ、賢は聖を希ひ、士は賢を希ふ」とあり。○霜橘*。蜜柑が霜のために甘くなつたこと。ただ季節を現はすために之を持つて来ただけで、碁の特別の関係があるのではあるまい。○争棋楽。放翁が碁を解してゐたことは、度々指摘した通りである。私は六十を過ぎてから、初めて漢詩の真似事をするやうになり、碁もその頃からざる碁を楽むやうになつた。　○黄扉。黄閣と同じ、宰相の邸宅の門をくぐるを、黄扉を叩くと云ふなり。『西清詩話』に曰く、「楊休*の詩、皇朝四十三の竜首、身の黄扉に到れるは四人に止まる」。

紅梅（二首）

苧蘿山下越谿女
戯作長安時世粧
白白朱朱雖小異
斷知不是百花香

又

雪裏溪頭已占春
小園又試晩粧新
放翁老去風情在
惱得梅花醉似人

紅梅（二首）

苧蘿《チョラ》山下、越谿の女、
戯《たはむれ》に作《な》す長安時世の粧。
白々朱々小異なりと雖も、
断じて知る是れ百花の香にあらざるを。

又

雪裏渓頭、已に春を占め、
小園又た晩粧を試みて新たなり。
放翁老い去つて風情在り、
悩《なや》まし得て梅花酔うて人に似たり。

○苧蘿山下越谿の女。絶世の美人、西施のこと。西施は春秋時代の越国苧蘿村の産。越王句践、会稽に敗るるや、范蠡これを呉王夫差に献ず。苧蘿は今の浙江省諸曁県の南にある山名でもある。山は浣江に臨む。江中浣紗石あり、西施嘗てここに浣紗すと伝へらる。　○白白朱朱は、ただ紅梅と白梅との色を指しただけだが、白々朱々と重ねてあるので、点々として開花してゐる梅花の姿を思はしめる。

○雪裏渓頭、小園晩粧。雪のまだ消えやらぬ渓のほとりにも已に紅梅が咲き初め、うちの園でも最近に花を開き出した、との意。　○梅花酔うて人に似たりと云ふは、紅梅だからである。放翁は紅梅を見て、美人の酔へるに対するが如き感覚をもつたのであらう。

○この詩の次に置かれてゐる「湖上」の作には、「老夫病良已」とあり、この頃健康状態の好くなり居ることが知られる。

晴甫一日復大風
雨連日不止遣懐

書剣當年隘九州
白頭歸臥一窗幽
染成草色春猶淺
老盡梅花雨未休
得句已無前輩賞
開編時與古人遊
山房小甕今朝熟
不恨尊前自獻酬

晴るること甫《はじ》めて一日、復た
大風雨連日止まず、懐を遣る

書剣当年九州を隘《せま》しとし、
白頭帰臥して一窓幽《かす》かなり。
染め成すの草色、春猶ほ浅く、
老い尽すの梅花、雨未だ休《や》まず。
句を得て已に前輩の賞するなく、
編を開いて時に古人と遊ぶ。
山房小甕今朝熟す、
恨みず尊前自ら献酬するを。

○九州は、支那全土の称。　○小甕は、酒を醸せるかめ。　○熟すとは、酒の熟せるなり。

○この詩の次には、「癸丑上元三夕皆な大雨雪*」と題するものあり。「雨雪連なること三日、孤城冷氷らんとす」とあり。上元は陰暦正月十五日。

春日

節節足足雀噪檐
朱朱白白花窺簾
坐旁設酒隨時飲
床上堆書信手拈
寓世無求猶役役
杜門不病亦厭厭
春濃日永有佳處
睡味著人如蜜甜

春日

節々足々、雀、檐《のき》に噪《さわ》ぎ、
朱々白々、花、簾《すだれ》を窺《うかが》ふ。
坐旁酒を設け時に随うて飲み、
床上書を堆《つ》みて手に信《まか》せて拈《ネン》ず。
世に寓して求むるなきも猶ほ役々、
門を杜《と》ぢて病まざるも亦た厭々。
春濃く日永くして佳処あり、
睡味人に著いて蜜の甜きが如し。

○節節足足。宋書符瑞志に「鳳凰は其の鳴くや、雄は節節と曰ひ、雌は足足と曰ふ」とあるに本づく。○拈は、ひねくる。○役役。心力をつくしてつとめるさま。読書学問をいふなり。○厭厭。しづかに落ち付いてゐるさま。

早春*（五首之一）

西村一抹煙
柳弱小桃妍
要識春風處
先生拄杖前

早春*（五首のうち）

西村一抹の煙、
柳弱く小桃妍なり。
春風の処を識らんと要せば、
先生拄杖の前。

○私は嘗てこの絶句を次*の如く訳した。

「たちそめし霞のもとにわれ来れば
西の村柳めぐみて小桃《セウタウ》うるはし
春のありがを知らまくば
わが曳く杖のゆくへこそ」

○小桃については、放翁の『老学庵筆記』に次の如く書いてある。「欧陽公、梅宛陵、王文恭の集、皆な小桃の詩あり。欧詩に云ふ、「雪裏花開いて人未だ知らず、摘み来り相顧みて共に驚*起す。便《すなは》ち須《すべか》らく酒を索めて花前に酔ふべし、初めて見る今年の第一枝」と。初めただ桃花に一種早く開くもののあるのみと謂《おも》ひき。成都に遊ぶに及び、始めて識る、謂はゆる小桃なるものは、上元前後即ち花を着け、状は垂*枝の海棠の如くなるを」。即ち小桃といふのは、もちろん小さな桃のことではなく、旧暦正月十五日前後、百花に先だちて花を着ける特種の木のことである。百花に先だつものなるが故に、この絶句中の小桃が初めて意味をもつ。

村夜

寂寂山村夜
悠然酔倚門
月昏天有暈
風軟水無痕
迹爲遭讒遠
身由不仕尊
敢嗟車馬絶

村夜

寂々たる山村の夜、
悠然として酔うて門に倚《よ》る。
月昏うして天に暈あり、
風軟かにして水に痕なし。
迹は讒に遭ひしが為めに遠く、
身は仕へざるに由つて尊し。
敢て嗟せんや車馬の絶ゆるを、

同社自雞豚　　　同社自ら雞豚。

○迹*遠しと云ふは、あとかたを止めず、影も形も世上から消え失すの意。　○社。立春及び立秋後第五の戊《つちのえ》の日を社日となし、まつりをなして社中酒を酌む。春のを春社といひ、秋のを秋社といふ。この詩の前に置かれたる「春社感あり」の詩の自註には、「三山百家の聚、年余に先だつ者なし」とある。また「春社」と題する詩四首あり、「桑眼初めて開き麦正に青く、勃姑声裏雨冥冥たり。今朝喜びあり君知るや否や、到る処人家酔うて醒めず」といひ、また「社肉林の如く社酒濃なり、郷隣羅拝して年の豊かなるを祝す。太平の気象吾れ能く説かむ、尽《ことごと》く鼕鼕たる社鼓の中に在り」とも云へり。この年は豊年だつたと見える。一社といふは、二十五家より成り、隣里郷党、以て其の公共の事を謀る、と云ふのが、支那の制度である。

山行　　　山行

七十衰翁短鬢斑　　　七十の衰翁短鬢斑《まだら》にして、
薬瓢藤杖伴清閑　　　薬瓢藤杖、清閑に伴ふ。
平生悪路羊腸阪　　　平生悪路、羊腸の阪、
晩歳羸軀飯顆山　　　晩歳羸軀、飯顆の山。
一寸墖餘青靄外　　　一寸塔は余る青靄の外、
數聲鐘下翠微間　　　数声鐘は下る翠微の間。
往來處處皆奇絶　　　往来処々皆な奇絶、
莫道先生興盡還　　　道《い》ふ莫れ先生興尽きて還《かへ》ると。

○短鬢斑。頭髪が禿げて少くなつた上に、白髪の混ざつて来たこと。　○七十の衰翁。実際は六十九である。　○薬*

瓢。七十の老翁だから、山に行くにも薬を入れたひさごを携ふなり。　○平生。宿昔といふに同じく、以前にはと云ふ意味。　○羊腸阪。羊の腸のやうに曲がりくねつた険しい阪道。これは山行の詩ゆゑ、譬も山に縁あるものを採る。○飯顆山*。飯粒を盛つてこしらへた山。それにも譬へうるほど、からだが崩れ易いものになつた、と云ふのである。飯顆山は、李白の詩に「飯顆山頭、杜甫に逢ふ」の句あり。　○塔余まる。緑樹のため青々としてゐる靄《もや》の上に塔の頭がはみ出してゐるなり。　○翠微。山未だ頂上に及ばざる近き所にて凸凹のあるあたりを翠微といふ。　○道ふ莫れ云々。何処まで行つても皆な奇絶で興は尽きないけれど、老人のことゆゑ疲れて帰る、と云ふなり。
春夏之交衰病相仍
過芒種始健戯作

藥裹關心百不知
可憐筆硯鎖蛛絲
倒壺猶有暮春酒
開卷遂無初夏詩
戸外逢人驚隔闊
燈前顧影嘆支離
癡頑未伏常愁臥
鼓缶長謠樂聖時

春夏の交、衰病相仍《かさな》り、芒種を過ぎて始めて健、戯《たはむれ》に作る

薬裹関心、百不知、
憐む可し筆硯蛛糸鎖《とざ》せり。
壺を倒《さかさま》にすれば猶ほ暮春の酒あるも、
巻を開いて遂に初夏の詩なし。
戸外、人に逢うて隔闊に驚き、
灯前、影を顧みて支離を嘆ず。
痴頑未だ常に愁臥に伏せず、
缶《フウ》を鼓《コ》して長謡、聖時を楽む。

○芒種。二十四気の一。陽暦六月五日頃にあたる。春からその頃にかけて暫く復た病臥したのである。この年の春の詩には、「野意」と題して、「衰疾新年減ず、青鞵若耶に上らん」と云へるがあり、また前に掲げた如く「山行」と題

せる作もある。しかしそれから間もなく病んで床に就いたものと見える。○薬裹云々。病臥して一切の事に関心せず。王維の詩、「晩年唯だ好静、万事心に関せず」。○遂に初夏の詩なし。日記〔ママ〕のやうに休みなく詩を作つてゐる放翁としては、これは珍らしいことなのである。巻を開いてと云ふは、詩稿を明けて見るの意。○隔闊。長く逢はなかつたこと。○支離。支はわかれる意。わかれはなるとは、からだが崩れたやうになること。○痴頑云々。そんなに弱つては居ても、この老人中々頑固で、寝てばかりは居ない。○缶。ほとぎ、もたひ。腹が大きく、口のつぼんだかめ。史記*、李斯伝に、「甕を撃ち缶を叩く」とあり。

雨中排悶

潤入盆山綠葉稠
倦攤書帙小窗幽
浮雲不卷時時雨
薄酒無功日日愁
積潦漲來妨躡屐
好山遮盡罷登樓
靑秧搖蕩湖堤決
一飽前知未易謀

雨中悶を排す

潤は盆山に入りて緑葉稠《しげ》く、
倦みて書帙を攤《ちら》して小窓幽なり。
浮雲巻かず時々の雨、
薄酒功なし日々の愁。
積潦漲《みなぎ》り来りて屐を躡《ふ》むを妨げ、
好山遮《さへぎ》り尽して楼に登るを罷《や》む。
青秧揺蕩し湖堤決す、
一飽前知、未だ謀り易からず。

○盆山*。小さな山。○攤。音タン、通音ダン。『世説』には「満床書を攤らす*」とあり、杜甫の詩には、「白昼銭を攤らす高浪の中」とある。○積潦。潦は降りつづくながあめ、それが積もり積もつたのが即ち積潦である。○躡。音デフ。ふむ又ははく。○屐。音ケキ、通音ゲキ。木履なり。○青秧揺蕩。稲の苗が水につかりて、波のために揺れてゐるなり。　○前知。予知、予期の意。

小軒夏夜涼甚偶得
長句呈杜叔高秀才

遙夜簾櫳已借秋
闌干星斗挂檐頭
鵲翻清影移枝宿
螢弄孤光拂簟流
榻上琴書紛枕藉
髮根風露冷颼飀
故人莫笑幽居陋
此夕眞從造物遊

小軒、夏夜、涼甚し、偶〻長
句を得、杜叔高秀才に呈す

遥夜簾櫳已に秋を借り、
闌干たる星斗檐頭《エントウ》に挂《か》かる。
鵲は清影を翻し枝を移して宿《やど》り、
蛍は孤光を弄し簟を払うて流る。
榻上、琴書、紛として枕藉、
髪根、風露、冷《つめた》うして颼飀《シウリウ》たり。
故人笑ふ莫れ幽居の陋、
此の夕《ゆふべ》真に造物に従つて遊ぶ。

○秀才。今の高等文官試験の如きものに合格した人のこと。
○遥夜は、長夜といふに同じ。夏の末にて追々夜が長くなり居るなり。　○簾櫳。櫳は窓。簾櫳は、すだれまど。
○秋を借るは、まだ秋ではないけれど、夜分は随分涼くて秋のやうだ、と云ふのである。　○闌干。星の光のあでやかに煌めきをるさま。　○星斗。空に見ゆる星のこと。斗はなかんづく北斗星及び南斗星を指す。　○簟は、簟牀すなはち竹のすのこ。　○枕藉。蘇東坡の前赤壁の賦に、「相与《とも》に舟中に枕藉す」とあり。枕藉は、重なり合ひてふすこと。琴と書物とが榻(榻牀すなはち寝台)の上に重なり合つてゐるなり。　○颼飀。風の吹く音の形容。　○此の夕真に造物に従つて遊ぶ。私もこの頃頻りにかういつた気分に浸ることがあるので、尾聯は特に興味を覚えた。

夏日晩興

高掛虚窗對綠池
鳥啼聲歇柳陰移
含風珍簟閑眠處
疊雪輕衫新浴時
泉冷甘瓜開碧玉
手香素藕罥長絲
夕陽四面漁歌起
又赴隣翁把釣期

夏日晩興

高く虚窓を掛《かか》げて緑池に対すれば、
鳥啼声歇《や》んで柳陰移れり。
風を含むの珍簟閑眠の処、
雪を畳《たた》むの軽衫新浴の時。
泉冷《つめた》うして甘瓜碧玉を開き、
手　香《かんばし》うして素藕長糸を罥《つな》ぐ。
夕陽、四面漁歌起り、
又た隣翁に赴いて釣期を把《と》る。

○虚窓は、何もなき窓。高く掛ぐといふは、窓の戸を高くつり上げることと解しておく。○鳥啼声歇んで柳陰移るとは、日の暮れゆくを云ふなり。○雪を畳むの軽衫は、真ッ白き単衣のこと。○素藕*は、白い蓮の花のことであらう。それを折り切れば、手香ばしくして、花の茎には長い糸がつながる、といふ意味の一句であらうと思ふ。○把は、とらへるの意。約定するなり。

○この詩の次に置かれたる「老翁」と題するものには、「独り欣然の処あり、山に登るに未だ扶を用ひず」としてあり、また「六月晦日作」の前に置かれたる「老健」と題するものには、「才智足らざるも狂余りあり、此身老健更に誰か如《し》かむ。歯は牢《かた》くして尚ほ乾肉を決す可く、目は瞭《あきら》かにして未だ細書を観るを妨げず」としてある。作者がこの頃健康を恢復したことを知るに足る。健康状態が好くなると、自分の強健なことが新たに意識に上ぼるのである。

秋暁倚闌

秋暁闌に倚《よ》る

雲罅纖纖玉一鈎
小庭風露更清柔
老來朋舊凋零盡
獨倚闌干特地愁

雲罅《ウンカ》繊々玉一鈎、
小庭の風露更《いよい》よ清柔。
老来朋旧凋零し尽《つ》くし、
独り闌干に倚りて特地に愁ふ。

○何でもない詩のやうだけれども、最初の二句、秋暁の気分を写して鮮かなものがある。○雲罅は、雲のかけめ。そこにかぼそい三日月が消え残つてゐるのである。○清柔。秋暁庭前の雰囲気を描き得て妙を得てゐる。実に秋の夜明けの晴れた空の風露は、清くて柔かなものである。

讀陶詩

我詩慕淵明
恨不造其微
退歸亦已晩
飮酒或庶幾
雨餘鉏瓜壟
月下坐釣磯
千載無斯人
吾將誰與歸

陶詩を読む

我が詩、淵明を慕ふも、
恨むらくは其の微に造《いた》らざることを。
退帰亦た已に晩《おそ》し、
飲酒或は庶幾《ちか》からんか。
雨余瓜壟《クワロウ》を鉏《す》き、
月下釣磯に坐するも、
千載斯の人なし、
吾将*に誰と与《とも》にか帰せむ。

○放翁が若い頃、陶詩*を読んで寝食を忘れたことは、文集の中にも見えてゐる。○帰は、くみする意。

秋夜感舊
十二韻

冷螢綴蓬根
忽復照高樹
年光逝不留
百感集遲暮
往者秦蜀間
慷慨事征戍
猿啼鬼迷店
馬噤飛石舗
危嶺高入雲
朽棧劣容步
天近星宿大
江惡蛟鼉怒
意氣頗自奇
性命那復顧
最懷清渭上
衝雪夜掠渡
封侯細事爾

秋夜旧を感ず
十二韻

冷螢蓬根を綴《つづ》り、
忽ち復た高樹を照らす。
年光逝いて留まらず、
百感遅暮に集まる。
往《さき》には秦蜀の間、
慷慨征戍を事とす。
猿は啼く鬼迷店、
馬は噤《つぐ》む飛石舗。
危嶺高く雲に入り、
朽桟劣《わず》かに歩を容《い》る。
天近うして星宿大に、
江悪うして蛟鼉怒る。
意気頗る自《おのず》から奇、
性命那《な》んぞ復た顧みん。
最も懐ふ清渭《セイヰ》の上《ほとり》、
雪を衝いて夜、渡を掠《かす》めしを。
封侯は細事のみ、

所冀垂竹素
兜鍪竟何成
豈獨儒冠誤
當時妄校尉
旗纛今照路
浩歌遂成章
聊慰老不遇

冀《ねが》ふ所は竹素に垂るるにあり。
*兜鍪竟《トウボウつひ》に何をか成さん、
豈に独り儒冠の誤れるならんや。
当時の妄校尉、
旗纛今《い》ま路を照せり。
浩歌遂に章を成し、
聊《いささ》か老いて不遇なるを慰む。

○冷蛍蓬根を綴り云々。季節を示せるなり。　○遅暮。晩年と云ふに同じ。　○鬼迷店、飛石舗。共に地名なり。自註に、「鬼迷店は、大散関の下に在り。飛石舗は、小益への道中に在り、常に崩石あり」としてある。　○馬噤むは、道が余りに危いので、馬も懸命になりをる様をいふ。　○危嶺は、高嶺といふに同じ。　○意気頗る奇、云々は、そんな危い所を通りながら、当時は意気旺んで、何とも思はなかつた、と云ふのである。　○清渭。渭水のこと。今の甘粛省に源を発し、陝西省に入りて黄河に注ぐ。　○竹素は、たけのふだときぬのきれ。竹帛といふに同じく、書物のこと。竹素に垂るるとは、名を竹帛にたれる、即ち名を後世に残すを云ふ。　○兜鍪は、かぶと、軍人となる意味。○儒冠は、儒者となりしこと。軍人にならずに学者になつたのが誤だつたと云ふ訳ではない。軍人になつたところで、往々にしてつまらぬ人間が侯に封ぜられるならはしである、といふ意味で、次の妄校尉の句が置かれてある。　○妄校尉。漢書、李広伝にいふ、「広、王朔*に語つて曰く、漢匈奴を撃ちしより、広未だ嘗て其の中に在らざりしことなし、而かも諸妄校尉以下、材*、中に及ぶ能はざるも、軍功を以て侯を取れる者数十人。広は人に如*かず、然かも終に尺寸の功の以て封邑を得るものなきは何がゆゑぞや、豈に吾が相、封に当らざるならんか」。妄は凡。平凡人の意。　○纛。旄牛の尾で飾つた大きな旗で、軍陣の本営に立てるもの。　○浩歌。浩は大なり。李賀の楽府に「美人を望んで来らず、風に臨み怳として浩歌す」とあり。

秋　興

秋風又滿會稽城
有客飄然萬事輕
久向林間得佳趣
不知身外有浮名
蒲萄雨足初全紫
烏桕霜前已半赬
欲把一盃終覺嬾
老來懷抱爲誰傾

秋　興

秋風又た満つ会稽城、
客あり飄然万事軽し。
久しく林間に向つて佳趣を得、
知らず身外に浮名あるを。
蒲萄雨足りて初めて全く紫に、
烏《ウ》桕《キウ》霜ふるの前已に半《なか》ば赬《あか》し。
一盃を把《と》らんとして終《つひ》に嬾《ものう》きを覚ゆ、
老来懐抱誰《た》がためにか傾けむ。

○会稽は、前に度々出た。放翁の家に近し。　○林間に向つて。向つてとは、これも度々云ふ通り、於いてといふほどの意味。　○烏桕。たうはぜ。葉は秋に入りて紅葉す。烏臼とも書す。

雨中作

野外偏于看雨宜
映空渡水細如絲
川雲借潤支琴石
磵水分流洗藥池
未肯高眠成老態
却緣危坐得新詩

雨中の作

野外偏《ひと》へに雨を看るに宜《よろ》し、
空に映じ水を渡りて細きこと糸の如し。
川雲借潤す琴を支ふる石、
磵水分流す薬を洗ふ池。
未だ高眠老態を成すを肯《がへ》んぜず、
却て危坐に縁《よ》りて新詩を得。

悠然更助鄰丁喜　　悠然更に助く隣丁の喜び、
漸近收蕎下麥時　　漸く近し蕎《ケウ》を収め麦《バク》を下すの時。

○偏。切に、ひたすら、実に。　○映空渡水。ここの首聯、実に美しい。　○川雲云々。川雲は川をただようてゐる湿雲。そのために琴を支へてゐる石が自然にぬれて来るのを、借潤と云つたのである。白楽天の詩には、「琴を支ふるの石に問ふ」と題せるものがある。　○磵は澗に同じ。たにがは、たにみづ。そのたにがはの水が池に引いてあり、その池では薬草を洗ふ、それを磵水分流す薬を洗ふ池と云つたのである。　○危坐。端坐、正坐などいふに同じ。○更助隣丁喜。ただに詩を賦するのみならず、出掛けて行つて、隣りのをとこの仕事を手伝する意。　○蕎は蕎麦《そば》。收は収穫。下はたねまき。

枕上聞急雨　　枕上急雨を聞く

枕上雨聲如許奇　　枕上雨声許《かく》の如く奇、
殘荷叢竹共催詩　　残荷叢竹共に詩を催す。
喚囘二十三年夢　　喚び回《か》へす二十三年の夢、
燈火雲安驛裏時　　灯火雲安駅裏の時。

○二十三年の夢は、二十三年前の夢の意。二十三年前といへば、放翁四十六歳の時のことにて、夔州の通判として任に同地に赴きし年に当る。雲安*は白帝城、夔州の東十三里。当時「晩晴角を聞いて感あり」と題する詩あり、「暑雨初めて収まる白帝城、小荷新竹夕陽明かなり」などいふ句あり。

方池　　方池

莫笑方池小　　笑ふ莫れ方池の小なるを、

清泉數斛寛　　清泉数斛《スウコク》寛《ひろ》し。
照花紅錦爛　　花を照らして紅錦爛《ひか》り、
洗研黑蛟蟠　　研《すずり》を洗うて黒蛟《コクカウ》蟠《わだか》まる。
日取供茶鼎　　日に取りて茶鼎に供し、
時來擲釣竿　　時に来りて釣竿を擲《なげう》つ。
秋風過欄角　　秋風欄角を過ぐれば、
也解作微瀾　　也《ま》た解《よ》く微瀾を作《な》す。

○放翁のうちには池があるらしいと云ふことは、前に書いておいたが、*この詩を見ると果してさうなのである。○斛は量目の名、斗の十倍。○研は硯のこと。池で硯を洗ふと、黒い水が竜の蟠まれる様をなすを、黒蛟蟠まると云へるなり。○釣竿を擲つとあるから、方池小なりとは云っても、相当の広さの池である。○欄角は、てすりのかど。○也解作微瀾は、また微瀾を作すを解すと読んでも、同じことである。小さな池ではあるけれど、風が吹くと波が起ると云ふなり。この結句が中々おもしろい。

感懐（四首之一）　　感懐（四首中一を録す）

平生喜栽花　　平生花を栽《う》うるを喜び、
頼以娯寂莫　　頼《さいはひ》に以て寂莫を娯《たの》しむ。
小園財一畝　　小園財《わづか》に一畝なるも、
粲粲萬跗萼　　粲々たる万跗《バンフ》の萼《ガク》。

典衣買紫桂
輟食致紅藥
阡眠香草茂
掩苒煙柳弱
踏雨探花開
障風畏花落
雖慙童心在
終勝塵事縛
今日疾稍間
天氣亦清廓
啼鳥寒不歸
可以侑吾酌

衣を典して紫桂を買ひ、
食を輟《や》めて紅薬を致す。
阡眠として香草茂り、
掩苒《エンゼン》として煙柳弱し。
雨を踏みて花の開けるを探り、
風を障《ささ》へて花の落つるを畏る。
童心の在るを慙《は》づと雖も、
終《つひ》に塵事に縛せらるるに勝《まさ》れり。
今日疾《やまひ》稍《やや》ゝ間、
天気亦た清廓。
啼鳥寒うして帰らず、
以て吾が酌を侑《すす》む可し。

○感懐。懐《こころ》に感ずるところ有るなり。杜牧の詩、「聊《いささ》か感懐の韻を書し、之を焚いて賈生*に遣《つか》はす」。○粲。しらげたる白米を意味する字にて、粲々は、文采はなやかにして鮮かなる形容。詩、小雅、「粲粲たる衣服」。陸雲の詩、「京室妖治多く、粲粲たる都人の子」。○万跗の蕚*。蕚は花のうてな。跗は蕚の台となれる所をいふ。庾信の詩、「家童栗跗を掃く」。○桂は香木の名。それに紫色の花を着くるものがあるのであらう。紫桂*といふ名称の樹木があるのか、どうか、審かでない。○紅薬は、芍薬《しゃくやく》のこと。○阡眠*。草木の茂りて実なるさま。楚辞、九懐、「遠く望めば阡眠たり」。○掩苒。風の物を吹き靡かすさま。柳宗元の文に、「大木を振動し、衆草を掩苒す」とあり。また奄苒と同義。奄苒*は和柔。蘇東坡の詩に、「露は酔巾を湿ほして香奄苒」とあり。ここは煙柳弱しと続いてゐるのだから、やはり和柔の意に解すべきものならむ。　○啼鳥寒不帰。啼鳥寒けれども帰り去らずして、我が園内にとどまり居るなり。　○煙柳は、けむれる柳。　○清廓。廓は、廓然無形などと云ひて、何もなくからりとした様を指す語。

出遊　（二首中之一）

采藥今朝偶出遊
溪邊小立喚漁舟
未須著句悲搖落
嫩日和風不似秋

出遊　（二首中の一を録す）

薬を采《と》らんとて今朝偶《たまたま》出遊し、
渓辺に小立して漁舟を喚ぶ。
*未だ句を著くるを須《ま》たずして揺落を悲む、
嫩日和風、秋に似ず。

○小立。しばらく立ち留りて。　○漁舟を喚ぶ。対岸に渡して貰ふためなり。　○揺落は、木の葉が風に揺られて落ちゆくなり。我が蕭斎の南にある梅の老木も、今は葉尽く落ちつくして、ただ蓑虫のみ残り居るが、甚だあはれなり。揺落を悲むの意を味ふに足る。　○嫩日。雨後好晴の日光なり。　○この詩を写し取れる今日、昭和十八年秋十一月四日、文字通りの嫩日和風にて、茅屋の南斎、快晴の陽を受けて、春の如し。

對酒

古今共有死
長短無百年
方其欲瞑時
如困得熟眠
世以生時心

酒に対す

古今共に死あり、
長短あるも百年なし。
方《まさ》に其の瞑せんとするの時は、
困《くるし》むが如くにして熟眠を得るなり。
世、生時の心を以て、

妄度死者情　　妄《みだ》りに死者の情を度《はか》り、
疑其不忍去　　其の去るに忍びざるを疑ふも、
一笑可絶纓　　一笑纓を絶つ可きのみ。
區區計生死　　区々生死を計らむより、
不如持一觴　　如《し》かず一觴を持せんには。
一觴澆不平　　一觴不平に澆《そそ》ぎ、
萬事俱可忘　　万事倶《とも》に忘る可し。
待酒忘萬事　　酒を待ちて万事を忘るるは、
猶是役於酒　　猶ほ是れ酒に役せらるるなり。
醉醒不到處　　酔と醒と到らざる処、
天魔自奔走　　天魔自ら奔走せむ。

○纓を絶つ。『説苑』*復恩にいふ、「楚の荘王、群臣に酒を賜ふ。日暮れて酒酣《たけなは》、灯燭滅す。乃ち人、美人の衣を引く者あり。美人其の冠纓を援《ひ》き絶つ。王おもへらく、人に酒を賜ひ、酔うて礼を失せしむ、奈何ぞ婦人の節を顕《あら》はして士を辱かしめんとするやと。乃ち左右に命じて曰く、今日寡人と飲み、冠纓を絶たざる者は懽《よろこ》ばずと。群臣皆な其の冠纓を絶ち去りて上火す。云々」。

排悶　　悶を排す

（六首中之四）　　（六首中四首を録す）

丈夫結髮志功名　　丈夫結髪功名に志す、

大事眞當以死爭
我昔駐車籌筆驛
孔明千載尙如生

又

曾攜一劍遠從戎
秦趙關河顧盼中
老去功名無復夢
淩煙分付黑頭公

又

四十從軍渭水邊
功名無命氣猶全
白頭爛醉東呉市
自拔長刀割彘肩

又

萬里風中寄斷蓬
古來虛死幾英雄
拔山力與回天勢

大事真に当に死を以て争ふべし。
我れ昔し車を駐《とど》む籌筆駅《チウヒツエキ》
孔明千載尚ほ生けるが如くなりき。

又

曾て一剣を携へ遠く戎《ジユウ》に従ふ、
秦趙の関河、顧盼の中。
老い去りて功名復た夢みる無く、
凌煙分付す黒頭公。

又

四十、軍に従ふ、渭水の辺《ほとり》、
功名命なきも気猶ほ全し。
白頭爛酔東呉の市、
自ら長刀を抜いて彘肩《テイケン》を割《さ》く。

又

万里の風中、断蓬に寄す、
古来虚《むな》しく死す幾英雄。
抜山の力と回天の勢と、

不満先生一笑中　　満たず先生一笑の中。

○結髪。二十歳にして、又は若うして、といふほどの意。むかし支那にては、男子は二十歳、女子は十五歳にして甫めて髪を結ひ、成人となりしなり。○籌筆駅。今の四川省広元県の北八十里の地にあり。四十八歳蜀に在る時、「籌筆駅(武侯祠堂あり)」と題する一絶あり。○凌煙。唐の太宗、勲臣二十四人の画像を凌煙閣に描かしめし故事に本づき、勲功の意。○黒頭公。壮年にして三公の位に登れる人をいふ。○分付は、分かち与ふ。魏書、臨淮王彧の伝にいふ、「崔光彧を見、退いて人に謂って曰く、黒頭三公は*当に此の人なりと」。○渭水。*前にも出づ。甘粛省に源を発し、陝西省に入りて黄河に合流す。○命なしとは、運命なしの意。○彘は豚。

○古来虚死幾英雄。無名に終れる英雄が実に少くない。人事に関心を有つものは、この句の味を解するであらう。

幽居
(五首中之二)

窮老苦畏事
雅意在丘壑
結茆鏡湖上
卒歳安寂莫
有門常嬾開
壁間挂雙屩
猶恨未遠人

幽居
(五首の中二首を録す)

窮老苦《はなは》だ事を畏る、
雅意丘壑に在り。
茆《バウ》を鏡湖の上《ほとり》に結び、
歳を卒《を》ふるまで寂莫に安んず。
門あれども常に開くに嬾《ものう》く、
壁間双屩《ソウキャク》を挂《か》く。
猶ほ恨む未だ人に遠からざるを、

静夜聞城角　　　　静夜城角を聞く。

又　　　　　　　　又

山園手栽花　　　　山園手づから花を栽《う》え、
日夜數花時　　　　日夜花時を数ふ。
花開亦已落　　　　花開いて亦た已に落つ、
一歡自無期　　　　一歓自《おのづ》から期なし。
勸君強自娛　　　　君に勧む強ひて自ら娯《たのし》み、
勿作兒女悲　　　　児女の悲を作《な》す勿れ。
春風染柳條　　　　春風柳条を染むるも、
不染君鬢絲　　　　君が鬢糸を染めず。

○畏事。何か事の起るのを嫌ひ畏れる。　○雅意*。風雅のこころ。　○屩。わらぐつ。双屩は左右一対の履物。
○放翁が花を愛すること常人に超えてゐたことは、所々の作詩によつて想見することが出来る。さきに出した「感懐」にもその事は出てゐた。

野興　（四首中之二）　　　　野興　（四首中二を録す）

老去癡頑百不能　　　　老い去りて痴頑、百不能、
非醒非醉日騰騰　　　　醒に非らず酔に非らず日《ひび》に騰々たり。
敲門惟有徵租吏　　　　門を敲《たた》くは惟《た》だ徴租の吏あり、

好事元無送米僧
舊俗不還誰復念
古書雖在漸難憑
平生意氣今如此
惆悵西窗半夜燈

好事元《も》と米を送るの僧なし。
旧俗還《かへ》らず誰か復た念《おも》はむ、
古書在りと雖も漸く憑《よ》り難し。
平生の意気今此《かく》の如し、
惆悵す西窓半夜の灯。

又

水作縠紋微起伏
天如卵色半陰晴
偶來竹下搘頤坐
却向藤陰曳杖行
西埭人喧荻船過
東村燈上緯車鳴
幽居應接眞無暇
莫訝經年嬾入城

又

水は縠紋《コクモン》を作《な》して微《かすか》に起伏し、
天は卵色の如く半《なか》ば陰晴。
偶ゝ《たまたま》竹下に来り頤《おとがひ》を搘《ささ》へて坐し、
却て藤陰に向ひ杖を曳いて行く。
西埭、人喧《かまびすし》くして荻船過ぎ、
東村、灯上《のぼ》りて緯車鳴る。
幽居応接、真に暇なし、
訝《いよ》かる莫《なか》れ年を経て城に入るに嬾《ものう》きを。

○癡頑。癡は痴の本字。癡頑は、おろかにて、かたくななること。五代史、馮道伝に、「無才無徳痴頑の老子」と出づ。　○朦朧。ぼんやりしてゐること。　○惆悵す西窓半夜の灯。この結句が如何にもよく心情を吐露してゐる。誰でも使ひ得る平凡な月並の句のやうで、この場合、実によくぴたりとしてゐる。惆悵す西窓半夜の灯。私はその灯火の光を見る心地がする。半夜は夜半。

○縠*紋。縮緬(ちりめん)のこと。　○卵色天。『辞源』にいふ、「唐*人の詩に、薄日烘雲卵色の天といふ句あり。後人多く沿用す。東坡の詩に、相逢ふ卵色五湖の天といひ、花間詞に、一方卵色楚南の天といへり。或は訛《なま》りて柳となし、又た疑うて卵となす、並に非なり」。即ち卵色の天とは、うすびのどんよりした空のこと。日本でいふ卵色は、雛卵などをゆでて殻を去りたる跡の真白き色のことなれども、漢詩に見ゆる卵色は、卵の殻の色を意味せるなり。「天は卵色〔マヽ〕をなして半ば陰晴」とあるによつて、その意益〻明白である。簡野道明氏の『字源』には、卵色の天を解して、雨気を含みて黄色を帯びたる天の色としてあるが、私は黄色ではなく灰色だらうと思ふ。　○荻船。荻は蘆の類、水辺に生ず。荻*船といふは、その荻の生えてゐるあたりを通り過ぎる船を指したものと思ふ。　○緯車。紡車のことだらう。

繫舟　（二首）

繫舟江浦待潮平
歎息無人共月閙
歷盡世間多少事
飄然依舊老書生

又

地曠月明鋪素練
霜寒河淺拂輕綃
手扶萬里天壇杖

舟を繫ぐ　（二首）

舟を江浦に繫ぎて潮の平かなるを待つ、
歎息す人の月明を共にする無きを。
歴尽す世間多少の事、
飄然旧に依る老書生。

又

地曠《ひろ》く月明かにして素練を鋪《し》き、
霜寒く河浅くして軽綃を払ふ。
手に万里天壇の杖を扶《つ》き、

夜過前村禹會橋　　夜過ぐ前村禹会の橋。

○歎息す人の月明を共にするなきを。私も今、京のかたほとりに蟄居して風月を楽みながら、同じ境遇、同じ趣味の友人なきことを、いつも唯だ一つの不足に感じてゐる。放翁の詩にかうした意味の句はよく出て来るが、事実、彼も亦た屢ゝさうした思ひに耽つたものと察しる。　○多少の事は、多くの事。

○払軽綃。綃は帆ばしら、長木を以て之を作り、これに帆を掛く。之を払ふといふは、帆をおろして舟を繫ぐなり。　○素練を鋪く。月光皎々として地上一面に白のねりぎぬをしきつめたるが如くなるなり。　○天壇。通志にいふ、「王屋山は済源県西八十里に在り、形王者の車蓋の如し、故に名づく。その絶頂を天壇といふ、蓋し済水源を発するの処」。総じて山の絶頂平かにして天を祭る壇の如くなるを、天壇といふ。万里天壇の杖とは、さうした万里を距てた高山の絶頂から得来つた杖の意。放翁の別の詩に、「新たに得、天台古澗の藤、強ひて衰疾を扶《たす》け峻嶒を踏む」の句あり。　○禹会橋。会稽山上に禹廟あり。昔し大禹、東巡して会稽に崩ず。因つて其の地に葬る。山東に井あり、深うして底を見ず。之を禹穴または禹墟といふ。『辞源』によれば、塗山の南に禹会村あり、即ち古への禹墟、としてある。察するに、禹会橋は会稽に近き所に架せられゐたる橋の名であらう。会稽が放翁の家に近きことは、前に屢ゝ述べた。　○手に万里天壇の杖をつき、明月皎々たる橋の上を、静かに渡りゆく老詩人の姿、甚だ美し。

古築城曲　（四首）　　古《いにし》への築城の曲　（四首）

築城聲酸嘶　　城を築くの声、酸嘶《サンセイ》、
漢月傍城低　　漢月城に傍《ちか》うして低し。
白骨若不掩　　白骨若《も》し掩はずんば、
高與長城齊　　高さ長城と斉《ひと》しからむ。

又

長城高際天
三十萬人守
一日詔書來
扶蘇先授首

又

長城高く天に際《つ》き、
三十万の人守れり。
一日詔書来たり、
扶蘇先づ首を授く。

又

百丈築城身
千歩掘城壕
咸陽三月火
始悔此徒勞

又

百丈城身を築き、
千歩城壕を掘る。
咸陽三月の火、
始めて此の徒労を悔ゆ。

又

嶧山訪秦碑
斷裂無完筆
惟有築城詞
哀怨如當日

又

嶧山秦碑を訪へば、
断裂して完筆なし。
惟《た》だ築城の詞あり、
哀怨当日の如し。

○酸嘶。いたみむせぶ。　○漢月。漢時の月、古くから照つてゐる月といふ意味なれど、漢に特殊の意義があるのではない。ただ月と云つたも同じである。　○白骨云々。秦の始皇が万里の長城を築くために、恐ろしい多くの人々の労働力を搾取し、無数の人を辺地の白骨と化せしめた。もしその白骨を地に埋めず、積み重ねたなら、恰も長城そのもの高さになるであらう、といふ意味。

○一日詔書来り、扶蘇先づ首を授くといふは、始皇崩御の後の最初の出来事をいふ。扶蘇は始皇の長子なり、然るに始皇崩ずるや、宦者趙高なるもの、詔をため長子扶蘇に死を賜ふこととなし、二世を立て、間もなく自ら丞相となり、事大小となく自ら之を決し、やがてまた二世を弑す。

○城身は、城自体。　○歩は、土地丈量の尺度の名目、六尺または六尺四寸の長さに当る。　○咸陽三月の火は、謂はゆる咸陽の宮殿三月紅なりと云へるもの。咸陽は秦の都。楚の項羽のため焚かれ、三ケ月間燃へ続いた、と伝へらる。

○嶧山。山東省鄒県の東南にあり。始皇二十六年、初めて天下を統一し、二十八年、この山に登りて秦徳を頌するの文を石に刻んで、この山上に立つ。文は凡そ十一行、一行二十一字。秦碑といへるは即ちそれを指す。　○築城詞。築城当時唄はれた歌詞。

冬　晴

呉中霜雪晩
初冬正佳時
丹楓未辭林
黄菊猶殘枝
鳴雁過長空
纎鱗泳清池
氣和未重裘
臨水照鬚眉

冬　晴

呉中霜雪晩《おそ》く、
初冬は正に佳時なり。
丹楓未だ林を辞せず、
黄菊猶ほ枝に残る。
鳴雁長空を過ぎ、
纎鱗清池に泳ぐ。
気和《やはら》かにして未だ裘を重ねず、
水に臨んで鬚眉を照らす。

悠然據石坐　悠然として石に拠りて坐し、
亦復出門嬉　亦た復た門を出でて嬉《あそ》ぶ。
野老荷鉏至　野老鉏《ショ》を荷《にな》うて至る、
一笑成幽期　一笑幽期を成す。

○纖鱗は、極く小さい魚類。　○鉏は、すき、または鍬。　○幽*期を成すは、何かしづかな遊びの約束をなすこと。

冬夕　冬の夕《ゆふべ》
（二首之一）　（二首のうち）

犬吠驚飄葉　犬は吠えて飄葉に驚き、
禽喧換宿枝　禽《とり》は喧しうして宿枝を換ふ。
墮空霜肅肅　空に墮つるの霜は粛々、
垂地斗離離　地に垂るるの斗は離々。
野叟讀書罷　野叟読書し罷《や》み、
高城吹角悲　高城吹角悲しむ。
功名渾錯料　功名渾《す》べて錯料、
老病却如期　老病却て期の如し。

○離*離。ばらばらに乱れて繁くなつてゐるさま。　○錯料。計をあやまる。　○却。老病はこれに反し。

十月十五　十月十五日夜、
日夜對月　月に対す

離海月盈丈　　海を離るるの月、丈に盈《み》ち、
寒光萬里明　　寒光万里明かなり。
衆星斂欲盡　　衆星斂《をさ》まりて尽きむとし、
一鏡獨徐行　　一鏡独り徐《おもむ》ろに行く。
重露滴松鬣　　重露松鬣《ショウレフ》に滴り、
高風吹鶴聲　　高風鶴声を吹く。
老來殊畏冷　　老来殊に冷を畏れ、
不盡倚闌情　　闌に倚《よ》るの情を尽《つく》さず。

○鬣は、馬のたてがみのことなれど、また松葉の意にも用ふ。　○高風。高き所を吹く風の意。曹植、仙人篇、「飛騰して景雲を踰《こ》え、高風我が軀を吹く」。

霜天雜興　（三首之一）　　霜天雑興　（三首のうち一を録す）

萬鼓風聲吼屋邊　　万鼓の風声屋辺に吼ゆ、
老人裘袴旋裝綿　　老人裘袴旋《たちま》ち綿を装《よそほ》ふ。
晨梳墮髮知衰甚　　晨梳髪を堕して衰の甚しきを知るも、
夜枕聞雞尙慨然　　夜枕雞を聞いて尚ほ慨然たり。
身後文章空飽蠹　　身後の文章空しく蠹に飽き、
眼前交舊半沈泉　　眼前の交旧半ば泉に沈めり。

飯蔬飲水平生慣　　蔬を飯《くら》ひ水を飲むは平生慣る、
恥向天公更乞憐　　天公に向つて更に憐を乞ふことを恥づ。

○沈泉。泉下に沈む、即ちよみぢの人となるを云ふ。

絶　歎　　　　絶　歎

老屋環青嶂　　老屋青嶂《セイシヤウ》を環《めぐ》らし、
衰翁臥白頭　　衰翁白頭を臥す。
殘書且遮眼　　残書且《しば》らく眼を遮《さへぎ》るも、
薄酒不澆愁　　薄酒愁を澆《そそ》がず。
世故眞難料　　世故真に料《はか》り難く、
吾生愈覺浮　　吾が生愈《いよいよ》浮けるを覚ゆ。
餘年更須惜　　余年更に須《すべか》らく惜むべし、
幸得返山丘　　幸に山丘に返すを得たれば。

○絶歎は、歎を絶つ、即ち歎ずるをやめよ、の意であらう。○嶂。けはしき山。○世故。世間の俗事。○何でもない詩のやうだけれど、私は最後の「余年更に須らく惜むべし、幸に山丘に返すを得たれば」の句を好む。私は今全く世縁を絶ち、いつ死んでもよいやうな境遇に居りながら、かうした残年こそ正に惜むべきものなりと、なほ余生の永からんことを望んでゐるので、この詩の結句の心持がよく分る。

病　起　　　　病より起く

一病輒經旬
幾病能不死
誠知迫頽年
暫健亦自喜
半窗風竹影
晴景極清美
讀書雖益孏
尙可日百紙
引鏡整角巾
病思眞一洗
悠然度朝晡
萬事如覆水

一病輒《たちま》ち旬を経たるも、
幾たびか病んで能く死せず。
誠に頽年の迫まれるを知るも、
暫く健なれば亦た自ら喜ぶ。
半窓風竹の影、
晴景極めて清美に、
読書益と孏《ものう》きも、
尚ほ日に百紙なるべし。
鏡を引いて角巾を整ふれば、
病思真に一洗。
悠然朝晡を度《わた》る、
万事覆水の如し。

○先きに掲げた「十月十五日夜、月に対す」の次には、「久疾」と題するものが三首置かれてゐる。この詩は、「十月下旬、暄甚し、戯《たはむれ》に小詩を作る」と題するものと、「癸丑十一月下旬、温燠春の如く、晦日忽ち大風雪と作《な》る」と題するものとの、中間に置かれてゐるものである。放翁はこの間にまた病臥したものと見える。○「誠に頽年の迫まれるを知るも、暫く健なれば亦た自ら喜ぶ」。私もこの頃よく熱を出しては臥床するが、よくなつて再び起きるやうになると、洵に「亦た自ら喜ぶ」の情を催す。○「鏡を引いて角巾を整ふ」は、今の私で云へば、鏡に向つて鬚を剃ると云ふところである。角巾は前に度々出た、隠者の帽子である。○晡は、ゆふぐれ。白楽天の詩、「朝晡餠餌を頒《わ》かつ」。○万事覆水の如しと云ふは、万事を見ること覆水の如しの意であらう。こぼれた水、過ぎ去つた跡からでは、どうすることも出来ない、成行に任かすばかりである。

晩　興

一聲天邊斷雁哀
數蓮籬外蚤梅開
幽人耐冷倚門久
送月墮湖歸去來

晩　興

一声天辺断雁哀れに、
数蓮《スウズイ》籬外蚤梅開けり。
幽人冷に耐へて門に倚《よ》ること久しく、
月の湖に堕つるを送つて帰り去り来たる。

○蓮は俗字にて、正しくは蕊。ここは花を意味す。　○これは十一月下旬の詩のやや前に置かれてあるから、まことに早咲きの梅である。私の生れた郷里の家の庭前には、以前から大きな梅の木があつて、それがいつも太陽暦の正月頃には満開となるを常としてゐた。しかしそれに比べると、この詩に出てゐる梅は、もつと早咲きのものである。

十二月九日枕上作

臥聽百舌語簾櫳
已是新春不是冬
堪歎老來如許病
正令無病亦無悰

十二月九日枕上の作

臥して聴く百舌簾櫳に語《な》くを、
已に是れ新春、是れ冬ならず。
老来許《かく》の如く病めるは歎ずるに堪へたるも、
正に病なからしめば亦た悰《たのしみ》なからむか。

○この頃また病臥してゐたことが分かる。「病なくんば亦悰なけむ」と云ふのは、病気をしてもまた治つてしまひ、「暫く健なれば亦た自ら喜ぶ」からである。時々病気をすることによつて、この喜びを味ふことが出来る。それがまた現在の私の日常である。

兀坐頗念遊　兀坐頗る遊歴の山
歴山水戲作　水を念ひ戯《たはむれ》に作る

萬里當時寄一官　万里当時一官に寄せ、
十年客枕不曾安　十年客枕曾て安からず。
鬼愁灘下扁舟晚　鬼愁灘下扁舟晩《おく》れ、
蚍退陂前古驛寒　蚍退陂前古駅寒し。
昔歎遠遊生雪鬢　昔は遠遊を歎じて雪鬢を生じ、
近緣多病學金丹　今*は多病に縁《よ》つて金丹を学ぶ。
功名非復衰翁事　功名復た衰翁の事に非らず、
獨有江山興未闌　独り江山有りて興未だ闌《たけなは》ならず。

○この詩の前に、「病退く」の詩あり、「病退いて身は仍《すなは》ち健、春回りて日は漸く長し」と云へるによりて、病再び癒えたることを知る。
○万里当時一官に寄す。当時とは蜀地に入りし時のこと。一官に寄すは、身を一官に寄するなり。○鬼愁灘、蚍退陂。自註にいふ、「鬼愁灘は、安康の漢江中に在り。蚍退陂は、夔施両郡の間に在り。皆な畏途なり。然かも山水特に奇」。○興未だ闌ならずは、興未だ尽きざるなり。

十二月二十*　十二月二十*六日
六日夜聽雨　夜、雨を聴く

新春尙七日　新春尚ほ七日、

小雨暗江城　　小雨江城に暗し。
茆簷夜點滴　　茆簷、夜、点滴、
已作春雨聲　　已に春雨の声を作《な》す。
輕黄上柳枝　　軽黄柳枝に上ぼり、
嫩綠抽菊萌　　嫩緑菊萌を抽《ぬき》んず。
造物本何心　　造物本《も》と何の心ぞ、
誰主此發生　　誰か此の発生を主《つかさ》どる。
頗疑重雲外　　頗《すこぶ》る疑ふ重雲の外、
斗杓已東傾　　斗杓已に東に傾けり。
老至不可御　　老至つて却《しりぞ》く可からず、
一尊忘濁清　　一尊濁清を忘る。

○軽黄柳枝に上ぼるとは、柳がめばえ初めて、薄き黄色の芽が出て来てゐること。○嫩緑菊萌を抽んずとは、菊の株からも緑色の萌が生じ初めたこと。○斗杓は、斗星の柄にあたる部分。○濁清は、濁酒と清酒と。

起晩　　起くること晩《おそ》し

傍簷百舌語璁瓏　　簷に傍《そ》ふの百舌、語《な》くこと璁瓏《ソウロウ》たり、
已覺新春在眼中　　已に新春の眼中に在るを覚ゆ。
欲起未成還小睡　　起きんとして未だ成らず還《ま》た小睡すれば、
忽看初日滿窗紅　　忽ち看る初日、窓に満ちて紅なるを。

○璁瓏。璁瓏と同じ、清く潔き形容。蘇東坡の詩に、「仇池玉色自ら璁瓏たり」。璁は元《も》と石の玉に似たるものを云ふ。瓏は玉が触れ合つて鳴る音。　○已に新春の眼中に在るを覚ゆと云ふは、百舌の鳴声のほがらかなるを聞き、起き出でて見れば眼にも春らしき光景を*見えんと云ふ意味。　○起きんとして云々。とても早起きの習慣を有する放翁も、追々、日によると、朝寝をするやうになつたものと思はれる。
○二十六日夜の*この詩の後に、今年の作がまだ三首ある。放翁の詩が日記のやうに、殆ど毎日出来てゐたことが分かる。三首の次には、「甲寅元日」の詩があり、かくて放翁、古稀の齢を迎ふるなり。「古稀の放翁」と題する別冊に、甲寅の作は詳く載せたり。

昭和十八年十一月六日稿了

放翁鑑賞　その三

――古稀の放翁――

はしがき*

放翁七十歳の時の作詩は、剣南詩稿について調べて見ると、巻二十九から三十一に亙つて、約二百六十一首に上ぼつてゐる。唐宋を通じて最も多くの詩をのこした放翁は、古稀の年に達しても一年間にかくも多くの詩を作つて居るのである。ここにはその二百六十一首の中から七十四首を選び出し、これを春夏秋冬の季節別にして見た。ところが、僅か一ケ年間のものでも、かういふ風に列べて読むと、放翁といふ一人の人間の持ち味が可なり鮮かに浮び上がり、そこには、個々の詩が前後相連ることによつて醸し出されるところの、自叙伝の一断片にも似た、独特の散文的な効果が感じられる。私は各首の詩としての味はひの外に、さうした雰囲気にも少からぬ興味を有つのである。私はこの稿を昭和十六年の夏のうちに書き了へた。

（昭和十六年八月十八日清書）

古稀の放翁　その一、春

七十

七十殘年百念枯
桑楡元不補東隅
但存隱具金鴉觜
那夢朝衣玉鹿盧
身世蠶眠將作繭
形容牛老已垂胡
客來莫問先生處
不釣娥江卽鏡湖

七十

七十残年百念枯る、
桑楡元《も》と東隅を補はず。
但《た》だ存す隠具金鴉觜《キンアシ》、
那《なん》ぞ夢みん朝衣玉鹿盧《ギヨクロクロ》。
身世蚕眠りて将《まさ》に繭《まゆ》と作《な》らんとし、
形容牛老いて已に胡《コ》を垂《た》る。
客来りて問ふ莫《なか》れ先生の処、
娥江に釣らずんば即ち鏡湖。

○残年。余年、余命などいふに同じ。老いぼれて生き残つた寿命のこと。七十残年百念枯とは、もはや七十といふほどの老いぼれた年寄になつて、一切念ふことは無くなつた、といふ意味。　○桑楡元不補東隅。桑楡はくわの木とにれの木であるが、こゝでは西方を意味する。後漢書の馮異伝に、「之を東隅に失するも、之を桑楡に収む」とあるに本づく。桑楡は西方を意味する関係から、転じて夕ぐれを意味し、また晩年を意味する。で、桑楡元不補東隅は、若い時の失敗を今更晩年になって補ふことも出来ぬ、といふ意味である。　○鴉觜。鋭くとがつた鋤のこと。放翁の別の詩に、「詩を題して又た満つ牛腰束、薬を采りて常に携ふ鴉觜鋤」の句あり。こゝでは薬草を採掘するための鋤と解してよろしい。金鴉觜の金は美称。　○朝衣。朝廷に出るための制服。　○鹿盧。轆轤《ロクロ》に同じ、物を引き寄せ又は吊し上げるに用ひる滑車のこと。しかるに剣首の玉の飾、昔しその形鹿盧に似たり。漢書、雋不疑伝の註に、「古《いにしへ》へ長剣の首、玉を以て井鹿盧形を作る」とあるが如し。これより転じて鹿轤形の玉の飾ある剣をも鹿盧と云ふ。古楽府に、「腰間鹿盧の剣、千万余に直《あたひ》す可し」とあるが如し。　○身世。自分の生涯。身世蚕眠りて将に繭と作らんとすと云ふは、身世恰も蚕の眠りて将に繭と作らんとするに似たりと云ふ意味。　○形容。すがた、かたち。　○胡。あごからのどにかけての皮と肉が垂れ下がつたもの。　○莫問先生処。先生は何処に居られるかと問ふ必要はない。　○娥江、鏡湖。放翁が晩年を送つた郷里にある川と湖の名。年中釣に出てゐるので、娥江のほとりに居なければ、鏡湖に泛んでゐる筈だ、と云ふのである。

○この詩は、紹熙五年、放翁が七十になつた年の元旦の作と思はれる。全集には、この次に正旦後一日と題する詩が載つてゐる。彼は六十五歳の時に官を免ぜられてから、郷里に帰り、それ以後家居してゐたのである。彼はこの詩で、那ぞ夢みん玉鹿盧と云つてゐるが、七十八の年にまた出て仕へた。で、宋史本伝には「其の晩節を全うするを得ず」*としてある。しかし放翁晩年の出仕には特別の事情があり、趙翼は之を訾議する者を「真に謂はゆる小人好んで議論し、人の美を成すを楽まざる者なり」と斥けてゐる。それについての委しいことは、また別の個所で誌すであらう。

○なほ趙翼の『甌北詩話』には、放翁の詩から好聯の見本がいくつか摘出されてゐるが、この詩の中の「身世蚕眠将作繭、形容牛老已垂胡」の一聯はその一に属する。これは誰が見ても好い句だなあと思ふであらう。

老境

髮白未及童
齒搖未及脱
正如一席飲
燒燭將見跋

老境

髪白きも未だ童するに及ばず、
歯揺《うご》くも未だ脱するに及ばず。
正に一席の飲、
焼燭《セウシヨクまさ》将に跋《バツ》を見んとするが如し。

鰲山環草舍
霜露侵布褐
文章雖自力
亦已強弩末
寧將垂老耳
更受世事聒
匡廬入我夢
行已寄缾鉢

鰲山草舍を環《めぐ》り、
霜露布褐《フカツ》を侵す。
文章自《みづか》ら力《つと》むと雖も、
亦た已に強弩の末。
*寧《やす》んじて将《まさ》に老に垂《なんなん》とする耳《のみ》、
更に世事の聒《クワツ》を受けんや。
匡廬我が夢に入り、
行いて已に缾鉢《ヘイハツ》に寄る。

○これは五言古詩であるから、一首の中に同じ字が重出して居り、対句も一個所しかない。○童。頭髪のはげること。　○跋。もとといふ意味。礼記の曲礼に「燭、跋を見ず」とあるに本づき、こゝには燭まさに跋を見んとしてある。燭不見跋とは、灯台もとくらしと云ふと同じ意味で、蠟燭の光は四方を照せども、そのもとを照さざるを云ふ。　○焼燭将見跋とは、燃えてゐる蠟燭がもはや終りに近づきたるを云ふ。蠟燭が短くなつて、もとまで明るくなつて来たのである。燭を秉《と》りて一席の宴を催したるに、蠟燭が段々つきて来て、宴もはや終りに近づいた、その光景に、今の我が晩年は似てゐると云ふので、「正に一席の飲、焼燭将に跋を見んとするが如し」と云つたのである。　○鰲山。たにがはと山。　○布褐。粗末な着物の意味。布はぬの、昔し無官の庶人は布を衣服としたる故に、官位なき人のことを布衣《ホイ》と云ふ。褐はあらきけごろも、賤しき者の服、転じて寒賤の人のことをも褐と云ふ。　○強弩末。「強弩の末、力、魯縞に入る能はず」から来た語。魯縞とは魯の国の産物である薄絹のこと。強い大弓で放つた矢でも、その力の尽きたる末には、薄絹を穿つほどの力もない、と云ふことから、力量ある者の衰へたるに譬ふ。　○聒。かまびすしく、うるさきこと。　○匡廬。昔し匡俗と云へる仙人、廬山に廬を結びて住まひ居たり、との伝説にもとづき、廬山のことを匡廬とも云ふ。今の江西省九江府にあり。九江を南に距ること約十七キロ、奇峰翠巒、迢々として南北に連ること約六十六キロ、北は揚子江に枕し、南は洋々たる鄱陽の大湖に臨む。文学に現はるること最も多く、昔は陶淵明、彭沢の令たること八十日、派遣されて来た督郵に対し、応に束帯して之に見《まみ》ゆべしと云はるるや、「吾豈に五斗米のために腰を折り、拳々として郷里の小人に事《つか》へんや」とて、即日印綬を解きて県を去り、廬山山中の栗里虎爪崖に入り、乃ち帰去来兮の辞を賦した。唐の時代になつてからは、李白が来て五老峰下に書堂を結び、「日は香爐に照つて紫煙生ず、遥に看る瀑布の長川を挂《か》くるを、云々」といふ詩を賦し、白楽天もまた江州の司馬となるや、香爐峰の遺愛寺を訪ひ、「遺愛寺の鐘は枕を欹《そばだ》てて聴き、香爐峰の雪は簾を撥《かか》げて看る」といふ句を吐いた。今はすでに荒廃に帰してゐるけれども、それでもまだ山中には三百の寺院があると云ふ。○瓶鉢。瓶はかめ。鉢ははち、托鉢《タクハツ》などといふ語があるやうに、僧侶の食器である。で、行きて已に瓶鉢に寄るとは、夢に廬山に入りて、身はすでに山中の僧舎に寄寓してゐる、といふ意味であらう。

偶懐小益南鄭
之間悵然有賦
西戍梁州鬢未絲
嶓山漾水幾題詩
劍分蒼石高皇迹
巖擁朱門老子祠
燒兎驛亭微雪夜
騎驢棧路早梅時
登臨不用頻悽斷
未死安知無後期

偶《たまたま》小益南鄭の間を懐《おも》ひ悵然として賦あり
西のかた梁州を戍《まも》つて鬢未だ糸ならず、
嶓山漾水幾たびか詩を題す。
剣は蒼石を分かつ高皇の迹、
巌は朱門を擁す老子の祠《ほこら》。
兎を焼く駅亭微雪の夜、
驢に騎《の》る桟路《サンロ》早梅の時。
登臨用ひず頻りに悽断するを、
未だ死せず安《いづく》んぞ後期なきを知らん。

○剣分蒼石高皇迹の句には、「嶓冢廟の傍に高皇の*試金石あり、中分截《き》るが如し」の自註があり、巌擁朱門老子祠の句には、その自註に「三泉道上に老君の洞あり、景趣幽邃」としてある。

○この詩は作者が二十余年前のことを思ひ出しての作である。年譜を見るに、乾道六年の条下には、「先生年四十六、閏五月を以て行を起し、十月二十七日夔州に到る」としてある。けだし前年十二月、夔州の通判に任ぜられた為めである。夔州は蜀(今の四川省)の東境に近い所で、放翁の郷里紹興県(上海の南に当る)からは非常にかけ離れた奥地であり、赴任するため途中六ヶ月を費したのである。彼はその後、蜀の各地に転任し、年五十四の時、即ち九年ぶりに蜀を離れて東帰した。この詩は当時の思ひ出の一つである。彼の詩集を見るに、乾道八年、四十八歳の時の詩には、老君洞、南鄭馬上作、自三泉泛嘉陵至利州、三泉駅舎、帰次漢中(南鄭)境上などと題するものがあり、この頃彼が今の陝西省に入つたことが分かる。地名の関係から考へて見て、この詩はその頃の思ひ出を述べたものと思はれる。唐の時代には今の陝西省南鄭県を梁州と云つてゐた。詩中に梁州とあるのはその為めである。蜀に滞在中の詩にも「蒸暑梁州を思うて懐を述ぶ」などと題したものがある。

○南鄭。今の陝西省の南境に近い漢中のこと。*小益とは何処のことか、*今審かにし得ない。○鬢未糸。鬢糸となるとは、頭髪が白い糸のやうになること。当時放翁はまだ四十台であつたから、事実何程も白髪はなかつたのであらう。

○嶓山。漢江の源にある山。○漾水。南鄭附近で漢江に注いでゐる支流。○剣分蒼石高皇迹。自註にある如く、高皇が嘗てためしぎりをしたと言ひ伝へられてゐる旧蹟があり、大きな石が剣で截つたやうに半分に割れてゐるのである。○巌擁朱門老子祠。自註には、前にも書いておいたやうに、「三泉道上、老君の洞あり。景趣幽邃」としてあるが、詩集を調べて見ると、以前そこを通つた当時の七言絶句が一首収められて居り、老君洞と題し、その下へ「石刻あり、唐の明皇、蜀に幸し、老君を此《ここ》に見ることを載す」としてある。○焼兎駅亭微雪夜、騎驢桟路早梅時。共に南鄭小益の間に遊んだ当時の思ひ出。この一聯などは私の最も好きなものの一つである。文字は極めて平易だが、そこには情趣の実に竭きざるものがある。趙翼の『甌北詩話』に、「或ひは其の平易、人に近きを以て、其の錬少きかと疑ふ。抑〻知る、謂はゆる錬は、奇険詰曲、人の耳目を驚かすに在らず、言簡にして意深く、一語、人の千百に勝《まさ》るに在り、此れ真の錬なり。放翁工夫精到、語を出だす自然に老潔、他人、数言にして了する能はざる者、只だ一二語を用ひて之を了す。此れ其の錬、句前に在りて句下に在らざるなり。観る者丼《ならび》に其の錬の迹を見ず。乃ち真錬の至りなり矣」と言つてあるが、こゝの一聯も正にその一例である。兎を焼く駅亭微雪の夜、驢に騎る桟路早梅の時。私は何遍読んでも飽くことを知らない。〇凄断。凄はいたみ、かなしむ。断は助字にて、凄の意味を強めるだけのもの。〇登臨不用頻凄断、未死安知無後期。この最後の二句は、登臨当時の気持を述べたものであらう。今われ、嶓山に登り、漾水を臨み見て、去るに臨み頻りに凄断の情を覚えるが、しかしさまで悲む必要はないであらう、死なない以上、いつかまた再び登臨する機会がないとも限らぬではないか。二十余年前さう思つたことであるが、今日は已に七十の老翁となり、「蚕眠りて将《まさ》に繭と作《な》らんとし、牛老いて已に胡を垂るる」有様であるから、当年の嶓山漾水とも最早や生別の外はない。さう云つた風の感慨が、余情として言外に含まれて居り、題に「悵然として賦あり」としてあるのに照応する。私はこの詩をそんな風に味つた。〇この詩は、周之鱗、柴升同選の放翁先生詩鈔の中にも採録してある。

夜讀呂化光文章抛
盡愛功名之句戲作

玉　關　西　望　氣　横　秋
肯　信　功　名　不　自　由
卻　是　文　章　差　得　力
至　今　知　有　呂　衡　州

夜、呂化光の文章抛《なげう》ち尽《つく》して功
名を愛すの句を読み、戯《たはむれ》に作る

玉関西に望んで気秋に横たふ、
肯《あへ》て信ぜんや功名自由ならざるを。
却《かへつ》て是れ文章差《やや》ゝ力を得、
今に至つて知る呂衡州ありしを。

〇玉関。玉門関のこと。漢代に西域地方と内地との境に設けた関門。李白の詩に、「長安一片の月、万戸衣を擣《う》つの声、秋風吹いて尽きず、総《すべ》て是れ玉関の情」といふ句があり、王昌齢の詩にも、「青海の長雲、雪山暗し、孤城遥に望む玉門関」の句がある。これらの場合、玉関といへば、すべて万里の遠征を連想せしめる。○気横秋。豪気秋空に横たふなり。意気の盛んなるを云ふ。○肯信功名不自由。当時は功名手に唾《つばき》して成るべしと思つた。しかるに功名成らず、反対に文章の上に幾分の進境を見るに至つたから、却是文章差得力と云ふのである。かくて話は、呂化光の「文章抛ち尽して功名を愛す」の逆となつてゐるから、「今に至つて知る呂衡州ありしを」と結んだのである。○晩年の放翁は、多くの場合、世すて人になつたやうなことを云つてゐるが、どうかすると功名を云々する折がある。また、読書はもう全廃すると云つてゐるかと思ふと、すぐその傍から、おれは死ぬまで学問はやめぬなどと云ふ。かうした矛盾した内容の詩が隣り合つて出来て居るところに、放翁の本当のこゝろの跡が遺されて居るのだと思つて、私は却てそれに興味を有つ。この絶句はその意味で採録したのである。なほ功名云々については他の個所で委しく述べる。○宋詩百一鈔には、七絶の部では放翁集から十五首を採つてゐるが、これはその中の一つである。

閑趣

老子卽今雙白鬢
鏡湖自古幾青山
半窗蘿月獨欹枕
滿院松風常掩關
天地許寬誰礙汝
琴尊是處可開顏
將行亦莫買春草
幸有一筇相伴閑

閑趣

老子即今双白鬢、
鏡湖古より幾青山。
半窓の蘿月独り枕を欹《そばだ》て、
満院の松風常に関を掩ふ。
天地許《か》く寛《ひろ》し誰か汝を礙《さまた》げん、
琴尊是の処顔を開く可し。
将《まさ》に行かんとす亦た春草を買ふ莫《なか》れ、*
幸に一筇の相伴うて閑なる有り。

○この詩は首聯もまた対句になつてゐる。　○老子。老翁といふに同じ、作者自身のこと。　○双白鬢。左右の鬢が二つながら白髪になつたこと。　○鏡湖。放翁の郷里にある湖水。　○自古幾青山。鏡湖のほとりにはいくつもの青山が昔のままに聳えてゐると云ふのは、千年の歳月を経ても山水は依然として旧の如くなるを、人の一生の百年をも待たずして早く老衰の境に入るに対せしめたものである。　○半窓蘿月。窓にからまつて其の半分を覆うてゐる蘿《つた》に、影を落してゐる月。　○独欹枕。窓半分にうつつてゐる蘿の月影を見ながら、寐もやらず、夜半に独りで起きてゐる光景。　○満院松風常掩関。これは前の句と反対に、昼間のこと。院はやしきのかこひ。やしきの庭一杯に松風が吹いて居り、門は客を謝していつも閉ぢたまゝにして居るのである。半窓と満院、蘿月と松風、相対して自ら好聯を成してゐる。　○許はかくの如くの意。　○琴尊是処可開顔。尊は酒樽なり。顔を開くとは、愁を忘れて笑ふこと。○将行亦莫買春草。この詩は立春後の作であるから、かうした句が用ひてある。間もなく春の光は野に満ちるであらう、そしたら、わしも一筇を携へて、出でて野に遊ぶゆゑ、わざ〳〵春の草花など買うて来るに及ばぬ、と云ふのである。で、それに続けて、幸に一筇の相伴うて閑なる有り、と結んだ。別に好き仲間とてはなけれども、幸にも一本の杖があり、それがいつでも閑行の伴をしてくれる、と云ふ意味。　○この詩は『放翁先生詩鈔』にも採録してある。

春夜讀書

枉是儒冠遇太平
窮人那許共功名
枯腸不飽三升稷
皓首猶親二尺檠
寓世已爲當去客
愛書更付未來生

春夜読書

枉《ま》げて是れ儒冠太平に遇ふ、
窮人那《なん》ぞ許さん功名を共にするを。
枯腸飽かず三升の稷《ショク》、
皓首猶ほ親《したし》む二尺の檠《ケイ》。
世に寓して已に当去《タウキヨ》の客と為るも、
書を愛して更に未来の生に付す。

夜闌撫几愁無奈
起視離離斗柄傾

夜闌《たけなは》にして几《つくゑ》を撫し、愁奈《いかん》ともする無し、
起つて視れば離々として斗柄傾く。

○枉是儒冠遇太平。儒者として太平の世に遇ふのは元来の初志ではないのだが、といふ意味から、枉げて云々と云つたのである。枉げてとは、不本意ながらである。彼は死に至るまで時折かうした風の感慨を漏らして居るが、これには少しわけがある。そして一応それを心得て居ないと、彼のかうした感慨の真情を知ることが出来ない。彼は宣和の末年(宣和七年、西暦一一二五年)に生まれたのだが、それから二年後には靖康の難が起り、宋は金のために酷い目に逢はされた。この時、大兵を率ゐて南下した金の太宗は、散々に宋兵を破り、宋の徽宗上皇、欽宗皇帝を始め、三千余人を捕虜として満洲に北帰したのである。それで宋では、欽宗の弟の高宗が位に即き、金軍の勢力を避けて、揚子江の南方に退き、首都も汴京(今の河南省の開封、黄河の南岸)を棄て、遠く南の方の臨安(今の浙江省の杭州、揚子江の南にある銭塘江のほとり)に遷し、爾来ただ無事をのみ願ふことになつた。しかるに放翁は少年時代から復讐を以て念となし、死に至るまで変らなかつた。現に「周侍郎奏稿に跋す」と題する一文を見ると、「某、宣和の末に生まれ、云々。先君山陰(これは放翁の郷里)の旧廬に帰るに及び、則ち某やや長ず矣。一時賢公卿、先君と遊ぶ者、言、高廟盗環の寇、乾陵斧柏の憂(これは靖康の難を指す)に及ぶ毎に、未だ嘗て相与《とも》に流涕哀慟せざるはなく、食を設くと雖も、率《おほむ》ね咽を下らず、云々」としてあり、また「傅給事帖に跋す」と題する文中にも、「紹興の初、某、甫《はじ》めて童と成り、親しく当時の士大夫を見る。相与に言《かた》りて国事に及べば、或は眥《まなじり》を裂き歯を嚼《か》み、或は流涕痛哭し、人々自ら身を殺して以て王室を翊戴せんことを期せり」などと書いてある。で、趙翼の作つた年譜にも、紹興四年、放翁年十歳の条下に、「先生、生平、復讐を以て念と為す。蓋し幼より先正の言を習ひ聞き、老に至るも変ぜざる也」と書き入れてある。かうした事情を無視し、功名といふ文字によつて今時の学者の功名心など連想されたのでは、放翁の心境と全く風馬牛のものとなつてしまふ。さて以上の事情を考慮に入れて読むなら、「枉げて是れ儒冠太平に遇ふ、窮人那ぞ許さん功名を共にするを」の一聯に含まれる感慨をやゝ理解することが出来るであらう。那ぞ許さんは、那ぞ許されんの意味。○枯腸*。ひからびたるはらわた。詩才の乏しき意を含む。○稷。きび。最も古くより種ゑられた穀物で、こゝでは五穀の代表に用ひられてゐる。三升の稷に飽かずは、貧乏を意味する。○皓首。白首、白頭など云ふに同じ。○檠。灯架、即ちともしび台のこと。○枯腸不飽三升稷、皓首猶親二尺檠。貧乏はして居るけれども、七十の老翁が、この春の夜に、白頭を短檠に近づけてゐる、と云ふので、この一聯のうちに、春夜読書の情趣、惻々として人に迫まるものがあり、千年前の作者が今現前に見ゆる心地がされる。○寓世已為当去客、愛書更付未来生。これは趙翼が放翁好句集中に取り入れてゐる一聯であり、その意味は――むかし李太白は、「夫《そ》れ天地は万物の逆旅、光陰は百代の過客なり」と云つたし、我国の芭蕉も之を受けて、「月日は百代の過客にして、行きかふ年も又た旅人なり」と云つた。世に寓すること已に七十年、もはや当《まさ》に此の世を去り行くべき順序になつてゐる旅人ではあるが、なほ書を読むことを愛し、こればかりは更に未来*の後の世までも持つて行くつもりだ。かう云ふのが、この頸聯二句の意味なのである。かく段々に情緒が高まつて来て、遂に夜闌にして几を撫し云々といふ次の尾聯によつて、一首が結ばれるのである。○夜闌撫几愁無奈。夜が更けてから、机を撫でながら、愁情の如何ともすべからざるものがある。そのやるせなさに、やがて机から離れ、坐を起ち、欄干に倚りて空を仰げば、なるほど夜もおそろしく更け渡つたと見え、北斗星の柄がずつと傾いてゐる。さういふ意味で、次の最後の句が置かれてゐる。○起視離離斗柄傾。離離*は長く続く貌。斗柄といふのは、北斗星の第五から第七に至るまでの三つの星を指す。ひしやくの形をしてゐる北斗七星の柄に当つてゐるからである。斗柄をなす第七星は、之を揺光といひ、一昼夜に十二方を指すため、古来これによつて時を測つたものである。七十の老翁が、夜更けて寐ねず、独り読書に耽つてゐた様が、北斗七星を点じ来たることによつて、更に一層のあはれさを増してゐる。かくて一首の絶頂がやがて一首の結びとなつてゐる。

○この詩は私の好きな詩の一つであるが、『放翁先生詩鈔』(周之麟、柴升同選)はこれを採つてゐない。

春晴泛湖入城

春晴湖に泛《うか》んで城に入る

春色初回杜若洲
隔煙時見矯軽鷗
嵩雲緱月年年夢
楚柁呉檣処処愁
魚躍銀刀論網買
酒傾緑蟻満盃浮
前生杜牧吾身是
又向江南遍倚楼

春色初めて回《めぐ》る杜若洲、
煙を隔てて時に見る軽鷗の矯《あが》るを。
嵩雲、緱月、年々の夢、
楚柁、呉檣、処々の愁。
魚は銀刀を躍《をど》らして網を論じて買ひ、
酒は緑蟻を傾けて盃に満ちて浮ぶ。
前生、杜牧、吾が身是れ、
*又た江南に向つて遍《ひとへ》に楼に倚る。

○杜若。藪茗荷《やぶめうが》。高さ約三十糎乃至五十糎、葉は互生し、長卵形又は広披針形で尖る。花は円錐花序に配列し、白色の花被を有す。陰地に自生す。我国のかきつばたとは異る。　○春色初回杜若洲。洲は水上のなかす。春色初めて回るとは、春が来て湖辺の杜若が花をつけそめたことを云ふ。この一句は題*湖辺旗亭としてある詩の第一句と同じである。　○煙。かすみ。　○隔煙時見矯軽鷗。水上にたちこめた春霞を通して、時々身軽さうな鷗が飛んでゐるのが見える。で、放翁は、春の光の晴れ渡つた或日、鏡湖に舟を泛べて、城下町まで出掛け、旗亭に上ぼつて酒を飲んだのである。それで標題には春晴泛湖入城としてある。　○嵩雲緱月年年夢。嵩雲は嵩山の雲。嵩山は五岳の中岳、今の河南省河南(洛陽)に近き名山。緱月は緱氏の月。緱氏は今の河南省偃師県の南にある山の名。昔し王子晋なるもの、白鶴に乗じて山巓に駐り、手を挙げて時人に謝し去る、と言ひ伝ふ。嵩山、緱氏、いづれも黄河に近く、放翁家居の地を距ること万里、靖康の難以来、金の領有に帰し去つたもの。嘗てその地に遊ぶことなく遂に今日に来つたが、しかし年々今だに夢に見てゐる、と云ふので、嵩雲緱月年年夢としたのである。　○楚柁呉檣。呉楚七国など云ふやうに、楚も呉も元は国名。こゝでは南支那の汎称と見て可からう。柁《ダ》はかぢ、檣《シャウ》はほばしら、何れも船を意味する。これは嵩雲緱月と反対に、放翁家居の地に属する。　○躍銀刀。生きた魚のはつらつたる形容。　○論網買。一尾いくらと云つて売るのでなく、一網いくらと云ふほど、魚類が沢山に取れて、価の安いこと。○緑蟻。美酒の異名。○嵩雲綵月、楚柁呉檣の頷聯は、湖に泛んでの感慨。魚躍銀刀、酒傾緑蟻の頸聯は、城に入りての光景。○前生杜牧吾身是。わしの前身は杜牧だと云ふのである。杜牧は晩唐の詩人、若い頃盛んに酒色に耽溺したと伝へられてゐる。「落魄江湖酒を載せて行く、楚腰繊細掌中に軽し、十年一覚揚州の夢、贏《か》ち得たり青楼薄倖の名」といふ「懐を遣《や》る」の詩や、「千里鶯啼いて緑、紅に映ず、水村山郭酒旗の風、南朝四百八十寺、多少の楼台烟雨の中」といふ「江南の春」と題する詩などは、広く世間に知られてゐる作品である。○又向江南遍倚楼。自ら杜牧の「江南の春」を思はせる句である。

書齋壁

落魄人間不記年
晩營茆棟鏡湖邊
室空惟是四壁立
面痩漸生雙頰顴
地僻門無殘客到
歳豐路有醉人眠
君看朝市紅塵鬧
始信吾曹是地仙

斎壁に書す

人間《ジンカン》に落魄《ラクタク》して年を記《おぼ》えず、
晩に茆棟を営む鏡湖の辺《ほとり》。
室空しくして惟《た》だ是れ四壁立ち、
面痩せて漸く生ず双頰の顴《ケン》。
地僻にして門に残客の到る無く、
歳豊かにして路に酔人の眠る有り。
君看よ朝市紅塵の鬧《さわが》しきを、
始めて信ず吾曹《わがともがら》は是れ地仙。

○落魄人間。人間世界におちぶれて。○晩。晩年なり。○茆棟。わらごやといふほどの意味。○鏡湖。度々出てくる湖水の名。○顴。ほほぼね。漸生双頰顴は、次第に左右のほほぼねが出てくること。○残客。こぼれ客。

初めから志して訪ねてくれる客でなく、他家を訪ねたが不在だつたので、事の序に立ち寄つたなどいふ類の来客。○朝市。朝廷と市井、総て多勢の人々の寄り集まる所。　○地仙。地行の仙。天上に居るべき仙人の暫く地上に在るもの。
○標題の斎壁とは、書斎の壁である。同題の詩が同時に二首出来てゐるが、こゝには其の一つを採つた。

泛舟觀桃花

花逕二月桃花發
霞照波心錦裹山
說與東風直須惜
莫吹一片落人間

舟を泛《うか》べて桃花を観る

花逕二月桃花発《ひら》く、
霞は波心に照る錦裹《キンクワ》の山。
説与す東風直《ただ》ちに惜むべし、
吹いて一片だも人間《ジンカン》に落す莫《なか》れ。

又

桃源只在鏡湖中
影落清波十里紅
自別西川海棠後
初將爛醉答春風

又

桃源は只だ鏡湖の中に在り、
影は清波に落ちて十里紅《くれなゐ》なり。
西川の海棠に別れしより後、
初めて爛酔を将《と》つて春風に答ふ。

又

湖南小山花更多
不醉將如春色何

又

湖南の小山、花更に多し、
酔はずんば将《は》た春色を如何せん。

釣得鮮鱗堪斫膾　　鮮鱗を釣り得て斫膾《シヤククワイ》に堪ふ、
任教微雨溼漁蓑　　任《ほしいまま》に微雨をして漁蓑を湿らしめよ。

○この泛舟観桃花と題する七絶は同時に五首出来てゐるが、こゝにはその中の三首を録した。○花溼。桃花最も盛んなる処といふ自註が入れてある。花溼は即ち地名である。○霞照波心錦裏山。鏡湖の中に島があつて、そこに桃花の名所である花溼があるのである。霞照と云ふのは、桃花が映じて春霞が照り輝いてゐると云ふのである。波心は湖水の中央。○錦裏*。裏ははなぶさ。錦は爛漫と咲きほこる桃花の美称。○説与。与は助辞。○東風。春風のこと。支那大陸では春の風が概して東から吹くための称。○直須惜。直ちには、躊躇せず、すぐに今から、といふ意味であらう。惜は桃花を惜愛するなり。○人間。人間世界。この語あるによつて、花溼は人間世界の外にある仙境なることが分かる。

○桃源。世間を離れた別天地の意であるが、それが桃花の名所に関して用ひられてゐるので、一層ふさはしくなつてゐる。この語は、陶淵明の桃花源の記から出たもので、その桃花源の記といふのは、次の如くである。「晋の太元中、武陵の人、魚を捕ふるを業と為す。渓に縁《よ》りて行き、路の遠近を忘る。忽ち桃花林に逢ふ。岸を夾《はさ》むこと数百歩、中に雑樹なし。芳草鮮美、落英繽紛たり。漁人甚だ之を異とし、復た前《すす》み行いて其の林を窮めんとす。林尽きて水源に便《すなは》ち一山を得たり。山に小口あり、髣髴として光あるが若《ごと》し。便ち舡《ふね》を捨てて口より入る。初は極めて狭く纔《わつか》に人を通ず。復た行くこと数十歩、豁然として開朗、土地平曠にして、屋舎儼然、良田美池桑竹の属あり。阡陌交通し、鶏犬相聞ゆ。其の中、往来種作、男女衣著、悉く外人の如し。黄髪垂髫、并《なら》びに怡然として自ら楽む。漁人を見て乃ち大に驚き、従来する所を問ふ。具《つぶさ》に之に答へしに、便ち要して家に還《かへ》り、酒を設け、雞を殺して食を作る。村中此の人あるを聞き、咸《みな》来りて問訊す。自ら云ふ、先世秦の時の乱を避け、妻子邑人を率ゐて、此の絶境に来り、復た出でず、遂に外人と間隔すと。問ふ今は是れ何の世ぞと。乃ち漢あるを知らず、魏晋を論ずる無し。此人一々為めに具《つぶさ》に聞く所を言へば、皆な歎惋す。余人各ゝ復た延《まね》いて其の家に至り、皆な酒食を出だす。停まること数日にして辞し去る。此の中の人語り云ふ、外人の為めに道《い》ふに足らざる也と。既にして出でて其の船を得、便ち扶《たす》*けられて路に向ふ。

処処これを誌《しる》し、郡下に及び、太守に詣《いた》り、説くこと此《かく》の如し。太守*即ち人を遣《や》り、其に随つて往く。向《さ》きの誌す所を尋ぬるに、遂に迷うて復た路を得ず。南陽の劉子驥は高尚の士なり。之を聞いて欣然として往くことを規《はか》る。未だ果さず、尋《つ》いで病んで終る。後遂に津を問ふ者なし」。この桃花源の記は広く知られて居り、古来屢ゝ画題にもされてゐる。　○桃源只在鏡湖中。陶淵明の文章で有名な桃源は、何んのことはない、たゞ鏡湖の中にあるのだ、といふので、只の字が用ひられてゐる。　○影落清波十里紅。自註に「梅仙塢より花涇に至る、恰も十里」としてある。支那の一里は凡そ我が六町であるから、十里と云つても我が二里には足りない。その間、桃花がずつと続いて島のほとりに咲いて居り、その影が湖水に映つて、水が紅の色を呈してゐる、と云ふのである。　○西川海棠。昔し蜀の成都に遊官してゐた頃、放翁はその地の海棠を絶愛し、終生これを忘れ得なかつた。蜀地に居た頃に賦した「花時諸家の園を遍遊す」と題する七言絶句十首のうちには、「花を看る南陌復た東阡、……市人喚んで海棠顛と作《な》す」といふ句があり、また成都を離れて将に東帰せんとする頃に作つた「観花」と題する古詩の冒頭には、「我れ西川に遊んで酔千場」などいふ句がある。西川*といふのは、多分成都にある川の名であらう。で、こゝに「西川の海棠に別れしより後、初めて爛酔を将つて春風に答ふ」とある句の中に、作者が如何なる思ひ出を漏らして居るのかが想像されるわけである。彼が蜀を離れて東帰したのは年五十四の時であるから、七十になつた今では、もはや十六年を経過して居るのだが、彼はいつまでも蜀地の海棠を忘れることが出来ず、この*年の末には海棠の絵を出して見て、「人間《ジンカン》の奇草木、天は必ず名流に付す。菊は陶元亮(淵明のこと)を待ち、竹は王子猷を須《ま》つ。我れ西蜀の客と為り、海棠と与《とも》に遊ぶを辱うす。再び見ること応《まさ》に日なかるべし、図を開いて特地に愁ふ」と詠じてゐる。彼が如何に海棠を愛すること深かりしかを知るに足る。

○斫膾。なますをつくること。日本流なら、今釣つたばかりの魚をさしみにすると云ふに当る。　○任教云々。細雨が降り出したが、ぬれる位のことは、どうでもよい。足りるだけ花を賞して酒に酔はう。

新闢小園

人生如意毎難全
草草園池却自然
世事已抛高枕外
春風常在短筇前
墮空花片紛紅雨
徧地苔痕長綠錢
酒戸漸增詩興在
天容此老剩狂顚

又

西戍歸來鬢已霜
生兒又過乃翁長
眼明身健殘年足
飯軟茶甘萬事忘
學廢僅能書姓字
客來嬾復倒衣裳
山園寂寂春將晚
酷愛幽花似蜜香

新たに小園を闢《ひら》く

人生意の如きは毎《つね》に全うし難し、
草々たる園池却て自然。
世事已に抛《なげう》つ高枕の外、
春風常に在り短筇の前。
空に堕つるの花片は紅雨紛たり、
地に徧《あまね》きの苔痕は緑銭長し。
酒戸漸く増して詩興在り、
天は容《い》る此の老の剰《あまつさ》へ狂顚なるを。

又

西戍帰り来つて鬢已に霜、
生児又た過ぐ乃翁の長《たけ》。
眼《まなこ》明かに身健《すこや》かにして残年足り、
飯軟《やはら》かに茶甘くして万事忘る。
学廃して僅《わづか》に能く姓字を書し、
客来るも復た衣裳を倒《さかし》まにするに嬾《ものう》し。
山園寂々として春将《まさ》に晩《く》れなんとす、
酷愛す幽花の蜜*香に似たるを。

○同題の詩は六首列んでゐるが、『放翁先生詩鈔』にはその中の三首を採録してゐる。私は更に一首減して以上の二首にとどめた。

○人生如意毎難全。人生はいつも思ふ通りになるものではない。　○草草園池。草々はざつとしたといふ意味。　○紛紅雨。くれなゐの雨が紛々として降るやうだ。李長吉の詩に、「桃花の乱落紅雨の如し」といふ句がある。　○緑銭。こけの異名に用ひられる文字。苔の形が銭を並べたやうに見えるからである。こゝでは銭苔《ぜにごけ》が緑色の銭を長く並べたやうだとの意。

○西戍。蜀に居たことを指す。　○乃翁。おやぢ。生児又過乃翁長とは、子がおやぢよりも大きくなつたといふ意味。

○残年足。満足の余命を送る意味。　○倒衣裳。あわてて着物を倒さまに着ると云ふのは、来客を歓迎する意味。

○蜜香。波斯、土耳古等に産する樹の名、高さ丈余、春末黄花を開くと云ふ。私はどんな花だか知らないが、百花散り尽した後に咲く此の異国の花は、恐らく珍重されて居たのだらうと思ふ。山園寂寂春将晩としてあるから、大概の花はもう散つてしまつたのである。そこへ蜜香に似たしづかな花が小園の隅で咲いてゐると云ふのである。

欲出遇雨

東風吹雨悩遊人
満路新泥換細塵
花睡柳眠春自嬾
誰知我更嬾於春

出でんと欲して雨に遇ふ

東風雨を吹いて遊人を悩まし、
満路の新泥、細塵に換はる。
花睡り柳眠りて春自《おのづか》ら嬾《ものう》し、
誰か知る我れ更に春より嬾きを。

○これは『放翁先生詩鈔』にも採録してある。　○東風。前にも書いたやうに、春風のこと。　○換細塵。今まで細かい塵となつてゐたものが、雨のために泥になつてしまつた。

蔬食

今年徹底貧
不復具一肉
日高對空案
腸鳴轉車軸
春薺忽已花
老筍欲成竹
平生飯蔬食
至此亦不足
孰知讀書卻少進
忍飢對客談堯舜
但令此道麤有傳
深山餓死吾何恨

蔬《ソ》食《シ》

今年徹底貧、
復た一肉を具せず。
日高うして空案に対し、
腸鳴りて車軸を転ず。
春薺《シユンセイ》忽ち已に花となり、
老筍竹と成らんとす。
平生蔬食《ソシ》を飯《くら》ふも、
此《こゝ》に至つて亦た足らず。
孰《たれ》か知らん読書却《かへつ》て少しく進むを、
飢を忍んで客に対し堯舜を談ず。
但《た》だ此の道をして麤《ほ》ぼ伝あらしめば、
深山に餓死すとも吾れ何をか恨みん。

○実際こんなに貧乏して居たものであらうか。この時より二年前の紹煕三年三月三日の日附ある重修天封寺記といふ文(渭南文集、巻十九)を見ると、「中奉大夫提挙建寧府武夷山冲佑観山陰県開国男食邑三百戸陸某記」と署名してあり、また年譜同年の条下には、祠官の手当を書いたちなみに、「見る可し宋時祠禄の厚きを」などといふ註が入れてある。相当の禄を得てゐたものと思はれるに、食物もないほどの貧乏をするとは、どうしたことなのであらうか。恐らく放翁といふ人は、ひどく理財に無頓着で、有る時には有るに任せて酒などに使つてしまつて居たのであらう。○日高対空案。朝起きてから、もう日が高くなつて居るのに、食卓はからつぽだ、と云ふのである。○腸鳴転車軸。

はらがへつて、おなかがごろ〳〵云つてゐる。〇春薺忽已花。春のなづなも、もう薹《たう》が立つて、食べられなくなつた。〇平生飯蔬食、至此亦不足。ふだんからまづい物ばかり食べて居るのに、今はそれでも追つ付かなくなつた。〇読書却少進。前の詩には、「学を廃して僅に能く姓字を書す」などとしてあるが、この詩の方が本音《ほんね》である。

〇放翁の詩を段々読んでゐると、特に三つの面が目立つてくる。一は一竿の風月江湖に老ゆといふ彼の有名な句にある通りの、塵外の一詩人としての面である。しかしただ風月を楽むといふだけの人間であるならば、私はたいした興味を有たない。ところが放翁には、他の一面に志士としての面目があり、その胸底には経世家としての気概が死に至るまで燃え続けてゐる。それは詩中屢々功名の字によつて現はれて居るもので、謂はば宋の国家に対する彼の愛国の熱情である。これについては、すでに前にも述べたし、なほ後にも述べるつもりであるから、こゝには略する。第三は道学者としての面目である。それについて趙翼の『甌北詩話』には、次の如く述べてある。「放翁蜀より東に帰り、正に朱子講学提倡の時に値《あ》ふ。放翁其の緒言を習聞し、之と相契す。(中略)時に偽学の禁、方に厳。放翁標榜を立てず、徒衆を聚めず、故に世の忌む所とならず。然かも其の里居に優遊し、湖山に嘯咏し、景物に流連するや、亦た其の貧に安んじ分を守り外を慕はざるを見るに足る。昔人衡門泌水の風あり。是れ道学を以て名づけずと雖も、而かも未だ嘗て力を道学に得ざるにあらざる也。其の集中亦た道学を以て詩に入るものあり。（中略）見る可し、其の晩年得る有り、声に随ひて附和し、道学を以て名高しと為す者に非らざることを。其の詩の清空なるものに至つては、一気明白、話の如くにして、而かも迂腐厭ふべきの習なきは、則ち又た其の余事なり」。この趙翼の言は中々適切なのではないかと私は考へる。「是れ道学を以て名づけずと雖も、而かも未だ嘗て力を道学に得ざるにあらざる也」。これは全くさうであつたのだらうと考へられ、またその故に放翁の詩は晩年に至るも其の力が衰へなかつたのだらうと思はれる。こゝに掲げた詩は、趙翼の謂ふ所の「道学を以て詩に入れるもの」の一例であるが、なるほど詩は「一気明白、話の如く」であるけれども、附焼刃でないから、習気の厭ふべきものを感ぜしめない。なほ宋の時代の支那では仏教が中々盛んになり、儒教も大に其の影響を受けるに至つたのであるが、放翁はこの仏教に対しても少からぬ関心を有ち、特に禅に心を寄せて居たやうに思はれる。それについては、また之を詳述する機会が、そのうち自然に出て来るであらう。序ながら書いておくが、私はマルクス主義者として唯物論を採る者である。しかし私は、心に現象となつて映じて来る外物を研究する科学の外に、自分の心を自分の心で認識するといふ特殊の学問(仮に之を道学と名づけておかう)が別に在るものだといふ立場を取つて居り、且つそれと同時に、儒教、仏教、乃至基督教などには(色々な夾雑物と一緒になつてではあるが)その核心にかうした道学が含まれて居るのだと云ふ見解を有つて居るので、古来の道人に対し私は常に十分の敬意を捧げてゐる。詩人、志士、道人といふ三つの面を有つた放翁は、親むにつれて益〻親みを覚える。謂はゆる左翼文献を尽く官庁に納めた今日、私は特にこの邂逅に感謝する。

○この年には貧窮を歎じた詩が多い。そのうち若干のものは後に採録するつもりであるが、重複を厭はずここにも二三を摘録して置く。六月の下旬に出来た「太息」と題する詩には、「今年貧徹底、旧漁磯を売らんと擬す」とあり、八月下旬の作かと推定される「貧病」と題する詩には、「行年七十尚ほ鉏を携ふ、貧悴還《ま》た白紵の初の如し。好事の隣僧勤めて米を送り、門を過ぐるの谿友強ひて魚を留む」とある。これで見ると、坊さんから米を貰つてゐたやうである。また秋末の詩には、「奉祠を乞うて未だ報あらず、食且《しば》らく継がず」と題したものがある。祠禄の期限が満ちたので、再領を願ひ出たが、その辞令が来ないので、暫く食ふに困つたものと見える。なほ「三年前嘗て児輩と与《とも》に歩して東涇の小嶺を過《よ》ぎり、勝処を得、別墅を営む可きも、貧にして成す能はず。偶〻《たまたま》復た其の地に至り、悵然として感あり」と題したものもあるが、これで見ると、年を経ても、山間の僅かな土地を買ふだけの余裕が無かつたものと思はれる。更に此の年の冬になると、「連日大寒、夜坐復た飢に苦む、戯《たはむれ》に短歌を作る」と題して、「翁飢えて小飱を具《そな》ふる能はず、児凍えて何に由つてか複褌を成さん」などと詠じたものがある。しかし老人は、この詩の中でも、「書を蔵して棟に充ち読んで老に至る、固《も》と少しく蘇黎元を出でんことを願ふ」とか、或ひは又た、「老翁肝心鉄石に等し、他年骨朽つるも此れ固《もと》より存す」などと気焔をあげてゐる。

西窗睡起　　　　西窗睡より起く

老便寂寂厭紛紛　　　老いて寂々を便とし紛々を厭ふ、

借得禪房臥看雲　　禅房を借り得て臥して雲を看る。
夜宴怕逢觥錄事　　夜宴觥録事に逢ふを怕《おそ》れ、
秋山慵伴獵將軍　　秋山猟将軍に伴ふに慵《ものう》し。
餘年敢望十寒暑　　余年敢て望まんや十寒暑、
夙習正須三沐熏　　夙習《シユクシフ》正に須《もち》ふべし三沐熏。
斜日滿窗誰喚起　　斜日窓に満つ誰か喚び起す、
數聲啼鳥隔溪聞　　数声の啼鳥渓を隔てゝ聞ゆ。

○西窓。標題にある西窓は、浄智院西窓の意味であらう。詩稿を見ると、遊雲門諸蘭若、与子坦子聿遊明覚、浄智西窓、小僧乞詩といふ四首の次に、この詩が出てゐる。恐らく浄智院といふのは雲門諸寺の一なのであらう。○借得禅房としてあるから、浄智院の一室を借りて閑遊したものと思はれる。○觥《クワウ》録事。觥はさかづき、録事は一座の酒盃を周旋する妓。これについては放翁自身の書き残した『老学庵筆記』といふ随筆集の巻七*に、次の如く書いてある。「蘇叔党、政和中、東都に至り、妓の録事と称するを見、太息して廉宣仲に語つて曰く、今世一切古を変じ、唐以来の旧語尽《ことごと》く廃せるに、此《こゝ》に猶ほ唐の旧を存す、喜ぶ可しと為すと。(中略)相藍の東に録事巷あり、伝へて以て、朱梁の時、名妓崔小紅の居し所と為す」。○夜宴怕逢觥録事。夜宴に列して觴政を司る妓に出逢ふのは、年取つたので、こわくなつた。○秋山慵伴猟将軍。慵*は私の持つてゐる版本には傭となつてゐるが、誤植であらうと思ふ。秋の狩猟期に将軍について山へ出かけるなども、大儀でいやだ、と云ふのである。○余年敢望十寒暑。もう十年も生きながらへたいと慾張つてゐる訳ではない。○夙習正須三沐熏。三沐熏は三浴三熏のこと、即ち一日に三度沐浴して、からだに香をぬることで、身を清浄に保つ意味。夙習は前からの習慣。○斜日満窓。夕日が西の窓に一杯あたるまで昼寝をしたのである。そのぐつすり昼寝してゐる老人を誰が喚び起したかと云へば、渓のあちらで啼いてゐる鳥の声だと云ふので、結句の数声啼鳥隔渓聞が置かれてゐる。数声の啼鳥だから、騒がしくてその為めに睡を妨げられるわけはないが、昼寝から起きて見ると、丁度向ふの渓で鳥が啼いてゐたので、かく云つたのであり、それには鳥の声に敏感な作者の心持が含まれてゐる。

平水

旅飯風埃小市傍
卻呼拄杖踏斜陽
可憐陌上離離草
一種逢春各長*短

平水

旅飯風埃小市の傍、
却《かへつ》て拄杖を呼んで斜陽を踏む。
憐む可し陌上離々の草、
一種春に逢うて各ゝ長*短。

○旅飯。旅宿で飯を食べること。○風埃小市傍。かぜぼこりの立つてゐる小さな町の一隅にある宿屋で夕食を済ましたのである。○却呼拄杖踏斜陽。風ぼこりの立つてゐる寂しい町の宿屋で、もう夕食を済ましたのだから、もう寝ても可ささうなものなのに、反対に夕日を踏んで出掛けるから、却てと云つてゐるのである。○可憐。かれん、いとしむ意。○陌上。道のほとり。○離離。長く続いてゐる貌。○一種逢春各長*短。同じ一色の種類の草であるのに、同じ時、同じ春に逢うて長短様々ある。文の表面はたゞそれだけだが、その中におのづから人生に対する感慨を寓してゐる。

三月二*十五日
夜達旦不能寐

三月二*十五日夜、旦《あかつき》に達するまで寐《い》ぬる能はず

愁眼已無寐
更堪衰病嬰
蕭蕭窗竹影

愁眼已に寐ぬるなく、
更*に衰病の嬰《まと》ふを堪ふ。
蕭々たり窓竹の影、

礫礫水禽聲　礫々《タクタク》たり水禽の声。
捶楚民方急　捶楚《スキソ》民方《まさ》に急に、
煙塵虜未平　煙塵虜未だ平がず。
一身那敢計　一身那《なん》ぞ敢て計らん、
雪涕爲時傾　涕《なみだ》を雪《ぬぐ》ふは時の傾ける為めなり。

又

憂國心常折　国を憂ひて心常に折れ、
觀書眼欲枯　書を観て眼《まなこ》枯れんとす。
百年終坎壈　百年終に坎壈《カンラン》、
一飯且枝梧　一飯且《しばら》く枝梧《シゴ》。
忽忽殘春過　忽々として残春過ぎ、
迢迢淸夜徂　迢々《テウテウ》として清夜徂《ゆ》く。
壯心空萬里　壮心空しく万里、
老病要人扶　老病人の扶《たす》けを要す。

○堪衰病嬰。衰と病とがつきまとつてゐるのを持ちこたへてゐる。　○蕭蕭。さびしき貌。　○礫々。蘇軾の詩には「春山礫々として春禽鳴く」といふ句あり、礫々は鳥の啼声の形容。　○捶楚。むちうちて、いぢめること。こゝの一聯は靖康の難にて金のために奪はれた地方のことを云ふのである。　○虜。えびす。金人を指す。委《くは》しくは*春夜読書の条下に書いて置いた。　○雪涕。涙をぬぐふ。即ち涙を流すこと。　○時傾。傾くとは衰へること。時傾くとは時運の盛んならざるを云ふ。

○坎壈《カンラン》。楚辞、九弁に「坎壈たる貧士、職を失うて志平かならず」とあり。坎壈は志を得ざる貌。　○枝梧。枝は小柱、梧は斜柱。即ち枝梧とは、さゝへること。一飯且く枝梧と云ふのは、一椀の飯でしばらく老身を支へてゐると云ふ意味。　○忽忽。速に去る貌。　○迢迢《テウテウ》。遠く去りゆく貌。潘岳の詩に「迢々として遠く行くの客」といふ句あり。

○壮心空万里。万里の壮心空しなり。作者がこゝで壮心と云ふのは、「先生、生平、復讐を以て念と為す。蓋し幼より先正の言を習ひ聞き、老に至るも変ぜざる也」と称されてゐる通り、靖康の難に対する金人への復讐のことである。

○私は放翁の心事を憐む情から、こゝでも此の二首を採録して置いた。必ずしも詩としての巧拙を重んじて居るのではない。放翁が老に至るまで宋のために讐を報ゆる念を捨てなかつたことは、すでに書いたところであるが、こゝには趙翼がその『甌北詩話』に書いてゐるところを訳出して見よう。「放翁宣和に生まれ、南渡に長じ、其の出仕や紹興の末にあり。……孝宗出師に鋭意せしも、旋《かへつ》て宿州の敗を以て終《つひ》に和議に帰す。其の時朝廷の上、疆を画し盟を守り事を息《や》め人を寧《やす》んずるを以て、上策と為さざるなし。而かも放翁独り讐《あだ》を復《むく》ひ恥を雪《すす》ぐことを以《おも》ひ、長篇短詠その悲憤を寓す。或は疑ふ、書生の習気好んで大言を為し此を借りて詩を作るの地と為すかと。今全集を閲し始めて尽《ことごと》く虚矯の気にあらざるを知る也。其の跋周侍郎奏稿に云ふ、南渡の初、先君山陰に帰る、一時の賢公卿先君と遊ぶ者、言靖康の北狩に及べば、流涕哀慟せざるなしと(これは原文を其のまゝに引いたものではない、原文は先きに私が引いて置いた)。又た跋傅給事帖に云ふ、紹興中、士大夫、言国事に及べば、痛哭せざるは無く、人々賊を殺さんことを思へりと。是れ放翁十余歳の時、早く已に先正の緒言を習聞し、遂に氷寒火熱も改易すべからざるが如し。且つ春秋の大義を以て論ずれば、亦た是《ここ》に過る者あるなし。故に終身之を守りて変ぜず。蜀に入れる後、宣撫使王炎の幕下に在り、南鄭を経臨し、鄠杜を瞻望し、志盛んに気鋭に、真に手を燕雲に唾《つばき》するの意あり。其の詩にして恢復を言へるもの十の五六。蜀を出でし以後も、猶ほ十の三四。七十以後に至りて、正に開禧(開禧元年、放翁年八十一の時)兵を用ふに値《あ》ふ。放翁方《まさ》に東籬を治め(渭南文集巻二十に収められた東籬の記はその事を誌したもの)日に其の間に吟咏し、復た兵事を論ぜず。其の詩に云ふあり、須《もち》ひず強ひて国家の憂に預るを、亦た妄《みだり》に帷幄の籌を陳する莫しと。是れ固《もと》より復た功名の志ある無きなり。然かも其の感中原旧事には、東海を傾けて胡沙を洗はんことを乞ふ、と云ひ、老馬行には、中原の旱蝗胡運衰へ、王師北伐方《まさ》に詔を伝ふ、一たび戦鼓を聞かば意気生じ、猶ほ能く国の為めに燕趙を平げん、と云ふ。則ち此の心猶ほ耿々として忘れざる也。歿するに臨み猶ほ王師北定中原日、家祭無忘告乃翁の句あり。則ち放翁の素志見る可し矣」。こゝに歿するに臨み云々とあるのは、放翁が八十五歳になつた年の末に作つた辞世の詩を云ふので、其の全文は、児に示すといふ題で、「死し去るは元《も》と知る万事空なるを、但《た》だ悲む九州の同じきを見ざることを。王師、北、中原を定むるの日、家祭忘る無かれ乃翁に告ぐるを」といふ七言絶句である。これが剣南詩稿の最後の巻である巻八十五の巻尾に録されてゐるのであり、一万余首を遺した彼が最後の詩なのである。ただこれだけ切り離して見れば、別にどうといふほどの事もないが、これは物心がついてから八十五年にわたる生涯を彼の思ひ続けた事であることを知れば、実にあはれ深き辞世である。惜いことに、彼の一生の夢は歴史の必然にそうたものでなかつた為め、彼が死んだ跡でも遂に実現される日はなかつた。あはれ深き一生ではある。

舟中夕望

船掠湖堤不入城
葛巾羽扇試春行
女牆迤邐横輕靄
佛閣崢嶸倚晩晴
樹冒藤花堆故繡
風吹鶯語送新聲
細思造物何由報
遣作閑人過此生

舟中夕望

船は湖堤を掠《かす》めて城に入らず、
葛巾羽扇 試《こころみ》に春行す。
女牆《ジョシヤウ》 迤《イ》邐《リ》軽靄《ケイアイ》横たはり、
仏閣崢嶸《サウクワウ》晩晴に倚《よ》る。
樹は藤花を冒《かうむ》りて故《コ》繡《シウ》 堆《うづだか》く、
風は鶯語を吹いて新声を送る。
細思すれば造物何に由つて報ゐん、
閑人と作《な》して此の生を過《すご》さしむ。

○船掠湖堤不入城。船を湖上に泛べて堤のある附近まで来ながら、城門には入らず、たゞ船に乗つたまゝ、暫く晩春の夕景色を眺めた。　○葛巾。くずぬので作つた頭巾。葛は山野に自生する蔓草で、その茎の繊維はかたびらを織る材料となる。宋書の陶淵明の伝の中に「酒熟するにあたり頭上の葛巾を取りて酒を漉《こ》す」とあるのは、有名な逸事ゆゑ、葛巾の語は自然それを連想せしめる。　○羽扇。はねうちは。もはや晩春のことゆゑ、頭には葛巾を頂き、手には団扇を携ふ。　○春行。春遊なり。　○女牆。城に設けある低い牆。　○迤邐。長くつゞける貌。　○軽靄。うすきもや。夕暮の景色なり。　○崢嶸《サウクワウ》。仏閣(即ち寺の建物、殊に塔など)の高く聳えゐる形容。　○倚晩晴。晴れた夕暮の空に高い寺の建物が倚りすがつてゐるやうに見えるなり。　○樹冒藤花堆故繍。晩春のことゆゑ、藤の花の絶頂をやゝ過ぎてゐるのである。大木に藤蔓がからみ、花をつけてゐるのを、かく形容したのである。故繍はふるきあやぎぬ。　○鶯語。鶯の鳴き声。　○*新声。新曲、即ち新たに作つた歌曲の意味であらう。晩春のことだから新鶯を指すのではない。——以上総て舟中夕望の景。　○細思造物何由報。よく考へて見ると、洵に有りがたい境遇で、天公に対しどんなお礼をしたものか、お礼のしやうもない、と云ふのである。それは、天が我をして、閑人となつて此の世を過ごさしめて居ることを指す。但し之はたゞの有り難いではない。元来の初志から云へば、晩年をたゞ気楽に過ごしさへすれば可いと云ふ筈ではなかつたのだから、有り難いと云ふうちに無言の感慨が含まれてゐる。

古稀の放翁　その二、夏

舟行過梅市

新換單衣細葛輕
翛然隨處得閑行
綠陰浦口維舟處
霽日場中打麥聲
醉叟臥途知酒賤
耕農滿野喜時平
老來無復雕龍思
遇興新詩取次成

舟行梅市を過ぐ

新たに単衣に換へて細葛軽し、
翛然《イウゼン》随処閑行を得。
緑陰浦口舟を維《つな》ぐ処、
霽日場中麦を打つ声。
酔叟途に臥して酒の賤《やす》きを知り、
耕農野に満ちて時の平かなるを喜ぶ。
老来復た雕竜の思ひなく、
興に遇うて新詩取次に成る。

○細葛。細糸のくずぬの。　○翛然。『六研斎筆記』に、「呉循吾、晩年落拓、武林呉山に寄居す。松関竹屋、翛然として塵外に在るが如し」とあり。翛然は遠く俗塵を隔つる意。この語、放翁の詩に屢〻散見す。「六十歳前後の放翁」中「夏夜*」の詩の条下を見よ。　○浦口。浦ははまべ、口はほとり。　○場。場圃、即ち穀物を納めるには。○雕竜。堆蔵すなはち句を様々に考へ練ること。　○取次。次ぎ〳〵にの意。白楽天の句に「酔うて花枝を把《と》つて取次に吟ず」といふがあり。　○この詩は「四月一日作」と題する詩の次に録されてゐるもの。夏の初めの詩であることは、冒頭にある「新たに単衣に換へて細葛軽し」の句によつて知られる。

山園雑賦

初夏未覺暑
微陰殊勝晴
藤冠稱新沐
蓴菜解餘酲
偶據盤陀坐
還扶櫛栗行
平生志助業
今日一毫輕

又

藤陰初覆架
菱蔓漸穿萍
水繞籬根綠
山從樹罅青
長辭帝所夢
不媿草堂靈
頼有黃醅法
終年任醉醒

山園雑賦

初夏未だ暑を覚えず、
微陰殊に晴に勝《まさ》る。
藤冠新沐に称《かな》ひ、
蓴菜《ジュンサイ》余酲を解く。
偶《たまたま》と盤陀に拠りて坐し、
還《ま》た櫛栗《シツリツ》に扶《たす》けられて行く。
平生助業に志せしも、
今日一毫軽し。

又

藤陰初めて架を覆《おほ》ひ、
菱蔓漸く萍を穿《うが》つ。
水は籬根を繞《めぐ》りて緑に、
山は樹罅《ジュカ》に従うて青し。
長《とこしな》へに帝所の夢を辞し、
草堂の霊に媿《は》ぢず。
頼《さいはひ》に黃醅《クワウバイ》の法あり、
終年酔醒に任《まか》す。

又

一日老一日
一年貧一年
元無肉食相
且作地行仙
本不營三窟
何須直一錢
村墟櫻筍鬧
剩放醉中顚

又

一日は一日より老い、
一年は一年より貧し。
元《も》と肉食の相なく、
且《しばら》く地行の仙と作《な》る。
本《も》と三窟を営まず、
何ぞ一銭に直《あたひ》するを須《もち》ひん。
村墟桜筍鬧《さわが》し、
剩《あまつさ》へ酔中の顚を放《ほしいまま》にす。

又

芳荃眞妙士
霜菊亦奇才
邂逅心生敬
慇懃手自培
扶持新長桂
護惜欲殘梅
此意何人解

又

芳荃真に妙士、
霜菊亦た奇才。
邂逅して心に敬を生じ、
慇懃に手自ら培《つちか》ふ。
新たに長ずるの桂を扶持し、
残せんとするの梅を護惜す。
此の意何人か解せん、

頽然付酒盃　　頽然として酒盃に付す。

○同題の詩が続いて四首出来てゐる。どれか一つを取りにくいので、四首とも並び掲げた。

○微陰殊勝晴。初夏のことだからまだ暑さを厭ふほどではないが、それでも薄曇りの日は晴れた日よりも心地が好い、と云ふのである。　○藤冠。とうで作つた冠。　○蓴菜。蓴羹鱸膾といふ言葉がある。晋書の張翰*伝に、「秋風の起るを見るに因りて呉中の菰菜蓴羹鱸魚膾を思ひ、曰く、人生適志を得るを貴ぶ、何ぞ能く数千里に羈宦し以て名爵を要《もと》めんやと。遂に駕を命じて帰る」とあるに本づく。呉中は水郷にて古来味のよき蓴菜を産せしものと思はる。こゝに蓴菜とあるは、じゅんさいのあつものを指す。　○余酲。宿酔、すなはち二日酔。　○盤陀*。馬鞍のこと。盤陀に拠りて坐すとは、勢よく馬を走らすことの反対。　○榔栗。杖の用材とされる木の名。　○勛。勲の古字。　○平生志勛業は、以前から功名に志してゐたが、といふ意味。　○今日一毫軽は、今となつては、そんな事は何でもなくなつた、といふ意味。一毫軽は、一本の毛の如く軽し。

○藤陰初覆架。晩春に花を開く藤は、夏に入ると葉を繁らし、藤棚を覆うて影を作る。　○菱蔓漸穿萍。水中では菱の蔓が次第に伸びて、水面に浮んでゐる萍を縫ふやうになる。　○樹罅。罅はすきま。樹罅に従うて青しは、樹のすきまを残して山が青くなつてゐる、と云ふのである。　○長辞帝所夢。帝所は天子の御所、そこに奉仕せんとする希望を永久に棄てたと云ふのである。　○霊。神霊。草堂の霊に媿ぢずと云ふは、堂屋に媿ぢずと云ふが如し。顧みて疚ましき所なきなり。　○黄醅。清酒に対して濁酒のことを云ふ。　○終年。年中といふが如し。

○肉食相。相は人相。　○地行仙。仙人は天上に住むものなれども、暫く地上に居るを地行の仙と云ふ。　○三窟。一身の安全を保つための種々なる工作。戦国策に「馮諼、孟嘗君に謂うて曰く、狡兎三窟あり、僅《わづか》に其の死を免れ得るのみ」とあるに由来す。　○村墟*。墟は臨時に出来る市場。　○桜筍鬧。桜はゆすら。夏になつて真赤な小さな実を結ぶ。鬧は桜の実や筍を売り買ひする声のさわがしきを云ふ。　○剰は、桜や筍の盛りで食べ物には困らないが、更にその上に、といふ意味。　○放酔中顚。酔うて狂態を恣まゝにすること。

○荎。かをりぐさ。　○欲残梅。散らんとする梅。欲は欲すと読むのはよくない。　○頽然。酔ひて倒れくづれる貌。

○付*。寄るの意であらう。

○この最後の一首に入れられてゐる景物は、初夏の草木に限られて居るのではない。

鳥啼

野人無暦日
鳥啼知四時
二月聞子規
春耕不可遲
三月聞黄鸝
幼婦閔蠶飢
四月鳴布穀
家家蠶上簇
五月鳴鴉舅
苗稚憂草茂
人言農家苦
望晴復望雨
樂處誰得知
生不識官府
葛衫麥飯有即休
湖橋小市酒如油

鳥啼

野人暦日なく、
鳥啼いて四時《シイジ》を知る。
二月子規を聞く、
春耕遅《おく》る可《べか》らず。
三月黄鸝を聞く、
幼婦蚕の飢ゆるを閔《あはれ》む。
四月布穀鳴く、
家々蚕上簇す。
五月鴉舅鳴く、
苗稚《いとけな》うして草の茂るを憂ふ。
人は言ふ、農家苦み、
晴を望み復た雨を望むと。
楽処誰か知るを得ん、
生れて官府を識らず、
葛衫麦飯即休*あり、
湖橋の小市酒油の如し、

夜夜扶帰常爛酔　夜々扶《たす》けられて帰り常に爛酔、
不怕行逢灞陵尉　行いて灞陵の尉に逢ふを怕《おそ》れず。

○題の鳥啼は、第二句の上二字を取つたもの。○黄鸝。うぐひす。○閔蚕飢。蚕を飼ふに忙しきを云ふ。○布穀。鳲鳩《シキウ》と同じ。ふふどり、つつどり、なはしろどり。全身黒くして腹は淡黄色、白黒の斑文あり。○鴉舅。鳥の名なり。鴉に似て小、黒色、觜辺に毛あり甚だ勁《つよ》く、能く鴉を逐ふ。○望晴復望雨。少し雨が降り続けば早く晴れるやうにと望み、また少し晴天が続けば早く雨が降るやうにと望む。○即休。即座の休養。○湖橋小市酒如油。殊にこゝの鏡湖のほとりに架つてゐる橋のふもとの小さな市で売つてゐる酒は、頗る濃くして油のやうである。○灞陵の尉に逢ふ。前漢の李広の故事を引けるなり。史記の李将軍伝に曰く、李広すでに将軍の職を免ぜられし後のこと、嘗て夜一騎を従へて出でて飲み、還《かへ》りて覇陵亭に到りしに、覇陵の尉に誰何されしかば、広の騎これに答へて、故李将軍なりと言ふ。尉曰く、今の将軍も尚ほ夜行するを得ず、何ぞ乃ち故の将軍をやと。かくて広を止めて亭下に宿せしむ。――灞陵は即ち覇陵なり。

遣　興　　　　　　　興を遣《や》る

壮歳元多病　壮歳元《も》と多病、
長年敢自期　長年敢て自ら期せんや。
賤貧交易絶　賤貧、交《まじはり》絶え易く、
憂患夢常悲　憂患、夢常に悲しむ。
續食叨微祿　食を続いで微禄を叨《かたじけな》くし、
寛心頼小児　心を寛《ひろ》うして小児に頼る。

平生鏡湖上　　平生鏡湖のほとり、
天乞小茆茨　　天は乞《あた》ふ小茆茨。

○長年。長命といふに同じ。壮歳元と多病云々としてあるから、八十五まで生きた人ではあるが、若い頃はよく病気に罹つたものと見える。私の祖母なども、私の母が嫁いで来た頃は、病身だからと云はれたのださうだが、それでも九十六歳まで生きながらへた。かうした例は世間に少くない。この詩の冒頭は、放翁の体質を語るものとして、私には興味がある。なほ此の年の歳暮感懐と題する詩の中にも、「我壮にして已に早衰、晨鏡毎《つね》に惆悵、薬物姑《しばら》く自ら持す、耆老曷《な》んぞ敢て望まん」の句がある。○夢常悲。常に悲しき夢を見る。○続食叨微禄、寛心頼小児。食を続ぎ得るは微禄を忝くするに因り、心を寛くし得るは小児あるに頼る。○平生。以前といふ意味。放翁は四十一*歳の時、鏡湖の三山に居をトしたのである。○小茆茨。小さなわらごや。

泛舟過吉澤　　舟を泛《うか》べて吉沢を過《よ》ぎる

蕭蕭菰蒲如荻林　　蕭々たる菰蒲荻林の如く、
五月已覺秋意深　　五月已に覚ゆ秋意の深きを。
煙波滅沒有漁艇　　煙波滅没漁艇有り、
浦溆飛鳴多水禽　　浦溆飛鳴水禽多し。
稽山出雲極奇變　　稽山雲を出して奇変を極め、
陸子岸幘方微吟　　陸子岸幘《ガンサク》方《まさ》に微吟す。
一聲菱唱起何許　　一声の菱唱何れの許《もと》に起れる、
洗盡萬里功名心　　洗尽す万里功名の心。

○菰蒲。菰はまこも、夏秋の間、花開き実を結ぶ。蒲はがま、夏日、矛形茶褐色の花を著く。○荻。をぎ、蘆の類にて多く水辺に産す。これまた花をつく、韋応物の詩に扁舟荻花に隠るの句あり。こゝに蕭々たる菰蒲荻林の如しとは、どんな景色なのであるか、水郷の景物にうとい私には能く分からない。○五月。もちろん旧暦の五月である。○滅没。舟が煙れる波間に見え隠れするなり。○浦漵。漵も水浦の意。浦漵は海又は湖の入りこんだ所のはまべ。○稽山。会稽山、放翁の郷里にある山。○陸子。放翁が自分の姓を名乗つたもの。○岸幘。頭巾をぬぎてくつろぐこと。○菱唱。菱の実を採りながら歌ふうた。それが何処からともなく聞こえて来るのである。

書歎

高廟衣冠月出遊
中原父老涙交流
諸公誰效回天力
散吏空懷恤緯憂
雨細漁菴晨擧網
月明耕隴夜驅牛
神州克復知何日
北望飛蓬萬里秋

歎を書す

高廟、衣冠、月に出遊、
中原、父老、涙交《こもごも》流る。
諸公誰か回天の力を効《いた》す、
散吏空《むなし》く懐《いだ》く恤緯《ジュツヰ》の憂。
雨細くして漁菴晨《あした》に網を挙げ、
月明かにして耕隴《カウロウ》夜《よる》牛を駆る。
神州克復知る何れの日ぞ、
北飛蓬を望む万里の秋。

○これは前掲の詩の直ぐ次に載つてゐる詩である。前の詩では「洗尽す万里功名の心」と云つてゐるが、その側からまたから云つた歎声を漏らして居るところに、作者の面目があるので、私はこれらの二首を採録した。○高廟衣冠月出遊。この句は、史、*叔孫通伝にあるといふ「衣冠月出、*出游高廟」の語から出たものに相違ない。高廟は高祖の廟。　○中原父老涙交流。中原の地が金のため奪はれたるために、かく云ふ。　○回天。衰運をもとにかへすこと。○散吏。ひまな役人、当時放翁は郷里に隠退し、祠官として微禄を得てゐたので、自らを指してかく云つたのである。○恤緯憂。嫠《リ》緯を恤《うれ》へずと云ふ語より出づ。嫠はやもめ。緯はよこいと。春秋左氏伝に「抑〻人亦た言ふあり曰く、嫠其の緯を恤《あはれ》まずして宗周の隕を憂ふるは、将《まさ》に及ばんとするが為めなり」と云ふ語あり。その意味は、はたを織る寡婦はよこいとの乏しいのを憂ふべき筈であるに、それを忘れて周の世の亡びんことを憂へるは、やがて禍の身に及ぶことを恐れるが為めである、と云ふのである。こゝに恤緯の憂をいだくとは、丈夫身を忘れて国を憂へるを云ふ。○雨細漁蓑晨挙網、月明耕隴夜駆牛。この二句は、漁父農民の営々として生活にいそしんでゐる様を叙したものと思ふ。漁夫は雨を冒して朝早くから、農夫は月を踏んで夜おそくまで、それ〴〵の仕事を営んでゐる。　○知何日。何れの日なるを知らずといふ意味。　○北望飛蓬万里秋。北は中原を指す。飛蓬は風に吹かれて乱れ飛ぶ蓬草、荒涼の景を意味する。季節は今夏なれども、荒涼の景に対し万里の秋と云ふ。

五月十一日夜坐達旦

莫笑耽書不計年
寒儒業定幾生前
讀經今日韋編絶
作賦當時鐵硯穿
公路晩悲身至此
令威歸歎塚纍然
三更聽雨蓬窗底
又作鰥魚夜不眠

五月十一日夜坐旦に達す

笑ふ莫《なか》れ書に耽《ふけ》りて年を計らざるを、
寒儒業《ゴウ》定まる幾生の前。
経《ケイ》を読んで今日韋編《キヘン》絶え、
賦《フ》を作りて当時鉄硯穿《うが》つ。
公路晩に悲む身の此《ここ》に至るを、
令威帰り歎ず塚纍然。
三更雨を聴く蓬窓の底、
又た鰥魚《クワンギョ》と作《な》つて夜眠らず。

○莫笑耽書不計年。老人の身をも顧みず本ばかり読んで居るからとて、笑つてはいけない。○寒儒業定幾生前。もういくつもの前生から儒者としての業因《ゴウイン》が決まつて居るのだ。寒儒の寒は貧を意味する。○経。儒書。聖人の著した書籍。○韋編。韋《キ》はなめしがは。古の書物は竹簡をなめしがはにて綴ぢたり。そのなめしがはが絶ち切れると云ふのは、書を読むことの頻繁なるを云ふなり。○作賦。こゝではたゞ詩を作るといふ意味。○鉄硯穿。度々使ふので硬い硯が凹んで来ること。○公路。*役人としての生涯。○晩。晩年。○身至此。一身かくの如く窮するに至る。○令威帰歎塚纍然。令威は丁令威のこと。『捜神後記』にいふ、「丁令威、道を霊虚山に学ぶ。後、鶴に化して遼に帰る。城門華表柱に集《と》まる。時に少年あり、弓を挙げて之を射んとす。鶴乃ち飛び、空中を徘徊して言うて曰く、鳥あり鳥あり丁令威、家を去りて千年今始めて帰りしに、城郭故《もと》の如く人民非《しから》ず、何ぞ仙を学び去らざる、空しく見る冢纍纍と。遂に高く上りて天に沖す。云々」。なほ放翁の別の詩には、「遼天華表蒼茫裏、千載何人か令威を識らむ」の句あり。この句と前の句とから成る一聯は、甌北詩話に放翁好句の例として摘出せるものの一。○鰥《クワン》。釈名に、「愁悒《い》寐ねず、目恆《つね》に鰥鰥然、故に鰥字魚に従ふ。魚の目は恆《つね》に閉ぢず」とある。鰥は愁悒してねむる能はざる貌。また老いて妻なき意に用ふ。「老眠寐ねず鰥魚の如し」、「愁は鰥魚に似て夜眠らず」、みな放翁の句なり。

示　客

桑柘成陰百草香
繅車聲裏午風涼
客來莫說人間事
且共山林夏日長

客に示す

桑柘陰《サウシヤかげ》を成《な》して百草香しく、
繅車《サウシヤ》声裏、午風涼し。
客来るも説く莫《なか》れ人間《ジンカン》の事、
且《しばら》く共にせよ山林夏日の長きを。

○柘。やまぐは。○繅車。繭を抽《ひ》きて糸を取る車。○夏日長。事なきを云ふ。

南堂默坐

日日樹頭鵯鵊鳴
夜夜谿邊姑惡聲
堂中老子獨無語
寂然似可終吾生
大鵬一擧九萬程
下視海内徒營營
秋蟲春鳥非我類
何至伴渠鳴不平

南堂黙坐

日々樹頭鵯鵊《ヒカフ》鳴き、
夜夜谿辺姑《コ》悪《アク》声《こゑ》す。
堂中老子独り語なく、
寂然として吾が生を終ふ可きに似たり。
大鵬一挙九万程、
下《しも》、海内《カイダイ》を視れば、徒《いたづら》に営々。
秋虫春鳥我が類《ともがら》に非ず、
*何《いづく》んぞ至りて渠《かれ》に伴ひ不平を鳴らさん。

○鵯鵊《ヒカフ》。あさなきどり。天の明くるを催す鳥の名。欧陽修の詞に「緑窗鵯鵊天明を催す」の句あり。○姑悪。その鳴声から名を得たる水鳥。形くひなに似たり。○大鵬。鵬はおほどり、一気に九万里を飛ぶとされてゐる想像上の鳥。荘子の逍遥遊篇に、「鯤の大なるは其の幾千里なるを知らざる也、化して鳥と為る、其の名を鵬と曰ふ」としてあるもの。自らを大鵬に比す、これはまた恐ろしく元気のよい詩ではある。

夏夜

露溼芙蕖冷
月明薝蔔香
殘醉吹欲無
颼颼髮根涼

夏夜

露湿《うるほ》うて芙蕖《フキヨ》冷《ひやや》かに、
月明かにして薝蔔《センフク》香《かんば》し。
残酔吹いて無からんとし、
颼々《シウシウ》として髪根涼し。

豈惟棄世事　　豈に惟《ただ》に世事を棄つるのみならんや、
形影亦相忘　　形影亦た相忘る。
空憶南山下　　空しく憶ふ南山の下《もと》、
新秋射虎場　　新秋虎を射し場。

○芙蕖。蓮花の異名。　○薝蔔。陸亀蒙の詩に、「薝蔔諸香に冠たり」の句あり。薝蔔は花の名、くちなしのことであらうとのこと。　○残酔云々の一聯は、夏夜涼風の形容。　○颼颼。風の吹く形容。　○髪根。頭髪の毛根。　○形影相忘。形影共に忘るなり。形は自分のからだ、影は自分のからだの影。

看　鏡　　鏡を看る

七十衰翁臥故山　　七十の衰翁故山に臥す、
鏡中無復舊朱顏　　鏡中復た旧朱顔なし。
一聯輕甲流塵積　　一聯の軽甲流塵積もる、
不爲君王戍玉關　　君王の為めに玉関を戍《まも》らず。

○この詩の自註には、次の如く書いてある。「馬正恵公、功名を喜び、毎《つね》に曰く、幸に未*だ甚だ衰へず、若《も》し辺警あらば、願はくは征行に預らん、良*馬数疋を得ば、軽甲一聯足る矣」。　○一聯。ひとそろひ。　○軽甲。軽いよろひ。　○流*塵。放翁の造語であるかも知れない。流はながれ下る意味であらう。　○玉関。前*にも書いておいたやうに、玉門関すなはち西のはてに設けられた関門の名。

太　息　　太　息

太息重太息
吾生誰與歸
那知暮景迫
但覺故人稀
避禍歸猶困
憂讒默亦非
今年貧徹底
擬賣舊漁磯

太息重ねて太息、
吾が生誰と与《とも》にか帰せん。
那《なん》ぞ知らん暮景の迫まれるを、
但《た》だ覚ゆ故人の稀なるを。
禍を避けて帰るも猶ほ困《コン》し、
讒を憂ひて黙するも亦た非なり。
今年貧徹底、
旧漁磯を売らんと擬す。

○前に掲げた今年の春の「蔬食*」と題する詩にも、「今年徹底貧」としてあつたが、こゝにもまた「今年貧徹底」としてある。○誰与帰。帰はくみする意味。○暮景。老境なり。○故人稀。古くからの友人の死に去れるなり。○避禍帰。年譜を見ると、淳熙十六年、年六十五歳の条下に、「冬、口語を以て斥けられ帰る」としてある。口語とは、人のそしりを云ふ。で、詩に、禍を避けてとか、讒を憂ひてとかしてあるのは、みな事実なのである。○旧漁磯。以前から所有してゐた漁場。
○この詩は、放翁の生活が出てゐるので採つた。次の詩も同じである。

夜分不寐起
坐園中至早*

涼氣蘇衰疾
幽情入杖藜

夜分寐《い》ねず園中に
起坐して早《あした》*に至る

涼気衰疾を蘇し、
幽情杖藜に入る。

月驚孤鵲起

天帶衆星西

松菊今彭澤

山川古會稽

淸吟殊未愜

喔喔已晨雞

月は孤鵲を驚かして起り*、

天は衆星を帯びて西す*。

松菊今の彭沢、

山川古《いにしへ》の会稽。

清吟殊に未だ愜《あきた》らず、

喔々《アクアク》已に晨雞。

○夜分。夜半といふに同じ。　○起坐。起きて坐る。夜半どうしても眠れないので、起き出でて園中に坐せるなり。○早。晨旦。夜中園に出て居て遂に夜明けまで寐なかつたのである。放翁の日常にはかうした徹夜が時折ある。○幽情*。しづかな心情。　○杖藜。あかざの杖をつくこと。即ち幽情杖藜に入るとは、杖を曳いて園中を逍遥する間に幽情の生じ来たるを云ふなれども、措辞の妙は説明の及ぶ所でない。　○月驚孤鵲起。鵲はかささぎ。月が出て明かるくなつた為めに鵲が驚くのである。　○天帯衆星西。夜がふけるに従つて色々な星の位置が変はることを、かく云つたのだが、措辞の巧なために、ふけゆく夏の空が眼に見えるやうである。　○松菊。陶淵明の帰去来辞に「三径荒に就いて松菊猶ほ存す」とあるより、松菊は遂に長《とこしな》へに淵明の所有に帰した。唐書、韋表微伝には、「将《まさ》に松菊主人と為り陶淵明に愧ぢざらんとす」といふ句もある由。　○彭沢。陶淵明は一時彭沢の令となつたことがあるので、彭沢と云へば陶淵明を指すことになつた。今の彭沢とは、放翁の自負である。　○山川古会稽。放翁の郷里には古から有名な会稽山があるのである。　○清吟殊未愜。心に満足するだけの詩が出来上がらぬ。「殊に」といふは、夏の夜を園中に起坐して過ごした主たる理由を示す意味を含む。　○喔喔。鶏の鳴く声。喔々已晨雞とは、心に満足するだけの詩が出来上がらぬうちに、はや鶏の声が聞こえ出したと云ふのである。

露坐

露坐

此手乃可憐　　此手乃ち憐む可し、
經月不把酒　　月を経て酒を把《と》らず。
著書又苦晩　　書を著して又た苦《はなは》だ晩《おそ》し、
何以圖不朽　　何を以てか不朽を図《はか》らん。
空庭坐三更　　空庭三更に坐せば、
磊落垂北斗　　磊落として北斗垂る。
向來歷關河　　向来関河を歴、
萬里空回首　　万里空しく首《かうべ》を回《めぐ》らす。
豈知三十年　　豈に知らんや三十年、
竟作越中叟　　竟《つひ》に越中の叟と作《な》る。
後生雖滿眼　　後生《コウセイ》眼に満つと雖も、
非復舊交友　　復た旧交友に非ず。
形體迫衰謝　　形体衰謝迫まる、
妻子亦何有　　妻子亦た何か有らん。
悵望懷古人　　悵望して古人を懐《おも》ひ、
吞聲死農畝　　声を呑んで農畝《ノウホ》に死せん。

○この詩、人をして沈鬱凄愴の気を感ぜしむ。　○露坐。屋外に坐すを云ふ。詩中に空庭三更に坐すと云ふもの是れ。恐らく前に掲げた「夜分不寐起坐園中至早」の詩と同時に成れるものであらう。　○経月不把酒。恐らく病気のためではなく、貧乏で酒を買ふことが出来ぬためなのであらう。　○磊落。塩谷温氏の『新字鑑』にも、簡野道明氏の

『字源』にも、果実の多くかさなりみのる貌としてある。けだし潘岳の閒居賦に「石榴蒲桃の珍、磊落として其の側に蔓衍す」(石榴はざくろ、蒲桃はぶどう)とあるに本づく。しかし必ずしも果実に限らぬことは、こゝの用例によつて分かる。　○向来。先年。　○関河。史記の蘇秦伝に「東に関河あり、西に漢中あり」としてある場合の関河は、函谷関と黄河のことであるが、こゝはたゞ所々の関門、所々の河といふ意味。これは放翁が蜀地に居た時のことを指す。　○豈知三十年、竟作越中叟。放翁が蜀地に居たのは四十台の時であつたから、七十の今となつては、それはほぼ三十年前のことである。豈知三十年は、豈知らんや三十年を経て、といふ意味。放翁の郷里は、昔の呉越の境から少し南に下つた所であるから、本当は越に属する。で、こゝでは越中の叟と云つてゐる。しかし屢〻また呉中と云つてゐることは、他の多くの詩に見るが如くである。　○後生雖満眼。年の若い後輩はいくらも居るけれども、といふ意味。　○衰謝。謝はおとろへ、しぼむ意。　○悵望。悵然としてなげき望む。　○呑声。思ふ所あれども黙して声を発せず。

古稀の放翁　その三、秋

晨起

心安已到無心處
病去渾如未病前
晨起更知秋色好
一庭風露聽鳴蟬

晨起

心安くして已に無心の処に到り、
病去つて渾《すべ》て未だ病まざる前の如し。
晨起更に知る秋色の好きを、
一庭の風露、鳴蟬を聴く。

○如何にも初秋晨朝の清明さを感ぜしめる詩である。風露は風と露。

散歩東郎

偶從北崦繚東崗
曳杖行歌踏夕陽
一徑入雲多鹿跡
數家臨水共漁梁
野風蕭瑟知秋早
社酒淋漓喜歲穰
鄰曲不須憐老憊

東郎を散歩す

偶《たまたま》々北崦《エン》より東崗を繚《めぐ》り、
杖を曳いて行歌、夕陽を踏む。
一径雲に入りて鹿跡多く、
数家水に臨んで漁梁を共にす。
野風蕭瑟《セウシツ》、秋の早きを知り、
社酒淋漓、歳の穰《ゆたか》なるを喜ぶ。
隣曲須《もち》ひず老憊《ラウハイ》を憐むを、

尙能尋句答年光　　　尚ほ能く句を尋ねて年光に答ふ。

○崦。山なり。高青邱の詩に、「鐘を尋ねて蒼茫に入る、一澗復た一崦」の句あり。○崗。岡と同字、小山なり。○行歌。歩みながら歌ふこと。○漁梁。水中に木や竹を並べ立てて魚の往来を堰き止め、そこへ流れ込んで来る魚を捕へるための仕掛。即ちやな。○蕭瑟。ものさびしき貌。楚辞の九弁に「悲いかな秋の気たるや蕭瑟たり、草木揺落して変衰す」の用例あり。○社*酒。村酒といふに同じ。○淋漓。したたる貌。○隣曲。近くのざいしよの人たち。曲は郷曲、ざいしよ。○老憊。老衰といふに同じ。○年光。年華など云ふに同じ、過ぎゆく月日のこと。年光に答ふは、徒に光陰を費すにあらざるを云ふ。

早秋

落魄巴江號放翁
斯名歲晩亦成空
酒醒遙夜孤舟雨
睡美清秋一榻風
駭浪千重無死地
神丹九轉有新功
雲端不遇飛仙過
誰顧幽人寂莫中

早秋

巴江に落魄《ラクタク》して放翁と号せしも、
斯《こ》の名、歳晩に亦た空と成る。
酒は醒む遥夜《エウヤ》孤舟の雨、
睡は美《あま》し清秋一榻《タフ》の風。
駭浪千重死地なく、
神丹九転新功あり。
雲端飛仙の過ぐるに遇はずんば、
誰か顧みん幽人寂莫の中。

○巴江。古の巴の地にある川の名。今の陝西省と四川省との境をなす大巴山山脈に源を発して渠江に合し、渠江は巴県(今の重慶)に至つて揚子江の上流に合流してゐる。放翁は四十五*歳の時に夔州(今の四川省の西境)の通判といふ役人になつて巴蜀の地に入つてから、度々役目は変つたが、約十年間、この地方に赴任して居たのである。 ○落魄《ラクタク》。おちぶれること、魄は零落を意味する場合タクと発音する。当時放翁は決して落ちぶれて居たのではないが、地方の通判などして居て得意になつた訳でもあるまい。で、言葉の勢で落魄と云つたのであり、それは零落しても居なかつた杜牧が嘗て「落魄江湖酒を載せて行く」と詠じたのと、同じ気持である。気持の問題で、物質的の境遇を云ふのではない。 ○号放翁。放翁は五十歳の秋に蜀州の通判となり、冬には栄州の通判となつたが(歴史本を見ると、宋の太祖は、文治主義を実行した人で、唐朝以来、地方の節度使が跋扈する弊を認め、節度使の代りに中央の文官を地方に派し、また通判を派して兵政と民政の衝に当らしめた、としてある)、翌年には、范成大なる役人が派遣されて来て蜀の帥となり、放翁は参議官として其の幕僚となつた。その時のことを、本伝には次の如く書いてある。「范成大蜀に帥し、游(放翁の名)参議官と為る。*文字の交を以て礼法に拘らず、人其の頽放を*譏《とが》む。*因て放翁と号す」としてある。放は、放肆、放逸などいふ場合の放である。昔し陶淵明は彭沢の令となつてゐた時、上官が派遣されて来たので、束帯して之を迎へなければならぬと聞き、吾豈に五斗米のために腰を郷里の小人に屈せんやと言つて、任に在ること僅に七十日、即日印綬を解いて任地を去つた、と伝へられて居るが、放翁もやゝそれに似て居た所があつたのであらう。 ○斯名歳晩亦成空。已に晩年に及び郷里に帰臥する今となつては、放翁の号も無用となった、といふのである。 ○遥夜。長夜といふに同じ。 ○榻は榻牀、こしかけ。一台のこしかけに坐睡して、清秋の風に吹かれるを、睡美清秋一榻風と云つたのである。美は甘美、睡美は快眠なり。 ○駭浪千重無死地。壮時の生活の回顧。狂瀾怒濤の間に幾度となく浮沈を重ねたが、遂に一死を免れた、といふ意味。これは啻に人情の険阻を云つたばかりではない、蜀に居た頃は、事実、幾度か山川の険を冒したのであつて、当時の作には、例へば、「白頭郷万里、此の虎豹の宅に堕つ。道辺新たに人を食ふ、膏血草棘を染む」などいふ句がある。 ○神丹九転。神丹は長生不死の薬。九転とは、かゝる丹薬を入念に錬ること。白楽天の詩にも河車九転宜精錬の句がある。こゝの一句は、事実、道家の真似をして丹を錬ると云ふのではなく、世事を抛擲して神経を労せざることが、自然に長生不死の道に合するを云ふ。 ○雲端云云の尾聯は、この辺の空を仙人が飛び過ぎでもしなければ、事の序にこの幽居を顧みる者もなからう、との意味。

○早秋の詩はこの時四首成つた。その中には、「世事本来誰得鹿、人生何処不亡羊」(世事本来誰か鹿を得る、人生何れの処か亡羊ならざらん)とか、「嬾似老雞頻失旦、衰如蠹葉早知秋」(嬾は老雞の頻りに旦を失するに似、衰は蠹葉の早く秋を知るが如し)とか云ふやうな好句を含んだものもあるが、『放翁先生詩鈔』の例に従つて、こゝには此の一首を録した。

七月二十一日午
睡夢泛江風濤甚
壮覚而有賦

夢中不記適何邦
風飽蒲颿入大江
久矣眼中無此快
蹴天雪浪濺船窗

七月二十一日午睡し、
夢に江に泛《うか》ぶ、風濤甚
だ壮、覚めて賦あり

夢中何れの邦に適《ゆ》くやを記《おぼ》えず、
風は蒲颿《ホハン》に飽きて大江に入る。
久し矣眼中此の快なきこと、
天を蹴るの雪浪船窗に濺《そそ》ぐ。

○放翁には夢の詩が多い。これについて甌北詩話には、「夢を紀する詩の如きは、全集を核集*するに、共に九十九首、人生安《いづく》んぞ許《かく》*の如き夢あるを得ん。此れ必ず詩ありて題なし、遂に之を夢に托するのみ」と云つてあるが、これのみは詩話の説に従ふことが出来ない。私は実際に夢を見たものと考へるが、委《くは》しいことは他の機会に譲る。
○蒲颿。蒲で作つた帆。

歩至湖上寓
小舟還舎

歩して湖上に至り小
舟に寓《いへ》して舎に還《かへ》る

凄涼懐古地
慘澹暮秋天
紅樹秦馳道
青山禹廟壖
湖風飄斷角
墟日起孤煙
老恨功名晩
無人共著鞭

凄涼たり懐古の地、
慘澹たり暮秋の天。
紅樹秦の馳道、
青山禹の廟壖《べウゼン》。
湖風断角を飄《ふ》き、
墟日孤煙起る。
老いて恨む功名の晩《おそ》きを、
人の共に鞭を著くる無し。

又

病墮支離境
閑尋漫浪遊
湖平天鏡曉
山峭石帆秋
賖酒家家許
看花處處留
歸途倦扶杖
卻上釣魚舟

又

病は墮す支離の境、
閑は尋ぬ漫浪の遊。
湖は平かなり天鏡の曉、
山は峭《けは》し石帆の秋。
酒を賖《おぎの》りて家々許《うべな》ひ、
花を看て処々に留まる。
帰途杖に扶《たす》けらるるに倦み、
却《かへつ》て釣魚《テウギヨ》の舟に上《のぼ》る。

又

萬壑爭流地
身閑得縱觀
未能容蟹舍
聊得寄漁竿
遠浦樵風急
空山窆石寒
踟蹰不知晩
磔磔有歸翰

又

細浪隨搖檝
新涼入岸巾
斷行初到雁
空擔暮歸人
漫道貧非病
誰知嬾是眞
疎鐘起詩思
迢遞度煙津

又

万壑流れを争ふの地、
身閑にして縦観を得たり。
未だ蟹舎を容《い》るる能はざるも、
聊《いささ》か漁竿を寄するを得たり。
遠浦樵風急に、
空山窆石《ヘンセキ》寒し。
踟蹰《チチユ》して晩《く》るるを知らず、
磔々《タクタク》として帰翰あり。

又

細浪揺檝《エウシフ》に随ひ、
新涼岸巾に入る。
断行初めて到る雁、
空担暮に帰るの人。
漫《みだり》に道《い》ふ貧病《ヒンやまひ》に非ずと、
誰か知らん嬾《ラン》是れ真なるを。
疎鐘詩思を起し、
迢遞《テウテイ》煙津を度《わた》る。

○同題の詩五首のうち、こゝには四首を録した。湖上は湖水のほとり。歩いて湖水のほとりに出遊し、帰途は小舟に乗つて帰つた時の作である。

○懐古地。放翁の郷里は今の浙江省の紹興に近い所であるが、この紹興の東南には会稽山といふ山があり、むかし呉王夫差の越王句践を囲みし有名な史蹟である。委しく云へば、越王句践の父が最初呉王の闔閭に破らる。句践因りて闔閭を破る。闔閭の子夫差、また句践を攻めて之を会稽山に囲み、句践は勢つきて遂に和を乞ふ。之を会稽の恥といふ。後、越王、范蠡を謀臣となし、臥薪嘗胆の苦を積み、遂にまた夫差を破る。之を会稽の恥を雪《そそ》ぐと云ふ。児島高徳の詩句と伝へられてゐる「天句践を空うするなかれ、時に范蠡なきにしもあらず」は、人のよく知るところ。○秦馳道。馳道とは輦路即ち天子の御成道のこと。『史記』の秦始皇紀に、「二十七年、爵一級を賜ひ馳道を治む」とある如く、秦の始皇の時に之を造れり。故に秦の馳道と云ふ。この馳道は放翁の家に近かりしなり。*彼の別の詩には、「草莽、秦の馳道。雲煙、越の故城」の句あり。　○禹廟壖。禹をまつつたたまやの垣。鏡湖のほとりに禹廟のあることは、別の詩にも見ゆ。　○断角。角は角笛《つのぶえ》のことであらう。その笛の音のきれ〴〵に聞こゆるを断角と云つたのだと思ふ。*間違つてゐるかも知れない。　○*墟日。こゝの墟は大壑の意で、そこに沈みゆく日を墟日と云つたものかと思ふが、これも確かでない。　○著鞭。むちをあてること。高適の詩に「鞭を著けて驅馬を駆る」の句あり。無人共著鞭とは、同好の人なきを云ふ。

○支離。はなればなれ。からだの衰へくづれたるを云ふ。　○閑尋漫浪遊。漫浪は目あてなしにぶら〳〵歩くこと。閑暇なことは、ぶら〳〵遊んで歩いてゐるほどだといふ意味。　○天鏡。鏡湖のこと。　○石帆。鏡湖のほとりにある山の名。　○賒。かけがひ。家々許は、どこの酒屋でも掛け売りしてくれるといふ意味。

○万壑争流地。沢山のたにがあつて、そこに水が流れ落ち、湖水に注いでゐるのである。　○未能容蟹舎云々。たにまへ漁舎を作るまでには至らぬが、しかし一日中そこで釣竿を垂れることが出来た、との意味。　○遠浦。遠くつゞける浦。　○樵風。雑木山から吹き来る風。　○空山窆《ヘン》石寒。空山は誰も住んでゐない山。窆は棺を墓穴に下して埋めること、窆石とは其の墓穴を覆ふ石。そこは墓場になつてゐる山だと見える。　○踟躕《チチユ》。心を残して去ることを躊躇するなり。　○不知晩。日の暮るるを覚えざりしに、ふと帰翰の声に驚かされた、と云ふので、次の磔磔有帰翰の句が置かれてゐる。　○磔磔《タクタク》。鳥の鳴声の形容。　○翰*。やまどり。雉の一種。帰翰は、日が暮れたため山に帰つて来た翰。
○揺櫂。櫂は楫と同字、かぢ。そのかぢを動かすにつれて、さざなみが起ることを、細浪随揺櫂と云つたのである。
○岸巾。岸幘《ガンサク》に同じ、頭巾をぬぐこと。新涼入岸巾とは、新秋の涼気が頭巾をぬいだ頭髪に吹き入ることである。
○断行。雁がまだ列を成すに至らぬを云ふ。　○空担。荷物を担いで出た人が、今は空の担具を負うて帰るなり。恐らく放翁の新造語であらう。　○漫道貧非病。貧乏は病気ではないと云ふが、四百四病の病《やまひ》より貧ほど辛いものはない。　○嬾是真。真はまことの道、妙道などいふ意味。　○疎鐘。間隔を置いて聞こえて来る鐘の声。　○迢遞度煙津。迢遞は遥かに遠き意味。煙津は煙*のたちこめた船つき場。鐘の声が遥かに遠く、煙のたちこめた浜辺をつたひながら、消えて行くのである。夕ぐれの鐘は、いつどこで聞いても、あはれなものだが、秋のゆふぐれ迢遞として煙津を度るといふこゝの疎鐘は、またすぐれてあはれに覚える。

雨夕排悶

買牛耕剡曲
擧世笑迂疎
流落愈憂國
衰殘猶讀書
滔滔安稅駕
耿耿獨愁余
破屋秋多雨

雨の夕べ悶を排《しりぞ》く

牛を買うて剡曲《エンキヨク》に耕す、
世を挙げて迂疎を笑ふ。
流落愈ゝ《いよいよ》国を憂ひ、
衰残猶ほ書を読む。
滔々として安《いづく》にか駕を税《と》かん、
耿々《カウカウ》として独り余《われ》を愁ふ。
破屋秋雨多し、

情懐用底攄　　情懐底《なに》を用《も》って攄《チヨ》せん。

○剡曲。剡は川の名、曲はくま。○滔滔安税駕。税駕とは、車につけたる馬を解きて休むこと。滔滔は、年滔滔として日遠しなど云ふ場合の滔滔、行き去るさま、遠く行き去るも遂に心を休め得る地なきことを、滔々として安くにか駕を解「ママ」かんと云つたのである。○耿耿。詩経に「耿々として寐《い》ねず」といふ句がある由、こゝの耿々はそれと同じ、心安らかならざるさま。○攄《チヨ》。舒《のぶ》と同義。班固、答賓戯に「独り意を宇宙の外に攄ぶ」とあり、唐太宗、翠微宮詩に「懐を攄ぶ俗塵の外、高きを眺む白雲の中」とある用例と同じ。

買　酒　　酒を買ふ

放翁病起不禁愁　　放翁病より起きて愁に禁《た》へず、
買酒看山自獻酬　　酒を買うて山を看、自《みづか》ら献酬す。
八月呉中未搖落　　八月呉中未だ揺落せざるに、
誰令衰鬢早知秋　　誰か衰鬢をして早く秋を知らしむ。

○老境のさびしさ、清秋のあはれさが、行間にただようてゐる。文字は二十八字だが、意はつきない。○揺落。木の葉が風に揺られて落ちること。放翁の郷里なる呉の地は、南方の暖国ゆゑ、秋が来ることが遅いのである。草木未だ秋を知らざるに、人は頻りに秋の愁にひたる。それで誰か衰鬢をして早く秋を知らしむと云ふなり。

題齋壁　　斎壁に題す

閉門無事不勝閑　　門を閉ぢて無事、閑に勝《た》へず、
心境超然一室寛　　心境超然として一室寛《ひろ》し。

香岫火深生細靄
硯池風過起微瀾
睡餘但欲依書几
坐久還思弄釣竿
擾擾平生成底事
鏡湖歸隱老黄冠

香岫《カウシウ》火深うして細靄を生じ、
硯池風過ぎて微瀾を起す。
睡余但《た》だ書几に依らんと欲し、
坐する久うして還《ま》た釣竿を弄せんと思ふ。
擾々《ぜウぜウ》として平生《へイセイ》底事《なにごと》をか成せし、
鏡湖帰隠の老黄冠。

又

手斸雲根結草廬
平生心事滿無餘
二升菰米晨炊飯
一椀松燈夜讀書
天理直須閑處看
人謀常向巧中疎
煙波有趣君知否
裂網伸鉤也得魚

又

手に雲根を斸《き》りて草廬を結ぶ、
平生の心事満たして余す無し。
二升の菰米《コベイ》、晨《あした》に飯《ハン》を炊《かし》ぎ、
一椀の松灯、夜《よる》は書を読む。
天理直ちに須《すべか》らく閑処に看るべし、
人謀常に巧中に向つて疎なり。
煙波趣あり君知るや否や、
裂網伸鉤也《ま》た魚を得。

○題斎壁は、書斎の壁に題する意味。　○超然。世俗の拘束を脱して心けだかき貌。　○一室寛は、心ひろく体ゆたかなるを以て、せまき書斎も広く感じる、といふ意味。　○香岫。岫は山の巌穴、陶淵明の帰去来辞に「雲心なうして以て岫を出で云々」とあるのを思ひ出さしめる文字。香岫とは、香炉の中の香が山のほらあなの形をしたるを指し、次の句にある硯池に対せしめた文字。　○細靄。香のけむりを香靄といふ、それが細く線をひいて上ぼる様を、細靄生ずと云つたのである。　○硯池。すずりのうみ。風過ぎて微瀾を起すとしてあるから、これは書でもかくための大きな硯なのである。硯の海のなみを見ると云ふのは、香炉から上ぼる細靄と共に、書斎の静けさを思はす。○擾擾。ざわざわとして落ち付かぬさま。　○平生。むかし。擾々としてこれまで何事を成就したであらうぞ、と云ふのが、ここの一句の意味。　○黄冠。わらで作つた平民の冠。

○雲根。雲は雨気が山上の石に触れて生ずるものゆゑ、石のことを雲根と云ふ。賈島の詩に「石を移して雲根を動かす」とあるが如し。　○菰米。菰はまこも、水草の一種、菖蒲に似て高さ四五尺、春末、白色の薹を生じ、夏秋の間には、花を開き実を結ぶ。之を菰米、胡米、雕胡米などと云ひ、採りて食用に供す。放翁の別*の詩には「一枕の蘋風、午酔《ひる》ひ、二升の菰米、晨に炊ぐ」といふ句がある。　○松灯。松膏のともしび。　○人謀常向巧中疎。向っては、於いてといふとほぼ同じ。ここの句は、小智を弄して見ても結局ぼろが出るばかりだとの意味。なほ天理直須閑処看、人謀常向巧中疎の一聯は、『甌北詩話』に放翁好句の例として摘出せるものの一。　○裂網伸鈎也得魚。裂けた網、曲がつてゐない鈎で、魚が捕れる筈はなささうだが、案外さうでもない、と云ふので、先きの人謀常向巧中疎の句と表裏を成してゐる。

秋　晩

秋菰出水白於玉
寒薺繞牆甘若飴
正是長齋豈不可
凜然大節固難移

秋　晩

秋菰水を出でて玉よりも白く、
寒薺牆を繞《めぐ》りて飴よりも甘し。
正に是れ長斎豈に可ならざらんや、
凜然たる大節固《もと》より移し難し。

又

竹竿坡面老別駕
飯顆山頭痩拾遺
自古詩人例如此
放翁窮死未須悲

又

竹竿坡面の老別駕、
飯顆山頭の痩拾遺《ソウシフキ》。
古《いにしへ》より詩人例《みな》此《かく》の如し、
放翁窮死すとも未だ悲むべからず。

○同題の詩四首あり、こゝには其の中の二首を録した。
○秋菰。これは前に掲げたまこものこと。玉よりも白しといふのは、多分その白色の薹を形容したものであらう。
○寒薺。秋のなづな。　○牆はかきね。　○長斎。ずつと菜食をつゞけること。
○別駕。刺史が州を巡察するとき、随ひ行く官、別に駕して行くがゆゑに此の名を生ず。こゝの老別駕といふのは、多分蘇軾のことであらう。彼は晩年、瓊州別駕に貶せられて、昌化といふ蛮地に住した。　○竹竿坡面といふのは、東坡が嘗て黄州団練副使として黄州に赴任した時、谿谷の東坡に室を築いて自ら東坡居士と称するに至つた、と云ふ故事に本づいたものかと思ふ。東坡八首はその時の詩で、その引には次の如く書いてある。「余黄州に在る*二年、日に以て困匱す。故人馬正卿、余が食に乏しきを哀れみ、為めに郡中に於いて、故営地数十畝を請ひ、其の中に躬耕するを得せしむ。地既に久しく荒れ、茨棘瓦礫の場と為る。而かも歳又た大旱。墾闢の労、筋力殆んど尽き、耒《すき》を釈《す》てて嘆ず。乃ち是の詩を作り、自ら其の勤を愍《あはれ》む。云々」。なほ東坡八首の詩の中には、「家に十畝の竹あり」といふ句がある。以て東坡に竹林の存せしことを知るに足る。　○拾遺。天子の気づかぬことを拾ひ上げて諫めると云ふ意味から出た官名。ここの痩拾遺といふのは、杜甫のことを指すものに相違ない。先きに述べた東坡八首の中にも「憐む可し杜拾遺」*なる句がある。けだし杜甫は嘗て右拾遺に任ぜられたことがあるのである。　○飯顆山。放翁の別*の詩に、「晩歳羸軀飯顆の山」といふ句がある。飯顆の山とは、飯粒を盛つてこしらへた山、もろく崩れ易きことを意味する。杜甫は晩年、衡山に遊び、耒陽《ライヤウ》に寓し居たるが、或日岳廟に遊び、暴水のために阻められ、旬日にわたりて食を得ず、耒陽の令これを知り、助けて還る、といふことが伝へられてゐる。斯様に山の上であぶない目に逢つて飢えたことがあるので、飯顆山上の痩拾遺と云つたものと思はれる。〇放翁窮死云々。晩年の貧窮については、前*に述べたから、こゝには繰り返へさない。

閑中

閑中高趣傲羲皇
身臥維摩示病床
活眼硯凹宜墨色
長毫甌小聚茶香
門無客至惟風月
案有書存但老荘
問我東帰今幾日
坐看庭樹六番黄

閑中

閑中の高趣、羲皇《キクワウ》に傲《おご》る、
身は臥す維摩《ユヰマ》病を示す床。
活眼、硯凹《すずりアフ》にして、墨色に宜しく、
長毫、甌《かめ》小にして、茶香《サカウ》を聚《あつ》む。
門に客の至る無く惟《た》だ風月、
案に書の存する有り但《た》だ老荘。
我に問ふ東帰今幾日ぞ、
坐して看る庭樹の六番黄なるを。

〇標題は詩の最初の二字を取つたもの。〇閑中高趣。閑中は忙中の反対。高趣はけだかきおもむき。〇傲羲皇。羲皇は支那古代の聖天子、伏羲氏のこと。晋書の隠逸伝には、「陶潜(淵明)嘗て言ふ、夏月虚閑、北窓の下に高臥す、清風颯至《サツシ》、自ら羲皇上の人と謂ふ」とある由。羲皇上の人とは、羲皇以上の人といふ意味、即ち世を忘れ俗を離れ安逸の境にある人のことである。傲は、おごる、ほこる、しのぐなどの意。即ち羲皇に傲るとは、羲皇上の人といふと同じである。白楽天の竹窓の詩には、「清風北窓に臥す、以て羲皇に傲る可し」の句がある。〇身臥維摩示病床。維摩は維摩経の主人公。この経の中に、維摩が仮に病を装うて人に説法する個所がある。これはそれに本づいた句。

本当の病気ではなく、病気の様を人に見せてゐるだけだから、病を示すとしてある。今、閒中の放翁は、昼間床上に身を横たへて居ても、病苦のために臥して居るのではないから、身は臥す維摩病を示すの床と云つた。この維摩といふ人は、出家した僧侶ではなく、在家のまま菩薩道を行じた居士とされてゐる。この句の中には、放翁みづから自分を維摩に比せし自負が含まれてゐる。此の年の夜意と題する詩の中には、「家に居るも元《も》と是れ客、俗に在るも亦た僧の如し」としてあるが、それが今思ひ出される。○活眼*。李之彦の硯譜に「晶瑩愛す可し、之を活眼と謂ふ」としてある由。瑩《エイ》とは玉に似た美しき石のこと、晶は光沢のひかる意味。即ち活眼といふのは硯石の名で、例へば端渓などいふと同じ類。○硯凹。これは凹心《アフシン》硯、即ち硯の中央が低く凹んで、そこがうみとなつてゐるもの、を指すのである。輟耕録といふ書には、「晋人多く凹心硯を用ふるは、墨を磨りて瀋《しる》を貯へんと欲するのみ」としてある由。○長毫。抹茶をたてる際、茶をかきまはして泡を発せしめるための、茶筅のほそげの長きを云ふのであらう。○門無客至惟風月、案有書存但老荘。この頸聯は甌北詩話に、放翁好句の例として選び出だせるものの一つである。老荘は言ふまでもなく、老子と荘子、共に書名。○問我東帰今幾日。東帰は東のかた越中に帰隠したこと。今日羲皇に傲るほどの閒居の様を見ると、昨日今日に帰隠したものと思へぬが、一体東帰して何日になるのだ、と問ひ、之に答へたのが、次の結句である。○庭樹六番黄。六番は六回。即ち庭樹六番黄とは、六たび秋を迎へた意。放翁は六十五歳の時から家居してゐるのだから、隠退した年の秋を算入すると、今年七十の秋は丁度六回目の秋になるのである。しかし隠退したのは、実際は六十五歳の年のすでに秋を過ぎた時であつた。

古稀*の放翁　その四、冬

三峡歌

乾道庚寅、予始めて蜀に入り、三峡を上下すること屢《しばしば》なり。後二十五年、山陰に帰耕し、偶《たまたま》梁簡文の巴東三峡歌を読み、之に感じて、九首を擬作す。実に紹熙甲寅十月二日也。

十二巫山見九峯
船頭彩翠滿秋空
朝雲暮雨渾虛語
一夜猿啼明月中

十二巫山、九峰を見る、
船頭、彩翠、秋空に満つ。
朝雲暮雨渾《す》べて虚語、
一夜猿は啼く明月の中。

又

錦繡樓前看賣花
麝香山下摘新茶
長安卿相多憂畏
老向夔州不用嗟

又

錦繡楼前売花を看、
麝香山下新茶を摘む。
長安の卿相、憂畏多し、
老いて夔州に向ふも嗟するを用ひず。

又

萬州溪西花柳多

又

万州渓西、花柳多し、

四鄰相應竹枝歌　　四隣相応ず竹枝の歌。
問君今夕不痛飲　　君に問ふ今夕痛飲せずんば、
奈此滿川明月何　　此の満川の明月を奈何《いかん》。

又　　又

我遊南賓春暮時　　我*れ南賓春暮の時に遊び、
蜀船曾繫挂猿枝　　蜀船曾《かつ》て繋ぐ挂猿の枝。
雲迷江岸屈原塔　　雲は迷ふ江岸屈原の塔、
花落空山夏禹祠　　花は落つ空山夏禹の祠。

○作者の引に見ゆるが如く、同題の詩は同じ日に九首出来てゐるが、こゝにはそのうちの四首を録した。うち十二巫山と我遊南賓の二首は、宋詩百一抄の編者が採録した放翁の七絶十五首の中に属する。○三峡の険。揚子江を遡ること千六百キロ、宜昌を過ぎて三峡の険に入り、夔州に至る百余浬の間は、両岸近く相迫つて水流を沮《はば》み、千仞の断崖絶壁、江面より直立し、江流これに激して、急湍となり、滝津瀬となり、渦巻となる。古来この三峡を過ぎんとして難船の厄に遭つた舟筏は、数千万に上ぼると称せられる。崔塗の巫山旅別の詩に、「五千里外三年の客、十二峰前一望の秋。限りなきの別魂招くこと得ず、夕陽西に下り水東に流る」といふのがあるが、この限りなきの別魂と云ふのは、即ち江底の鬼と化した数千万の人々の霊魂なのである。○乾道庚寅は乾道六年、放翁四十六歳の時のことである。彼は夔州の通判に任ぜられ、この年閏五月を以て行を起し、十月二十七日夔州に到着したのである。今七十の時から算へると、なるほど二十五年を経過してゐる訳である。○十二巫山見九峰。前に引いた崔塗の詩にもあるやうに、巫山は十二峰から成つてゐる、そのうち今九つの峰が見えてゐるのである。巫山は夔州の東にある山の名、この山の下は有名な巫山峡である。○船頭。ふねのへさき。○

彩翠。巫山の美しき翠微。　○朝雲暮雨。宋玉の作つた高唐賦に、「昔し先王嘗て高唐に遊び、怠りて昼寝《い》ね、夢に一婦人を見る。曰く、妾は巫山の女なり、高唐の客となる。君高唐に游ぶと聞き、枕席を薦《すす》めんことを願ふ、と。王因つて幸《みゆき》す。去るの辞に曰ふ、妾は巫山の陽、高丘の阻に在り、旦には朝雲と為り、暮には行雨と為らん、と。朝朝暮暮、陽台のもと、*之を視るに言の如し。故に為めに廟を立て、号《なづ》けて朝雲と曰ふ」とあるに由来せるもの。　○渾虚語。巫山の女が雲となつても現はれず、雨となつても現はれず、空は晴れて一夜中猿の啼声が明月のもとに聞こえた、と云ふのである。

○錦繍楼。*麝香山。いづれも固有名詞であらう。三峡の何れにあるやを審にし得ない。　○長安。首都を意味する。当時の首都は実は江南の杭州であつた。

○万州渓。これも固有名詞。　○竹枝。男女の情事又は土地の風俗などを詠じたるもの。

○*南賓。地名なれども今その処を審にせず。　○挂猿枝。猿をかく枝、即ち猿がぶらさがつてゐる木の枝。

十月三日泛
舟湖中作

桑落可釀酒
草枯可呼鷹
平生當此時
意氣十倍增
即今境界別
千錢買短篷
鏡湖三百里

十月三日*舟を泛《うか》
べて湖中の作

桑落ちて酒を醸す可く、
草枯れて鷹を呼ぶ可し。
平生此の時に当れば、
意気十倍増せしも、
即今境界別、
千銭短篷を買ひ、
鏡湖三百里、

往來寒日中　往来す寒日の中。
小甑炊彫胡　小甑《ソウ》彫胡を炊《かし》ぐ、
玉食無此美　玉食此の美なし。
臥聞水鳥聲　臥して聞く水鳥の声、
世念去如洗　世念去りて洗ふが如し。
知此恨太晩　此を知る太《はなは》だ晩《おそ》きを恨み、
享此恐不足　此を享《う》けて足らざるを恐る。
南山忽已昏　南山忽ち已に昏し、
更就漁村宿　更に漁村に就いて宿《やど》す。

○偶〻日附があるので分かるが、昨日は七絶九首を作り、今日はまたこの五古を賦してゐる。日記をつけるやうに詩を題してゐたことが分かる。　○桑落。桑の葉が枯れ落ちる頃が酒を醸すに適当な時節なのであらう。　○可呼鷹。狩に出る意味であらう。　○平生。以前はの意。　○短篷。小さな舟のこと。篷は舟のとま。　○甑。土やきの槽、上は大きく下はほそく、釜の上にのせて米などを蒸すもの。　○彫胡。前に、*菰米は一に彫胡米または胡米とも云ふ、と記して置いた通りである。水草の一たるまこもの実にて、食用に供せられるもの。　○玉食。かねをかけた贅沢な食物。　○この詩も亦た趙翼の評に言ふ所の「平易人に近きを以て、その錬少きかと疑ふ」の一例。

早行　早行

寒漏参差斷　寒漏参差《シンシ》として断え、
晨雞次第鳴　晨雞次第に鳴く。

匆匆半枕夢　　匆々半枕の夢、
草草一盃羹　　草々一盃《バイ》の羹《あつもの》。
澤國多逢雨　　沢国雨に逢ふこと多く、
閑人不計程　　閑人程を計らず。
雲間出寸塔　　雲間寸塔出づ、
迎我有餘情　　我を迎へて余情あり。

○漏。水時計。こゝはその水時計の声を指す。私はその声を聞いたことがないが、杜甫の詩に「五夜漏声暁箭を催す」などとあるのを見れば、水の漏れる音が聞こえるのだと見える。　○参差。長短斉しからざる形容。水時計が一夜中水を漏らして、もはや水が無くなりかけてゐるのだらう。　○匆匆。怱怱に同じ、急遽の義。　○草草。前の匆匆と同し。いうい
うとぐっすり眠らないで匆々に起き、朝食も取急いですますなり。　○盃は杯に同じ。ひろく液物を盛る器物のことを云ふ。　○沢国。池沼などの多き土地、水郷といふに同じ。　○不計程。一日の行程を予め計画することなく、雨でも降り出したら、行くことをやめる意味。

久雨

黄葉雨中盡　　黄葉雨中に尽き、
飢鴻煙際來　　飢鴻煙際に来たる。
時艱歳仍惡　　時艱《ときカン》にして歳仍《しき》りに悪く、
身死病相催　　身は死病相催す。
西埭無行路　　西埭《セイタイ》行路《カウロ》なく、

南山有疾雷　　南山疾雷あり。
嚢空罷沽酒　　嚢空うして酒を沽《か》ふを罷《や》む、
一酔轉悠哉　　一酔転《うた》た悠なるかな。

○煙際の煙は煙霧。○埭。船の交通税を徴収するために、河中に築いたせき。○行路。路行く人。○悠哉。思ふ心の長くして尽くるところなき義。一酔転悠哉は、一酔して思ひ悠然たりと云ふのではなく、一酔せんことを頻りに思ふ意。嚢空うして酒を沽ふことを罷む、としてあるから、銭がないので好きな酒も長く手にせずに、長雨にとぢ込められて居たのである。現に、この詩の次にある詩には、「偶ゝ長魚巨蟹を得、酒を命じて小飲す、蓋し久しく此の挙なき也」と題してある。依然として貧乏が続いてゐることが察しられる。

初冬　　　初冬

老客人間百事慵　　老客人間《ジンカン》の百事に慵《ものう》し、
樂哉閉戸過今冬　　楽しいかな戸を閉ぢて今冬を過ぐ。
朝爐獸炭騰紅焔　　朝炉の獣炭紅焔騰《あが》り、
夜榻蠻氈擁紫茸　　夜榻の蛮氈紫茸《シジヨウ》を擁す。
蛸刺坼蓬新栗熟　　蛸刺《キシ》蓬を坼《ひら》いて新栗熟し、
鵝雛弄色凍醅濃　　鵝雛色を弄して凍醅濃し。
題詩正自消閑日　　詩を題して正に自ら閑日を消す、
本不爭先萬戸封　　本《も》と先《さき》を争はず万戸の封。

○獣炭。晋書に「王琇*、性豪侈、屑炭を以て獣形を作る。洛下*の豪貴競うて之に倣《なら》ふ」とある由。即ち獣炭とは、炭を粉にして獣の形を造った炭団《たどん》の一種である。　○蛮氈。蛮地で産する毛氈。「蛮氈は西南の諸蛮より出づ。蛮人は昼は披、夜は臥す。貴賤なく人一氈あり」。　○紫茸。紫は毛氈の色、茸は左伝に「狐裘尨茸」とある其の茸で、草や毛の散り乱れるさまを云ふ。　○蝟刺《キシ》坼蓬。栗のとげの口を開ける形容。蝟ははりねずみ、刺はとげ。蓬はよもぎ、蓬髪などと熟し、物のみだれたるに譬ふ。　○鵝雛弄色。これは酒の色の形容。酒の色が鵝鳥の雛の羽毛に似たるを云ふ。放翁の別の詩に、「酒は鵝児の殻を破つて黄なるに似たり」といふ妙句がある。　○醅《バイ》。にごりざけ。　○万戸封。万戸の封地を有する諸侯のことを万戸侯といふ、その万戸侯となること。佐藤春夫の詩集のはしがきに、「千首詩こそ万戸侯を軽んじもせむ」といふ語あり、今それを思ひ出だす。

買屐

一雨三日泥
泥乾雨還作
出門毎有礙
使我慘不樂
百錢買木屐
日日繞村行
東阡與北陌
不*問陰與晴
青鞋豈不佳
要是欠耐久

屐を買ふ

一雨三日泥、
泥乾いて雨還《ま》た作《おこ》る。
門を出づるに毎《つね》に礙《さまたげ》あり、
我をして慘として楽まざらしむ。
百銭木屐《ボクゲキ》を買ひ、
日々村を繞《めぐ》つて行く。
東阡と北陌と、
陰と晴とを問はず。
青鞋豈に佳ならざらんや、
要は是れ耐久を欠く。

何當踏深雪　　何ぞ当《ま》さに*深雪を踏むべき、
就飲湖橋酒　　飲に就く湖橋の酒。

○放翁の詩は何れも平明であるが、近体の詩と異り、古体の詩になると殊に平易頗る人に近い。この詩などもその一例である。
○屐。木製のはきもの。こんなもの一つ買ふのも問題になるほどの貧乏生活であつたと思はれる。○阡陌。田間の道。東西を陌と云ひ、南北を阡と云ふとの説あれども、こゝでの用法は東西を阡となし、南北を陌としてゐる。○就飲湖橋酒。鏡湖のほとりにある橋のふもとの旗亭で酒を飲むこと。

贈道友　　道友に贈る

當時辛苦學長生　　当時辛苦長生を学び、
準擬中原看太平　　準擬す中原太平を看んことを。
今日醉遊心已足　　今日酔遊心已に足り、
一瓢歸去隱青城　　一瓢帰り去つて青城に隠る。

○同題の詩五首あり、こゝにはその一を録す。○準擬。自ら期する意味。白楽天の詩に「准擬せず身年六十」とあるが如し。○中原看太平。金人に奪はれた中原の地を宋に恢復すること。これについては既に度々書いたから、ここには略する。

示子聿　　子聿に示す

儒林早歳竊虛名　　儒林早歳虚名を竊《ぬす》む、

白首何曾負短檠　　白首何ぞ曾《かつ》て短檠に負《そむ》かん。
堪歎一衰今至此　　歎ずるに堪へたり一衰今此《ここ》に至る、
夢回聞汝讀書聲　　夢回《めぐ》りて汝が読書の声を聞く。

○子聿。放翁八十四歳の時の詩に、「家に伝ふ六児子、其の四今皓首」とあり。長男は子虡と云ひ、次男は子坦*と云ふ。子聿は多分末子であらう。○白首何曾負短檠。短檠は夜間読書のための灯火を指す。老境に入つても夜間曾て読書を廃したことも無かつたのに、と云ふ意味。多くの詩に現はれてゐるやうに、放翁はなか〳〵の勉強家であつた。○夢回りて云々は、子聿はまだ起きて読書してゐるのに、自分はもう一とねむりした、と云ふのである。

老境

平生百不遂　　平生百不遂、
惟有老如期　　惟《た》だ老の期の如き有り。
眼澀觀書夜　　眼は渋《しぶ》る書を観るの夜《よる》、
心衰把酒時　　心は衰ふ酒を把《と》るの時。
僧分新掘藥　　僧は分かつ新掘の薬、
客誦舊題詩　　客は誦す旧題の詩。
四十年前我　　四十年前の我、
回看定是誰　　回看すれば定めて是れ誰。

○百不遂。放翁の他*の詩に「百不能」とあるに同じ、百事初志を遂げ得ざりしを云ふ。平生は、これまでの意。○回看定是誰。四十年前の我を回顧すると、確*に誰であるのか、自分ではないやうな気がする。

夜坐

萬螘披書巻
孤螢引篆香
病思無事樂
老悔少年狂
南渡衣冠盛
西征道路長
如今倶夢破
高枕看人忙

夜坐

万螘《バンギ》書巻を披《ひら》き、
孤蛍篆香を引く。
病んで無事の楽きを思ひ、
老いて少年の狂を悔ゆ。
南渡衣冠盛んに、
西征道路長かりしも、
如今倶《とも》に夢破れ、
枕を高うして人の忙を看る。

又

葉*落木無聲
天高夜自明
映窗燈半滅
掠野雁孤征
瓦裂人間事
雲浮身後名
惟應托長鑱
寂莫送浮生

又

葉*落ちて木に声なく、
天高うして夜自ら明かなり。
窓に映じて灯半《なか》ば滅し、
野を掠《かす》めて雁孤《ひと》り征《ゆ》く。
瓦は裂く人間《ジンカン》の事、
雲は浮ぶ身後の名。
惟《た》だ応《まさ》に長鑱《チヤウザン》に托し、
寂莫として浮生を送るべし。

○螘《ギ》は蟻。万螘云々は、蟻の巣を乱した如く、沢山の書物を抽き出してゐる様を云ふ。○孤蛍は香炉の火をさす。○篆香とは香の煙が篆字の如く、まがりくねりて立ち上ぼるを云ふ。○少年。わかかりし頃。○南渡*云々は、南のかた臨安(今の杭州、当時の首都)に出でて、官吏となつてゐた頃のこと。○西征云々は、地方官として蜀地に赴任した当時のこと。

○葉尽木無声。もはや冬のことゆゑ木の葉が落ちつくして、風が吹いても、木の葉のさわぐ音のせざるを云ふ。○長鑱。薬草の根を掘る用具にて、長き柄のつけるもの。杜甫の詩に、「長鑱*長鑱白木柄」とあるもの、即ちこれなり。

縦筆

惰游不能耕
心媿新春白
歓傲茅三間
主人終勝客

又

朝士腰下黄
山僧鼻端白
放翁倶笑汝
飽飯作閑客

縦《ショウ》筆《ヒツ》

惰游耕す能はず、
心に媿《は》づ新春《シンショウ》の白《ハク》。
歓傲《セウガウ》す茅三間《バウサンゲン》、
主人終《つひ》に客に勝《まさ》る。

又

朝士腰下黄に、
山僧鼻端白し。
放翁倶《とも》に汝を笑ふ、
飯に飽きて閑客と作《な》る。

又

溫溫地爐紅
皎皎紙窗白
忽聞啄木聲
疑是敲門客

又

雪晴蓼甲紅
雨足韭頭白
雖無萬錢具
野飯可留客

又

小兒勿大勤
使汝髮早白
長爲南畝民
殊勝東閣客

又

温温として地炉紅に、
皎皎として紙窓白し。
忽ち聞く啄木の声、
疑ふらくは是れ敲門の客。

又

雪晴れて蓼甲《レウカフ》紅に、
雨足りて韭頭《キウトウ》白し。
万銭の具なしと雖も、
野飯客を留む可し。

又

小児大に勤むること勿れ、
汝が髪をして早く白からしむ。
長く南畝の民と為れ、
殊に東閣の客に勝《まさ》る。

○縦筆。勝手なことを書き付ける意。同題の詩五首、何れも白、客と押韻す。
○新春白。春はうすつく。新たにうすつける米の白きを指す。　○歗傲。歗は嘯と同字、うそぶく。傲はおごる、ほ

あや。○小児は子供達。○東閣客。閣は役所。東閣の客とは役人となつてゐること。南畝の南も東閣の東も、共に言葉の*韮などを材料にすれば、田舎臭い料理ながら、客を留めて御馳走することが出来る、と云ふのである。と云ふ。放翁の別の詩に、「豚肩韮頭を雑《まじ》ふ」の句あり。○野飯可留客。万金を費した御馳走は出来ぬが、蓼だの食用とす。秋に小さな白花をつく、韮頭白しとは、その花を指すのである。根は甚だ美味にして黄色なり、之を韮黄○蓼甲。蓼はたで。甲は新芽を包む薄皮。○韮頭。韮はにら。細長き葉を有して叢生する百合科の多年草、茎葉を○第三首は、今の吾々にとつては月並に感じられるが、序だから採録しておいた。士を笑ひ、山僧を笑ひ、自らは飽食して閑人となりすましてゐる、と云ふのである。○朝士。朝廷に仕へるさむらひ。○腰下黄。腰にさげてゐる印綬のことだらう。○放翁倶笑汝、云々。放翁は朝いより、まだ増しだ、との意味。こる。○茅三間は三室しかない茅屋。小さなわらごやの意味。○主人終勝客。小さな藁小屋でも、自分の家がな

郊行夜歸書觸目

老翁病起厭端居
隨意東西不問途
霜野草枯鷹欲下
江天雲溼雁相呼
空垣破竈逃租屋
青帽紅燈賣酒壚
未畏還家踏泥潦

郊行夜帰目に触るるところを書す

老翁病より起きて端居を厭ひ、
意に随《まか》せて東西、途を問はず。
霜野草枯れて鷹下《お》りんとし、
江天雲湿《しめ》りて雁相呼ぶ。
空垣破竈、租を逃《まぬ》かるる屋、
青帽紅灯、酒を売るの炉。
未だ畏れず家に還《かへ》るに泥潦《デイラウ》を踏むを、

園丁持炬小兒扶　　園丁炬を持して小児扶《たす》く。

○泥燎は泥潦の誤植であらう。ぬかるみのこと。　○小児*は自分の子のこと。

病　思

賣劍還山學老農
不堪衰與病交攻
將軍閉戶方鋤菜
處士攜家欲賃舂
殘齒彊留終䠒䠒
病腰扶拜苦龍鍾
壯遊誰信梁州日
大雪登城望夕烽

病　思

剣を売り山に還《かへ》りて老農を学ぶ、
堪へず衰と病と交〻《こもごも》攻むるに。
将軍戸を閉ぢて方《まさ》に菜を鋤き、
処士家を携《たづさ》へて賃舂《チンショウ》せんとす。
残歯強《し》ひて留むれども終《つひ》に䠒䠒《ゲツゴツ》、
病腰扶《たす》け拝《かが》むも苦《はなは》だ竜鍾《リヨウショウ》。
壮遊誰か信ぜん梁州の日、
大雪城に登りて夕烽《セキホウ》を望みしを。

○清の周之鱗、柴升同選の放翁先生詩鈔に取れるものの一。　○病思の病は憂の意、病思*は愁思など云ふにほぼ同じ。○将軍云々、処士云々の一聯は、自分の衰病の様を譬へて云つたもの。　○鋤。土地をすきて耕作すること。　○処士。仕へずして家居せる士。　○携家。一家をひきつれて。　○賃舂。人に雇はれて穀類をうすつき、賃銭を得て生活の資とすること。窮状を意味する。　○䠒䠒。易に出てゐる文字。かづらが木にまとひのぼり、風吹く毎にぶら〳〵と揺れ動く様の形容。　○扶拝。拝は、腰をかがめて起つ意味であらう。扶は、扶起など云ふ場合の扶と同じで、たすけおこす意味。　○竜鍾。広韻に、「竜鍾は竹の名、世に竜鍾と言ふは、其の年老を謂ふ。竹の枝葉揺曳して自ら禁持せざるが如し」とある由。人間の老いぼれてふら〳〵してゐる様子を、竹の葉や枝が風に吹かれて自ら持ちこたへることが出来ず、揺れ動いてゐる様に譬へたものと思はれる。即ちここの竜鍾は、老いてつかれやむ貌を云つたのである。それは前の句にある觤硊と似通つてゐるが、ただ觤硊の方は、大木につかまつてゐる蔓が揺れ動いてゐるのだから、歯がぶら〳〵してゐるのを形容するに、ふさはしい文字であり、竜鍾の方は、からだ全体がぶら〳〵してゐるのを形容するに、ふさはしい文字である。文字の選択に繊細な注意の行き届いてゐることを、看過すべきではあるまい。○壮遊誰信云々以下の尾聯、非常に力強き響がある。○烽。外敵の侵入を知らすための、のろし火。はねつるべの端に、薪を入れた籠をつけ、之に火をつけ、高く挙げて遠方への警報に用ひたもの。大雪登城望夕烽の一句、雄壮を極む。この年の秋の詩には、「我が志日に已に衰へ、詩亦た傑句無し」といふ句があるが、この大雪の一句などは、聊かの衰をも示して居ない。○梁州の思ひ出は、春の初めに出来た「偶*ゝ小益南鄭の間を懐ひ、悵然として賦あり」と題する詩にも、見えてゐる。

夜分復起讀書

愁極不成寐
起開窗下書
似囚逢縦釋
如癢得爬梳
燈火夜過半
風霜歳欲除
平生濟時意
卻作愛吾廬

夜分復た起きて書を読む

愁極まりて寐を成さず、
起きて窓下の書を開く。
囚の縦釈に逢ふに似、
癢《ヤウ》の爬《ハ》梳《ソ》を得たるが如し。
灯火夜半ばを過ぎ、
風霜歳除せんとす。
平生済時《サイジ》の意、
却《かへつ》て吾が廬を愛するを作《な》す。

○夜分。夜半と云ふに同じ。　○縦釈。今の日本語の釈放。　○癢はかゆきところ。　○爬梳。かきけづる。　○似囚逢縦釈、如癢得爬梳の一聯は、読書の快味の形容。　○歳欲除。除は歳除即ち大晦日。歳除せんとすとは、歳暮れなんとする意味。　○済時。済世と云ふに同じ、時難をすくふなり。平生は度々書いたやうに、宿昔の意。　○却作愛吾廬。以前は天下を済ふの志を抱きたるが、今は逆に、自分の蝸廬を愛するだけになつた。却は以前と反対にの意。

閑中富貴

要信人生各有縁
閑中富貴亦關天
綠窗靜對千梢竹
翠竇新疏一脈泉
愛百衲琴常鎖匣
買雙鈎帖不論錢
箇中得意君知否
不換金貂與玉蟬

閑中の富貴

信ずるを要す人生各〻縁あるを、
閑中の富貴亦た天に関す。
緑窓静かに対す千梢の竹、
翠竇《スヰトウ》新たに疏《ソ》す一脈の泉。
百衲《ナフ》の琴《キン》を愛して常に匣《はこ》を鎖《と》ぢ、
双鈎《サウコウ》の帖《デフ》を買ふに銭を論ぜず。
箇中の得意、君知るや否や、
金貂《キンテウ》と玉蟬に換へず。

○この詩も放翁先生詩鈔に採録して居るものの一。　○閑中の富貴とは、風流自慢の心持。　○さて放翁は食ふに困らぬだけの祠禄を得て居ながら、屢〻日常の食料にすら窮乏を感じて居たことは、作詩のうちに散見する所であるが、一体何に金を使つたのであらう。この詩はその使途の一端を示すものとして興味がある。
○竇。水の通ふみぞ。　○疏。とほす、通ずる。　○百衲琴。衲は補綴。即ち百衲の琴とは、何遍も何遍も修覆を施した古琴。　○双鈎帖。双鈎とは、かご字、即ち文字の点画の外線に沿ひ、細線をひきて、複写せる文字。帖は法帖、書の手本となすもの。印刷術の発達して居なかつた当時にあつては、かうした帖は、古人の筆蹟を知るため唯一のものであつたであらう。序に書いておくが、放翁は殊に草書が巧であつた。甌北詩話には、それについて次のやうに書いてある。「放翁書を以て名あらず、而かも草書実に一時に横絶す。……惜むらくは今伝らず、且つ能く其の善書を*知る有る者なし。蓋し詩名の為めに掩はるる也」。放翁は書道の造詣も深かつたものと思はれる。詩には「蔵書棟に充つ」などとしてあるが、その蔵書の中には得難き法帖の類も少くなかつたのであらう。○金貂。黄金のみかざりを附け、貂《てん》の尾を飾りとしたる、近侍の武官の冠。「呉秘監、美酒ある毎《ごと》に独酌す云々」と題する白楽天の詩には、「狂と道《い》はるるを怕《おそ》れて玉爵を揮《ふる》はず、亦た曾《かつ》て興に乗じて金貂に換ふ」といふ句があり、そこには「呉監前《さき》に散騎常侍に任ず」の自註が加へられてゐる。○*玉蟬。紬の極めて薄く、蟬の翼の如きを、蟬と云ふ。玉はその美称。金貂と玉蟬に換へずとは、ぼろ〳〵の古琴、ふるぼけた古帖を珍蔵して、これをば、世人の見て以て貴しとなし美しとなす物と、換へることを肯んじない、と云ふのである。

放翁鑑賞　その四

――八十四歳の放翁――

は*しがき

古き言葉をさぐりつつ
遠きこころを知らむとす
すでに老いにし身なればか
新たなる詩は愛でがたし

私は去年八月に「古稀の放翁」を仕上げたが、今年はそれに倣つて、ここに此の「八十四歳の放翁」を書いて見た。私は今丁度六十四歳である。八十四歳と云へば、これから二十年先きのことであるが、私はとてもそんなに生きながらへることは出来まいし、生きながらへたとて、とても放翁のやうに肉体も精神も元気であることは出来まい。私はいつも矍鑠たる放翁の姿を羨みながら、自分にとつては之はこれから二十年も先きのことに当るのだがと思ひつつ、一首一首を読んで行つた。

八十四歳と云へば、放翁の死に先だつこと略ぼ一年である。趙翼の「陸放翁年譜」を見ると、嘉定二年(西暦一二〇九年)の条下に、「先生年八十五、家に終はる。是の年、自笑一首あり、自註に、臘月五日、湯沐按摩幾《ほと》んど半日、云々とありて、此の後尚ほ詩七首あり。則ち先生の卒は、臘底に在るなり。然かも何日なるやを詳《つまびらか》にせず」としてある。然るに銭大昕の「陸放翁年譜」には、「先*生の薬嚢に題する詩に云ふ、嘉定三年正月後、知らず幾度か春風に酔ふと。則ち正月間先生尚ほ恙《つつが》なかりしなり。陳氏直斎書録解題に、嘉定庚午の年、八十六にして終る、と云へるもの、蓋し其の実を得」としてある(私は銭大昕の書をまだ手にすることが出来ない。之は陳延傑の『陸放翁詩鈔注』に拠つたものである)。私はどちらの*説が正しいか知らない。しかし銭大昕が薬嚢に題する詩と云つてゐるのは、実は薬嚢に題する詩の次に「未だ題せず」といふ七言律詩があり、更に其の次に「又」と題する七言絶句がある、この七言絶句のことであつて、それは薬嚢に題する詩ではなく、まだ題を決めなかつた詩なのである。そしてその詩の中にある「嘉定三年正月後、不知幾度酔春風」といふ句は、何も嘉定三年の正月に作つたものといふ証拠にはならぬのであり、寧ろその前年の臘末の句であらうと思はするものである。私の考では、もう嘉定三年の正月になつてゐるのに、放翁がこんな句を吐かうとは思はれない上に、もしすでに正月を迎へてゐるのであれば、必ずや八十六歳にまでなつたと云ふことが詩に現はれたに相違ない、と思ふのである。で、私は、やはり八十五歳の臘底に亡くなつたと云ふ趙翼の説の方が正しからうと思ふのだが、しかし只今のところ、それはどちらでもよい。ここに集めた詩が放翁の死に先だつ略ぼ一年間の作品であると云ふことは、どちらの説に従つても変りはないのである。

先きに「古稀の放翁」に書いて置いたやうに、放翁七十歳の時の作詩は、剣南詩稿について調べて見ると、約二百六十一首に上ぼつてゐるので、古稀の年に達しても一年間にかくも多くの詩を作つてゐることに、当時の私はすでに驚いたのである。然るに今、死の前年、八十四歳の時の作を数へて見ると、実に六百十二首に達してゐる(歳暮と題する詩六首が正月の所に載つてゐるのは、多分前年の歳末には未だ稿を定むに至らなかつたものを、正月になつてから定稿としたものであらう)。仮に一年の中から日曜日を引き去れば、一年二百七十日〔ママ〕、この間六百十二首を作るためには、毎日平均二首、日によつては三首を作らねばならぬ。驚くべき多作と云はなければならぬ。

但し七十歳の時のものが二百六十一首で、八十四歳の時のものが六百十二首であると云ふやうに、晩年のものが却てずつと殖えてゐるのは、どういふ訳であらうか。「詩は去春に比して多し」などいふ句のあるところを見ると、実際の作詩数が晩年になるほど却て多くなつたのであらうか。

放翁は六十三歳の時、厳州に在つて詩を刻したが、その時旧稿に痛く刪汰を加へた。そしてその残稿の自跋には、「此れ予が丙戌(放翁四十二歳の時)以前の詩二十の一なり、厳州に在りて再編するに及び又た十の九を去りき」としてあるから、当時刻本に上ぼされた詩は、四十二歳以前のものは、二百首中、僅に一首なのである。思ふにその後のものも、出来上がつた後に棄て去つたものが少くないであらう。ところが晩年のものになると、詩成るに従つて之を録し、そして録されたものは残らず今日に伝へられて居るらしく、少くとも壮年時代のものに比し此等晩年のものが遥に多くなつて居るのは、確に刪汰の加へられて居ない為めであるに相違ない。ただ同じやうに晩年の作でありながら、八十代のものが七十の時の二倍半にもなつて居ると云ふのは、老いて益〻詩作の数を増したものだとよりしか、考へられないやうである。

なほ晩年の詩に刪汰が加へられて居ないのは、老境に入つてからは、放翁がその詩境に全く満足し、自らその境地に安んじて居たためであらう。

近頃、斎藤茂吉氏の歌集『寒雲』を見るに、それには昭和十二年の作四百十八首、昭和十三年の作三百二十九首、昭和十四年の作三百六十八首が収められてゐるが、著者の言ふところによると、それは「即興即事の歌、註文に応じた歌、手紙はがきの端に書いた歌に至るまで、見つかつたものは全部収録」されたものなのであり、「そこで私に同情ある読者諸氏に、この中から幾らか読むに足るもの若干首を拾ひつつ鑑賞してもらふといふことを、私は希ふのである」と著者は言つてゐる。斎藤氏もすでにやや老境に入つて、自分の歌に自信が出来たために、かうした態度が採られ得るやうになつたのかと思ふが、少くとも放翁の場合は、さういふ気持から出来たものは全部書き残し、読者に対しては「この中から幾らか読むに足るもの若干首を拾ひつつ鑑賞してもらふ」といふつもりであつたのであらう。

前に言つたやうに、八十四歳の年の作詩は全部で六百十二首であるが、その中から私がここに書き抜いたものは百四十七首である。私は自分の好みに従つてこれだけのものを書き抜いた後、陳延傑の『陸放翁詩鈔注』と比べて見ると、之は同じ期間のものからほぼ五十首を抜き取つてゐるのであるが、不思議なほど好みが一致して居ない。私の略したものが却て陳氏の本には載つて居り、私が特に之はいいなあと思つたやうなものは、却て陳氏の方には略されてゐる。周之鱗、柴升、同選の『陸放翁詩鈔』と比較して見ても、好みはやはり一致して居ない。選集によつて人の詩を評価するのは、世間の噂話によつて人の品格を論ずるが如きものである。眼が低からうが高からうが、本当に人を知らうと思へば、色々の機会に直接その人に接して見なければ駄目であるのと同じやうに、本当に一定の詩人を知らうと思へば、その全集によらなければならぬことが、この一例からでもよく理解される。私はさう思つたことである。

尤も私は力が乏しいので、どこか意味の分からぬ句があるために、採録を見合せたものもある。例へば示子遹と題せる詩は、

我初学詩日、但欲工藻絵、中年始少悟、漸若窺宏大、怪奇亦間出、如石漱湍瀬、数仞李杜牆、常恨欠領会、元白纔倚門、温李真自鄙、正令筆扛鼎、亦未造三昧、詩為六芸一、豈用資狡獪、汝果欲学詩、工夫在詩外

と云ふので、之はぜひ採録したいと思つたけれど、私には*温李真自鄙といふ一句の意味が分からないのである。陳延傑の詩鈔注には之を温李真市鄙と書き改めてあるが、何によつてかく改めたか、何等誌すところがない。そしてその注には、「温庭筠、李商隠也、義山詩、祖襲少陵昌黎昌谷諸家、故其境多瓌奇、有悽愴之音、温詩亦可、然非義山比、並未可以市鄙目之」としてあるが、私にはこの注ではこの詩の意味が通ぜぬのである。

また意味の分からぬ処はないけれども、さう皆な書き抜いてもと思つて、惜みながら採録しなかつたものも少くない。その中にはまた、次のやうな名章俊句も含まれてゐるのである。

山僧水品を借り、渓父琴材を送る。病退いて稀に薬を求め、身閑にして日に梅を探る。
精神尺宅に生じ、虚白中扃に集まる。岫を出づるの孤雲静かに、霜を淩ぐの老柏青し。
潮生じて断港なく、寺廃れて頽垣あり。米を糴《か》うて山歩を尋ね、舟を移して水村に泊す。
九陌風和《な》ぎて塵を起さず、平湖氷解けて鱗を生ぜんとす。

一年最も好し早春の天、風日初めて和《なご》やかに未だ綿を脱せず。

歎ずるに耐へたり一生閑日月、身の為にする時少く人の為にする多し。

梅花一樹疎竹に映じ、茅屋三間短籬を囲む。酔倒幸にして官長の罵なく、出遊自ら老人の期あり。

笥衣尽《ことごと》く典じて仍《な》ほ酒に耽《ふけ》り、囷米炊《かし》ぐなきも尚ほ書を買ふ。

但《た》だ須《もち》ゆ晨起一巵の酒、聊《いささ》か洗ふ人間《ジンカン》千種の愁。

身寄江湖久、心知富貴軽。

竹密にして啼鳥あり、村深うして酔人多し。

梅花如雪照江村。

出戸四山青。

好山嬾出遊、敗屋得偃臥。

水閣家家小舫を横たへ、園亭処処聴新鶯。

山前杖を曳いて僧を尋ね去り、林下棋を収めて客を送りて帰る。城市氛埃那《な》んぞ許《ここ》に到らむ、比隣煙火自ら相依る。

老来百念尽《ことごと》く消磨せるも、雲安、夢に入るを奈《いか》んともする無し。

隣笛似知孤客愁。

人家の遠火林間に見え、船底の微波枕上に聞こゆ。山口正に銜《ふく》む初めて出でし月、渡頭未だ散ぜず帰らむとするの雲。

地を買うて孤村草廬を結び、蕭然たる身世樵漁に落つ。

山鳥孤戍に啼き、煙蕪廃亭に入る。隄成りて陂水白く、雨細うして稲秧青し。

残雨滴愁心。

渓鳥低く飛ぶ画橋の外、路人相値《あ》ふ緑陰の中。

装を解く孤駅の晩、柁を捩《ね》づ小江の秋。

乱石牛馬臥し、流泉珮環鳴る。

采茶歌裏春光老、煮繭香中夏景長。

千巌万壑旧卜築、一馬二僮時出遊。

終日頽然蠹簡の中、門前煙水浩として窮《きはま》りなし。百年等しく是れ一枯塚、四海応《まさ》に両放翁なかるべし。

残骸累歳民伍に帰し、半俸今春県官に上《のぼ》す。

南、大沢に臨んで風来ること遠く、東、連山を限りて月出づること遅し。

鳥没千山暝、蟬吟一院秋。

悲虫号草根、孤蛍照野水。

灘深うして宿鷺なく、草茂りて鳴蛙あり。

雨暗うして初めて暮るるかと疑ひ、雲開いて已に秋に変ず。風の枕簟に生ずるあり、汗の衣褠を漬《ひた》すなし。

身を憂ふるは国を憂ふるが如く、病を畏るるは乱を畏るるが如し。

河漢微茫、月漸く低く、風声正に草堂の西に在り。莎根喞喞虫相弔ひ、木末翩翩鵲《かささぎ》未だ栖《す》まず。

道士磯辺浪蹴天、郎官湖上月侵船。

泉を引いて薬圃に澆《そそ》ぎ、竹を斫《さ》いて雞棲を樹《う》う。

雨声蕭蕭庭樹に集まり、雨気森森窓戸に入る。

大枕空牀夢成らず、草堂悄悄四《よも》に声なし。月明かにして漸く見る天窓の白きを、風起りて忽ち聞く簷珮の鳴るを。

泉を疏し石を洗うて身の健なるを誇り、墨を試み香を焼いて日の長きを破る。
人寿耄期に至る、位王公に至るが如し。
雨如塵点送新涼、雲作魚鱗襯夕陽。
蛍は疎簾に傍《そ》うて度《わた》り、蛩は壊甃に依りて鳴く。
蟻は軍陣の法を知り、虫は緯車の声を作《な》す。
老民已に掃《はら》ふ市朝の迹、造物全く付す江湖の秋。
斜陽破厩を穿《うが》ち、落葉空廊に満つ。
臥して聞けば風浩蕩、起つて視れば月蒼茫。老境綈袍暖かに、貧家菜粥香し。
小閣捲簾鷺鷥起、清池投餌看魚浮。
旧交孤剣在、壮志短檠知。
詩は纔《わづか》に意に適す寧《な》んぞ好を求めんや、酔へば即ち眠を成す狂するに暇あらず。
大児叱犢戴星出、稚子捕魚乗月帰。
目は断雲を送りて谷口に帰り、身は新雁に随うて江干に寄す。
小瓮聊《いささ》か酔を尋ね、疏砧已に寒を戒む。
渡を喚ぶ江楼の下《もと》、僧に逢ふ県駅の傍。
地偏して花は恨を帯び、林暖かにして鳥は帰るを忘る。
万古窮りなきの夢、余年散ぜむとするの雲。
十里渓山最佳処、一年寒煖適中時。
舎前の煙水瀟湘に似たり、白首帰り来つて故郷を愛す。

病叟倘徉古沢辺、横林揺落暮秋天。

枕に投じて灯初めて上ぼり、衣を披けば日已に高し。

半窓松竹の影、舎を繞《めぐ》りて鳥烏の声。剣を看れば心猶ほ壮に、書を開けば眼漸く明かなり。

当日只だ知る客路を悲むを、帰来終《つひ》に亦た江村に老ゆ。

石帆山下秋風の晩、酒を買ひ雲を看て自ら献酬す。

余年山に登るが如し、歩歩攀躋を勤む。

古詩三千篇、刪取財《わづ》かに十の一、読む毎に先づ再拝、清廟の瑟を聴くが若《ごと》し。

市に就いて新醸を沽《か》ひ、児を呼んで破觥を洗ふ。独り斟み還《ま》た独り酔ふ、月の長庚に配するなし。

一つも力を用ふる無くして身猶ほ倦み、百、心に関せざるも夢亦た愁ふ。

清泉白石皆吾友、緑李黄梅尽手栽。

万牛不挽新愁去、一鳥還驚午夢回。

老ゆれば皆な死あり豈に独り我のみならむや、士固《もと》より貧多し寧《なん》ぞ天を怨まむ。

市門食を乞うて僧は鉢を持し、関路詩を哦して客は驢に跨がる。

死し来らば万古一熟眠、*安《いづく》んぞ虚名の不朽に伝はるを用ひむ。

枝を繞《めぐ》るの倦鵲、寒うして影なく、網を脱するの奔魚、遠くして声あり。

身老いて居の僻なるを便とし、山寒うして屋の低きを喜ぶ。


かうして書き出してゆくと洵に際限はなく、趙翼の言ふ通り人をして応接に暇あらざらしむるものがある。だから六百十七［ママ］首の中から纔に百四十七首を採つた此の冊子の如きは、ほんの見本を示すに過ぎない、と言つても可からう。しかし何にしても一年間百四十七首の詩に接しると、さすがに千年を距てて猶ほその人に逢ふが如き心地がせぬでもない。私はひとりそれを楽むのである。

昭和十七年十月六日　京都聖護院の寓居にて

六十四翁　肇

春夏の部

審観古人意
十亦得四五

放*翁詩

八十四吟（二首録一）

七十人稀到
吾過十四年
交遊無輩行
懐抱有曾玄
飲敵騎鯨客
行追縮地仙
城南春事動
小蹇又翩翩

八十四の吟（二首のうちより）

七十、人*稀に到るも、
吾は過ぐ十四年。
交遊輩行なく、
懐抱曾玄あり。
飲は鯨に騎るの客に敵し、
行は地を縮むるの仙を追ふ。
城南春事動き、
小蹇又た翩々。

○輩行。同年輩の人。　○懐抱。ふところにいだく。　○曾玄。孫の子を曾孫となし、曾孫の子を玄孫となす。放翁の別の詩に「伝家六児子、其四今皓首」とあり、その自註に「大児新年六十二、仲子六十、季亦た六十に近し」とあり。結婚の早かつた当時のこととて、曾孫はすでにあつたであらうが、玄孫は言葉のあやであらう。○騎鯨客*。放翁の別の詩に、「人生安期生と作《な》つて、酔うて東海に入つて、長鯨に騎らざれば、猶ほ当《まさ》に出でて李西平と作つて、逆*賊を梟して清京を清むべし」とある。○縮地仙。神仙伝に「費長房、壺公に遇ふ、神術あり、能く地脈を縮む、千里聚《あつま》つて目前に在り、之を放てば復*た旧の如し」とあり。○春事。農事なり。○小蹇*。蹇はびつこ。老人のことゆゑ、少しばかり足が不自由なのを、小蹇と云つたものだらうと思ふ。○翩翩*。鳥の疾く飛ぶ貌。
○この詩を見れば、八十四歳の老人になりながら、まだ盛に酒を飲み、頻りに山野に出遊せしことが分かる。

自*喜　　　　　自ら喜ぶ

身寄人間世　　　身は人間の世に寄すも、
心常古鏡如　　　心は常に古鏡の如し。
喚醒狂蝶夢　　　喚び醒ます狂蝶の夢、
埽盡老狐書　　　埽《はら》ひ尽《つく》す老狐の書。
年出郷閭右　　　年は郷閭の右に出で、
貧過仕宦初　　　貧は仕宦の初に過ぐ。
村村是桃李　　　村々是れ桃李、
豈獨愛吾廬　　　豈に独り吾が廬を愛せむや。

○年出郷閭右とは、郷里で一番の老人になつたこと。○貧過仕宦初とは、初めて役人になつた頃よりもまだ貧乏してゐる、といふ意味。

與兒孫同舟泛湖至　　　児*孫と同じく舟を湖に泛《うか》べ、

西山旁憩酒家遂遊
　任氏茅菴而歸

過埭維舟古柳根
卻扶拄杖入煙村
印泥接迹牛羊過
投宿爭林鳥雀喧
酒保殷勤邀瀹茗
道翁傴僂出迎門
郊居不與人間事
惟有耕桑得細論

西山の旁に至り、酒家に憩ひ、
　遂に任氏の茅菴に遊びて帰る

埭《タイ》を過《よ》ぎりて舟を維《つな》ぐ古柳の根、
却《かへつ》て拄杖に扶《たす》けられて煙村に入る。
泥に印しつつ迹を接して牛羊過ぎ、
宿に投ぜんとて林を争ひ鳥雀喧《かまびす》し。
酒保殷勤、邀《むか》へて茗を瀹《に》、
道翁傴僂《ウル》、出でて門に迎ふ。
郊居与《あづ》からず人間《ジンカン》の事、
*惟《た》だ耕桑あり細論を得。

○埭。堰、ゐせき。　○却*。今まで舟に乗つてゐたのに、今度は陸行するので、却てといふ。これまでとは反対にといふ意味。　○殷勤。慇懃と同じ。　○瀹は煮る。酒保殷勤邀瀹茗の句は、題に憩酒家とあるに当る。　○道翁。道人といふほどの意味。題に遊任氏茅菴とある、その任氏を指す。　○傴僂。恭敬の貌。　○耕桑。耕作と養蚕。

日暮自大雁村歸

筍輿伊軋暮山昏
水敗陂塘路僅存
出谷鐘聲知過寺
隔林人語喜逢村

日暮れて大雁村より帰る

筍輿伊軋《イアツ》、暮山昏く、
水は陂塘を敗《やぶ》りて路僅かに存せり。
谷を出づるの鐘声、寺を過《よ》ぎるを知り、
林を隔つるの人語、村に逢ふを喜ぶ。

廟堧荒寂新犂地　　廟堧《べウゼン》荒寂たり新犂の地、
堤草凄迷舊燒痕　　堤草凄迷す旧焼の痕。
兒子念翁霜露冷　　児子翁を念《おも》ふ霜露の冷かなるを、
遙持炬火出柴門　　遥に炬火を持ちて柴門を出づ。

○筍輿。竹で作った乗物。　○伊軋。乗物のきしる音。　○陂塘。陂は音ヒの時は隄防の意(音ハならば阪を意味する)。塘も同じく隄防を意味す。　○出谷鐘声知過寺は、谷の方から鐘の声が聞こえて来るので、寺の近所を通り過ぎて居るわい、と思ふの意。○隔林人語喜逢村もまた同じこと。林のかなたに人の話声がするので、村に出逢ったことを知るのである。　○廟堧。古廟の垣。新犂の地と云ふは、その古廟のほとりが新たに開墾されたのである。○凄迷。釈善住の詩に「野花秋寂歴、江草晩凄迷」とあり、凄迷はさむざむとなびいてゐることであらう。　○出柴門は、柴門から迎ひに出て来てゐる意。

園中晩飯示兒子　　園中晩飯、児子に示す

一飽何心慕萬鍾　　一飽何の心か万鍾《バンショウ》を慕はむ、
小園父子自相從　　小園父子　自《おのづか》ら相従ふ。
蚍蜉布陣雨將作　　蚍蜉《ヒフ》陣を布《し》いて雨将《まさ》に作《おこ》らんとし、
蛺蝶成團春已濃　　蛺蝶団を成して春已に濃《こ》し。
澗底束薪供晚爨　　澗底の束薪、晩爨《バンサン》に供し、
街頭糴米續晨舂　　街頭の糴米《テキベイ》、晨舂《シンショウ》に続《つ》ぐ。
盤餐莫恨無兼味　　盤餐恨む莫《なか》れ兼味なきを、

自繞荒畦摘芥菘　　自《みづか》ら荒畦《クワウケイ》を繞《めぐ》りて芥菘《カイシュウ》を摘む。

○万鍾。万鍾の禄、高位高官を意味す。　○蚍蜉。蟻のこと。　○澗底束薪。左思の詩に「鬱鬱たる澗底の松」とあり。また韋応物の詩に「澗底荊薪を束ね、帰り来りて白石を煮る」とあり。澗底は水の流れてゐる谷底。　○爨。炊に同じ、めしをたくこと。　○街頭糴米。糴は買ひ入れ、街上で買ひ入れて来た米。　○兼味。二種以上の食物。この句は、杜甫の詩に「盤餐、市遠くして兼味無し」とあるに本づく。　○畦は、はたけ。　○芥菘。芥は、からしな、蔬菜類の一種。菘は、たうな、葉は蕪菁に似て青白し。

家有兩瓢分貯酒藥出則使一*童負之戲賦五字句　　家に両瓢あり、分ちて酒薬を貯へ、出づれば則ち一*をして童に之を負はしむ、戯《たはむれ》に五字句を賦す

長物消磨盡　　長物消磨し尽《つく》せるも、
猶存兩大瓢　　猶ほ両大瓢を存す。
藥能扶困憊　　薬は能く困憊を扶《たす》け、
酒可沃枯焦　　酒は枯焦に沃《そそ》ぐ可し。
童負來山店　　童負ひて山店に来り、
人看度野橋　　人は看て野橋を度《わた》る。
畫工殊好事　　画工殊に好事《カウズ》、
傳寫入生綃　　伝写して生綃に入る。

○長物。無用の贅沢品。　○二*句、三句は、各〻両瓢の用を述ぶ。　○生綃。きぎぬ。生綃に入れるとは、放翁が童

子に大瓢を負はせて歩いてゐる処を、画に描けるを云ふ。

禹寺

禹寺荒殘鐘鼓在
我來又見物華新
紹興年上曾題壁
觀者多疑是古人

禹寺

禹寺荒残して鐘鼓在り、
我来つて又た物華の新たなるを見る。
紹興年上曾《かつ》て壁に題す、
観る者多くは疑ふ是れ古人と。

○禹寺は放翁の住める鏡湖の近くにあり、屢〻彼の詩に見《あら》はれ来たるもの。○物華。山川草木の風景。○紹興年*上は、紹興の年の初めなり。放翁は紹興三十年、三十六歳の時、都に入れり。壁に題せしは、それ以前のことであらう。

貧歎

貧到今年極
蕭然四壁家
弊袍生蟣蝨
粗飯雜泥沙
浩浩乾坤大
茫茫歳月賖
故郷煙水窟

貧を歎ず*

貧、今年に到つて極まる、
蕭然たり四壁の家。
弊袍、蟣蝨《キシツ》を生じ、
粗飯、泥沙を雑《まじ》ゆ。
浩々として乾坤大に、
茫々として歳月賖《はるか》なり。
故郷煙水の窟、

別擬卜生涯　　別に生涯を卜せんと擬す。

○これより前、すでに「開歳愈貧戯詠」と題せるものがあつて、それには「事を謝して貧は笠仕の初めに過ぎ、帰装僅かに一柴車あり。笥衣尽《ことごと》く典して仍《すなは》ち酒に耽り、囷米炊《かし》ぐなきも尚ほ書を買ふ」などと述べてある。私は嘗て、放翁が何故そんなに貧乏したものだらうと疑つて見たことがあるが、これで見ると、原因はやはり酒と書物にあつたものらしい。

○四壁家。がらんどうで壁のみ立つてゐる家。○浩々たる乾坤、茫々たる歳月といふ頸聯は、天地寛く歳月悠久なり、何をあくせくすることがあらうぞ、といふ意味であらう。

東窗（計四首）

九折危途寸歩難*
至今回首尚心寒
元來自有安身處
茆屋三間似海寬

東窓（すべて四首）

九折の危途、寸歩難*し、
今に至るも首《かうべ》を回《めぐ》らせば尚ほ心寒《をのの》く。
*元来安身の処ありしより、
茆屋三間、海の寛《ひろ》きに似たり。

又

才薄常爲世俗輕
還山力不給躬耕
即今贏得都無事
袖手東窗聽雨聲

又

才薄うして常に世俗の為に軽《かろ》んぜられ、
山に還《かへ》るも力、躬耕に給《たら》ず。
即今贏《か》ち得たるは都《すべ》て無事、
袖手して東窓に雨声を聴く。

又

俗事紛紛意不攄
兀如頭垢念爬梳
東窗且復焚香坐
閑看微雲自巻舒

又

俗事紛々意《こころの》攄びず、
兀《コツ》として頭垢の爬《ハ》梳《ソ》を念《おも》ふが如し。
東窓且《しばら》く復た香を焚いて坐し、
閑に看る微雲の自《おのづか》ら巻舒たるを。

又

寂寂東窗午夢殘
更堪春雨作春寒
蠻童未報煎茶熟
一巻南華枕上看

又

寂々たる東窓午夢残す、
更に春雨の春寒を作《な》すに堪へんや。
蛮童未だ報ぜず煎茶の熟せしを、
一巻の南華枕上に看る。

○攄は舒なり。班固の答賓戯に「独り意を宇宙の外に攄《の》ばす」とあり。○兀。音ゴッ、通音コッ。ここでの意味は、ゆれ動きて安からざるさま。○爬梳。爬は搔く、梳はくしけづる。○午夢残すは、ひるねの夢の破れたるなり。
○南華。荘子のこと。

書況

自從請老鏡湖濱
萬事不關林下人
鴉去鴉歸還過日

況を書す

老を鏡湖の浜《はとり》に請ひしよりこのかた、
万事関せず林下の人。
鴉去り鴉帰りて還《ま》た日を過ごし、

花開花落又經春　　花開き花落ちて又た春を経。
官微也過千重浪　　官微なりしも也《ま》た千重の浪を過ぎ、
身在依然一幅巾　　身在るも依然たる一幅巾。
晨突有煙吾事了　　晨突煙あらば吾が事了《をは》る、
濁醪不復惱比鄰　　濁醪復た比隣を悩まさず。

○書況。況《キャウ》は况の俗字。況を書すとは、近況を写す意味。　○請老。役人をやめて隠居すること。　○幅巾《フクキン》。一はばのきれにて作りし頭巾、隠者などの用ふるもの。　○晨突。朝のかまどの煙突。晨突煙あらばとは、飯さへあらばと云ふほどの意味。　○濁醪は、にごりざけ。酒など近所へ借りに行かなくてもよい、といふのが、結句の意味。

題柴言山水　　柴言の山水に題す
（計四首）　　（すべて四首）

陰陰山木合　　陰々として山木合し、
幽處著柴荊　　幽処に柴荊を著く。
喧中有靜意　　喧中静意あり、
水車終日鳴　春　　水車終日鳴る。（春）

又　　又

懸水三十仞　　懸水三十仞、
疾雷聞數里　　疾雷数里に聞こゆ。
正暑凜生秋　　正暑なるに凜として秋を生ぜり。

倚杖者誰子　夏　　杖に倚《よ》る者は誰《た》が子ぞ。（夏）

又　　　　　　又

高秋風雨天　　　高秋風雨の天、
幽居詩酒地　　　幽居詩酒の地。
君看此氣象　　　君看よ此の気象、
其可折簡致　秋　其れ折簡を致《おく》る可し。（秋）

又　　　　　　又

草亭臨峭絶　　　草亭峭絶に臨み、
霜嶂起嶙峋　　　霜嶂嶙峋に起る。
危磴儻可上　　　危磴儻《も》し上る可くんば、
老夫思卜鄰　冬　老夫隣を卜せんことを思ふ。（冬）

○柴言。画家の名である。この人が春夏秋冬に分けて四幅の山水を描いてゐるのに、それ〴〵賛をしたものである。○春の図には、こんもりと樹木の繁つた山があり、その奥深き処に柴門が見え、家の垣根などが隠見して居り、山からは渓水が流れ落ち、それへ水車がかけてあるのである。○夏の図は瀑布で、人がそれを下の方から仰ぎ見てゐるのである。○秋の図には、一面に風雨が描かれ、どこかに家があり、家の中には卓を囲んで人が酒を酌んで居り、家の隅には架上に帙が見えてゐるのであらう。○冬の図は、けはしい寒さうな、そそり立つた山の図で、どこかに小さな草亭が置かれてゐるのであらう。

○柴荊。柴門といふに同じ、しばの戸である。○喧中有静意と云ふは、水の音が盛んにしてゐるけれど、かうした音は、城中の雑音と違ひ、却て静かな感じがする、と云ふのである。○懸水は瀑布。○正暑はまなつ。○折簡。紙を二つ切りにした短き書簡のこと。○峭絶。峭は嶮峻、絶は甚だしき意味。極めて嶮峻なる山のことを、峭絶と云つたのである。○嶂は、けはしき峰。○嶙峋。山にだん〳〵があつて、重なり合つて聳え居る貌。ここでは、さうした形の山を意味する。○危磴。危は高きなり、磴は石だん。

春晴登小臺

不管筇枝破綠苔
閑穿萬竹上荒臺
幽花經雨自開落
啼鳥喜晴時去來
河岸家家裝彩舫
兒曹處處唱青梅
誰知老子癡頑甚
看改新元十一回

春晴小台に登る

管せず筇《キヨウシ》枝の緑苔を破るを、
閑《しつか》に万竹を穿《うが》ちて荒台に上る。
幽花、雨を経て自《おのづか》ら開落し、
啼鳥、晴を喜んで時に去来す。
河岸の家々彩舫を装《よそほ》ひ、
児曹処々に青梅を唱ふ。
誰か知らむ老子痴頑甚しく、
新元の改まるを看ること十一回。

○不管。顧みずといふほどの意。○筇はもと四川に産する竹の名、最も杖に適せるより転じて杖の意にも用ふ。○青梅。歌曲の名であらう。○新元十一回。放翁は宋徽宗の宣和七年に生まれたから、一生のうちに、欽宗の靖康、高宗の建炎、紹興、孝宗の隆興、乾道、淳煕、光宗の紹煕、寧宗の慶元、嘉泰、開禧、嘉定と、前後十一回の改元に逢つてゐるのである。

貧病戯書　(四首之一)

得米還憂無束薪
今年眞欲甑生塵
椎奴跣婢皆辭去
始覺盧仝未苦貧

貧病戯書　(四首の中)

米を得て還《ま》た憂ふ束薪なきを、
今年真に甑塵《サウぢり》を生ぜんとす。
椎奴《ツキド》跣婢皆な辞し去り、
始めて覚ゆ盧仝*未だ苦《はなは》だ貧ならざりしを。

○『甌北詩話』には、放翁を論じた条下に、「老寿享福」といふ文字が用ひてあるが、彼はいつも貧乏で、殊に晩年には其の貧が可なり甚しかつたと見え、貧を歎じた詩が少くない。この年の六月にもやはり貧病と題する詩があり、それには「貧今年に至つて劇《はげ》しく、真に地の錐を置く無し」とも云つてある。　○甑。こしき、土やきの炊器、釜の上にのせて米などむすもの。甑中生塵は、范冉の故事に本づけるもの。後漢書の范冉伝に、「冉、字は史雲。……草室を結んで居る。止まる所単陋、時ありて粒*を絶つも、窮居自若、言貌改まるなし。閭里これを歌つて曰く、甑中塵を生ず范史雲、釜中魚を生ず范萊蕪と」。萊蕪は地名、冉嘗てその地の長たりしゆゑ、かく云ふ。　○椎奴跣婢。下男下女のことに相違ないが、椎字の意味不明である。或は思ふに、椎は椎髻のことであらうか。椎髻とは一撮の髻、その形が椎*すなはち槌の如くなるよりかく云ふ。跣婢は履をはかぬ、はだしの女中。　○盧仝。唐人、玉川子と号し、詩集あり。その詩の中に、貧乏してもまだ下男下女が居ることを述べたものがあるに相違ない。

書歎

髧髦承學紹興前
歷看人間七十年
撲滿終歸棄道側

歎を書す

髧髦《タンバウ》学を紹興の前に承けしより、
人間《ジンカン》を歴看すること七十年。
撲満終《つひ》に道側に棄つるに帰せしも、

鵻夷猶得載車邊
釣船夜泛呉江月
酔眼秋看楚澤天
造物未容書鬼錄
殘春又藉落花眠

鵻《シイ》夷猶ほ車辺に載すを得たり。
釣船夜泛《よるうか》ぶ呉江の月、
酔眼秋看る楚沢の天《そら》。
造物未だ鬼録に書するを容《ゆる》さず、
殘春又た落花を藉《し》いて眠る。

○髫髦。髦《バウ》は垂れ髪。頭髪を眉のところまでのばすのは幼児の風であるが、子が父母に対し幼小の心を喪はざるしるしとして、長じてもなほ之を存し居るなり。髧《タン》は垂れる。即ち髫髦とは少年の頃といふ意味。○年譜を見ると、紹興六年の条下に、「先生年十二、詩文を能くす」としてある。その頃から算へると、八十四歳の今日は略ぼ七十年になる。○撲満。銭を貯ふる器。土にて作り、口小にして、入るれば復た出だすべからず、銭満つれば撲ち毀して之を出だす、故に撲満と云ふ。○鵻夷。『黎士宏筆記』に、「秦聾間の人、牛羊を割《さ》き、其の首を去り、肉を剜《けつ》りて中を空となし、皮袋と為す。大なる者は一石を受け、小なる者も二三斗を受く。俗に混沌と云ふ、即ち古の鵻夷なり」とある。酒を盛る皮袋のことである。蘇東坡の詩に、「金銭百万酒千鵻」とあり、この鵻もまた酒器のことなり。
○造物未容書鬼録とは、まだ死なぬといふ意味。
○どの選集にも此の詩を採つて居ないが、八十四歳の老翁が死の前年に詠じたものとして、平淡のうちに限りなき感慨を含めるを味ふべきである。

病中有述二
首各五韻
（録其一）

病中述ぶるところ
有り二首各〻五韻
（二首のうち）

萬事有常理

万事常理あり、

中智皆能知
禍福如白黑
不待諏蓍龜
疾患初萌芽
未有旦夕危
毎能自省察
百鬼安能窺
一怠生百疾
速死乃自詒

中智皆な能く知る。
禍福は白黒の如し、
蓍亀《シキ》に諏《と》ふを待たず。
疾患初めて萌芽するとき、
未だ旦夕の危き有らず。
毎《つね》に能く自ら省察せば、
百鬼安《いづ》くんぞ能く窺《うかが》はむ。
一たび怠れば百疾生ず、
速死乃ち自ら詒《おく》るなり。

○蓍亀。蓍はめどきといふ草の名。その茎をうらなひに用ふるより、転じてうらなひに用ふる棒すなはち筮竹のことをも蓍と云ふ。亀はその甲を灼きてうらなふ。で、蓍亀と云へば、つまり、うらなひのこと。　○二首のうちの今一首には、「老いて声色の娯《たのしみ》なく、戒懼すべきは飲食に在り、要《かなら》ず須《すべか》らく盤盂に銘すべし、箸を下すは敵に対する如くせよ」とある。　○格言みたいな詩だが、八十四歳の老人が病床で書いたものと思へば、私には棄てがたく感じられた。

春遊　（四首中録二）

方舟衝破湖波綠
聯騎蹋殘花徑紅

春遊　（四首のうち）

舟を方《なら》べて衝破す湖波の緑、
騎を聯《つら》ねて踏残す花径の紅。

七十年間人換盡
放翁依舊醉春風
　予年十四始到*禹祖
　龍瑞今*七十年矣

七十年間人換《かは》り尽《つく》すも、
放翁旧に依って春風に酔ふ。
　予年十四、始めて*禹祖竜
　瑞に到る、今*七十年矣

又

蘭亭路上換春衣
梅市橋邊送夕暉
聞有水仙翁是否
輕舟如葉槳如飛

蘭亭路上、春衣を換へ、
梅市橋辺、夕暉を送る。
水仙ありと聞く翁是《これ》なるや否や、
軽舟葉の如く槳《シャウ》は飛ぶが如し。

○有名なる蘭亭は放翁の郷里にあり。伝ふる所によれば、晋の穆帝の永和九年春三月三日に、当時の名流四十一名、会稽山陰の蘭亭(浙江省紹興県の西南二十七支那里)に会し、曲水に觴を流して、禊事を修め、各ゝ詩を賦し、王羲之これが序を作りしと云ふ。○梅市は会稽に近きところの地名なり。○水仙は水中の仙人。○槳。舟のかい。

海棠歌

我初入蜀鬢未霜
南充樊亭看海棠
當時已謂目未覩
豈知更有碧雞坊

海棠の歌

我初めて蜀に入るや鬢未だ霜ならず、
南充樊亭に海棠を看る。
当時已に謂《おも》ふ、目未だ覩《み》ず、
豈に更に碧雞坊あるを知らむやと。

碧雞海棠天下絕　碧雞の海棠は天下に絶す、
枝枝似染猩猩血　枝々猩々の血を染むるに似たり。
蜀姬豔粧肯讓人　蜀姫の豔粧は肯《あへ》て人に譲*らざるも、
花前頓覺無顏色　花前には頓《とみ》に顔色なきを覚ゆ。
扁舟東下八千里　扁舟東に下る八千里、
桃李眞成僕奴爾　桃李真に僕奴と成るのみ。
若使海棠根可移　若《も》し海棠をして根移す可からしめば、
揚州芍藥應羞死　揚州の芍薬応に羞死《シウシ》すべし。
風雨春殘杜鵑哭　風雨春残《はるザン》して杜鵑哭《な》き、
夜夜寒衾夢還蜀　夜々寒衾、夢、蜀に還《かへ》る。
何從乞得不死方　何《いづれ》よりか不死の方を乞ひ得て、
更看千年未爲足　更に看ること千年なるも未だ足れりと為さず。

○放翁は乾道六年、彼が四十六歳の時、夔州の通判となつて蜀に入り、淳熙五年、五十四歳の時、蜀を離れて東帰した。即ち蜀に止まること殆ど十年に近かつたが(「錦官来往九たび春を経」といふのがそれである)、彼は極めて此の地の風光を愛し、遂に其の詩集を名づけて剣南詩稿と云つたほどである。そして、その蜀地に在るの日、成都の海棠を観ることを得たのは、彼が終生忘れることの出来なかつた所で、現に当時を距ること三十余年、死の前年に至つても、春になると復た成都の海棠を思ひ起して、かうした詩を作つてゐるのである(これより前にも、かうした詩はまだ何首かある)。　○鬢*末霜。四十六歳の時のことであるから、頭髪はまだ白くなつて居なかつたと云ふのである。○南*充。地名であらうが、今これを詳にすることが出来ない。或は今の四川省南充県のことであるか。　○樊*亭は多分亭の名であらう。当時の詩に「樊氏荘亀泉」と題するものがある、或はそれか。○碧雞坊。『益州記』に「成都の坊、一百有三十、第四を碧雞坊と曰ふ」とあり。放翁の当時の詩に「花時遍遊諸家園」と題するもの十首あり、その一に、

「花を看る南陌復た東阡、
　暁露初めて乾いて日正に妍。
　馬を走らして碧雞坊裏に去れば、
　市人喚んで海棠顚と作《な》す。」

と云ふのがある。○猩猩の血は、色鮮かにして黯からず、と云はれてゐる。○蜀姫。韋荘*の詞にいふ、「蜀国雲雨多し、雲は有情を解し花は語を解す」。○扁舟東下八千里。五十四歳の時、蜀を離れて、揚子江を下り、郷里の鏡湖(今の浙江省紹興附近)に帰りしより、かく云ふ。○不死方。神仙不死の術。

即事

成敗帰青史
悲騷付浩歌
病従今歳減
詩比去春多
持盃養太和
高枕観浮世
功名亦易爾
難負此漁蓑

即事

成敗青史に帰《かへ》し、
悲騷浩歌に付す。
病は今歳より減じ、
詩は去春に比して多し。
枕を高うして浮世を観、
盃を持して太和を養ふ。
功名亦た易きのみ、
此の漁蓑に負《そむ》き難し。

○太和。陰陽会合、沖和の気なり。　○功名易きのみと云ふは、此の漁蓑の生活を棄て去ることは難きも、功名を見棄つるは易きのみ、と云ふのである。

東籬雜書

（計四首）

芳草初侵路
青梅已破枝
雨來鳩逐婦
日出雉求雌
莽莽江湖遠
悠悠歲月移
老人觀物化
隱几獨多時

東籬雑書

（すべて四首）

芳草初めて路を侵し、
青梅已に枝を破る。
雨来りて鳩婦《はとフ》を逐ひ、
日出でて雉雌《きじシ》を求む。
莽莽《バウバウ》として江湖遠く、
悠悠として歳月移る。
老人物化を観て、
几に隠《よ》ること独り多時。

又

桃李成塵土
來禽始著花
病夫猶枕上
春事又天涯
巷陌鞦韆夢

又

桃李塵土と成り、
来禽始めて花を著く。
病夫猶ほ枕上、
春事又た天涯。
巷陌鞦韆の夢、

簾櫳燕子家
野僧來問訊
强把半甌茶

又

老厭人間事
閑知造物功
草生三徑綠
花發一窗紅
幽境囂塵外
流年嘯傲中
所嗟儕輩盡
論舊只春風

又

身與春俱老
愁隨日漸長
簾櫳聽語燕
澗谷擷幽芳

簾櫳燕子の家。
野僧来りて問訊、
強ひて半甌の茶を把《と》る。

又

老いて人間《ジンカン》の事を厭ひ、
閑《しづか》に造物の功を知る。
草は生ず三径の緑、
花は発《ひら》く一窓の紅。
幽境囂塵の外、
流年嘯傲の中。
嗟する所は儕輩尽《つ》き、
旧を論ずるは只だ春風。

又

身は春と倶《とも》に老い、
愁は日に随うて漸く長し。
簾櫳語燕を聴き、
澗谷幽芳を擷《つ》む。

酒榼常従後　酒榼《シュカフ》常に後に従ひ、
詩嚢亦在傍　詩嚢亦た傍に在り。
閑行無定處　閑行定処なく、
隨意據胡牀　意に随うて胡牀に拠る。

○梅破枝は、花開ける也。○逐婦は、めすのあとを逐つかける也。○莽莽は、はるかにひろき貌。○悠悠は、眇邈として期なき貌また去りゆく貌。○物化。万物の変化なり。世変といへば社会的の変化になり、物化といへば自然界の変化が主になる。○禽著花といふは、すでに落花の時節となりたるため、鳥の羽にその落花が附いてゐるからである。○春事又天涯。春光また遠く天涯に去るの意。○三径。『三輔決録』に、「*蕭詡、字は元卿、舎中に三径を開く。唯だ羊仲、求仲、之に従うて游ぶ。皆な名を逃れて出でず」とあるに本づくといふ。陶淵明の帰去来辞に「三径荒に就いて松菊猶ほ存す」とあるは、人の知るところ。総じて三径と云ふは、隠者などの庭園を指す。○論旧。往事を語り合ふなり。○擷幽芳は、草を摘むなり。○榼《カフ》。さかだる。

小　艇

放翁小艇輕如葉　放翁の小艇軽きこと葉の如く、
只載蓑衣不載家　只だ蓑衣を載せて家を載せず。
清曉長歌何處去　清暁長歌して何《いづ》れの処にか去れる、
武陵溪上看桃花　武陵渓上に桃花を看るなり。

○陶淵明の「桃花源記」にいふ、「晋の太元中、武陵の人、魚を捕ふるを業と為す。渓に縁《よ》りて行き、路の遠近を忘る。忽ち桃花林に逢ふ。岸を夾《さしはさ》むこと数百歩、中に雑樹なく、芳草鮮美、落英繽紛たり。云々」。

閑　遊

柴車去去度横陂
正是春殘入夏時
果熟多藏新密葉
鶯啼偏占最高枝
迷途每就傭耕問
薄飯時從逆旅炊
隨意題詩無傑思
還家猶足詫吾兒

閑　遊

柴車去々横陂を度《わた》る、
正に是れ春残《はるザン》して夏に入る時。
果は熟して、多くは新たに密なる葉に蔵《かく》れ、
鶯は啼いて、偏《ひとへ》に最も高き枝を占む。
迷途毎《つね》に傭耕に就いて問ひ、
薄飯時に逆旅に従うて炊《かし》ぐ。
意に随うて詩を題す傑思なきも、
家に還《かへ》りて猶ほ吾が児に詫*ぶるに足る。

○去去。字書には人をして速に去らしむるの詞としてあるが、ここでは去り去りてといふほどの意味に解しておく。
○傭耕。人に傭はれて耕作に従事してゐる者、即ち農業賃労働者のこと。

山　麓

草合路如線
偶隨樵子行
林間遇磐石
小憩看春耕

山　麓

草合して路線の如し、
偶《たまたま》ゝ樵子に随うて行く。
林間磐石に遇ひ、
小憩春耕を看る。

○或日の放翁である。すべての詩が、八十四の老翁でありながら「猶ほ是れ東西南北の人」たることを感ぜしむる。

閑遊　(二首)

一見溪山病眼開
青鞋處處蹋蒼苔
平生長物埽除盡
猶帶筆牀茶竈來

又

好事湖邊賣酒家
杖頭錢盡慣曾賒
壚邊爛醉眠經日
開過紅薇一架花

閑遊　(すべて二首)

一たび渓山を見れば病眼開き、
青鞋《セイアイ》処々蒼苔を踏《ふ》む。
平生の長物掃除し尽《つ》せるも、
猶ほ筆牀と茶《サ》竈《サウ》を帯び来たる。

又

好事《カウズ》湖辺酒を売る家、
杖頭銭尽きて＊曾《かつ》て賒《おぎの》るに慣る。
壚辺爛酔、眠りて日を経れば、
開過す紅薇一架の花。

○青鞋。わらぢのこと。　○平生。日常の意。　○筆牀。ふでかけ。　○茶竈。茶をわかすかまど。　○八十四の老翁が筆牀と茶竈を携へ、わらぢをはいて苔をふみながら渓山に遊んでゐる様は、一幅の南画である。
○好事は、風流にもと云ふほどの意。　○杖頭銭といふは、長い杖の先きに銭を容れた袋をさげてゐるのである。
○賒は、まへがりすること。かけ買ひ。　○壚は、酒を売る場所。　○＊紅薇といふは、紅色の薔薇のことであらうか。

自笑

自ら笑ふ

宦途昔似伏轅駒　　宦途、昔、轅に伏するの駒に似、
退處今如縱壑魚　　退処、今、壑に縦《はな》たるる魚の如し。
手自埽除松菊徑　　手自ら松菊の径《みち》を埽除し、
身常枕藉老莊書　　身は常に老荘の書に枕藉《チンシャ》す。
郊居本自依農圃　　郊居本《もと》と自《おのづか》ら農圃に依る、
社飲何妨逐里閭　　社飲何ぞ妨げむ里閭を逐ふを。
白髮蕭然還自笑　　白髪蕭然還《ま》た自《みづか》ら笑ふ、
風流猶見過江初　　風流猶ほ見る江を過《よ》ぎるの初め。

○轅。車のかぢぼう。伏轅駒とは、即ち車の両側から出てゐる二本の棒木の間に繋がれてゐる馬のこと。○枕藉。枕となしてよりかかる。赤壁賦に「相与《とも》に舟中に枕藉す」とある如し。○社飲。立春後及び立秋後の第五の戊の日を社日となし、祭をなして酒を飲む。社飲とはそのことであらう。○逐里閭。村中を飲み歩くなり。○過江初。*仕宦の初めと云ふに同じ。仕宦の当時には、郷里を出で揚子江を渡つたのである。

縱筆　　筆を縦《ほしいまま》にす

騎鶴翩翩過月傍　　鶴に騎《の》り翩々として月の傍を過《よ》ぎれば、
浩然風露九秋涼　　浩然たる風露、九秋の涼。
忽聞捲地潮聲起　　忽ち地を捲いて潮声の起るを聞き、
始覺江山近故鄉　　始めて覚ゆ江山故郷に近きを。

○八十四の老人が初夏の或日こんな空想を描いたのである。○翩々は、鳥の疾く飛ぶ貌。○浩然は、盛大流行、

天地の間弥漫せる貌。　○風露。風と露。風に含まるる露といふ気持。戴叔倫の詩に「隔浦雲林近、満川風露清」の句あり。　○九秋。三ケ月間、即ち九十日間の秋なるがゆゑに、九秋といふ。　○江山故郷に近しと云ふは、放翁の郷里は海に近いからである。

書　憂

時人應怪我何求
白盡從來未白頭
磅礴崑崙三萬里
不知何地可埋憂

憂を書す

時人応《まさ》に怪むべし我何をか求むと。
白尽す従来未だ白からざりし頭。
磅礴たる崑崙三万里、
知らず何《いづれ》の地か憂を埋むべき。

○明年はもう死んでしまつた八十四歳の老翁であるが、前の縦筆を見ても、この書憂を見ても、絶えて鼓衰へ力竭くるの気配を見せて居ない。甌北詩話に云ふところの才力の雄厚は、かうした所にも現はれてゐる。　○磅礴は、広大極まる貌。　○崑崙は、亜州最大山脈の一つである。　○幾山河こえさりゆかば寂しさの果てなむ国ぞ今日も旅ゆく、と云ふのは、若山牧水の有名な歌だが、それに比べると、二十八言のこの詩の方が遥に雄大である。

感事六言
（八首之中）

老去轉無飽計
醉來暫豁憂端
雙鬢多年作雪
寸心至死如丹

感事六言
（八首の中より）

老い去つて転《うた》た飽くの計なく、
酔ひ来つて暫く憂端を豁《ひら》く。
双鬢多年雪と作《な》りしも、
寸心死に至るまで丹の如し。

又

麥熟與人同喜
虜驕爲國私憂
身似五更春夢
家如一宿山郵

又

早歲已歸南陌
暮年常在東籬
短衣幸能掩脛
長劍何須拄頤

又

李白嵚崎歷落
嵇康潦倒粗疎
生世當行所樂
巢山喜遂吾初

又

麦熟して人と同《とも》に喜び、
虜驕《おご》つて国の為め私《ひそか》に憂ふ。
身は五更の春夢に似、
家は一宿の山郵の如し。

又

早歳已に南陌に帰り、
暮年常に東籬に在り。
短衣幸に能く脛《すね》を掩ふ、
長剣何ぞ頤《おとがひ》を拄《ささ》ふるを須《もち》ゐむ。

又

李白は嵚崎《キンキ》歴落、
嵇康《ケイコウ》は潦倒《ラウタウ》粗疎。
世に生まれて当《まさ》に楽む所を行ふべし、
山に巣《すく》ひて吾が初めを遂げしを喜ぶ。

又

有飯那思肉味
安居敢厭茅茨
未論顔淵陋巷
老農自是吾師

又

飯《ハン》あらば那《なん》ぞ肉味を思はむ、
安居敢て茅茨を厭はむや。
未だ顔淵の陋巷を論ぜず、
老農自ら是れ吾が師。

○虜驕と云ふは、当時、宋は金人のために南渡を余儀なくされ居りしなり。 ○山郵は、山のしゆくば。 ○南陌。陌は田間の道、南字に特別の意味なし。南陌に帰すとは、田園に帰するなり。
○嶔崎。山の如く高き貌。 ○歴落。清矯抜俗の貌。晋書に「茂倫、嶔崎歴落、固可笑人也」とあり。 ○嵆康。晋の人、竹林の七賢の一。字は叔夜。性遠邁にして不群なり。琴を弾じて自ら楽む。老荘の学を好み、養生篇を著す。
○潦倒。嵆康の絶交書に「足下旧《も》と吾が潦倒麤疏、事情に切ならざるを知る」とあるに本づく。潦倒は、嶔崎の山にちなむに対し、水にちなみある言葉。蘊藉の貌、物事にこせこせせぬさま。粗疎はあらくそまつ。 ○李白、嵆康、吾はその何れとも違ふも、世に生れて楽む所を行ふは同じ、といふ意味で、初の二句がある。

幽居記今昔事十
首以詩書従宿好
林園無俗情為韻
（録三首）

還郷老未死
挙目少耆宿
邑屋亦或非

幽居今昔の事を記す十首、
詩書従宿好、林園無俗情
を以て韻と為す
（うち三首を録す）

郷に還《かへ》り老いて未だ死せず、
目を挙ぐれば耆宿少《まれ》なり。
邑屋亦た或は非らず、

所餘但喬木
曩時列鼎家
今不飽半菽
盛衰迭變遷
何者非陵谷
羸然九十翁
世故見已熟
偶能達一理
萬事等破竹
布縫一稱衣
藜煮半釜粥
餘年更何爲
枕藉糟與麹

又

癸亥辭脩門
拜賜散人號
一出非本心
歡喜歸祭竈

余《のこ》す所は但だ喬木。
曩時《ナウジ》鼎を列《つら》ねし家、
今、半菽にだも飽かず。
盛衰迭《たがひ》に変遷、
何者か陵谷に非らざらむ。
羸然たる九十翁、
世故見て已に熟し、
偶《たまたま》能く一理に達すれば、
万事破竹に等し。
布は縫ふ一称の衣、
藜は煮る半釜の粥。
余年更に何をか為さむ、
枕藉《チンシャ》す糟と麹《キク》とに。

又

癸亥脩門を辞し、
拜賜す散人の号。
一出本心に非らず、
歓喜帰りて竈を祭る。

故郷多名山
幸得遂所好
舟輿雖難具
信歩亦可到
清溪無塵滓
奇峯有雲冒
雨塾林宗巾
風落孟嘉帽
豈惟狂故在
望遠亦未眊
一酔儻可謀
敢愛將軍告

又

入蜀過匡廬
秋風宿東林
月出斷山口
滿窗松竹陰
裊裊一枝燭

故郷名山多く、
幸にして好む所を遂《と》ぐるを得。
舟輿具し難しと雖も、
歩に信《まか》せて亦た到る可し。
清渓塵滓なく、
奇峰雲冒《ウンバウ》あり。
雨は塾《を》る林宗の巾、
風は落す孟嘉の帽。
豈に惟《た》だ狂故あるのみならむや、
遠きを望む亦た未だ眊《バウ》せず。
一酔儻《も》し謀る可くんば、
敢て将軍の告を愛せむや。

又

蜀に入りて匡廬を過《よ》ぎり、
秋風東林に宿す。
月は断山の口より出で、
窓に満つ松竹の陰。
裊裊《デウデウ》たる一枝の燭、

道人語夜深
亦設䴵果供
慰此羈旅心
猶恨非遠公
無酒遣我斟
明日下山去
歎息難重尋
回首四十年
駒隙何駸駸
舊遊不可到
悵望空長吟

道人夜の深きに語り、*
亦た䴵果《ヘイクワ》を設けて供し、
此の羈旅の心を慰む。
猶ほ恨む遠公に非ずして、
酒の我をして斟《く》ましむる無かりしを。
明日山を下り去り、
歎息す重ねて尋ね難きを。
首《かうべ》を回らせば四十年、
駒隙何ぞ駸々たる。
旧遊到る可からず、
悵望空しく長吟す。

○列鼎家。贅沢な御馳走を列べ立ててゐた家。　○半菽。漢書*に「歳飢え民貧しく、卒に半菽を食ふ」とあり、その註に、「蔬菜を食ひ菽を以て雑《まじ》ふること之に半《なか》ばする也」と説明してある。菽は豆の総称。これを米の代用とするのであらう。　○陵谷。陵谷の変の略。陵はをか、即ち高きところ、谷は低きところ、それが互に入れ代はることである。　○一称衣。下着上着一揃ひの衣類。　○枕藉糟与麴。枕藉は前に出づ*。よりかゝる意味。糟は酒のかす、麴は酒をかもすためのかうぢ。この一句、酒を楽む意味であらう。
○癸亥辞脩門。年譜を見ると、嘉泰三年癸亥の条下に、「先生年七十九、四月修史成つて進御す。宝謨閣待制に陞す。即ち章を上《たてまつ》りて致仕す。……遂に五月初を以て東帰す」とある。なほ脩門と云ふは*、脩内司の門といふ意味であらうか。脩内司といふは官署の名、南宋宮内財用の司なり、としてある。その脩内司から俸を受くるを辞せしことを、脩門を辞すと云つたのであらうか。　○一出非本心。放翁は六十六歳以後すべて家居してゐたのに、嘉泰二年、年七十八の時に、また郷里を出た。年譜に、「会〻孝宗(放翁七十*の時に崩ず)光宗(放翁七十六*の時に崩ず)両朝の実録及び三朝史、未だ就《な》らず、詔して先生を起し、同修国史実録院同修撰とす。都に入り局を開く」としてある。「一出」といふは其の事であり、本伝には「晩年再出、清議を譏らる*」としてある。　○雲冒。冒は頭巾。雲冒は雲の頭巾なり。○雨墊林宗巾。後漢書、郭泰伝に「嘗て陳梁の間に行き、雨に遇ひ、巾の一角墊《を》る。時人乃ち故《ことさ》らに一角を折り、以て林宗巾と為す。其の慕はるること皆な此の如《かく》し」とあるに本づく。林宗は郭泰の字である。　○孟嘉帽。孟嘉は晋の江夏の人。字は万年。少《わか》うして名を知られ、後に桓温の参軍となる。九日竜山に宴す。風吹いて帽を落せしも、嘉覚らず。温、孫盛に命じ、文を為《つく》りて之を嘲らしむ。嘉、即時に之に答ふる文を為る。甚だ美、四座歎賞す。嘉、飲むこと多けれども乱れず。温、酒何の好むところ有りやと問ひしに、嘉曰ふ、明公ただ酒中の趣を得ざるのみと。
○狂故。後漢書、厳光伝にいふ、「覇、書を得て之を封奏す。帝笑つて曰く、狂奴の故態なりと」。狂故はこの狂奴故態の略であらう。因に厳光といふは有名なる隠者なり。　○眊《バウ》。目の明かならざること。　○告。辞令書のこと。
○匡廬。廬山の別称なり。昔し匡裕*といふ仙人、廬を結びてここに居りしと云ふ伝説に本づき、この名あり。　○東林。禅院の名。慧遠これに住す。後に遠公とあるは、即ちこの慧遠のことである。　○裊裊。灯火のゆれ動く形容。
○一枝燭。一枝といふは蠟燭一本のこと。　○䴵。この文字は近頃の日本の字書にも支那の字書にも出て居ないが、康煕字典には、索餅也としてある。餅とは、今の日本でいふもちのことではなく、麵類のことであり、索は絞りて条線となす意味であるから、つまり䴵と云ふのはそうめんの類なのであらう。但し䴵果*といふのはどんなものであるか、今これを審かにすることが出来ない。　○恨非遠公と云ふは、次の事実に本づく。昔し東林寺に慧遠の住せし頃、陶淵明も亦た廬山に住んでゐた。「淵明遠公ともとより方外の交りをなす。しかも淵明社列に歯《よはひ》するを欲せず。遠公遂に詩を作り酒を携へ鄭重に招致すれども、屈するを得ず。遠公もと厳戒にして葷酒を断つも、淵明の風概を欽んで之を顧みざりし也」。かうした故事があるので、東林寺の和尚が䴵果を馳走しながら、酒を馳走しなかったことを、「猶ほ恨む遠公に非らざりしを」と云つたのである。　○駒隙。すきまを通りすぎる馬のやうに、歳月の速に過ぎ去るを

形容した言葉。荘子に「人*、天地の間に生まる、白駒の隙を過ぐるが若《ごと》し、忽然として已む」とあるに本づく。○

駸駸。馬の疾く走りゆく貌。

初夏雑興　（六首中録五）

老子今朝不用扶
雨涼百病一時蘇
扇題杜牧故園賦
屏對王維初雪圖
把釣溪頭蹋湍瀨
煎茶林下置風爐
箇中莫謂無同賞
逋客能從折簡呼

初夏雑興　（六首の中より）

老子今朝扶を用ひず、
雨涼しく百病一時に蘇せり。
扇には題す杜牧故園の賦、
屏には対す王維初雪の図。
釣を渓頭に把《と》りて湍瀬《タンライ》を踏み、
茶を林下に煎《に》て風炉を置く。
箇中謂ふ莫れ同賞なしと、
逋客能く折簡の呼に従ふ。

又

巾脱冠敧八尺牀
竹陰槐影有餘涼
隨風花墮殘棋上
引睡書抛倦枕傍
水長沙鷗向人熟

又

巾は脱し冠は敧《かたむ》く八尺の牀、
竹陰槐影、余涼あり。
風に随うて花は堕つ残棋の上、
睡を引いて書は抛《なげう》つ倦枕の傍。
水長くして沙鷗人に向つて熟《な》れ、

雨餘巣燕哺雛忙
尙嫌未愜幽情在
又喚漁舟渡野塘

又

自斷殘年莫問天
吾儕何處不隨縁
家貧卻得身差健
夜短何妨晝熟眠
未歷名山采靈藥
且從同社樂豐年
賣絲糶麥償逋負
猶有餘錢買釣船

又

繆算狂言悔莫追
杜門省事不妨奇
攲傾淡墨詩成後
縹緲烏巾浴出時

雨余巣燕、雛を哺《はぐく》みて忙し。
尚ほ嫌ふ未だ幽情に愜《かな》はざるもの在るを、
又た漁舟を喚んで野塘を渡る。

又

自ら残年を断《さだ》めて天に問ふ莫し、
吾儕《ゴサイ》何れの処か縁に随はざらむ。
家貧にして却《かへつ》て身差《やや》と健なることを得、
夜短きも何ぞ妨げむ昼熟眠するを。
未だ名山を歴て霊薬を采《と》らざるも、
且《しばら》く同社に従うて豊年を楽む。
糸を売り麦を糶《う》りて逋負を償《つぐな》ひ、
猶ほ余銭あらば釣船を買ふ。

又

繆算狂言悔ゆるも追ふ莫し、
杜門省事奇を妨げず。
攲傾淡墨、詩成るの後、
縹緲烏巾、浴より出づるの時。

笻杖閑行穿密篠
縄牀移坐照清漪
眼邊好景眞須惜
漸近浮生結局時

笻杖閑行して密篠を穿ち、
縄牀移坐して清漪《セイイ》に照《うつ》す。
眼辺の好景真に惜むべし、
漸く近し浮生局を結ぶの時。

又

趁雨東園去荷鉏
歸菴卻展讀殘書
幸能胸著雲夢澤
何恨家無擔石儲
水泛時須借篷艇
山行亦或命巾車
嬾心惟怕遊城市
非向交親故作疎

又

*雨に東園に趁《お》はれて荷鉏《カショ》を去《す》て、
菴に帰り却て展《ひら》く読残の書。
幸にして胸に雲夢沢《ウンボウタク》を著くるを能くす、
何ぞ恨みむ家に担石の儲《たくはへ》なきを。
水に泛《うか》ぶには時に須《すべか》らく篷艇を借るべく、
山に行くには亦た或は巾車を命ず。
嬾心惟《た》だ怕《おそ》る城市に遊ぶを、
*交親に向ふに非ざれば故《ことさら》に疎を作《な》す。

○屛。ついたて。　○湍。はやせ。　○風炉。茶経にいふ、「風炉は銅鉄を以て之を鋳る、古鼎の形の如し」。茶の湯をわかす炉。　○逋客。逋は世を逋《のが》るる意。即ち逋客とは隠者のこと。　○折簡。前に出づ。短き手紙のこと。*
○棬枕。汲古閣版には棬枕となつて居り、近頃の国学基本叢書版(商務印書館本)には捲枕となつてゐるが、これは恐らく倦枕であらう。*
○断残年。残年をきめさだめる意であらう。　○同社。昔は二十五家の組合を一社とした。同社とは、今の日本でいふ隣組の如きもの。〇*逋負。未納分の租税。逋は前出の逋客の逋にて、にげる、かくれる等の意味を有す。〇悔莫追。今更後悔したとて追つ付かない。〇不妨奇。必ずしも平凡ならず。〇攲傾淡墨は、詩を書きたる字が、行が曲がつて墨もうすいことを指す。〇縹緲。高遠の貌。烏巾は黒色の頭巾にて隠者の着るもの。その気分を縹緲と形容したのだらうと思ふ。〇密篠。密生せる竹林。〇縄牀。晋書、*仏図澄伝、「襄国城塹の水源、暴竭す。澄、故泉源上に至り、縄床に坐し、安息香を焼き、呪願数百言、此《かく》の如くすること三日、水大に至り、隍塹みな満つ」。『辞通』の説明には、「縄牀は即ち胡牀。晋以来始めてこれあり。牀開合すべし」。始めには之に跪坐せしものなるも、後には脚を垂るるに至れり、としてある。〇照清漪。照すと云ふは、自分のすがたを水にうつすのである。〇漪。さざなみ。

〇荷鉏。鉏は鋤、鍬。荷鉏とは携へ持ちたる農具の意。〇雲夢沢。楚の七沢の一にして方九百里。〇担石儲。漢書に「家産十金に過ぎず、乏しくして儋石の儲なきも、晏如たり」。米粟の儲のことにて、石は一石、儋は二石なり。儋は担と相通ず、一人にてになふ意味より二石を指すことになつたもの。〇*巾車。きれで飾つた車。陶淵明の帰去来辞に「或は巾車を命じ」と云ふ句があるが、一説にこれは「或は柴車を巾《かざ》り」の誤伝だとも云ふ。〇故作疎。わざと無沙汰してゐる。

獨坐閑詠（計二首）

書生亦有功名願
與世無縁毎背馳
一寸丹心空許國
滿頭白髮卻縁詩

独坐閑詠（すべて二首）

書生亦た功名の願ありしも、
世と縁なく毎《つね》に背馳せり。
一寸の丹心空しく国に許し、
満頭の白髪は却《かへつ》て詩に縁《よ》れり。

又

深掩柴荊謝世紛
南山時看起孤雲
殘年所幸身猶健
閑事惟求耳不聞

又

深く柴荊を掩うて世紛を謝し、
南山時に看る孤雲の起るを。
残年幸とする所、身猶ほ健、
閑事惟《た》だ求む耳聞かざるを。

水　亭　（計二首）

水亭不受俗塵侵
葛幃筠牀弄素琴
一片風光誰畫得
紅蜻蜓點綠荷心

水　亭　（すべて二首）

水亭受けず俗塵の侵すを、
葛幃筠牀、素琴を弄す。
一片の風光誰か画き得む、
紅蜻蜓は点ず緑荷の心。

又

莫道山翁老病侵
靜中理得舊傳琴
朝來有喜君知否
雨展芭蕉二尺心

又

道《い》ふ莫れ山翁老病侵すと、
静中旧伝の琴を理し得たり。
朝来喜びあり君知るや否や、
雨は展《ひら》く芭蕉二尺の心。

○二首、侵、琴、心と同じ字で韻が踏んである。　○恐らく此の日、放翁は琴を弄したものに相違ない。　○葛幃。

くずぬので作ったとばり。　○筠牀。竹で作った腰掛。　○素琴。かざりのない琴。　○緑荷心。緑の蓮*の葉の真ン中。　○理は修理。

書　興

占得溪山卜數椽
飽經世故氣猶全
入門明月眞堪友
滿榻清風不用錢
便死也勝千百輩
少留更過二三年
湖橋酒美能來醉
一棹何妨作水仙

興を書す

溪山を占め得て数椽《テン》を卜し、
飽くまで世故を経て気猶ほ全し。
門に入るの明月真に友とするに堪へ、
榻に満つるの清風は銭を用ひず。
便《すなは》ち死すとも也《ま》た千百輩に勝《まさ》るも、
少留更に過ぐ二三年。
湖橋、酒美にして能く来り酔ふ、
一棹何ぞ妨げむ水仙と作《な》るを。

○便ち死すとも云々は、今すぐ死んでも長寿の点では千万人に勝るのであるが、なほ暫く此の世に留りてここ二三年の歳月を楽*んでゐる、と云ふのである。　○水仙。水中に住へる仙人。天にある仙人を天仙と云ひ、地にある仙人を地仙と云ひ、水にある仙人を水仙と云ふ。

初　晴

暑雨初收體爲輕
遠山盡出眼偏明

初めて晴る

暑雨初めて収まりて体為めに軽く、
遠山尽《ことごと》く出でて眼偏《ひとへ》に明かなり。

詩憑寫興忘工拙
酒取澆愁任濁清
綠樹有陰休倦步
澄溪無滓濯塵纓
老人本少凋年感
不奈江城暮角聲

詩は写興に憑《よ》つて工拙を忘れ、
酒は澆愁を取りて濁清に任《ま》かす。
緑樹陰《かげ》あり倦歩を休め、
澄渓滓《けがれ》なく塵纓を濯《あら》ふ。
老人本《も》と凋年の感少きも、
江城暮角の声を奈《いかん》ともせず。

○詩憑写興。放翁自ら期せずして自家の詩風を此の四字に収めてゐる。興といふは実際の興趣である。写実といふに似て同じくはない。○澆愁。愁を洗ふ意。○濯塵纓。楚辞の漁父の歌に、「滄浪の水清ければ以て吾が纓を濯ふべく、滄浪の水濁りなば、以て吾が足を濯ふべし」とあり。これは古への童謡にて、孟子、離婁上篇にも、「孺子あり歌うて曰く」として、同じ文句が引いてある(但し孟子の方は吾が我になつてゐる)。○結句。自分は元来暮年を悲むの情は少き方なれども、江城暮角の声を聞いてはどうにもならぬ、と云ふのである。

即　事
(四首錄二)

我愛湖山清絕地
抱琴攜鶴住茆堂
藥苗自采盤蔬美
菰米新春鉢飯香
南浦風煙無限好

即　事
(四首の中より)

我は愛す湖山清絶の地、
琴を抱き鶴を携へて茆堂に住す。
薬苗自ら采《と》りて盤蔬美《うま》く、
菰米新たに春《うすつ》きて鉢飯香し。
南浦の風煙限りなく好く、

北軒雷雨不勝涼
舊交散落無消息
借問黄塵有底忙

北軒の雷雨涼に勝《た》へず。
旧交散落して消息なし、
借問《シャモン》す黄塵底《なん》の忙ありや。

又

放翁老去未忘情
鏡裏森然白髮生
一片常愁見花落
三聲最怕聽猿鳴
年年雙隻路傍堠
夜夜短長城上更
晚悟一條差似可
孤舟漁火看潮平

又

放翁老い去つて未だ情を忘れず、
鏡裏森然として白髪生ず。
一片常に愁ふ花の落つるを見るを、
三声最も怕《おそ》る猿の鳴くを聴くを。
年々双隻路傍の堠《コウ》、
夜々短長城上の更。
晩に悟る一条の差ゞ《やや》可なるに似たるを、
孤舟漁火、潮《うしほ》の平かなるを看る。

○薬苗。薬草の苗。ここに薬草といふは、とうがらし、しようが、わさびなど、謂はゆる薬味に用ふるもののこと。
○菰米。放翁の詩に何遍となく出てくる言葉。菰はまこも、水草の一。その実は菰米、胡米、雕胡米などと称し、之を食用に供す。
○放翁老去未忘情。放翁七十一歳の時の詩に「雨夜、張季長少卿を懐《おも》ふあり」と題するものがあり、その起句が「放翁老ゆと雖も未だ情を忘れず」となつてゐて、ただ一字違ふだけである。しかし、かういふ例は甚だ少く、それは趙翼が「放翁万首の詩、詞を遣《や》り事を用ふるに、重複ある者少し」と云つてゐる通りである。○森然は、白髪の並び立てるを形容したもの。　○三声の三は、再三繰り返す意。古詩に「巴東三峡巫峡長く、猿鳴三声涙裳を沾《うるほ》す」とあり。　○年年双隻路傍堠。堠は日本の一里塚の如きもの、五里に隻堠、十里に双堠を置く。ここに双隻と云ふは、そのことである。韓愈の詩に「*堆堆たる路傍の堠」といふ句あり。*堆堆は久坐して動かざることの形容。五年十年と歳月を経れども、路傍の堠の如く、閑居して動かざることを、年年双隻路傍堠と云つたものと解釈する。　○更は、更鼓即ち時を報ずる鼓の声のこと。蘇東坡の詩に「長夜黙坐数更鼓」とある、あの更鼓の声を、ここでは城上の更と云つたのであらうと思ふ。短長は時刻によつて鼓をうつ声に長短あるを指す。即ちこの句の意味は、夜々黙坐して長短の鼓声を聴く、と云ふのであらう。

書村店壁

裹茶來就店家煎
手解驢鞍古柳邊
寺閣重重出山崦
漁舟兩兩破溪煙
近秋漸動尋幽興
絕俸難營覓醉錢
到處不妨閑著句
他年好事或能傳

村店の壁に書す

茶を裹《つつ》み来り就いて店家に煎《に》、
*手に驢鞍を解く古柳の辺《ほとり》。
寺閣重々山崦を出で、
漁舟両々渓煙を破る。
秋に近づいて漸く尋幽の興動けども、
俸を絶ちて営み難し酔を覓《もと》むるの銭。
到る処妨げず閑に句を著くるを、
他年好事《カウズ》或は能く伝へむ。

○尾聯「到る処妨げず云々」の前へ、「然れども」をつけて読んだら意味がよく通じる。

以上、昭和十七年九月二十五日稿了

秋冬の部

不惜歌者苦
但傷知音稀

東*坡詩

独坐絶句二首　独　坐
（録一）　（二首の中より）

輕雷不成雨　軽雷*雨と成らず、
闕月卻穿雲　闕月却《かへつ》て雲を穿《うが》つ。
獨倚南齋柱　独り南斎の柱に倚《よ》り、
長吟到夜分　長吟夜分に到る。

○却。雨がふるかと思つたに、反対に月が出てゐるので、この却字を用ふ。　○夜分は夜半なり。

新　涼　　新　涼

家住山陰剡曲傍　家は山陰剡曲の傍に住し、
一番風雨送新涼　一番の風雨新涼を送れり。
亦知病得清秋健　亦た病の清秋を得て健なるを知るも、
無奈愁隨獨夜長　愁、独夜の長きに随ふを奈《いかん》ともするなし。

日落川原横惨淡　日落ちて川原惨淡を横たへ、
月明洲渚遠蒼茫　月明かにして洲渚蒼茫として遠し。
老民無復憂時意　老民復た時を憂ふるの意なく、
歯豁頭童只自傷　歯豁《シクワツ》頭童只だ自ら傷む。

○山陰は地名。放翁の郷里なり。　○一番風雨送新涼。一番は一度。風雨一たび来たりて新たに秋涼を生ぜりとの意。○横惨淡。横はりて惨淡と読んでも可からう。　惨淡は惨澹と同じ。ものすごくうすぐらきなり。　○遠蒼茫。これも遠く蒼茫と読んでも可からう。蒼茫はあをあをとしてひろき貌。　○老民無復憂時意と云ふは、――実際には、彼は死に至るまで時を憂ひてゐたことが、他の詩からも分かるが、――彼の老いしことを物語る。　○歯豁頭童。*豁はむなし、童は白し。韓愈の進学解には「頭童歯豁」とあり。

書幸　幸を書す

才薄無能役　才薄うして役を能くするなく、
窮途不意全　窮途意*全からざるも、
得書娯晩暮　書を得て晩暮を娯《たのし》み、
遇薬起沈緜　薬に遇うて沈緜《*チンメン》を起す。
漂母能分食　漂母能く食を分かち、
傖児肯恕氈　傖児肯《あへ》て氈を恕せり。
不知従此去　知らず此より去りて、
更度幾流年　更に幾流年をか度《わた》る。

○無能役。能官としての役を果すことなき意であらうと思ふ。　○不意全。こころざしを遂ぐるを得ざる意であらう。○沈緜。久病愈えざるを云ふ。　○史記の淮陰侯伝に「漢の韓信、淮陰城下に釣す。諸母漂す。一母あり信の飢ゆるを見て、信に飯せしむること数十日。信曰く、吾必ず重く母に報ゆるあらんと。母怒つて曰く、大丈夫自ら食する能はず、吾王孫を哀んで食を進む、豈に報を望まんや。後、信、楚王となり、従食せし所の漂母を召し、千金を賜ふ」とあるに本づく。漂母とは絮を水にてさらす婦人のこと。　○偸兒。「王子敬徐曰く、偸兒、青氈是れ吾が家の旧物、特に之を置く可し」といふこと、世説に出づるに本づいて此の句あり。　○尾聯「不知従此去、更度幾流年」、明年死にゆく人として、あとから読めば、この句あはれである。

秋暑夜起追涼

漱罷寒泉弄月明
浩然風露欲三更
曲闌干畔踟躇久
靜聽空廊絡緯聲

秋暑夜起きて涼を追ふ

寒泉に漱《うが》ひし罷《や》んで月明を弄せば、
浩然たる風露三更ならむとす。
曲闌干畔、踟躇久しく、
静かに聴く空廊絡緯の声。

靜室

靜室牀横一素琴
爾來殊覺道根深
喚回倦枕功名夢
洗盡浮生幻妄心
兩屐雲煙遊少室

静室

静室、牀には横たふ一素琴、
爾来殊に覚ゆ道根の深きを。
喚び回《さ》ます倦枕功名の夢、
洗ひ尽《つ》くす浮生幻妄の心。
両屐《リャウケキ》の雲煙、少室に遊び、

一窗風雪宿東林　　一窓の風雪、東林に宿す。
細思卻是關身事　　細思すれば却《かへつ》て是れ関身事なるも、
無奈殘年老病侵　　残年老病の侵すを奈《いかん》ともする無し。

○素琴。かざりなき白き琴。　○爾来。近来といふに同じ。　○履。くつ。両履といふは左右の足にはくからである。○少室。『祖庭事苑』にいふ、「嵩山の少林は、初祖面壁の処。西域記に云ふ、其の山、東なるを太室となし、西なるを少室と謂ふ。高さ八百六十丈、上方十里、少室は太室と相望む、但《た》だ小なるのみと」。初祖といふは、禅を初めて支那に伝へし達磨大師のこと、少室は即ちその面壁九年の個処なり。　○東林。前に出づ*。慧遠の住せし廬山の東林寺。

雜感十首*（錄二）　　雑感十首のうち

我昔遊劍南　　我昔し剣南に遊び、
爛醉平羌月　　平羌の月に爛酔し、
一盃玻瓈春　　一盃玻瓈の春、
萬里望吳越　　万里呉越を望む。
豈知有天幸　　豈に知らむや天幸する有り、
故山得歸骨　　故山に骨を帰すことを得、
扁舟小江上　　扁舟小江の上《ほとり》、
夜半看月沒　　夜半月没するを看るなり。

又

入東多名山
天台連四明
路窮寺門出
林闕溪橋横
豈無一月間
結束與子行
會揀最幽處
煨芋聽雪聲

又

東に入れば名山多し、
天台四明に連なる。
路窮《きはま》りて寺門出で、
林闕《か》けて渓橋横たはる。
豈に一月の間《ひま》なからむや、
結束して子と与《とも》に行き、
会《たまたま》〻最も幽なる処を揀《えら》び、
煨《ワイウ》芋雪声を聴かむものを。

○放翁蜀地にあること九年、最も此の地の風光を愛した。蜀は今の四川省に当り、北に剣閣嶺あり、唐時剣南道と称せり。放翁の詩稿は、蜀を去りし後のものまで、すべて剣南詩稿と称せるは、作者蜀地を愛するの深きに由るなるべし。○平羌。川の名。峩眉山の北を流る。蜀の成都に近し。有名なる李白の詩に、「峨眉山月半輪の秋、影は平羌江水に入りて流る」と云へるもの、これなり。○玻瓈*。玻璃に同じ。水晶の類にて、七宝の一とされしもの。ガラスなかりし昔は珍重されたものであらう。梅堯臣の詩に、「銀瓶酒を索めて玻璃を傾く」とあり。○呉越。南方の海岸地方。放翁の郷里なり。

○結束。出発の身じたくすること。○煨芋。いもをやくなり。牟巘の詩に、「炉頭芋を煨くの火、相対して各〻欣然」の句あり。煨はうづみ火にてやくこと。煨芋雪声を聴くとは、即ち芋をうづみ火でやいて食べながら雪ふる声を聴くといふのである。

秋　思

秋思十首のうち

（十首中録三）*

山歩溪橋入早秋
飄然無處不堪遊
僧廊偶爲題詩入
魚市常因施藥留

又

才不才間未必全
胸中元自要超然
黄金不博身強健
且醉江湖萬里天

又

牙齒漂浮欲半空
此生已付有無中
一盃藜粥楓林下
時與鄰翁說歳豐

又

眼明尚見蠅頭字

山歩渓橋早秋に入り、
飄然、処として遊ぶに堪へざるなし。
僧廊偶《たまたま》と詩を題する為めに入り、
魚市常に薬を施すに因つて留まる。

又

才不才の間未だ必ずしも全からず、
胸中元《も》と自ら超然たるを要す。
黄金博せず身の強健、
且《しばら》く酔ふ江湖万里の天。

又

牙歯漂浮して半《なか》ば空しからんとし、
此の生已に付す有無の中。
一盃の藜粥、楓林の下《もと》、
時に隣翁と歳の豊《ゆた》けきを説《かた》る。

又

眼明かにして尚ほ見る蠅頭の字、

暑退初親雁足燈

歴歴胸中千載事

莫將輕比住菴僧

暑退いて初めて親む雁足の灯。

歴々たり胸中千載の事、

軽々《かろがろ》しく住菴の僧に比せんとする莫《なか》れ。

○山歩。[*] 歩はふなつきば。山歩は山間の川辺《かはべ》にある舟つきば。　○才不才間未必全。利巧な人が実は馬鹿で、馬鹿に見えてゐる人が却て賢い例は、世間に少くない。私は常にその感を抱いてゐるので、特に放翁の此の句を好む。　○此生已付有無中。良寛上人の歌にある「苔清水あるかなきかの」生活なり。　○蝿頭の字。今で云へば六号活字の字。私は当時の放翁に比べると二十歳も年下だが、眼鏡がなくてはとても細字は読めない。放翁の老いてなほ矍鑠たりしことを思ふ。この頃の放翁の別の詩には、「筋骸拝起に勝《た》へ、耳目未だ盲聾せず」とも書いてある。　○雁足灯。灯火の台に雁足の形を刻めるもの。黄庭堅の文に「雁足灯は、漢の宣帝上林中の灯、制度極めて佳、今に至るも士大夫の家にこれあり」とあり。

雛犬　（二首）

鄉村年久競農務

秋斂春耕恐失時

我老元無夙興事

嬾雞啼曉恰相宜

又

貧家也復謹朝昏

雛と犬　（二首連作）

郷村年久しく農務を競ひ、

秋斂《シウレン》春耕、時を失はんことを恐るるも、

我老いて元《も》と夙《つと》に興《お》くべきの事なければ、

嬾雞暁に啼く恰《あたか》も相宜し。

又

貧家も也《ま》た復《ま》た朝昏を謹み、

小犬今年乞近村
糠粃無多深媿汝
狺狺終夜護籬門

小犬今年近村に乞ふ。
糠粃多きなし深く汝に媿《は》づ、
狺狺《ギンギン》終夜籬門を護れるに。

○秋斂。秋のとり入れ。　○謹朝昏。朝夕を警戒すること。　○狺狺。犬の盛んに吠ゆる形容。

秋來痩甚而益健戲作
莫笑形羸不自支
清虚正與老人宜
矛頭淅米誰能食
甑裏生塵卻自奇
獨釣又逢秋晩後
安眠常到日高時
遡來久雨牆垣壞
斫竹東岡自作籬
秋来つて痩すること甚しく而かも益〻健、戯《たはむれ》に作る
笑ふ莫れ形羸《ケイルキ》自ら支へざるを、
清虚正に老人の与《た》めに宜し。
矛頭の淅米、誰か能く食せむ、
甑裏、塵を生ず、却《かへつ》て自《おのづか》ら奇。
独釣又た逢ふ秋晩《く》るる後、
安眠常に到る日高き時。
遡来久雨、牆垣壊《くづ》れ、
竹を斫《わ》りて東岡自《みづか》ら籬を作る。

○形羸。形容の衰へ痩するなり。形《かたち》やせて、と読ましても可からう。　○矛頭淅米。*矛頭は矛の頭の如き形をしたる意味であらう。淅米の淅は、淅江の淅であらうか。淅江地方に産する米は質が甚だ悪かつたのであらうと想像するが、或はとんでもない誤解であるかも知れない。　○遡来は爾来に同じく、近来なり。　○斫竹。放翁の小築と題する、やはり此の頃の詩に、「引泉澆薬圃、斫竹樹雞棲」といふ句があり、陳延傑の『陸放翁詩鈔注』には、「二句幽情」などと批評してあるだけで、斫字の意味を説明して居ない。ところで此の字は、日本の字引にはなく、康熙字典などに

は出てゐるけれども、その解釈は全く茲に当てはまらない。私は、これは碎字の誤写ではないかと思ふ。卒字の草体は乍字と間違ひ易いから、さう云ふことは有り得るやうに思はれる。で、私は之を碎字と同視して、くだく又はわると読んでおく。

秋　夜

岸幘蕭然病體輕
雨餘郊館已涼生
微風掠面酒無力
明月滿窗眠不成
葉底涓涓秋露滴
草根咽咽暗蛩鳴
屛居未免傷孤寂
賴有鄰翁約耦耕

秋　夜

岸幘《ガンサク》蕭然、病体軽く、
雨余郊館已に涼生ぜり。
微風面を掠《かす》めて酒、力なく、
明月窓に満ちて眠成らず。
葉底涓々秋露滴《したた》り、
草根咽々暗蛩鳴く。
屛居未だ免れず孤寂を傷《いた》むを、
頼《さいはひ》に隣翁の耦耕《グウカウ》を約するあり。

○岸幘。頭巾をぬぎて頭を露はすこと、礼法を簡略にする義。　○蕭然。ものさびしき貌。　○耦耕。二人相並びて耕すこと。放翁は八十四にもなつて、まだ耕作を試みるほどの元気があつたのであらうか。決してでたらめの詩を作らぬ人だが、余りの老人ゆゑ疑を存しておく。尤も此の頃の別の詩には、更に「水に臨み山に登る却《かへつ》て未だ衰へず」ともある。

雨　夜

雨　夜

病多漸減燈前課
老甚都忘枕上愁
一段高情誰會得
臥聽簷雨瀉淸秋

病多くして漸く減ず灯前の課、
老甚だしくして都《すべ》て忘る枕上の愁。
一段の高情誰か会得せむ、
臥して聴く簷雨の清秋に瀉《そそ》ぐを。

○灯前の課。夜分読書すること。　○一段。ひときは。
○この詩、周之鱗、柴升、同選の『放翁先生詩鈔』に載すも、陳延傑の『陸放翁詩鈔注』には之を省けり。

秋　夜

局促人間每鮮歡
秋來病骨愈酸寒
夾衣尙典雁聲過
斷簡未收雞唱殘
退士鬢毛紛似雪
老臣心事炳如丹
燈前握臂無交舊
聊喚淸尊少自寬

秋　夜

人間《ジンカン》に局促して毎《つね》に歓鮮《すくな》く、
秋来病骨愈《いよいよ》酸寒。
夾衣尚ほ典して雁声過ぎ、
断簡未だ収めざるに雞唱残《そこな》はる。
退士鬢毛、紛として雪に似、
老臣心事、炳として丹の如し。
灯前臂《うで》を握るに交旧なく、
聊《いささ》か清尊を喚んで少しく自ら寛《ゆる》うす。

○夾衣。夾は複なり、即ち夾衣とは袷のこと。　○雁声過ぐとは、春徂くなり。*　○握臂。臂を組むこと、即ち親愛の情の現はれなり。戴復古の詩に、「新交臂を握りて行くも、肝胆猶ほ楚越」とあり。　○清尊は、云ふまでもなく清樽。清尊を喚ぶとは、酒を酌むこと。

驛壁偶題　（三首中錄二）

纍纍驛門堠
杳杳寺樓鐘
葉落樹陰薄
雲生山崦重
交親窮未棄
父子老相從
惟待新粳熟
高眠聽夜春

又

過市未十里
入山知幾重
幽林聞格磔
淺瀨見噞喁
小瓮家家酒
衡門世世農
班生定癡絕

駅壁偶題　（三首の中より）

纍々たり駅門の堠、
杳々《エウエウ》たり寺楼の鐘。
葉落ちて樹陰薄く、
雲生じて山崦重《かさ》なる。
交親、窮すれども未だ棄てず、
父子、老いて相従ふ。
惟《た》だ新粳の熟するを待ちつつ、
高眠夜春《ヤシヨウ》を聴く。

又

市を過ぎて未だ十里ならざるに、
山に入ること知んぬ幾重ぞ。
幽林格磔《カクタク》を聞き、
浅瀬噞喁《ゲンギヨウ》を見る。
小瓮《ヲウ》家々の酒、
衡門世々の農。
班生定《さだ》んで痴絶、

辛苦覓侯封　　辛苦して侯封を覓《もと》む。

○纍纍*。相つらなる貌。　○堠といふは、五支那里毎に建ててある里程標なり。　○杳杳。鐘声のはるかに遠く、はつきりせざる形容。　○崦。崦嵫はもと山の名。山海経に「鳥鼠同穴す、山の西南を崦嵫と曰ひ、下に虞泉あり、日*の入る処」とあり。ここではただ峰を指すものと思ふ。高青邱の詩に、「鐘を尋ねて蒼茫に入れば、一澗復た一崦、落葉去つて方《まさ》に深し、山扉雨中に掩ふ」と云ふのがある。　○雲生山崦重といふは、白い雲が峰と峰との間に立ち起りて、一色に見えてゐた峰々が相重なりて見ゆるに至れるを云ふ。　○父子老相従。此の年の歳末の詩の自註に、「大児新年六十二、仲子六十、季亦た六十に近し」としてある。

○知幾重。知らず幾重ぞ、と云ふに同じ。　○格磔。鷓鴣《シャコ》の鳴く声。本草綱目に「鷓鴣は江南に生じ、鳴いて鉤輈格磔と曰ふ」とあり。　○噞喁、魚口、上に見《あら》はるるなり、と説明してある。即ち魚が口を水面に出して呼吸することである。　○瓮はかめ。　○衡門。木を横たへて門となす、卑陋を言ふなり。　○班生。班超を指す。班超、字は仲升。後漢の人。少《わか》くして大志あり、家貧にして傭書して母を養ふ。嘗て筆を投じ歎じて曰く、大丈夫当に功を異域に立て、以て封侯を取るべし、安《いづく》んぞ能く久しく筆硯を事とせんやと。明章両朝に仕へ、出でて西域を征し、五十余国を安集し、定遠侯に封ぜらる。

秋日次前輩新年韻　　秋日、前輩の新年の韻に次す

（計五首）　　（すべて五首）

孤生雖永棄　　孤生永く棄つと雖も、
要亦是黎元　　要するに亦た是れ黎元。
渺渺煙中路　　渺々たる煙中の路、
冥冥海上村　　冥々たる海上の村。

小灘看鷺立
平野送鴉翻
卽欲掩關臥
南山猶未昏

又

舊交多雋傑
雜散各何之
駃驥志千里
鷦鷯巢一枝
青雲迷故步
白首負明時
幸有殘書卷
猶堪付小兒

又

老人常獨處
一笑比河清
終日無來客

小灘、鷺の立てるを看、
平野、鴉の翻《ひるがへ》るを送る。
即ち関を掩うて臥せんとするも、
南山猶ほ未だ昏《くら》からず。

又

旧交雋傑多かりしが、
雑散各ゝ何《いづく》にか之《ゆ》ける。
駃驥千里を志せしも、
鷦鷯《セウレウ》一枝に巣《すく》へり。
青雲故歩に迷ひ、
白首明時に負《そむ》くかな。
幸に残書巻あり、
猶ほ小児に付するに堪ふ。

又

老人常に独り処《を》りて、
一笑河清に比す。
終日来たる客なく、

三年不入城
高眠聽酒滴
危坐對雲生
矯首羲皇世
吾其享大羹

又

浮家久居蜀
下峽晩還東
天際孤帆遠
花前百榼空
旅遊渾似夢
年運遂成翁
欲話峩眉月
無人可與同

又

殘年垂九十
雪鬢不勝繁

三年城に入らず。
高眠、酒の滴《したた》るを聴き、
危坐、雲の生ずるに対す。
首《かうべ》を矯《あ》ぐれば羲皇の世、
吾は其れ大羹《タイカウ》を享《う》くるか。

又

家を浮べて久しく蜀に居り、
峡を下りて晩に東に還《かへ》る。
天際孤帆遠く、
花前百榼空しかりしが、
旅遊渾《すべ》て夢に似、
年運遂に翁と成れり。
峩眉の月を話《かた》らんと欲するも、
人の与《ため》に同《とも》にすべき無し。

又

残年九十に垂《なんなん》として、
雪鬢繁《しげ》きに勝《た》へず。

賣屐羅炊米　　屐を売りて炊米を羅《か》ひ、
典衣租廢園　　衣を典して廃園を租す。
山深雲滿屋　　山深うして雲、屋に満ち、
夜靜月當門　　夜静かにして月、門に当る。
鄰曲時相過　　隣曲時に相過《よぎ》り、
扶行賴稚孫　　扶行稚孫に頼る。

○一年に六百余首を作つてゐるのだから、かうした同題の詩は、恐らく一日の中か二日の中に、一気呵成に出来たものであらうと思ふが、年久しく郷里に隠退してゐて、何一つ環境の変化がないのに、よくもかく沢山の詩が作られたものだと、驚嘆される。殊に律詩となると、頷聯と頸聯、即ち第三句と第四句、第五句と第六句とが対句になつて居なければならぬのだが、さうした対句に重複したものの極めて稀なのも、また驚嘆に値する。ところで、さうした感じは選集を見たのでは、はつきり出て来ない。で、ここには試に同題の詩三首に続いて、同じく同題の詩五首を全部並べて見た。
○黎元。黎民といふに同じ、もろ〳〵のたみ、大衆。要は是れ黎元は、いくら棄てはてた身とは云へ、これでも大衆の一人であり、生きてゐるからには、おのづから分に応じてその生を楽んでゐる、といふ意味。　○尾聯の即欲掩関臥云々は、今すぐ戸を締めて寝ようと思つても、まだ山が見えてゐる中は寝られない、といふ意味。南山は陶淵明の「悠然として南山を見る」にちなむ。
○駃驥志千里、鷦鷯巣一枝は、昔は駿馬の如く千里の志を抱きしも、今は一枝に巣喰ふ鷦鷯に似たり、の意味であらう。　○駃も驥も共にすぐれたる良馬。戦国策に「駃驥盛壮の時、一日にして千里を馳す」とあり。　○鷦鷯。雀に似て、もつと小さい。全身灰色、黒褐色の細斑あり。麻や髪の毛などにて巧みに巣を作る。荘子の逍遥遊篇に、「鷦鷯深林に巣《すく》ふも一枝に過ぎず、偃鼠河に飲むも満腹に過ぎず」とあり。人各〻その分に安んずべきに喩ふ。　○青雲。

張九齢の詩に、「宿昔青雲の志、蹉跎たり白髪の年」とあり。青雲の志とは、立身出世せんとする志望。○故歩。旧時の歩武、もとのあゆみぶり。後漢書、班固伝に、「寿陵余子、歩を邯鄲に学ぶ者あり、未だ髣髴を得ざるに、その故歩を失し、匍匐して返る」とあり。○一笑比河清。黄河の水はめったに澄むことがない、それと同じに、笑ふやうなことは殆どない、との意。○高眠の高は、世俗を遠くかけはなれる意。○酒滴は、酒をこす音。○危坐。危は危楼などいふ場合の危にて、高き意味。即ち危坐とは、高く坐ること、端坐といふに同じ。○羲皇世。太古の世といふに同じ。羲皇は太古の皇帝伏羲氏のこと。晋書の隠逸伝に、「陶潜嘗て言ふ、夏月虚閑、北窓の下に高臥すれば、清風颯として至り、自ら羲皇上の人なるをおもふと」とあり。○大羹。周礼疏に「大羹は肉滑《ニクキフ》(あつものの汁)、豆(木製の食器、たかつき)に盛る」とあり。けだし太古の羹のことにて、塩菜及び五味を以て調せずと云ふ。矯首羲皇世、吾其享大羹の尾聯は、要するに、吾はこれ羲皇時代の人かと云ふなり。○浮家とは、一家舟居することなれど、ここは郷里を放れて浮浪と云ふほどの意味であらう。○年運の運は、命数の意であらう。○峩眉。蜀地の名山。前に出づ。*○売履。履はくつ。売履といふは、自分のうちで履を作り、それを売るのである。恐らく下男の仕事として、わらぐつなどが造られて居たのであらう。○租は地代を出して借りる意であらう。

仲秋書事

(十首中錄二)

断雲歸岫雨初收
茅舍蕭條古渡頭
短褐老人垂九十
松枯石痩不禁秋

仲秋事を書す

(十首の中より)

断雲岫《シウ》に帰りて雨初めて収まり、
茅舎蕭条たり古渡の頭《ほとり》。
短褐の老人九十に垂《なんな》んとし、
松枯れ石痩せて秋に禁《た》へず。

又

杖得輕堅餘可略
酒能醇勁更何求
二君最是平生舊
白首相從萬事休

稽山道中（計二首）

文章事業初何有
鐘鼎山林本自同
昨暮釣魚天鏡北
今朝采藥石帆東

又

禹陵草木初霑露
謝墅人家已閉門
八十年間幾來往
癡頑不料至今存

又

杖軽堅なるを得ば余は略すべく、
酒能く醇勁ならば更に何をか求めむ。
二君最も是れ平生の旧、
白首相従うて万事休す。

稽山道中（すべて二首）

文章事業初めより何か有らむ、
鐘鼎山林、本《も》と自《おのづか》ら同じ。
昨暮魚を釣る天鏡の北、
今朝薬を采る石帆の東。

又

禹陵草木初めて露に霑《うるほ》ひ、
謝墅《シャショ》人家已に門を閉づ。
八十年間幾《いくた》びか来往し、
痴頑料《はか》らず今に至るも存せり。

○鐘鼎。魏志、鐘繇伝、注にいふ、「功徳を以て名を鐘鼎に勒す」。鐘と鼎に姓名をほりつけて之を千載に伝へること。○山林。山林に隠るるなり。○天鏡、石帆。天鏡は鏡湖のことであらう。石帆は山名、山は鏡湖に臨む。詩の題にある稽山は、会稽山、これまた放翁の居所に近し。○禹陵。禹を祭れる廟、これまた居所に近し。○謝墅*は今之を審かにすることを得ない。或は謝安の下屋敷の意であらうか。晋書、謝安伝に「棋を囲みて別墅に賭す」など云ふ句あり。

讀近人詩

琢琱自是文章病
奇険尤傷氣骨多
君看大羹玄酒味
蟹螯蛤柱豈同科

近人の詩を読む

琢琱自《おのづか》ら是れ文章の病、
奇険尤も傷《いた》む気骨多きを。
君看よ大羹玄酒の味、
蟹螯蛤柱豈に科を同じくせんや。

○趙翼(『甌北詩話』の著者)論じて曰く、「放翁律詩を以て長を見る。名章俊句、層見畳出、人をして応接に暇あらざらしむ。使事必ず切、属対必ず工、意として捜《さく》らざる無く、しかも纖巧に落ちず、語として新ならざるはなく、しかも塗沢を事とせず。実に古来詩家未だ見ざる所なり。然るに、律詩の工は、人皆な之を見る、しかも古体は則ち言及する者あるなし。抑ゝ知る、其の古体の詩、才気豪健、議論開闢、引用の書巻皆な軀使して之を出だし、徒《いたづら》に数典を以て能事と為すに非ず。意、筆先に在り、力、紙背に透る。麗語あるも険語なく、豔詞あるも淫詞なし。看るに華藻に似て実は則ち雅潔、看るに奔放に似て実は則ち謹厳。此れ古体の工力、更に近体よりも深き也。或は其の平易、人に近きを以て、其の錬の少きかと疑ふ。抑ゝ知る、謂はゆる錬は、奇険詰曲、人の耳目を驚かすに在らずして、言簡に意深く、一語、人の千百に勝《まさ》るに在り。此れ真の錬なり。放翁工夫精到、語を出だして自然に老潔、他人数言にて了する能はざるもの、只だ一二語を用ひて之を了す。此れ其の錬、句前に在りて句下に在らず、観る者并《ならび》に其の錬の迹を見ず、乃ち真錬の至れるなり。試に唐以来の古体の詩を見るに、多くは千余言四五百言に至る者あり。放翁の古詩は、たとひ三百言以外に至るあらざるも、しかも渾灝流転、更に沛然として余りあるを覚ゆ。其の錬の極功に非らざらんや。近体の垢を刮《けづ》り、光を磨き、字字穏愜なるに至つては、更に論なし。云々」。また云ふ。「放翁の詩、凡そ三変す。宗派は本《もと》と杜に出づ。中年以後は則ち益〻自ら機杼を出だし、其の才を尽《つく》して後止む。其の宋都曹に答ふるの詩に云ふ、云々。此れ其の宗尚の正を見るべし。故に万有を挫籠し工巧を窮極すと雖も、しかも仍《すなは》ち雅正に帰し、纖佻に落ちず。此れ初境なり。後又た自述一首あり、云ふ、云々。是れ放翁が詩の宏肆、戎に巴蜀に従ひしより、境界又た一変せるなり。晩年に及んでは、則ち又た平淡に造《いた》り、従前の工を求め好を見《あら》はすの意〔を并《あは》せて〕、亦た尽《ことごと》く消除す。謂はゆる「詩は人の愛する無きの処に到つて工《たくみ》なり」と云へる者。劉後村謂ふ、其の皮毛落尽す矣と。此れ又た詩の一変なり」。

○大羹。*前に出づ。太古のあつものにして、塩菜及び五味を以て調理せず、としてあるから、極めて味ひの淡白なものであらう。　○玄酒。太古は酒なかりしゆゑ、神を祭るに、後世では酒を供へるところを、水を供せしなり。それを後世より玄酒と名づけたるなり。　○蟹螯。かにのはさみ。その中の味は極めてうまいとされてゐる。晋書、畢卓伝に、「右手に酒杯を持ち、左手に蟹螯を持ち、*酒船中に拍浮《およぎ》せば、便ち一生を了するに足る矣」とあり。　○蛤柱。はまぐりのはしら。これは放翁の新語であらう。　○科は品位、等級などいふ意味。

琴　剣

流塵冉冉琴誰鼓
漬血斑斑剣不磨
倶是人間感懐事
豈無壮士爲悲歌

琴　剣

流塵冉冉《ゼンゼン》たり琴誰か鼓す、
漬血斑斑として剣磨かず。
倶《とも》に是れ人間感懐の事、
豈に壮士為めに悲歌するなからむや。

○冉冉*は、たれさがる*貌。曹植の詩に「柔条紛として冉冉」とある場合に当る。

溪上小雨
我是人間自在人
江湖處處可垂綸
掃空紫陌紅塵夢
收得煙蓑雨笠身

溪上小雨
我は是れ人間《ジンカン》自在の人、
江湖処々綸を垂る可し。
掃空す紫陌紅塵の夢、
収め得たり煙蓑雨笠の身。

○紫陌。都会の市街をさす。

秋來益覺頑健時一出遊意中甚適雜賦五字
（十首中錄二）
何許是吾廬
南臨古鏡湖
園林垂橘柚
門巷落楸梧
牀穩龜無息
巢新鶴有雛
鄰翁殊耐久
有酒即相呼

秋来益〻頑健を覚え、時に一たび出遊、意中甚だ適す、五字を雑賦す
（十首のうちより）
何れの許《もと》か是れ吾が廬、
南、古鏡湖に臨めり。
園林橘柚を垂れ、
門巷楸梧落つ。
牀穏かにして亀に息なく、
巣新たにして鶴に雛あり。
隣翁殊に久しきに耐ゆ、
酒あらば即ち相呼ぶ。

又

原野無閑土
郷閭有老人
疾平行已健
秋晩酔差頻
啄黍黄雞嫩
迎霜紫蟹新
百年元任運
一笑卻關身

又

原野閑土なく、
郷閭老人あり。
疾《やまひ》平かにして行くこと已に健《すこや》かに、
秋晩れて酔ふこと差《やや》ゝ頻りなり。
黍を啄《ついば》むの黄雞嫩《わか》く、
霜を迎へて紫蟹新たなり。
百年元《も》と運に任《まか》す、
一笑却《かへつ》て身に関せり。

○黄雞*。雞のひな、実際に黄色なるより黄雞と云ったものであらう。　○紫蟹。むらさき色の蟹。蘇東坡の詩に「紫蟹鱸魚賤《やす》きこと土の如し」とある。

堅頑

小市朝行藥
明燈夜讀書
雖殊帶箭鶴
要是脱鈎魚
有飯已多矣
無衣亦晏如

堅頑

小市、朝、行薬し、
明灯、夜、読書す。
箭《や》を帯ぶる鶴に殊なりと雖も、
要するに是れ鈎を脱せるの魚。
飯あらば已に多《た》る、
衣なきも亦た晏如たり。

堅頑君勿怪
豈失遂吾初

堅頑、君、怪む勿れ、
豈に吾が初を遂ぐるを失せんや。

○行薬。服薬後の散歩、薬がからだによく廻るやうにとて試みるもの。○帯箭鶴。放翁の別の詩に、「我は傷禽の箭を帯びて飛ぶに似たり」といふ句、「倦鶴翩遷、箭を帯びて飛ぶ」といふ句あり。○初。性情の本原。

遣　懐（四首中録一）

懐を遣《や》る（四首の中より）

有志師千載
無方起九原
山園菜常痩
村店酒多渾
衰疾形詩句
窮愁入夢魂
傍観任嘲笑
吾道始應尊

千載を師とせんとするの志あるも、
九原に起すに方なし。
山園、菜、常に痩せ、
村店、酒、多くは渾《にご》れり。
衰疾詩句に形《あら》はれ、
窮愁夢魂に入る。
傍観、嘲笑するに任《まか》せよ、
吾道始めて尊かるべし。

○九原。もと晋の卿大夫の墓地。ここでは只だ墓地の意味。千載の古へを師とせんとするも、古人は地下より起すことを得ず、と云ふなり。

初寒

日月誰能駐　　日月誰か能く駐《とど》めむ、
風霜忽已高　　風霜忽ち已に高し。
公孫分布被　　公孫、布被を分ち、
范叔共綈袍　　范叔、綈袍を共にす。
罷稏炊香甑　　罷《ヒ》稏《ア》、香甑に炊《かし》ぎ、
蒲萄壓小槽　　蒲萄、小槽に圧す。
所慚才已盡　　慚《は》づる所は才已に尽き、
孤詠不能豪　　孤詠、豪なる能はざるを。

○公孫。前漢の公孫弘のこと。この人、三公の位にありてなほ布衣を著けしと伝へらる。　○范叔。范雎のこと。史記の范雎伝に、「范雎は魏の人なり、字は叔。既に秦に相たりしに、魏、須賈を秦に使せしむ。范雎、微行して敝衣須賈に見《まみ》ゆ。須賈、意これを哀み、曰く、*范叔一寒ここに至るかと。乃ち一綈袍を出して之を賜《あた》ふ」とあり。この二句、故旧の我が窮をあはれむを云ふなり。　○罷稏。『辞源』には、『戒菴漫筆』を引くこと次の如し。「罷稏は、杜牧の詩に罷亜となし、注に稲名と云へり、云々」。

閑行至西山民家　　閑行して西山の民家に至る

秋林半丹葉　　秋林半《なか》ば丹葉、
秋草多碧花　　秋草碧花多し。
隔山五六里　　山を隔つること五六里、

臨水兩三家　　水に臨む両三家。
罾魚與伐荻　　罾魚《ソウギョ》と伐荻《バッテキ》と、
各自有生涯　　各自生涯あり。
平池散雁鶩　　平池雁鶩散じ、
繞舍栽桑麻　　舎を繞《めぐ》りて桑麻を栽《う》う。
客至但擧手　　客至れば但《た》だ手を挙げ、
土釜煎秋茶　　土釜秋茶を煎《に》る。
城中不如汝　　城中汝に如《し》かず、
切莫慕浮夸　　切に浮夸《フクワ》を慕ふ莫《なか》れ。

○罾。よつであみ、また、よつであみで魚を捕ること。○伐荻。をぎを刈るなり。○挙手。放翁の『老学庵筆記』巻八に、「古への謂はゆる揖は、但《た》だ手を挙ぐるのみ」とあり。即ちこの村人は古への風俗を守り居るなり。○夸。華言にして実なきこと。即ち口先きばかり、あいさうのよいこと。

村舍（七首中錄五）　　村舎（七首の中より）

雞鳴犬吠相聞地　　雞鳴犬吠、相聞ゆるの地、
穴處巢居上古風　　穴処巣居、上古の風。
飽飯不爲明日慮　　飯に飽けば明日の慮を為さず、
酣歌便過百年中　　酣歌便《すなは》ち過ぐ百年の中。

又
山高正對燒畬火
溪近時聞戽水聲
破屋已斜猶可住
老牛雖瘠尙能耕

又
莫笑山家拙治生
正緣亦足得身輕
滿爐葑火渾家暖
一盌松*昉徹夜明

又
故絮五更偏覺冷
薄糜未午已先飢
誰知人不堪憂處
正是降魔奏凱時

又
氣全自可忘憂患

又
山高くして正に焼畬《セウシヤ》の火に対し、
渓近くして時に戽水《コスヰ》の声を聞く。
破屋已に斜なるも猶ほ住す可く、
老牛瘠せたりと雖も尚ほ能く耕す。

又
笑ふ莫れ山家治生の拙なるを、
正縁亦た身の軽きを得るに足る。
満炉の葑火《ホウクワ》、渾家暖かに、
一盌《ワン》の*松昉《シヨウハウ》、夜を徹して明かなり。

又
故絮五更偏《ひとへ》に冷を覚え、
薄糜《ハクビ》未だ午ならざるに已に先づ飢ゆ。
誰か知らむ人憂に堪へざる処、
正に是れ魔を降して凱を奏する時。

又
気全ければ自ら憂患を忘る可し、

心動安能敵死生

若論老人眞受用

已多稗飯與藜羹

心動けば安《いづく》んぞ能く死生に敵せんや。

若し老人の真に受用を論《かた》らば、已に多し稗飯と藜羹と。

○畬。やきた、草をそのまゝ焼き払つて肥料とするなり。○戽*。水をくむなり。○葑火。放翁の別の詩に、「葦火、絮の腝《ドン》なるを添へ、葑火、炉の紅なるを試む」といふ句ありて、その自註に、「湖村にては老葑を采りて火を作る、甚だ妙」とあり。ここに葑とは、菰草叢生して其の根の盤結せるものを云ふ。○松防*。防は明なり。松防は、まつあぶらの光。○故絮。故は古、絮はわた、また、ふるわたのこと、転じて綿入の衣をも絮といふ。○糜。粥のこと。

村女　村女

白襦女兒繫青裙　白襦の女児、青裙に繋《つな》がり、
東家西家世通婚　東家西家世ゝ婚を通ず。
采桑餉飯無百步　桑を采《と》り飯を餉《かれいひ》す百歩なし、
至老何曾識別村　老に至るも何ぞ曾《かつ》て別村を識らむ。

○起句は、白襦の女児、青裙の男子と結婚すの意であらうか。○餉。田畑で働いてゐる者に食物を運んでゆくこと。

小園獨酌　小園独り酌む

橫林搖落弄微丹　横林揺落して微丹を弄し、
深院蕭條作小寒　深院蕭条として小寒を作《な》す。

秋氣已高殊可喜
老懐多感自無歡
鹿初離母斑猶淺
橘乍經霜味尚酸
小酌一巵幽興足
豈須落佩與頽冠
秋　思（四首中錄二）
湖邊一夜霜
庭樹無秋聲
嬾不近筆硯
何以紓幽情
但有一睡耳
展轉無由成
起擁地爐暖
坐待天牎明
又

稽山九十翁
秋気已に高く殊に喜ぶ可きも、
老懐多感 自《おのづか》ら歓なし。
鹿初めて母を離れて斑猶ほ浅く、
橘乍《はじ》めて霜を経て味尚ほ酸し。
小酌一巵幽興足る、
豈に落佩と頽冠とを須《もち》ゐんや。
秋の思ひ（四首の中より）
湖辺一夜の霜、
庭樹秋声なし。
嬾《もの》うくして筆硯に近づかず、
何を以てか幽情を紓《の》べむ。
但《た》だ一睡あるのみなるも、
展転して成すに由なし。
起きて地炉の暖を擁し、
坐して天牎の明を待つ。

又
稽山の九十翁、

病起無氣力
擁杖牧雞豚
乃是老人職
一盃芋糝羹
孫子喚翁食
既飽負朝陽
自愧爾何德

病起気力なし。
杖を擁して雞豚を牧す、
乃ち是れ老人の職。
一盃芋《ウ》糝《サン》の羹《あつもの》、
孫子、翁を喚んで食せしむ。
既に飽けば朝陽を負《お》ふ、
自ら愧《は》づ爾《なんぢ》何の徳ぞ。

○庭樹秋声なしは、既に葉落ちつくせるなり。　○天聰は、てんまどなり。
○稽山九十翁。この詩はなか〳〵よい。稽山は前にも出づ*、会稽山のことにて、放翁の家居に近し。　○糝。米を以て羹に和するなり、としてある。芋糝の羹といふは、芋と米とで作つた羹のことだらう。　○朝起きてから雞豚を牧して居ると、やがて御飯が出来たとて、孫や子が喚びに来る。そして羹を食べ了はると、朝の太陽を背に負うて、ひなたぼこをする。有り難いことだが、一体お前は何の徳があつて、こんな果報を受けてゐるのか。自ら愧づ爾何の徳ぞ、この結句のうちに、自らその境地を楽んでゐる情が、限りなく含まれてゐる。

獨坐

博山香霧散霏霏
袖手何妨靜掩扉
六十年前故人盡
八千里外寄書稀

独坐

博山香霧散じて霏々、
袖手何ぞ妨げむ静かに扉を掩ふを。
六十年前、故人尽《つ》き、
八千里外、寄書稀なり。

昨朝送客桐江去　　昨朝客の桐江に去るを送り、
今日逢僧剡県帰　　今日僧の剡県より帰るに逢ふ。
欲作小詩還復嬾　　小詩を作らんとするも還《ま》た復た嬾《ものう》し、
海鷗与我両忘機　　海鷗我と両《ふたつ》ながら機を忘る。

○博山は博山炉のこと、即ち香炉の名なり。○馡馡。香ばしきなり。菲菲と同じこと。○六十年前故人尽。自註に「紹興中往還せし朋旧、今乃ち一人も在る無し」としてある。○八千里外寄書稀。同じく自註に「張季長下世せしより、蜀中よりの書問幾《ほと》んど絶ゆ」としてある。○忘機。機は心のからくり。うるさき世事を忘れて心を労することなきを、忘機と云ふなり。

書感　　感を書す

衰顔非復昔年朱　　衰顔復た昔年の朱に非ず、
幾過黄公旧酒壚　　幾たびか過ぐ黄公の旧酒壚。
成敗只堪三太息　　成敗只だ堪へたり三たび太息するに、
是非終付一胡盧　　是非終《つひ》に付す一胡盧。
連天煙草迷帰夢　　天に連なるの煙草、帰夢迷ひ、
動地風波歴畏途　　地を動かすの風波、畏途を歴たり。
辛苦一生成底事　　辛苦一生底事《なにごと》をか成せし、
躬耕猶得補東隅　　躬耕猶ほ得たり東隅を補ふことを。

○黄公旧酒壚。世説に「王濬沖、*黄公酒壚下を経、顧みて後車の客に謂ふ、吾昔し嵇叔夜、阮嗣宗とここに酣飲す、

嵇阮亡きより後、此を視る近しと雖も、邈として山河のごとしと」。即ち幾たびか過ぐ黄公の旧酒壚と云ふは、故旧去り尽して吾ひとり存するを云ふ。　○胡盧。口を開いて大笑すること。　○連天煙草云々、動地風波云々の頸聯は、官途に在りし当時のことを云ふ。放翁屢〻譏に会ふ、故にこの句あり。　○補東隅。後漢書、馮異伝に「之を東隅に失するも之を桑楡に収む」とあるに本づく。辛苦一生殆ど成すところなかりしも、猶ほ晩年躬耕の生活、聊か壮時の失を補ふに足る、と云ふなり。

舟中夜賦

問天乞得不貲身
常作東阡北陌人
買酒不澆胸磊磈
憂時空覺膽輪囷
寓居尚復能栽竹
羈宦懸知正憶蓴
那似石帆山下客
釣船載月泊煙津

舟中夜賦

天に問《つ》げて乞ひ得たり不貲の身、
常に東阡北陌の人と作《な》る。
酒を買ふも澆《そそ》がず胸の磊磈、
時を憂ひて空しく覚えき胆の輪囷《リンキン》。
寓居尚ほ復た能く竹を栽《う》え、
羈宦懸《はるか》に知りにき正に蓴《ジュン》を憶ふべきを。
那《なん》ぞ似ん石帆山下の客、
釣船月を載せて煙津に泊す*。

○不貲*の身は、無数の身なり。放翁の別の詩に、「聞くならく梅花暁風に坼《ひら》き、雪堆遍《あまね》く四山の中に満つと、何《いつ》れの方か身を千億に化すべき、一樹の梅花一放翁」といふがあり。　○東阡北陌の人。放翁の別の詩に「花を看る南陌復た東阡」の句あり。　○買酒以下の四句は、官遊当時のことを云ったのであらう。　○磊磈。塁塊といふが如し、磈磊も亦た同じ。元好問の詩に、「縦横の詩筆高情を見る、何物か能く磈磊に澆《そそ》いで平かならしめむ」の句あり。　○

澆は、水(酒にても同じこと)を以て之に沃《そそ》ぐなり。世説に「胸中塁塊、*須らく酒を之に澆ぐべし」とあり。胸中平かならず、多くの石のごろごろしてゐる如き様なるに、酒を澆ぎて之を平かならしむる意。ここに放翁の詩に、酒を買ふも澆がず胸の礧磈とあるは、酒を飲みてもなほ心平かならざるの意なり。○輪困。うねりくねつてゐること。
○憶蓴。蓴は蓴菜。蓴を憶ふとは、郷里の蓴菜の味を憶ふこと、即ち郷里に帰らむことを憶〔ママ〕ふなり。

初冬

初冬常憶宴梁州
百炬如椽満畫楼
三十七年猶未死
茅簷霜冷一燈幽

初冬

初冬常に憶ふ梁州に宴し、
百炬椽《テン》の如く画楼に満ちしを。
三十七年猶ほ未だ死せず、
茅簷霜冷《ひやや》かに一灯幽《かすか》なり。

○蜀に在りし頃の思ひ出なり。別の詩に、「四十(四十は四十台の時にの意味)戎に従うて南鄭に駐まるや、軍中に酣宴して夜、日に連なる。打毬、場を築く一千歩、閲馬、厩を列ぬ三万匹。華灯縦博、声、楼に満ち、宝釵艶舞、光、席を照らす。琵琶、絃急にして氷雹乱れ、羯鼓、手匀《ととな》うて風雨疾《はや》し」とあるのが、それである。○梁州。漢中城のこと。今の陝西省南鄭県の東二里。○椽。たるき、棟より檐にかけわたし屋瓦を承けたる材。○画楼。彩色を施したるたかどの。
○この頃の詩に、「我が意殊に昏然、一日三たび枕に就く。目前幸に未だ病あらざるも、病勢亦た凜凜。……死期誠に已に迫るも、尚ほ数稔を支ふ可し」とあり。明年を待つて死にゆく老詩人の、壮時の追懐、またあはれ深し。

題傳神

伝神に題す

溼雲生兩屐

湿雲両屐に生じ、

細雨暗孤篷　　細雨孤篷に暗し。
悔不桐江上　　悔むらくは*桐江に上《の》ぼり、
從初作釣翁　　初めより釣翁と作《な》らざりしを。

○伝神は肖像。　○初の二句は晩年の境地を述ぶ。第一句は山に遊ぶの放翁、第二句は湖に泛ぶの放翁。　○桐江。有名なる隠者厳光の退いて綸を垂れし地。

初冬雜詠（八首中錄六）　　初冬雑詠（八首の中より）

重陽已過二十日　　重陽已に過ぐること二十日、
殘菊纔存三四枝　　残菊纔《わつか》に存す三四枝。
對酒插花君勿笑　　酒に対して花を挿む君笑ふ勿れ、
從來不解入時宜　　従来解せず時宜に入るを。

又　　又

兒時愛書百事廢　　児時書を愛して百事廢《す》つ、
飯冷虀乾呼不來　　飯冷え虀乾きて呼べども来らず。
一生被誤終未醒　　一生誤られて終《つひ》に未だ醒めず、
老作蠹魚吁可哀　　老いて蠹魚と作《な》る吁哀《ああ》む可し。

又

微風皺水靴文浪
薄日烘雲卵色天
但恨世間閑客少
江湖底處欠漁船

又

書生本欲輩莘渭
蹭蹬乃去爲詩人
嚢中略有七千首
不負百年風月身

又

俗縁已斷寧容續
幽事雖多不厭增
折簡迎醫看病鹿
春粳炊飯供遊僧

又

夜窗父子共煎茶

又

微風水を皺《しわよ》す靴文の浪、
薄日雲を烘《てら》す卵色の天《そら》。
但《た》だ恨む世間閑客の少《まれ》なるを、
江湖底《いづれ》の処か漁船を欠がむ。

又

書生本《も》と莘渭に輩《やから》せんと欲し、
蹭蹬乃ち去つて詩人と為る。
嚢中略《ほ》ぼ七千首あり、
負《そむ》かず百年風月の身。

又

俗縁已に断つ寧《なん》ぞ続くを容《ゆる》さんや、
幽事は多しと雖も増すを厭はず。
折簡医を迎へて病鹿を看せしめ、
春粳飯を炊いで遊僧に供す。

又

夜窓父子共に茶を煎《に》れば、

一點青燈冷結花　　一点の青灯、冷やかに花を結べり。
村落盜清無吠*犬　　村落盗清うして吠*犬なく、
園林月上有啼鴉　　園林月上ぼりて啼鴉あり。

○不解入時宜。酒を酌みて花を髪にかざすは、重陽の日のならはしなり。然るに已に重陽を過ぐること二十日にして此の事をなす、故に時宜に入るを解せずと云ふ。時宜に入るは、時宜に投ずるなど云ふに同じ。重陽は旧歴九月九日。
○児時愛書百事廃。放翁の「跋*淵明集」(渭南文集巻二十八)に曰く、「吾年十三四の時、先少傅に侍して城南の小隠に居る。偶《たまたま》藤床上に淵明の詩あるを見、因つて取つて之を読む。欣然会心、日且*つ暮。家人食に呼ぶも、詩を読む方《まさ》に楽しく、夜に至り、卒《つひ》に食に就かず。今にして之を思へば、数日前の事の如く也。慶元二年、歳は乙*卯に在り。九月二十九日。山陰の陸某務観、三山亀堂に書す。時に年七十有一」と。私は書物を読むために飯を食べることを忘れたなど云ふことは、一生に一度もない。この文を読んで、放翁の詩を愛すること如何に甚しかりしやを想像し、その尋常の人にあらざりしことを思ふ。
○靴文浪。放翁六十四歳の時の詩に、水紋靴皺風初緊の句あり。　○胾。切肉。
○莘渭。莘は莘老、即ち伊尹のこと。孟子の万章に「伊尹莘*の野に耕す」とあるもの、これなり。渭は渭浜の漁夫、即ち太公望のこと。戦国策に「呂尚の文王に遇ふや、身漁夫となりて渭陽の浜に釣せるのみ」とあるもの、これなり。
○蹭蹬。勢を失へる形容。　○百年は一生と云ふに同じ。
○折簡。前*に何回か出づ。簡単な手紙のこと。　○舂粳。舂はうすつく、粳はうるち、即ち粘気の少い普通の米。
○盜清。盗賊清掃されて盗難なきなり。

宿近村　　近村に宿す

病齒漂浮短髮稀　　病歯漂浮し短髪稀なるも、

此身猶堕乱書囲
邯鄲倦枕晨炊熟
昌谷空嚢晩酔帰
久困厭従人乞貸
力耕頻遇歳凶饑
行年九十窮彌甚
旅舎燈前自綻衣

此身猶ほ堕つ乱書の囲。
邯鄲、倦枕、晨に炊熟し、
昌谷、空嚢、晩に酔うて帰る。
久困、人に従うて貸を乞ふを厭ひ、
力耕、頻りに歳の凶饑に遇ふ。
行年九十、窮弥ゝ《いよいよ》甚しく、
旅舎灯前自《みづか》ら衣《ころも》を綻《ぬ》ふ。

○邯鄲、昌谷。ともに地名。邯鄲は唐の盧生が逆旅にあつて、夢を結びし地。夢醒めて黄梁未だ熟せざりき、と伝へらるるを、ここには炊すでに熟すとしてあるのは、邯鄲の夢のすでに極めて長かりしを意味す。昌谷は、河南宜陽県の西にあり、唐の李賀ここに居る。李賀、字は長吉、七歳にして詩を能くす。出づる毎に弱馬に騎り、小奚奴を従へ、古錦嚢を背はしめ、句を得れば即ち嚢中に投ず。著はすところ昌谷集あり。○結句、九十の老翁、旅舎の灯前で自ら衣のほころびを縫ふと云ふのは、如何にもものさびしくて、晩秋のあはれさを覚えさす。

夜半憶剡溪

早睡苦夜長
晩睡意復倦
斂膝傍残燈
拭眥展書巻
時時掻短髪

夜半剡溪を憶ふ

早く睡《い》ぬれば夜の長きに苦み、
晩《おそ》く睡ぬるも意復た倦む。
膝を斂《し》めて残灯に傍《そ》ひ、
眥《まなじり》を拭うて書巻を展《ひら》く。
時々短髪を掻き、

稍稍磨凍硯　　稍々《セウセウ》凍硯を磨《す》る。
更闌月入戸　　更闌《た》くれば月、戸に入り、
皎若舒白練　　皎として白練を舒《の》ぶるが若《ごと》し。
便思泛樵風　　便《すなは》ち思ふ樵風に泛《うか》び、
次第入剡縣　　次第に剡県に入らんことを。
名山如高人　　名山高人の如し、
豈可久不見　　豈に久しく見ざる可けんや。

○稍稍。少しづつ次第次第に。　○樵風。自註に渓名としてある。　○剡県。地名、浙江省曹娥江の上流にあり、即ち放翁の家に近し。剡県の南一百五十歩にして剡渓あり。昔し王子猷、雪夜に戴逵を訪ひし地。
○前に掲げた今体の詩、宿近村の結句「行年九十窮弥甚、旅舎灯前自綻衣」と云ひ、ここに掲げた古体の詩、夜半憶剡渓の結句「名山如高人、豈可久不見」と云ひ、何れも結処に万鈞の力あり。趙翼の言ふところの「放翁古今体の詩、結処毎《つね》に必ず興会あり、意味ありて、絶えて鼓衰へ力竭くるの態なし。此れ固《もと》より老寿享福の徴なるも、亦た其の才力雄厚かくの如くならずんば則ち快ならざる也」と言へるもの、誠に欺かずと云ふべきである。

道上見村民聚飲　　道上にて村民聚まり飲めるを見る

霜風利如割　　霜風利《と》きこと割《さ》くが如く、
霜葉浄如掃　　霜葉浄《きよ》くして掃けるが如し。
正當十月時　　正に十月の時に当り、
我行山陰道　　我れ山陰の道を行く。

場功倶已畢　場功倶《とも》に已に畢《をは》り、
歡樂無壯老　歓楽壮老なし。
野歌相和答　野歌相和答し、
村鼓更擊考　村鼓更に擊考す。*
市壚酒雖薄　市壚酒薄しと雖も、
羣飲必醉倒　群飲必ず酔倒す。
雞豚治羹胾　雞豚、羹胾を治《ととの》へ、
魚鱉雜鮮薧　魚鱉《ギヨベツ》、鮮薧《センカウ》を雑《まじ》ゆ。
但願時太平　但《た》だ時の太平を願ひ、
鄰里常相保　隣里常に相保つ。
家家了租稅　家々租税を了し、
春酒壽翁媼　春酒翁媼を寿《ことぶ》く。

○場功*。場は田畔。場功は即ち田畑の仕事。　○擊考。考はうつなり。　○市壚。まちの酒場。　○羹胾。羹はあつもの、胾は切り肉。　○鱉。すっぽん。鼈に同じ。　○雜鮮薧。鮮は生、薧は干物、ひもの。雑は双方を取りまぜること。

小江　小江

出郭四十里　郭《クワク》を出でて四十里、
孟冬天尙和　孟冬天尚ほ和。

風生帆力健　　風生じて帆力健に、
木落月明多　　木落ちて月明多し。
小市人聲散　　小市人声散じ、
長橋炬火過　　長橋炬火過ぐ。
吾生幾來往　　吾が生幾たびか来往、
撫枕獨悲歌　　枕を撫して独り悲歌す。

○郭。外城なり。　○里。支那の一里は日本の一里の六分の一。　○木落。木葉の落ち散れるなり。

一年老一年　　一年は一年より老ゆ

一年老一年　　一年は一年より老い、
一日衰一日　　一日は一日より衰ふ。
譬如東周亡　　譬《たと》へば東周の亡ぶるが如し、
豈復須大疾　　豈に復た大疾を須《もち》ゐむや。
嬾惰已廢書冊久　　嬾惰已に書冊を廃すること久しく、
病來亦復疎盃酒　　病来亦た復た盃酒に疎《うと》し。
輟車小住固自佳　　車を輟《とど》めて小住す固《もと》より自ら佳、
拂袖便行亦何有　　袖を払うて便行す亦た何か有らむ。
下床擁火暖有餘　　床を下りて火を擁す暖余りあり、
鹹豆數粒粥一盂　　鹹豆数粒、粥一盂《ウ》。

平生常笑愚公愚
欲栽墮齒染白鬚

平生常に愚公の愚を笑ひしも、
墮歯を栽《う》え白鬚を染めむと欲す。

○便行。くつろぎ行くの意であらう。亦何有と云ふのは、それも亦た差支ないと云ふほどの意味。○盂。わん。○愚公。北山の愚公、年九十に垂んとして、己の家の前に峙《そばだ》てる山を他に移さんとて、箕畚を以て其の土を運ぶ。河曲の智叟その愚を笑ひて之を止めけるに、愚公われ死すとも子々孫々毀ちて窮まらずんば、何ぞ山の移らざることあらんやとて聞かず。上帝その誠心に感じ、夸娥氏の二子をして二山を負ひて他に移さしむ。――愚公の愚とは之を指せるなり。

陳伯豫見過喜
予強健戯作

寒無氈坐甑生塵
此老年來乃爾貧
兩頰如丹君會否
胸中原自有陽春

陳伯予、過《よ》ぎられ、予の
強健を喜ぶ、戯《たはむれ》に作る

寒うして氈坐なく甑に塵を生ぜり、
此の老、年来乃ち爾《しか》く貧。
両頰丹の如きは君会するや否や、
胸中原《も》と自ら陽春あるなり。

夜坐

家家績火夜深明
處處新畬雨後耕
常媿老身無一事

夜坐

家々の績火、夜深《ふ》けて明かに、
処々の新畬《シンシャ》、雨ふりて後耕す。
常に媿《は》づ老身一事なきを、

地爐堅坐聽風聲　　地炉堅坐、風声を聴く。

○績火。糸を紡ぐための灯火であらう。　○畬。やきた。草を焼きてそのまゝその土地の肥料とするもの。　○堅坐。しつかりと坐ること、危坐といふに意近からむ。

得子虡書言明春可歸　　子虡の書を得、言ふ明春帰る可しと

白首相依飽蕨薇　　白首相依りて蕨薇に飽く、
吾家父子古來稀　　吾が家の父子、古来稀なり。
春秧出水柔桑綠　　春秧水を出でて柔桑緑に、
正是農時望汝歸　　正に是れ農時、汝の帰るを望む。

○子虡。長男の名。今年暑中の詩に「大児六十を逾《こ》え、食を逐《お》うて千里に走る」とあり。

雜賦（十二首中錄九）　　雑賦（十二首の中より）

地爐夜熱麻藍煖　　地炉夜熱して麻藍《マカイ》煖かに、
瓦甂晨烹豆粥香　　瓦甂晨に烹《に》て豆粥香し。
不是有心輕富貴　　*是れ心に富貴を軽んずるにあらず、
從來吾亦愛吾鄉　　従来吾亦た吾が郷を愛す。

又　　又

病叟胸中一物無　　病叟胸中一物無し、

夢遊信脚到華胥
覺來忽見天窗白
短髪蕭蕭起自梳

又

終日纔堪米一升
生涯略似草菴僧
溼薪不管晨炊晩
留得松肪代夜燈

又

出門信歩作閑遊
野廟村坊到處留
毎伴樵夫嘗半舍
更隨牧竪采沿溝

又

昔人莽莽荒丘裏
陳迹紛紛朽簡中
畢竟是非誰辨得

夢遊、脚に信《まか》せて華胥《クワシヨ》に到る。
覚め来りて忽ち見る天窓の白きを、
短髪蕭々起きて自ら梳《くしけづ》る。

又

終日纔《わづか》に堪ふ米一升、
生涯略《ほ》ぼ草菴の僧に似たり。
湿薪管せず晨炊の晩《おそ》きを、
松肪を留め得て夜灯に代ふ。

又

門を出で歩に信《まか》せて閑遊を作《な》し、
野廟村坊、到る処に留まる。
樵夫に伴ふ毎《ごと》に半舎を嘗《な》め、
更に牧竪に随うて沿溝を采《と》る。

又

昔人莽々荒丘の裏、
陳迹紛々朽簡の中。
畢竟是非誰か弁じ得ん、

擧盃吾欲問虛空

又

百億須彌理固有
八九雲夢何足吞
天下廣居君識否
一間茆屋寄孤村

又

七十八十古來稀
行年九十固應衰
已興工部耳聾歎
更和文公齒落詩

又

中年畏病盃行淺
晩歳修眞食禁多
謝客杜門殊省事
一盂香飯養天和

盃を挙げて吾れ虚空に問はんと欲す。

又

百億須弥、理、固《もと》より有り、
八九雲夢、何ぞ呑むに足らむ。
天下の広居、君識るや否や、
一間の茆屋、孤村に寄す。

又

七十八十古来稀なり、
行年九十、固《もと》より応《まさ》に衰ふべし。
已に工部耳聾の歎を興し、
更に文公歯落の詩に和す。

又

中年病を畏れて盃行浅く、
晩歳真を修めて食多きを禁ず。
客を謝し門を杜《と》ぢ殊に事を省き、
一盂の香飯、天和を養ふ。

又

得雨郊原已徧耕
東家西舎多逢迎
前山雲起樹無影
別浦潮生船有聲

又

雨を得て郊原已に徧《あまね》く耕し、
東家西舎、逢迎多し。
前山雲起つて樹に影なく、
別浦潮生じて船に声あり。

○麻*藍。藍は麻の茎なり、之を燃料としたものだらうと思ふ。○華胥。昔し黄帝が夢に遊びし国の名。○湿薪不管晨炊晩。薪が湿つてゐて朝の御飯の出来るのがおそくなつても別に気にはしない。○松肪。前*にも出づ。松あぶら。○半舎、沿溝。自註に、皆な果名とあり。○須弥。仏経中に見ゆる山の名。維摩経に、須弥を芥子中に収むるの話あり。百億須弥、理固より有りとは、かうした仏教の教理には勿論道理ありと云ふ意味であらうか。○八九雲夢何足呑。史記の司馬相如伝に、「海外に旁皇し、雲夢の若《ごと》き者八九を呑み、其の胸中に於いて曾《かつ》て蔕芥せず」とあるに本づく。雲夢は大*湖の名。○広居。孟子の滕文公章に「天下の広居に居る」とあるに本づく。広居は即ち天下なり。○工部。杜甫のこと。○前山雲起樹無影、別浦潮生船有声。雲生じて日光なきゆゑに樹木の影なく、満潮になつて船漕ぎ出でたため艫声聞こゆるなり。

冬日齋中卽事
（六首錄一）

詰朝澹無營
百事付童子
拂我架上書
注我硯中水

冬日斎中即事
（六首の中より）

詰朝澹として営みなく、
百事童子に付す。
我が架上の書を払ひ、
我が硯中の水を注ぐ。

覓睡不復成　睡を覓《もと》めて復た成らざれば、
取衣乃徐起　衣を取つて乃ち徐《おもむ》ろに起く。
卒歳如一朝　歳を卒《をは》るまで一朝の如し、
底處著慍喜　底《いづれ》の処にか慍喜を著けむ。

○詰朝。夜の明けたる時。　○第三句、第四句、我が架上の書を払ひ、我が硯中の水を注ぐは、日中のことなり。○第五句、第六句、睡を覓めて復た(今日もまた)成らざれば、衣を取つて徐ろに起く、と云ふは、夜分のことなり。○卒歳如一朝は、百年一日の如く、毎日々々からした生涯を送つて居る、と云ふのである。　○底処著慍喜は、慍ることもなく喜ぶこともなし、といふ意味。

自法雲歸　法雲より帰る

落日疎林數點鴉　落日疎林数点の鴉、
青山闕處是吾家　青山闕《か》ぐる処是れ吾が家。
歸來何事添幽致　帰来何事か幽致を添ふ、
小竈燈前自煮茶　小竈灯前自ら茶を煮る。

○法雲は寺の名。この詩の前に「法雲寺」と題する七言古詩が置かれてゐるが、それには、「勾践の旧国、古《いにし》への会稽、南山郭を擁して東西に分かる。城門の大路縄を引いて直に、西走百里皆な平堤。客行暁ならむとして梅市に到り、喔喔として尚ほ城中の雞を聴く。法雲の古寺大沢に臨み、風皺百頃の青玻瓈。云々」としてあるから、この寺は会稽に近き処にある古寺と思はる。　○落日疎林数点の鴉。これは法雲寺より帰り来つて目に映じたる吾が家の様なり。冬の日の夕方に帰れるゆゑ、落日疎林と云へり。それが山の欠けた処に見えて居るから、青山闕ぐる処是れ吾が家と云へり。 ○すでにそれはそれだけで幽致の趣あれど、更に自分が帰ると、九十の老翁が小竈灯前自ら茶を煮る景を添へるによつて、帰来何事か幽致を添ふるやと問へるなり。

睡覺

白日悠悠喜意平
夢中歴歴覺魂清
覺時不落晨雞後
靜待天窗一點明

睡より覚めて

白日悠々喜*意平かに、
夢中歴々魂の清きを覚ゆ。
覚むる時、晨雞の後に落ちず、
静かに待つ天窓一点の明。

○起句の白日悠々は、日中のこと。第二句、夢中歴々にて始めて夜分のことを云ふ。 ○第三句は、夜未だ明けざれど、はや暁明に近き頃のこと。斎藤茂吉の「あかつきのまだ暗きより目さめゐて」といふに当る。

凍坐

湖海凄涼地
風霜慘淡天
吾其去道近
無酒亦陶然

凍坐

湖海凄涼の地、
風霜惨淡の天。
吾れ其れ道を去ること近し、
酒なきも亦た陶然。

○起句は土地、承句は季節。 ○去道近とは、道を去ること遠からず、即ち道に近し、との意。

醉書

酔うて書きつく

天公賦與五湖秋　天公賦与す五湖の秋、
風月雲煙處處留　風月雲煙処々に留まる。
損食一年猶可健　食を損《へ》らすも一年猶ほ健なる可し、
無詩三日却堪憂　詩なくんば三日却て憂ふるに堪ふ。

○放翁だから之が詩になる。他人がこんな詩を作つたら見られない。実際放翁といふ人は詩がなければ生きて行かれなかつた人だからである。

書嬾　嬾を書す

我性本迂疎　我が性本《も》と迂疎、
養生又無術　生を養ふ又た術なし。
憂患自外至　憂患外より至り、
疾病由中出　疾病中より出づ。
屏居絶造請　屏居造請を絶ち、
冀補東隅失　東隅の失を補はんことを冀《ねが》ふ。
今觀世間事　今、世間の事を観る、
如僧視沐櫛　僧の沐櫛を視るが如し。
閑身嶺上雲　閑身嶺上の雲、
睡味蜂房蜜　睡味蜂房の蜜。
惟思茅簷下　惟だ思ふ茅簷の下《もと》、

一席臥朝日　　一席朝日に臥せむことを。

○造請。往候、即ち御機嫌伺ひをすること。漢書、張湯伝に「其の諸公に造請する、寒暑を避けず」とあり。○僧の沐櫛を視る如しと云ふは、僧侶は元来頭髪なきゆゑ沐櫛に対して無関心なるを指せるなり。

讀唐人愁詩戲作
（五首中錄二）

清愁自是詩中料
向使無愁可得詩
不屬僧窗孤宿夜
卽還山驛旅遊時

又

天恐文人未盡才
常敎零落在蒿萊
不爲千載離騷計
屈子何由澤畔來

唐人の愁詩を読みて戯《たはむれ》に作れる
（五首の中より）

清愁は自ら是れ詩中の料、
*向《さき》に愁なからしめば詩を得べけむや。
僧窓孤宿の夜に属せざれば、
即ち還《ま》た山駅旅遊の時。

又

天は文人の未だ才を尽さざることを恐れ、
常に零落して蒿萊に在らしむ。
千載離騒の計を為さざれば、
屈子何に由つてか沢畔に来らむ。

○蒿萊。あれくさ、または草のしげれる所。　○離騒。楚の屈原が作りし韻文の名。　○屈子。屈原のこと。讒に逢うて長沙に遷され、ゆく／＼沢畔に吟じ、遂に石を抱きて汨羅の水に投じて死す。天は千載に伝はる離騒を作らしめんとて、屈原をかかる窮地に陥れたのだ、といふのが、転結二句の意味。　○この詩、杜甫伝記中の「天は千秋万歳の名を以て之を身後に栄し、斗粟尺縑、偏《ひと》へに之を生前に靳《はつ》かしむ」の句を思ひ起さしむ。

幽居歳暮
（五首中錄四）

冉冉忘年往
紛紛厭事來
庭除多草莽
几硯亦塵埃
園爲畦蔬到
門因汲水開
偶聞林鳥語
太息又春回

又

却醫翻少疾
辭祿不加貧
嘉木移俱活
村醪釀輒醇
悠悠還過日
盎盎又逢春

幽居歳暮
（五首の中より）

冉々《ゼンゼン》として年の往くを忘れ、
紛々として事の来るを厭ふ。
庭除草莽多く、
几硯亦た塵埃。
園は蔬に畦《あぜ》するが為めに到り、
門は水を汲むに因つて開く。
偶《たまたま》林鳥の語《な》くを聞き、
太息す又た春回るかと。

又

医を却《しりぞ》けて翻《かへ》つて疾《やまひ》少く、
禄を辞するも貧を加へず。
嘉木移して倶《とも》に活き、
村醪醸せば輒《すなは》ち醇なり。
悠々として還《ま》た日を過ごし、
盎々《アウアウ》として又た春に逢ふ。

狂舞君毋笑
梅花插滿巾

又

燃薪代秉燭
煮茗當傳盃
但恨朋儕少
那知日月催
衣裘任穿穴
芋栗且燔煨
不爲殘年迫
吾心久矣灰

又

古井年年浚
荒疇日日犁
刈茅苫鹿屋
插棘護雞栖
閑賴書遮眼

狂舞君笑ふ毋《なか》れ、
梅花満巾に挿《かざ》す。

又

薪を燃して燭を秉《と》るに代へ、
茗を煮て盃を伝ふるに当つ。
但《た》だ恨む朋儕少《まれ》なるを、
那《なん》ぞ知らむ日月の催すを。
衣裘、穴を穿《うが》つに任《まか》せ、
芋栗、且《しば》らく煨《うづみび》に燔《や》く。
残年の迫るが為めならず、
吾が心、久しくも灰なり。

又

古井年々浚《さら》へ、
荒疇日々犁《す》く。
茅を刈りて鹿屋に苫《とま》し、
棘を挿みて雞栖を護る。
閑は書に頼りて眼を遮《さへぎ》り、

愁須酒到臍　愁は酒を須《もち》ゐて臍に到らしむ。
斜陽有常課　斜陽常課あり、
緩歩上湖隄　緩歩して湖隄に上ぼる。

○冉冉。去りゆく貌。　○盎盎。和らぐ貌。　○栖。とや。

夜坐戯作短歌　夜坐 戯《たはむれ》に作れる短歌

畏事如畏虎　事を畏るること虎を畏るるが如く、
避人如避寇　人を避くること寇《あだ》を避くるが如し。
結廬三家村　廬を結ぶ三家の村、
百事喜寒陋　百事寒陋を喜ぶ。
身閑自爲貴　身閑なれば自《おのづか》ら貴しと為す、
飯足豈非富　飯足れば豈に富めるに非ずや。
素心憎狐妖　素心狐妖を憎み、
老愈惡銅臭　老いて愈〻《いよいよ》銅臭を悪《にく》む。
視之若寒氣　之を視ること寒気の若《ごと》く、
可使客膚腠　膚腠《フソウ》を客たらしむ可し。
即今知免矣　即今免るるを知る矣、
終歳塞門竇　終歳門竇《モントウ》を塞《とざ》せり。
始知松倒壑　始めて知る松、壑に倒るるを、

殊勝雲出岫　　殊に勝《ま》さる雲、岫を出づるに。
聊持不動心　　聊《いささ》か不動の心を持し、
更養未盡壽　　更に未尽の寿を養ふ。
夜讀南華篇　　夜、南華の篇を読み、
欣然發吾覆　　欣然として吾が覆を発《ひ》らく。

○三家村。戸数の少き孤村のこと。　○素心。本来のこころ。　○可使客膚腠。＊腠ははだへ。自分の膚腠でない気がする、と云ふ意味かと思ふが、この一句の意味は、はつきりしない。　○松倒壑は、老松が建築の材料ともならず、人の知らぬ間に、老いて壑に倒るるなり。自分の一生は即ちそれであると云ふのである。放翁の六十吟には、「孤松摧折して澗壑に老い、病馬凄涼桟豆に依る」の句がある。　○南華篇。＊前に出づ、荘子のことなり。　○発覆。その外覆を去り、真相を露はしむることにて、「発吾覆」の三字は、荘子の書中に見ゆるもの。

書　歎

歎を書す

尺椽不改結茅初　　尺椽《シャクテン》改めず茅を結びし初め、
薄粥猶難＊卒歳儲　　薄粥《ハクシュク》猶ほ難《＊かた》んず歳を卒《を》ふるの儲《たくはへ》。
猧子解迎門外客　　猧子解《よ》く門外の客を迎へ、
貍奴知護案間書　　貍奴は案間の書を護るを知る。
深林閑數新添筍　　深林閑に数ふ新たに添はる筍、
小沼時觀舊放魚　　小沼時に観る旧《も》と放ちし魚。
自笑從來徒步慣　　自ら笑ふ従来徒歩に慣れ、

歸休枉道是懸車　　　　帰休枉《ま》げて道《い》ふ是れ懸車と。

○結茅初。初めて家を造りし当時のまゝ。　○卒歳。詩の小雅に「何を以て歳を卒へむ」の語あり、年の瀬を越すこと。　○猧子。犬なり。　○貍奴。猫なり。　○懸車。其の車を懸け再び出でざるの意を示すなり。故に致仕の意に用ふ。隋書にいふ、「韋世康、子弟に謂うて曰く、吾れ聞く、功遂げて身退くは、古人の常道なりと、今年将に耳順ならむとす、志懸車に在り」。

讀論語　　　　論語を読む

壯歳貪求未見書　　　　壮歳貪りて求む未だ見ざる書、
歸常充棟出連車　　　　帰れば常に棟を充たし出づれば車を連ねき。
晩窺闕里親傳妙　　　　晩に闕里親伝の妙を窺《うかが》ひ、
數箇方知已有餘　　　　数箇方《まさ》に知る已《すで》に余り有るを。

○連車。韓愈の詩、「曾《かつ》て関外より上都に来たる、身に随ふの巻軸、車、軫を連らぬ」。　○闕里。今の山東省曲阜県内の地。孔子の生地なり。ここは即ち孔子を指す。　○数箇。数冊の書巻。

昭和十七年十月七日稿了

放翁鑑賞　その五

――陸放翁詞二十首
陸放翁詞二十首続篇――

陸放翁詞二十首

はしがき*

放翁の遺した詩一万余首は殆ど総て剣南詩稿八十五巻の中に収められ、また詩以外の文章は大体渭南文集五十巻の中に集められてゐる。しかるにその渭南文集を開けて見ると、最後の四十九、五十の二巻は全部韻文から成つてゐる。斯様に文集の中へ韻文が収められて居るのは一見不思議であるが、これについては放翁の子の子遹《シイツ》が文集の跋で事情を説明してゐる。こゝには関係のない個所もあるが、序ゆゑ次に跋の全文を訳出して見よう。

「先太史の文、古に於ては則ち詩書左氏、荘騒史漢、唐に於ては則ち韓昌黎、本朝に於ては則ち曾南豊、是れ法を取る所。然かも稟賦宏大、造詣深遠、故に落筆文を成せば、則ち卓然として自ら一家を為す。人其の涯涘《ガイシ》を測る莫し。蓋し今の学者、皆な剣南の詩を熟誦す。続稿は家に蔵すと雖も(淳熙十四年、放翁年六十三の時、始めて詩を刻し、世に行はる。続稿と云へるは其の後の作を指せるなり)、世に亦た伝写多し。惟《た》だ遺文は先太史未だ病まざる時より、故《も》と已に編輯して、名づくるに渭南を以てす矣。第《た》だ学者多く未だ之を見ず。今別ちて五十巻と為す。凡そ命名及び次第の旨は、皆な遺意に出づ。今敢て紊《みだ》さず。乃ち溧陽学宮に鋟梓《シンシ》し、以て其の伝を広む。渭南は、晩に渭南伯に封ぜらる、乃ち自ら号して陸渭南と為す(新村出『辞苑』に「死後渭南伯に封ぜられた」としてあるのは誤)。嘗て子遹《シイツ》に謂うて曰く、剣南は乃ち詩家の事、文に施す可らず、故に別に渭南と名づく。入蜀記(文集巻第四十三乃至四十七*に収む)牡丹譜(文集巻第四十二に収むる天彭牡丹譜を指す)楽府詞(文集巻第四十九及び五十に収む)の如きは、本《も》と当《まさ》に別行すべきものなるも、異時或ひは散失するに至らん、宜《よろ》しく廬陵の刊する所の欧陽公集の例を用ひ、集後に附せよと。此れ皆な子遹嘗て疑ありて請問せるもの、故に此《ここ》に備著す。嘉定十有三年十一月壬寅。幼子、承事郎知建康府溧陽県主管勧農事、子遹、謹書」。

これによつて韻文二巻が文集に附せられてゐる事由が分かる。これらの二巻は、第四十九巻に詞六十七首、第五十巻に詞六十三首を収めてゐる。ここに詞とは、一に詩余とも塡詞とも云ひ、もと一定の歌曲に合はせて歌ふために作られた詩の一種であるが、支那ではつきり詩と区別されてゐる。この詩と詞との区別については、森槐南博士の遺稿『作詩法講話』の第四章に、極めて明瞭に、どうして詩から詞が生まれ出たかと云ふことが、弁証法的に叙述してある。その概略を述ぶれば、絶句は五言絶句でも七言絶句でも、唐の時代にはみな管絃にかけて歌つたものである。その結果、この詩の歌ひ方に色々な工夫が施されて来て、文句と文句との間へ、音楽の方で様々のあひの手を入れたり、また偸声と云つて、七言乃至五言の句を音楽の譜では故意に縮め、例へば七字のうち声を一つだけ偸んで、六字の句にして歌ふ、と云ふやうなことが行はれて来た。ところが後には、一定の楽譜を元にして、それに合ふやうに文句を作ることが行はれ出した。それが詞である。そこで、文句と文句との間に音楽の方であひの手がはいる場合は、そのあひの手の音をも詞では文字で塡めるので、例へば五言の句と句との間に二言、三言などの余分の句が加はつたり、七言の句が伸びて八言になり九言になり、或は七言と三言との二句になつたり、更に他方では、偸声が音楽の方で行はれてゐるために、それに合はせて作る詞の方は、五言の句を三言に縮め、七言の句を六言に縮め、または四言に縮めなどして、様々な長短句がいろ〳〵と入り乱れることになり、句数も、絶句の詩は五言でも七言でも総て四句に限られて居るのに、それが段々何句にも何句にも増加して来た。更にまた同じ曲を繰り返し繰り返し歌ふ場合もあるので、それに字を当てはめた詞は、非常に長いものになつた。こんな訳で、元来は絶句から生まれたものでありながら、詞は絶句の詩とひどく形式の違つたものになつたのである。そして、詞は一定の楽譜によつて作つたものだから、その題は元の楽譜の題をそのまゝ用ひることになつて居り、自然、詞の中には、題と内容と何の関係もないものが少くない。つまり題は、それを歌ふ場合の調子の符号の如きものである。

かくの如き詞が作られるやうになつてから、唐末から五代を経、宋の時代を通じて、詩の方は歌はれぬものとなり、管絃に合はせて歌はれるのは詞ばかりとなつた。しかしこの詞も後には歌はれなくなつた。

詞と云ふのは、大体以上の如きものである。で、それは長短句より成る一種の詩でありながら、詩と区別されてゐる。放翁の作つた詞がその詩稿の外に置かれてゐるのは、そのためである。

放翁遺すところの詞は凡そ百三十首、詩一万余首に上ぼるに比すれば、ほぼ百分の一である。即ち彼が主として力を用ひたのは、詞でなくて詩である。しかし彼の詞にもなか〳〵棄て難きものがある。

放翁は中国最大詩人の一たり、両宋に在つて其の右に出づる者なし。其の詞亦た雄快、円活、清逸を兼具す。然かも終《つひ》に其の詩の掩ふ所となれるは、その詞壇上の地位、遠く其の詩壇上に在つて以て両宋一切の作家を睥睨するに足るに如《し》かざるに在り。こんなことが薛礪若の『宋詞通論』に書いてある。その通りであらう。

さて、こゝには放翁の詞百三十首の中から先づ二十首だけを選んで、これを日本読みに読んで見た。読み方は慣例によらず、総て自分流儀にさばき、なるべく原詞の意味を活かすやうに努めた。排列の順序は文集のそれに従うた。文集を見るに、同題の詞で別の個所に収められて居るものがある。恐らく排列は作の年代順に従つたものであらう。

序に書き添へて置くが、渭南文集巻第十四には長短句序なるものが載つてゐる。「雅正の楽微にして乃ち鄭衛の音(下等な音楽)あり」と書き起して、正しい楽が次第に軽佻なものに変化した次第を述べ、「歎ずるに勝《た》ゆべけんや」とし、之を結ぶに、「予少時、世俗に汩《しづ》み、頗る為《つく》る所あり、晩にして之を悔ゆ。然かも漁歌(漁父の歌)菱唱(菱の実を採る時に歌ふ歌)なほ止む能はず。今筆を絶つこと已に数年、旧作を念《おぼ》えて終《つひ》に揜《かく》すべからず。因て其の首に書し以て吾が過を識《しる》す。淳熙己酉炊熟日。放翁自序」としてある。己酉の年は即ち放翁六十五歳の時に当るが、この序は当時恐らく、旧作の詞を書き寄せた集の始に置かれたものであらう。ともかく、これで見ると、長短句は本格的な詩でないとして、作者自身これに重きを置いて居なかつたことが分かる。多分それは声調の上に高雅な気品を欠くところがあるのであらう(『貴耳集』といふ本には、「詞はもと管弦冶蕩の音」などと書いてある由)。しかし之を日本読みにする吾々にとつては、音律のことは少しも分からないので、作者が「晩にして之を悔ゆ」としてゐる気持が通ぜず、むしろ長短句のまちまちになつて居るところに、却て一種の清新味を感ずるのである。まあ読んで御覧なさい。

南郷子

早歳入皇州
罇酒相逢盡勝流
三十年來眞一夢
堪愁
客路蕭蕭兩鬢秋

蓬嶠偶重遊
不待人嘲我自羞
看鏡倚樓俱已矣
扁舟
月笛煙簑萬事休

南郷子

早歳皇州に入る、
罇酒《ソンシュ》相逢ふ尽《ことごと》く勝流。
三十年来真に一夢。
愁に堪へたり、
客路蕭々《セウセウ》両鬢の秋。

蓬嶠偶〻《たまたま》重遊、
人の嘲を待たず我自《みづか》ら羞《は》づ。
鏡を看、楼に倚《よ》る、倶《とも》に已《や》む矣。
扁舟!
月笛、煙簑《エンサ》、万事休す。

○この詞は、すでに官を退き郷里に家居するやうになつてから、偶〻帝都に遊んで感慨をもらしたものと思はれる。○早歳。壮年の頃。 ○皇州。帝都のこと。当時南宋の帝都は、臨安即ち今の杭州(浙江省に属す、上海の西南)である。放翁の郷里は、それから少しばかり南方に当る紹興県の山陰、鏡湖といふ湖水のほとりである。 ○罇酒。罇は樽に同じ。罇酒相逢ふは、酒間相逢ふと云ふに同じ。親しき交際を意味する。 ○勝流。一流の名士。 ○蓬嶠。蓬轎の誤写ではないかと思ふ。轎は肩輿、かご。蓬はよもぎ。粗末なことの形容。 ○看鏡倚楼。共に成すあらんとする、気力あるすがた。 ○月笛。月下の笛。 ○万事休。他に望む所なく、それで万事おしまひ。

○この詞の第一節は、五、七、七、二、七言の五句より成り、第二節もまた同じである。そして州、流、愁、秋、遊、羞、舟、休と尤韻が踏んである。堪愁、扁舟の二字句が共に能く働いてゐる。罇酒相逢尽勝流の一句も感慨深い。

好事近　登梅仙山絶頂望海

揮袖上西峯
孤絶去天無尺
拄杖下臨鯨海
數煙颿歴歴

貪看雲氣舞青鸞
歸路已將夕
多謝半山松吹
解慇懃留客

好事近　梅仙山の絶頂に登りて海を望む

袖を揮《ふる》うて西峰に上れば、
孤絶、天を去る、尺無し。
杖を拄《ささ》へて、下《しも》、鯨海に臨めば、
煙颿《エンペン》を数へて歴々たり。

雲気の青鸞を舞はすを貪り看て、
帰路已に夕ならんとす。
多謝す半山の松吹《ショウスヰ》、
慇懃に客を留《とど》むるを解す。

○揮袖。たもとをうちふる。勢よく振舞ふかたち。　○孤絶。遠く群峰を離れて独りそびえ立つ。　○去天無尺。李太白の詩に、「連峰天を去る尺に盈《み》たず」とあるのと、同じ意味。決して大袈裟な形容でなく、支那大陸に於けるけはしい高山の感じはこの通りであることは、写真を見ても分かる。　○鯨海。くぢらの游ぎ居るほどの大海。私は南支那海から印度洋を往復したことがあるが、大海の大きさは游ぐ鯨を得て、始めて愈〻大きく感じられる。鯨海といふ文字は如何にも好い文字である。　○煙颿。煙帆といふに同じ。遠くかすみて見ゆる船の帆。　○雲気。雲の如くに現はれる高山深海の気。　○青鸞。鳳の羽の青色多きものを鸞といふ。　○半山。山腹。　○松吹。松風。

○この詞は、次の詞と題が同じであり、従って一首の構成も全く同じであるが、内容は全く違ってゐる。詞は五、六、

六、五言の四句より成る第一節と、七、五、六、五言の四句より成る第二節とで出来上がつて居り、第二、第四、第六、第八の四句に仄字韻が踏んである(尺、夕、客は陌韻、歴はこれと通用の錫韻)。○私には音律のことは少しも分からないが、この詞は日本流に読んで見ても面白い。*梅仙山といふのは何処に在る山なのか、何れにしても大海に臨んでそそり立つてゐる峻嶺であらう。盛夏の頃、快晴の日、その頂上に登り、青鸞の舞ふが如き雲気を貪り看て、遂に一日を過ごしたものと見え、朝早く出掛けたのであらうに、帰路已に夕ならんとす、としてある。

好事近

歳晚喜東歸
掃盡市朝陳迹
揀得亂山環處
釣一潭澄碧

賣魚沽酒醉還醒
心事付横笛
家在萬重雲外
有沙鷗相識

好事近

歳晩東帰を喜び、
掃尽す市朝の陳迹《チンゼキ》。
乱山環《めぐ》らす処を揀《えら》び得て、
一潭の澄碧に釣る。

魚を売りて酒を沽《か》ひ、酔うて還《ま》た醒め、
心事横笛に付す。
家は万重の雲外に在りて、
沙鷗の相識るあり。

○歳晩。晩年といふに同じ。○東帰。放翁は役人となつて、西のかた遠く巴蜀の奥地(今の四川省方面)に赴任しゐたるゆゑ、官をやめ帰りしことを東帰と云つてゐるのである。○市朝。俗世間といふほどの意。市井と朝廷、即ち人の多勢寄り集まる場所。○陳迹。ふるきあと、即ち以前のなごり。○沙鷗。すなはまにゐるかもめ。沙鷗の相識るありとは、たゞすなはまにゐるかもめが友達となつてゐるばかりだとの意。放翁の別の詩に、「悠然たり万里煙波の興、沙鷗を除却すれば総《すべ》て知らず」の句あり。
○これは自分の晩年の境界を漁父に譬へたもの。魚を売りて酒を買ふなどと云ふことを、実際にやつてゐたのでないことは、言ふまでもない。○すでに述べたやうに、題は前の詞と同じであり、従つて一首の構成も全く同じである。

鷓鴣天　送葉夢錫

家住東呉近帝郷
平生豪擧少年場
十千沽酒青樓上
百萬呼盧錦瑟傍
身易老
恨難忘
尊前贏得是凄涼
君歸爲報京華舊
一事無成兩鬢霜

鷓鴣天　葉夢錫を送る

家は東呉に住して帝郷に近く、
平生、豪挙、少年の場《ヂヤウ》。
十千、酒を沽《か》ふ、青楼の上、
百万、盧《ロ》を呼ぶ、錦瑟《キンシツ》の傍《かたはら》。
身は老い易く、
恨忘れ難し、
尊前贏《か》ち得たるは是れ凄涼。
君帰らば為めに報ぜよ京華の旧に、
一事成る無し両鬢の霜。

○東呉。今の江蘇省一帯の地を呉といふ。その東部地方の海浜の部分が即ち東呉である。放翁の郷里、紹興県山陰は、今の浙江省の北に寄つた所で、杭州から少しばかり南であるから、厳密に云へば呉でなく越である。釈処黙の詩に「江に到つて呉地尽き、岸を隔てて越山多し」とある如く、銭塘江が呉越の境である。故に放翁も*露坐と題する詩では、「豈に知らんや三十年、竟に越中の叟となる」とも言つてゐる。しかし呉に近き所ゆゑ、その時の都合で、また屢〻自分の郷里を呉中としてゐる。○帝郷。当時南宋の首府は臨安で、即ち今の杭州。○平生。むかし、かつて。

○豪挙。さかんなる俠客のふるまひ。　○少年場*。場は時期。少年はとしわか。即ち少年の場とは、年わかかりし頃の意。　○十千。千の十倍、万金*といふに同じ。　○青楼。美人の居るうつくしきたかどの、転じて妓楼の意に用ふ。○呼盧。賭博のこと、盧は、樗蒲《チョボ》の采《サイ》の目の名、五子みな黒きものにて、最勝の采である(樗も蒲も植物の名、昔はその実を采に使つたために、賭博のことを樗蒲といふ)。賭博と云へば、今日本では犯罪になつて居るが、唐宋時代の呼盧はそんなものではない。今で云へばトランプを弄ぶと云ふ位のもの。　○錦瑟。錦は美称、瑟は琴の大なるもの。錦瑟の傍は、美人のそばでといふ意味。　○尊前。尊は樽に同じ。尊前は酒前といふに同じ。　○贏得。かち得たり又はあまし得たりと読む。骨折損のくたびれまうけなど云ふ場合の、まうけに当る。　○凄涼。こころあはれに、ものさびしきこと。　○京華旧。京華は花のみやこ、即ち首都を指す。旧は旧友。題下の註によれば、葉夢錫が当時臨安に向つて帰り去つたものと思はれる。　○両鬢霜。左右の鬢毛、霜の如く白し。
○この詞は次の詞と同題になつてをり、従つて一首の構成も全く相同じである。第一節は七言四句から成り、第二節は三、三、七、七、七言の五句から成り、郷、場、傍、忘、涼、霜と、第一、第二、第四、第六、第七、第九の六句に、陽韻が踏んである。　○この一首は、壮歳身を国に許し、「四方男子の事、敢て飄零を恨みず」などと詠じた放翁が、晩年の凄涼たる心境を、万金豪遊を恣まにした若き頃の回顧に托したもの。なほ放翁の別の詩(自詠と題するもの、剣南詩稿巻第三十に収む)に、「常に記す当年入洛の初、華灯百万樗蒲を擲つ」といふ句があるので見ると、或は若い頃、実際にかうした時代があつたものか。
鷓鴣天

家住蒼煙落照間
絲毫塵事不相關
斟殘玉瀣行穿竹

鷓鴣天

家は住す蒼煙落照の間、
糸毫だも塵事相関せず。
玉瀣《ギョクカイ》を斟《く》み残し、行いて竹を穿《うが》ち、

巻罷黄庭臥看山　　黄庭を巻き罷《や》み、臥して山を看る。
貪嘯傲　　嘯傲を貪り、
任衰殘　　衰残に任《まか》す、
不妨隨處一開顔　　妨げず随処一開顔。
元知造物心腸別　　元《も》と知る造物心腸別なるを、
老卻英雄似等閑　　老い却《さ》つて英雄等閑に似たり。

○蒼煙落照間。あをき煙のたなびき、ゆふひの落ちゆくかなた。遠く世間を離れた場所の意味。どんな宏壮なたかどのでも、朝日もあたれば夕日もあたる、いつでも夕日の落ちてゐる場所といふものがあるはずはないが、しかしこの蒼煙落照間の五字は、遠く世間を離れた場所の形容として妙つきざるものがある。　○玉瀣。瀣は沆瀣と熟する字で、沆瀣とは露の気。で玉瀣は玉露など云ふほどの意味であらう、酒の名である。放翁の別の詩に「一樽の玉瀣、幽欣足る」、「氷壺玉瀣、骨を侵して冷かなり」などの句がある。　○穿竹。竹林を逍遥すること。因にいふ、放翁の郷里は特に美しい竹林に富んだ地方である。　○黄庭。仙人のことを書いた黄庭経。巻き罷むは、読みやめる。　○嘯傲。嘯はうそぶく。傲はたのしむ。嘯傲は風にうそぶき月にたのしむといふほどの意味。陶淵明の詩に「東軒の下に嘯傲す」といふ句がある。　○衰残。よわりはてる。残はそこなふ意。　○開顔。口を開いて笑ふこと。　○心腸。鮑照の詩に「野風草木を吹いて、遊子心腸断ゆ」の句あり。心腸はこゝろのなか。造物心腸別とは、造物主には別に思ふところありて、といふほどの意味。　○等閑。物事を軽く見て、心を労せぬこと。張謂の詩に「心中万事如等閒」の句あり。等閑も等閒も同じこと。　○結びの二句。造物主には別に思ふ所ありて、英雄の末路を等閑の如くならしむ、と云ふのである。

烏夜啼

世事從來慣見
吾生更欲何之
鏡湖西畔秋千頃
鷗鷺共忘機

一枕蘋風午醉
二升菰米晨炊
故人莫訝音書絕
釣侶是新知

烏夜啼

世事従来見るに慣る、
吾が生更に何《いづこ》に之《ゆ》かんとす。
鏡湖、西畔、秋千頃《ケイ》、
鷗鷺と共に機を忘る。

一枕の蘋風《ヒンプウ》、午酔《ひるゑ》ひ、
二升の菰米《コベイ》、晨《あした》に炊《かし》ぐ。
故人訝《いぶか》る莫れ音書の絶ゆるを、
釣侶《テウリヨ》是れ新知。

○慣見。慣るは飽きる意。　○更欲何之。今更何処へ行かうぞ、このまゝで結構なり。　○鏡湖。放翁の郷里にある湖水。　○秋千頃。頃は百畝の面積。秋千頃は、湖水千頃に満つる秋色。　○忘機。機は心のからくり。忘機とは世事に心を労することをやめ果てたこと。　○一枕の蘋風。蘋はうきくさの一種、萍の大なるもの。鏡湖に沢山あつたものであらう。一枕の蘋風とは、うきくさの上を吹きくる涼風が孤枕をめぐること。　○菰米。菰もまた水草。夏秋の間、花を開きて実を結ぶ。その実は採りて之を食用に供す。菰米といふは即ちそれ。放翁の別の詩（斎壁*に題すの詩、剣南詩稿巻第三十に収む）には、「二升の菰米、晨に飯を炊《かし》ぎ、一椀の松灯、夜書を読む」といふ句がある。　○故人。旧友。　○音書。音信の手紙。　○新知。新しき知人。釣り友達が新しく出来て来たので、旧友へは無沙汰がちになる、と云ふのである。
○この詞は、次の詞と同題、従つて形式もまた相同じである。二首共に放翁の集中では優れた作とは思はれぬが、分かり易いので採録した。

烏夜啼

素意幽棲物外
塵縁浪走天涯
歸來猶幸身强健
隨分作山家

已趁餘寒泥酒
還乘小雨移花
柴門盡日無人到
一徑傍谿斜

烏夜啼

物外に幽棲するを素意となせしも、
塵縁のため天涯に浪走せり。
帰来猶ほ幸に身強健、
分に随つて山家を作る。

已に余寒を趁《お》うて泥酒し、
還《ま》た小雨に乗じて移花す。
柴門《サイモン》、尽日、人の到る無く、
一径谿《たに》に傍《そ》うて斜なり。

○物外。世外。　○素意。素志。　○浪走。さまよひはしる。　○趁。乗ずるの意あり。　○泥酒。泥酔。　○尽日。一日中。　○谿《ケイ》。谷の水流。

桃園憶故人〔并序〕

三榮郡治之西、因子城作樓觀、曰高齋、下臨山村、蕭然如世外、

桃園憶故人〔并びに序〕

三栄郡治の西、子城に因りて楼観を作り、高斎と曰ふ。下、山村に臨み、蕭然として世外の如し。

余留七十日、被
命參成都戎幙而
去、臨行、徒倚*
竟日、作桃*源憶
故人一首

斜陽寂歷柴門閉
一點炊煙時起
雞犬往來林外
但*有蕭然意

衰翁老去疎榮利
絶愛山城無事
臨去畫樓頻倚
何日重來此

余留まること七十日、参
成都戎幙を命ぜられて去
る。行くに臨み、徒《いたづら》に倚
ること竟日、桃源故人を
憶ふの一首を作る。

斜陽寂歷、柴門《サイモン》閉づ。
一点の炊煙、時に起り、
雞犬林外に往来す。
但《た》だ蕭然《セウゼン》の意有り。

衰翁老い去つて栄利に疎《うと》く、
絶愛す山城の無事なるを。
去るに臨み画楼頻りに倚《よ》る。
何《いづれ》の日か重ねて此《こゝ》に来らん。

○年譜を見ると、「淳熙元年、先生年五十、……冬、又栄州に往いて事を摂す。同二年、先生年五十一、栄州に在り。……催《うなが》されて参議官の任に赴く。正月十日栄州を離る」としてある。この詞は多分その折の作であらう。なほ今の四川省の成都の南には栄といふ県城があるが、放翁が七十日居たと云ふのは、こゝのことかと思ふ。○郡治。郡の政庁。○因子城。子城とは大きい城に附属する小城のこと。因は基礎としての意。「河に因りて池を為《つく》る」(賈誼)といふ場合の因と同じ。○楼観。たかどの、楼閣といふに同じ。放翁は赴任すると直ぐそこへ楼観を作らしたのである。○蕭然。ものさびしきかたち。○竟日。一日中。

○寂歴。ものさびし。　○柴門。粗末な門。　○蕭然意。意はおもむき。　○画楼。彩色を施したたかどの。

○この詞の第一節、「斜陽寂歴」以下「有蕭然意」に至るまでは、「下、山村に臨み」としてある其の山村を、楼観の上から望み見ての光景。柴門、炊煙、雞犬など、みな山村の民家に属することで、楼観自体のことではない。第二節の衰翁以下は、即ち楼観に上りて、この「但だ蕭然の意あるのみ」なる山村の風景に別れを告げる情を叙したもの。山城と云ひ、画楼と云ひ、これらは総て楼観のことに属する。

○この詞は次の詞と同題同形であり(但し題は、例により、註のほか、内容とは無関係)、二首とも前後して作られたものであるが、これを読むと、私には、或日の放翁のこゝろが手に触れられるやうな気持がして、一種のなつかしみ、一脈のあはれさが感じられ、「頗る古人の情を窺《うかが》ふ」といふ彼の句まで思ひ出される。――今からほゞ一千年の昔、旅行の極めて不便であつた当時に、彼は銭塘江の南に当る郷里の山陰から、家族を引き連れて杭州に出で、それから運河を経て揚子江の下流に泛び、更に遠く江を溯つて、三峡の険の西に当る夔州に赴任し、後更に、今の重慶よりもまだ〳〵西北の奥地に当る成都まで旅したのである。それは今の吾々が欧米に旅するよりも、遥に大きな旅を感ぜしめたものに相違ない。ところで、かく遠く万里の異郷に旅する者は、僅か数十日滞在して居た所でも、そこを去る日には、もうこれが一生の別れだと思はれ、「何れの日か重ねてこゝに来らん」といふ感傷のため、そゞろに旅のあはれさを身に覚ゆるものである。現に私は、第一次の世界大戦の直前に、ベルギーのブリュッセルに丁度七十日くらゐ滞在してゐたが、さてそこを引上げて愈〻パリに向はうとした当日は、正に「何れの日か重ねてこゝに来らん」と感じて、こゝろに旅愁を催したことを、今もなほ鮮かに記憶してゐる。果して私は、その後遂に重ねて彼の地に到ることなく、今では六十余歳の老人となり、国内ですら気軽には旅し得ない身の上となつてゐる。この詩を愛するゆゑんである。

○斎藤茂吉の歌に「今ゆのちわれの訪ひ来むことありや外《と》川村《がはむら》とふ漁村《すなどりのむら》」といふのがある。「何日重来此」の意、偶〻相同じ。

桃園憶故人　應靈道中

欄干幾曲高齋路
正在重雲深處
丹碧未乾人去
高棟空留句

離離芳草長亭暮
無奈征車不住
惟有斷鴻煙渚
知我頻回顧

桃園憶故人　応霊道中

欄干幾曲、高斎の路《ロ》、
正に重雲深き処に在り。
丹碧未だ乾かざるに人は去り、
高棟空しく句を留《とど》む。

離々たる芳草、長亭の暮、
征車の住《とど》まらざるを奈《いかん》ともする無し。
惟《た》だ断鴻煙渚ありて、
我の頻りに回顧するを知る。

○高斎路。高斎は楼観の名。路は路衢、即ち城内のみち。そこに欄干がいくまがりにもなつて居るのである。　○丹碧。楼観の柱などに塗つた彩色。丹碧未だ乾かずと云ふのは、楼観が出来上がつてから間もなく立ち去つたからである。　○留句。前の詞が、こゝの「高棟空しく句を留む」に相当する。　○離々。長く長くつゞけるさま。　○芳草。かをりよき花をつけた草。杜牧の詩には「芳草復芳草、断腸又断腸*」といふ句がある。　○長亭*。長き旅路の宿。　○征車。たびのくるま。　○断鴻。断ははなれ、鴻は雁の大きなもの。　○煙渚。もやのたちこめたなぎさ。

○同題の前の詞は(題は他の場合と同じことで、詞の内容と符合してゐるわけではない)、高斎を去るに臨んでの作。この後の詞は、すでに高斎を去り、途中これを回顧しての作。前の詞と同様、私はこの詞も好きである。「丹碧未だ乾かざるに人は去り、高棟空しく句をとどむ。離々たる芳草長亭の暮、征車のとどまらざるを奈ともするなし」。日本読みにから読み下して見ても、中々いゝではないですか。

豆葉黄

一春常是雨和風
風雨晴時春已空
誰惜泥沙萬點紅
恨難窮
恰似衰翁一世中

豆葉黄

一春常に是れ雨《あめ》、風《かぜ》に和す、
風雨《フウウ》晴るる時、春已に空し。
誰か惜む泥沙万点の紅、
恨窮まり難し、
恰《あたか》も似たり衰翁一世の中。

○人は時を得ることを最も難しとする。もしそれ、恰も時運に際会し、大きくとも小さくとも兎も角持つて生まれた自分の才分を存分に伸ばし得る機会を有ち得た人は、世に最も仕合せの人である。世の中には、恰も才分の大に伸びようとする二十、三十の時期に、時勢に圧せられ、不幸にも志を伸ばし得ず、徒に才を抱いて老い行くものが少くない。変革期には特にさうであつて、僅か四、五年の喰ひ違ひで、正に花を開かうとする季節に、風に和する雨にたゝきつけられる者が、前後踵を接する。さうした人々が、すでに老境に入つてから時勢の好転に遭遇した時、もし此の詞を読まば、恐らく多少の感慨に耽るを禁じ得ないであらう。放翁の別の詩に、「古来豪傑、人の知る少く、……才を抱いて地に委する固《もと》より多し矣」の句あり、今それを思ひ起す。
○詞は七、七、七、三、七言の五句より成り、各句とも風、空、紅、窮、中と、東韻が踏んである。中について、僅か三言より成る第四句「恨難窮」が、よく前後に響き渡つてゐる。

鵲橋仙　夜聞杜鵑

茆簷人靜
蓬窗燈暗

鵲橋仙　夜杜鵑を聞く

茆簷《バウエン》、人静かに、
蓬窓、灯暗く、

春晩連江風雨
林鶯巣燕總無聲
但月夜常啼杜宇
催成清涙
驚殘孤夢
又揀深枝飛去
故山猶自不堪聽
況半世飄然羈旅

春晩、江に連るの風雨。
林鶯、巣燕、総《すべ》て声無く、
但《た》だ月夜、常に杜宇啼く。
清涙を催成し、
孤夢を驚残し、
又た深枝を揀《えら》んで飛び去る。
故山猶ほ自《おのづか》ら聴くに堪へず、
況《いは》んや半世、飄然たる羈旅をや。

○茆簷。かやぶきののき。　○蓬窓。よもぎのまど。　○春晩。こゝは暮春の意。　○杜宇。杜鵑と同じ、ほととぎす。　○驚残。おどろかしやぶる。　○故山。故郷の山。　○飄然。ただよふさま。
○この詞は次の詞と同題であり、従って形式も全く同じである。

鵲橋仙

一竿風月
一蓑煙雨
家在釣臺西住
賣魚生怕近城門
況肯到紅塵深處

鵲橋仙

一竿の風月、
一蓑《サ》の煙雨、
家は釣台《テウダイ》の西に在りて住す。
魚を売りて生《なりはひ》とし、城門に近づくを怕《おそ》る、
況《いは》んや肯《あへ》て紅塵深き処に到らんや。

潮生理櫂
潮平繋纜
潮落浩歌帰去
時人錯把比厳光
我自是無名漁父

潮《うしほ》生じて櫂《かい》を理《ととな》へ、
潮平かにして纜《ともづな》を繋ぎ、
潮落つれば浩歌して帰り去る。
時人錯《あやま》り把《と》りて厳光に比するも、
我は自《おのづか》ら是れ無名の漁父。

○釣台。釣する小高き場所。　○潮生理櫂。潮満ち始むれば、櫂をととなへて漕ぎ出る。　○潮平繋纜。潮満つれば舟をつないで魚を釣るなり。　○浩歌。声高く歌ふ。　○厳光。隠者の名。後漢書、逸民伝には「厳光少《わか》うして高名あり」としてある。なほ放翁の別の詩に、「志士山に棲む深からざるを恨む、人の知る已に是れ初心に負《そむ》く、先づ厳光輩を説くを須《もち》ひず、直《ただ》ちに巣由より錯《あやま》りて今に到る」と云ふのがある。

○大川済和尚の漁父と題する頌に、「岸草青々たり水上の舟、夜深うして高臥す荻花の秋、夢は回《めぐ》る一曲の漁家傲、月淡く江空うして白鷗を見る」と云ふのがあるが、これを採録した『江湖風月集』の註には、「漁父の境界、樸略瀟洒、高く世間に出づ、衲僧の境界に似たり、故に宗師愛《この》んで漁父の頌を作る」としてある。しかし僧侶に限らず、隠逸の士もまた好んで漁父の境界に自らを比する。放翁のこの詞及び次に載すところの長相思二首の如き、みなその例に属する。放翁には、かうした詞がまだ他にも沢山あるが、これは彼が鏡湖のほとりに住んで居たのにも因るであらう。

長相思

雲千重
水千重
身在千重雲水中

長相思

雲千重、
水千重、
身は千重雲水の中に在り。

月明收釣筒　　月明かにして釣筒を収む。

頭未童　　頭《かしら》未だ童《ドウ》せず、

耳未聾　　耳未だ聾せず、

得酒猶能雙臉紅　　酒を得て猶ほ能く双臉《サウケン》紅《くれなゐ》なり。

一尊誰與同　　一尊誰とか同《とも》にせん。

○月明収釣筒。夜に入り月が出るやうになつてから、始めて漁具を収めて帰路につく。釣筒は釣竿。○童。はげ。○双臉紅。酒のために左右の頰が赤くなる。○尊。酒樽。○中、筒、童、聾、紅、同、いづれも東韻にして、重のみ東韻と通用の冬韻になつてゐる。○この詞、次の詞と同題にして、形式もまた相同じ。

長相思　　長相思

橋如虹　　橋は虹の如く、

水如空　　水は空の如し。

一葉飄然煙雨中　　一葉飄然たり煙雨の中。

天敎稱放翁　　天は放翁と称せしむ。

側船蓬　　船蓬に側《そばだ》ち、

使江風　　江風を使ふ。

蟹舍參差漁市東　　蟹舎参差《シンシ》、漁市の東。

到時聞暮鐘　　到る時暮鐘を聞く。

○橋如虹。これはにじばしのこと。すでに橋虹の如しと云つたから、水をも空の如しと云ひ、次いで虹にちなんで煙雨と云ふ。○一葉。一葉の船。○飄然。ただよふさま。○放翁。放は気まゝを意味する。年譜を見るに、淳熙二年、年五十一の条下に、「文字の交を以て礼法に拘らず。*人その頽放を譏《そし》る。因て自ら放翁と号す」としてある。○船蓬。船篷の誤写であらう。篷は船のとま。○蟹舎。水辺にある漁人の小屋。身を漁父に譬へてあるから、そこに放翁の住居がある貌。○参差。ちらばつてゐるさま。○到時聞暮鐘。到る時とは、釣を了へて帰りつく時。暮鐘を聞くとは、日がくれたこと。一日中釣をしてゐた意味。

菩薩蠻

江天淡碧雲如掃
蘋花零落蓴絲老
細細晩波平
月從波面生
漁家眞箇好
悔不歸來早
經歲洛陽城
鬢絲添幾莖

菩薩蛮

江天淡*として碧雲掃けるが如く、
蘋花零落して蓴糸《ジユンシ》老ゆ。
細々たる晩波《バンパ》平《たひら》かに、
月は波面より生ず。
漁家真箇に好し、
帰り来るの早からざりしを悔ゆ。
洛陽城*に歳を経て、
鬢糸添へしこと幾茎ぞ。

○蘋花。蘋はうきくさの一種。○蓴糸。蓴《ジユン》も水草の一種、蓴菜とも云ふ。蓴糸はその糸の如く細きもの。○洛陽城。今の河南省の河南府、むかし梁、唐、晋、漢、周の時代に首都となつてゐた所。こゝはたゞ首都といふ意味であらう。○鬢糸。糸は白き糸のこと。鬢糸はびんのしらが。○添。増す。○幾茎。幾本といふに同じ。

○この詞また自らを漁父に比す。次の詞と同題なれば、形式もまた相同じ。

菩薩蠻

小院蠶眠春欲老
新巣燕乳花如掃
幽夢錦城西
海棠如舊時

當年眞草草
一櫂還呉早
題罷惜春詩
鏡中添鬢絲

菩薩蛮

小院、蚕眠《かひこねむ》りて、春老いなんとし、
新巣、燕乳《つばめニュウ》して、花掃けるが如し。
幽《かす》かに夢む錦城の西、
海棠旧時の如くならん。

当年真に草々、
一櫂《タウ》呉に還《かへ》ること早く、
惜春の詩を題し罷《や》めば、
鏡中鬢糸添ひにしか。

○乳。鳥がたまごをふせること。　○如掃。こゝは一掃の意。花散りつくしたるなり。　○錦城。蜀漢の古都たる成都(今の四川省)の城。放翁かつて任に赴いて此の地に滞在す。　○呉。放翁の郷里のある中部支那の東の部分。成都から帰るには、ずつと揚子江を下ることになる。一櫂としてあるのはそのため。
○この一首は、晩春の或日、成都を去つた折の思出を詠じたものだらうと思ふ。年譜を見ると、「先生年五十四、蜀を離れて東帰す。海棠を賞するの詩あり、云ふ、吉日不留春已老、帰舟已具客将行と。又た明年蜀中を憶ふの詩に云ふ、去年忝号召、五月触瞿塘と。蓋し春暮を以て蜀を出で、仲夏峡を過ぐる也」としてある。こゝに海棠を賞するの詩といふは、剣南詩稿巻九の終りの方にある七言律を指すのであらう。それは二月十六日海棠を賞すと題する七言古の次に、即席と題して収められてゐるもので、それには「去日留まらず春漸く老い、帰舟已に具《そな》はりて客将《まさ》に行かんとす、倦遊短鬢多緑無く、生《い》きて尊前渭城を唱ふを怕《おそ》る」としてある(『甌北詩話』の日本刻本に載すところの年譜には、吉日不留春已老としてあるが、恐らく吉は去、已は漸の誤であらう)。こゝに渭城とは、王維の陽関三畳の詩のことで、別離の際これを唱ふことを例としたものである。すでに「帰舟已に具はりて客将に行かんとす」とあり、また「尊前渭城を唱ふ」としてある。この詩がまさに成都を去らんとする間際の作であることは疑ふの余地がない。なほ此の詩には「短鬢多緑無く」ともしてある。「頭がはげて黒い毛が減つて来た」と云ふのである。今、放翁はこの詩を作つた当時のことを思ひ浮べ、ここの詞の中で「海棠旧時の如くならん」とか、「惜春の詩を題し罷めば、鏡中鬢糸添ひにしか」などと詠じてゐるのである。詞の中に「当年」といふ文字が用ひてあるので、思ひ出の詞であることが文面の上からも知られる。

○海棠を賞するの詩。序に誌して置くが、海棠を賞するの詩は、さきに引いた即席と題する一首のほか当時の作に成るものが猶ほ四首ある。その一は観花と題するもので、中に自護羃䍦観海棠の句がある(羃䍦は頭をつゝむ布のこと)。その二は張園観海棠と題するもので、これには結束吾方帰、此別知幾歳といふ句がある。その三は夜宴賞海棠酔書と題するもので、これには海棠開後却春寒、酔誇落紙詩千首の句がある。その四は二月十六日賞海棠と題するもので、これは常年春半花事竟、今年春半花始盛の句で始まり、夜闌感事独凄然、繁枝空折誰堪贈の句で結んである。放翁が成都を去るに臨んで盛に海棠の美を賞せしことが分かる。で、こゝに掲げた詞の中にある「海棠旧時の如くならん」といふ一句が、作者にとつて如何に豊かな思ひ出を含めた句であるかが察しられる訳である。恐らくこの詞は呉に帰つた翌年の暮春に成つたものであらう。しかるに放翁はその後尚ほ久しく当時の海棠を忘れることが出来なかつたものと見え、例へば、この時から約二十年を経た慶元三年、彼が七十三歳の時の暮春と題する詩にも、「海棠応《まさ》に旧に似たるべし、惆悵す又た塵と成らんことを」と言つて居り、更にその前年の末には、海棠の図と題して、「人間《ジンカン》の奇草木、天は必ず名流に付す。菊は陶元亮(陶淵明のこと)を待ち、竹は王子猷(王羲之の子、王徽之のこと)を須《ま》つ。我れ西蜀の客となり、海棠と与《とも》に遊ぶことを辱うす。再び見ること応に日なかるべし、図を開いて特地に愁ふ」と詠じてゐる。また死の前年、彼が八十四歳の時の詩にも、海棠歌*と云ふのがあつて、「我初めて蜀に入るや鬢未だ霜ならず、南充樊亭に海棠を看、当時已に謂ふ目未だ覩《み》ざれば、豈に更に碧雞坊あるを知らむやと。碧雞の海棠は天下に絶す、枝枝猩猩の血を染むるに似たり。蜀姫豔粧肯《あへ》て人に譲らむや、しかも花前頓《とみ》に顔色なきを覚ゆ。扁舟東に下る八千里、桃李真に僕奴と成るのみ。若し海棠をして根移す可からしめば、揚州の芍薬応《まさ》に羞死すべし。風雨春残して杜鵑哭《な》き、夜夜寒衾夢蜀に還《かへ》る。云々」としてある。彼が嘗て如何に成都の海棠を絶愛し、終生忘るるを得ざりしかが、窺ひ知られる。

上西楼　一名相見歡

江頭綠暗紅稀
燕交飛
忽到當年行處恨依依
灑清淚
歎人事
與心違
滿酌玉壺花露送春歸

上西楼〔一名相見歓〕

江頭緑《みどり》暗く紅《くれなゐ》稀に、
燕交《こもごも》飛ぶ。
忽ち当年の行処《カウシヨ》に到つて恨依々たり。
清涙を灑《そそ》ぎ、
人事を歎ず、
心と違《たが》ふ。
玉壺に花露を満酌して春の帰るを送らばや。

○江頭。江のほとり。　○緑暗紅稀。緑葉しげりて花殆んど散りつくしたる暮春のけしき。　○行処。かつて経過または歴遊したる場所。　○依々。離るるに忍びず、思ひ慕ふ貌。　○与心違。人事素志と喰ひ違ふ。　○玉壺。玉は美称。　○花露。本来は花の上に宿れる露を意味する。こゝでは酒の名であらう。
○この詞のやうに九言の句があるのは珍らしい。

點絳唇

采藥歸來
獨尋茆店沽新釀
暮煙千嶂
處處聞漁唱

醉弄扁舟
不怕黏天浪
江湖上
遮回疎放
作箇閑人様

点絳唇

薬を采《と》りて帰り来り、
独り茆店を尋ねて新醸を沽《か》ふ。
暮煙千嶂、
処々に漁唱を聞く。

酔うて扁舟を弄し、
黏天《ネンテン》の浪を怕《おそ》れず。
江湖のほとり、
遮回《シャクワイ》疎放にして、
箇《こ》の閑人の様を作《な》す。

○采薬。山に入りて薬草を採るなり。　○新醸。新酒。　○嶂。高くけはしき山。水に傍うて聳え居るなり。　○漁唱。漁歌。　○黏天。黏はねばりつく。黏天の浪とは即ちそらうつ大浪。　○遮回。今では。如今。

一落索

識破浮生虚妄
從人譏謗
此身恰是弄潮兒
曾過了千重浪

一落索

浮生の虚妄なるを識破し、
人の譏謗に従《ま》かす。
此身恰《あたか》も是れ弄潮児、
曾《かつ》て千重の浪を過了す。

且喜歸來無恙　　且《しばら》く喜ぶ帰来恙《つつが》なきを。

一壺春釀　　一壺の春醸。

雨蓑煙笠傍漁磯　　雨蓑《ウサ》、煙笠《エンリフ》、漁磯に傍《よりそ》ふ、

應不是封侯相　　応《まさ》に是れ封侯の相にあらざるべし。

○春釀。春酒。　○封侯相。大名に封ぜられるやうな人相。

戀繡衾　　恋繡衾

不惜貂裘換釣篷　　惜まず貂裘《テウキウ》を釣篷《テウホウ》に換ふるを、

嗟時人誰識放翁　　嗟《ああ》！　時人誰か放翁を識る。

歸櫂借樵風穩　　帰櫂、樵風の穏かなるを借り、

數聲聞林外暮鐘　　数声、林外の暮鐘を聞く。

幽棲莫笑蝸廬小　　幽棲笑ふ莫れ蝸廬の小なるを、

有雲山煙水萬重　　雲山、煙水、万重あり。

半生向丹青看　　半生丹青に向つて看、

喜如今身在畫中　　如今《ジョコン》身の画中に在るを喜ぶ。

○貂裘。てんの毛皮で作つたかはごろも。　○釣篷。つりぶねのとま。貂裘を釣篷に換へるとは、金モールの大礼服をぬいで、漁父のみのに換へると云ふほどの意味。　○帰櫂。釣に出て帰路に就けるなり。　○樵風*。きこり山を吹きくる風。その風が穏かに林外の暮鐘を伝へ来るなり。暮鐘とあるによつて、一日中釣をして暮らしたことが分かる。

○蝸廬。かたつむりの殻ほどの小さなすまひ。　○丹青。花は紅に、柳は緑に、雲山煙水の間に見ゆる美しき色。丹青なる文字には、別にゑのぐの意味あるゆゑ、次の句の画中に在ると云ふに照応する。以前は美しき風景を見て絵の如しなどと賞めてゐたが、今では自分自身が絵の中の人間になり了つた、と云ふのである。

昭和十六年六月十三日初稿成る　六月十八日訂補了

陸放翁詞二十首続篇

浣沙溪　和無咎韻

嬾向沙頭酔玉瓶
喚君同賞小窗明
夕陽吹角最關情

忙日苦多閑日少
新愁常續舊愁生
客中無伴怕君行

浣沙渓　無咎《ムキウ》の韻に和す

沙頭に向つて玉瓶に酔ふに嬾《ものう》く、
君を喚《よ》んで同《とも》に賞す小窓の明《メイ》。
夕陽の吹角最も情に関す。

忙日苦《はなは》だ多く、閑日少《まれ》に、
新愁常に旧愁に続いて生ず。
客中伴《とも》なし、君の行くを怕《おそ》る。

○沙頭。沙は砂地の浜、頭はほとり。　○向つてと云ふは、於いてと云ふほどの意味合なり。　○玉瓶。玉は美称。瓶は酒瓶。出でて沙辺に於いて酒を酌むに懶きにより、小窓の下に君を喚んで云々と云ふなり。　○小窓明。明は明窓浄几などいふ場合の明なり。　○喚君。韓無咎を指す。この詞のすぐ前に置かれてゐる詞が、「赤壁詞、韓無咎を招いて金山に遊ぶ」と題してあり、またその詞の中には、「人生料《はか》り難し、一尊此の地相属す。首《かうべ》を回《めぐ》らせば紫陌青門、西湖の閑院、千梢の修竹を鎖《とざ》す。素壁の棲鴉応《まさ》に好在すべし。残夢重ねて続くるに堪へず。歳月心を驚かし、功名鏡を看るに、短鬢多緑無し。一歓惜むを休《や》めよ、君と与《とも》に同じく浮玉に酔はん」といふ句などがあるによつて、当時、作者の親友であつた韓無咎は、首都の臨安(即ち今の杭州)から、作者の招きによつて、金山まで遊びに来たことが分かる。金山は江蘇省の丹徒県の西北に在る山で、以前は江中にあつたもの。本名は浮玉山。君と与に同じく浮玉に酔はんと云へる、その浮玉である。○想像するに、当時二人は浮玉山の一旗亭に上ぼって互に酒を酌んだのであらうか。浮玉山は放翁の郷里ではないから、彼も亦た旅中の人であつた。それゆゑに「客中伴なし」とも言つてゐるのである。

青玉案　與朱景參會北嶺

西風挾雨聲翻浪
恰洗盡黃茆瘴
老慣人間齊得喪
千巖高臥
五湖歸棹
替卻淩煙像

故人小駐平戎帳
白羽腰間氣何壯
我老漁樵君將相
小槽紅酒
晚香丹荔
記取蠻江上

青玉案　朱景参と北嶺に会す

西風雨声を挾《さしはさ》んで浪を翻《ひるがへ》し、
恰《あたか》も洗尽す黄茆の瘴《シヤウ》。
老いて人間《ジンカン》得喪を斉《ひとし》うするに慣れ、
千巌高臥、
五湖帰棹、
替却す淩煙の像。

故人小《しばら》く駐《とど》む平戎の帳、
白羽腰間、気何ぞ壮《さかん》なる。
我は漁樵に老い、君は将相。
小槽の紅酒、
晚香の丹荔《タンレイ》、
記取せよ蛮江の上《ほとり》。

○最初の二句は、朱景参と相会せる折の眼前の景。○西風は秋の風。○恰。ちようど、うまい具合に。○黄茆瘴。黄茆*は、多年生の水草。瘴は、山川に生ずる湿熱の悪気。洗尽す黄茆の瘴と云へるは、ちようど好い具合に風雨がやつて来たので、黄茆にたちこもれる瘴気が一掃された、と云ふ意味。相会せる地が江のほとりであることは、結句の「蛮江のほとり」によつても分かる。○得喪を斉うすとは、利害得失を念頭にかけざること。○五湖。太湖の別名となす説があり、また五つの湖となす説があり、その五つの湖も、何れを指すかについては、説が分かれてゐる。ここは千巌に対して用ひた言葉だから、そんなことを詮索する必要はない。放翁の郷里は鏡湖の傍にあつたから、自然からした文字を用ひたのであらう。○凌煙像。唐の太宗、貞観十七年、二十四名の功臣の肖像を凌煙閣に画かしむ。凌煙の像とは、即ち此等凌煙閣勲臣の肖像のことである。○替却。替は衰。替却す凌煙の像は、替却せる凌煙の像と読んでもよく、昔の功臣も今はかはり果てて、みじめな様になつてゐる、といふ意味。即ち自分の今の境遇を形容した言葉。○以上、第三、四、五、六の四句は、自分のことを述べたのであり、第七句からが、相手の朱景参のことになる。○故人。友人といふ意味で、ここでは朱景参を指す。○帳は、陣中で用ひる幕のたぐひであらう。○白羽。『語林』に「諸葛武侯、白羽扇を以て三軍を指麾す」とあるより出でたる文字。○第九句、我は漁樵に老い君は将相で、自分と相手とを一句に纏め、そして最後の三句で、その日の会合の様を述べた。○小槽の紅酒。槽*は酒樽。紅酒とは葡萄酒の類であらうか。○晩香の丹茘。「且つ看る黄花晩節の香*」といふ詩から名づけられた晩香亭といふ亭があるとのことだが、ここの晩香はただ晩熟と云つたほどの意味であらう。丹茘または茘丹といふのは、茘枝《レイシ》の実のこと。竜眼《リユウガン》に似て、熟すれば真赤になり、肉は白くして甘き汁に富む。蘇東坡の潮州韓文公廟碑の終に「於《ここに》餐㆔茘丹与㆓蕉黄㆒」とあるのがそれであり、また彼が恵州に謫されてゐた頃の詩の引*に、「茘子纍纍、芡実の如し。父老あり、年八十五、指して以て余に告げて曰く、是の食ふ可きに及んで、公、能く酒を携へて来り遊ばんか」とあるのが、やはりそれである。○記取せよは、記憶せよ、忘るるなかれの意。○詞の題にある北嶺*とはどこにあるのか分からないが、黄茆の瘴と云ひ、蛮江のほとりと云へるより見れば、南方の地であることが分かる。蛮瘴は南方の湿熱の気であり、茘枝もまた南方でなければ実を結ばないのである。

定風波　進賢道上見梅贈王伯壽

欹帽垂鞭送客回
小橋流水一枝梅
衰病逢春都不記
誰謂
幽香卻解逐人來
安得身閑頻置酒
攜手
與君看到十分開
少壯相從今雪鬢
因甚
流年羈恨兩相催

定風波　進賢道上にて梅を見、王伯寿に贈る

欹帽、垂鞭、客を送りて回《かへ》れば、
小橋流水のほとり一枝の梅あり。
衰病春に逢うて都《すべ》て記《おぼ》えざりしに。
誰か謂ふ、
幽香却《かへつ》て解く人を逐《お》うて来ると。
安《いづく》んぞ身閑《みカン》にして頻りに酒を置き、
手を携《たづさ》へて、
君と与《とも》に看て十分の開《カイ》に到るを得ん。
少壮相従ひしも今や雪鬢。
甚《なに》に因れるや、
流年羈恨両《ふたつ》ながら相催せるなり。

○欹帽垂鞭。帽をかたむけ、鞭をたれて、と云ふので、元気衰へたる貌なり。○幽香人を逐うて来ると云ふは、こちらではこんな所に梅があらうとは思つて居なかつたのに、ふと出会つて気付いたので、梅の方から自分を招いてくれた心地がするからの言葉である。○流年羈恨。齢を取つたのと、旅に出ての悲みと、この二つ。

南郷子

歸夢寄吳檣

南郷子

帰夢呉檣に寄すれば、

水驛江程去路長　　水駅江程、去路長きかな。
想見芳洲初繫纜　　想ひ見る、芳洲初めて纜《ともづな》を繫ぎ*しとき、
斜陽　　斜陽のもと、
煙樹參差認武昌　　煙樹参差《シンシ》として武昌を認め*しを。

愁鬢點新霜　　愁鬢新霜を点ぜり、
曾是朝衣染御香　　曾《かつ》て是れ朝衣御香《ギョコウ》を染めにしに。
重到故鄉交舊少　　重ねて故郷に到るも交旧少《まれ》ならむ。
凄涼　　凄涼！
卻恐它鄉勝故鄉　　却《かへつ》て恐る它鄉《タキヤウ》故郷に勝《まさ》らんことを。

○放翁は紹興三十二年、年三十八の時、孝宗に召見されて、進士出身を賜ひ、太上皇帝聖政所の検討官に擢《ぬきん》でられたが、後、隆興*二年、四十歳の時、孝宗の怒に触れて建康府の通判といふ役に出され、尋いで隆興、京口、鎮江に転じ、四十二歳の時、豫章(今の江西省南昌)の通判となり、やがて讒に逢うて官を免ぜられ、郷里に帰つた。之*はその時の作と思はれる。南昌は鄱陽湖のほとりに在り、揚子江を通じて武昌に近し。○帰夢呉檣に寄すと云ふは、郷里の山陰が呉中に属する故である。

感皇恩　　感皇恩

小閣倚秋空　　小閣秋空に倚《よ》り、
下臨江渚　　下《しも》、江渚に臨めば、

漠漠孤雲未成雨
數聲新雁
回首杜陵何處
壯心空萬里
人誰許

黃閣紫樞
築壇開府
莫怕功名欠人做
如今熟計
只有故鄉歸路
石帆山脚下
菱三畝

漠々たる孤雲未だ雨と成らず*、
数声の新雁。
首《かうべ》を回《めぐ》らせば杜陵何《いづ》れの処ぞや。
壮心空しく万里、
人誰か許《あて》にせん。

黄閣、紫枢、
築壇、開府、
功名人做《ジンサ》を欠くを怕《おそ》るる莫《な》かれ。
如今熟計、
只だ故郷の帰路有り。
石帆山脚の下《もと》、
菱三畝。

○一旦郷里に隠棲した放翁は、乾道五年、四十五歳の時、また夔州の通判に任ぜられ、翌年家族を引き連れて任地に赴いた。『入蜀記』といふは当時の紀行文である。その後、彼の任地は幾度か変つてゐるが、蜀中に止まること殆ど十年に及んだ。この詞は即ち蜀地に在つての作である。○杜陵。字引を見ると、「按ずるに、長安城の東に覇陵あり、文帝を葬る所なり。覇の南五里は即ち楽遊原、宣帝築いて以て陵と為す、杜陵と曰ふ。その東南十余里、又た一陵やや小なるものあり、許后を葬る所、之を少陵と謂ふ。其の東は即ち杜曲。陵西は即ち子美の旧宅、自ら杜陵の布衣と称しき。云々」としてある。しかし、ここで杜陵と云ふのは、ただ首府を指すものと解して差支なからう。*○黄閣。丞相事を聴くの閣、これを黄閣といふ。○紫枢。*王宮のとぼそ、紫扃と同義ならむ。○築壇。神を祭るための祭場として、土を高く盛り上げて壇を作ること。昔は将相を任命する場合にも、やはり同じやうに壇を築きたり。○開府。漢の制度では、三公(日本では、太政大臣、左大臣、右大臣)に、自分のための役所を設けて属官を置くことを許されてゐて、さうした役所を設けることを開府と云つた。以上、黄閣紫枢、築壇開府、いづれも高位高官に上ぼることを指す。○人倣*。字引を見ると、倣字を解して、「為なり、俗に倣となす」としてある。で私は、人倣を人為といふほどの意味に解した。放翁の別の詞には神仙須是閑人倣の句がある。○石帆山は、放翁の郷里にある山の名。○菱は、ひし、水草の一種にして、その実は食用に供さる。菱米といふのがそれである。南史の魚弘伝には「菱を采《と》つて菱米飯を作る」とある由。

鷓鴣天

嬾向青門學種瓜
只將漁釣送年華
雙雙新燕飛春岸
片片輕鷗落晩沙
歌縹渺
艣嘔啞
酒如清露鮓如花
逢人問道歸何處
笑指船兒此是家

鷓鴣天

青門に向つて種瓜《シユクワ》を学ぶに嬾《ものう》く、
只だ漁釣を将《と》つて年華を送る。
双々新燕春岸に飛び、
片々軽鷗晩沙に落つ。
歌縹渺、
艣嘔啞《オウア》。
酒は清露の如く、鮓《サ》は花の如し。
*人に逢うて、道何《いづ》れの処に帰るやと問はるれば、
笑つて船児を指《ゆびざ》し、此れ是の家。

○青門。漢の長安城の東南門を覇城門と云ひ、その色青きために青門とも云ふ。ここではただ中央の政界といふほど

の意味に用ふ。　○種瓜*。事物この因あればこの果あるに喩へらるる言葉。日本で捨て石をするなど云ふに通じた所がある。　○年華。歳月のこと、日本では年の瀬などと云ふ。　○双双。一対づつ。　○嘔啞。艣声の形容。　○舴はつけうを。　○船児の児は無意味の助辞。恰も帽子、椅子、菓子などの子と同じ。

憶秦娥

玉花驄
晩街金轡聲璁瓏
閑欹烏帽
又過城東
富春巷陌花重重
千金沽酒酬春風
酬春風
笙歌圍裏
錦繡叢中

憶秦娥

玉花の驄、
晩街金轡《キンビ》、声《こゑ》璁瓏《ソウロウ》、
閑に烏帽を欹《かたむ》け、
又た城東を過《よ》ぎる。
富春の巷陌、花重々。
千金酒を沽《か》うて春風に酬ゆ。
春風に酬ゆ、
笙歌囲裏、
錦繡叢中。

○千金酒を沽うて春風に酬ゆと云ふ句がおもしろいので、之を採つた。　○玉花驄。玉花は美称、驄は青白雑毛の馬。○轡。たづな。之をくつわと読むは日本での読みきたり。例へば甲をよろひと読まず、かぶとと読む如し。　○璁瓏。本来は玉のふれ合ふ音の形容。　○烏帽。隠者のきる黒色の帽子。　○笙歌は、ふえとうた。　○錦繡叢中*。錦繡は美人のまとへる衣服を指すのだらうと思ふ。幕のことに解せぬでもないが、叢中と続けてあるから、私は之を衣服のことに解した。韋荘の詞には「酔うて花叢に入りて宿す」の句がある。

烏夜啼

紈扇嬋娟素月
紗巾縹渺輕煙
高槐葉長陰初合
清潤雨餘天
弄筆斜行小草
鉤簾淺醉閑眠
更無一點塵埃到
枕上聽新蟬

烏夜啼

紈扇《グワンセン》、嬋娟《センケン》たる素月、
紗巾《サキン》、縹渺たる軽煙。
高槐葉長じて陰《かげ》初めて合す、
清潤雨余の天。
筆を弄して斜行小草、
簾を鉤して浅酔閑眠。
更に一点の塵埃到る無く、
枕上新蟬を聴く。

○紈扇。紈は純白のねりぎぬ、扇はうちは。江淹の詩に「紈扇団月の如く、機中の素より出づ」の句がある。　○嬋娟。すがたのあでやかに美しき形容。阮藉の詩に「秋月復た嬋娟」の句がある。　○素月。しろき月、皓月といふに同じ。　○紗巾。しや即ちうすぎぬにて作りたる頭巾。劉長卿の詩に「風に向つて長嘯、紗巾を戴く」の句あり。
○小草。小字の草書。

烏夜啼

園館青林翠樾
衣巾細葛輕紈
好風吹散霏微雨

烏夜啼

園館は青林翠樾《スキエツ》、
衣巾は細葛軽紈《ケイグワン》。
好風は霏微の雨を吹き散じて、

沙路喜新乾
小燕雙飛水際
流鶯百囀林端
投壺聲斷彈棊罷
閑展道書看

沙路新たに乾くを喜ぶ。
小燕は水際に双《なら》び飛び、
流鶯は林端に百囀す。
投壺の声断え、弾棊し罷《や》み、
閑《しづか》に道書を展《ひら》いて看る。

○初夏の景である。○樾は木叢、こむら、樹木の立ちこめをるを云ふ。○細葛。くずの茎の繊維にて織りたるかたびら、細は糸の細きを云ふ。○紈は白色のねりぎぬ。○流鶯。晩春初夏に、ここかしこと飛びうつりて、乱れ鳴くうぐひす。○投壺。むかし宴飲の際、一つの壺に矢を投げ込んで、勝負を争ったあそびごと。我国でも天明、寛政の頃に流行し、之をつぼなげと云つた。○弾棊*。碁を囲むこと。

眞珠簾

山村水館參差路
感羈遊
正似殘春風絮
掠地穿簾
知是竟歸何處
鏡裏新霜空自憫
問幾時

真珠簾

山村水館、参差《シンシ》の路、
羈遊《キイウ》を感《うら》む。
正に残春の風絮に似たり。
地を掠《かす》め簾を穿《うが》ちて、
是れ竟《つひ》に何《いづ》れの処に帰するを知らむや。
鏡裏の新霜空しく自ら憫《あはれ》む。
問ふ、幾時《いくとき》の

鸞臺鼇署　鸞台鼇署《ガウショ》ぞ。
遲莫　遅莫《チボ》
漫憑高懷遠　漫《みだ》りに高きに憑《よ》つて遠きを懐《おも》ひ、
書空獨語　空に書して独語す。

自古　古《いにしへ》より
儒冠多誤　儒冠誤ること多し。
悔當年　悔ゆ、当年
早不扁舟歸去　早く扁舟帰り去らざりしことを。
醉下白蘋洲　酔うて白蘋の洲に下り、
看夕陽鷗鷺　夕陽の鷗鷺を看るなど、
菰菜鱸魚都棄了　菰菜鱸魚都《す》べて棄て了《をは》り、
只換得青衫塵土　只だ換へ得たり青衫《セイサン》の塵土。
休顧　顧みるを休《や》め、
早收身江上　早く身を江上の
一簑煙雨　一簑《サ》煙雨に収めよ。

○風絮。風に吹かれて飛んでゆく柳の花。　○鏡裏新霜。新たに白髪を生ずること。　○鸞台。本来は門下省(三省の一)の異名。　○*鼇署。署は役所、鼇は鸞に対して用ひたもので、鼇署と云ふのは、ただ立派な役所といふ意味であらう。　○遅莫は遅暮。暮年、晩年、など云ふに同じ。　○*儒冠。儒者のかぶるかんむり。儒官としての生活を意味する。誤ること多しと云ふは、人の一生を誤まれる例多しといふ意味。○白蘋。蘋は萍の大なるもの、かたばみも。夏日、四弁の小白花を着く。ゆゑに白蘋と云ふ。○洲は、水中に出来た砂地の島。○菰菜。菰はまこも、水草の一種。「高さ五六尺、葉は蒲葦の如く、春秋雨季、中心に白き薹《タウ》を生ず。状は藕《はすのね》の如くにして軟、菰菜と曰ふ」(辞源)。○鱸魚。すずき。晋書の張翰伝*に、「張翰、字は季鷹。斉王冏、辟《め》して大司馬東曹掾となす。翰、秋風の起るを見るに因つて、乃ち呉中の菰菜蓴羹鱸魚膾を思うて曰く、人生適志を得るを貴ぶ、何ぞ能く数千里に羈官し、以て名爵を要《もと》めむやと。遂に駕を命じて帰る。俄にして冏敗る。人之を機を見ると謂ふ」とあり。ここの菰菜鱸魚は之より出づ。○青*衫。白楽天の琵琶行に江州司馬青衫湿の句あり、青きころものこと。

桃園憶故人

一弾指頃浮生過
墮甑元知當破
去去醉吟高臥
獨唱何須和

殘年還我從來我
萬里江湖煙舸
脱盡利名韁鏁
世界元來大

桃園憶故人

一弾指頃《ダンシケイ》に浮生過ぐ。
甑《ソウ》を堕さば元《もと》と当《まさ》に破るべきを知る。
去々酔吟高臥、
独唱何ぞ和を須《もち》ゐむ。

残年我に還*《かへ》る従来の我。
万里江湖の煙舸《エンカ》。
脱し尽《つく》す利名の韁鏁《キヤウサ》、
世界元来大。

○一弾指頃。一瞬間と云ふに同じ。○堕甑。甑は土やきの槽。昔し後漢の孟敏、甑を荷ひて地に堕し、顧みずして去りし時、人その意を問へば、甑既に破る之を視て何の益かあらむ、と答へし故事に本づき、この一句あり。○去去は、去れ去れ、速に去れ、といふ意味。　○煙舸。煙につつまれた船。　○韁*鏁はきづな、束縛。

酔落魄

江湖酔客
投盃起舞遺烏幘
三更冷翠霑衣濕
嫋嫋菱歌
催落半川月

空花昨夢休尋覓
雲臺麟閣倶陳迹
元來只有閑難得
青史功名
天卻無心惜

酔落魄

江湖の酔客、
盃を投じ起つて舞うて烏幘《ウサク》を遺《おと》す。
三更の冷翠、衣を霑《うるほ》して湿《しめ》り、
嫋々《デウデウ》たる菱歌、
催落す半川の月。

空花昨夢、尋ね覓《もと》むるを休《や》めよ。
雲台麟閣倶《とも》に陳迹、
元来只だ閑の得がたき有り。
青史功名、
天却《しりぞ》くるも心に惜むなし。

○烏幘。幘は頭巾、烏は黒色を意味す。黒き頭巾は隠者の着るもの。　○冷翠。翠は樹木のみどりを指す。　○嫋々。東坡の赤壁賦に「余音嫋々」としてある場合と同じ意味で、音声のゆるやかに長く引く形容。　○菱歌は、菱の実を採りながら歌ふ歌。　○催落。ゆるやかな歌の声につれて次第に月が沈みゆくことの形容に、催字を用ふ。　○雲台。後漢の明帝の時、功臣二十八将の肖像を南宮の雲台に画かしめた、といふ故事に本づく。　○麟閣。麒麟閣のこと。むかし前漢の武帝、麒麟を獲たりしとき築きし楼閣にして、後に至り、孝宣帝、功臣十一人の像を画かしめて、之を閣上に掲ぐ。　○陳迹。そんな事は古臭い昔話で、今更顧みるに足らぬ、といふ意味。それよりも得難きものは人間の閑生涯だ、と云ふので、次の句「元来只だ閑の得がたき有り」が置かれてゐる。「只だ」と云ふは、これこそが、これのみが、得がたきものなのだ、といふ意味。　○青史。むかし紙なかりし頃、竹の青皮を紙の代りに用ひしより、青史といふ。青史功名は、歴史の上に記録さるる功名。

夜遊宮　記夢寄師伯渾

雪暁清笳亂起
夢遊處
不知何地
鐵騎無聲望似水
想關河
雁門西
青海際

睡覺寒燈裏
漏聲斷月斜窗紙
自許封侯在萬里
有誰知
鬢雖殘
心未死

夜遊宮　夢を記して師伯渾に寄す

雪暁清笳乱れ起る。
夢に遊ぶ処、
何《いつ》れの地なるやを知らず。
鉄騎声なく、望*み水に似たり。
関河を想ふ、
雁門の西、
青海の際《ほとり》。

睡《ねむ》りは覚《さ》む寒灯の裏《うち》、
漏声断えて月は窓紙に斜なり。
自ら封侯を許して万里に在り。
誰か知る有らむ、
鬢残すと雖も、
心未だ死せず。

○一方では「雲台麟閣倶《とも》に陳迹」と歌つてゐる作者が、ここでは「自ら封侯を許して万里に在り」と歌つてゐる。かうした二つの心が、死に至るまで作者の胸中に巣喰うてゐたのである。○清笳は、清らかな胡笳の声。笳はあしの葉ぶえ、胡人の吹くものにて、その声ひちりきに似て哀音を帯ぶ。○関河。もと函谷関と黄河を意味する語。辺境戍守の意。なほ関河といふ地名は、雁門道(今の山西省)の蒙古境なる河曲県附近に見えてゐるが、ここはそれを指すのではなからうと思ふ。○雁門。山の名なり。ここに関所ありて、これを雁門関と名づく。今の山西省代県の西北、三十支那里の地にあり。古より戍守の重地とさる。○青海。蒙古にある大湖の名、それを指すのだらうと思ふ。蒙古では之を庫庫淖爾と云ふ。甘粛西寧を距る二百五十支那里。古へより海水極めて広く、北魏の時には周辺千余里、唐の時代でも尚ほ八百余里に及んでゐたが、今ではずつと小さくなつてゐる。

鵲橋仙

華燈縱博
雕鞍馳射
誰記當年豪擧
酒徒一一取封侯
獨去作江邊漁父

輕舟八尺
低篷三扇
占斷蘋洲煙雨
鏡湖元自屬閑人

鵲橋仙

華灯のもと博を縦《ほしいまま》にし、
雕鞍によりて馳射《チシャ》す、
誰か記す当年の豪挙。
酒徒一々封侯を取りしに、
独り去つて江辺の漁父と作《な》る。

軽舟八尺、
低篷三扇、
占断す蘋洲の煙雨。
鏡湖元《も》と自ら閑人に属す、

又何必君恩賜與　　又た何ぞ必しも君恩賜与ならむ。

○博は賭博。　○雕鞍。ほりものの飾りある馬のくら。　○馳射。馬を走らせながら、的に向つて弓を射ること。
○豪挙。史記の信陵君伝に「平原君の遊は徒《いたづら》に豪挙のみ」とあり。さかんなるをとこだてのしわざ。　○低篷三扇。篷は舟のとま。扇はとびら。　○蘋洲。蘋はうきくさの一種、洲は水辺のす。　○鏡湖。放翁の郷里にある湖水の名。

長相思

面蒼然
鬢皤然
満腹詩書不直銭
官閑常晝眠
畫凌煙
上甘泉
自古功名屬少年
知心惟杜鵑

長相思

面蒼然《メンサウゼン》、
鬢皤然《ビンハゼン》。
満腹の詩書、銭《ぜに》に直《あたひ》せず、
官閑にして常に昼眠《ひるねむ》る。
凌煙に画《ゑが》かれ、
甘泉に上《のぼ》るなど、
古《いにしへ》より功名は少年に属せり。
心を知るは惟《た》だ杜鵑。

○皤然は白き形容。南史、范縝伝に「年二十九、髪白うして皤然たり」とあり。　○凌煙。前に出づ。*唐の太宗、功臣の肖像を凌煙閣に掲げしめたる故事に本づく。　○甘泉。宮殿の名。漢及び隋ともに甘泉宮をつくる。　○少年は年少者。

長相思
悟浮生
厭浮名
回視千鍾一髪輕
從今心太平
愛松聲
愛泉聲
寫向孤桐誰解聽
空江秋月明

長相思
浮生を悟り、
浮名を厭ふ。
回視すれば千鍾一髪軽し。
今より心太平。
松声を愛し、
泉声を愛す。
写して孤桐に向ふも誰か解《よ》く聴かん。
空江秋月明かなり。

○千鍾は千鍾の禄。十万石の知行といふほどの意味。○孤桐といふは、桐で作った琴のことであらうと思ふ。○空江の空は、人の居らざる意。

訴衷情
當年萬里覓封侯
疋馬戍梁州
關河夢斷何處
塵暗舊貂裘

訴衷情
当年万里封侯を覓《もと》め、
疋馬梁州を戍《まも》りしに、
関河の夢は何《いつ》れの処に断えにしぞ、
塵は暗し旧貂裘《キウテウキウ》。

胡未滅
鬢先秋
涙空流
此生誰料
心在天山
身老滄洲

胡未だ滅せざるに、
鬢先づ秋。
涙空しく流る。
此の生誰か料《はか》らむ、
心は天山に在りて、
身は滄洲に老ゆ。

○関河。前に出づ。*　○貂はてん。その皮は軽くして暖か、之にて作りたる毛衣が即ち貂裘*なり。　○天山。新疆省にある高山、一に雪山と云ふ。　○滄洲*は江湖の意。

破陣子

仕至千鍾良易
年過七十常稀
眼底榮華元是夢
身後聲名不自知
營營端爲誰

幸有旗亭沽酒
何妨繭紙題詩
幽谷雲蘿朝採藥

破陣子

仕へて千鍾《センショウ》に至るは良《や》や易く、
年七十を過ぐるは常に稀なり。
眼底の栄華元《も》と是れ夢、
身後の声名は自ら知らず。
営々として端《も》と誰が為めにかせむ。

幸に旗亭の酒を沽《う》る有り、
何ぞ妨げむ繭紙《ケンシ》詩を題するを。
幽谷の雲蘿、朝《あした》に薬を採り、

静院軒窗夕對棊　　静院の軒窓、夕棋《ゆふべ》に対す。
不歸眞箇癡　　　　真箇の痴に帰せず。

○至千鍾。鍾は古の重量の呼称。六斛《コク》四斗に当る。また十斛に当るといふ説もあり。千鍾は千鍾の禄を意味する。仕へて千鍾に至るとは、仕官して出世立身をなし、大禄を食《は》むに至ること。　○眼底の栄華とは、眼にうつる栄華の意。言ふまでもなく、次の句の「身後」に対して「眼底」の文字を用ひたのである。　○身後声名不自知。死んでから後の名声は、当人には分からない。村人からは当時乞食坊主と云はれてゐた良寛上人の書も、今では一幅が何千円もするさうだが、上人自身は生前そんなことを夢想もされなかつたであらう。せめて今からでも知らせたいと思つても、この世のことは死んだ人に伝へやうがない。まことに古今東西の文学者、芸術家などは、「身後の声名自ら知らず」である。　○繭紙。『法書要録』に、「王羲之、蚕繭の紙、鼠鬚の筆を用ひて、蘭亭詩序を書す」とあるに本づくのであらう。贅沢な紙の意味。　○雲蘿。蘿は、つた。雲蘿は、雲の如きつたの意味であらう。　○対棊。碁盤に向つて囲碁を楽むこと。　○不帰真箇痴*。一見すれば痴人の如くなるも、実は本当の痴人に堕してゐる訳ではあるまい、といふ自負の言葉。

謝池春　　　　　　　　謝池春

賀監湖邊　　　　　　　賀監湖辺
初繋放翁歸棹　　　　　初めて放翁の帰棹を繫ぎ、
小園林時時醉倒　　　　小園林、時々酔倒す。
春眠驚起　　　　　　　春眠より驚いて起き、
聽啼鶯催曉　　　　　　啼鶯の暁を催《うなが》すを聴いて、
歎功名誤人堪笑　　　　功名の人を誤る笑ふに耐へたるを歎ず。

朱橋翠徑
不許京塵飛到
挂朝衣東歸欠早
連宵風雨
捲殘紅如掃
恨樽前送春人老

○残紅は散り残れる花。

太平時

竹裏房櫳一徑深
靜愔愔
亂紅飛盡綠成陰
有鳴禽
臨罷蘭亭無一事
自修琴
銅爐裊裊海南沉
洗塵襟

朱橋、翠径、
京塵の飛んで到るを許さず。
朝衣を挂《か》けて東帰すること早きを欠きにき。
連宵の風雨
残紅を捲いて掃ふが如し。
恨むらくは樽前春を送るの人老いたり。

太平時

竹裏の房櫳《バウロウ》、一径深く、
静かなること愔々《インイン》たり。
乱紅飛び尽《つく》して緑陰《かげ》を成し、
鳴禽あり。
蘭亭を臨し罷《や》んで一事なく、
自ら琴を修す。
銅炉裊々《デウデウ》たり海南沉《チン》、
塵襟を洗ふ。

○房櫳。れんじまど。　○愔々。深く静かなる形容。　○蘭亭。蘭亭帖といふ法帖のこと。晋の王羲之が浙江省紹興県にある蘭亭の会の時、名士四十一人の詩帖に自ら序を書いたもの。　○臨は臨写、手本を習ふこと。　○修は修繕。○裊々は、しなやかにつきまとふ貌。香の煙の形容である。　○海南沉。海南香のこと。沉は沈と同字。沈香の意なり。重くして水に沈むより起りし名。沈水香とも云ふ。「海南香、気皆清淑、焚一博投許、氛翳弥室、云々」(桂海虞衡志)といふ説明を見ると、南方の熱地で出来た香のことを、一般に海南香といふのである。

(昭和十七年六月二十六日脱稿)

虫ばまれ居たる陸放翁全集を寂しくおもひ庭に干したり　　斎藤茂吉『白桃』より

放翁鑑賞　その六

――放翁絶句十三首和訳(つけたり、雑詩七首)――

*数日来残暑甚、羸軀発熱臥床、
　枕上成此稿。辛巳八月二十三日。

楓橋に宿りて

宿　楓　橋

七年不到楓橋寺　客枕依然半夜鐘
風月未須輕感慨　巴山此去尚千重

七年《ななとせ》ぶりに来て見れば
まくらにかよふ楓橋の
むかしながらの寺の鐘
鐘のひびきの悽《かな》しくも
そそぐ泪はをしめかし
身は蜀に入る客にして
巴山はとほし千里の北

この楓橋は、唐の張継の詩、月落烏啼霜満天、江楓漁火対愁眠、姑蘇城外寒山寺、夜半鐘声到客船によつて、有名である。しかし此の詩に関しては、嘗て欧陽修が夜半は鐘鳴の時に非ずといふ説を出してから、異説百出、或は之を以て早暁の詩となし、夜半といふは極めて早きことの誇張と解する者あり、或は夜半鐘と云ふのは鐘の名であるとなす者あり、或は蘇州の寺に限り夜半に鐘を鳴らしたのだらうと説く者あり。今日になつても、例へば岩波文庫版の註を見ると、「夜半に鐘声あるか無きかに就いて古来論あり。胡応麟曰く、夜半の鐘声客船に到る、談者紛紛、皆な昔人の為に愚弄せらる。詩は流景を借りて言を立つ、ただ声律の調、興象の合ふに在り。区々の事実彼れ豈に計るに暇あらんや。夜半の是非を論ずるなかれ、即ち鐘声を聞くや否やも未だ知るべからざるなりと」としてある。これで見ると、事実はどうでもいいぢやないかと云ふことに、話は落ちてしまつたやうである。ところで放翁は、かくも問題のある楓橋にやつて来て、七年前と同じ半夜の鐘を聞いたと詠じてゐる。これは果して胡応麟が云ふやうに、事実の如何を顧みない単なる言葉の調子であらうか。否、放翁の作詩の態度は断じてさういふ解釈を許さない。果して彼の晩年の随筆集たる老学庵筆記を見ると、巻十の中で、彼は次の如く書いてゐる。「張継楓橋夜泊の詩に云ふ、姑蘇城外寒山寺、夜半鐘声到客船と。欧陽公之を嘲りて云ふ、句は則ち佳なるも、*夜半は是れ打鐘の時にあらざるを如何せんと。後人又た謂ふ、ただ蘇州にのみ半夜の鐘ありしなりと。皆な非なり。按ずるに于鄴褒中即事の詩に云ふ、遠鐘半夜に来り*、明月千家に入ると。皇甫冉、秋夜会稽の厳維の宅に宿する詩に云ふ、秋深うして水に臨む月、夜半《なか》ばにして山を隔つるの鐘と。此れ豈に亦た蘇州の詩ならんや。恐らく唐時の僧寺には自ら夜半の鐘ありしなり。京都街鼓、今尚ほ廃す。後生、唐の詩文を読み街鼓に及ぶ者、往々にして茫然知る能はず。況《いは》んや僧寺夜半の鐘をや」。これが「飽くまで識る三千余歳の事」と自ら詠じたことのある放翁の見解である。さてこそ彼は楓橋に宿し、唐の昔に鳴り響いたであらう夜半の鐘の音を偲んで、客枕依然半夜鐘と詠じたのである。もちろん実際に鐘の声を聞いたのではない、しかしまた彼の詩魂は、唐詩に伝はる殷殷たる夜半の鐘声を、実際に聴いたのでもある。

当時彼は、夔州の通判に任ぜられたため、乾道六年(西暦一一七〇年)、四十六歳の時、郷里の鏡湖(今の浙江省の紹興に近きところ)を立ち、揚子江を遡つて、蜀の夔州(今の四川省の東境、日本の飛行機が近頃爆撃を加へたと伝へられてゐる今の奉節)まで、長い旅をした。その旅は、乾道六年閏五月十八日から十月二十七日まで、殆ど半年かかつた。この詩は六月十日、かかる千里の旅を前にして、蘇州の楓橋寺前に宿した折の作である。彼の入蜀記を見ると、その日の条下に、「楓橋寺前に宿す、唐人《たうひと》の謂ふ所の夜半の鐘声客船に到るもの」としてある。当時彼がこの夜半の鐘声を偲んだことは、極めて明白である。その鐘声は、物理的にこそ今は亡びて居たけれども、詩の世界では、客枕依然半夜の鐘であつた。かく云へば、話は、先きの胡応麟の説に似て来るやうだが、しかしそこには実に千里の差がある。

なほ張継の詩については、私は放翁詩話と題する別*の草稿の中でも、若干のことを書き誌しておいた。

（追記）　高青邱にもまた楓橋夜泊の詩がある。それはかう云ふのだ。

烏啼霜月夜寥寥
回首離城尚未遙
正是思家起頭夜
遠鐘孤棹宿楓橋

日暮遠鐘鳴
山窗宿鳥驚
楓橋孤泊處
曾聽到船聲

彼もまた鳴らぬ夜半の鐘を聴いたものと思はれる。彼はそれを思ひ起して、後日か*ういふ詩をも作つた。

（昭和十七、七、十日記）

月夜よし僧をたづねて遇はず

觀音院讀壁間蘇在廷
少卿兩小詩次韻

揚鞭暮出錦官城　　小院無僧有月明
不信道人心似鐵　　隔城猶送擣衣聲

ゆふまぐれ馬に跨り城をいで
この山寺に来て見れば
月のみありて人はなし
和尚の心も石にはあらね
城をへだてて砧うつ声
風に送られここにも聞こゆ

（作者時に五十一*歳、蜀中にての作、原詩の錦官城は成都）

十五年前夜雨の声

乾道初、予自臨川歸鐘陵、李德遠、范周士、送別于西津、是日宿戰平、風雨終夕、今自臨川之高安、復以雨中宿戰平、悵然感懷（二首中之一）

十五年前宿戰平　　長亭風雨夜連明
無端老作天涯客　　還聽當時夜雨聲

十五年前長き旅路の一夜をこの戦平にやどし、夜もすがら風に吹かるる雨を聞きしに、はしなくも老いて天涯の客となり、こよひまた聴く当年夜雨の声

（作者時に五十六歳）

花を移して雨を喜ぶ

移花遇小雨、喜甚、

為賦二十字

獨坐閑無事　燒香賦小詩
可憐淸夜雨　及此種花時

ひとりゐのしづけさにひたり
香をたきて詩を賦す
あはれこの清き夜を
音もなく雨のふるらし
けふ移したる花の寝床に

(作者当時家居す、五十九歳)

梅　花

*梅花絶句(十首中之一)

山月縞中庭　幽人酒初醒
不是怯清寒　愁蹋梅花影

山のはに月いでて庭白く
酒さめて我は家に入りぬ
ややさむを厭ふ身にはあらねども
花咲く梅の影ふむはいかで忍びむ

(作者時に官を辞して家居す、*六十七歳)

題*庠闍黎二画（その一）

秋　景

秋山痩嶙峋　秋水渺無津
如何草亭上　卻欠倚闌人

秋の山は痩せてそそり立ち
秋の水は果しなくはろばろ
いかなれば草亭のおばしま
秋をめづる人のなき

題庠闍黎二画（その二）

雪　景

溪上望前峯　巉巉千仞玉
渾舎喜翁歸　地爐煨芋熟

溪ゆ望めば聳え立つ向ひの峰は
つもりつもりて雪ましろなり
帰り来《こ》しおきな囲みて
よろこぶや家の人々
ゐろりには芋やけてほろほろ

前の秋景の図には、人物描きあらざるも、この雪景の方には、蓑を着、雪を冒して、とぼとぼと帰りゆく一人の人物描きありしものと思はる。

(作者時に六十七*歳)

春のおとづれ

早　春

西村一抹煙　柳弱小桃妍
要識春風處　先生拄杖前

たちそめし霞のもとにわれ来れば
西の村柳めぐみて小桃《セウタウ》うるはし
春のありがを知らまくば
わが曳く杖のゆくへこそ

小桃については、放翁の随筆集たる老学庵筆記に次の如く書いてある。「欧*陽公、梅宛陵、王文恭の集、皆な小桃の詩あり。欧詩に云ふ、「雪裏花開いて人未だ知らず、摘み来り相顧みて共に驚*起す。便《すなは》ち須《すべか》らく酒を索めて花前に酔ふべし、初めて見る今年の第一枝」と。初めただ桃花に一種早く開く者*あるのみと謂《おも》ひき。成都に遊ぶに及び、始めて識る、謂はゆる小桃なるものは、上元前後即ち花を著け、状は垂糸の海棠の如くなるを」。即ち小桃といふのは、もちろん小さな桃のことではなく、旧暦正月十五日前後、百花に先だちて花をつけ、枝垂れた海棠のやうな状をしてゐる特種の木の名である。

(作者時に六十九歳)

四更起き出でて書を読む

四月十*三日四更起讀書

七十未捐書　正恐死乃息
起挑窗下燈　度此風雨夕

七十未だ書をすてず
死なばはじめてやみなんか
起きいでてともしかきたて
窓ちかき机にむかひ
この風雨《ふきぶり》の夜《よ》をわたる

（作者時に七十一歳）

乞食の歌へる（その一）

路傍曲（三首中之第一）

冷飯雑沙礫　短褐蒙霜露
黄葉満山郵　行人跨驢去

冷《つ》めたき飯《めし》に砂さへまじり
ゆふべゆふべの草枕
かたしく袖も短くて
置く露霜《つゆじも》に得も堪《あ》へず
風に吹かるる黄葉《もみぢば》は
山の宿場《シュクバ》をうづめたり

道ゆく人は驢に乗りて過ぐ

乞食の歌へる（その二）

路傍曲（三首中之第二）

大道南北出　車輪無停日
彼豈皆奇才　我獨飢至夕

都大路のやちまたに
ゆきかふや車馬のかずかず
人みな秀才《スサイ》と思はねど
われ独り飢えてけふも暮れぬる

はるさめ

春　雨

擁被聽春雨　殘燈一點青
吾兒歸漸近　何處宿*長亭

ころもかきよせ春の雨きく
よふけてほそるともしび青し
あこ帰りつく日も近づけり

（作者時に七十一歳）

長き旅路を
こよひいづこの宿にいぬらむ
　　興のまにまに

物外雑題（八首中之一）
飼驢留野店　買薬入山城
興盡飄然去　無人識姓名
のりたる驢馬に粟食《は》まさんと
しばしを村の茶店《ちゃみせ》にいこひ
薬求めてまた町に入る
興のまにまに
風のまにまに
行きかふ人は名も知らず

（この年、放翁七十七、子布蜀中より帰る）

（作者時に七十七歳）
昭和十六年八月二十八日清書

宿*建徳江　　孟浩然

移舟泊烟渚　日暮客愁新
野曠天低樹　江清月近人

こよひはここに夢みんと
けぶるなぎさに漕ぎはてて
日も暮れゆけば今更に
旅のあはれを思ふかな
見渡せば野ははろばろと
そらひくく樹にたれ
さざなみひかる江上《カウジヤウ》の
まどかなる月は人に近し

早*行　　劉子翬

村鷄已報晨　曉月漸無色
行人馬上去　殘燈照空驛

にはつとり鳴きてほのぼのと
有明月《ありあけづき》もうすれゆくいなのめ

たびびとは馬にのりて立ち
しづまる宿《シュク》にともしびあはし

曉*霽　　司馬光

夢覺繁聲絕　林光透隙來
開門驚烏鳥　餘滴墮蒼苔

ふりしく音の絶えて夢のさむれば
林を縫うて戸のすきまより射し入る朝日
起き出でて窓を開けば烏おどろき
残りのしづく苔に落ちぬ

西郇　　郭祥正

遠近皆僧刹　西村八九家
得魚無賣處　沽酒入蘆花

をちこちはみな蘭若《ランニャ》
住む村人も八九軒
釣りたる魚の売場なく
酒のみ買うてまた蘆花に入る

以上、十六年十一月東京にて

姑蘇懷古　　白石道人

夜暗歸雲繞柁牙　江涵星影鷺眠沙
行人悵望蘇臺柳　曾與呉王掃落花

星月夜ねぐら求めてわが船《ふな》べりを雲はただよひ、
江《カウ》は星影《ほしかげ》をひたして鷺《さぎ》はすなごに眠れり。
姑蘇城外に聳え立つうてなの柳望み見て旅人われは涙をながす、
そよ風に柳なびきて散りばふ花の散りのまがひに呉王も見えなく。

○白石道人は姜夔の号、姜夔字は堯章、宋人なり。
○史記、呉世家、「呉王夫差、越を破る。越、西施を進め、軍を退けんことを請ふ。呉王之を許す。既に西施を得、甚だ之を寵す。為めに姑蘇台を築く、高さ三百丈、其の上に游宴す」。

十七、六、二十二日

聞鐘　　高青邱

日暮遠鐘鳴　山窗宿鳥驚
楓橋孤泊處　曾聽到船聲

日暮れて遠寺《とほでら》の鐘ぞ鳴る
窓近き山のねぐらの鳥すらも
こころを動かせり
むかし楓橋に船とめて

ひとり聴きにし鐘の声！

江上漫成　　高青邱

春色到江濱　江花樹樹新
行吟憔悴客　誰道亦逢春

河のほとりに春めぐりきて
河辺の樹々はみな花をつく
詩を吟じつつ行きなづむ
痩せほうけたる旅人も
亦た春に逢へりと誰かいふ

放翁鑑賞　その七

——放翁詩話三十章——

渭南文集五十巻、老学庵筆記十巻、詩に関する説話の散見するものを、拾ひ集めて此篇を成す。

放翁詩話

(一)

呉幾先嘗て言ふ、参寥の詩に*五月臨《メバ》二平山下路一、藕花無数満《ツ》二汀洲《ニ》一と云へるも、五月は荷花の盛時に非ず、*無数満汀洲と云ふは当らず、と。廉宣仲云ふ、此は但《た》だ句の美を取る、もし六月臨平山下路と云はば、則ち佳ならず、と。幾先云ふ、只だ是れ君が*記得熟す、故に五月を以て*勝《まさ》れりと為すも、実は然らず、止《た》だ六月と云ふも亦た豈に佳ならざらんや、と。(老学庵筆記、巻二)

(二)

杜子美の梅雨の詩に云ふ、南京犀浦道、四月熟二黄梅一、湛湛《トシテ》長江去《リ》、冥冥《トシテ》細雨来《ル》、茅茨疎《ニシテ》易レ湿、雲霧密《ニシテ》難レ開、竟日蛟竜喜、盤渦与レ岸回と。蓋し成都にて賦せる所なり。今の成都は乃ち未だ嘗て梅雨あらず、惟《た》だ秋半積陰、気令蒸溽、呉中梅雨の時と相類するのみ。豈に古今地気同じからざるあるか。(老学庵筆記、巻六)

（三）

欧陽公の早朝の詩に云ふ、玉勒争門随仗入、牙牌当殿報班斉と。李徳芻言ふ、昔より朝儀未だ嘗て牙牌報班斉と云ふ事あらずと。予之を考ふるに、実に徳芻の説の如し。朝儀に熟する者に問ふも、亦た惘然、以て有るなしと為す。然かも欧陽公必ず誤まらざらん、当《まさ》に更に博《ひろ》く旧制を攷《かんが》ふべき也。（老学庵筆記、巻七）

（四）

張文昌の成都曲に云ふ、錦江近西煙水緑、新雨山頭茘枝熟、万里橋辺多二酒家一、遊人愛下向二誰家一宿上と。此れ未だ嘗て成都に至らざる者なり。成都には山なし、亦た茘枝なし。蘇黄門の詩に云ふ、蜀中茘枝出二嘉州一、其余及レ眉半有不と。蓋し眉の彭山県（註、成都の南方）、已に茘枝なし、況んや成都をや。（老学庵筆記、巻五）

○以上の四項は、いづれも放翁が如何に実事の追求に徹底的であつたかを示さんがために、写し出したのである。

その雑書と題する詩（剣南詩稿巻五十二）に云ふ、枳籬莎径入二荊扉一、中有二村翁一百結衣、誰識新年歓喜事、一雞一犬伴レ東帰と。そして自註には雞犬皆実事としてある。また貧舎写興と題する詩（詩稿巻六十八）に云ふ、粲粲新霜縞二瓦溝一、離離寒菜入二盤羞一、贅童擁レ箒掃二枯葉一、瞶婢挑レ灯縫二破裘一と。そしてこゝにも亦た自ら註して贅瞶皆紀実としてある。彼は自分で詩を作る場合にも、決して好い加減のでたらめを書いては居ないのである。

私は之についてゴルキーを思ひ出さずには居られない。今私の手許にある彼の『文学論』は、十分信頼の出来る訳書だとは思へないが、その中から、彼の見解の一端を見るに足る或る一つの個所を、ここに写し出して見よう。

次の一節は、マルチャノフといふ新人の長篇小説『農民』について言つてゐる言葉である。——

「多くの批評家はマルチャノフをひどく称讃してゐるが、私は次のことを言はざるを得ない。即ち彼は才能ある人ではあるが、文学者としては恐ろしく無学であると。その証拠には、二一〇頁に、「ヴラディミル・イリイッチの命によつて、マドヴェイは前世紀の九十八年にペテルブルグからウラル地方へ移り、そこで老ボルシェヴィク親衛兵の戦闘部隊を組織した」などと書いてあるが、しかし九十八年にはヴェ・イリイッチは追放されてゐたので、ペテルブルグには居なかつたのである。またこの作者は、どんな戦闘部隊について語つてゐるのだらうか？　元来このやうな戦闘部隊が出来たのは、ずつと後年のことである。作者はまた或る場所で、めす鶯の震へ声のことを書いてゐるが、鳥の雌が鳴かない位のことは、農村の子供なら誰だつて知つてゐる。作者はまた、ある富農の家でキリスト変容祭を祝ふために準備された御馳走のことを、「酸クリームでこつてり味をつけ、そしてバタを初氷のやうに薄くぬつた大麦製のでかい饅頭、アンナの胸のやうに豊麗な小麦製の白いシャニガ(訳註、凝乳菓子の一種)、食卓一杯に並んだ大きな魚入饅頭、それから数へ切れないほどのフヴォーロスト(訳註、油で揚げた焼菓子)や凝乳菓子など。またペーチカの床の上には、脂ぎつた肉のシチュー皿、鱈の耳のスープ皿、ハム、犢肉、松雞の肉、粥、バタ、ソース等々が、ずらりと並んでゐた。云々」と書いてゐるが、作者が書き並べた数だけの皿を農家のペーチカの床の上に置くことは、物理学的に不可能なのである」。

〇序ながら放翁の文中に見えてゐる茘枝《レイシ》のことを説明しておく。この木は、高さ三丈許、葉の状は箭鏃の如くにして平滑、その果は竜眼《リユウガン》(新村出氏の『辞苑』にその図出づ)の実に似て、熟すれば真赤になり、肉は白くして甘き汁に富む。蘇東坡の潮州韓文公廟碑の終に於《ココニ》餐二茘丹与二蕉黄一としてあるが、この茘丹と云ふのが即ち茘枝の果である。恐らく之は極めて珍らしいものなのであらう。放翁は次のやうな事も書き残してゐる。「予、成都議幙に参し、事を漢嘉に摂し、一たび茘子の熟するを見る。時に凌雲山、安楽園、皆な盛処。糾曹何預元立、法曹蔡迨肩吾、皆な佳士。相与《とも》に同じく楽む。薛許昌、亦た嘗て成都幕府を以て来り郡を摂す。未だ久しからずして罷《や》め去る。故に其の茘枝の詩に曰ふ、歳杪監州曾見樹、時新入座但聞名と。蓋し時に及ばざりしを恨める也。毎《つね》に二君と之を誦す」。更に次のやうな他人の事まで書き誌してある。「余深、相を罷《や》めて福*州の第中に居る。茘枝あり初めて実《みの》る。絶大にして美、名づけて亮功紅と曰ふ。亮功は深家御書閣の名なり。靖康中、深、建昌軍に謫せられ、既に行く。茘枝復た実らず。

明年深帰りしに、茘枝復た故《もと》の如し。云々」。茘枝と云ふものの極めて珍らしきものなることを想像するに足る。

○序に今一つ書き添へておかう。東坡が恵州に謫されてゐた頃の詩に和陶帰園田居六首と題するものがあり、その引*の中には「茘子纍纍、芡実の如し。父老あり、年八十五、指して以て余に告げて曰く、是の食ふ可きに及んで、公、能く酒を携《たづさ》へて来り游ばんかと」としてあるが、更に薏苡と題する詩の中には、「草木各〻宜《よろし》きあり、珍産南荒に駢《なら》ぶ。絳嚢茘支を懸《か》け、雪粉桄榔を剖《さ》く」といふ句がある。絳《カウ》はこきあかき色。茘支が真赤に熟したのを、絳《あか》き嚢を懸けたやうだと形容したのであらう。ここにも南荒の珍産としてあるから、暖い南支那以外には滅多に見られないものなのであらう。さて余談のまた余談になるが、続国訳漢文大成に収められてゐる蘇東坡詩集を見ると、先きに引いた句が次のやうに講釈されてゐる。「草木とても各〻宜しきところがあつて、南荒の地に於ては、殊に珍産が並列して居る。茘支は、赤い嚢を雑へて懸くべく、桄榔を断ち破れば、中には雪の如き粉があつて、とりどりに珍らしい云々」。ところで、赤い嚢を雑へて懸けるとは、どんなことをするのであらう。不思議に思つて字解のところを見ると、蔡君謨の茘支の詩に、厚葉織枝雑絳嚢とあるとしてある。なるほど厚葉織枝の間に雑ざつて茘丹が赤い嚢のやうに懸かつてゐると云ふのなら解かるが、ただ赤い嚢を雑へて懸けるでは、どうにもならない。一体誰がこんな事を書いてゐるのかと巻首を見たら、文学博士久保天随訳解としてあつた。

（五）

張継の楓*橋夜泊の詩に云ふ、姑蘇城外寒山寺、夜半鐘声到㆓客船㆒と。欧陽公之を嘲りて云ふ、句は則ち佳なるも、夜*半は是れ打鐘の時にあらざるを如何せんと。後人また謂ふ、惟《た》だ蘇州にのみ半夜の鐘ありしなりと。皆な非なり。按ずるに于鄴褒中即事詩に云ふ、遠鐘来*㆓半夜㆒、明月入㆓千家㆒と。皇甫冉、秋夜会稽の厳維の宅に宿すの詩に云ふ、秋深臨㆑水月、夜半隔㆑山鐘と。此れ豈に亦た蘇州の詩ならんや。恐らく唐時の僧寺には自ら夜半の鐘ありしなり。京都街鼓今尚ほ廃す。後生唐の詩文を読んで街鼓に及ぶ者、往々にして茫然知る能はず、況《いは》んや

僧寺夜半の鐘をや。(老学庵筆記、巻十)

○唐詩選岩波文庫版の註には、この夜半の鐘声について次の如き註が加へてある。「夜半に鐘声あるか無きかに就いて古来論あり。胡応麟曰く、夜半の鐘声客船に到る、談者紛紛、皆昔人のために愚弄せらる。詩は流景を借りて言を立つ、惟だ声律の調、興象の合ふに在り、区々の事実彼れ豈に計るに暇あらんや。夜半の是非を論ずるなかれ、即ち鐘声を聞くや否やも未だ知るべからざるなりと」。かくの如く、胡応麟は、詩に於ては区々の事実豈に計るに暇あらんや、として居るが、放翁の態度が之と徹底的に対蹠的であることは、以上各項の示すが如くである。

○放翁自身にも宿楓橋と題する七絶があるが、それには七年不到楓橋寺、客枕依然半夜鐘としてある。これはもちろん実際に半夜の鐘声を聴いたのではない、張継の作によつて其の遺響が今尚ほ詩の世界に伝はつてゐるのを、物理的な鐘声よりもより鮮かに聴いたのである。これは夜半鐘声到客船といふ張継の詩が遺つてゐたが故に、始めて生じる詩境である。かくて私はここでも復た、ゴルキーの「真の芸術は拡大誇張の法則を有する、それは単なる空想の所産ではなくて、客観的な諸事実の全く合法則的な且つ必然的な詩的誇張である」とか、「偉大な芸術にあつては、ロマンチズムとリアリズムとが何時でもまるで融合されて居るかのやうである」とかいふ言葉を思ひ出す。

○平野秀吉氏の唐詩選全釈には、「後、張継、再び此に来り、重泊楓橋と題して、白髪重来一夢中、青山不改旧時容、烏啼月落江村寺、欹枕猶聴半夜鐘と詠じたが、詩品も劣り、且つ全唐詩にも載せざるを見れば、或は後人の偽作か」としてある(簡野道明氏著『唐詩選詳説』にも之と同じことが書いてある)。しかるに明の朱承爵の存余堂詩話を見ると、「張継の楓橋夜泊の詩は、世多く伝誦す。近ごろ孫仲益の楓橋寺を過ぎる詩を読むに、云ふ、白首重来一夢中、青山不改旧時容、烏啼月落橋辺寺、欹枕猶聞半夜鐘と。亦た前人の意を鼓動すと謂ふ可し矣」としてある。これで見ると、平野氏の言ふ所とは作者が違ひ、詩も江村寺が橋辺寺となつてゐる。

（跋東坡詩草）　東坡の此詩に云ふ、清吟雑二夢寐一、得レ句旋《マタ》已《ニ》忘《ル》と。固より已に奇なり。晩に恵州に謫せられ、復た一聯を出して云ふ。春江有二佳句一、我酔堕二渺莽一と。則ち又た少作（わかき頃の作）に一等を加ふ。近世の詩人にして、老いて益〻厳なる、蓋し東坡の如きは未だ有らざる也。学者或は易心を以て之を読むは何ぞや。（渭南文集、巻二十七）

○これは多分東坡の自筆に成る詩稿に加へられた跋文であらう。東坡の此詩に云ふとあるより考ふれば、詩は恐らく只だ一首だつたのであらう。ところで清吟雑夢寐、得句旋已忘といふ句のある東坡の此詩の全容はどんなものであるのか、私の坐右にある蘇東坡詩集の中には、いくら探しても出て来ない。それは宋人朱継芳の塵飛不《デ》レ到処、山色入二芒屩《バウク》一、乗レ興一長吟、回レ頭已忘レ句を思ひ起さしめるが、恐らく朱継芳の方が年代は後であらう。春江有佳句、我酔堕渺莽の方は、幸にして詩の全体を求めることが出来た。それは和二陶帰園田居六首一の一つで、かういふのである。

窮猿既投《ニ》レ林、　痩馬初解《テ》レ鞅
心空飽新得、　境熟夢餘想
江鷗漸《ク》馴集、　蠻叟已《ニ》還往
南池緑銭生、　北嶺紫筍長
提《グモ》レ壺《ヲ》豈解《センヤ》レ飲《ヲ》、　好語時見レ廣
春江有二佳句一、　我酔堕二渺莽一

さて此の最後の一聯について久保天随氏の講釈を見ると、それにはかう書いてある。「春江に臨めば、自然、佳句も出来るが、やがて我は酔うて、草木渺莽たる中に倒れて寐てしまつた」。これでは東坡先生も苦笑されざるを得ないだらう。詩にいふ渺莽《ベウバウ》は、広くしてはてしなき貌。そしてその渺莽に堕つるものは、東坡先生ではなく、春江の佳句である。かくして、句を得てまた已に忘ると云ふやうな、おもしろくはあつてもまだ露骨なるを免れなかつたものが、春の霞の如く詩化され、そこに一段の進境を示す。放翁の老いて益〻厳といふ評言は、それを指すのであらう。

○前に引いた朱承爵の存余堂詩話を見ると、「東坡、少年詩あり云ふ、清吟雑夢寐、得句旋已忘と。固《もと》より已に奇なり。晩に恵州に謫せられ、復た一聯ありて云ふ、春江有佳句、我酔堕渺莽と。則ち又た少作に一等を加ふ。書家を評して筆*年老に随ふと謂ふ、豈に詩も亦た然*らざらんや」としてある。詩話など書くほどの人が先人の説を剽窃して平気で居るのであらうか。

（七）

東坡の牡丹の詩に云ふ、一朶妖紅翠欲レ流と。初め翠欲流の何の語なるやを暁らず。成都に遊ぶに及び、木行街を過《よ》ぎりしに、市肆に大署して曰ふあり、郭家鮮翠紅紙*鋪と。土人に問うて、乃ち蜀語の鮮翠は猶ほ鮮明と言ふがごとくなるを知る。東坡蓋し郷語を用ひて云へるなり。（老学庵筆記、巻八）

○東坡の詩は和二述古冬日牡丹一四首と題せるものの一にして、それは次の如くである。

一朶妖紅翠欲《ス》レ流《レント》、春光回照雪霜羞

化工只欲レ呈二新巧一、不下放二閑花一得中少休上

続国訳漢文大成を見るに、ここは岩垂憲徳氏の訳解になつて居り、そして私がここに引いた老学庵筆記が引用されてゐる。私はこれによつて此の筆記が必ずしも世に顧みられないものでない事を知るを得た。なほ岩垂氏は字解といふ所で、宋の高似孫の緯略なるものを引用してゐる。それには、かう云つてある。「翠は鮮明の貌、色に非らざる也。然らずんば、東坡の詩、既に紅と曰へり、又た翠と曰ふ可ならんや」。

（八）

東坡、嶺海の間に在りて、最も陶淵明柳子厚の二集を喜*び、之を南遷の二友と謂ふ。予、宋白尚書の玉津雑詩

を読むに、云ふあり、坐臥将何物、陶詩与柳文と。則ち前人、蓋し公と暗合する者あるなり。(老学庵筆記、巻九)

(九)

東坡の絶句に云ふ、梨花澹白柳深青、柳絮飛時花満レ城、惆悵東闌一株雪、人生看得幾清明と。紹興中、予福州に在り、何晋之の大著を見しに、自ら言ふ、嘗て張文潜に従うて遊ぶ、文潜の此詩を哦するを見る毎《ごと》に、以て及ぶ可らずと為せしと。余按ずるに、杜牧之、句あり云ふ、砌下梨花一堆雪、明年誰此《カココニ》 憑二闌干一と。東坡固《もと》より牧之の詩を窃《ぬす》む者に非ず、然かも竟《つひ》に是れ前人已に之を道《い》へるの句、何んすれぞ文潜之を愛するの深きや、豈に別に謂《おも》ふ所あるか。聊《いささ》か之を記し以て識者を俟《ま》つ。(老学庵筆記、巻十)

○東坡の詩は、和孔密州五絶の一で、東欄梨花と題するもの。杜牧之は世にいふ小杜、杜牧のこと。彼は晩唐の人である。

(十)

柳子厚の詩に云ふ、海上尖山似二剣鋩一†秋来処処割二愁腸一‡と。東坡之を用ひて云ふ、割愁還《マタ》有二剣鋩山一と。或は謂ふ、割愁腸と言ふべし、但《た》だ割愁と言ふ可からずと。亡兄仲高云ふ、晋の張望の詩に曰ふ、愁来不可割と、此れ割愁二字の出処なりと。(老学庵筆記、巻二)

○東坡の詩は白鶴峰新居欲レ成夜過二西隣翟秀才一二首と題せるものの一。問題の句は、繫レ悶豈無二羅帯水一、割愁還有二剣鋩山一といふ一聯を成せるもの。前の句は韓退之、後の句は柳子厚によることは、その自註に記してある。但し続国訳漢文大成では、自註に引く所の柳子厚の句が海上尖峰若剣鋩となつてゐる。放翁は記憶に従つて筆を執り、誤*つて峰を山となし若を似となしたのであらうか。蔵書に乏しい私は、今これを審にし得ない。

† 唐詩別裁には海畔。

‡ 三四句、若為化得身千億、散作*峰頭望故郷。

(十一)

夜涼疑有雨、院静似無僧。これ潘逍遥の詩なり。(老学庵筆記、巻五)

○東坡の詩

佛燈漸暗饑鼠出、　山雨忽來脩竹鳴
知ル是レ何人舊詩句、　已應レ知ニ我此時情一

といふ七絶の題には、「少年の時、嘗て一村院を過《よ》ぎり、壁上に詩あるを見る。云ふ、夜涼疑レ有レ雨、院静似レ無レ僧と。何人の詩なるやを知らざる也。黄州禅智寺に宿せしに、寺僧皆な在らず、夜半雨作《おこ》り、尚ほ此の詩を記《おぼ》ゆ。故に一絶を作る」としてある。知是何人旧詩句の知るは、知らずの意であること、言ふまでもない。東坡の詩によつて伝へられた此の句は、私のやうなものでも記憶してゐるから、長生して書物ばかり読んでゐた放翁が、ふとこんな事を見付けて居るのは、何も不思議はない。潘逍遥は名を閬《ラウ》と云ふ。宋の太宗に召されて進士第を賜ひ、事に坐して中条山に遁れ、後収繫されしも、真宗その罪を釈し、滁州参軍となす。詩集及び詞集あり。日本では中野逍遥、坪内逍遥などいふ文学者が居た。これらの人はこの潘逍遥を知つて居たのであらうか。

(十二)

(跋淵明集)　吾年十三四の時、先少傅に侍し城南の小隠に居る。偶《たまたま》藤床上、淵明の詩あるを見、因て取りて之を読む。欣然会心、日且《まさ》に暮れんとし、家人食に呼ぶも、詩を読む方《まさ》に楽く、夜に至つて卒《つひ》に食に就かず。今

之を思ふに、数日前の事の如く也。慶元二年、歳在乙卯*、九月二十九日。山陰陸某務観、書於三山亀堂、時年七十有一。（渭南文集、巻二十八）

○放翁六十九歳の作に読陶詩*と題するものあり、その冒頭に、「我が詩淵明を慕ふ、恨むらくは其の微に造《いた》らざることを」とあり、また八十三歳の作に自勉と題するものあり、その冒頭には、「詩を学べば当《まさ》に陶を学ぶべく、書を学べば当に顔を学ぶべし」としてある。以て如何に彼が陶淵明に傾倒せしかを知るに足る。

（十三）

茶山先生云ふ。徐師川、荊公の細ニ数ヘ落花ヲ一因リテ坐スルコト久ク、緩ニ尋ネテ芳草ヲ一得ルコト帰ルヲ遅シ†に擬して云ふ、細落ツル李花那ゾ可レ数フ、偶行キテ芳草ニ歩スルコト因テ遅シと。初め其意を解せず、久くして乃ち之を得。蓋し師川は専ら陶淵明を師とせる者なり。淵明の詩、皆な適然寓意、物に留まらず。悠然見南山の如し。東坡の其の決して南山を望むに非ざるを知る所以《ゆゑん》なり。今、細数落花、緩尋芳草と云へば、留意甚し、故に之を易《か》ふと。又云ふ。荊公多く淵明の語を用ひ而かも意異なる。柴門雖設要常関*、雲尚無心能出岫の如き、要字能字皆な淵明の本意に非ざる也と。（老学庵筆記、巻四）

○これは全部他人の説を引いただけのものだが、もちろん賛同の意を含めての引用である。文中にいふところの荊公とは王安石のこと。詩は北山と題する七絶で、全文を写し出せば次の如くである。北山輸シテレ緑ヲ漲ル横陂ニ一、直塹回塘灔灔時、細ニ数ヘ落花ヲ一因リテ坐スルコト久ク、緩ニ尋ネテ芳草ヲ一得ルコトレ帰ルヲ遅シ。

○なほ文中に東坡の云々と言つてあるのは、東坡の次の説を指したものである。「采リテ菊ヲ東籬ノ下ニ一、悠然トシテ見ル南山ヲ一」これは菊を采る次いでに偶然山を見るのである。初めより意を用ひずして、境と意と会ふ、故に喜ぶべき也。もし望南山となせば便ち興味索然たるを覚ゆ」。

† 詩全文左ノ如シ

北山輸緑漲横陂、直塹回塘灔灔時、細数落花因坐久、緩尋芳草得帰遅。

‡　与北山道人　蒔果疏泉帯浅山、柴門雖設要常関、別開小径連松路、祇与隣僧約往還。

（十四）

（跋王右丞集）　余年十七八の時、摩詰の詩を読む最も熟す。後、遂に之を置くもの幾《ほと》んど六十年。今年七十七、永昼無事、再び取つて之を読む。旧師友を見るが如し、間闊の久きを恨む。（渭南文集、巻二十九）

○王右丞、摩詰、共に王維のこと。この跋文は王維に対する放翁の関係を知るに足るもの。

（十五）

（跋花間集）　花間集は皆な唐末五代の時人の作。斯《こ》の時に方《あた》つて、天下岌岌、生民死を救うて暇《いとま》あらず、士大夫乃ち流宕此《かく》の如し。歎*ずべけんや。或*は無聊の故に出づるか。（渭南文集、巻三十）

（十六）

（跋詩稿）　これ予が丙戌以前の詩、二十の一なり。厳州に在るに及んで、再編、又た十の九を去る。然かも此の残稿終《つひ》に亦た之を惜み、乃ち以て子聿に付す。紹煕改元立夏日書。（渭南文集、巻二十七）

○丙戌は乾道二年、放翁四十二歳の時に当る。厳州にて再編すと云ふは、淳熙十四丁未年、放翁六十三歳の時に属す。この年始めて詩を刻せり。紹煕元年庚戌は六十六歳の時に当り。以後家居、この年また詩稿を刪訂せるなり。

○趙翼の甌北詩話には、次の如く書いてある。「古来詩を作るの多き放翁に過ぎたるはなし。今その子、子虡が編する所の八十五巻に就いて之を計るに、已に九千二百二十首。然かも放翁六十三歳、厳州に在りて詩を刻し、已に旧稿を将《と》つて痛く刪汰を加ふ。六十六歳、家居して又た詩稿を刪訂す。自跋に云ふ、これ予が丙戌以前の詩、十の一なり、厳州に在りて再編、又た十の九を去ると。然らば則ち丙戌以前の詩にして存する者は才《わづか》に百の一のみ」。即ち私の見てゐる渭南文集には、丙戌以前詩二十之一としてあるのが、趙翼の引く所では十之一となつてゐる。私は今どちらが正しいかを確め得ない。

（十七）

岑参の西安幕府に在るの詩に云ふ、那《ナンゾ》知《ラン》故園《ノ》月、也《マタ》到《ル》鉄関《ノ》西と。韋応物作郡の時亦た詩あり云ふ、寧《ナンゾ》知《ラン》故園《ノ》月、今夕在《リ》二西楼《ニ》一と。語意悉く同じ、而かも豪邁閒澹の趣、居然自ら異る。（老学庵筆記、巻三）

（十八）

劉長卿の詩に曰く、千峰共《ニス》二夕陽《ヲ》一と。佳句なり。近時僧癩可これを用ひて云ふ、乱山争《フ》二落日《ヲ》一と。工《たくみ》なりと雖も窘《せま》る。本句に逮《およ》ばず。（老学庵筆記、巻四）

○放翁六十歳の時の詩に、「独り立つ柴荊の外、頽然たる一禿翁、乱山落日を呑み、野水寒空を倒《さかさま》にす」といふ句がある。

（十九）

呂居仁の詩に云ふ、蠟燼堆盤酒過花と。世以て新となす。司馬温公、五字あり、云ふ、煙曲香尋篆、盃深酒過花と。居仁蓋《けだ》し之を取れる也。（老学庵筆記、巻四）

（二十）

唐の韓翃の詩に云ふ、門外碧潭春洗レ馬、楼前紅燭夜迎レ人と。近世、晏叔原の楽府詞に云ふ、門外緑楊春繋レ馬、床前紅燭夜呼レ盧と。気格乃ち本句に過ぐ、之を剽と謂はざるも可なり。（老学庵筆記、巻五）

○呼盧とは賭博のことなり。　○晏叔原、字は幾道、宋人なり。その詞の全文は次の如し。家近旗亭酒易酤、花時長得酔工夫、伴人歌扇懶妝梳。戸外緑楊春繋馬、牀頭紅燭夜呼盧、相逢還解有情無。（放翁の引くところでは、戸外が門外、牀頭が牀前となつてゐる。）

○薛礪若の『宋詞通論』には、晏叔原の詞について、次の如く述べてある。「彼*の詞、最も善く詩句を融化す。後期の周美成と正に復た遥々相映《て》らす。例へば彼の浣渓沙「戸外緑楊春繋馬、牀頭紅燭夜呼盧」の二句の如きは、完全に唐の韓翃の詩句を用ひ、僅《わづか》に原詩「牀前」の「前」字を将《も》つて一個「頭」字に易へ、而かも用ひ来つて直ちに天衣無縫の如し、云々」。

（二十一）

白楽天云ふ、微月初三夜、新蝉第一声と。晏元憲云ふ、緑樹新蝉第一声と。王荊公云ふ、去年今日青松路、憶似聞蝉第一声と。三たび用ひて愈々《いよいよ》工《たくみ》*。詩の窮り無きを信ず。（老学庵筆記、巻十）

○王荊公とは既に述べた如く王安石のこと。

（二十二）

唐の王建の牡丹の詩に云ふ、可レ憐《シム》零落《ノ》蕊《ズキ》、収《メ》取《リ》作《ナシテ》レ香焼《トク》と。工なりと雖も格卑し。東坡その意を用ひて云ふ、

未ダ㆑忍ビ㆑汚スニ㆓泥沙ニ㆒、牛酥《ギウソ》煎ル㆓落蕊ヲ㆒と。超然同じからず。（老学庵筆記、巻十）

（二十三）

水流天地外ノ、山色有無中ノ。王維の詩なり。権徳輿の晩渡揚子江の詩に云ふ、遠岫有無中ノ、片帆烟水上《ほとり》ノと。已に是れ維語を用ふ。欧陽公の長短句に云ふ、平山闌檻倚ル㆓晴空ニ㆒、山色有無中ノと。詩人是《ここ》に至って蓋《けだ》し三たび用ふ。*東坡先生乃ち云ふ、記取酔翁語、山色有無中と。則ち欧陽公この句を創為すと謂ふに似たるは何ぞや。（老学庵筆記、巻六）

（二十四）

欧陽公、夷陵に謫せられし時、詩に云ふ、江上孤峰蔽㆓緑蘿㆒、県楼終日対㆓嵯峨㆒と。蓋し夷陵の県治、下は峡江に臨む、緑蘿渓と名づく。此より上に泝《さかのぼ》れば、即ち上牢下牢関、皆な山水清絶の処なり。孤峰は即ち甘泉寺山、孝女泉及び祠ありて万竹の間に在り、亦た幽邃喜ぶ可し。峡人歳時遊観頗る盛。予、蜀に入る、往来皆な之を過《よ》ぎる。韓子蒼舎人、泰興県道中の詩に云ふ、県郭連㆓青竹㆒、人家蔽㆓緑蘿㆒と。欧公の句に因《ちな》めるに似て而かも之を失す。此の詩蓋し子蒼の少作、故に*云ふところを審《つまびら》かにせず。（老学庵筆記、巻七）

（二十五）

荊公の詩に云ふ、閉㆑戸欲ルモ㆑推㆑愁、愁終ニ不㆓肯テ去㆒と。劉賓客の詩に云ふ、与㆑老無キモ㆓期約㆒、到来何*ゾ等閑ナルと。韓舎人子蒼、取りて一聯と作《な》して云ふ、推㆑愁不㆑去還《また》相覓、与㆑老無㆑期稍見ル㆑侵サと。古句に比して蓋し益〻工《たくみ》なり。（老学庵筆記、巻八）

（二十六）

杜詩の夜闌更秉燭、意は夜の已に深きを謂ふなり。睡るべくして而かも復た燭を秉る、以て久客帰るを喜ぶの意を見る。僧徳洪*妄云ふ、更は当《まさ》に平声に読むべしと。なんぞ是あらんや。（老学庵筆記、巻六）

○杜甫の詩は羌村（村の名、当時杜甫の妻子の寓せし地）と題するもので、その全文は次の如し。

崢嶸《タリ》赤雲《ノ》西、　日脚下《ル》ニ平地《ニ》一
柴門鳥雀噪《ギ》、　帰客千里《ヨリ》至《ル》
妻孥怪《ミ》ニ我《ノ》在《ルヲ》、　驚《キ》定《マッテ》還《タ》拭《フ》レ涙《ヲ》
世亂《レテ》遭《ヒ》ニ飄蕩《ニ》、　生還偶然遂《グ》
鄰人満《チ》ニ墻頭《ニ》、　感歎《シテ》亦歔欷《ス》
夜闌《ニシテ》更秉《リ》レ燭《ヲ》、　相對《シテ》如《シ》ニ夢寐《ノ》一

徳洪*妄は更字をさらにの意に読まずに、こもごもの意に読まさうとしたものと思はれる。

（二十七）

老杜の哀ニ江頭一に云ふ、黄昏胡騎塵満レ城、欲レ往ニ城南一忘ニ城北一と。言ふこころは方に皇惑、死を避くるの際、城南に往かんと欲して、乃ち孰《いづれ》が南北なるやを記する能はざる也。然るに荊公集句両篇、皆な欲往城南望城北と作《な》す。或は以て舛誤となし、或は以て改定となす、皆な非なり。蓋《けだ》し伝ふる所の本、偶《たまたま》ゝ同じからず、而かも意は則ち一なり。北人は向を謂ひて望となす。城南に往かんと欲して乃ち城北に向ふと謂ふは、亦た皇惑、死を避け、南北を記する能はざるの意なり。（老学庵筆記、巻七）

○問題とされてゐる句は、少陵の野老声を呑んで哭す、春日潜《ひそ》かに行く曲江の曲といふ句で始まる七言古詩の結句である。岩波文庫版には欲往城南忘南北とし、脚註に「一本に南北を城北に作れるあり」としてあるが、私は城北を南北としては全く駄目だと思ふ。

○荊*公集句とは王荊公唐百家詩選のことか。

（二十八）

今人杜詩を解する、但《た》だ出処を尋ね、少陵の意初めより是の如くならざるを知らず。且つ岳陽楼の詩の如き、昔聞ク洞庭ノ水、今上ル岳陽楼、呉楚東南ニ拆ケ、乾坤日夜浮ブ、親朋無二一字一、老病有二孤舟一、戎馬関山ノ北、憑レ軒涕泗流ル、此れ豈に出*処を以て求む可けんや。縦《たと》ひ字字出処を尋ね得しむるも、少陵の意を去る益〻遠し。蓋《けだ》し後人元《もと》と杜詩の古今に妙絶なる所以《ゆゑん》のもの何処に在るやを知らず、但《た》だ一字も亦た出処あるを以て工《たくみ》と為すも、西崑酬倡集中の詩の如き、何ぞ曾《かつ》て一字の出処なき者あらん、便《すなは》ち以て少陵に追配せんとする、可ならんや。且つ今人の作詩、亦た未だ嘗て出処なきはあらざるも、渠《かれ》自ら知らざるのみ、若し之が箋注を為さば、亦た字字出処あらん、但だ其の悪詩なるを妨げざるのみ。（老学庵筆記、巻七）

（二十九）

老杜の薛三郎中に寄す詩に云ふ、上レ馬不レ用レ扶、毎レ扶必怒瞋スと。東坡の喬仝を送る詩に云ふ、上レ山如レ飛瞋二人ノ扶一と。皆な老人を言ふ也。蓋し老人は老を諱《い》*むが故のみ。若《も》し少壮なる者ならば、扶《たす》けらるるも扶けられざるも与*に可、何の瞋《いか》ることか有らん。（老学庵筆記、巻八）

欧陽公、梅宛陵、王文恭の集、皆な小桃の詩あり。欧詩に云ふ、雪裏花開《イテ》人未レ知、摘来《ミリ》相顧《ミテ》共驚疑《ニ》、便須《ベシ》ニ索レ酒《メテ》花前酔《フ》一、初見《テル》今年《ノ》第一枝と。初め但《た》だ桃花に一種早く開ける者あるのみと謂《おも》へり。成都に遊ぶに及んで、始めて所謂小桃なる者は、上元前後即ち花を著け、状は垂糸の海棠の如くなるを識る。曾子固の雑識に云ふ、正月二十、開天章閣、賞小桃と。正に此を謂ふなり。〔老学庵筆記、巻四〕

○上元は旧暦正月十五日。即ち小桃と云ふのは、百花に先だちて正月匆々に咲く海棠に似た花なのである。東坡の陳述古に答ふと題する詩に

小桃破萼未レ勝レ春、　羅綺叢中第一人
聞道《キクナラク》使君帰去《リル》後、　舞衫歌扇總成《テ》レ塵

といふのがあるが、放翁の説明によつて起承二句の意味がよく分かる。ところで続国訳漢文大成の蘇東坡詩集を見ると、岩垂憲徳氏は、之に対して次のやうな講釈を加へて居られる。「春風が柳を吹いて、緑は糸の如く、晴れた日は、紅を蒸して小桃を出すと云ふが、小桃が紅萼を発いたので、却て春に勝《た》へられない風情がある。そして綾錦羅綺の中に、解語の第一人がある」。凡そ此の種の講釈本をたよりに、漢詩を味ふことの如何に難きかは、之によつて愈々悟るべきである。

○放翁自身の詩にも次のやうなのがある。序に書き添へて此の稿を了ることにしよう。

西村一抹煙、　柳弱《ク》小桃妍
要レ識ニ春風處一、　先生拄杖前

八月に入りてより屢々高熱を発し、九月に入るも未だ癒えず。病間この稿を成す。

昭和十六年九月九日

閑戸閑人

校注

一海知義

頭の数字は頁数を示す

6 八十余　さいごの出仕は七十八—七十九歳。

この詩「この頃の詩」の誤記か。

放翁の詩の宏肆は……　この部分、原文（趙翼『甌北詩話』）は「……是放翁詩之宏肆。自従戎巴蜀……」、したがって「……是れ放翁の詩の宏肆なり。戎に巴蜀に従ひしより……」と読む。

平晩年に及んでは　原文は「及乎晩年」、したがって「平」は衍字。和刻本が「乎」を「平」と誤るのに拠ったのであろう。

7 従前……　原文は「并従前求工見好之意」、したがって「従前、工を求め好を見《あら》はすの意を并せて……」。

処に到る　原文には「処」の下に「工」の字があり（「到無人愛処工者」）、また「云」の字はない。読み下せば「人の愛することなき処に到りて工《たくみ》なる者なり」。

8 一杯　一樽。

9 偶〻小益南鄭の……　250頁参照。

11 舟を泛べて……　259頁参照。

春の去りゆくを……　結句は春の去りゆくを惜しむのではなく、眼前の春風に対する感懐をいうのであろう。

12 李延年　李延平。『宋史』巻四二八李侗伝参照。

醢緑　醽醁。

瑠君曜　姓は雷、名が瑠、君曜は字《あざな》。以下、雷瑠と改める。

13 斗石を論ず　斗石を論ぜんや、と読む。

「家を傾けて」……　放翁はしばしば「酒小戸」（下戸の意）ともいっており、「家を傾く」というのは詩的誇張であろう。

堕つと雖も　堕つと云ふと雖も。

15 椀大の如し　椀の如く大なり、と読む。

16 好風の日　風日好し、と読む。

蜜の甜《あま》きが……　蜜の如く甜からん、と読む。

引　いざなう、さそう意。

19 幌　カーテンの意か。

誰言　只言でも意味は通じる。

21 纈　一説に眼がかすむ意。

「天王広教院云々」と題する詩の註　57頁。

「五月十一日夜坐達旦」と題する詩の註　282頁。

22 四度目　家居は淳熙七年冬以来だから、故山の秋にあうのは三度目。

数枚　数紙。

前にも述べた　13頁。
故に紙に名づけて……　故に即ち名づけて剡藤と為す。
23　犯すを　犯す有るを。
26　感　原稿が「感」とするのは、誤写か。
27　梁益　梁州と益州。
偶《たまたま》小益南鄭の……　250頁。
28　霧を破って高寒に上る　霧を破り高きに上って寒し、と読む。
30　「有髪亦如僧、無銭尚不貧」の一聯　昭和十五年六月四日作「近来頻耽碁、賦一詩頒棋友」に見える。
32　柏　このてがしわ。針葉の常緑樹。
森森　よくしげるさま。杜甫「蜀相」に「錦官城外柏森森」。
35　緒言　論説のいとぐち、というほどの意味。
見る可し……為す者に非ざるを　『甌北詩話』の原文は、「可見其晩年有得非随声附和以道学為名高者矣」、したがってその読み下しは、「見る可し其の晩年得る有りて、……為す者に非ざるを」。265頁参照。
36　九折の阪　九折の途。
37　頽然　頽垣。
伶傳　伶俜。伶傳は別の語。
頽然。ここでは……　頽垣。くずれた垣根。
詩をうたふ声　詩にかぎらず、書物を朗誦する声。
38　京塵を犯すを為さず　京塵に犯さるるを為さず。末二句は、晋の陸機(二六一―三〇三)の詩「為顧彦先贈婦」に、「京洛多風塵、素衣化為緇(京洛風塵多く、素《しろ》き衣も化して緇《くろ》と為《な》る)」とあるのにもとづく。従って「化」は「めぐみ」ではなく、黒く「かわる」こと。
40　綺語　前句の「多聞」とともに仏教用語。かざりの多いいつわりのことば。
作意　これも仏教用語か。とすれば、心に悟らせるもの。
七十歳の時の詩　293頁に見える。
43　蕭寺　寺のことを蕭寺という。仏教を信奉した梁の武帝(蕭衍、在位五〇二―五四九)が、自ら建立した寺に自分の姓である蕭の字を冠して蕭寺とよんだことにもとづく。
44　城西晩眺　この詩、汲古閣本では「探梅」(46頁)のあとに見える。
46　六十歳の年の作に……　汲古閣本ではこの詩及び次の「探梅」(いずれも巻一五)を、さきの「城西晩眺」(巻一六)の前におく。そして「城西晩眺」のあとになおその年の冬の作がおかれ、三首はともに五十九歳の作と考えられる。
47　玉塵を糝す　梅の比喩でなく、雪の積もったさまをいう。
48　杜浦橋を過ぎる　この詩の前後から六十歳の作。
49　却　さてそこで、というほどの意。
50　一紘　陶詩の原文は、一觴。觴は、さかずき。
51　笠沢　放翁の別号を「笠沢漁隠」という。したがって「笠沢の翁」は放翁自身をさす。
見　看。
52　塵容　「抗塵容」は「塵容を抗《あ》ぐ」

と読む。孔稚珪「北山移文」(『文選』)に見えることば。俗人の顔をしてふんぞりかえること。すなわち仕官することをいう。

一番新　一番は「ひときわ」の意にも使う。

53 搏禽俊鶻……　この二句、禽《とり》を搏《う》ちて俊鶻空を横ぎりて去り、雨を巻きて狂風野を掠《かす》めて来《きた》る、と読むのであろう。

58 四壁　壁のみで家具のないさまをいう。

万里侯　万里封侯は、遠く辺境の地で功をあげ、諸侯に封ぜられること。

楼　欄。

59 前に出づ　15頁。

孤蓬　風にちぎれて飛ぶよもぎ。孤独な境遇にたとえる。あるいは孤篷(一そうの舟)か。

小益　鈴木注(鈴木虎雄『陸放翁詩解』〔一九五〇―五四年、弘文堂〕、以下鈴木注または鈴木解という)に「小益州、蓋《けだ》し四川保寧府広元県をいふ、広元は後魏の時、西益州といふ、益州は成都を治所とするを以て之に対して広元を小益州というた」(814頁)。

60 低うして　低《た》れて、と読む。

61 径　ただちに、と読む。

63 遼海　呉江と対《つい》をなし、「遼東の海」の意か。57頁にも見える。

64 四首　三首。

衛風　邶風。

65 但《た》だ青銭……　但だ青銭の白酒を沽《か》ふ有りて、と読む。

66 前出　61頁。

68 前に誌した　60頁。

70 慶元三年(七十三歳の時)　慶元二年(七十二歳の時)。

豫章の通判となり……　前年に隆興の通判となり、この年免職。この注の記述は趙翼の「陸放翁年譜」にそのままよったもの。

園公綺父　園公は古代の隠者東園公。『史記』に見える商山の四皓の一人。綺父は『列仙伝』に見える仙人の名。ここは、そうした隠者・仙人のたぐいをいう。

72 「登山榭」「登北榭」。

74 至徳二年　杜甫が左拾遺を拝したのは至徳二年だが、成都に移ったのは二年後の乾元二年。

錦里……　錦里祠柏を瞻《み》、綿州海棕を弔《とむら》う、と読む。

東一里　『読史方輿紀要』によれば、東八里。

75 一秋の色　一《ひと》へに秋色、と読む。

霙霙　ふつうのテキストでは「霎霎」。雨のはれてゆく形容。

76 為めに　……してもらう、してくれる、というほどの意。

77 恍然たり蜀に遊びし路　恍然蜀路に遊ぶがごとし。

且ざる　且《かりそめ》にす。

常州平江を……　常州を発するや、平江の親戚……。

79 前にも出づ　19頁。

80 施行　貧者にほどこす、施療の意か。

「秋雨漸涼有懐興元」の詩　22頁。

82 無声九韶奏　九韶の音楽は聞こえて

来ないけれども、という意。
籤帙　籤は書物にはさむしおり、ま
たは書物の表紙に標題を書くはり紙。
籤帙の二字で書物の意。
83 交河　交河城をさす。
87 白日　ここは昼間の意。
90 参《サン》　この場合(星の名)は、シンと読
む。
91 五絶　42頁。
93 山下に石室あり……　『水経注』の
原文によれば、山下に一石室あり、漢
光武帝の時、厳子陵の居りし所なり。
故に山及び瀬……。
94 「草書歌」　12頁。
詩　詞。
96 この年の末　この年の七月に礼部郎
を以て実録院検討官を兼ね、年末には
免ぜられて故郷に帰っている。
少し芽出たい詩を……　以下、引用
文の誤写を原文によって若干あらため
た。
97 氷り居るなり　実際に凍っていなく
ても、寒中に筆を使うことを呵筆とい
う。
室家大小の……　室家大小となく、
先祖の前に次坐し……。
過花　度をすごす意か。499頁に引く
司馬温公の詩に「煙曲香尋篆、盃深酒
過花」。また放翁自身の別の詩「己未
新歳」に「桃符帯草写、椒酒過花斟」。
98 行在　行宮。天子の仮御所。次の詩
の評釈にもいうように、南宋はもとの
都がある北方の領土を金《きん》に占領されて
いたので、かくいう。
慕堯心　天子の聖徳をしたう気持。
古代の堯になぞらえていう。
99 北音　北方のなまり(方言)をいうの
かも知れない。
101 玉徽　琴の美称。徽は琴の胴に標識
としてはめこんであるもの。
103 その連れには……　ここの「伴」は
筇杖と連れ立って、という意。
104 粥飯僧　ごくつぶし、の意。
予を知る……　予が嬾是れ真なるを
知り、と読む。
105 膝を容るるの……　膝を容るるの安
んじ易《やす》きを審《つまびら》かにす。
110 別の詩の評釈　13頁。
一に洗空　一洗して空《むな》し、と読む。
すべて洗いすすいで、あとに何も残ら
ぬ、という意。
113 槎　水の流れをさえぎり、魚をとら
えるための木組み。「槎頭美」は、唐
の孟浩然(六八九―七四〇)の詩「峴《けん》
潭《たん》」に「試みに竹竿の釣《つりいと》を垂れ、果《はた》し
て槎頭の鯿《おしきうお》を得たり」、また孟詩が
もとづく『襄陽耆旧伝』の記述「峴山
の下、漢水の中、鯿魚を出《い》だす。肥え
て美、云々」をふまえる。鯿は頭が扁
平で美味な魚。
114 獂猩　ふつう獂腥と書く。
儘《み》な道《い》ふ　道《い》ふに儘《まか》す、と読む方が
わかりやすい。
116 幽はしづかに……　幽尋は、自然探
訪の意。
118 秋晩弊廬……　秋晩弊廬、一室を小
葺し、冬を過ごす、……、と読む。
嫩日　あさひ。
㥘 397頁にもいうごとく、一説に

「米を以て羹に和するなり」。
119 茶乳　乳は、茶をたてるときにできる泡《あわ》。
蔬甲　「耘蔬甲」は「蔬甲に耘《つちか》ふ」と読み、新芽の根に土をかけてやることか。あるいは「蔬甲に耘《くさぎ》る」と読み、新芽のために雑草をとりのぞくことか。
120 袁安門に至る　袁安の門に至る。
人をして……　人をして雪を除かしむ。戸に入るに、……、と読む。
121 佳人　鈴木注は「佳人に関しての意とみるべし」といい、「美人のためと」と訳す(739頁)。
市に就き　市人陽昌に就き。
西暦五四四年　紀元前一一七年。したがってあとの「相距ること約五百年」も、「千二百余年」。
狂漁父　鈴木注(同前)にもいうごとく、自分(放翁)をさす。なお鈴木注は「八千里、五百年」について、「遠いことと久しいことを極言したまでで実数ではない」という。
別の詩　153頁。

有閑愁到此不　鈴木訳(同前)は、「どうだ。むだなしんぱいがここへこれるかどうか」。閑愁は、そぞろにわくうれい。也は「ここへも」の「も」。
122 数ふる　数《とが》むる、と読む。
臨賀　遠隔の地である広西蒼梧郡にあった県の名。
124 趺坐　原文は「跌《てつ》坐」でなく「趺《ふ》坐」。足を組んで坐る、坐禅をくむ足の形で坐る。
控摶　鈴木注は、「引き持ちて貴しとして惜む義、執着する意」。
125 牛斗　二十八宿の牛宿と斗宿。牛宿は、やぎ座のβ星を標準星とする星座。斗宿は、いて座のφ星を標準星とする南斗六星。
126 目の下へ薄化粧して　目の下の化粧を薄くして。
冬令　冬期におこなう政令。『礼記』月令篇に、「冬令を行えば、則ち風災数《しば》しば起こる」。
127 暈螺《ウンラ》青し　鈴木氏は「螺青《ラセイ》を暈《ウン》す」と読み、「暈は気が日にそうてそれをかげらすこと、くもるをいふ、螺青は青螺を倒用す、青螺は山峰のかさなれるところをたとへていふ、螺は又鬟の形容ともなる、二つかけていふ」と解説する。さらに付言して、「『螺青を暈す』ではせつかく澄んだ景をまたくもらせることになる、『螺青に暈す』の義で、暈は白粉を顔面に施して少しそれをぼかす意かも知れぬ、共に語弊たるを免れぬであらう」(749頁)という。
前に書いておいた　121頁。
128 練塘　鈴木注(同前)に、「会稽県東三十七里にある」。
夕陽将欲歿……　昭和十七年七月十日作「途上所見」。自選詩集「閉戸閑詠第二輯」では「青山」を「西山」とする。
129 前に見えてゐる　112頁。
130 九里の大墓　陸家先祖代々の墓。放翁が六十一歳の時に書いた「陸氏大墓表」(『渭南文集』巻三九)に、「山陰陸氏大墓、九里袁家嶼」という。九里は山名、江蘇省銅山県の北にあり、楚漢の古戦場と伝えられる。

兀兀　ゆらゆら、というほどの意。

畳山　『全唐詩』では、畳嶺。

131 粉餌　団子《だんご》のこと。放翁と同時代の詩人范成大《はんせいだい》(一一二六―一一九三)の「竈《かまど》を祭る詞《うた》」に、「豆沙甘鬆粉餌円《まる》し」。

134 徙に　徙倚、とつづけ、闌干に徙倚《しい》して、と読む。行きつもどりつする意。

137 臘酔　十二月(臘月)にしこんだ酒を臘酒という。臘酔も同じ。

端　まさに、と読み、たしかに、ちょうど、といった意味。

分に応じて　原詩では「随分(分に随うて)」。

138 献芹　「献芹」と「区々」の二語は、嵆康の「山巨源に与うる書」(『文選』)に「野人に……芹子を美とする者有り、之を至尊に献ぜんと欲す。区々の意有りと雖も亦た疎なり」と見える。

139 同題の七言律　126頁。

143 分かつに苦む莫し　鈴木氏は「苦分する莫かれ」と読み、「苦分」に注して「しいて区別する」といい、「酒のこいからすいかなどは舌の根でかれこれとせんぎだてするな」と訳す(758頁)。

144 大荒　地の果て。金《きん》が占領している北中国をさすのであろう。

145 小葺の村居　小《すこ》しく村居を葺《ふ》く、と読む。

庳　庳《ひ》の誤りか。庳湿は、土地が低くてじめじめしていること。

146 趣欲　趣は、すみやかに、いそいで。「趣《すみやか》に……せんと欲す」と読む。

木の枝と幹　あるいは太い枝と細い枝。

第一牙　第二牙。

147 方一丈を板と云ひ　「板」の幅は、諸説があって定まらない。環堵は狭く貧しい家。

148 梁益　梁州と益州。

偶〻小益南鄭の……　250頁。

149 三十年前　三十年間。三十四歳で仕官し、六十五歳で免職になるまでの、約三十年間をいうのであろう。

半生羇宦……　「今や酔裏云々と続く」のではなく、羇官の当時は、酔裏夢裏でのみ、寛を得、閑を得た、というのであろう。

152 機　もともとはいしゆみの矢を発するしかけをいう。駭機は、不慮のこと、また速かな変化をいう。

前にも書いて……　146頁。

153 重　重《かさ》なる、あるいは、重《くわ》はる。

155 前にも書いて……　137頁。

前に出づ　125頁。

157 厳公　「戴公」の誤り。戴公については、93頁の語釈(戴渓)参照。

一再行く　「一再行」で一、二回の意。『史記』司馬相如伝に見える。

159 独り　猶ほ。

残年　余年。

未だ孝先を　未だ宜《よろ》しく孝先を。

孝先　後漢の辺韶《へんしょう》、字《あざな》は孝先。この句、辺韶経笥の故事(『蒙求』)にもとづく。

160 残年　余年。

新夢の境　次の句の「旧・征衣」と対《つい》をなし、「新・夢境」。

162 前に出づ　151頁。
境を造るべし　境に造《いた》るべし、と読む。
163 芬芬　芬芳。芬芳あり、と読む。
164 仙人原　現在の陝西省鳳県の西南。
玉三尺　玉は、雪をいう。三尺つもった雪。
野に糝す　「糝野」は、雪景色の形容。
芬芬　芬芳。よいかおり。
書経　以下は『書経』の文章でなく、『書経』の注の文章。「芬々」は「芬芳」の誤り。したがって読み方も「芬芳・馨気」。
孟子「千歳の……」『孟子』離婁篇「千歳の日至(冬至のこと)も、坐《い》ながらにして致《し》る可き也」。
165 窮を諱す　窮《かく》を諱《い》む。『荘子』秋水篇に、「孔子曰く、……我《われ》窮を諱むこと久し」。
骨朽ちて人間　骨は人間に朽ちて、と読む。
166 津《かぎり》　津《しん》と読んで、わたし場のこと。
167 二首の詩の和訳　477頁。
霏　『文選』李善注は、「霏は雲の飛ぶ貌」。
168 成一家　一家は、一つの家族。「天下を以て一家となす」というときの一家。
171 前にも書いて……　146頁。
花露　酒の名でもある。
172 去翮《キヨカク》を翻す　翮《つばさ》を翻《ひるがへ》して去る、か。
174 早くから……　老年の今はいうまでもない、という意味。
素書　手紙のことをいう。
175 君は聴く……　君よ聴け姑悪の声、乃《すなは》ち譴婦《けんぷ》の魂たることなからんや、と読む。
使　しるし、か。
177 更に点ず……　186頁。
激水　蘇東坡の詩「望湖楼酔書」に、「白雨跳珠乱入船」の句あり、激水は雨をいうのであろう。

「夜半池上の作」　180頁。

「小園」　199頁。「分に応じて」は「分に随ひて」の誤り。
178 芡盤　芡は鬼蓮《おにばす》のことゆえ、芡盤はその大きな葉をいうのであろう。
挽銀河　放翁の「銅壺閣記」(『渭南文集』巻一八)に、「天河の水を挽《ひ》きて、以て五六十年腥羶の汚れを洗う」。ここも同様の表現であろう。
179 前に書いて……　144頁。
182 陰県　華陰県。
みな南に当る　黄河、華山は、いずれも北方遺民の地にある。南に望むのは、すぐ前の語釈にもいうごとく王師(帝王の軍隊)の到来である。
185 前に出てゐる　175頁。
旋《たちま》ち　鈴木氏は「旋《また》」と読む(769頁)。
髪白きに及ばざらん　髪が白くなるのに間に合わぬ、白髪にならぬうちに死ぬ、という意味。
188 前にも書いて……　181頁。
189 今陛下……　今陛下、好《やや》もすれば諸儒生と語る。
190 前に書いて……　187頁。
反　反衣はうらがえしに着ること。

192 土は潤ふ…… この二句、鈴木氏は、「土潤《うるほ》ひて朝《あした》に菜《サイ》を畦《ケイ》にし、機鳴りて夜梭《よるサ》を擲《なげう》つ」と読み、前句を「土がうるおうてゐるので朝は野菜のうねつくりをする」と訳す(772頁)。
新晴還少和 鈴木訳(同前)は、「新晴ですこし温和になつた」。
194 前にも…… 178頁。
195 髯はほほひげ又はあごひげ 髯はほほひげ。あごひげは鬚。
因なりして…… 因なし、羽翰を生じて、千里暫く空を排するに、と読む。
前に書いて…… 190頁。
196 前の詩 192頁。
左右の手 大勢の人の手。
197 巳 已の誤写。したがって「良《や》や已《や》む」と読む。
198 醜石 ひねくれた形の石。
三公に揖す 三公に対しても非礼に当るような軽いあいさつしかしない、という意味。
松漠 次の楡関とともに、金《きん》の占領下にある地名。

200 払衣 鈴木注は、「唐の李渤が事を引用したものであらう。渤は廬山及び嵩山に隠れ、後に嵩山の少室山から拾遺の官に徴されて起つた。拾遺は諫官である。払衣は衣のちりをはらうて起ちあがること」という(777頁)。
未だ苦《はなは》だ 未だ苦《はなは》だしくは、と読む。
201 二十三日夜 原題は、二十三夜。
202 牡 牝。
203 前にも書いた 171頁。
前にも書いて…… 165頁。
204 風饕 風に吹きさらされること。転じて、辛苦すること。
輭《あたた》か 輭《やはら》か、と読む。
205 前にも出てゐた 153頁。
207 浣花渓の北に ふつうのテキストでは「浣花に」あるいは「浣花の居に」。
前年末 前年春。
自註 この詩に自註はなく、別の詩の自註をさす。
209 門を出づれば…… この二句、門を出づるに寧《なん》ぞ碍《さまたげ》あらんや、我を知るもの正に須《すべから》く希《まれ》なるべし、と読む。

希 まれ、すくない。『老子』第七十章に「我を知る者は希《まれ》にして、我に則《のつと》る者は貴《とほ》(匱)し」。
霜橘 囲碁の楽しみを「橘中之楽」という。巴邛《はきよう》の人が庭の橘の実を割ったところ、中で二人の老人が囲碁をしていたという故事(『玄怪録』)にもとづく。
210 楊休 石揚休。
211 大雨雪 大いに雪雨《ふ》る、と読む。詩句も、「雪雨《ふ》り連《つづ》くこと三日」。
212 五首 四首。
213 次の如く訳した 478頁参照。
驚起 驚疑。
垂枝 垂糸。
214 迹遠し 鈴木訳は、「わが足跡は讒言にあうたために世間から遠ざかり」(791頁)。
薬瓢 山間の農民への施薬をも目的とするかも知れぬ。
215 飯顆山 李白作と伝えられる詩は、「飯顆《はんか》山頭杜甫に逢う、頭に笠子を戴き日は卓午なり、借問《しやもん》す別来太《はなは》だ痩《や》せたるを、総《すべ》て従前作詩の苦しみの為《ため》ならん」。飯顆山が個有名詞か普通名詞かは不明だが、ここは「崩れやすい」ことに意味があるのではあるまい。放翁の詩の「羸軀《るいく》(やせた体)」は、飯顆山の詩の「太《はなは》だ痩《や》せたるを」以下をふまえるのであろう。

216 史記　ここは『史記』でなく『易経』の「缶《ほとぎ》を鼓《う》ちて歌わずんば、大耋《だいてつ》(七十あるいは八十歳の老人)の嗟《なげ》きあらん」を引くのが正しい。

盆山　鉢を伏せたような形の山。

満床書を攤らす　この語、『世説』には見えず、杜甫の詩(「宗武に示す」)の邵宝の集注が、嵆紹『新解』を引いていう、「句を覓《もと》め稍《や》や音律を知り、王渾阿戎、年小にして漸く満牀書を攤《ち》らすを解し、時に難字を問う」。なお、河上注が引く杜甫の詩句「白昼銭を攤らす高浪の中」は、「夔州歌」十絶句の第七に見える。「攤銭」はバクチのことをいうのであろう。

218 素藕　蓮根の白い実。長糸は、蓮根を切ったときに引く糸。

219 将に　将《もっ》て、あるいは、将《はた》、と読む。

陶詩を……　496頁参照。

221 兜鍪《トウボウ》竟に……　この二句、兜鍪竟《つい》に何をか成せし、豈に独り儒冠の誤れるのみならんや、と読み、軍人どもが結局は何をやりとげたか、これは文人政治家の誤りとのみはいえぬ、というほどの意味。

王朔に　原文は「与望気王朔(気を望む王朔と)」。

材、中に……　原文は「材能不及中(材能、中に及ばざるも)」。

広は人に如かず　原文は「広不為後人(広は人に後《おく》ると為《な》さず)」。

223 雲安　四川省雲陽県。

224 前に書いておいた　177頁。

225 賈生に遣《つか》はす　賈生に遣《のこ》す。

万跗の萼　跗萼で花のうてなの意。したがって「万の跗萼」と読む方がよい。

紫桂　杜牧の詩「朱坡」に、「侵窗紫桂茂、払面翠禽棲」。対句《ついく》ゆえ、「紫の桂」と読むのであろう。

阡眠　『楚辞』の古注に、「闇未明也、一作芊瞑、一作晦昏」という。また陸機の詩「赴洛道中作」に、「林薄杳阡眠」、その六臣注に「原野之色」。なお、語釈の「実」は「密」の誤記か。

奄苒　ふつう奄冉と書き、ぐずぐずするさま。また、歳月などのすみやかにすぎさるさま。なお東坡の詩句もテキストによっては「香掩冉」とする。

226 未だ句を……　未だ須《もち》ひず句を著《つ》けて揺落を悲しむを、と読む。揺落は『楚辞』にもとづき、悲秋の光景。

227 『説苑』復恩　この引用、一部省略されている。

229 当に此の人なりと　当に此の人なるべきなりと。

前にも出づ　221頁。

230 雅意　もともとの志、という意か。

232 縠紋　縠がちりめん、紋はもよう。

唐人の詩に……　この句、放翁の詩に見える。402頁を見よ。

荻船　あるいは刈り取った荻をはこ

ぶ船か。
236 幽期を成す　自然探訪の約束をする、という意味。
離離　深く垂れさがっているさま。
241 今は　近くは。
二十六日夜　原題は、二十六夜。
243 見えん　見ん、の誤りか。
この詩　さきの詩。「十二月二十六日夜聴雨」の直後に「起晩」があり、「起晩」をふくめて三首。
246 はしがき　この四文字、原稿にないのを補った。
248 其の晩節を……　この語、『宋史』本伝が朱熹の予言として引く。したがって、其の晩節を全うするを得ざらん、と読むべきであろう。
249 寧《やす》んじて……　寧《なん》ぞ老に垂《なんなん》とする耳《みみ》を将《もっ》て、と読む。
251 試金石　試剣石。
小益　59頁の校注参照。
253 幸に……　あとの語釈にいうごとく「幸に一笻の閑に相伴う有り」と読む方がよい。102頁でも「笻杖妨げず閑に伴あるを」。
256 枯腸　ここは単に飢えた腹の意で、詩才云々のことはふくまないだろう。
未来の後の世　「未来の生」は、未《いま》だ来たらざるの生、すなわち余生のこと。
離離　深く垂れさがる貌。
257 又た江南に……　又た江南に向《おい》て遍《あまね》く楼に倚る、と読む。またこの句によって想起されるのは語釈にいう「江南の春」とともに、同じ杜牧の「秋山春雨閑吟処、倚徧江南寺寺楼」といった句であろう。
題湖辺旗亭　120頁。
260 錦裹　錦は山を裹《つつ》む、と読むのであろう。
扶けられて路に向ふ　向《さき》の路に扶《そ》ひ、と読む。
261 太守即ち……　太守即ち人を遣《つか》はし、其の往くに随ひて向《さき》の詣せし所を尋ねしむるに、と読む。
西川　四川(省)の一部をさす。
この年の末　七十二歳のときの歳末。
262 蜜香に似たるを　あるいは、蜜に似て香しきを、と読むのかも知れない。
263 前にも書いた……　260頁。
265 放翁蜀より……　この訓読、34―35頁のそれとやや異なる部分があるが、大意の把握にちがいはない。
267 巻七　巻六。
慵　一九七六年中華書局刊『陸游集』でも「慵」に作る。
268 長短　短長。
二十五日夜　原題は、二十五夜。
更に衰病の嬰《まと》ふを堪ふ　更に衰病の嬰《まと》ふに堪へんや、と読む。したがって和訳も「持ちこたへてゐる」でなく、「持ちこたへられようか」。
269 春夜読書の条下　255頁。
272 新声　中国では鶯は晩春の景物。したがって新声はやはり鶯の声、初音《はつね》。
273 「夏夜」の詩の条下　20頁。
276 張翰伝　『晋書』原文によって二、三の箇所を改めた。
盤陀　平らでない石をさすこともあり、ここはその意かも知れぬ。

村墟　墟に市場の意はあるが、村墟はむらざとの意。
277 付　あずける、の意。
即休あり　有れば即ち休《や》む、と読む。……さえあればよろしい、という意味。
279 四十一歳　四十二歳。
280 史　史記。
衣冠月出、出游高廟　史記の語は、「高寝衣冠、月出遊高廟」。
282 公路　後漢の袁術の字《あざな》。
283 何《いつく》んぞ至りて……　何《なん》ぞ渠《かれ》に伴ひて不平を鳴らすに至らん、と読む。
284 未だ甚だ　未だ甚だしくは、と読む。
良馬数疋を……　良馬数疋、軽甲一聯を得ば足れり矣、と読む。
流塵　放翁の造語でなく、『文選』所収の劉櫟「擬古詩」や唐の李商隠の詩「回中牡丹為雨所敗」などにすでに見える。
285 前にも書いておいた　252頁。
「疏食」と題する詩　264頁。
286 早　原題では、旦。意味はほぼ同じ。
起り　起《た》たしめ、と読む。

西す　西せしむ、と読む。
幽情　自然をめでる心。自然探訪の心情。
290 悲しいかな……　悲しいかな秋の気たるや、蕭瑟として……、と読む。
社酒　村祭のお供えの酒。祝い酒。
四十五歳　夔州通判に任ぜられたのは四十五歳のときだが、病気のため着任は四十六歳の十月。
291 文字の交を以て　文字を以て交わり、と読む。
訊《とが》む　原文は、讖《そし》る。
因て　原文は、因て自ら。
292 核集　原文は、核計。
計《かく》の如き　如許《かくばかり》、と読む。
295 彼の別の詩　40頁。
間違つてゐる……　この解、正しい。
墟日　あるいは丘の上の日、という意味か。
296 翰　あるいは単に「鳥」の意。
煙　もや。
299 別の詩　詩でなく、詞。434頁。
300 在る　至りて。

右拾遺　左拾遺。
別の詩　214頁。飯顆山の解については、215頁の校注参照。
301 前に述べた　264・266頁など。
302 活眼　端渓のうち、眼に中核心のあるものをいう。
303 古稀の放翁……　この標題、原稿になく、三一書房本はあとの「久雨」と「初冬」の間に補っているが、「三峡歌」以下が冬の作ゆえ改めた。
304 我れ南賓……　我れ南賓に遊ぶ春暮の時、と読む。
305 之を視る　旦朝之を視る。
麝香山　地名辞典によれば、四川省奉節県の東四十里。
南賓　忠州のこと。今の四川省忠県。
舟を泛《うか》べて……　舟を湖中に泛べての作。
306 前に……　299頁。
308 王琇　羊琇の誤り。この文、『晋書』羊琇伝によれば、「羊琇、性豪侈、屑炭もて和して獣形を作り、以て酒を温む。洛下の豪貴、咸《みな》競うて之に効《なら》う」。

309 不問　不間。したがってこの句、「陰と晴とに間《かん》せられず」と読む。意味は、わけへだてがない、じゃまされない。

310 何ぞ当《ま》さに……　この二句、何《いつ》か当《まさ》に深雪を踏み、就きて湖橋の酒を飲むべし、と読む。

311 子坦　次男は子竜。子坦は四男（一説に三男ともいう）。

他の詩　230頁。

確に誰であるのか　一体誰であるのか、という意味。

312 葉落　葉盡。

葉落ちて　葉尽《つ》きて。

313 南渡　宋の南渡。女真族に追われて揚子江を南に渡り、都を臨安（杭州）に移したこと。

長鑱長鑱白木柄　この句につづく一句「託我生子以為命（我が生を子《きみ》に託して以て命と為す）」まで引いた方がよい。

315 南畝　『詩経』に見えることば。「南畝の民」は、農民のこと。「東閣の客」は、漢の宰相公孫弘が東閣を開いて賢人を招いた故事にもとづく。

316 小児　孫か、あるいは召使の少年。

病思　病みあがりの不安定な気持。

317 偶ゝ小益南鄭の……　250頁。

319 知る有る者なし　知る者有るなし、と読む。

玉蟬　髪かざり。

322 はしがき　この四文字、原稿にないのを補った。

先生の……　年譜のこの箇所の原文は、「先生題二薬嚢一詩有二残暑纔属爾、新春還及茲之句一。又未レ題詩云、嘉定三年正月後云々」。陳延傑が引用を誤ったもの。

どちらの説が正しいか　現在では、朱東潤「陸游卒年考証」（一九六一年中華書局刊『陸游研究』所収）にくわしい考証があり、没年についての説は定まったといってよい。

325 温李真自鄶といふ……　この句の意味については、中国詩人選集二集『陸游』（岩波書店）154頁参照。

329 安《いづく》んぞ虚名の……　安んぞ虚名を用《もっ》て不朽に伝へん、と読む。

331 放翁詩　「北窓」（『剣南詩稿』巻七六）。

人稀に到るも　人到ること稀なるに、と読む。

332 騎鯨客　李白が海上騎鯨客と称したという故事にもとづく。12頁の語釈参照。

逆賊を……　手づから逆賊を梟して旧京を清むべし。

復た旧の如し　復た舒《の》ぶること旧の如し。

小蹇　「びっこ」のロバ（に乗って）の意か。

翩翩　鳥が飛ぶようにはやく走る形容、ここは身軽に出かける意か。

自喜　この詩以下三首、汲古閣本では「八十四吟」の前に置かれている。

児孫と同じく……　児孫と舟《とも》を同にして湖に泛《うか》び、と読む。

333 惟だ耕桑あり……　惟だ耕桑の細論するを得る有り、と読む。

335 却　さて今度は、というほどの意。
使一童負之　使一童子負之。
一をして童に　一童子をして。
二句、三句は　三句、四句は。
336 紹興年上　紹興年間の意。放翁は三十一歳のとき(紹興二十五年)この寺を訪れて壁に詩を書いたという(『斉東野語』)。
貧を歎ず　貧の歎《なげ》き。
337 難　原詩では、艱。意味はほぼ同じ。元来安身の……　元来自《おのずか》ら安身の処あり、と読む。
342 未だ苦《はなは》だ　未だ苦《はなは》だしくは、と読む。
粒を絶つ　原文は、粮粒尽《つ》く。
その詩の中に……　盧仝の詩でなく、韓愈の「盧仝に寄する詩」の冒頭の四句、「玉川先生洛城の裏《うち》、破屋数間のみ、一奴は長鬚にして頭を裹《つつ》まず、一婢は赤脚にして老いて歯なし」。
345 禹祖　禹祠。
七十年　七十一年。
346 譲らざるも　譲らんや、と読む。
南充　四川省南充県。

樊亭　『剣南詩稿』巻三に、「留二樊亭一三日、王覚民検詳、日携レ酒来飲二海棠下一、比去花亦衰矣」と題する詩が二首ある。放翁四十八歳の作。
347 韋荘の詞に……　「何れの処の遊女ぞ、蜀国雲雨多し、……」と第一句から引いた方がよい。雲雨は男女の交情をあらわす。
350 蕭謵　ふつうのテキストでは「蔣謵」。
351 詫ぶる　原文は「詫」、「ほこる」と読み、いばってみせること。
352 曾て　曾《つね》に、と読む。
紅薇　あるいは百日紅《さるすべり》か。
353 過江初　晋が北方民族に追われて揚子江を渡り建康(南京)に都を移した当初、王導が領土恢復を誓った故事(『晋書』王導伝)にもとづくことばか。
359 夜の深きに語り　夜の深《ふ》けしを語《つ》ぐ、か。
漢書に……　漢書の文は、「今歳飢ゑ民貧しく、卒《そつ》、半菽を食ふ」。註は、「士卒疏菜を食ひ云々」。
前に出づ　353頁。

360 脩門　放翁は嘉泰二年から三年まで権実録院同脩撰、兼同脩国史として国史の編纂にあたっていた。その編纂所を脩門というのであろう。
七十　六十五。
七十六　七十。
清議を　清議に、と読む。
匡裕　匡俗。
麫果　索餅は素麪の類だろうが、麫果(餅果)はふつう穀粉をこね油をひいて焼いた菓子をいう。
361 人、天地の……　人、天地の間に生くるは、白駒の隙を過ぐるが若《ごと》く、忽然たるのみ。
363 雨に東園に……　雨を東園に趁《お》ひ去《ゆ》きて鉏を荷《にな》ひ、と読む。
交親に向ふに……　交親に向つて故《ことさら》に疎を作《な》すに非ず、と読む。
前に出づ　340頁。
倦枕　一九七六年刊中華書局版も「倦枕」とする。この語、372頁などにも見える。
364 逋負　借金。未納税のことは逋賦という。
仏図澄伝　この引用、かなり省略されている。
巾車　幌《ほろ》つきの車。
366 蓮の葉　蓮の花。
楽んでゐる　楽しもう、という意味であろう。
369 堆堆　つみ重なっているさま。
路傍の……動かざること　路傍の堠をへてゆく如く歳月の過ぎ去ること。
手に　手づから。
370 東坡詩　蘇東坡の詩句でなく、「古詩十九首」第五首(『文選』)の二句。
雨と成らず　雨を成さず、と読む。
371 歯豁頭童　豁はすきまができること、童ははげること。
意全からざるも　全《まった》きを意《おも》はず、と読む。
沈緜《チンメン》を起す　沈緜より起《た》つ、と読む。
372 王子敬徐曰く　王子敬徐《おもむ》ろに曰く、と読む。なおこの文、現行の『世説』には見えず、『晋書』王献之伝に見える。

373 前に出づ　358頁。
雑感十首　完全な詩題は、「雑感十首以野曠沙岸浄天高秋月明為韻」。
374 玻瓈　玻瓈春は、酒の名でもある。放翁の詩「凌雲酔帰作」(『剣南詩稿』巻四)の自注に、「玻瓈春は、眉州の酒の名なり」。
375 三　四。
376 山歩　山間の小さな村。放翁の詩「晩聞庭樹鴉鳴有感」(『剣南詩稿』巻七八)の自注に、「郷語に、湖山の間の小聚を謂いて山歩と為す」。
377 矛頭淅米　矛頭は、ほこの先。淅米は、米をとぐ。『晋書』顧愷之伝に、「桓玄、時に愷之と同《とも》に殷仲堪の坐に在り。……危語を作るに、玄曰く、矛頭、米を淅《と》ぎ、剣頭に炊《た》く、と。仲堪曰く、百歳の老翁枯枝に攀《よ》ず、と」というのにもとづく。淅を折とするテキストもある。
379 春徂く　秋来たる。
381 纍纍　つみ重なる貌。
日の入る処　原文は「日所入処」。

385 前に出づ　374頁。
387 謝墅　墅は別邸、別荘。謝安は会稽の東山に隠居していたことがある。
388 前に出づ　383頁。
放翁の新語　『佩文韻府』も放翁のこの句しか引かない。
冉冉　あるいは、年月の経過するさま。
390 黄雞　茶色の雞。
392 范叔一寒……　『史記』の原文によれば、范叔一寒此の如きかと。乃ち其の一綈袍を取りて之を賜《あた》ふ。
394 松昉　松肪。
395 戽　水車で水をくむこと。
松昉　松肪。肪は、まつやに。
397 前にも出づ　386頁。
398 王濬冲、……　この引用文、省略あり。
399 泊す　泊するに、と読む方がよい。
不貲の身　はかることができぬほど貴重な身。
400 須らく……　『世説新語』の原文によれば、故に酒を須《ま》ちて之に澆《そそ》ぐ。

401 桐江に上ぼり　桐江の上《ほとり》に《の》、と読む。

403 吠犬　犬吠。

「跋淵明集」 496頁参照。

日且つ暮　日且《まさ》に暮れむとす、と読む。

乙卯　慶元二年は丙辰。ただし放翁七十一歳のときは慶元元年、乙卯。放翁の誤記か。

莘　『孟子』の原文では、有莘。

前に何回か出づ　340・361頁。

406 更に　更ごも《こも》、と読む。

場功　収穫の意。

409 是れ心に……　是れ心の富貴を軽んずる有るにあらず、と読む。

412 麻藍　胡麻の茎。

前にも出づ　394頁。

大湖の名　大沢の名。

414 喜意平かに　意の平かなるを喜び、と読む。

416 向《さき》に愁なからしめば　向使《も》し愁なくんば、と読む。

420 可使客膚膆　膚膆を客《おび》えしむ可《べ》し、と読むのかも知れない。

前に出づ　338頁。

難　原詩は、艱。意味はほぼ同じ。

424 はしがき　この四文字、原稿にないのを補った。

四十七　四十八。

428 蓬嶠　蓬萊山のこと。仙人が住むという島。山陰は小蓬萊とよばれた。

看鏡倚楼　杜甫の詩「江上」の二句「勲業頻看鏡、行蔵独倚楼」にもとづく。

430 梅仙山　一名梅君山ともいい、福建省建甌県にある山。

431 露坐と題する詩　286―287頁。

432 少年場　血気盛んな若者の集まる場所。

万金　万銭。

434 斎壁に題すの詩　297頁。

436 徙倚　徙倚。徙倚《しい》すること竟日、と読む。ぐずぐずとちゅうちょする意。

桃源憶故人　桃園憶故人の別称。

但　倶。倶《とも》に、と読む。

438 又　原詩は、復、あるいは、還。

長亭　十里ごとにおかれた宿駅。五里ごとのを短亭という。

443 文字の交を以て　文字を以て交わり、と読む。

淡として碧雲……　淡き碧にして雲……、と読む。

洛陽城に……　歳を洛陽城に経て、と読む。

445 海棠歌　345頁。

448 樵風　後漢の鄭宏の故事にもとづき、順風のことをいう。

452 黄茆　黄色く枯れた茆《かや》。茆の枯れるところに瘴気がたちこめるので「黄茆の瘴」という。

槽　酒をかもす器。

黄花　寒花。

詩の引　引用に脱落等があったので補訂した。

北嶺　福建省にある山の名。『剣南詩稿』巻六五に見える詩「道院雑興」の自注に、「北嶺は福州に在り、予、少《わか》き時、友人朱景参と嶺下の僧舎に会す云々」とある。

454 繫ぎしとき　繫ぐとき、と読む方がよい。

認めしを　認めんと、と読む方がよい。

隆興二年……　以下の叙述、趙翼の「陸放翁年譜」にもとづいたものらしく、若干の誤りがある。詳しくは于北山『陸游年譜』(一九六一年中華書局)参照。

之はその時の……　この詞、諸家の説では五十四歳、蜀を離れて帰郷するときの作とされる。
455 雨と成らず　雨を成さず、と読む。
ただ首府を……　被占領下の長安を指す。
紫枢　唐の開元年間、中書省を紫薇省と改称、略して紫枢という。
456 人做　疾風選注『陸放翁詩詞選』(一九五七年浙江人民出版社)では、「高官顕爵、不怕没有人去做」という。
人に逢うて……　人の問ひて何れの処に帰るやと道《い》ふに逢へば、と読む。
457 種瓜　秦の滅亡後、東陵侯邵平《しょうへい》が新政府に仕えず、長安青門外に隠居して瓜を種《う》え、生計を立てた故事をいう。
錦繡叢中　錦繡中は、ふつう美しい風景にたとえる。
459 弾棋　碁石をはじいてあてあうあそび。
460 鼇署　翰林院を鼇禁、鼇掖などという。
儒冠　杜甫の詩「奉贈韋左丞二十二韻」の句「儒冠多誤身」にもとづき、儒官は出世のさまたげとなることをいう。
461 張翰伝　引用の脱誤を補った。
青衫　身分の低い者の着る着物。
還る　還《かへ》す、と読む。
462 韁鏁　きづなとくさり、束縛。
463 望み　望めば、と読む。
465 前に出づ　451頁。
467 前に出づ　463頁。
貂裘　戦国時代に蘇秦が秦王説得に赴き、徒らに時間を費して成功せず、黒い貂裘もために弊《やぶ》れたという故事(『戦国策』秦策)をふまえ、自らの境遇にたとえる。
滄洲　隠者のいる場所をいう。
468 不帰真箇痴　帰らざるは真箇《まこと》に痴、と読むか。
472 数日来……　読み下し文になおせば、「数日来、残暑甚だしく、羸臞《るいく》発熱して臥床し、枕上此の稿を成す。辛巳八月二十三日」。辛巳は、昭和十六年。草稿には日付の下に「閉戸」「閒人」の印が押してある。
473 夜半は……　原文によれば、其れ如《も》し夜半ならば是れ打鐘の時にあらずと。
来り　『全唐詩』では、当り。
474 別の草稿　491―492頁参照。
かういふ詩　484頁参照。
475 五十一歳　五十二歳。
476 梅花絶句　163頁。
六十七歳　六十八歳。
477 題庠閣黎二画　166頁。
478 六十七歳　六十八歳。
欧陽公……　504頁参照。

驚起　原詩は、驚疑。

あるのみと……　ありと謂ひしのみ、と読む。

480 十三日四更　原文は、十三夜四更。

482 宿　原詩は、寄。

宿建徳江　「閑人詩話」(本全集第21巻)に詩解が見える。この詩以下七首が標題の「つけたり」にあたる。

早行　「閑人詩話」(前出)に訓読についての説が見える。

483 暁霽　「閑人詩話」(前出)に訓読についての説が見える。

488 五月臨平山下路　臨平は浙江省杭県の東北にある山の名。したがってこの句、「五月臨平山下路」と読む。

無数……　当《まさ》に無数満汀洲と云ふべからず、と読む。

記得熟す　口語的表現ゆえ訓読しにくいが、「記し得て熟す」、よくおぼえている、あるいは、熟知している、というほどの意。

勝れりと為すも、実は……　ここの原文、「……為勝。不然止云六月、……(……勝《まさ》れりと為す。然らずんば止《た》だ六月と云ふも、……)」。

489 と云ふ事　原文に「云」の字なく、「の事」と読む。

490 福州の第中に……　福州に居る。第中に茘枝あり。初実、絶大にして……、と読む。

491 引　以下の引用、脱落等があり補訂した。

楓橋夜泊の詩　「閑人詩話」(本全集第21巻)に補記が見える。

夜半は……　473頁の校注参照。

来　『全唐詩』では「当」とする。

493 東坡の如きは……　原文によれば、未だ東坡の如き者有らざるなり。

東坡の此詩　「湖上夜帰」と題する五言古詩。

朱継芳の方が……　朱継芳は南宋の人。したがって東坡より年代は後。

漸　原文は、稍。

494 筆年老に……　筆年に随ひて老ゆと謂ふ。

然らざらんや　然るか。

紙　原文は、紫。

495 喜び　原文は「喜読(読むを喜《この》み)」。

誤つて……　放翁の引用のままでよい。

496 作　原文は、上。

497 乙卯　403頁の校注参照。

読陶詩　219頁。

柴門雖設要常関　放翁の詩「梅花過後遊西山諸菴」(『剣南詩稿』巻五六)に、「柴門雖設不曾関」。

498 歎ずべけんや　歎ずべきなり、と読む。

或は無聊の……　原文は「或亦出無聊故乎(或は亦た無聊に出づる故か)」。

499 六十歳　五十九歳。

500 彼の詞……　以下、若干の脱字等を補った。

詩の窮り……　信《まこと》に詩の窮ること無きなり、と読む。

501 東坡先生……　この前、原文の十九字を省略。

故に云ふところを……　故に審《つまびら》かにせずと云ふ、と読む。

何　原文は、如。

502 徳洪妄　徳洪が僧の名。一名、恵洪といい、宋人。『冷斎夜話』の著者。

「妄」は「みだりに」と読む。

503 荊公集句　集句は、古人の句を集めて来て一篇の詩を作ること。集句詩という。このこと、王安石にはじまり、安石最も長ず、といわれる。

出処を以て　以て出処を、と読む。

老を諱むが故のみ　原文は「諱老故爾」。老を諱《い》む、故に爾《しか》り、と読む。

与に　原文は、皆。

504 あるのみと……　478頁の校注参照。

放翁自身の詩　478頁参照。

詩題総目次

放翁鑑賞 その一

——六十歳前後の放翁——

放翁鑑賞　その三
——古稀の放翁——

解　題

一海知義

「陸放翁鑑賞」は、河上肇の没後三年を経て、上下二巻の単行本として三一書房から刊行された。上巻は一九四九(昭和二四)年五月、下巻は同年一一月刊行。ともにB6判、本文合計八四五頁。表紙の題簽は新村出の筆に成る。

本書で鑑賞の対象とされた陸放翁(一一二五—一二一〇)は、名を游《ゆう》といい、放翁はその号、中国南宋時代の詩人である。放翁在世の当時、中国は領土の北半を異民族の国家金《きん》によって占領されていた。放翁は祖国の失地恢復を一生涯うたいつづけた愛国詩人として知られる。また一方、不遇な政治生活の果てに、晩年には農村での隠遁生活を強いられ、田園生活の諸相を微細に日記風に、そして大らかに牧歌風にうたった詩人としても、評価は高い。

河上肇は出獄(一九三七年、五八歳)の後、これまた強いられた隠遁生活のなかで、陸放翁の作品に出会い、傾倒する。一万首に近い作品を収める詩集を読破しただけでなく、それらのなかから約五百首を選んで評釈を加えた。それが本書である。

三年におよぶ執筆の経緯については、三一書房本上巻に付された寿岳文章の「後記」が、きわめて詳細に記録する。さらに、いわば中国文学の「門外漢」によるこの作品鑑賞がもつ価値、その意味については、同下巻に付された吉川幸次郎の「跋」が、適確な判断をくだす。河上肇の没後あまり年を経ずして書かれたこの二篇の文章は、本書の解題としてすぐれるだけでなく、河上肇晩年の仕事ぶりや風貌を伝えて、貴重である。ここにそれらを再録し、あとに少許の補説を付して本書の解題としたい。

後　記（寿岳文章）

河上博士の遺著を読んで気づくことは、恐らく同世代の経済学者の誰よりも屢〻、比喩や例証を漢籍に求められている点であろう。博士は『自叙伝』の中で両三度も『甌北詩話』を引用し、わが身の性格や交友関係を蘇東坡になぞらえていられるが、こうした引用ぶりは自然であって、木に竹をついだような感じは少しもしない。これは、家庭と学校とを問わず、博士の受けられた教育環境の影響にも由ること勿論であろうが、東洋風の文雅に対する先天的な愛著も、大いに与っているかと考えられる。博士に早くから現れた漢籍へのこうした親しみが、漢詩の鑑賞や試作にまで発展して行ったのは、小島祐馬博士に従うと、恐らく大正期の末年に遡り、同氏の書庫から『詩韻活法』などを持ってゆかれたのも、その頃であったとのことである。翰墨会の産婆役をされたため、よけいにそうしたことへの関心が深まったかと想像される。私の書画帖を開くと、松の絵に題して、「謖々松下風　悠々塵外心　以我清浄耳　聴此太古音　大正十五年九月念一日　河上肇画並題」とあるのなども、当時の博士をしのぶ一つのよすがとはなろう。

獄中生活を送られた間にも、和漢を問わず詩の世界への郷愁がしきりに徂来していたことを、差入れの書物や、博士の備忘録によって私たちは知ることができる。たとえば『自叙伝』第三巻の、「獄中で迎へた昭和九年の元旦」の条を見ると、終日便器の上にあぐらをかいて、小島祐馬博士差入れの陶淵明集を繙いている博士の姿がこくめいに描かれているし、出獄に間近い昭和十二年の春には、教務室の横の中庭に咲く木瓜の花や、ちらほらと白い色を見せてきた桜の花を見るにつけても、むかし慈恩寺の門に倚って「惆悵す春帰れども留め得ず」と春を惜しんだ白楽天の句を想い出しなどされている。「此頃は差入れて貰つた白楽天の詩集を、この上もなく喜んで見て居ります」とて、白楽天の詩境を近親へ書き送られたのは、昭和九年の九月五日であったが、それ以来白楽天は、折に触れ事に応じて、幾度となく博士を慰めまた悲しませたであろう。しかしながら、漢詩に親しむ気持が益〻濃くなって行ったのは、「出獄を機会に」「マルクス学者としての生涯を閉ぢ」られてからのことであった。さればこそ昭和十七年の三月には、

『資本論』初版を官府に納めたあとの博士にとり、経済学者としては手ばなすに忍びない手沢であったはずの『国富論』初版をも売って、若干の漢詩本に替えられたのである。私が家蔵の高青邱集をさしあげたのは、その頃であったかと記憶する。そして、『自叙伝』の中にもたしか一箇処、高青邱からの引用があったように思うが、今それを審かにし得ない。

文字通り博士晩年の友となり得た詩人は南宋の陸放翁であった。昭和十六年の秋、東京から小島博士によせられた手紙には、「偶然にも私は陸放翁に邂逅いたし、その作品に親みて昨今飽くことを知らずに居ります」との文言を見出すが、かほどまで深く博士と放翁とを結縁させたのは、秀夫人の述懐によれば、当時在京の原鼎文学士(今は信州に居られると聞く)が、同年の春、詳しく言えば四月二十三日に、商務印書館版四冊本の国学基本叢書陸放翁集を贈られたからである。私はこのことにつき生前博士に詳しくお尋ねしたわけではなく、また直接原氏にきただしたわけでもないから、絶対の正確を保し難いけれども、博士が、昭和十六年の春以前、恐らくは粗末な翻刻本——たとえば嵩山堂版の近藤元粋選評本の如きもの——により、既に陸游に対して相当な興味を持っていられたことは、四百字詰原稿紙計百七十五枚を費して、五言律詩二十五首、七言律詩六十首を評訳された「陸詩鑑賞」四冊——いずれも「之は廃稿なり」と朱書されている——の末尾に、昭和十六年四月十四日、同四月十七日、同四月二十三日等と書入れのあるによっても明らかである。秀夫人の記憶されるところでは、原氏との親しい交りは昭和十三年来であったとのことゆえ、陸放翁集の善本を得たいとの希望は、恐らく原氏へももらされ、原氏これを心がけて、遂に国学基本叢書本を贈られる結果となったのではあるまいか。こう解釈すると、同集第四冊目の見返しに書きこまれている博士の次の識語も、さこそとうなずかれるのである。

辛巳春四月二十四日
原鼎君見贈本集
喜甚乃賦詩謝之

放翁詩萬首
一首直千金
擧付斯茅宇
教誇月色深
閉戸閑人

国学叢書本を架蔵されてからの博士の放翁熱はとみに高まり、小さい活字でぎっしりつまっている全四冊をむさぼるように読み進んで行かれたことは、多く朱筆に拠る綿密な書きこみがこれを証明する。熱中するとそれに没頭せずにおれないのが博士の性質であるから、放翁文献も能うかぎりは漁られたらしく、私の知っているだけでも、昭和十七年の三月二十一日には、商務印書館版、陳延傑注の陸放翁詩鈔を求められ、更に奮発して汲古閣版の定本をさえ入手された。会心の作家に対しては必ず一家言を持つのが博士の習慣であるから、読むに従い次のような順序で「放翁鑑賞」の稿本が出来あがって行った。

(一)　昭和十六年六月十八日「陸放翁詞二十首」〔四百字詰原稿紙三十七枚、ペン書き〕
(二)　同年八月十八日「古稀の放翁」〔四百字詰原稿紙百枚、ペン書き〕
(三)　同年八月二十三日「放翁絶句十三首和訳(つけたり、雑詩七首)」〔四百字詰原稿紙二十一枚、ペン書き〕
(四)　同年九月九日「放翁詩話三十章」〔四百字詰原稿紙二十六枚、ペン書き〕

三箇月にもならぬうちに、二百枚に近い原稿を書きあげるのは、もともと蒲柳の質の博士には相当こたえたらしく、(四)の末尾には、「八月に入りてより屢〻高熱を発し、九月に入るも未だ癒えず。病間この稿を成す」との後語が見える。かくまで高まってきた放翁熱を一時さまさなくては健康にも支障を来たすと思われてか、その後暫く博士は放翁から遠ざかられたらしい。それは、「詞の鑑賞その二」と朱書された稿本「唐五代四大名家詞鑑賞六十一首」の、

「昭和十七年五月二十八日旧友氷谷博士本葬の日、之を書す」としるされている序文中に、「私はこの一二年、放翁の詩にばかり親んで来たが、さすがに飽きて来たので、途中の休みに此の長短句を読み始めたところ、これはこれで、また一種の文学としてのおもしろ味がある。……一個の文学として必ずしも棄てたものでないことが分かる。殊に之を日本読みにする時、私はそれが、今後日本人が日本語で作るべき自由詩のために、少からず参考となるだらうと思つてゐる。生き残つてゐるからには、ひるねなどするより、こんなものでも書いてゐる方が、まだましであらう」との感想に徴しても明らかである。

しかしながら、「途中の休み」もやがて終り、博士はまた猛烈な精進ぶりを放翁鑑賞の上に示される。一聯の著作は次の順序で稿を成して行った。

（五）　昭和十七年六月二十六日「陸放翁詞二十首続篇」〔四百字詰原稿紙二十七枚、ペン書き〕
（六）　同年十月六日「八十四歳の放翁」〔半紙判十行罫紙百四十五枚、毛筆書き〕
（七）　昭和十八年三月十二日「六十歳前後の放翁」〔半紙判十行罫紙百七枚、毛筆書き〕
（八）　同年十一月六日「六十後半六十四歳より七十歳に達するまでの放翁」〔半紙判十二行罫紙百八十五枚、最初の四十三枚は毛筆書き、あとはペン書き〕

（八）を書き終った翌朝、早速再び机に向った博士の脳裡には、書きたい題目が三つあった。一つは「蜀に入るの放翁」であり、今一つは「自画像」の続きであり、残る一つはルソオ、クロポトキン、トルストイ、ゴルキイ、片山潜、島崎藤村等の先蹤に倣おうとする幼少年期の思い出である。「二つも三つもの仕事を同時にやれない質」の博士は、「うまさうな物が三皿も膳に上つた時、どこから箸をつけようかと思ひ惑ふ」気持でしばらくためらったのち、籤を引くようにして最後の題目にきめられた。その時の心境は「幼年時代・少年時代」の第一章「私の書きたいことども」に詳しい。そしてその章の終りに、「近年親んで来た放翁にも、これからまた暫くの間は、自然無沙汰することにならう」と記されているが、「蜀に入るの放翁」は遂に成稿を見ずして博士は館を捐てられたのである。

本書は、陸放翁に関する以上八つの原稿をとりまとめて上下二巻に分けたものであるが、順序は成稿の年次に拠らず、博士みずから「放翁鑑賞その一」「同その二」のように朱書されている順序に従い、上巻には(七)(八)の二つを収めた。下巻には(二)(六)(一)(五)(三)(四)がその順序で収められるはずである。

中国の詩文を専攻する学徒から見れば、解釈の誤謬その他も指摘されるであろうが、それを承知の上で晩年の情熱をこの述作にささげられた博士の意図をまげたくないゆえ、以上の成稿を版に付するに際し、明らかに誤字乃至脱字と見なされる場合のほかは、厳密に博士の原文が踏襲された。そうした問題については、校勘の労をわかたれた吉川幸次郎博士が、下巻の後記に語られるかと思う。

跋　（吉川幸次郎）

私は河上肇博士と一度だけ対坐したことがある。

それは戦争中のある年の、春なお甚だ浅い午前であった。私は、東方文化研究所の私の部屋で、博士の来訪を受けた。

博士の来訪は、突然になされたものではない。それに先立つある寒い夜、私は小島祐馬博士と共に、円山の也阿弥のあとがそのころ中国料理店であったのを借りて開かれた何かの会合の客であった。その帰途、公園の歩道の木の下やみで、私は小島博士から、次のことをつげられた。河上さんが、近ごろしきりに漢詩を読んでいられる。ところで国訳漢文大成の訳の中には、甚だ信用しがたいものがあり、疑問百出する。気楽に疑いをただす人がほしいといわれるので、君を推薦しておいた。そのうち君を訪ねられることと思う。なお近ごろ運動からはすっかり手をひいていられる。

私は承諾のむねを答えた。

ところで河上博士の来訪をむかえたのは、よほどのちである。いつかお話のあった河上さんは、一こうお見えになりませんがと、小島博士にきいたようにも思う。何にしても、よほどの時間を経てから、ひょっくり来訪されたのが、はじめに述べた早春の午前であった。それが何年の春であるかは、どうしても記憶のページの勘定があわない。情勢はすでに甚だ急迫していたようにも思う。或いはすなわち昭和二十年、終戦の直前であったとも感ずるが、それは錯覚であろう。そのころ小島博士はすでに京都を去っていられるからである。

もっとも河上博士を見たのは、この時がはじめではない。二十何年か前、私が京都大学文学部の学生であったころ、すこしそり身の和服姿を、飄飄と大学の構内をはこばれるのを、すでにその人であると知っていた。経済学部研究室の東南隅、織田万博士の胸像の前ですれちがったの、白い木造の背の高い法学部の教室の西側で、二人ばかりの学生と話していられたの、いずれも記憶のフィルムにあざやかである。記憶のフィルムの影像は、いつも鉄無地の羽織が、昂然とうしろにそっていた。今や、寒い私の研究室で、乏しい火をへだてながら、咫尺に対坐するその人も、やはり鉄無地の羽織であったが、顔には老人らしい斑点がみとめられた。

博士は、慇懃に、すでに小島氏から伝えられたような来意をのべられた上、以後随時訪問したいと思うが、ここへ来たがいいか、私の宅へ行ったがいいかと、問われた。私は、研究所でお目にかかりたいといい、閑な時間はこれこれと答えた。そうして博士のごとく、泰西の学に深い人と共に、中国の詩を読むのは、私にとって新しい興味であり勉強であるむねを述べた。それに対し、博士は、鷗外先生のような人は今いられませんね、といわれた。私はたばこを一本すい、博士はすわれなかった。二重まわしを羽織りおわられた博士を研究所の玄関まで見送った時、京都大学の事務関係の人が、ちょうどそこに来あわせていた。その人は、博士の姿を見ると、文字通り目をそばだて、博士の表情も、ややこわばって見えた。

それ以後、私は博士の再びの来訪を待ちつづけたけれども、博士はついに来訪されなかった。若いものに迷惑をかけてはという、過度の思いやりの結果であったと、私は解釈している。そのうち終戦をむかえ、ついで博士の訃を聞いた。

寿岳文章氏から、この遺稿の一閲を依頼されて、すぐそれを承諾したのは、以上のような因縁を思ってである。博士の生前、その希望に答え得なかった私は、せめてその死後に、幾分の貢献をなし得るであろう。

しかしけっきょく私は、何ほどの貢献をもなし得ていない。単に、原稿の明瞭な誤字を点定するにとどまったからである。博士はもとより漢学の専家ではない。そのため訳文と解釈に、妥当をかくところが、ないではない。その二三をいえば、下冊四七頁〔本巻二六八頁〕、更に衰病の嬰《まと》ふを堪ふ、は、更に衰病の嬰ふに堪へんや、と訳さるべきであり、六三頁〔同二七七頁〕、葛衫麦飯即休有りは、葛衫麦飯しも有れば即ち休《や》まむ、と訳すべきである。また一〇二頁〔同三〇〇頁〕の飯顆山頭は、李白の句、「飯顆山頭にて杜甫に逢う」にもとづくものであって、博士の解釈は十全でない。また三一九頁〔同四二八頁〕の蓬嶠は、蓬萊山の意であって、博士の疑われるごとく蓬轎の誤字ではない。三四頁〔同二六一頁〕の西川は、四川の西半であり、七〇頁〔同二八二頁〕の公路は、漢の袁術の字《あざな》である。一一四頁〔同三一三頁〕の南渡の解も、すこし見当がちがっている。もしまた上冊の中で例をあげるならば、一五三頁〔同九六頁〕、己酉元日の詩の解は、博士によって駁せられた前人の説と共に、博士の説も、十全でない。またしばしば引いていられる瑨君曜なる人の註釈、これは手もとに書物がないのではっきりしたことはいえないが、雷瑨あざなを君曜という人のことと思う。そうした個所に対し、補註をつけるだけのひまを、私はもたなかった。

しかし、以上のような小さなきずの存在によって、この註釈全体を疑ってはいけない。こうしたわずかのきずを除けば、この書物の大体は、大へん正確である。これまでしっかりした註に乏しい陸放翁の詩を、専門家でない人が、よくここまでこなされたと思うほどに、正確である。これは実事求是を事とせられた博士の学者的な良心、真実というものは必ず一つに帰することを信じ、その一つをおいもとめてやまぬ誠実さが、この書物に於いても、縦横に発揮されているからに、ほかならない。

ことに専門家ならば、わかり切ったこととして、よい位にしがちであり、しかも開きなおって聞きただされると、すぐの返答に困るといったような言葉に対し、博士の誠実は、ことに見ごとな実をむすぶ。疎鐘の二字を解して、

「間隔を置いて聞こえて来る鐘の声」というのなどは、その一例にすぎない(下冊九四頁〔本巻二九六頁〕)。物名、ことに植物の名を親切に釈していられるのも、同じ誠実な態度のあらわれである。この誠実さに答える為には、前にあげたような小さな思い違いを正すべきであると、いよいよ思いつつも、それをなし得なかったのは、いよいよ残念であるが、要するにそれらはみな小さなきずである。のみならず、陸放翁鑑賞と題するこの書物に於いて、字解はなおその過程的な手続であるとせねばならぬ。最もあがむべきは、詩の鑑賞に於ける実事求是の態度である。文学の鑑賞に於ける実事求是とは何であるか。それは、前人の文字を、自己の体験として読み取ることであり、逆にまた自己の体験を、前人の文字によってたしかめ深めることでなければならない。博士はその能力者であった。放翁の詞、桃園憶故人の句、「何《いづれ》の日か重ねて此《こゝ》に来らん」に、博士は箋していう、

――今からほぼ一千年の昔、旅行の極めて不便であつた当時に、彼は今の重慶よりもまだ〳〵西北の奥地に当る成都まで旅したのである。それは今の吾々が欧米に旅するよりも、遥に大きな旅を感ぜしめたものに相違ない。ところで、かく万里の異郷に旅する者は、僅か数十日滞在して居た所でも、そこを去る日には、もうこれが一生の別れだと思はれ、「何れの日か重ねてここに来らん」といふ感傷のため、そぞろに旅のあはれさを身に覚ゆるものである。現に私は、第一次の世界大戦の直前に、ベルギーのブリュッセルに丁度七十日くらゐ滞在してゐたが、さてそこを引上げて愈々パリに向はうとした当日は、正に「何れの日か重ねてここに来らん」と感じて、こころに旅愁を催したことを、今もなほ鮮かに記憶してゐる。

つづいて又いわれる。

――果して私は、その後遂に重ねて彼の地に到ることなく、今では六十余歳の老人となり、国内ですら気軽には旅し得ない身の上となつてゐる。この詩を愛するゆゑんである。

体験を重んずる実事求是の精神は、ここに脈脈としている。この書は博士の晩年、休息の期間に成ったものである。或いは休息を余儀なくされた期間に成ったものである。しかし休息の期間にも、実事求是の精神は、活動をやめるこ

とはなかったのである。放翁に同調されたのも、放翁が一面、実事求是の人であったからであることは、最後の篇、放翁詩話のはじめの四章が、「以上の四項は、いづれも放翁が如何に実事の追求に徹底的であつたかを示さんがために、写し出」されていることによっても、示される。

ただもし、この書を介して陸放翁を知ろうという人のために蛇足を加えるならば、この書は博士晩年休息の期間の述作であるだけに、選び出された詩が、放翁の詩のうちでも、ことに人生の休息の喜びを歌うものに片よっているのは、やむを得ない。老年の詩、平淡の調が多きをしめることは、博士自身もはじめに序して、「親しく平淡の醍醐味を味へ」といわれる通りである。

平淡、いかにもそれは放翁の一特色であり、乃至は指向的な方向でさえもある。しかし放翁の詩も、そうした作品が全部ではない。中国の詩に普遍な傾向として、もう少し理窟っぽい、えげつない詩も、一方にはある。それらは人生の休息の喜びを歌うよりも、積極的な活動の喜びを軸とするものである。あるものは、詩に托して論理を展開しつつ、人を説得せんとし、あるものは自然を歌うにも、自然を柔順に摸写するというよりも、言語を自然に抗争させ、自然を圧伏することによって、自然を写さんとする。ところで、そうした詩を、博士はあまりえらんでいられない。それはこの書が博士の晩年、休息の時期に成ったからである。私はそう解する。もっとも、より多く活動の意欲に富むのが欧西の書であり、より多く休息の意欲に傾くのが東洋の書であることは、事実である。活動の場を専ら前者に求められた博士は、後者をもっぱら休息の場にあてられたのかも知れない。

しかしながら、たといこの書物に於ける詩の選択が、多少の偏向を示していようとも、世の低俗な東洋趣味者のように、東洋の書は、より休息の意欲に富むが故に、すっかりこれを休息の方向へと傾けつくすというような冒瀆を、博士が敢えてされる人でなかったことは、四〇頁〔本巻二六五頁〕に残された言葉がそれを示している。

すなわちまず放翁が、「ただ風月を楽むといふだけの人間であるならば、私はたいした興味を有たない」であろうといい、放翁は志士としての面、道人としての面を併有することを指摘された上、次のように述べていられる。

――私はマルクス主義者として唯物論を採る者である。しかし私は、心に現象となつて映じて来る外物を研究する科学の外に、自分の心を自分の心で認識するといふ特殊の学問(仮に之を道学と名づけておかう)が別に在るものだといふ立場を取つて居り、且つそれと同時に、儒教、仏教、乃至基督教などには(色々な夾雑物と一緒になつてではあるが)その核心にかうした道学が含まれて居るのだと云ふ見解を有つて居るので、古来の道人に対し私は常に十分の敬意を捧げてゐる。詩人、志士、道人といふ三つの面を有つた放翁は、親むにつれて益〻親みを覚える。謂はゆる左翼文献を尽く官庁に納めた今日、私は特にこの邂逅に感謝する。

この言葉からは、いろいろなものが抽出されそうである。それをこまかく分析するだけのいとまを、私はやはりもたない。ただ放翁の休息を、博士自身の休息とおなじく、志士道人の休息として、尊重されたことは、たしかである。しかし要するに、この書物に於ける博士は、詩人としての放翁とは、しばしば語っていられても、志士道人としての放翁とは、あまり十分に語りあっていられないように、私は思う。

私がただ一度しか博士と対坐せず、これらの点について教えを請うことが出来なかったのは、私のひそかに恨事とするところである。

＊　　　＊　　　＊

以上二篇の文章が書かれてから、すでに三十余年の歳月を経たが、その間、三一書房版『陸放翁鑑賞』は重版されることがなかった。本書は旧著の体裁をほぼ襲いつつ、河上肇自筆の草稿によって、校訂をおこなった。その際、さきの「跋」が「補註をつけるだけのひまをもたなかった」という、その「補註」にあたるものとして、必要な校注を施し、これを巻末に付した。ただし、河上肇自身が評釈を加えなかったことばについて、校注で補うことはしない。それらのなかには、難解な漢語がなくはないが、著者の説かざるところを説くことはしなかった。

河上肇と放翁の出会いとその意味については、前掲「後記」および「跋」にくわしいが、拙文「矛盾と実事――河上肇と陸放翁」(『文学』一九七八年七月号)、「もう一つの『自画像』——河上肇の陸游研究」(『思想』一九七九年一〇月号、ともに一九八二年岩波書店刊『河上肇そして中国』所収)は、いささかのことを補うかも知れない。

一九八一年歳暮

〔付記〕 今回本書の刊行に当り、全集本の本文および校注・解題の補訂はごく少許にとどめ、凡例・目次の内容と体裁には若干の変更を加えた。表紙の題簽は三一書房本のそれを用いた。

二〇〇四年初夏

■岩波オンデマンドブックス■

陸放翁鑑賞

2004年 9月 8日　第1刷発行
2006年 9月15日　第3刷発行
2018年11月13日　オンデマンド版発行

著　者　河《かわ》上《かみ》　肇《はじめ》

校訂者　一海知義《いっかいともよし》

発行者　岡本　厚

発行所　株式会社　岩波書店
〒101-8002　東京都千代田区一ツ橋2-5-5
電話案内　03-5210-4000
http://www.iwanami.co.jp/

印刷／製本・法令印刷

ISBN 978-4-00-730818-5　　Printed in Japan